BASTEI LÜBBE W.E.B.GRIFFIN IM TASCHENBUCH-PROGRAMM:

SOLDATEN-SAGA

13 173 Band 1 Lieutenants
13 181 Band 2 Captains
13 196 Band 3 Majors
13 203 Band 4 Colonels
13 209 Band 5 Green Berets
13 217 Band 6 Generals
13 289 Band 7 Die neue Generation
13 325 Band 8 Die Flieger

DAS MARINE-CORPS

13 335 Band 1 Shanghai
13 355 Band 2 Wake Island
13 369 Band 3 Von Pearl Habor nach Guadealcanal
13 424 Band 5 Die Beobachter von Buka Island
13 478 Band 6 Hölle auf den Salomonen
13 786 Band 7 Hinter den Linien

PHILADELPHIA-COPS

13 625 Band 1 Männer in Blau
13 657 Band 2 Sonderkommando
13 677 Band 3 Das Opfer
13 713 Band 4 Der Augenzeuge
13 732 Band 5 Der Bombenleger
13 768 Band 6 Das Mordkomplott
14 154 Band 7 Der Ermittler

HONOR BOUND – Im Auftrag der Ehre

13 612 Band 1 Geheimauftrag Buenos Aires
13 878 Band 2 Operation Outline Blue

DIE OSS-SAGA

13 937 Band 1 Die letzen Helden
14 181 Band 2 Schattenkrieger

W.E.B. GRIFFIN

SCHATTEN KRIEGER

Roman

**Ins Deutsche übertragen
von Joachim Honnef**

BASTEI LÜBBE TASCHENBUCH
Band 14 181

Erste Auflage: Januar 1999

© Copyright 1998 by W.E.B.Griffin
This edition puplished by arrangement with G.P.Putnam's Sons
a division of the Putnam Berkley Group, Inc.
All rights reserved
Deutsche Lizenzausgabe 1999 by
Bastei-Verlag Gustav H. Lübbe GmbH & Co.,
Bergisch Gladbach
Originaltitel: The Secret Warriors
Lektorat: Rainer Delfs
Titelbild:
Umschlaggestaltung: QuadroGrafik, Bensberg
Satz: KCS GmbH, Buchholz / Hamburg
Druck und Verarbeitung:
Brodard & Taupin, La Flèche, Frankreich
Printed in France
ISBN 3-404-14181-4

Der Preis dieses Bandes versteht sich einschließlich der gesetzlichen Mehrwertsteuer

*Für Lieutenant Aaron Bank, Infantery, AUS,
abkommandiert zum OSS
(später Colonel, Special Forces)*

und

*Lieutenant William E. Colby, Infantery, AUS,
abkommandiert zum OSS
(später Botschafter und Direktor der CIA)*

Alameda Naval Air Station

Alameda, California
4. April 1942

Es befanden sich zwar vier Passagiere an Bord der PBY-5 der U.S. Navy von Pearl Harbor, Hawaii, doch der größte Teil der Fracht des Flugboots bestand aus Postsäcken – regelmäßige Post von der Flotte, dienstliche Post von Hauptquartieren der Army und Navy im gesamten Pazifikraum und einige sogar aus dem fernen Australien.

Das Flugboot Consolidated PBY-5 Catalina war nicht als Transportmaschine, sondern als Langstrecken-Aufklärungsflugzeug entwickelt worden. Zwei eintausendzweihundert PS starke Twin-Wasp-Sternmotoren waren auf seine hohe Tragfläche montiert. Zwei Streben auf jeder Seite verstärkten die Tragfläche, die innen riesige Teibstofftanks enthielt. Jeder Pilot einer Catalina hatte Bammel davor, kurz nach dem Start wieder landen zu müssen, wenn die Tanks voll waren – und folglich schwer. Wenn das Flugboot nicht butterweich aufgesetzt wurde, riß das hohe Gewicht die Tragfläche ab.

Diese Gefahr war jetzt äußerst gering. Die Treibstofftanks waren fast leer. Von Hawaii aus hatten sie auf dem ganzen Flug über den Pazifik Gegenwind gehabt. Der Pilot hatte bis vor ein paar Minuten sogar befürchtet, nicht genug Sprit zu haben, um es bis Alameda zu schaffen. Ein paar hundert Meilen vor der Küste hatte ihm der Navigationsoffizier wortlos seine Berechnung auf den Schoß gelegt. Demnach würde ihnen eine Stunde und fünfzehn Minuten vor Alameda der Sprit ausgehen.

Zu diesem Zeitpunkt hatte der Pilot zwei Möglichkeiten. Er konnte Fracht abwerfen, um das Gewicht zu reduzieren, oder er konnte versuchen, den Spritverbrauch zu verringern und trotzdem das Optimale aus den Motoren herauszuholen. Da weder die Säcke mit der dienstlichen Post noch die Passagiere von Bord geworfen werden konnten, kamen dafür nur die Postsäcke der Flotte in Frage. Es widerstrebte dem Piloten, ein paar tausend Briefe von Soldaten an die Lieben daheim wegzuwerfen, und so entschloß er sich, das Ungewöhnliche zu versuchen.

Er nahm Gas weg, verdünnte die Mischung mehr als erlaubt und flog statt in achttausend Fuß Höhe in weniger als eintausend. Die Meilen, die er dadurch gewann, würden sie dementsprechend näher an die kalifornische Küste bringen und so ihre Chancen einer Rettung erhöhen, wenn er die Maschine aufs Wasser setzen und warten mußte, bis jemand nach ihnen suchte.

Da es heller Tag und er gezwungen war, nach gegißtem Besteck zu fliegen, hatte er keine verläßliche Möglichkeit, um festzustellen, ob sein Versuch funktionierte oder nicht. Er flog mit hundertvierzig Knoten auf einem Kurs von neunundachtzig Grad auf dem Kompaß. Einfache Arithmetik sagte ihm, daß sein Versuch klappen sollte. Aber wenn er zum Beispiel einen Gegenwind von dreißig Knoten hatte – was sehr wahrscheinlich der Fall war –, dann schaffte er nur hundertzehn Meilen pro Stunde über dem Wasser. Und wenn der Gegenwind nicht frontal kam, sondern von der

Seite, dann war er möglicherweise weit vom beabsichtigten Kurs entfernt.

Als der Funker nach vorne kam und ohne um Erlaubnis zu fragen die Frequenz wechselte, war der Pilot entzückt und zugleich enorm erleichtert, denn er hörte über seinen Kopfhörer eine wunderbar salbungsvolle Schwulenstimme verkünden, daß in San Francisco Abendtemperaturen von achtundsechzig Grad Fahrenheit mit einer geringen Möglichkeit von Dunst am frühen Abend erwartet wurden.

»Ich stelle die Frequenz von hier aus auf sechsundachtzig Grad, Skipper«, sagte der Funker. Auf der Tragfläche, zwischen den Motoren, befand sich eine Rahmenantenne, die sich drehte, bis ein Signalstärke-Meßgerät den höchsten Punkt erreichte und die Richtung an das Funksendegerät übermittelte.

»Wie weit?« fragte der Pilot, als er die nötige kleine Kurskorrektur auf sechsundachtzig Grad machte.

»Keine Ahnung«, sagte der Funker. »Ich habe versucht, Alameda zu erreichen, doch es hat nicht geklappt. Ich werde es in ein paar Minuten noch einmal versuchen.«

Der Funker kehrte zurück an seinen Arbeitsplatz. Einen Augenblick später ertönte seine Stimme über die Bordverständigungsanlage.

»Ich schlage vor, noch einen Grad nördlicher zu fliegen«, sagte er. »Auf fünfundachtzig Grad.«

»Okay. Haben Sie Alameda erreicht?«

»Keine Antwort«, sagte der Funker.

Was natürlich bedeutete, daß sie immer noch mindestens hundertfünfzig Meilen entfernt über dem Meer waren. Der kommerzielle Sender, der die Wettervoraussage für San Francisco gesendet hatte, verfügte über eine größere Reichweite als der Kurzwellensender der Alameda Naval Air Station.

Aber nur Minuten später ertönte die Stimme des Funkers von neuem über den Kopfhörer des Piloten.

»Ich habe sie«, verkündete Funker Sparks. »Sie können uns nicht verstehen, aber wir haben sie.«

»Danke, Sparks«, sagte der Pilot. »Halten Sie mich auf dem laufenden.«

Der Pilot blickte zum Kopiloten, um sich zu vergewissern, daß er wach war. Dann stemmte er sich aus dem Sitz auf. Er wollte nun die Durchsage für die Passagiere machen wie der Pilot einer zivilen Luftverkehrsgesellschaft.

Transpacific Airlines dankt Ihnen, weil Sie mit uns geflogen sind; wir hoffen, unser Service hat Ihnen gefallen, und Sie reisen auch in Zukunft mit uns…

Die vier Passagiere waren alle Captains. Drei waren Vierstreifer von BUSHIPS (Navy Bureau of Ships) in Washington, die nach Pearl Harbor geschickt worden waren, um festzustellen, was getan werden konnte, um die Reparaturarbeiten an den während des japanischen Angriffs vor vier Monaten beschädigten und gesunkenen Kriegsschiffen der US-Pazifikflotte zu beschleunigen. Ihre Gruppe hatte ursprünglich aus drei BUSHIPS-Captains und einem BUSHIPS-Commander bestanden, doch trotz der heftigen Beschwerden der empörten BUSHIPS-Captains war der BUSHIPS-Commander aus der Maschine gewiesen worden, damit der vierte Captain, der jetzt an Bord der PBY-5 war, mitfliegen konnte.

Der Pilot der PBY-5 fand dies sehr interessant. Der vierte Captain war von der Army, was bedeutete, daß er zwei Dienstgrade rangniedriger war als der BUSHIPS-Commander, der für ihn den Platz hatte räumen müssen. Aber er war ebenfalls von der fliegenden Zunft, und es hatte dem Piloten diebische Freude bereitet, daß ein Fliegerkollege einen Commander des

Pionierkorps sozusagen aus der Maschine geworfen hatte.

Der Captain der Army trug nicht nur das Pilotenabzeichen auf seiner schlecht passenden, schmutzigen und verknitterten Tropenuniform, sondern ebenfalls das Abzeichen mit den gekreuzten Säbeln der Kavallerie. Das hatte den Piloten erstaunt. Auf den gekreuzten Kavalleriesäbeln stand die Zahl 26. Der Mann war also ein Offizier des 26. Kavallerieregiments. Das 26. war erst vor kurzem auf den Philippinen vernichtend geschlagen und offenbar auf der Halbinsel Bataan aufgerieben worden. Aber dieser Captain kam zweifellos nicht von den Philippinen, denn keiner war von dort fortgekommen. Die armen Kerle waren dort im Stich gelassen worden. Keiner hatte flüchten können.

Keiner natürlich außer General Douglas MacArthur, seiner Frau, Kind, Kinderschwester und einigen hohen Tieren, die mit Patrouillenbooten der Navy entkommen waren. Der Pilot hielt es für möglich, wenn auch unwahrscheinlich, daß es zwischen dem Captain der Army und MacArthur irgendeine Verbindung gab. Der Pilot dachte an die Reise-Priorität des Captains. Der lautstarke Streit in Pearl Harbor, wer mit der Catalina fliegen durfte und wer nicht, wurde beendet, nachdem der hinzugezogene Admiral die Befehle des Captains gelesen hatte und sich an den dienstältesten BUSHIPS-Captain gewandt hatte: »Captain, es ist keine Frage, ob dieser Offizier mit Ihnen reist oder nicht, sondern wen Sie auf den verfügbaren Plätzen in der Maschine mit ihm reisen lassen wollen.«

Der Pilot hatte vorgehabt, ein wenig mit dem Offizier der Army zu plaudern, wenn sie erst in der Luft waren. Als er jedoch zum ersten Mal nach hinten in den Rumpf gegangen war, hatte der Captain tief und fest geschlafen.

Er hatte sich im Heck der Maschine ein Bett aus Postsäcken gebaut, sich in drei Decken gehüllt und schlief den Schlaf der Erschöpfung – mehr noch, den Schlaf des Kranken. Seine Augen waren eingesunken, und er war abgemagert. Er brauchte zweifellos Ruhe, und der Pilot brachte es nicht übers Herz, ihn zu wecken.

Es gab zwar Anzeichen darauf, daß der Captain die Mahlzeiten zu sich genommen hatte, doch jedesmal, wenn der Pilot zu dem Offizier der Army gegangen war, hatte er geschlafen. Der Pilot hatte gesehen, daß der Captain bewaffnet reiste. Ein gewaltiger altmodischer Colt-Revolver aus dem Ersten Weltkrieg lag auf einem der Postsäcke neben ihm. Kein Holster, was bedeutete, daß der Captain den Revolver unter seinem Uniformrock in den Hosenbund gesteckt getragen hatte.

Der Pilot ging jetzt durch den Rumpf, wobei er sich an der Decke abstützte, und hielt dem dienstältesten der BUSHIPS-Captains seine Ansprache nach Art eines Piloten einer zivilen Fluggesellschaft.

Die anderen beiden Captains der Navy neigten sich auf ihren Sitzen vor, um zu hören, was er sagte. Der Captain der Army wachte nicht auf.

»Sir«, sagte der Pilot. »Wir hatten soeben Funkkontakt mit Alameda. Ich dachte mir, das wird Ihnen gefallen.«

»Wir sind spät dran, nicht wahr?« fragte der Captain.

»Wir hatten auf dem ganzen Flug Gegenwind«, sagte der Pilot.

»Tatsächlich?« sagte der Captain. »Danke, Lieutenant.«

Weil der Tonfall des Captains andeutete, daß er die Schuld am Gegenwind dem Piloten gab, durch dessen Versagen die für den Ausgang des Krieges entscheidenden Leute (er und die beiden anderen BUSHIPS-

Captains) daran gehindert wurden, ihren wichtigen Dienst zu verrichten, verzichtete der Pilot darauf, ihn zu informieren, daß sie in ungefähr einer Stunde und zehn Minuten landen würden.

Statt dessen ging er zum Heck und neigte sich über den Army Captain und Fliegerkollegen und betrachtete mitfühlend seine krankhafte Blässe und die eingesunkenen Augen. Er berührte den Captain an der Schulter und rüttelte ihn leicht. Der Mann regte sich nicht.

Dann roch der Pilot den Atem seines Fliegerkollegen. Er lachte leise und tastete zwischen den Postsäcken herum, bis er fand, was er suchte. Es war eine Flasche Scotch. Und sie war leer.

Der Pilot versteckte die Flasche wieder und ging dann lächelnd zum Cockpit zurück.

»Charley«, sagte er zum Kopiloten, »wir haben vielleicht beim Ausladen unserer Passagiere ein kleines Problem.«

»Wieso?«

»Der Army-Knabe ist stockbesoffen. Ich habe eine leere Flasche Scotch gefunden.«

»Im Ernst?«

»Wir hatten gar kein Sprit-Problem«, sagte der Pilot. »Wir hätten ihn in die Tanks blasen lassen können. Dann könnten wir es mit den Alkoholdämpfen bis Kansas City schaffen.«

»Wissen die hohen Tiere von unserem Problem?«

»Nein. Das bezweifle ich.«

»Dann belassen wir es dabei«, meinte der Kopilot.

»Ja«, pflichtete ihm der Pilot bei. »Das dachte ich auch.«

Eine Stunde und zwanzig Minuten später setzte die Catalina nicht sehr glatt in der Bucht von San Francisco auf dem Wasser auf.

»Gott sei Dank haben wir wenig Sprit«, sagte der Kopilot.

»Leck mich, Charley«, erwiderte der Pilot.

Zwei Boote näherten sich dem Flugboot, eine glänzende Barkasse für die Passagiere und ein bescheidener aussehendes Boot, das die Post transportieren und das Flugboot an seinen Liegeplatz schleppen würde.

Die BUSHIPS-Captains wurden mit der Barkasse allein an Land gebracht – wie sie es offenbar für standesgemäß hielten. Der Pilot der Catalina erzählte ihnen, der Offizier der Army sei krank, und er werde sich um ihn kümmern.

Als die hohen Tiere fort waren, ging der Pilot zum Captain der Army.

Der Offizier war wach. Er saß auf den Postsäcken, die Decken hingen um seine Schultern, und er trug jetzt die Lederjacke eines Piloten über seinem Uniformrock. Er zitterte.

Malaria, sagte sich der Pilot.

»Wo sind wir?« fragte der Captain der Army.

»Alameda Naval Air Station«, sagte der Pilot. »San Francisco.«

»Nun, dann haben wir vermutlich dem Tod wieder ein Schnippchen geschlagen«, sagte der Captain der Army.

»Wenn wir diese Postsäcke ins Boot verladen haben, bringen wir Sie an Land.«

»Wo sind die hohen Tiere?«

»Die sind fort«, antwortete der Pilot.

»Gut«, sagte der Captain der Army. »Ich hatte irgendwie das Gefühl, daß sie mich nicht leiden konnten.«

»Kann ich irgend etwas für Sie tun?« fragte der Pilot.
»Haben Sie zufällig 'ne Flasche Whisky an Bord?«
»Nein, aber ich weiß, wo wir Ihnen eine an Land besorgen können«, sagte der Pilot. »Wohin reisen Sie in den Staaten?«

»Washington«, sagte der Captain.

»Ich werde Sie zur Abfertigung bringen und den Weiterflug arrangieren«, sagte der Pilot. »Ich nehme an, Sie haben eine Reisepriorität?«

»Na klar.«

»Darf ich Ihnen eine Frage stellen?«

»Warum nicht?«

»Wie kommt es, daß Sie Pilotenschwingen *und* das Abzeichen der Kavallerie tragen?«

Der Captain blickte ihn kalt an.

»Neugieriger Bastard, wie?«

»Wißbegierig«, sagte der Pilot und lächelte. Der Army-Offizier war betrunken. Manche Betrunkene werden nun mal streitlustig.

»Ich will Ihnen sagen, wie es in diesem Krieg läuft«, sagte der Captain. »Wenn man keine Flugzeuge mehr hat, setzt man Sie auf ein Pferd. Und wenn Sie dann den Gaul fressen müssen, findet man eine andere Verwendung für Sie.«

»Sie waren auf den Philippinen?«

Der Captain nickte.

»Schlimm?«

»Sehr schlimm, Lieutenant, wirklich sehr schlimm«, sagte der Captain.

Der Pilot reichte ihm die Hand und zog ihn auf die Füße.

»Ich möchte die Decken eine Weile behalten«, sagte der Captain. »Okay?«

»Selbstverständlich«, stimmte der Pilot zu.

Sie brachten den Captain der Army in das Boot. Dort

saß er dann eingehüllt in die Decken, während man die Postsäcke verlud und das Flugboot an seinen Liegeplatz geschleppt wurde.

Dann brachte das Boot sie zum Amphibienkai, wo ein Pickup wartete.

Als sie in das Abfertigungsgebäude gingen, bemühte sich der Army-Captain, gerader zu gehen, aber er nahm die Decken nicht von den Schultern. Dann entdeckte er einen Münzfernsprecher.

»Kann ich einen Nickel schnorren?« fragte er.

»Ich glaube, man würde es vorziehen, wenn Sie sich zuvor melden«, sagte der Pilot.

»Die können mich mal«, sagte der Captain. »Die können warten. Ich muß anrufen.«

»Wenn Sie mir Ihre Befehle geben, werde ich den bürokratischen Kram erledigen«, sagte der Pilot, als er dem Captain einen Nickel gab.

Der Captain griff in seine Gesäßtasche, um seine Befehle hervorzuholen. Der Pilot sah, daß der alte Revolver in seinem Hosenbund steckte.

»Danke«, sagte der Captain. »Der Anruf ist wichtig.«

Der Pilot erhielt nur ein einziges Blatt anstatt eines Stapels von Vervielfältigungen, wie er erwartet hatte. Als er sich dem Schalter für Transit-Passagiere näherte, gewann seine Neugier die Oberhand, und er entfaltete das Blatt und las:

*** S E C R E T ***
SUPREME HEADQUARTERS
SOUTHWEST PACIFIC OCEAN AREA
BRISBANE, AUSTRALIA
Büro des Oberbefehlshabers

28. März 1942
Betrifft: Marschbefehl
Für: Captain James M.B. Whittaker 0197644 AAC (Det CAV)
Büro des Oberbefehlshabers SWPOA

1. Mündliche Befehle des Oberbefehlshabers bezüglich Ihrer Ablösung vom 105. Explosive Ordnance Disposal Detachment, Philippine Scouts im Feld, und Verwendung im Supreme Headquarters sind bestätigt und aktenkundig.

2. Sie werden mit Priorität AAAA-1 von Brisbane, Australien, nach Washington, D.C., reisen – mit dem ersten verfügbaren Transportmittel der US-Regierung und/oder der Alliierten Streitkräfte und/oder zivilen Transportmitteln per Luft, See, Schiene oder Straße – und dem Oberbefehlshaber persönlich gewisse Dokumente übergeben, die Ihnen hiermit überreicht werden.

3. Kommandeure von militärischen Einrichtungen der USA sind angewiesen, Ihnen für die schnelle Erfüllung Ihrer Mission jedwede nötige Unterstützung zu gewähren.

4. Nach persönlicher Ablieferung der Dokumente beim Oberbefehlshaber werden Sie sich beim Hauptquartier der U.S. **Army**,

> Washington, D.C., zur weiteren Verwendung melden.
>
> AUF BEFEHL VON GENERAL DOUGLAS MACARTHUR
>
> Charles A. Willoughby
> Brig. General, USA
> Im Auftrag:
> Sidney L. Huff
> Lt. Colonel, GSC
>
> *** S E C R E T ***

»Wen haben wir denn da? Wer ist der Typ mit den Decken?« fragte der Offizier vom Dienst hinter dem Schalter den Piloten der Catalina.

Der Pilot überreichte ihm den ziemlich abgegriffenen Marschbefehl.

Der Offizier las.

»Allmächtiger!« stieß er dann hervor.

2
Chicaco, Illinois

4. April 1942

Die Douglas DC-3 *City of Birmingham* der Eastern Air Lines hatte Platz für einundzwanzig Passagiere, zwei Reihen von sieben Sitzen an der rechten Wand des Rumpfs und eine einzige Reihe an der linken.

Als Mrs. Roberta Whatley, eine Brünette, deren fünfundfünfzig Kilo attraktiv auf ihrem einssiebzig großen Körper verteilt waren, an Bord der Maschine ging, war nur ein Sitz am Gang in der Mitte der Kabine frei. Mrs. Whatley war zwar froh, überhaupt mit diesem Flugzeug fliegen zu können – sie hatte eine Reisepriorität B-3, was bedeutete, daß sie auf ihre Bordkarte warten mußte, bis die Passagiere mit höheren Prioritäten an Bord gelassen wurden –, doch es erregte ihr Mißfallen, daß der Sitz daneben von einem Mann besetzt war.

Sie hatte gehofft, einen Platz bei den Einzelsitzen oder wenigstens neben einer Frau zu erhalten. Mrs. Whatley trug in ihrer Handtasche eine soeben ausgestellte Scheidungsurkunde und war überhaupt nicht an männlicher Gesellschaft interessiert.

Aber sie konnte nichts dagegen tun. Sie würde auf dem einzigen freien Sitz Platz nehmen und höflich, aber bestimmt den jungen Mann entmutigen, wenn er versuchte, sie anzumachen.

Sie setzte sich und vermied sorgfältig, den Mann anzuschauen.

Das ist gutgegangen, dachte sie. *Er hat mich nicht mal angeglotzt.*

Aus dem Augenwinkel heraus sah Roberta, daß der Mann – er war jung und sah gar nicht mal schlecht aus – eine Aktentasche und darauf eine gefaltete Zeitung auf dem Schoß hatte und offenbar ein Kreuzworträtsel löste. Es war ein Rätsel der Art, bei dessen Lösung ein berühmtes Zitat herauskam.

Wenn ich ein bißchen Glück habe, wird ihn das Rätsel lange beschäftigen.

Die Stewardeß ging über den Mittelgang, um sich zu vergewissern, daß jeder Passagier den Sicherheitsgurt angelegt hatte. Der junge Mann ignorierte sie ebenfalls. Sie mußte ihm auf die Schulter tippen, um ihn auf sich aufmerksam zu machen.

Mit ärgerlicher Miene hob er kurz seine Aktentasche, um ihr zu zeigen, daß er bereits angeschnallt war. Er ließ die Tasche sinken und widmete sich wieder seinem Rätsel.

Er sieht wirklich gut aus, dachte Roberta. Dann wurde ihr klar, daß er ihr irgendwie bekannt vorkam. Sie hatte den vagen Verdacht, daß sie ihn in Pensacola kennengelernt oder zumindest gesehen hatte.

Oder vielleicht in Alameda? Es ist einfach mein verdammtes Pech, irgendeinem Marineoffizier und Kollegen von Tom in dem verdammten Flugzeug zu begegnen.

Doch dann sagte sie sich, daß sie sich irren mußte. Zum einen mußten Offiziere zu Kriegszeiten ihre Uniform tragen; zum anderen hatte dieser gutaussehende junge Mann viel zu lange Haare für einen Marineoffizier. Offiziere der Marine achteten sehr auf kurzgeschnittene Haare.

Dennoch war dieser junge Mann im wehrpflichtigen Alter und wirkte irgendwie militärisch. Oder wenigstens athletisch.

Warum hat er keine Uniform an?

Das Flugzeug setzte sich in Bewegung. Das Interesse

des jungen Mannes für sein Kreuzworträtsel ließ erst etwas nach, als die Maschine zum Beginn der Start- und Lande-Bahn rollte, wo die Piloten die Motoren testeten oder was auch immer; Roberta hatte keine Ahnung, was da genau vorging, aber der Lärm war schlimm, und das Flugzeug vibrierte und rüttelte.

In diesem Moment blickte der junge Mann neben Roberta von seinem Rätsel auf, neigte den Kopf zur Seite und lauschte aufmerksam. Dann widmete er seine Aufmerksamkeit wieder dem Rätsel. Er schaute nicht einmal auf, als die Maschine startete. Erst als sie in der Luft waren und sich die Maschine in eine scharfe Kurve legte – ›Schräglage‹ hatte Tom es genannt, hob der junge Mann den Kopf und blickte schnell aus dem Fenster.

Er hat mich noch nicht angeschaut, dachte Roberta. *Ob ihm etwas widerfahren ist wie mir? Etwas, wodurch er das Interesse am anderen Geschlecht verloren hat?*

Als der Steigflug beendet war, kam die Stewardeß über den Gang und bot den Passagieren Kaffee, Tee oder Coca-Cola an. Als sie auf ihrer Höhe war, blickte der junge Mann von seinem Rätsel auf und verlangte Scotch und Wasser.

»Bedaure, Sir, bei diesem Flug gibt es keine alkoholischen Getränke«, sagte die Stewardeß.

»Warum nicht?«

»Die Vorschriften stammen nicht von mir, Sir«, sagte die Stewardeß mit entschuldigendem Blick.

»In diesem Fall möchte ich zweimal Eiswasser, bitte«, sagte der junge Mann.

Und als er das Gesicht drehte, um die Stewardeß anzuschauen, erkannte Roberta Whatley ihn. Er sah sie ebenfalls an, aber weder mit Interesse noch mit Anzeichen auf ein Erkennen. Aber jetzt war sie sich ganz sicher. Er war Navy-Offizier, Marineflieger wie Tom.

Sie hatte ihn in Pensacola gesehen, und da hatte er eine weiße Uniform mit goldenem Pilotenabzeichen getragen.

Sie blickte noch einmal verstohlen zu ihm, um sich zu vergewissern. Ja, er war es. Er hieß Richard Canidy, und er war ein Junggeselle mit schrecklichem Ruf. Wenn die Geschichten über ihn stimmten, dann hatte er in Pensacola mit der Hälfte der unverheirateten Frauen geschlafen – und mit einigen der verheirateten. Ein gefährlicher Mann, ein richtiger Wolf.

Die Stewardeß kam mit einem Tablett und den bestellten Getränken. Sie klappte den kleinen Tisch am Rücken des Sitzes vor ihm auf und stellte die beiden Gläser mit Eiswasser darauf. Dann servierte sie die Coca-Cola für Roberta.

Als die Stewardeß fort war, trank Richard Canidy einen Schluck von seinem Wasser, zog dann eine silberne Taschenflasche aus der Tasche und goß daraus Whisky in das Glas.

Er ist es!

Tom hatte Canidys Zimmergenossen, Lieutenant (Junior Grade) Edwin H. Bitter, auf Annapolis kennengelernt; und als Ed Bitter einmal zum Abendessen ihr Gast gewesen war, hatten selbst die Männer über Canidys sexuelle Eskapaden den Kopf geschüttelt.

Als ob er ihren Blick spürte, schaute er sie an. »Möchten Sie einen Schuß in Ihre Cola?« fragte er.

»Nein, danke«, sagte Roberta steif. »Das ist gegen die Vorschriften.«

»Nur so macht das Fliegen Spaß«, sagte Canidy.

Und dann widmete er sich wieder seinem Rätsel.

Er hat mich angeschaut. Wenn ich ihn erkannt habe, hätte er mich auch erkennen müssen.

»Sie sind Lieutenant Canidy«, sagte Roberta anklagend.

Er sah sie an. Er hatte sehr dunkle Augen. Sein Blick schien tief in sie einzudringen.

»Ich *war* Lieutenant Canidy«, sagte er. »Kennen wir uns?«

»Ich bin Tom Whatleys Frau«, platzte Roberta heraus.

»Oh«, sagte er. »Und wir haben uns kennengelernt?«

»In Pensacola«, sagte sie. »Das ist nicht ganz richtig.«

»Was ist nicht ganz richtig?«

»Ich bin nicht Toms Frau«, sagte sie. »Nicht mehr, meine ich. Wir sind geschieden worden. Gerade erst. Deshalb war ich in Chicago.«

»Oh«, sagte er. »Sind Sie sicher, daß Sie kein Schlückchen wollen? Entweder zum Feiern oder zum Gegenteil?«

Er griff nach der Taschenflasche und schenkte ein. Roberta erhob keinen Einwand.

Regel eins[1] hat geklappt, sagte sich Dick Canidy. Als er diese Frau an Bord hatte gehen sehen und wegen des einzigen freien Platzes gewußt hatte, daß sie neben ihm sitzen würde, hatte er sich vorgenommen, es bei ihr zu versuchen, wenn auch nur, um sich auf dem Flug Chicago–Cleveland–Washington die Zeit zu vertreiben. Jetzt sah es aus, als wäre er auf eine Goldader gestoßen. Er hatte die Erfahrung gemacht, daß geschiedene Frauen begierig darauf waren, sich zu beweisen, wie begehrenswert sie noch waren. Und diese besondere Flamme brannte ein paar Tage nach einer Scheidung besonders hell.

»Gerade erst geschieden, sagten Sie?« fragte Canidy.

»Ich möchte lieber nicht darüber reden«, sagte Roberta.

Volltreffer!

»Sie sagten, Sie *waren* Lieutenant?« fragte Roberta.

»Ich möchte lieber nicht darüber reden«, sagte Canidy.

»Verzeihung.«

»Ich bin nicht mehr in der Navy«, sagte Canidy. »Ich konnte vor ungefähr einem Jahr aussteigen.«

»Ich wußte nicht, daß Offiziere in diesen Zeiten aussteigen können«, sagte Roberta.

»Man sagte sich, meine Leistungen als Techniker seien wertvoller als die eines Fliegers«, erwiderte er. »Und ich war ohnehin kein guter Flieger – und ein noch schlimmerer Marineoffizier.«

»Es macht Ihnen nichts aus, daß Sie kein Offizier mehr sind?«

»Heutzutage wird auf Marineflieger geschossen«, sagte er. »Haben Sie das nicht gehört?«

Das gefällt mir, dachte Roberta Whatley. *Es ist nicht nur das genaue Gegenteil dessen, was Tom sagen würde, sondern es ist auch ehrlich.*

»Und Sie mögen Ihre jetzige Tätigkeit?«

»Die ist schon in Ordnung«, sagte er.

»Was genau machen Sie?«

»Forschung, die Entwicklung von Tragflächen für Boeing.«

»Ich weiß nicht, was das ist«, bekannte sie.

»Wenn sich eine Tragfläche der Schallgeschwindigkeit nähert, geschieht Seltsames. Wir versuchen, herauszufinden, was genau und warum.«

»Sie meinen, Sie sind Testpilot?«

»Das einzige, das ich fliege, ist ein Rechenschieber«, sagte Canidy. »An einem Schreibtisch.«

»Oh«, sagte sie.

»Was ist zwischen Ihnen und Tom passiert?« fragte Canidy. »Wenn Sie die Frage gestatten.«

»Ich möchte nicht darüber reden«, sagte Roberta.

»Verzeihung«, murmelte er.

»Er war noch keine drei Wochen an den Großen Seen, bevor er schon fremdging«, klagte sie.

»Kaum zu glauben«, sagte Canidy.
»Warum ist das kaum zu glauben?« fragte Roberta.
»Schauen Sie in den Spiegel«, sagte Canidy.
Ihr stieg das Blut in die Wangen.

Als die *City of Birmingham* in Cleveland landete, war Canidys silberne Taschenflasche fast leer. Bei der Zwischenlandung tankten sie Whisky-Cola in einer Flughafenbar, während die Maschine betankt wurde, und Canidy konnte seine Taschenflasche auffüllen.

Zwischen Cleveland und Washington erzählte ihm Roberta, welch ein verkommener Hurensohn Tom fast vom Beginn der Ehe an gewesen war. Und Canidy war verständnisvoll. Er tätschelte tröstend ihre Hand.

Bei der Ankunft in Washington gestand er ihr, daß er nicht wußte, wo er übernachten konnte, aber er versprach, sie anzurufen, wenn er irgendwo ein Hotelzimmer gefunden hatte. Sie wies ihn darauf hin, wie schwer es war, in Washington ein Hotelzimmer zu finden, und sie bot ihm an, mit zu ihrem Apartment zu fahren und ihr Telefon zu benutzen, um herumzutelefonieren. Anderenfalls würde er vielleicht auf einer Parkbank schlafen müssen.

Während er telefonierte, erklärte Roberta, sie wolle gewiß nicht, daß er auf falsche Gedanken käme, aber sie müsse unbedingt duschen und etwas Bequemes anziehen.

Sie war nicht überrascht, als er ins Badezimmer kam und mit ihr duschte. Es überraschte sie nur, daß sie noch nicht einmal die Empörte spielte. Als sie später darüber nachdachte, schob sie es auf all den Scotch, den sie im Flugzeug und in der Flughafenbar getrunken hatte. Und auf die Tatsache, daß sie Tom vor einem halben Jahr verlassen und normale menschliche Bedürfnisse hatte. Und – in einem Anfall von Ehrlichkeit – daß es ehrlich geil gewesen war, als sie ihn nackt gesehen hatte.

3

St. Regis Hotel
New York City

4. April 1942

Als sich die zehn Gentlemen – die Gruppe war bekannt als ›Die Jünger‹ – zu einem Meinungsaustausch und einem informativen Vortrag von Colonel William Donovan versammelten, trafen sie ihn mit Schmerzen im Bett seiner Suite im Hotel an. Er hielt ein Glas Scotch in der Hand, und auf seinem Nachttisch stand die Flasche.

Colonel Donovan, ein stämmiger Mann irischer Abstammung mit silbergrauem Haar und rötlichem Gesicht, war weder Berufssoldat noch befehlshabender Offizier eines Regiments der Nationalgarde. Er hatte sich den silbernen Adler des Colonels und die Tapferkeitsmedaille im Ersten Weltkrieg auf den Schlachtfeldern in Frankreich verdient. Zwischen den Kriegen war er ein sehr erfolgreicher – und logischerweise sehr wohlhabender – Anwalt in New York und eine Macht hinter den Kulissen der Demokratischen Partei geworden, nicht nur in New York, sondern sogar besonders in Washington.

Er arbeitete jetzt wieder für die Regierung, diesmal zu einem symbolischen Gehalt von einem Dollar pro Jahr, als Coordinator of Information (COI). Als Mitglied der relativ neuen Regierungsagentur unterstand Donovan direkt Präsident Franklin Delano Roosevelt. Die meisten Leute hielten zu Donovans Belustigung den COI für eine Antwort der Vereinigten Staaten auf Josef Goebbels' Propagandaministerium.

Die Agentur hatte in der Tat etwas mit dem Koordinieren von Informationen – im Sinne der Propaganda – zu tun, und sie wurde von dem Bühnenschriftsteller Robert Sherwood geleitet. Aber sie hatte auch eine andere ›Informations‹-Funktion, die absolut nicht darin bestand, dem amerikanischen Volk patriotische Ekstase einzupeitschen, die sie veranlaßte, im Krieg für das Vaterland auf ›Vergnügungsfahrten‹ mit dem Auto zu verzichten und die Bratpfannen zu spenden, damit daraus Bomber gebaut werden konnten.

Die Art Informationen, die Donovan koordinierte, waren treffender als Nachrichtenmaterial zu bezeichnen. Jeder der militärischen Dienste hatte Abteilungen, die Nachrichten sammelten wie das Außenministerium, das FBI und sogar die weniger kriegerischen Ministerien der Bundesregierung, zum Beispiel das Arbeits-, Wirtschafts-, Finanz- und Innenministerium.

All diese Dienste beteuerten, absolut objektiv zu sein, doch Präsident Roosevelt hatte andere Erfahrungen gemacht. Wenn zum Beispiel der Chef des Marinenachrichtendienstes ein Problem meldete und zugleich eine Lösung vorschlug, dann bestand sie im allgemeinen aus der Mitwirkung der U.S. Navy. Entsprechend empfahl die Army selten die Bombardierung eines Ziels durch die Navy. Dazu waren ihrer Meinung nach schwere Bomber des Army Air Corps viel geeigneter.

Es war die Aufgabe des Koordinators für Informationen – also Colonel William J. Donovans Funktion als COI –, das von allen einschlägigen Agenturen gesammelte Nachrichtenmaterial zu prüfen und im Hinblick auf die globale Kriegslage auszuwerten. Wenn er darum gebeten wurde, empfahl er auch eine Vorgehensweise. Die Aktion wurde dann vielleicht durch eine andere Agentur durchgeführt als derjenigen, die das ursprüngliche Nachrichtenmaterial geliefert hatte.

Zur Unterstützung bei dieser Aufgabe wollte Donovan ein Dutzend Männer um sich scharen, jeder von außergewöhnlicher Intelligenz und Fähigkeit auf seinem Spezialgebiet. Sie sollten wie Donovan der Regierung für einen Dollar pro Jahr Dienste leisten, die auf dem privaten Sektor Hunderttausende Dollars kosten würden. Weil es zwölf dieser Männer sein sollten (er hatte erst zehn rekrutieren können) und weil sie nur Donovan unterstellt waren, nannte man sie die Jünger. Donovan war Christus und nur Gott verantwortlich – Franklin Delano Roosevelt.

Donovans Mandat und das seiner Jünger gefiel praktisch keinem der Nachrichtendienste. Besonders die Army und Navy waren empört, weil Amateure überprüften, was ihre erfahrenen Profis entwickelt hatten.

Ihre Mißbilligung führte jedoch zu nichts, solange Franklin D. Roosevelt erfreut über den Verlauf der Dinge war (der Vorschlag stammte eigentlich von Donovan, doch Roosevelt hielt ihn für eine seiner eigenen brillanten Ideen). Er beriet sich mindestens zweimal pro Woche mit Donovan.

Eines dieser Treffen hatte gestern stattgefunden, und deshalb trafen ihn die Jünger, die im Gänsemarsch in Donovans Suite im St. Regis Hotel marschierten, im Pyjama und im Bett an. Auf dem Weg zur Union Station in Washington, wo er den Zug um 11 Uhr 55 nach New

York hatte erwischen wollen, war der Wagen des Weißen Hauses, mit dem Donovan gefahren wurde, seitwärts von einem Taxi gerammt worden. Obwohl sein Knie ernsthaft – und schmerzhaft – verletzt worden war, hatte er es geschafft, den Zug noch zu erreichen.

In seinem Abteil wurde der Schmerz stärker, und Donovan ließ vom Schaffner einen Kübel mit Eiswürfeln aus dem Speisewagen holen. Er wickelte ein Handtuch um ein paar Eiswürfel und kühlte sein Knie. Das half, aber dann schmerzte seine Brust ebenfalls, und es wurde ihm klar, daß er ein ernsteres Problem hatte als nur einen Bluterguß am Knie. Bei seiner Ankunft in New York fuhr er mit einem Taxi zum St. Regis und bat den Manager, ihm einen Arzt zu schicken.

Der Arzt hörte sich Donovans Aufzählung der Symptome an, untersuchte das Knie und erklärte, er müsse ihn mit einem Krankenwagen ins St. Vincent's Hospital bringen lassen.

Der Doktor erklärte Colonel Donovan, durch die Knieverletzung sei ein Blutgerinnsel entstanden und bis zur Lunge gelangt, was die Schmerzen in der Brust erkläre. »Man nennt das Embolie«, fuhr der Arzt fort. »Wenn das Blutgerinnsel zu Ihrer Lunge oder Ihrem Herzen gelangt oder die Arterie verstopft, die das Gehirn mit Blut versorgt, fallen Sie tot um.« In einem Krankenhaus würde er intravenös Arznei erhalten, die das Blut verdünnte. Wenn er Glück hatte, würde sich das Blutgerinnsel in einem Monat oder sechs Wochen auflösen.

Widerstrebend – und unter Druck – erklärte der Arzt dem Colonel, daß es das Medikament zur Blutverdünnung ebenfalls in Pillenform gab. Donovan erfuhr fasziniert, daß es eine pharmazeutische Version von Rattengift war. Der Arzt bekannte – ebenfalls widerstrebend –, daß im Krankenhaus die Behandlung nur aus der Verabreichung des Medikaments und Bettruhe bestehen würde.

»Das kann ich hier auch haben«, sagte Donovan. »Ich will und kann jetzt nicht ins Krankenhaus.«

Der Arzt gab sich geschlagen. Er ließ von einer Apotheke das blutverdünnende Medikament liefern und schaute zu, wie Donovan eine starke erste Dosis nahm.

»Trinken Sie auch was Hochprozentiges«, riet der Arzt.

Donovan stellte die natürliche Frage: »Verträgt sich denn Alkohol mit Drogen?«

»Dies ist die Ausnahme«, erwiderte der Arzt. »Trinken Sie soviel Sie wollen. Alkohol verdünnt das Blut. Bleiben Sie nur im Bett und regen Sie sich nicht auf.«

Donovan war normalerweise Abstinenzler, aber da ihn Whisky weniger anwiderte als Rattengift, bestellte er eine Flasche Scotch aufs Zimmer.

Als sich die Jünger in der Suite versammelt hatten, erzählte Donovan, wie es zur Verletzung seines Knies gekommen war. Von dem Blutgerinnsel sagte er nichts.

Der erste Punkt der Tagesordnung war wie stets die Superbombe. Der Jünger, der von der Physikalischen Fakultät der University of California in Berkeley beurlaubt war, berichtete, daß die Deutschen methodisch und schnell Nuklearforschung betrieben. Als Beweis dafür führte er an, daß sie jüdischen Physikern und Mathematikern, die mit solchen Forschungen beschäftigt waren, die gleiche Immunität zusicherten – »wegen wissenschaftlicher Leistungen für den deutschen Staat« – wie Juden, die bei der Entwicklung von Raketenantrieben beteiligt gewesen waren.

Darüber hinaus war eine deutsche Delegation vor kurzem von einem Besuch in einer Fabrik in Dänemark zurückgekehrt, die mit der Erforschung einer Substanz beschäftigt war, die Schweres Wasser genannt wurde. Diese Substanz, erklärte er – bis offenkundig wurde, daß keiner außer ihm das verstand oder sich dafür interessierte –, war Wasser, das zwei Deuterium-Atome enthielt. Die Deutschen versuchten offenbar eine Kettenreaktion – oder Explosion – hervorzurufen, indem sie das zusätzliche Atom nutzten.

Der Jünger führte dann aus, daß es nützlich sein würde, Wissenschaftler der deutschen Atomforschung zu »überreden«, in die Vereinigten Staaten zu kommen oder – wenn sie sich nicht »überreden« ließen – zu kidnappen. Er bezweifelte zwar, daß diese Leute einen Beitrag zur atomaren Forschung Amerikas leisten würden, aber wenn sie hier waren, fehlten sie den Deutschen.

Donovan fand das problematisch. Wenn deutsche Atomforscher verschwanden, würde das die Deutschen auf das amerikanische Interesse an dem Thema aufmerksam machen. Roosevelt persönlich hatte entschieden, daß der Versuch, eine Atombombe zu entwickeln, unbedingt vor den Achsenmächten geheimgehalten werden mußte.

»Selbst im Fall dieses obskuren Mineningenieurs, den wir soeben aus Nordafrika brachten«, fuhr Donovan fort, »haben wir das lange und genau durchdacht, bevor wir uns zu der Aktion entschlossen. Nur weil wir das Uran-Pecherz aus Belgisch Kongo brauchen, haben wir uns zu diesem Schritt durchgerungen. Mit anderen Worten, wir müssen sehr vorsichtig vorgehen. Als Faustregel gilt, daß jemand, den wir zu uns holen, sehr wichtig sein muß. So stellen Sie eine Liste auf und beurteilen Sie die aufgeführten Personen nach zweierlei Kriterien: wie wichtig sind sie für die Deutschen und wie wichtig für unser Programm.«

Der zweite Punkt auf der Tagesordnung war politischer Art. Es ging um Vice-Amiral d'Escadre im Ruhestand Jean-Philippe de Verbey von der französischen Marine. Nicht nur aus organisatorischen Gründen, sondern auch aus persönlichen. Diese Sache fiel in den Aufgabenbereich des Jüngers C. Holdsworth Martin junior, der sich mit Frankreich und den französischen Kolonien beschäftigte.

Martin hatte wie Donovan im Ersten Weltkrieg im amerikanischen Expeditionskorps gedient. Nach dem Krieg war er zum Mitglied der Waffenstillstands-Kommission ernannt worden. Im Zivilleben war er Ingenieur. Er lernte die Witwe eines französischen Offiziers kennen, heiratete sie und übernahm dann die Baufirma ihres verstorbenen Mannes. Unter seiner Leitung wurde aus einem mittelgroßen, einigermaßen erfolgreichen Betrieb eine große, äußerst profitable Firmengruppe. Der gesellschaftliche Stand seiner Frau (sie gehörte zum Adel) und sein Reichtum erlaubten ihm Zugang zu den höchsten gesellschaftlichen Kreisen.

Nach dem Fall von Frankreich im Jahre 1940 brachte C. Holdsworth Martin junior seine Frau und Kinder nach New York, kaufte ein Apartment mit Blick auf den Central Park in der Fifth Avenue und erzürnte prompt die franko-amerikanische Gemeinde und eine große Zahl amerikanischer Sympathisanten, indem er bei jeder sich bietenden Gelegenheit erklärte, daß Frankreich wegen seiner Blödheit, Feigheit und Korruption eine so schnelle und demütigende Niederlage erlitten hatte, nicht wegen deutscher militärischer Tüchtigkeit.

Sogar noch empörender war für die franko-amerikanische Gemeinde und ihre Sympathisanten, daß Martin kein Geheimnis aus seiner Überzeugung machte, Millionen Franzosen der Mittel- und Oberschicht zögen Hitler Blum[2] vor und wollten bei Hitlers Neuordnung von Europa mitarbeiten.

Einer der wenigen, die dieser Meinung zustimmten,

war Colonel William Donovan. Für ihn war C. Holdsworth Martin junior der ideale Mann als Jünger für Frankreich. Er hatte über zwanzig Jahre dort verbracht, kannte das Land und seine Führer besser, als es bei den meisten Franzosen der Fall war, und er verabscheute die meisten davon.

Beim Mittagessen und Golf hatte Donovan von Martin erfahren, daß er – abgesehen von wenigen Ausnahmen – die Franzosen wegen ihres Chauvinismus und ihrer unfähigen Armee gleichermaßen verabscheute. Der Erfolg mit der Firma seiner Frau brachte ihm mehr Neid als Respekt bei den Franzosen ein, weil es ein ›amerikanischer‹ und kein ›französischer‹ Erfolg war. Die Familie des verstorbenen Mannes seiner Frau bezeichnete ihm zum Beispiel als ›*le gigolo Américain*‹.

Am 11. Januar 1942 trat C. Holdsworth Martin junior in den Dienst der Regierung der Vereinigten Staaten, zu der üblichen symbolischen Bezahlung von einem Dollar pro Jahr. Er wurde Berater des Büros des Coordinator of Information. Drei Tage später meldete sich Martin III., Absolvent der École Polytechnique in Paris, freiwillig bei der U.S. Army als Rekrut und diente den Vereinigten Staaten für einen Sold von einundzwanzig Dollar pro Monat.

Obwohl sich C. Holdsworth Martin junior wie ein Franzose gab und auch so sprach, war er ein überzeugter Amerikaner.

Jetzt beschäftigte sich C. Holdsworth Martin junior mit einer Beschreibung dessen, was er als ›der Fall des alten, irren Admirals‹ bezeichnete, womit Vice-Amiral d'Escadre Jean-Philippe de Verbey gemeint war.

Bei Kriegsausbruch wurde Amiral de Verbey aus dem Ruhestand wieder eingezogen. Er wurde im französischen Marine-Stab in Casablanca, Marokko, verwendet und erlitt dort einen Herzanfall, an dem er beinahe starb. Als er nach neun Monaten aus dem Krankenhaus entlassen wurde, war Frankreich gefallen, und ein aufstrebender großer Brigadegeneral der Panzertruppen, Charles de Gaulle, der in letzter Minute aus Frankreich herausgekommen war, hatte sich selbst zum Chef der französischen Regierung im Exil und zum Oberbefehlshaber der bewaffneten Streitkräfte ernannt.

Die Mehrheit der französischen Offiziere, die noch in Frankreich waren, betrachteten sich an ihr Ehrenwort gebunden, die Niederlage Frankreichs und die Autorität von Marschall Pétain, dem gealterten ›Helden von Verdun‹, zu akzeptieren, der jetzt Präsident der Vichy-Regierung war.

Amiral de Verbey sah das jedoch anders. Er hielt es für seine Pflicht als französischer Offizier, weiterzukämpfen. Er schaffte es, de Gaulle in London zu übermitteln, daß er seine Aktionen guthieß. Außerdem kündigte er an, sobald er seinen Transport arrangieren könne – mit anderen Worten, dem Hausarrest in Casablanca entkommen konnte –, wolle er nach London kommen und das Kommando über das französische Militär und die Marinekräfte im Exil übernehmen.

Für den Admiral war das ganz einfach. Wenn er erst in London war, würde er der ranghöchste Offizier außerhalb der Kontrolle von Vichy sein. Er war Admiral gewesen, als de Gaulle Major gewesen war. Wenn sich de Gaulle für eine Art Regierungschef im Exil hielt, dann nur zu. Aber der Befehlshaber der freien französischen Streitkräfte würde der ranghöchste Offizier sein, der bei den Boches nicht klein beigegeben hatte – mit anderen Worten Vice-Amiral d'Escadre Jean-Philippe de Verbey.

Brigadegeneral de Gaulle war nicht erfreut über das Angebot des Admirals. Er hielt es zu Recht für eine

Bedrohung seiner eigenen Macht. Allein de Verbeys Anwesenheit in London und noch viel mehr die Übernahme des Kommandos über die Streitkräfte des Freien Frankreichs würde die Leute daran erinnern, daß de Gaulle nicht annähernd so ranghoch war wie er und daß seine Selbsternennung zum Chef der französischen Regierung im Exil von zweifelhafter Legalität war. Das konnte de Gaulle nicht zulassen.

Kurz darauf erhielt Admiral de Verbey Befehle – unterzeichnet von einem Général de Division im Auftrag von Charles de Gaulle – ›Staatsoberhaupt‹ – in Casablanca zu bleiben, ›bis Ihre Dienste für Frankreich in der Zukunft gebraucht werden‹.

Anfang 1942 ging der wütende de Verbey das große Risiko ein, seine Dienste Robert Murphy anzubieten, dem amerikanischen Generalkonsul in Rabat. Die Amerikaner, versprach er Murphy, könnten ihn in jeder Eigenschaft nutzen, die sie für passend hielten, solange damit die Deutschen aus La Belle France vertrieben wurden.

Murphy übermittelte die Information nach Washington, wo sie schließlich C. Holdsworth Martin junior erreichte. Martin kannte de Verbey und schlug vor, daß der alte Mann in die Vereinigten Staaten geholt wurde. Es konnte sich vielleicht als nützlich erweisen, ein Druckmittel gegen de Gaulle zu haben – der sich bereits widerspenstig zeigte –, wenn eine Zusammenarbeit mit ihm unmöglich wurde.

Donovan war sich darüber im klaren, daß de Gaulle in seiner Rolle als selbsternannter Chef der französischen Regierung im Exil sicher war, weil Roosevelt ihn mochte. Und selbst wenn de Gaulle durch jemanden ersetzt werden mußte, konnte man einen besseren finden als einen lange verabschiedeten, herzkranken Admiral. Donovan hatte jedoch damals Martins Empfehlung nicht abgelehnt. Aber er nahm an, letzten Endes würden sie sich, wenn sie den Admiral aus Marokko herausholten, mehr Ärger einhandeln, als die Sache wert war.

Aber später mußte der französische Mineningenieur, der über die Vorkommen von Uran-Pecherz in Belgisch Kongo Bescheid wußte, aus Marokko herausgeholt werden. Diese Operation hatte hohe Priorität und war streng geheim. Folglich mußte sie gut getarnt werden.

Donovans Stellvertreter, Captain Peter Douglass, USN, hatte vorgeschlagen, und Donovan hatte ihm zugestimmt, daß die Deutschen amerikanisches Interesse an Kernspaltung argwöhnen würden, sollte etwas bei der Operation mit dem Mineningenieur schiefgehen. Wenn die Operation jedoch aufflog und durch das Entkommen des Admirals getarnt wurde, bestand zumindest eine reelle Chance, daß die Deutschen nicht herausfanden, was wirklich lief.

So wurde C. Holdsworth Martin junior informiert, daß Donovan entschieden hatte, den Admiral in die Vereinigten Staaten zu holen. Von dem Mineningenieur erzählte man ihm nichts. Die Operation verlief erfolgreich. Der Admiral und der Ingenieur trafen an Bord eines U-Bootes, das ihn 15 Seemeilen vor der marokkanischen Küste aufgenommen hatte, in der Marinewerft Brooklyn ein.

Der Admiral und der Ingenieur wurden in Deal, New Jersey, in eine Villa am Meer gebracht, wo sie auf Eis gelegt werden konnten, bis die Entscheidung gefallen war, was mit ihnen geschehen würde. Danach erzählte Martin seiner Frau, daß der Admiral sicher in Amerika war und wo er sich befand. Madame Martin, die den Admiral ihr ganzes Leben lang gekannt hatte, fuhr die fünfzig Meilen nach Deal.

Als Madame Martin bei der Villa am Meer eintraf,

sagte sich der Marineoffizier, der für die Bewachung zuständig war, fälschlicherweise, daß er nichts tun konnte, um den Admiral in Deal festzuhalten. Madame Martin war schließlich die Frau eines Jüngers. So half er, den Admiral in den Packard einzuladen und reichte seinen Koffer in den Wagen. Er grüßte schneidig, als Madame losfuhr, um den Admiral in die Eigentumswohnung der Martins in der Fifth Avenue zu bringen.

Wegen der falschen Einschätzung des Offiziers würde er den Rest des Zweiten Weltkriegs als Versorgungsoffizier im Südpazifik verbringen, aber der Schaden war angerichtet. Der Admiral befand sich jetzt in New York City und war darauf vorbereitet, jedem Zuhörer zu erzählen, daß Brigadegeneral Charles de Gaulle nicht nur größenwahnsinnig war, sondern auch keinerlei Befugnis hatte, sich selbst zum Chef der französischen Regierung im Exil zu erklären.

»Dies wird niemals reichen«, sagte Donovan zu Martin. »Vielleicht müssen wir den Admiral plaudern lassen. Aber bis auf weiteres muß er in Summer Place auf Eis gelegt werden. Wenn Sie ihn mit Gewalt zur Villa in Deal zurückbringen müssen, dann tun Sie das. Aber wir müssen ihn unbedingt von der Presse fernhalten. Ich habe mit der *New York Times* gesprochen, und man verzichtet auf eine Veröffentlichung des Interviews, das man mit ihm gemacht hat. Aber es ist nur eine Frage der Zeit, bis die Story herauskommt. Gott stehe uns bei, daß Colonel McCormick keinen Wind davon bekommt, was wir getan haben.«

»Wer ist Colonel McCormick?« fragte Martin verwirrt.

»Der Verleger der *Chicago Tribune*«, sagte Donovan. »Er hat sich am achten Dezember freiwillig für aktiven Dienst gemeldet. Weil Franklin ihn haßt wie die Pest – das beruht auf Gegenseitigkeit –, hat er ihn abgelehnt, angeblich wegen seines Alters. Folglich würde der Colonel großes Mitgefühl mit einem anderen alten Krieger haben, dem aktiver Dienst durch diesen Sozialisten im Weißen Haus versagt wird.«

»Ich kann de Verbey zurück nach Deal bringen lassen, Bill«, sagte Martin. »Aber wie werden wir ihn dort halten?«

»Ich möchte ihn wirklich nicht einsperren, wenn es nicht nötig ist«, sagte Donovan. »Ich finde, wir sollten ihn bis auf weiteres hinhalten. Ihm vielleicht etwas Aufmerksamkeit von der Navy schenken. Das wird de Gaulle wütend machen, wenn er es herausfindet – und er wird es bestimmt erfahren. Aber ich nehme an, wir können immer noch den Admiral auf friedliche Weise davon abhalten, daß er de Gaulle auf der Titelseite der *Chicago Tribune* als größenwahnsinnig bezeichnet.«

»Was meinten Sie mit ›Aufmerksamkeit der Navy‹?« fragte Martin.

»Schicken Sie einige hohe Tiere von der Navy zu ihm, die ihn nach seiner Meinung über eine Invasion Nordafrikas fragen«, sagte Donovan. »Es schmeichelt ihm vielleicht, wenn er das Gefühl hat, eine geheime Rolle bei der Invasion zu spielen.«

»Und er könnte sogar hilfreich sein«, sagte Martin nur leicht sarkastisch. »Er war in Casablanca Korvettenkapitän.«

»Nun, Sie geben ihm das Gefühl, ein bedeutender Mann zu sein, und ich werde mit Captain Douglass arrangieren, daß einige hohe Tiere der Navy mit ihm sprechen.«

»Wie wäre es mit einigen der französischen Marineoffizieren in Washington? Können wir eine Art kleinen Stab zusammenbekommen? Sonst wird er riechen, daß er nur veralbert wird.«

Donovan dachte darüber nach. In dem Moment, in

dem Marineoffiziere des Freien Frankreich de Verbey zugeteilt wurden, würde de Gaulle davon erfahren – und wütend sein. Vielleicht war das keine schlechte Idee. Sie hätte von Machiavelli sein können. Oder vielleicht von Roosevelt.

»Ich werde mit Douglass sprechen«, sagte Donovan. »Bestimmt finden wir ein paar beschäftigungslose französische Marineoffiziere, um dem Admiral zu dienen.«

»Er ist bis morgen mittag in Summer Place«, versprach Martin.

Der dritte Punkt auf der Tagesordnung war finanzieller Art. Fünf Millionen Dollar in Goldmünzen waren zur Verfügung gestellt worden, um geheime Operationen in Afrika, Frankreich und Spanien zu finanzieren. Weitere Gelder würden bei Bedarf bewilligt werden. Fünf Millionen reichten für den Beginn.

Das Projekt Arcadia hatte zwei wesentliche Ziele: Spanien davon abzuhalten, daß es sich den Achsenmächten Deutschland-Italien-Japan anschloß, und zu verhindern, daß sich die einheimische Bevölkerung von Französisch-Nordafrika (Marokko, Algerien, Tunesien) mit den Deutschen zusammentat. Fünf Millionen waren viel, aber die Ausgabe war es wert. Zehnmal soviel war – wenn nötig – aus dem geheimen Fonds des Präsidenten verfügbar. Es würde viel billiger sein, fünfzig Millionen auszugeben, um Spanien neutral zu halten, als zwei Wochen Krieg mit dem Land zu führen.

Donovan und seine Jünger wußten, daß eine Invasion Französisch-Nordafrikas entschieden worden war. Sie sollte so bald wie möglich stattfinden. Die Operation würde ›Fackel‹ heißen. Jetzt berichtete Donovan den Jüngern etwas, das er erst gestern vom Präsidenten erfahren hatte. Army und Navy wollten die Operation ›Fackel‹ im August oder September starten, aber er und

Roosevelt waren der Ansicht, daß sie erst im Oktober oder November durchgeführt werden konnte.

Zusätzlich zu dem logistischen Alptraum, Invasionstruppen von den Vereinigten Staaten aus direkt nach Afrika zu schicken, gab es geopolitische Probleme. Wenn sich Spanien den Achsenmächten anschloß, konnten die Deutschen legal Truppen in Spanisch-Marokko aufmarschieren lassen, von wo aus sie fast auf Gibraltar spucken konnten. Die Vichy-Regierung würde fast mit Sicherheit Widerstand bei der Operation ›Fackel‹ leisten, und zwar mit allem, was ihr zur Verfügung stand. Und sie hatte Truppen und Kriegsschiffe, einschließlich des Schlachtschiffs *Jean Bart*, in Casablanca.

All diese Probleme würden verstärkt werden, wenn sich die Einheimischen entschieden, die Franco-Deutschen gegen eine amerikanische Invasion zu unterstützen. Einige ihrer Soldaten waren nicht nur gut, sondern auch in französischem Dienst; und selbst die unmodernsten ihrer Streitkräfte konnten wirkungsvoll als Guerillas operieren.

Donovan befahl, die fünf Millionen hauptsächlich für das Projekt Arcadia auszugeben. Sowenig wie möglich sollte für ›allgemeine Kriegsziele‹ zur Verfügung gestellt werden. Das würde auch von den Geheimdienstlern vor Ort nicht als zusätzliche Mittel betrachtet werden, die man leichtfertig ausgeben konnte.

Gold war derzeit zweiunddreißig Dollar pro Unze wert, fünfhundertzwölf Dollar pro Pfund. Fünf Millionen Dollar in Gold wogen ungefähr fünf Tonnen. Ein Mann namens Atherton Richards, ein Bankier aus dem Freundeskreis der Jünger, würde das Gold bei der Federal Reserve Bank in Manhattan abholen, mit gepanzerten Wagen zur Marinewerft in Brooklyn fahren und auf einen Zerstörer der Navy laden lassen, der dann mit Höchstgeschwindigkeit über den Atlantik nach Gibraltar fahren würde.

Donovans Jünger diskutierten noch über andere Pläne und Operationen, machten Vorschläge und erbaten Anweisungen, und die Konferenz dauerte noch zwei Stunden.

»Ist das alles?« fragte Donovan schließlich. Er war müde und wollte etwas schlafen. Das Rattengift und der Scotch machten ihm zu schaffen.

»Ich habe noch eine Sache, William«, sagte der Jünger, der für den Aufgabenbereich Naher Osten zuständig war. »Hat es irgendeine Entscheidung gegeben, ob oder wie wir mit Thami el Glaoui umgehen?«

»Nein«, sagte Donovan. »Da gibt es mehrere Meinungen.«

Der Jünger, zuvor Professor an der Princeton University, der sich mit Studien über den Nahen Osten befaßt hatte, war der Ansicht, daß Thami el Glaoui, der Pascha von Marrakesch, nicht nur ein sehr interessanter Typ war, sondern sehr wahrscheinlich König von Marokko werden würde.

»Wer?« fragte der Jünger, der für Erkenntnisse über die deutsche Industrie zuständig war, und lachte. »Das klingt wie ein armenisches Restaurant.«

Er handelte sich einen vernichten Blick des Spezialisten für den Nahen Osten ein.

»Thami el Glaoui«, begann der Jünger geduldig und pedantisch, »ist sozusagen die Brücke von Tausendundeiner Nacht und dem, was wir für die moderne Zivilisation halten. Er ist über sechzig, vielleicht siebzig – niemand weiß das anscheinend genau. Er herrscht über seine Stammesangehörigen wie ein Wüstenscheich, als absoluter Monarch, als Herr über Leben und Tod. Aber er besitzt ebenfalls Weinkellereien, Farmen, eine Busgesellschaft und Phosphatminen. Gott allein weiß, wieviel er mit dem Schmuggel von Diamanten und Devisen aus Marokko und Frankreich verdient.«

»Kann er für uns von Nutzen sein?« unterbrach der für Italien zuständige Jünger ungeduldig.

Der Nahost-Spezialist war es nicht gewohnt, unterbrochen zu werden, und er bedachte ihn mit einem wütenden Blick.

»Ohne seine Genehmigung hätten wir den Mineningenieur Grunier nicht aus Marokko herausholen können«, sagte er. »Das hat uns hunderttausend Dollar gekostet. Darf ich vielleicht fortfahren?«

»Bitte«, sagte Donovan und glättete die Wogen.

»Wenn Thami el Glaoui glaubt, daß wir es gutheißen, wenn er König wird, oder wenn wir wenigstens nicht den gegenwärtigen Monarchen unterstützen – der ihn liebend gern enthaupten würde, sollte ich hinzufügen –, dann könnte er meiner Ansicht nach sehr wertvoll für uns sein.«

»Verzeihung, Charley«, sagte der Italien-Experte zerknirscht. »War nicht böse gemeint.«

Die Entschuldigung wurde ignoriert.

»Der Mann, der Thami el Glaoui ins zwanzigste Jahrhundert geführt hat, ist ein anderer interessanter Typ«, fuhr der Jünger fort, als halte er eine Vorlesung. »Es ist der alte Pascha von Ksar es Souk. Jahrelang war er die Graue Eminenz hinter Thamis Schachzügen. Er wurde am sechsten Dezember vergangenen Jahres meuchlings ermordet, vermutlich vom König oder einem von ihm bezahlten Attentäter. Vermutlich mit der stillschweigenden Billigung der Deutschen. Vielleicht irrtümlich – es hätte an Stelle des Paschas von Ksar es Souk auch leicht dessen Sohn erwischen können. Der Sohn war in Schmuggelgeschäfte verwickelt, bei denen es um viel Geld ging.«

»Ich kapiere nicht, worauf Sie mit alldem hinauswollen, Charley«, sagte C. Holdsworth Martin junior.

»Nach dem Tod des Paschas wurde der älteste Sohn sein Nachfolger. Der Pascha ist tot – lang lebe der Pascha. Der neue Pascha von Ksar es Souk ist Sidi el Ferruch«, fuhr der Jünger fort. »Fünfundzwanzig. Ausgebildet in der Schweiz und Deutschland. Ein Produkt dieses Jahrhunderts.«

»Was ist mit ihm?« fragte der Jünger, der für Osteuropa zuständig war. »Kann er uns nutzen?«

Jetzt war es für Donovan an der Zeit, zu unterbrechen.

»Das hat er bereits getan«, sagte er. »Er schmuggelte – mit el Glaouis Genehmigung – Grunier aus Marokko. Charley meint, daß er uns bei einer Invasion Nordafrikas sehr nützlich sein könnte. Ich bin derselben Meinung. Aber um mich zu wiederholen, es gibt viele unterschiedliche Ansichten und Denkmodelle.«

»Sie denken an einen Aufstand der Einheimischen?« Der zuvor skeptische Jünger mit dem Spezialgebiet Italien war jetzt fasziniert.

»Die Army wägt das Pro und Kontra ab«, sagte Donovan. Er wollte jetzt keine längere Diskussion über das Thema. »Das ist jetzt nebensächlich. Eine Rebellion könnte schnell außer Kontrolle geraten, aber einfach sicherzustellen, daß sich Thami el Glaouis Berber aus Kampfhandlungen heraushalten, wäre schon die nötige Mühe wert. Ich werde Sie wissen lassen, was entschieden wurde.«

Der Nahost-Experte war es gewohnt, Vorlesungen zu beenden, wann er das wünschte, nicht vorher. Er war ebenfalls, wie Donovan erkannte, nicht immun gegen den Reiz seines ersten Ausflugs in internationale Machenschaften.

»Mit dem Gedanken, el Ferruch in der Zukunft zu

benutzen«, sagte der Jünger, »und aus anderen Gründen entschlossen wir uns, Eric Fulmar mit aus Marokko herauszuholen, als wir Grunier holten.«

Der Osteuropa-Experte schluckte den Köder. »Wer ist Eric Fulmar?« Er hörte zum ersten Mal etwas von dieser Operation.

»Er ist ebenfalls ein interessanter Typ«, sagte der Nahost-Experte. »Sein Vater ist der Fulmar von ›Fulmar Elektrische Gesellschaft‹, und seine Mutter ist Monica Carlisle, die Schauspielerin.«

Als Charley jetzt die Aufmerksamkeit der anderen Jünger geweckt hatte, wußte Donovan, daß es nahezu unmöglich war, ihm das Wort zu entziehen.

»Ich wußte gar nicht, daß sie verheiratet ist. Oder so alt ist«, sagte C. Holdsworth Martin junior.

»Höchstwahrscheinlich damit die Öffentlichkeit nichts von ihrem dunklen Geheimnis – einem so alten Sohn – erfährt, schickte sie ihn auf eine Schule in der Schweiz«, fuhr der Nahost-Experte fort. »Und Sidi el Ferruch war dort – günstig für uns – ebenfalls Schüler.«

»Meine Vermutung ist ein bißchen weit hergeholt, Charley«, sagte Martin, »aber darf ich fragen, welche Schule in der Schweiz das war?«

»Das war ein Schuß ins Schwarze, Holdsworth«, erwiderte der Jünger, der für den Nahen Osten zuständig war. »La Rosey. Wo Ihr Sohn war.«

»Das ist ein Ding!« stieß C. Holdsworth Martin hervor.

»Und dann gingen Ferruch und Fulmar nach Deutschland – auf die Phillips-Universität in Marburg an der Lahn. Wo sie anscheinend einen Kurs in Schmuggeln belegten, wenn ich das mal so salopp sagen darf. Das Paar muß ein Vermögen mit dem Schmuggeln von Gold, Edelsteinen, Geld und Kunstgegenständen aus Frankreich verdient haben – ganz zu schweigen von den hunderttausend Dollar, die wir zahlten, um Grunier aus Marokko herauszuholen. Fulmar hat jetzt über hunderttausend in der Filiale der First National City Bank an der Park Avenue und der fünfundsiebzigsten Straße. Und es würde mich überhaupt nicht überraschen, wenn weiteres Geld in der Schweiz deponiert ist.«

»Dieser Fulmar sollte mit Grunier aus Marokko herausgeholt werden?« fragte der Italien-Experte, und als der Nahost-Experte nickte, fragte er: »Und warum haben wir ihn nicht herausgeholt?«

»Es war ein Teil der Abmachung, ihn herauszuholen«, sagte der Jünger und genoß sichtlich seine Rolle als Meisterspion.

Er hat ein überraschendes Talent für einen Hundesohn, dachte Donovan. *Aber solange es einer guten Sache dient ...*

»Er dachte, wir bringen ihn raus«, fuhr der Jünger fort. »Die Deutschen waren ihm dicht auf den Fersen. Sie wußten von dem Schmuggel, und der Sohn eines prominenten Nazi-Industriellen hätte eigentlich Wehrdienst leisten müssen, vorzugsweise bei der Waffen-SS in Rußland. Weil er wußte, daß er erledigt gewesen wäre, weil er sich bereichert hatte, indem er den Franzosen geholfen hatte, ihre Wertsachen der Kontrolle des Tausendjährigen Reichs zu entziehen, wollte er unbedingt aus Marokko raus. So war er sehr kooperativ.«

»Wenn wir ihm versprochen haben, ihn rauszuholen, warum haben wir es dann nicht getan?« fragte der Italienexperte peinlich berührt; sein Gerechtigkeitssinn war verletzt.

»Es war nicht nett von uns, Henry«, sagte Donovan. »Aber es mußte sein. So hatte Sidi el Ferruch zwei Möglichkeiten. Er konnte Fulmar ausliefern – und sich damit auf die Seite der Deutschen stellen – oder ihn weiterhin beschützen und die Tür für uns offenlassen. Und wenn wir über el Ferruch sprechen, dann natürlich über Thami el Glaoui. Er ist entschlossen, die Tür offenzulassen, jedenfalls im Moment. Fulmar ist im Palast des Paschas von Ksar es Souk.«

»Und was denkt dieser Fulmar über uns, nachdem wir ihn zurückgelassen haben, obwohl wir ihm versprochen haben, ihn aus Marokko herauszubringen?«

»Ich bezweifle, daß er sehr nett über uns denkt«, sagte Donovan. »Damit werden wir zu gegebener Zeit fertig werden müssen. *Wenn* es dazu kommt. Wie gesagt, die Entscheidung, ob wir Thami el Glaouis Berber nutzen oder nicht, ist noch nicht getroffen worden.«

»Wenn ich Fulmar wäre«, sagte der Italienexperte, »würde ich Sie zum Teufel schicken.«

Donovan unterdrückte ein Lächeln. »Wir werden diese Brücke erst hinter uns abbrechen, wenn wir sie passiert haben. Ich bezweifle, daß es Sinn hätte, ihm die Hand zur Versöhnung zu reichen, aber er liebt Geld.«

»Guter Gott!« sagte der empörte Jünger angewidert.

»Sonst noch etwas?« fragte Donovan und schaute in die Runde.

Es gab nur noch knappe Berichte und nichts, was diskutiert werden mußte. Schließlich verabschiedeten sich die Jünger mit Handschlag von Donovan und ließen ihn allein.

Er trank den Scotch aus seinem Glas, schenkte sich einen neuen ein und schaltete das Licht aus. Aber er fand keinen Schlaf. Auch nicht nach einem weiteren Scotch. Er fragte sich, ob er sterben würde. *Irgendwann läuft für jeden die Uhr ab*, dachte er. *Aber jetzt wäre ein denkbar schlechter Zeitpunkt. Nicht jetzt, nicht während ich soviel Spaß habe.*

Bevor er einschlief, schwor er sich, die Anweisung

des Arztes zu ignorieren, nach der er im Bett bleiben mußte, bis sich das Blutgerinnsel aufgelöst hatte.

Donovan hatte erst eine Stunde geschlafen, als eines der Telefone auf seinem Nachttisch klingelte. Dort standen drei Apparate: ein Haustelefon, ein Sicherheitstelefon und sein Privattelefon mit der Geheimnummer. Letzteres klingelte. *Wahrscheinlich Ruth,* dachte er, als er den Hörer abnahm. Er fragte sich, was seine Frau um diese Zeit wollte.

Nicht Ruth war die Anruferin, sondern Barbara Whittaker. Barbara war die Besitzerin von Summer Place, der Villa in Deal, und sie hatte sie kostenlos zur Verfügung gestellt, als Donovan ihr gesagt hatte, daß er sie brauchte. Barbara Whittaker war sehr lange mit Ruth und Bill befreundet. Sie war die Witwe seines lebenslangen Freundes Chesty Whittaker und die Tante von Jimmy Whittaker, der im Air Corps und zur Zeit auf den Philippinen war, wie sich Donovan erinnerte. Barbara Whittaker glaubte Jimmy zu helfen, indem sie Summer Place und das Haus in der Q Street Donovan – und damit dem Militär – zur Verfügung stellte.

»Entschuldige die Störung, Bill, aber ich mußte dir einfach danken.«

»Wofür?« fragte Donovan verwirrt.

»Jimmy hat soeben angerufen. Er ist in San Francisco.«

Donovan verbarg seine Überraschung. Er hatte nur gehofft, daß Chesty Whittakers Neffe irgendwie das Debakel auf den Philippinen und/oder die Gefangennahme durch die Japaner überleben würde.

»Er ist in San Francisco?« Donovan war immer noch durcheinander.

»Schon gut, Bill«, sagte Barbara Whittaker. »Ich verstehe. Du willst nicht darüber reden, wie du das gedeichselt hast. Aber ich danke dir, und Gott segne dich.«

»Er ist von den Philippinen fortgekommen?« Donovan konnte es immer noch nicht glauben.

»Okay, ich erzähle es dir«, sagte Barbara leicht sarkastisch und belustigt. »Damit du Bescheid weißt, wenn dich jemand fragt. Er entkam mit Douglas MacArthur von den Philippinen, und MacArthur schickte ihn von Australien mit einem Brief an Franklin Roosevelt. Sie fliegen ihn heute nacht damit nach Washington.«

»Ich habe nichts damit zu tun, Barbara«, sagte Donovan. »Aber es freut mich natürlich, das zu hören.«

»Gott segne dich, Bill«, sagte Barbara bewegt. »Du bist ein wahrer Freund.«

»Das hoffe ich«, sagte er.

Dann war die Leitung tot.

Sie glaubt wirklich, ich bin zu Franklin Roosevelt gegangen und habe ihn dazu gebracht, für Jimmy eine Extrawurst zu braten.

Und dann kam ihm ein anderer, ein beruflicher Gedanke. Douglas MacArthur, den Bill Donovan kannte, seit sie gemeinsam 1917 in Frankreich junge Colonels im Expeditionskorps gewesen waren, neigte zu listigen Umwegen. Gott allein und MacArthur wußten, was in diesem Brief stand. Was auch immer es war, es durfte nicht in die falschen Hände fallen. Und Donovan erkannte, daß die falschen Hände nicht nur die von Colonel McCormick von der *Chicago Tribune*, sondern auch die von George Marshall waren. Marshall und MacArthur verachteten sich.

Was Roosevelt mit dem Brief machte, war seine Sache, aber er mußte ihn erreichen, nicht ›irrtümlich‹ an die Presse gelangen oder im Pentagon ›verlegt‹ werden. Oder ›verlorengehen‹.

Donovan nahm den Hörer des Sicherheitstelefons ab und rief im Weißen Haus an. Der Präsident war nicht erreichbar, würde jedoch in einer halben Stunde zu sprechen sein, erfuhr er. Er hinterließ eine Nachricht für den Präsidenten: Jimmy Whittaker war in San Francisco und auf dem Weg nach Washington, um einen persönlichen Brief von Douglas MacArthur für Franklin Roosevelt zu übergeben.

Nachdem Donovan aufgelegt hatte, wurde ihm klar, daß das nicht reichte. Nachdem er jetzt den Brief angekündigt hatte, konnte er abgefangen werden.

Er griff wieder zum Sicherheitstelefon und rief den Offizier vom Dienst des COI im ›National Institutes of Health‹-Gebäude an. Er wies den Offizier vom Dienst an, Captain Peter Douglass zu suchen, der ihn sofort anrufen sollte.

Captain Douglass, den Donovan vom Büro des Marinenachrichtendienstes rekrutiert hatte, meldete sich nach drei Minuten.

Donovan erzählte ihm, was er soeben erfahren hatte.

»Ermitteln Sie bitte, wie Whittaker nach Washington reist«, sagte Donovan.

»Wenn er von Hawaii aus geflogen ist«, sagte Douglass, »dann ist er in der NAS Alameda gelandet. Ich werde dort anrufen und nach den Einzelheiten fragen.«

»Ich möchte sicherstellen, daß er den Brief dem Präsidenten persönlich übergibt«, sagte Donovan. »Was bedeutet, daß Whittaker am Flugzeug abgeholt wird, wenn es in Washington landet. Ich würde es vorziehen, wenn Sie nicht persönlich in Erscheinung treten, aber wenn es sein muß, holen Sie ihn selbst ab. Ist jemand sonst verfügbar?«

»Canidy ist in Washington«, erwiderte Douglass. »Er kam heute von einem Besuch bei seinem Vater in Cedar

Rapids zurück. Er und Whittaker sind befreundet. Ich glaube, ich kann ihn erreichen. Und Chief Ellis ist natürlich im Haus in der Q Street.«

»Canidy ist nicht im Haus?« fragte Donovan. »Wo dann?«

»Er rief an und erzählte, er besucht eine Freundin«, sagte Douglass trocken. »Er hinterließ ihre Telefonnummer bei Ellis.«

Donovan lachte. »Mal abgesehen von seinen Weibergeschichten – haben wir Probleme mit ihm?«

Canidy war ein Marineflieger, der von General Claire Chennault für seine ›Flying Tigers‹ in China rekrutiert worden war. Canidy war das erste As der amerikanischen Freiwilligen-Gruppe gewesen, er hatte also die meisten feindlichen Flugzeuge abgeschossen. Dann war er von neuem rekrutiert worden, diesmal vom COI, um Grunier und den alten Admiral aus Nordafrika herauszubringen. Nachdem er und Eric Fulmar bei Safi im Atlantik von dem Kapitän des U-Boots abgewiesen wurden, auf das sie beide gewartet hatten, um die Flucht fortzusetzen, hatte sich Canidy gesagt, daß er seine Dienste nicht mehr dem COI zur Verfügung stellen wollte.

Kurz nach seiner sicheren Rückkehr in die Staaten hatte Canidy Douglass informiert, daß das Fliegen von Jagdflugzeugen von einem Flugzeugträger aus nicht annähernd so gefährlich oder unangenehm sei wie das, was er in Marokko durchgemacht hatte, und daß er dankbar wäre, wenn Captain Douglass seine Zurückversetzung zur Navy arrangieren würde.

Das konnte Donovan aus mehreren Gründen nicht zulassen. Ganz oben auf der Liste stand Canidys Beteiligung an dem ›Umzug‹ von Grunier aus Marokko in die Vereinigten Staaten. Canidy wußte natürlich nur, daß Grunier wichtig war, aber er wußte von Grunier und folglich von einem atomaren Geheimnis, und das allein reichte, um ihm eine Rückkehr in die Navy zu verweigern.

Und das war nicht das einzige Geheimnis, das Canidy kannte. Er hatte Kontakt mit Sidi Hassan el Ferruch gehabt, dem Pascha von Ksar es Souk. Donovan glaubte, daß sich Roosevelt letzten Endes dafür entscheiden würde, el Ferruchs Berber bei der Invasion Nordafrikas zu nutzen. Aber selbst, wenn das nicht der Fall sein würde, war die Geheimhaltung der amerikanischen Pläne in puncto Nordafrika so nötig, daß Canidys Wissen darüber ihn zu einem Sicherheitsrisiko machte – sofern er kein fröhlicher, williger, gehorsamer und loyaler COI-Freiwilliger war.

Allein seine Kenntnis über die Struktur der Spitze des COI machte ihn zu einem Sicherheitsrisiko. Aus diesem Grund würde Donovan ihn den Rest des Krieges auf einem entfernten Stützpunkt in Alaska oder Grönland aussitzen lassen müssen, wenn er schwierig werden würde. Es war sogar möglich, daß Donovan ihn in eine ›psychiatrische Anstalt‹ einweisen lassen mußte. Nach Meinung von Roosevelts Justizminister traf das Gesetz zum Schutz der persönlichen Freiheit nicht auf Geisteskranke zu. Wenn Canidy in die Psychiatrie eingeliefert werden würde, dann für die Dauer des Krieges.

Captain Douglass konnte Canidy nichts davon androhen, als er um eine Rückkehr in die Navy bat. Er forderte ihn jedoch auf, mal zu überlegen, warum es vielleicht unmöglich für ihn sein könnte, sich wieder die goldenen Schwingen des Marinefliegers anzuheften. Canidy, keineswegs dumm, verstand den Wink und stimmte zu – alles andere als begeistert –, zu bleiben.

»Nein, er macht uns keine Probleme«, antwortete

Douglass auf Donovans Frage. »Man kann ihn kaum als glücklichen Freiwilligen bezeichnen, aber er hat sich anscheinend Gedanken über seine Lage gemacht.«

»Wenn er ein glücklicher Freiwilliger wäre, würde mich das beunruhigen«, sagte Donovan. Er war erfreut und erleichtert. Er mochte Canidy, und er hätte nur ungern seine ›Einweisung‹ befohlen. Und er war einer Meinung mit Eldon Baker, dem langjährigen Berufs-Nachrichtenoffizier, der die Operation in Marokko geleitet hatte, daß Canidy eine dieser seltenen Persönlichkeiten mit der merkwürdigen Mischung aus Intelligenz, Phantasie, Mut und Skrupellosigkeit war, die ein Agent brauchte. Es wäre ein Jammer, wenn ein solches Talent für die Dauer des Krieges eingesperrt werden müßte.

Captain Douglass lachte. »Ja, ich würde mir auch Sorgen machen, wenn er den glücklichen Freiwilligen heucheln würde.«

»Okay«, sagte Donovan. »Dann holt er Whittaker ab. Sorgen Sie dafür, daß Chief Ellis Canidy aus dem Bett der Lady holt, ihm sagt, was er wissen muß, und ihn die Sache erledigen läßt. Haben Sie nicht gesagt, Sie hätten ihm ein Marshal-Abzeichen besorgt?«

»Es liegt im Safe.«

»Nun, geben Sie es ihm«, sagte Donovan. »Schicken Sie Ellis mit ihm.«

Chief Boatswain's Mate Ellis, ein alter China-Matrose der Jangtse-Patrouille, war so etwas wie ein Faktotum für Douglass in Washington.

»Jawohl, Sir.«

»Und vielleicht begleiten Sie ihn besser ebenfalls. Bleiben im Wagen oder wo sitzen, wo Sie nicht gesehen werden. Stellen Sie sicher, daß dieser Brief nicht abgefangen wird.«

»Wenn es irgendwelche Probleme gibt, rufe ich Sie

an«, sagte Douglass. »Andernfalls melde ich Ihnen telefonisch, wenn Whittaker sicher im Haus in der Q Street ist.«

»Prima.«

»Wie geht es Ihnen, Colonel?« fragte Douglass.

»Ich sitze im Bett und trinke Rattengift und Scotch«, sagte Donovan. »Nett, daß Sie fragen, Peter.«

»Gute Nacht, Sir.«

Etwas bitter dachte Donovan, daß er viel zuviel Zeit mit politischer Kriegsführung mit dem militärischen Establishment Amerikas verbrachte. Aber es ließ sich nicht ändern. Seine Loyalität galt Roosevelt und keinem sonst.

II

I

Alameda Naval Air Station
Alameda, California

4. April 1942

Der zweimotorige Mitchell-Bomber vom Typ B-25 rollte in Alameda zur Transit-Parkfläche, und der Pilot stellte die Motoren ab. Unterhalb des Fensters auf der Seite des Piloten war eine rote Tafel von der Größe eines Autonummernschildes befestigt, auf der ein silberner Stern eines Brigadier General prangte.

Eine Tür am Fuß des Rumpfes wurde geöffnet, und eine kurze Leiter erschien. Ein Lieutenant, der das Pilotenabzeichen und die Insignien eines Adjutanten trug, stieg die Leiter hinab und ging auf das Abfertigungsgebäude zu, aus dem soeben zwei Captains von Army und Navy traten.

Der Lieutenant und der Captain der Navy grüßten sich schneidig. Der Captain der Army hielt die Hände in den Taschen und nickte dem Lieutenant zu.

Einen Augenblick später stieg ein Brigadier General aus der Maschine und ging zu den anderen.

Wieder wurde gegrüßt.

»Guten Abend, Captain«, sagte der General und reichte dem Navy-Offizier die Hand. »Ich bin General Jacobs. Was hat das alles zu bedeuten?«

»Captain Farber, Sir«, sagte der Navy-Offizier.

»Dies ist Ihr Passagier.« Er wies auf den anderen Captain.

»Mein Name ist Whittaker«, stellte sich der Army-Offizier im Plauderton vor.

Brigadier General Jacobs nahm Anstoß am Äußeren des Captains. Er trug über seiner Tropenuniform eine Pilotenjacke aus Pferdeleder; das verstieß nicht nur gegen die Kleiderordnung, es war auch unansehnlich, denn die Lederjacke bedeckte nicht ganz die Uniformjacke. Darüber hinaus war der Brigadier General verärgert, weil er den Befehl erhalten hatte, einen Umweg über Alameda zu fliegen, um dort einen Passagier mit Priorität abzuholen, der sich nur als popeliger Captain erwies.

»Ihr Äußeres ist schändlich, Captain«, sagte er.

»Ich bin gereist, General«, erwiderte Whittaker.

»Und Sie haben getrunken«, blaffte der Brigadier General. »Das rieche ich!«

»Jawohl, Sir, ich habe einen zur Brust genommen«, bekannte Whittaker heiter.

»Man hat mich informiert, daß er eine äußerst wichtige Mission hat«, sagte Brigadier General Jacobs zum Navy-Captain. »Ich hätte nicht übel Lust, ihn zu seiner Einheit zurückzuschicken.«

Whittaker lachte.

»Das amüsiert Sie?« Der Brigadier General war empört.

»Es wäre ein wenig schwierig, mich zu meiner Einheit zurückzuschicken, General«, sagte Whittaker.

»General«, schaltete sich der Navy-Captain ein, »dieser Offizier ist soeben von den Philippinen gekommen.«

»So?« Der Tonfall des Generals wurde milder, aber nur ein wenig. Er betrachtete Whittaker. »Sie hatten sicherlich schwierigen Dienst. Aber das ist wirklich keine Entschuldigung für Ihr schlampiges Aussehen. Oder für trinken im Dienst. Zeigen Sie mir Ihre Befehle, Captain!«

»Sir«, sagte der Navy-Captain. »Captain Whittakers Befehle sind für geheim erklärt.«

»Sie haben sie gesehen?«

»Jawohl, Sir«, antwortete der Navy-Captain. »Captain Whittaker hat die höchstmögliche Priorität für seinen Transport nach Washington.«

Das war für General Jacobs die Erklärung, warum er zur Alameda Naval Air Station umgeleitet worden war. Brigadier Generals mit einer wichtigen Mission erhielten auf dem Flug nach Washington selten den Befehl, den Kurs zu ändern, um irgendwo einen Passagier abzuholen.

Seine Neugier gewann die Oberhand über seinen Ärger. Er schaute Whittaker an.

»Wie sind Sie von den Philippinen weggekommen?«

»Mit einem PT-Boot«, sagte Whittaker.

Die Geschichte von MacArthurs Flucht – General Jacobs betrachtete sie insgeheim als ›persönlichen Rückzug‹ – von den Philippinen war allgemein bekannt. Es war logisch, zu dem Schluß zu gelangen, daß dieser junge Offizier bei MacArthur gewesen war.

»Nun, gehen Sie an Bord, Captain«, sagte Jacobs. »Wir haben einen langen Flug vor uns, und wir werden nur zum Tanken zwischenlanden.«

»Danke, Captain«, sagte Whittaker zu dem Navy-Captain.

General Jacobs wartete, bis Whittaker und der Adjutant in der Maschine verschwunden waren. Dann schaute er den Navy-Captain an.

»Sie können mir nicht sagen, was dies alles zu bedeuten hat?«

»Ich bin bereits zweimal aus Washington angerufen

worden«, sagte der Navy-Captain. »Man wollte seinen Fahrplan wissen. Ich weiß nur, daß er auf dem Weg zum Weißen Haus ist.«

»Sehr interessant.« General Jacobs gab dem Navy-Captain die Hand und ging zum Flugzeug. Als er die Leiter hinaufstieg, wurde der linke Motor angelassen.

2

Es war ein langer und kalter Flug von San Francisco nach Salt Lake City. Die Waffen des Flugzeugs waren entfernt worden, doch das Plexiglas, mit dem die Schießscharten abgedeckt werden sollten, war nicht eingesetzt worden, und kalter Wind pfiff vom Start an durch den Rumpf.

Als sie auf Flughöhe waren, ging General Jacobs nach hinten in den Rumpf und drückte sein Bedauern aus, daß es unbequem für Whittaker war, was sich jedoch nicht ändern ließ.

Beim Tankstopp in Salt Lake City stahl Whittaker auf der Männertoilette des Abfertigungsgebäudes ein Paket Papierhandtücher. Als sie wieder in der Luft waren, stopfte er die Papierhandtücher in die Öffnungen in der Nase des Bombers. Das war keine perfekte Lösung des Problems, aber es half.

Beim nächsten Tankstopp auf dem Flugplatz des Air Corps in Omaha, Nebraska, wußte Whittaker nicht genau, ob sich der General mehr über den Zustand des Flugzeugs ärgerte oder über die Leute in Omaha, weil sie nicht die Teile hatten, um die Schießscharten abzudecken.

Die Papierhandtücher wurden entfernt und durch Stoffstreifen ersetzt, die mit Klebeband festgeklebt wurden. General Jacobs' Zorn war zum Stützpunkt des Air Corps in Columbus, Ohio, vorausgeeilt, und als sie dort zum Tanken landeten, warteten ein Captain und zwei Sergeants mit den fehlenden Plexiglasteilen.

Auf dem Flug von Columbus nach Washington war es nicht ganz so kalt in der B-25, aber Whittakers Blut war noch dünn von den Tropen, und er hüllte sich mit mehreren Decken ein.

Als die B-25 auf Bolling Field landete, wurde sie von einem Follow-Me-Wagen weit fort vom Abfertigungsgebäude und den Hangars auf eine abgelegene Stelle der Parkfläche gelotst.

Whittaker stieg die Leiter hinab und sah, daß die Maschine von einigen Leuten erwartet wurde. Da standen zwei Wagen: ein olivfarbener Chevrolet-Stabswagen, dessen Fahrer ein Staff Sergeant war, und ein schwarzer Buick Roadmaster mit einem Chief Petty Officer der Navy.

Ein großer Colonel des Generalstabskorps mit kerzengerader Haltung näherte sich Whittaker und fragte, ob er Captain Whittaker sei. Als Whittaker nickte, erklärte der Colonel, daß er vom Büro des Stabschefs komme und den Brief entgegennehmen solle, den Whittaker bei sich habe.

»Verzeihen Sie, Colonel«, ertönte eine andere Stimme – sonderbar vertraut, dachte Whittaker –, »aber ich bin geschickt worden, um Captain Whittaker willkommen zu heißen und ihn und den Brief in Gewahrsam zu nehmen.«

»Das ist ein Hammer!« sagte Whittaker ehrlich überrascht. »Canidy!«

Richard Canidy war James B. Whittakers bester Freund, seit sie Jugendliche auf der St. Mark's School gewesen waren. Bis zu diesem Moment hatte Whittaker geglaubt, Canidy sei in China als Flying Tiger. Was bedeutete, daß er mindestens so tief in der Scheiße steckte wie es bei ihm auf den Philippinen der Fall gewesen war.

»Darf ich fragen, wer Sie sind?« erkundigte sich der Colonel.

»Ich bin Deputy U.S. Marshal, Colonel«, sagte Canidy. Er nahm ein Etui aus der Tasche, öffnete es und hielt es dem Colonel hin.

»Was, zum Teufel, hat das alles zu bedeuten?« fragte Whittaker.

»Halt einfach die Klappe und steig in den Buick, Jimmy«, sagte Canidy. »Ich werde es dir später erklären.«

»Ich kann mir nicht vorstellen, welche Rolle das Justizministerium bei dieser Sache spielt«, sagte der Colonel. »Aber ich sage Ihnen eines, Mister – wie war noch mal Ihr Name?«

»Canidy.«

»Ich sage Ihnen eines, Mr. Canidy«, fuhr der Colonel fort. »Vielleicht haben Sie mich nicht verstanden. Ich komme vom Büro des Stabschefs, und ich habe vor, die Verantwortung für diesen Offizier und jedes Material zu übernehmen, das in seinem Besitz ist.«

»Colonel«, sagte Canidy, »das Justizministerium hat soeben die Verantwortung über diesen Offizier übernommen. Darf ich vorschlagen, daß Sie sich an den Justizminister wenden, wenn Sie irgendwelche Fragen haben?«

»Dieser Offizier ist wichtig«, sagte der Colonel. »Sie können ihn haben, wenn Sie wollen. Aber ich muß den Brief haben, der in seinem Besitz ist.«

»Colonel«, sagte Whittaker sachlich. »General MacArthur hat mir befohlen, den Brief persönlich abzuliefern.«

»Und ich sage Ihnen, Captain, ich bin hier, um ihn von Ihnen entgegenzunehmen. Das ist ein Befehl!«

Der stämmige, muskulöse Chief Petty Officer, der Fahrer des Buick, näherte sich.

»Chief, würden Sie Captain Whittaker bitte zum Wagen bringen?« sagte Canidy.

»Jawohl, Sir«, sagte Ellis. »Begleiten Sie mich bitte?«

»Moment mal!« Der Colonel kochte vor Zorn. »Ich will diesen Brief haben!«

»Ich bedaure das Durcheinander, Colonel«, sagte Canidy. »Aber ich habe meine Befehle. Das werden Sie sicherlich verstehen.«

Er ging schnell hinter Whittaker und Ellis her.

Der Colonel machte einen letzten Versuch. »Ich befehle Ihnen, mir diesen Brief zu geben, Captain!« rief er ihnen nach.

»Bedaure«, sagte Whittaker über die Schulter. Die Konfrontation und der Frust des Colonels schienen ihn zu belustigen.

»Ich weiß nicht, wer Sie sind, Colonel, aber Marshal Wyatt Earp und ich sind alte Freunde. Ich halte es für besser, mit ihm zu fahren.«

Er öffnete die hintere Tür des Buick und stieg ein. Ein Mann mit blauem Mantel saß an der anderen Tür.

»Willkommen daheim, Captain Whittaker«, sagte er. »Mein Name ist Douglass.«

»Was ist mit Ihrem Gepäck, Captain?« fragte Chief Ellis.

»Gepäck?« wiederholte Whittaker ungläubig. »*Gepäck?*«

Chief Ellis grinste, schloß die Tür und setzte sich schnell hinters Steuer. Canidy nahm auf dem Beifahrersitz Platz.

»Fahren Sie los, Ellis, bevor sich dieser Colonel was einfallen läßt«, sagte er.

Als sie fuhren, fragte Whittaker: »Was, zum Teufel, sollte die U.S. Marshal-Schau? Was treibst du hier überhaupt? Als letztes hörte ich, daß du in China bist und P-40er für die Flying Tigers fliegst.«

»Das war Spaß für eine Weile«, sagte Canidy. »Aber dann begann man auf mich zu schießen, und so kehrte ich heim.«

»Und wurdest U.S. Marshal?« fragte Whittaker. »Clever, Richard! Bei diesem Job bleibt dir die Uniform erspart.«

»Wir sind vom Büro des COI«, sagte Douglass. »Des Coordinator of Information.«

»Was, zum Teufel, ist denn das?«

»Colonel Donovan ist der Leiter, Jimmy«, sagte Canidy.

»Wir arbeiten für Colonel Donovan«, sagte Douglass, »und wir wollen sicherstellen, daß Sie den Brief dem Präsidenten übergeben.«

»Wohin fahren wir?« fragte Whittaker.

»Zu Ihrem Haus«, sagte Douglass. »Wir benutzen es jetzt als eine Art Hotel. Wir werden dafür sorgen, daß Sie eine Nacht lang gut schlafen – Sie müssen erschöpft sein –, und am Morgen kümmern wir uns darum, daß Sie den Brief abliefern.«

»Ich habe mich schon gefragt, wie ich das machen soll«, sagte Whittaker. »Ich kann schlecht zum Tor vom Weißen Haus gehen und ankündigen, daß ich einen Brief für Onkel Franklin habe.«

»Wir kümmern uns morgen früh darum«, sagte Douglass.

»Was, zum Teufel, seid ihr für Leute?« fragte Whittaker und sah Canidy fragend an. »Was meintest du damit, du arbeitest für Bill Donovan? Was hat er mit dieser Sache zu tun?«

»Können Sie Ihre Neugier bis morgen früh zügeln, Captain?« fragte Douglass. »Dann werden wir alles erklären.«

»Jimmy«, sagte Canidy, »für heute abend muß folgendes reichen: Colonel Donovan sagt uns, was wir tun müssen, und er hat uns befohlen, dich abzuholen. Hier Fragen zu stellen, das ist wie furzen in der Kirche.«

Whittaker und Chief Ellis lachten.

»Haben Sie Hunger, Captain?« fragte Douglass.

»Ich komme fast um vor Hunger«, sagte Whittaker.

»Für diesen Fall haben wir die Köchin gebeten, aufzubleiben«, sagte Chief Ellis.

»Du bist in dem Haus, Dick?« fragte Whittaker. »Du wohnst dort, meine ich?«

»Dein Haus ist jetzt eine Art Klubhaus für sonderbare Leute«, sagte Canidy. »Leute wie du und ich.«

»Ach du dickes Ei!« sagte Whittaker.

»Und es wird dich zweifellos überraschen, zu erfahren, daß unsere Hausmutter Cynthia Chenowitch ist«, sagte Canidy.

»Im Ernst?«

Er hatte Cynthia Chenowitch, die Tochter eines engen Freundes der Familie, schon als Siebenjähriger geliebt, als sie zehn gewesen war. In diesem Alter war der Altersunterschied ein scheinbar unüberwindliches Problem. Jetzt fand er ihn unbedeutend, auch wenn Miss Chenowitch genausowenig sexuelles Interesse an ihm zeigte wie mit zehn.

»Da ist etwas, das du über sie wissen solltest, Jim«, sagte Canidy.

»Ich finde, das sollte nun wirklich bis morgen warten«, wandte Douglass hastig ein.

»Ich finde das nicht«, entgegnete Canidy. »Meiner Meinung nach sollte er es wissen, bevor er sie sieht, und sie wird wahrscheinlich bei unserer Ankunft dort sein.«

»Was sollte ich wissen?« fragte Whittaker.

Canidy zögerte einen Moment. Offenbar wartete er auf die Erlaubnis, es sagen zu dürfen.

»Okay«, sagte Douglass. »Erzählen Sie's ihm. Vielleicht haben Sie recht.«

»Man hat dich über Chestys Tod informiert?« fragte Canidy.

Chesty H. Whittaker war Jim Whittakers Onkel gewesen.

»Ja«, sagte Whittaker. »Onkel Franklin hat sich darum gekümmert. Er befahl MacArthur, mich aufzuspüren und es mir zu sagen.«

›Onkel Franklin‹ – Franklin Delano Roosevelt, der Präsident der Vereinigten Staaten – war in Wirklichkeit nicht Whittakers Onkel, doch die Familien waren so eng befreundet, daß Whittaker schon als kleiner Junge Roosevelt ›Onkel Franklin‹ genannt hatte – und auch so über ihn dachte.

»Er war bei Cynthia, als er starb«, sagte Canidy. »Im Haus.«

»Das wußte ich nicht«, sagte Whittaker.

»Ich meine, *mit* ihr, Jimmy«, sagte Canidy.

Whittaker brauchte eine Weile, um das zu verdauen.

»O Gott!« sagte er dann leise. »Weiß meine Tante das?«

»Chesty war bei einem Footballspiel in New York, zusammen mit Colonel Donovan, als sie vom Angriff auf Pearl Harbor erfuhren«, sagte Canidy. »Dann kam er mit Donovan nach Washington. Donovan ging ins Weiße Haus. Chesty fuhr zum Haus in der Q Street. Zu Cynthias Apartment. Er erlitt einen Schlaganfall. War sofort tot.«

»Im Sattel?« fragte Whittaker leichthin.

Canidy schwieg verlegen.

»Allmächtiger«, sagte Whittaker. »So was sollte nur in schmutzigen Witzen passieren.«

»Cynthia rief Donovan im Weißen Haus an. Er konnte nicht weg, und so schickte er Captain Douglass und den Chief zum Haus in der Q Street. Sie kümmerten sich um die Dinge, damit es keinen Skandal gab. Ich bezweifle, daß deine Tante Bescheid weiß.«

»Wie ›kümmerten sie sich um die Dinge‹?« fragte Whittaker.

»Wir arrangierten es so, daß der Leichnam im Badezimmer gefunden wurde«, sagte Chief Ellis.

»Sie trugen die Leiche aus ihrem Bett in sein Haus?« fragte Whittaker.

»Jawohl, Sir«, sagte Ellis.

»Danke«, sagte Whittaker. Und dann fügte er hinzu: »Wie sicher ist das Geheimnis?«

»Nur die Personen in diesem Wagen wissen davon, und natürlich Colonel Donovan und Miss Chenowitch«, sagte Captain Douglass.

»Wie hast du es herausgefunden?« Whittaker sah Canidy fragend an.

»Die Frage habe ich befürchtet«, sagte Canidy.

»Wie?«

»Ich hatte ein paarmal Krach mit Cynthia«, sagte Canidy. »Bei einer dieser Streitereien kam es heraus.«

»Was für Streitereien?« fragte Whittaker.

»Spielt das eine Rolle?«

»Du hast dich an sie herangemacht?« fragte Whittaker. »Du Hurensohn!«

»Nein«, widersprach Canidy, »ich habe mich nicht an sie herangemacht.«

»Was dann?« fragte Whittaker ärgerlich.

»Deine geliebte Cynthia hätte mich fast umgebracht«, sagte Canidy.

»Wieso?«

»Hören Sie auf, Canidy!« mahnte Douglass.

»Ich will wissen, wovon er redet.«

»Tut mir leid, das kommt nicht in Frage.«

»Ich war irgendwo«, sagte Canidy. »Erledigte irgend

etwas. Und am Ende des Spiels schickte man ein U-Boot, um uns abzuholen.«

»Wovon, zum Teufel, redest du?«

»Als wir beim U-Boot eintrafen, sagte uns der Skipper: ›Tut mir leid, Jungs, aber ich habe Befehle, euch nicht an Bord zu lassen. Notfalls muß ich mit Waffengewalt verhindern, daß ihr an Bord geht.‹«

»Wer ist ›wir‹ und ›uns‹?« fragte Whittaker,

»Nein, Canidy!« sagte Douglass. »Kein Wort mehr!«

Canidy hob die Hand in einer Geste, mit der er Captain Douglass versicherte, daß er nicht vorhatte, Geheimnisse zu verraten.

»Zu diesem Zeitpunkt dachte ich, jemand anders hätte diesen Befehl gegeben«, fuhr Canidy fort. »Ich war entschlossen, ihm bei der nächsten Begegnung die Eier ins Maul zu stopfen. So entschied sich Captain Douglass, mir zu sagen, wer die Entscheidung in Wirklichkeit getroffen hatte. Es war nicht derjenige, den ich im Verdacht hatte, es war Cynthia.«

»Cynthia? Hat sie irgend etwas mit deiner Arbeit zu tun?«

»Donovan war äußerst beeindruckt von der Art, wie sie mit dieser Streßsituation fertig wurde – als Chesty in ihrem Bett starb, meine ich –, und er gab ihr einen Job«, sagte Canidy.

»Was für einen Job?«

»Nein, Canidy«, warnte Captain Douglass erneut. »Seien Sie sehr vorsichtig.«

»Ich war verdammt wütend, Jimmy, und ich sagte Captain Douglass, daß Cynthia nicht die süße Maid ist, für die sie sich anscheinend hält.«

»Das war ziemlich beschissen von dir, Dick«, sagte Whittaker.

»Unter den gegebenen Umständen, Captain, finde ich Dicks Reaktion verständlich«, sagte Douglass.

»Welche gegebenen Umstände?« fragte Whittaker.
»Fickt sie jetzt jemand anders? Vielleicht Donovan?«

»Das meinte ich nicht«, sagte Douglass.

»Tut sie es oder nicht?«

»Wenn du meine unmaßgebliche Meinung hören willst – ich bezweifle das«, sagte Canidy. »Gewiß nicht Donovan, und ich glaube auch nicht, daß sie was mit einem anderen hat. Sie ist zu beschäftigt, Spionin zu spielen.«

»Das reicht, Canidy!« blaffte Douglass. Dann fügte er hinzu: »Unter den gegebenen Umständen, Captain Whittaker, hielt ich es für nötig, daß Canidy Sie über die Umstände beim Tod Ihres Onkels informiert.«

»Mein Gott!« sagte Whittaker. Und dann lachte er. »Nun, Chesty ist jedenfalls glücklich gestorben. Ende gut, alles gut, wie es so schön heißt.«

Canidy blickte ihn neugierig an. Das war nicht die Reaktion, die er erwartet hatte.

»Sag mir vor dieser freudigen Wiedervereinigung eines«, bat Whittaker. »Wird Cynthia wissen, daß ich weiß, daß sie meinen Onkel gefickt hat?«

»Nein«, sagte Canidy. »Und sie hat auch keine Ahnung, daß ich über Einzelheiten Bescheid weiß.«

»Dann belassen wir es dabei«, sagte Whittaker. »Okay?«

»Ich finde, es gibt es keinen Grund, dieses Thema jemals wieder zur Sprache zu bringen«, sagte Douglass.

3

Als der Buick beim Haus in der Q Street eintraf, stand das Tor am Zufahrtsweg offen, und Ellis fuhr gleich durch und hielt auf dem Kopfsteinpflaster vor den Garagen.

»Wer ist der Typ am Tor?« fragte Whittaker. »Der sieht wie ein Cop aus.«

»Es gibt hier ein Sicherheitssystem«, erklärte Douglass.

»Ich fühle mich wie in einem Film mit Humphrey Bogart«, bemerkte Whittaker.

»Ich werde mich von Ellis heimfahren lassen«, kündigte Douglass an. »Ich halte es für eine gute Idee, Captain Whittakers Brief in den Safe einzuschließen.«

»Ich kann ihn in den Safe legen, Captain«, schlug Ellis vor, »wenn es Zeit hat, bis ich zurückkehre.«

»Nein, das tun Sie nicht«, sagte Whittaker. »Ich habe ihn bis jetzt nicht aus der Hand gegeben, und ich werde ihn auch auf dem restlichen Weg behalten.«

Douglass dachte darüber nach.

»Wie Sie wünschen, Captain«, sagte er schließlich. »Ich werde gegen acht morgen früh wieder hier sein. Dann können wir die Ablieferung arrangieren.«

»Okay«, sagte Whittaker.

Douglass stieg aus dem Wagen. Er neigte sich wieder hinein und reichte Whittaker die Hand, sagte jedoch nichts mehr.

Ellis hupte. Der Sicherheitsmann in Zivil öffnete das Tor. Canidy und Whittaker stiegen aus dem Buick und gingen auf die Küche zu.

Eine magere Schwarze saß am Küchentisch. Sie schaute sie etwas mißbilligend an, besonders Whittaker.

»Ist Miss Chenowitch hier?« fragte Whittaker.

»Nein, aber sie sollte bald eintreffen«, sagte die Schwarze. Und dann nickte sie zu Whittaker hin. »Bleibt er hier?«

Canidy nickte.

»Weiß sie davon?«

Canidy schüttelte den Kopf.

»Sie hat mir gesagt, wenn jemand kommt, den sie nicht kennt, soll er im Schlafzimmer im zweiten Stock links einquartiert werden«, sagte die Schwarze. »Sie müßte eigentlich schon zurück sein. Ich weiß nicht, warum sie noch nicht da ist.«

»Wer ist im Hauptschlafzimmer?« fragte Whittaker.

Die Schwarze blickte ihn neugierig an. »Das ist wichtigen Leuten vorbehalten.«

»Können Sie dem Captain etwas zu essen machen?« fragte Canidy belustigt.

»Das wäre möglich. Wenn er Hunger hat.«

»Steaks und Eier?« fragte Whittaker. »Und Bratkartoffeln?«

»So spät noch?«

»Machen Sie ihm, was er will«, wies Canidy sie an.

Die Schwarze zuckte mit den Schultern.

»Können wir Ihnen mit sonst etwas dienen, Captain?« fragte Canidy, als wäre Whittaker ein völlig Fremder.

»Ich brauche frische Kleidung. Einen Rasierapparat, Kamm und Bürste. Und Unterwäsche und Socken. Ich muß zu einem Zahnarzt, und ich glaube, ich habe Filzläuse«, sagte Whittaker. »Wo möchtest du anfangen?«

Canidy lachte. »Du bist ein totales Wrack, Jimmy, nicht wahr?«

»Und du bist nicht nur wohlgenährt, sondern trägst auch keine Uniform. Ich werde herausfinden müssen, wie du das geschafft hast, du cleverer Hurensohn.«

»Feigheit. Das klappt immer«, sagte Canidy.

»Blödsinn. Ich bin der größte Feigling, den du jemals kennengelernt hast, und du wirst nicht glauben, was diese Bastarde von mir verlangt haben.«

»Du siehst höllisch aus, und du riechst nach dem Fußboden einer Kaschemme, aber ich freue mich, dich zu sehen.«

»Leck mich, Dick«, sagte Whittaker liebevoll.

»Wir können ihm einen Pyjama und einen Morgenrock geben«, schlug die Schwarze vor, »und einen Kamm, Rasierapparat, eine Zahnbürste und diese Dinge, aber...«

»Pyjama und Morgenmantel? Mein Gott, ich habe ganz vergessen, daß es so was gibt«, warf Whittaker ein.

»...aber ich weiß nicht, was wir ihm gegen die Filzläuse geben können«, fuhr die Schwarze sachlich fort. »Es sei denn, Sie besorgen was in dem Drugstore in der Massachusetts Avenue, der die ganze Nacht geöffnet hat.«

»Ich schicke den Chief, wenn er zurückkehrt«, sagte Canidy.

»Ich habe nicht erwähnt, daß ich auch kein Geld habe«, sagte Whittaker.

»Mach dir deswegen keine Sorgen«, erwiderte Whittaker. »Ich werde dir vertrauen. Du hast ein ehrliches Gesicht.«

Ellis traf ein, als die Schwarze ein Steak briet. Canidy sagte ihm, was Whittaker brauchte, und gab ihm Geld. »Besorgen Sie ihm, was immer er für nötig hält«, fügte er hinzu.

»In Ordnung«, sagte Ellis. »Es wird nicht lange dauern. Kommen Sie zurecht?«

»Wir kommen prima zurecht«, sagte Canidy.

»Ich sehe nur so aus, Chief, ich bin nicht wirklich irre«, sagte Whittaker.

»Wollen Sie tatsächlich Eier zu dem Steak?« fragte die magere Schwarze.

Whittaker nickte. »Fünf Spiegeleier. Und Toast.«

Sie zuckte mit den Schultern und ging zum Kühlschrank.

»Und Kaffee«, sagte Whittaker. »Und Milch.«

Während Whittaker am Küchentisch aß, nahm Canidy eine Kanne Kaffee und setzte sich zu ihm. Die Schwarze verließ die Küche und holte Pyjama und Morgenmantel.

»Ich konnte keine Pantoffeln finden«, sagte sie, als sie Whittaker die Sachen gab.

»Danke«, erwiderte Whittaker.

Sie sah, daß alles Essen, das auf dem Teller aufgehäuft gewesen war, verschwunden war. »Wenn Sie nichts mehr essen wollen, dann zeige ich Ihnen Ihr Zimmer«, sagte sie.

Whittaker war unsicher auf den Beinen. Er konnte es unmöglich allein die Treppe hinauf schaffen.

»Ich zeige es ihm«, sagte Canidy hastig und begleitete ihn. Er war froh darüber. Whittaker mußte sich am Treppengeländer hochziehen.

Im oberen Foyer verharrte Whittaker vor der Tür des großen Schlafzimmers, dem ehemaligen Elternschlafzimmer.

»Wie ich mich erinnere, hat die Dusche hier zwei Köpfe«, sagte er. »Die werde ich benutzen.«

»Hier werden die Zimmer von Miss Chenowitch zugeteilt«, sagte Canidy. »Miss Chenowitch bekommt einen Anfall, wenn es jemand wagt, ihre Anordnungen zu mißachten. Du solltest wissen, daß sie ihre Rolle in der Hierarchie hier sehr ernst nimmt.«

»Miss Chenowitch kann mich am Arsch lecken«, sagte Whittaker und lachte. »Was eigentlich eine hervorragende Idee ist, wenn ich's mir recht überlege.«

»Wirst du in der Dusche zurechtkommen?« fragte Canidy ernst. Whittaker sah schrecklich aus. Seine Augen waren blutunterlaufen und tränten, er hatte dreißig oder gar vierzig Pfund Untergewicht, und er wirkte, als würde er vor Erschöpfung jeden Augenblick zusammenbrechen.

»Ich sehe schlimm aus, wie?«

»Ja. Soll ich warten?«

»Wenn du ein lautes Krachen hörst, schau nach mir«, sagte Whittaker. »Aber ich dusche lieber allein, danke.«

»Es freut mich wirklich, dich wiederzusehen, du Scheißer«, sagt Canidy. »Und jetzt, da du hier bist, will ich nicht, daß du dir den Schädel einschlägst, wenn du in der Dusche umfällst.«

»So plane ich nicht meinen Tod«, sagte Whittaker. »Keine Sorge.«

»Komm runter, wenn du sauber bist«, sagte Canidy. »Wenn du dich danach fühlst. Ich habe eine Flasche Scotch, mit der wir uns abfüllen können.«

»Ja, klar«, sagte Whittaker.

Canidy erkannte beschämt, daß trinken das letzte war, was der arme, erschöpfte Kerl wollte. Er wünschte sich, ins Bett zu fallen, aber sein Stolz verlangte, daß er das Angebot annahm.

Wir werden einen einzigen Scotch trinken, sagte sich Canidy, *und dann werde ich erklären, daß ich kaputt bin und ins Bett möchte.*

Er ging die Treppe hinab und in die Küche.

Cynthia Chenowitch kam eine Viertelstunde später in die Küche. Sie war eine große, schlanke, hellhäutige und fast schöne Frau, die Ende Zwanzig war, jedoch jünger aussah. Sie war teuer gekleidet, und die Handtasche, die am Riemen von der Schulter hing, war aus Krokodilleder.

Sie nickte Canidy als Gruß unpersönlich zu. Mehr erwartete er auch nicht. Er mochte Cynthia Chenowitch nicht, und das beruhte auf Gegenseitigkeit.

Sie ging zu einem Telefon, das an der Tür zum Eßzimmer an der Wand hing, und wählte eine Nummer aus dem Gedächtnis.

Sie meldet sich beim Offizier vom Dienst des COI, dachte Canidy. *Sie liebt das. Es gibt ihr das Gefühl, wichtig zu sein.*

Es wäre nett von ihr, nach oben zu gehen und diesen armen, erschöpften Hurensohn zu vögeln, der meint, sie zu lieben. Aber das wird nicht geschehen.

Er spürte, daß Cynthia ihn anblickte.

»Ist etwas, Canidy?« fragte sie.

»Nein«, sagte er. »Überhaupt nichts.«

»Er hat einen Mann gebracht«, bemerkte die Schwarze. »Er und Ellis.«

»Wer ist das, Canidy?« fragte Cynthia. »Ich wollte wissen, ob etwas los ist.«

Zum Teufel mit dir, du blöde Zicke!

Das dachte Canidy, und er sagte: »Donovan hat Douglass, Ellis und mich nach Bolling Field rausgeschickt, um ihn abzuholen und hierhin zu bringen.«

»Was tun Sie hier überhaupt?« fragte Cynthia.

»Ich bin mir nicht sicher, ob Sie das wissen müssen, Miss Chenowitch«, sagte Canidy mit offenem Spott. »Es genügt wohl, darauf hinzuweisen, daß ich ebenfalls im Dienst bin.«

»Sie sind hier in Zusammenhang mit unserem Problem mit dem Admiral«, brauste sie auf.

Er lächelte, sehr breit, sehr künstlich. Er wußte nicht, wovon sie redete. Es war ihm nur klar, daß mit dem ›Admiral‹ höchstwahrscheinlich Vice-Amiral d'Escadre Jean-Philippe de Verbey von der französischen

Marine gemeint war, den er bei Safi an Bord eines U-Boots gebracht und in die Staaten geschickt hatte. Aber es fiel ihm nicht im Traum ein, sie wissen zu lassen, daß er keine Ahnung hatte, wovon die Rede war.

»Kein Kommentar«, sagte er. »Das verstehen Sie sicherlich.«

Mit weißem Gesicht versuchte sie, ihn niederzustarren, doch es gelang ihr nicht.

Mit etwas Glück wird sie mit ihrer Handtasche nach mir schlagen, dachte er, *und ich bekomme eine Gelegenheit, ihr eine zu scheuern.*

Das tat sie jedoch nicht. Sie wandte sich an die Schwarze. »Ist der Mann oben ein Offizier der französischen Marine?«

Die Schwarze schüttelte den Kopf und berichtete, daß der neue Gast ein Captain des Air Corps war; daß er bei seinem Eintreffen ausgesehen hatte, als hätte er seit einer Woche nichts mehr zu essen bekommen; daß er ohne Gepäck eingetroffen war; daß er Filzläuse hatte; und daß sie ihn wie befohlen oben im zweiten Zimmer links einquartiert hatte.

Canidy sah mit Vergnügen, daß sich Cynthia ärgerte. Sie wandte sich an ihn. »Filzläuse?« fragte sie ungläubig. »Ungeziefer?«

»Filzläuse. Vielleicht auch Flöhe am Sack«, bestätigte Canidy fröhlich. »Ich habe Ellis geschickt, um Entlausungsmittel zu besorgen.«

»Ich werde das Zimmer ausräuchern lassen müssen!« sagte Cynthia.

»Diejenigen, die ausräuchern, dienen ebenfalls dem Vaterland«, bemerkte Canidy.

Ellis kam wie auf ein Stichwort hin mit einer großen Tragetasche durch die Küchentür.

»Er ist im großen Schlafzimmer, Ellis«, sagte Canidy. »Bringen Sie ihm die Sachen rauf.«

»Im großen Schlafzimmer?« Cynthia wandte sich wütend an die Schwarze. »Ich habe Ihnen gesagt, Sie sollen jemanden, der unerwartet herkommt, in das zweite Zimmer links einquartieren.«

»Das hat sie mir erzählt«, sagte Canidy. »Aber ich habe anders entschieden, denn schließlich wird das große Elternschlafzimmer nicht benutzt, also was soll's?«

Er glaubte einen Moment lang, Cynthia würde die Beherrschung verlieren. Doch dann, als verstünde sie genau, daß er sie provozieren wollte, gewann sie die Kontrolle über sich und lächelte ihn genauso falsch und künstlich an wie er sie.

»Nun, dann werden wir ihn einfach dorthin umquartieren, wo er sein sollte«, sagte Cynthia. Sie nahm Ellis die Tragetasche ab. »Geben Sie mir das, bitte. Was ist darin?«

»Toilettenartikel«, sagte Canidy und zwinkerte Ellis zu. »Und Filzläuse-Killer.«

Sie stürmte mit der Tragetasche nach oben zum großen Schlafzimmer, das in Wirklichkeit eine Suite war. Wie immer, wenn sie zu dieser Tür ging, sah sie vor ihrem geistigen Auge, wie Ellis den nackten, toten und in eine Decke gehüllten Chesley Haywood Whittaker in diese Suite trug.

Und jetzt hatte Canidy es gewagt, irgendeinen von Ungeziefer befallenenen Typen in Chestys Suite einzuquartieren, um diesen Abschaum in dem Badezimmer duschen zu lassen, in das sie Chesty gelegt hatten!

Es gab keine Antwort auf ihr Klopfen an die Schlafzimmertür, und so öffnete Cynthia die Tür und trat ein. In diesem Augenblick erstarb das Rauschen der Dusche.

»Hallo, da drinnen«, sagte Cynthia. »Ich bin Miss Chenowitch. Ich möchte mit Ihnen sprechen.«

»Ich hatte gehofft, es ist der Junge mit dem Zeug gegen meine Filzläuse«, sagte er.

»Ich habe es«, sagte sie. »Öffnen Sie die Tür einen Spalt.«

Er öffnete sie weit genug, um eine Hand herausstrecken zu können. Dampf wogte heraus. Cynthia hielt die Tragetasche einer narbigen Hand mit abgebrochenen Fingernägeln hin. Sie erhaschte durch den Dampf einen schnellen Blick auf ein Gesicht mit eingesunkenen und fiebrig glänzenden Augen. Unbehaglich wandte sie sofort den Blick ab.

Wer auch immer das ist, dachte sie, *er sieht wie ein Typ aus, der sich Filzläuse und anderes einfängt.*

Die Tür wurde geöffnet, und er kam mit Pyjama und Morgenrock heraus.

Sie wollte ihn nicht anschauen, und so tat sie, als befasse sie sich mit der Uhr auf dem Nachttisch.

»Da gibt es anscheinend ein Mißverständnis«, sagte sie. »Diese Suite ist für VIPs reserviert.«

»Nicht, während ich hier bin«, sagte er.

»Für wen halten Sie sich?« brauste sie auf, fuhr herum und starrte ihn wütend an.

»Ich halte mich für Jim Whittaker«, sagte er in dem Augenblick, in dem sie ihn erkannte, »und für den Besitzer dieses Hauses. Wie geht es dir, Cynthia?«

»Dieser Hurensohn!« Cynthia kochte vor Wut.

»Welcher Hurensohn?« fragte Whittaker. »Und seit wann benutzt du eine so ordinäre Sprache?«

»Canidy! Er hat mir nicht gesagt, daß du es bist!«

»Vielleicht hielt er das für eine nette Überraschung«, sagte Whittaker.

Kaum hörbar, geschockt vom Wiedersehen und Jims Aussehen, sagte sie: »Ich weiß nicht, was ich sagen soll.«

»Wie wäre es mit: ›Es freut mich, daß du von den

Philippinen entkommen bist?‹« schlug er vor. »Oder besser noch, wie wäre es mit: ›Hallo, Jim, laß uns 'ne geile Nummer machen!‹«

»Oh, Jimmy, um Himmels willen! Bitte!« sagte Cynthia Chenowitch mit Tränen in den Augen. Sie warf sich herum und flüchtete.

Sie hörte ihn hinter sich glücklich lachen. Er machte sich über sie lustig. Sie erinnerte sich, daß Chesty fast genauso gelacht hatte, wenn er sich über sie amüsiert hatte.

Sie ging in die Küche. Canidy, offenbar sehr zufrieden mit sich, saß mit Chief Ellis am Tisch. Eine Flasche Scotch stand zwischen ihnen.

»Das war gemein, Canidy, Sie... Sie...«

»Was war gemein, Cynthia?« fragte er unschuldig.

»Sie Bastard!« schrie sie und verließ fluchtartig die Küche.

Sie sagte sich, daß sie lieber sterben würde, als diesem verdammten Kerl die Befriedigung zu geben, sie heulen zu sehen.

4

Chicago, Illinois

5. April 1942

Die Ankunft des Funktelegramms erwies sich für den Portier des großen Apartmentgebäudes am Lakeshore Drive als Enttäuschung. Es war übliche Praxis, den Boten der Western Union ihre gelben Kuverts abzunehmen, ihnen einen Dime zu geben und dann den Umschlag dem Liftboy auszuhändigen. Der Liftboy lieferte ihn anschließend an den Empfänger ab. Mit seltenen Ausnahmen war jeder Bewohner des Gebäudes für einen Quarter Trinkgeld gut, und einige davon, die Bitters, ließen mehr springen. Die Bitters hatten eine Vase mit Dollarscheinen gleich bei der Tür ihrer Penthouse-Wohnung, um an Dienstboten großzügig daraus zu verteilen.

Aber dieser Dienstbote war schwierig. Es war kein Junge wie meistens, sondern ein junger Mann. Außerdem weigerte er sich hartnäckig, seinen RCA-Umschlag dem Portier zu übergeben, bevor er den Empfänger über das Haustelefon anrief und der ihm sagte, daß er das Funktelegramm an der Tür des Apartments übergeben konnte.

Etwas widerstrebend führte der Portier den Boten zum Aufzug, und er fuhr zum Penthouse des zweiundsiebzigstöckigen Gebäudes hinauf. An der Tür ließ er den Butler den Empfang des Kuverts schriftlich bestätigen. Erst dann übergab er den Umschlag. Der Butler, leicht verärgert, holte einen Quarter aus der Hosentasche und gab ihn dem Boten, statt ihm einen Dollarschein aus der Vase zu geben.

Dann lieferte der Butler das Funktelegramm bei Mr. Chandler H. Bitter ab, dem fünfundfünfzigjährigen, grauhaarigen Präsidenten der Chandler H. Bitter Company, den Handelsmaklern. Chandler Bitter trank mit seiner Frau auf der kleinen Terrasse vor dem Elternschlafzimmer eine zweite Tasse Kaffee.

Sie nahm an, daß es sich um etwas Geschäftliches handelte. Als sie jedoch seine gerunzelte Stirn sah, fragte sie ihn, was es war.

»Das solltest du besser selbst lesen«, sagte er freundlich und gab ihr das Funktelegramm.

```
mackay radio 1330greenwich 2apr42
chunking china via rca honolulu
mr mrs chandler bitter
2745 lakeshore drive
chicago ill usa

  mit tiefem bedauern informiere ich sie daß
ihr sohn und flugleiter edwin h. bitter im
kampf gegen japanische flugzeuge in der nähe
von chiengmai thailand am dreißigsten märz
verwundet wurde stop völlige genesung der
verletzung des rechten knies wird erwartet
stop luftevakuierung zum us army hospital
calcutta indien stop brief vom chinesischen
botschafter an uns folgt stop
  claire chennault brig general kommandeur
der amerikanischen Freiwilligen-Gruppe
  ende
```

»O Gott«, sagte sie bestürzt und verwirrt und blickte zu ihrem Mann auf.

Sie hatte das gleiche gesagt und ihn genauso angeschaut, erinnerte er sich mit plötzlicher Klarheit, als ihre Wehen eingesetzt hatten, bevor er sie in die Frauenklinik zur Geburt Eddies gebracht hatte.

»Helen«, sagte Chandler H. Bitter sehr sanft, »ich möchte, daß du mir genau zuhörst.«

Sie schaute ihm in die Augen und wartete darauf, daß er weitersprach.

»Er lebt«, sagte Chandler Bitter. »Und er ist in ein amerikanisches Hospital der Army gebracht worden, wo er die beste Behandlung erhalten wird. Das Wichtige ist, daß er lebt.«

Sie nickte kaum wahrnehmbar.

»Und dies ist vielleicht eine sehr gute Sache«, sagte er.

Ihr Gesicht spiegelte jetzt Schmerz, Überraschung und Schock wider – und eine unausgesprochene Frage: *Wie kannst du so etwas sagen?*

»Ich will nicht brutal sein, Helen«, fuhr Chandler H. Bitter junior fort, »aber er ist am Knie verwundet. Das ist schlimm, weil Knieverletzungen schwer zu behandeln sind und die Heilung lange dauert.«

»Chandler…«, begann sie.

»Was bedeutet, Helen, daß er eine Weile nicht fliegen kann, vielleicht auch nie wieder. Vermutlich wird man ihn zur Erholung heimschicken. Es ist gut möglich, daß er aus dem Krieg heraus ist, Helen.«

»Oh«, sagte sie nachdenklich.

»Beim Militär gibt es etwas, das man Millionen-Dollar-Verwundung nennt, Helen«, sagte er. »Damit ist eine solche Verwundung gemeint. Sie ist nicht lebensgefährlich und bringt einen aus dem Krieg raus.«

Helen erhob sich und ging zu ihm, und er legte die Arme um sie.

Er sah, daß der Butler zuschaute.

»Eddie ist verwundet worden, Morton«, erklärte er. »Am Knie. Ich glaube, er kommt heim. Lesen Sie das Telegramm, wenn Sie möchten.«

Morton ging zu dem Glastisch, nahm das Funktelegramm und las.

»Gott sei Dank lebt er!« sagte er bewegt.

»Würden Sie bitte versuchen, Mr. Chambers für mich ans Telefon zu bekommen, Morton?« sagte Chandler H. Bitter.

»Ja, Sir«, erwiderte Morton.

»Brandon hat Leute dort drüben, Korrespondenten«, sagte Chandler H. Bitter und umarmte seine Frau. »Ich glaube, er könnte etwas für uns herausfinden.«

Am nächsten Tag trafen ein Brief und ein Päckchen per Einschreiben von der chinesischen Botschaft ein, doch das hatte nichts mit Edwins Verwundung zu tun, und Mr. Bitter mußte seiner fast hysterischen Frau erklären, daß die Chinesen nicht irre waren, sondern daß die Botschaft diesen Brief bereits abgesandt hatte, bevor man dort erfahren hatte, was in China geschehen war.

> BOTSCHAFT VON CHINA
> Washington, District of Columbia
>
> 22. März 1942
>
> Mr. und Mrs. Chandler H. Bitter
> 2745 Lakeshore Drive
> Chicago, Illinois
>
> Liebes Ehepaar Bitter,
>
> mit Vergnügen, Stolz und Dankbarkeit kann ich Sie informieren, daß Ihrem Sohn, Edwin Howell Bitter von der amerikanischen Freiwilligen-Gruppe, am 1. März 1942 auf Anweisung des Generalissimo Tschiang Kaischek der Orden des Wolkenbanners der Republik China verliehen und er gleichzeitig zum Commander befördert wurde.
>
> Commander Bitter wurde für seine Tapferkeit in der Luft lobend erwähnt, besonders für den Abschuß von fünf japanischen Flugzeugen im Luftkampf während des Zeitraums 23. Dezember 1941 bis 1. März 1942. Ich habe erfahren, daß er seither zwei weitere feindliche Flugzeuge abgeschossen hat.

Sie dürfen stolz darauf sein, daß Ihr Sohn zu dieser Gruppe von tapferen und weitsichtigen jungen Männern zählt, die die Gefahr durch den unbarmherzigen und räuberischen Kurs des japanischen Militarismus nicht nur für China, sondern auch für Amerika und die Freiheit in der gesamten Welt spüren. Ohne auf den Ruf zu warten, stellte sich diese Gruppe dem Feind entgegen, darauf vorbereitet, sich notfalls zu opfern, um wertvolle Zeit für die Demokratien zu gewinnen, damit die Freiheit aufrechterhalten wird und zahllose andere Leben gerettet werden.

Auf die Leistungen der amerikanischen Freiwilligen-Gruppe im Luftkampf gegen die Japaner kann bereits jeder Amerikaner stolz sein.

Sie haben vielleicht gehört, daß die amerikanische Freiwilligen-Gruppe als Emblem einen Fliegenden Tiger angenommen hat. Die gewählte Figur wurde von den Walt Disney Studios entworfen und zeigt einen geflügelten Tiger, der aus einem Sieges-V springt. Das Abzeichen wurde von Ihrem Sohn und seinen Kameraden auf der Uniform getragen und erscheint auch farbig auf dem Rumpf ihrer Flugzeuge. Ich habe die Ehre, Ihnen hiermit eine goldene Kopie dieses Abzeichens und ebenfalls eine goldene Miniatur des Ordens des Wolkenbanners zu schicken.

Als Außenminister der Republik China möchte ich Ihnen im Namen meiner Landsleute und Generalissimo Tschiang Kai-schek persönlich ausdrücken, daß es für uns eine

> Ehre ist, daß sich Ihr Sohn für die Sache des Friedens mit dem chinesischen Volk verbündet hat. Wie Lafayette in Amerika werden diese tapferen jungen Männer in der Erinnerung des chinesischen Volkes bleiben und immer dankbar verehrt werden.
>
> Hochachtungsvoll
> *TV Soong*
> TV Soong
> Außenminister

5

St. Regis Hotel
New York City

7. April 1942

Colonel William J. Donovan saß in weißem Seidenpyjama im Doppelbett und lehnte am Kopfbrett, als Captain Peter Douglass und Richard Canidy in sein Zimmer geführt wurden.

»Guten Morgen«, sagte Donovan und reichte ihnen die Hand. Douglass schüttelte sie zuerst, dann Canidy.

»Schön, Sie zu sehen, Canidy«, sagte Donovan. »Hat Captain Douglass Ihnen gesagt, was mit mir los ist?«

»Jawohl, Sir«, sagte Canidy.

»Und hat er von der Medizin erzählt? Vom Rattengift?«

»Jawohl, Sir«, sagte Canidy und grinste.

»Das reicht, um einen in den Suff zu treiben«, scherzte Donovan. »Und das hat es.« Er wies auf eine Flasche Haig&Haig auf seinem Nachttisch. »Ich war fast Abstinenzler.«

Donovan schwieg, bis das erwartete Gelächter verklungen war, und fuhr dann fort. »Ich halte diese Sache mit MacArthurs Brief an den Präsidenten für wichtig«, sagte er. »Deshalb habe ich Sie gebeten, herzukommen und mir genau zu erzählen, was geschehen ist.«

»Jawohl, Sir«, sagten sie fast im Chor.

»Fangen wir also mit dem Beginn an«, sagte Donovan. »Sie zuerst, Peter, aber ich möchte, daß Sie unterbrechen, Dick, wann immer Sie das für nötig halten.«

»Nun, nachdem ich mit Ihnen gesprochen hatte, Colonel«, sagte Douglass, »rief ich die Alameda Naval Air Station an. Ein alter Matrosenkamerad ist dort Kommandant, und er wußte von Whittakers Rückkehr. Er reiste mit Befehlen, die von MacArthurs G-2, General Willoughby, unterzeichnet sind und nach denen er dem Präsidenten persönlich gewisse Dokumente abliefern soll, die ihm übergeben wurden. Die letzte Etappe seiner Reise in die Vereinigen Staaten war die von Pearl Harbor nach Alameda mit dem Catalina-Kurierflugzeug der Navy.«

Douglass zögerte. »Sie sagten, ich soll ›genau‹ erzählen, was geschehen ist, Colonel. Captain Whittaker war bei seiner Ankunft stockbetrunken.«

Donovan lächelte. »Hat er etwas Falsches getan?«

»Durch seine Reisepriorität wurde ein Marineoffizier aus der Maschine gewiesen«, sagte Douglass. »Der ranghöchste Offizier von denen, die mitfliegen durften, hielt es für seine Pflicht, Whittaker zu melden. Als erstes telefonierte Whittaker bei seiner Ankunft. Ich weiß nicht, mit wem.«

»Er erzählte mir, daß er Mrs. Whittaker angerufen hat«, warf Canidy ein.

»Nur dieser eine Anruf?« fragte Donovan.

»Jawohl, Sir, das nehme ich an.«

»Seine Befehle«, fuhr Douglass fort, »wurden dem Kommandanten der Station, meinem Freund, gezeigt, der herumtelefonierte und den nächsten freien Platz in einer B-25 fand, mit der ein Brigadier General Jacobs nach Washington geflogen wurde. Er arrangierte, daß Jacobs nach Alameda umgeleitet wurde. Kurz nachdem Jacobs Whittaker an Bord genommen hatte, rief ich dort an.«

»Und was weiß Jacobs, außer daß Whittaker eine hohe Reisepriorität hat?« fragte Donovan.

»Nur das, Sir«, sagte Douglass. »Nichts über den Brief. Ich habe dafür gesorgt, daß der Flug ständig kontrolliert wird. Als die Maschine in Bolling landete, waren Canidy, Ellis und ich dort. Ich blieb im Wagen, und Canidy ging zum Flugzeug, um Whittaker abzuholen. Dick?«

»Da war ein Colonel, der behauptete, vom Büro des Stabschefs zu sein«, übernahm Canidy. »Er wußte von dem Brief.«

»Das wurde ihm vielleicht von Hawaii aus mitgeteilt«, dachte Donovan laut. »Oder vielleicht sogar von Australien aus.«

»Nun, dieser Colonel wußte davon, Sir«, sagte Canidy. »Und er sagte Whittaker, er sei seinetwegen und wegen des Briefes gekommen. Dann zeigte ich ihm mein Marshal-Abzeichen und erklärte ihm, daß ich ihn abholen soll.«

»Irgendwelche Probleme?«

»Der Colonel regte sich ziemlich auf, Sir, aber das Marshal-Abzeichen wirkte. Ich sagte ihm, wenn er irgendwelche Fragen hat, soll er sie an den Justizminister stellen. Jedenfalls kam Jimmy mit uns, weil er mich kennt. Im Wagen erzählte ich ihm – ich hielt das für richtig, und Captain Douglass genehmigte es widerstrebend – über Miss Chenowitch und seinen Onkel.«

»Ich dachte, das wußte er«, sagte Donovan.

»Ich meine, wo Mr. Whittaker starb«, sagte Canidy.

»Oh. War Cynthia bei Ihrer Ankunft im Haus?«

»Sie traf kurz nach uns dort ein«, sagte Canidy. »Whittaker duschte und ging zu Bett. Im Elternschlafzimmer, was Miss Chenowitch ziemlich verärgerte...«

»Canidy, halten Sie bitte Ihre Differenzen mit ihr aus dieser Sache heraus«, sagte Donovan mehr sachlich als scharf.

»Jawohl, Sir«, sagte Canidy.

»In welcher Verfassung war er?« fragte Donovan.

»Krank und erschöpft«, berichtete Canidy. »Ich bin überzeugt, daß er Malaria hat, und der Himmel weiß, was ihm sonst noch zu schaffen macht.«

»Ungeziefer«, sagte Douglass. »Er hat Ungeziefer.«

Donovan schüttelte den Kopf. »MacArthur muß ihn in das erste Flugzeug gesetzt haben, das Australien verlassen hat.«

»Jawohl, Sir«, sagte Canidy. »Er hat mir erzählt, daß er Brisbane zwei Stunden nach seinem Eintreffen dort verlassen hat.«

»Um acht am nächsten Morgen, Colonel, fuhr ich zum Haus in der Q Street und schaute ihn mir genauer an. Dann rief ich Steve Early an. Ich dachte mir, als Pressesekretär des Präsidenten könnte Steve Roosevelt sofort erreichen. Ich sagte ihm, daß Whittaker soeben aus Australien mit einem Brief von General MacArthur an den Präsidenten persönlich eingetroffen ist. Ich hatte das Gefühl, Sir, daß es Steve überraschte, das zu hören.«

»Und er informierte den Präsidenten?«

»Eine halbe Stunde später rief man aus der Telefonzentrale des Weißen Hauses an. Der Präsident wollte mit Whittaker sprechen. Die Familien Roosevelt und Whittaker sind seit Jahrzehnten befreundet, wie Sie sich erinnern werden. Das Weiße Haus sagte, wir sollten Whittaker nicht wecken, wenn er schlafe, aber er solle gleich nach dem Erwachen anrufen.«

»War er wach?«

»Nein, Sir«, sagte Douglass. »Und ich entschied, ihn schlafen zu lassen.«

Donovan nickte billigend.

»Um vierzehn Uhr dreißig rief ich Sie an«, sagte Douglass, »und Sie wiesen mich an, er solle sich beim Präsidenten telefonisch melden. Canidy und ich weckten ihn auf. Er war krank. Er zitterte, und es war ihm übel. Er bestand darauf, daß wir ihm etwas zu trinken gaben. Das taten wir. Es war vielleicht falsch.«

»Hat er viel getrunken?«

»Ein paar tiefe Züge aus einer Flasche Scotch«, sagte Canidy. »Er meinte, es würde ›die Würmer glücklich machen‹.«

»Und dann arrangierte ich den Anruf zum Weißen Haus«, berichtete Douglass. »Der Präsident war in einer Minute in der Leitung.«

»Wissen wir, was gesprochen wurde?« fragte Donovan.

»Ich hatte einen Stenografen in der Leitung«, sagte Douglass. »Ich habe die Abschrift. Aber es war nicht viel. Der Präsident hieß ihn daheim willkommen, kondolierte wegen Mr. Whittaker und lud Jimmy zum Abendessen ein. Whittaker sagte ihm, daß er MacArthurs Brief hat, und der Präsident erklärte, daß er das wisse und er ihn mitbringen könne.«

»Sie haben es Early gesagt, und der muß es ihm erzählt haben«, überlegte Donovan laut.

»Jawohl, Sir«, sagte Douglass. »Und dann fragte Whittaker, ob er einen Freund mitbringen könnte.«

»Canidy«, sagte Donovan.

»Richtig. Und der Präsident fand das prima und erklärte, er und seine Frau würden sich auf das Wiedersehen freuen.«

»Whittaker wollte dann schlafen«, sagte Canidy. »Und er bat uns, ihn rechtzeitig zu wecken.«

»Das haben Sie getan?«

»Wir schickten ihm ein Tablett mit Essen hoch, für den Fall, daß er aufwachen und Hunger haben würde. Und wir taten, was wir konnten, um ihn präsentabel zu machen«, sagte Canidy. »Wir ließen seine Uniform reinigen und bügeln. Um siebzehn Uhr dreißig ging ich hinauf, weckte und rasierte ihn.«

»Sie haben ihn rasiert?«

»Er wollte noch mehr trinken«, sagte Canidy, »und ich hielt das für falsch. Als ich ihm das sagte, hielt er mir die Hände hin. Sie zitterten, und er fragte mich, wie, zum Teufel, er sich rasieren sollte. So sagte ich ihm, daß ich ihn rasieren würde, und das tat ich dann.«

»Um achtzehn Uhr fünfzehn schickte ich sie mit dem Buick zum Weißen Haus«, sagte Douglass.

»Hat er sonst noch etwas Alkoholisches zu trinken bekommen?«

»Ich habe ihm etwas im Wagen gegeben«, sagte Canidy.

»Das hatte ich Ihnen verboten«, sagte Douglass.

»Ich hielt es für nötig«, erwiderte Canidy reuelos. »Er zitterte und hatte Schmerzen. Ich glaube, er litt an Krämpfen. Der Scotch half anscheinend. Angesichts dessen, was ihn im Weißen Haus erwartete, hielt ich es für das Richtige.«

»Die Presse, meinen Sie?«

»Jawohl, Sir«, sagte Canidy. »Ein Marineoffizier

erwartete uns. Er führte uns ins Oval Office. Die Presse war bereits dort. Whittaker wußte natürlich nichts davon, und es gefiel ihm gar nicht. Ich war froh, daß er etwas getrunken hatte.«

»Wo war die ganze Zeit über der Brief?«

»Er hatte ihn.«

»Gab es keine Möglichkeit für Sie, ihn zu lesen?«

»Er war versiegelt, Sir«, sagte Canidy.

»Wir hatten keine Zeit, um das Risiko einzugehen, ihn zu öffnen und wieder zu versiegeln, Colonel«, sagte Douglass. »Ich traf diese Entscheidung.«

»Ich möchte liebend gern wissen, was in dem Brief steht«, sagte Donovan.

»Was auch immer, es gefiel General Marshall nicht«, sagte Canidy. »Als Whittaker den Brief dem Präsidenten gab, reichte er ihn an General Marshall weiter, und Marshall mißfiel, was darin stand.«

»Wir eilen den Ereignissen voraus«, meinte Donovan. »Berichten Sie in der Reihenfolge.«

»Sechs oder sieben Fotografen waren anwesend und neun oder zehn Reporter und Mannschaften von den Wochenschauen«, sagte Canidy. »Der Präsident war bereits in Pose. Er war aus dem Rollstuhl heraus und lehnte an einer Rückenstütze. Alles war offenbar sorgfältig geprobt. Early stellte Jimmy in Position, und dann schalteten sie die Scheinwerfer an, und die Kameras liefen. Der Präsident hielt eine Ansprache und stellte dem Publikum einen echten Helden vor, der soeben mit MacArthur von den Philippinen entkommen und mit einer Nachricht vom General nach Washington geflogen war. Er sagte – mit seinem typischen Grinsen –, daß ein Offizier normalerweise den Oberbefehlshaber grüße, aber in diesem Fall würde er ihn umarmen, weil er der Sohn eines seiner besten Freunde sei und er ihn kenne, seit er Windeln getragen habe.«

»Dann schob Early Jimmy vor die Kameras, und der Präsident drückte ihn an sich und stellte ihn namentlich vor. Danach verlieh er ihm den Silver Star für seine heldenhafte Flucht von den Philippinen und erzählte der Presse, daß Jimmy bereits Medaillen für Tapferkeit in der Luft und auf dem Boden erhalten hatte.«

»Sehr rührend«, sagte Donovan mit einer Spur von Sarkasmus. »In solchen Dingen ist Roosevelt phantastisch.«

»Die Presse wollte Whittaker jede Menge Fragen stellen«, fuhr Canidy fort, »aber der Präsident ließ das nicht zu. Whittaker sei erschöpft, und nach dem Abendessen mit ihm und seiner Frau werde er ihn zu Bett gehen lassen. Jemand schaltete die Scheinwerfer aus, und die Presseleute wurden hinausgeführt.«

»Sie waren an der Pressekonferenz überhaupt nicht beteiligt?« Donovan sah Canidy fragend an.

»Ich mußte mich fast ins Oval Office hineinkämpfen«, sagte Canidy.

»Aber keiner von der Presse kam auf eine Verbindung zwischen Ihnen und Whittaker?«

»Man hat mich allenfalls für einen Mann vom Secret Service gehalten«, sagte Canidy.

»Gut«, sagte Donovan. »Wie ging es weiter?«

»Die Ordonnanz setzte den Präsidenten in seinen Rollstuhl«, berichtete Canidy, »und wir gingen nach oben.«

»General Marshall war im Wohnbereich?« fragte Donovan. »Nicht im Oval Office?«

»Er wartete auf uns im Wohnbereich«, sagte Canidy. »Er und Mrs. Roosevelt.«

»Und es gab Alkoholisches?«

»Jawohl, Sir. Ich weiß nicht, wie ich das sagen soll – Whittaker war geschwächt, und der Alkohol wirkte bei ihm mehr als normalerweise. So wurde er vermutlich betrunken, aber ich bezweifle, daß dies der Grund für sein Verhalten war.«

»Erzählen Sie das genauer«, forderte Donovan ihn auf.

»Mrs. Roosevelt küßte ihn zur Begrüßung auf die Wangen und fragte ihn, ob er mit seiner Mutter und Mrs. Whittaker in Verbindung gewesen sei. Er antwortete, er hätte mit ihnen gesprochen, und dann reichte einer der Kellner Hors d'oeuvres ...«

»Wie wurden Sie vorgestellt?«

»Als alter Freund, der für Sie arbeitet, Sir«, sagte Canidy.

»Okay«, sagte Donovan. »Weiter.«

»Dann gingen wir hinein zum Abendessen«, berichtete Canidy.

»Der einzige andere Gast war General Marshall?« fragte Donovan.

»Jawohl, Sir. Er stellte sich vor und hieß Jimmy willkommen daheim. Er setzte sich auf eine Seite des Tisches. Jimmy und ich saßen auf der anderen, und die Roosevelts an den Enden. Ein Kellner schenkte Wein ein, und der Präsident erklärte, er müsse einen Toast sprechen, aber er finde, das sollte warten bis nach dem Tischgebet.«

»Er sagte ›Tischgebet‹?« fragte Donovan.

»Ein kurzes Tischgebet«, sagte Canidy. »Standardgebet der Episkopalkirche mit ein paar Zusätzen, ein Satz darüber, daß Jimmy es geschafft hatte, heimzukehren, und eine Bitte um einen schnellen Sieg. Als er mit dem Tischgebet fertig war, trank er auf Jimmys Rückkehr, und dann gab Jimmy ihm MacArthurs Brief. Er las ihn und reichte ihn an General Marshall weiter, dem nicht gefiel, was darin stand, wie ich schon sagte.«

»Hat Mrs. Roosevelt den Brief gelesen?«

»Nein, Sir«, sagte Canidy. »Als der Präsident ihn von General Marshall zurückerhielt, steckte er den Brief in seine Tasche.«

»Und weiter?«

»Es folgte Small talk – Vorbereitungsschule, Harvard, solcherlei belanglose Konversation –, und das Essen wurde serviert. Dann fiel Jimmy aus der Rolle.«

»Was genau passierte?«

»Jimmy fragte den Kellner nach einem zusätzlichen Glas und einem zusätzlichen Teller«, berichtete Canidy. »Ich fand das ein wenig seltsam, sah jedoch keinen Grund zur Sorge. Es war auch sonderbar, daß er nichts von seiner Suppe gegessen hatte. Und als dann der Kellner die Suppenterrine abräumen wollte, ließ Jimmy es nicht zu. Auch das fand ich seltsam, aber ich hielt es nicht für alarmierend. Ich war besorgter, daß er sich betrinken könnte, und das war anscheinend nicht der Fall. Dann wurde der Hauptgang, Roastbeef, serviert. In diesem Moment wurde mir klar, daß Jimmy auf etwas hinauswollte. Er schnitt ein kleines Stück seiner Folienkartoffel ab und legte es auf den Teller, um den er gebeten hatte. Dann tat er das gleiche mit einer Scheibe Roastbeef. Und er legte ein Stückchen Butter und ein Brötchen dazu. Dann löffelte er sorgfältig ein wenig von der Muschelsuppe in das Glas, um das er gebeten hatte. Ich fragte ihn, was das soll, und er lächelte mich an und zwinkerte mir zu. Dann stand er auf und ging um den Tisch herum zu George Marshall. Er neigte sich vor und schob Marshalls Teller in die Mitte des Tisches. Dann stellte er den Teller, auf den er die wenigen Dinge gelegt hatte, vor Marshall hin und schüttete die Muschelsuppe über alles. Und dann hielt er seine Ansprache: ›Dies, General, ist drei Achtel von unserer Ration. Die

Truppen auf den Philippinen haben seit Monaten drei Achtel einer Ration erhalten. Abgesehen davon, daß die Männer auf Bataan und Corregidor kein Rindfleisch bekommen haben. Wenn sie überhaupt Fleisch hatten, gab es Karibu und das, was von den Maultieren und Pferden des sechsundzwanzigsten Kavallerieregiments übrig war. Und es gab keine Butter, kein Brot und keine Muschelsuppe.«"

»O Gott!« sagte Donovan.

»Ich forderte ihn auf, sich hinzusetzen«, sagte Canidy. »Er schaute mich an. Er war aufgeregt, und sein Gesicht war rot. Er grinste mich nur an. Und dann blickte er zum Präsidenten, stand still und grüßte. Sehr schneidig.«

»Sie konnten ihn nicht stoppen?« fragte Donovan.

»Dies alles geschah sehr schnell«, sagte Canidy. »Bevor ich erkannte, was er vorhatte, war es bereits geschehen.«

»Sagte er etwas zum Präsidenten?« fragte Donovan.

»Er sagte, der Oberbefehlshaber und der Stabschef würden sicherlich gern wissen, was eine Drei-Achtel-Ration ist, und er hoffe, sie würden sie genießen, aber er bitte um Entschuldigung, weil ihm anscheinend der Appetit vergangen sei.«

»Was tat Marshall?«

»Nichts«, sagte Canidy. »Mrs. Roosevelt sah aus, als würde sie jeden Augenblick in Tränen ausbrechen. Der Präsident schaute mich an und sagte, er halte es für eine gute Idee, wenn ich Captain Whittaker nach Hause bringe, denn er sei offensichtlich erschöpft.«

»Als die beiden zurückkehrten«, sagte Captain Douglass, »hatte General Marshall angerufen. Er sagte mir, daß Whittaker auf dem Rückweg zum Haus sei und ein Krankenwagen geschickt werde, weil er offenbar ärztliche Behandlung brauche. Marshall fügte hinzu, der Präsident habe befohlen, dafür zu sorgen, daß Whittaker so bald wie möglich behandelt wird. Erst als ich mit Canidy sprach, erfuhr ich, was Whittaker getan hatte.«

»Wir waren keine zwei Minuten im Haus, als die Ambulanz eintraf«, berichtete Canidy. »Ein Sanitätswagen der Army aus Fort Myer.«

»Es war ein Colonel des Sanitätskorps dabei«, sagte Douglass. »Mir blieb nichts anderes übrig, als ihnen Whittaker zu übergeben.«

»Ich wollte mitfahren«, sagte Canidy, »doch sie ließen es nicht zu, und Whittaker sagte, es gebe keinen Grund, mitzufahren. So stieg er in den Sanitätswagen, und sie brachten ihn fort.«

»Und dann, Sir, rief ich hier an«, sagte Douglass.

»Nun«, sagte Donovan nach kurzem Nachdenken. »Eines nach dem anderen. Man kann Ihnen sicherlich keine Schuld für sein Verhalten geben, Canidy. Und wir haben erreicht, was wir wollten. Der Präsident hat MacArthurs Brief. Wenn er ihn General Marshall zeigt, ist das seine Sache. Und nach dem, was Sie mir erzählt haben, braucht Jim Whittaker tatsächlich ärztliche Hilfe. Ich werde versuchen, herauszufinden, was sie mit ihm gemacht haben. Wenn ich das kann, Canidy, werde ich Sie informieren.«

»Ich bezweifle, daß er verrückt geworden ist, Colonel«, sagte Canidy. »Er verdient es nicht, im St. Elizabeth's[3] eingesperrt zu werden.«

»Ich sagte, ich werde versuchen, herauszufinden, was man mit ihm gemacht hat. Wenn ich feststelle, daß er im St. Elizabeth's ist, werde ich tun, was ich kann, um ihn dort herauszuholen.«

»Jawohl, Sir«, sagte Canidy.

»Würde es Ihnen etwas ausmachen, ein paar Minuten draußen zu warten, Canidy?« sagte Donovan. »Ich muß ein paar Dinge mit Captain Douglass besprechen.«

»Ich hatte gehofft, Sie haben eine Minute Zeit für mich, Colonel«, sagte Canidy.

»Sie wollen über diese Sache mit mir sprechen?«

»Über mich, Sir.«

»Was?«

»Ich möchte wissen, was Sie mit mir vorhaben«, sagte Canidy. »Captain Douglass war nicht in der Lage oder nicht willens, mit mir darüber zu sprechen.«

»Ich hörte«, sagte Donovan, »Sie sind nicht mehr so entschlossen, die Annehmlichkeiten Washingtons für den Ruhm des Luftkampfs über den Wolken zu verlassen.«

»Captain Douglass hat mir glasklar erklärt, daß mein Eintritt in Ihre Navy für die Dauer des Krieges gilt. Ich glaube zu verstehen, warum ich nicht in die andere Navy zurückkehren kann, aber ich möchte wissen, was ich in Ihrer tun werde.«

»Bis auf weiteres, Canidy, werden Sie der Babysitter von Admiral de Verbey sein«, sagte Donovan. »Er ist in Summer Place.«

»Cynthia erwähnte etwas von Problemen mit ihm«, sagte Canidy. »Welche sind das?«

»Wir müssen den Admiral in Summer Place halten und von der Presse fernhalten«, sagte Donovan. »Vorzugsweise freundschaftlich, doch notfalls mit Gewalt. Captain Douglass arrangiert, daß ihm einige Offiziere des Freien Frankreich als Stab zugeteilt werden, und es werden Konsultationen zwischen dem Admiral und verschiedenen Stabsoffizieren der Navy stattfinden. Was den Admiral anbetrifft, so werden Sie sein Verbindungsoffizier sein. Er kennt Sie natürlich, und wir hoffen, er wird diesen Trick schlucken. Sie werden die Uniform eines Majors des Air Corps tragen. Die Navy stellt einen Sicherheitstrupp, und man wird den Männern sagen, daß sie ihre Befehle von Ihnen erhalten.«

»Wie lange wird das dauern?« fragte Canidy.

»Bis von mir entschieden wird, daß es nicht mehr nötig ist«, antwortete Donovan.

Canidy zuckte mit den Schultern, sagte jedoch nichts.

Er nimmt Befehle an, dachte Donovan. *Das ist gut.*

»Langfristig werden wir sicherlich Arbeit für Sie finden, Canidy«, sagte Donovan. »Schließlich sind Sie Pilot und haben bewiesen, daß Sie auch andere Missionen erledigen können. Es ist nur noch nicht entschieden, was Sie tun werden und wann. Der stets einfallsreiche Chief Ellis hat ein Flugzeug für uns organisiert, und wir wollen es von Ihnen abholen und nach New Jersey bringen lassen.«

»Was für ein Flugzeug?«

»Eine Beech D18S«, sagte Donovan. »Stimmt das, Peter?«

»Jawohl, Sir.«

»Ich bin Jagdflieger«, sagte Canidy.

»Und Flugtechniker, der eine D18S fliegen kann«, sagte Douglass. »Ist das korrekt?«

»Ich bin ein paar Stunden mit einer D18S von der amerikanischen Freiwilligen-Gruppe geflogen«, sagte Canidy.

»Nun, dann werden Sie genügend Zeit in New Jersey haben, um damit zu üben«, sagte Douglass. »Und wir versuchen zu arrangieren, daß Sie mit anderen Maschinen ebenfalls üben können. Natürlich nur wenn Sie Zeit erübrigen können, in der Sie sich nicht um den Admiral kümmern müssen.«

Canidy nickte sein Einverständnis.

»Irgendwelche anderen Fragen, Canidy?« fragte Donovan.

»Nein, Sir.«

»Ich glaube, da steht eine Kaffeekanne im Wohnzimmer«, sagte Donovan und entließ ihn damit höflich.

»Danke«, sagte Canidy, verließ das Schlafzimmer und schloß die Tür hinter sich.

III

1

Lakehurst Naval Air Station
Lakehurst, New Jersey

9. April 1942

Ein unstarres Kleinluftschiff der Navy startete, als sich Canidy mit der Beech D18S dem Flugplatz näherte. Der Tower wies ihn an, östlich des Flugplatzes zu kreisen, um aus dem Weg zu bleiben. Canidy war erfreut. Er hatte nicht viele dieser Kleinluftschiffe gesehen und nie eines beim Start erlebt. Es erforderte anscheinend großes Geschick vom Piloten und der großen Boden-Crew. Er konnte sie jetzt sehen, ein halbes Dutzend Teams – jeweils sechs bis acht Mann, die die Nase des Luftschiffs in den Wind zogen, während sie gleichzeitig verhinderten, daß die Maschine zur Seite geblasen wurde.

So groß die Luftschiffe auch waren – drei andere befanden sich am Boden –, sie wirkten im Vergleich zu ihren Hangars winzig. Dieses Monster war erbaut worden, als Canidy ein Kind gewesen war, zu einer Zeit, in der wichtige Leute ernsthaft geglaubt hatten, lenkbare Luftschiffe würden die Kriegsschiffe der Zukunft sein. Eine Serie von katastrophalen Abstürzen, einschließlich des Absturzes der ›Indianapolis‹ der Navy bei California und des deutschen Passagier-Zeppelins ›Hindenburg‹ hier bei Lakehurst, hatten diese Idee zunichte gemacht.

Das lenkbare Luftschiff, das er beobachtete, stieg schließlich sanft in die Luft und nahm Kurs nach Osten auf die See zu. Es flog auf Kriegspatrouille, um nach deutschen U-Booten zu suchen.

»Lakehurst erteilt Navy sechs-eins-eins Landeerlaubnis auf Landebahn zwei-sieben«, ertönte es aus dem Kopfhörer und riß Canidy aus seinen Gedanken. Es folgten die Windstärke und -richtung und die Temperatur.

Canidy ging in die Kurve und flog den Flugplatz an. Die Maschine war nagelneu, weder das Navigations-Übungsflugzeug noch das kleine Transportflugzeug, das er erwartet hatte. Das Flugzeug war für einen langgedienten Admiral vorgesehen gewesen, der ein Kommando auf See erhalten hatte, bevor es an ihn ausgeliefert werden konnte. Ellis hatte von diesem Schnäppchen gehört und es irgendwie geschafft, die Maschine für den COI zu ergattern. Ein nützlicher, findiger Mann, dieser Ellis.

»Sechs-eins-eins im Landanflug«, sprach Canidy ins Mikrofon, als er die Räder und die Landeklappen ausfuhr.

Er hatte ein wenig Schwierigkeiten, die Maschine aufzusetzen, und er war weiter als gewollt auf der Landebahn, als er die Räder quietschen hörte. Er hätte das gern den Flugeigenschaften des Flugzeugs angelastet, doch in Wahrheit war es sein Fehler. Trotz seines neu erstellten Flugscheins des Army Air Corps, in dem behauptet wurde, daß er als Pilot von C-45, C-46 und C-47 für zweimotorige Flugzeuge zugelassen sei, hatte er nie im Cockpit einer C-46 oder C-47 gesessen, und als er diese Beech D18S vom Flugplatz der Beech-Fabrik in Wichita abgeholt hatte, war das sein erster Alleinflug dessen, was das Air Corps als C-45 bezeichnete.

»Lakehurst, sechs-eins-eins«, meldete er dem Tower. »Ich bin am Boden.« Er fügte die Uhrzeit hinzu.

»Sechs-eins-eins, nehmen Sie die Rollbahn zu Ihrer Linken und rollen Sie zum Osttor des Hangars für die lenkbaren Luftschiffe.«

Der Hangar sah am Boden sogar noch größer aus als aus der Luft – einfach unglaublich riesig. Als er sich näherte und das Gebäude vor ihm auftragte, kam ein Offizier der Navy aus dem Hangar, stellte sich ihm in den Weg und gab die ›Zu mir‹-Bodensignale. Canidy fand es sonderbar, daß ein Offizier Parkwächter für ein Flugzeug spielte, aber seine Signale waren sogar noch sonderbarer. Der Offizier mit den Rangabzeichen eines Commanders winkte ihn nach links, in den Hangar hinein.

Canidy rollte in die Linkskurve, hielt dann jedoch an. Man rollt nicht mit Flugzeugen in Hangars. Der Propellerwind bewirkt interessante Dinge innerhalb eines beschränkten Raumes wie einem Hangar – zum Beispiel wirft er andere Flugzeuge um.

Aber im Hangar war ein richtiger Einweiser mit Kellen in den Händen. Und er signalisierte ebenfalls ›Zu mir!‹

Canidy löste die Bremsen, gab ein wenig Gas und befolgte die Anweisung.

Keine Regel ohne Ausnahme, sagte er sich, und dieser Hangar war offenbar die Ausnahme von der Regel, daß man keine Motoren in einem Hangar laufen läßt. Im Hangar standen sechs andere Flugzeuge. Eine Catalina, deren beide Motoren liefen, rollte zum fernen Tor. Sie wirkte wie mindestens eine Meile entfernt.

Der Einweiser, der schnell rückwärts ging, führte ihn hundert Yards tief in den Hangar, signalisierte ihm dann, links abzubiegen, zu drehen und die Motoren auszuschalten.

Als Canidy aus der D18S kletterte, stand der Offizier, der ihn vor dem Hangar erwartet hatte, bei der Maschine und wartete auf ihn.

Canidy grüßte zackig. Der Commander erwiderte den Gruß und reichte Canidy dann die Hand.

»Major Canidy?« fragte der Commander. Als Canidy nickte, stellte er sich als Commander Reynolds vor, der Kommandant der Lakehurst Naval Air Station.

»Ihr Hangar gefällt mir«, sagte Canidy.

Reynolds lachte. »Es soll das größte bedachte Gelände ohne Dachstützen auf der Welt sein«, sagte er.

»Das glaube ich.«

»Die Sonne wird hier heiß«, sagte Reynolds. »Wenn wir Platz haben, parken wir die Vögel gerne drinnen, damit sie nicht gebraten werden.«

Ein netter Kerl, dachte Canidy, *aber das ist nicht der einzige Grund, warum er so charmant ist. Er ist ein Profi und weiß radzufahren. Die NAS Lakehurst hat Befehle direkt vom Büro des Chefs für Marineoperationen erhalten, Summer Place jedweden Schutz zu gewähren und diese Schutzmannschaft der absoluten Befugnis eines U.S. Deputy Marshals zu unterstellen, der ihnen seine Identität bekanntmacht.*

Und an diesem Morgen hatte der ›Deputy U.S. Marshal‹, der in Wirklichkeit einer der FBI-Agenten war, die an den COI ausgeliehen worden waren, dem Commander der NAS Lakehurst gesagt, daß er von einem Major des Air Corps namens Canidy abgelöst wurde, der mit einem Flugzeug der Navy eintreffen würde.

»Mr. Delaney sagte, daß er die Übergabe in Summer Place abwickeln möchte«, sagte Commander Reynolds. »Und ich dachte mir, wenn Sie nichts dagegen haben, komme ich mit. Ich weiß nicht, welchen Bedarf Sie haben werden, und es könnte Zeit sparen, wenn ich von Anfang an dabei bin.«

»Es freut mich, wenn Sie sich die Zeit nehmen können«, sagte Canidy.

»Ich weiß, wie wichtig Ihre Mission ist«, sagte Reynolds.

Übersetzt heißt das, du willst, daß ich und deine Vorgesetzten mit dir zufrieden sind, dachte Canidy.

Commander Reynolds fuhr Canidy mit seinem grauen Ford-Stabswagen der Navy nach Summer Place. Beim letzten Mal hatte er mit einem Offizier als Fahrer in Pensacola in einem Wagen der Navy gesessen. Der Admiral hatte seinen Wagen und Fahrer geschickt, um Lieutenant (Junior Grade) Canidy von der Kneipe zum Quartier des Admirals zu bringen, wo er einem ledergesichtigten alten Jagdflieger der Army namens Claire Chennault vorgestellt worden war. Chennault hatte sofort angekündigt, daß er freiwillige Piloten suchte, die Courtiss P-40B Tomahawks für die Chinesen flogen, und daß Canidy dafür ausgewählt worden war.

»Summer Place ist wunderschön«, sagte Commander Reynolds. »Ein Herrenhaus aus der Jahrhundertwende gleich am Meer.«

»Ich weiß«, sagte Canidy. »Ich war schon dort.«

Reynolds dachte offenbar, Canidy sei dort gewesen in Zusammenhang mit dem, was dort jetzt vorging. Aber Canidy meinte und dachte, wie oft Jimmy Whittakers Tante und Onkel ihn – und Eric Fulmar – dort bewirtet hatten, als die drei Freunde, Jimmy, Eric und er, zusammen auf der St. Mark's School gewesen waren.

An dem Zaun, der das Grundstück umgab, wiesen in regelmäßigen Abständen Schilder darauf hin, daß das Gelände Besitz der US-Regierung und unbefugtes Betreten bei Strafe verboten war.

Und weit genug hinter dem Tor, unsichtbar von der Straße, hatte man eine Wachbaracke errichtet. Eine Weißmütze mit Gamaschen, bewaffnet mit einem Springfield-Gewehr, trat auf die Straße und blockierte den Weg, bis Commander Reynolds Canidy identifizierte.

Der ›Deputy U.S. Marshal‹ und ein junger Lieutenant (Junior Grade), der das Kommando über den Wachtrupp hatte, erwarteten sie am Haus. Canidy erkannte den Ex-FBI-Agenten aus dem Haus in der Q Street. Wenn es den Mann überraschte, Canidy in der Uniform eines Majors zu sehen, ließ er sich das nicht anmerken.

»Gerade wenn das Wetter hier schön wird, muß ich zurückkehren«, scherzte der Ex-FBI-Agent.

»Tugend hat ihre eigene Belohnung«, sagte Canidy salbungsvoll.

Die Einzelheiten des Wachplans wurden Canidy erklärt: Es gab zusätzlich zu dem Mann, der Canidy empfing, vier weitere ›Deputy U.S. Marshals‹ im Haus, die jeweils in vierstündiger Schicht rund um die Uhr die Straße bewachten und unregelmäßige Patrouillen am Zaun und am Strand durchführten.

Eine Telefonzentrale war eingerichtet worden. Sie wurde von den ›Deputy Marshals‹ bedient. Es gab direkte Leitungen nach Lakehurst, zur drei Meilen entfernten Station der Küstenwache und zur Polizei in Asbury Park.

In zehn Minuten war die Übergabe beendet. Zur Rückfahrt nach Lakehurst nahm Commander Reynolds den Ex-FBI-Agenten mit und setzte ihn am Bahnhof in Asbury Park ab.

Gleich nachdem Reynolds' Wagen außer Sicht war, machte sich Canidy auf die Suche nach Vice-Admiral d'Escadre Jean-Philippe de Verbey.

Er fand ihn – einen kleinen Mann, der zerbrechlich und sehr angespannt wirkte – auf einer Glasveranda, wo er eine Tasse Kaffee trank.

»Monsieur l'Amiral«, sagte Canidy und grüßte. »*Je suis encore une fois à votre service.*« Er hatte das Französisch geübt. Er mochte den Admiral, seit er ihn in Marokko kennengelernt hatte.

»Es ist mir eine Freude, Sie wiederzusehen, Major«, sagte der Admiral in ausgezeichnetem Englisch und erwiderte den Gruß. »Ich habe mich oftmals gefragt, was aus Ihnen geworden ist, nachdem Sie von dem U-Boot zurückgelassen worden sind, das mich in dieses Land gebracht hat.«

»Man hat mir gesagt«, erwiderte Canidy trocken, »daß es zwingende Gründe gab, uns zurückzulassen.«

»Nun«, sagte der Admiral und legte kurz die Hand auf Canidys Arm, »wichtig ist, daß Sie schließlich dort weggekommen und hier sind. Ich nehme an, es wird Ihnen gefallen. Wir sind Gäste von einer Mrs. Whittaker. Sie ist eine freundliche Dame und charmante Gastgeberin.«

»Ich kenne Mrs. Whittaker, *mon Amiral*«, sagte Canidy. »Vor dem Krieg war ich oft Gast in diesem Haus.«

»Hat man Sie deshalb hergeschickt?«

»Ich habe die Ehre, Ihr Verbindungsoffizier zu sein«, sagte Canidy.

»Merkwürdig«, sagte der Admiral trocken, »ich habe irgendwie das Gefühl, daß Sie mein neuer Gefängniswärter sind.«

Canidy, durcheinandergebracht, wußte nicht, was er daraufhin sagen sollte.

»Nun, es macht wohl so oder so nichts aus. So wie es gute Gründe gab, Sie bei Safi zurückzulassen, so gibt es sicherlich gute Gründe für meinen Hausarrest hier«, sagte der Admiral ohne Bitterkeit. »Kommen Sie, ich werde Sie meinem Stab vorstellen.«

Der Stab bestand aus einem Capitaine der französischen Marine, einem alten Mann, der auf dem Kriegsschiff ›Jean Bart‹ gedient hatte, als der Admiral der Kapitän gewesen war; einem viel jüngeren Lieutenant de Vaisseau (Douglass hatte Canidy gewarnt, sehr vorsichtig mit ihm umzugehen; er sollte mit de Gaulle befreundet sein); und ein Maitre (Bootsmann) in mittleren Jahren, der mit seiner unten weit ausgestellten Hose, der Matrosenbluse mit Latz und der Mütze mit roter Quaste recht lustig aussah. Er erfüllte die Doppelfunktion als Ordonnanz und Schreiber.

Eine halbe Stunde später kehrte Barbara Whittaker vom Einkaufen in Asbury Park zurück. Als Canidy den alten Rolls-Royce majestätisch über den Zufahrtsweg kommen sah, entschuldigte er sich und ging nach unten, um sie zu begrüßen.

Der Rolls hatte einen Aufkleber ›Ration A‹ auf der Windschutzscheibe. Die Ration A galt für unwichtige persönliche Fahrzeuge und berechtigte zu drei Gallonen Benzin pro Woche. Das reichte, um mit dem Rolls nach Asbury Park zu fahren, jedoch nicht für die Rückfahrt. Barbara Whittakers Ration wurde offenbar vergrößert, vermutlich aus Beständen der Navy.

Barbara stieg aus und half dem Chauffeur, die Einkaufstüten aus dem Kofferraum auszuladen. Erst dann sah sie Canidy. Sie lächelte und schritt auf ihn zu. Sie hatte silbergraues Haar und strahlte große Würde aus.

»Ist es dir schrecklich peinlich, wenn ich dich

umarme und küsse, Dick?« fragte sie. »Ich freue mich so sehr, dich zu sehen!«

»Ich wäre unglücklich, wenn du es nicht tätest«, erwiderte Canidy.

Sie umarmte ihn herzlich. Er war überrascht über seine Ergriffenheit wegen dieses Wiedersehens.

»Hilf Tom und mir mit den Lebensmitteln«, sagte sie. »Und dann setzen wir uns auf die Veranda, trinken etwas von Chestys Scotch und frischen unsere Erinnerungen auf.«

Sie wird etwas über Jimmy wissen wollen, dachte Canidy. *Und offenbar erwartet man von mir, daß ich ihr so wenig wie möglich sage. Zum Teufel damit, sie ist keine deutsche Spionin. Ich werde ihr soviel erzählen, wie ich kann.*

Sie hatte es ernst gemeint, als sie angekündigt hatte, von Chestys Scotch zu trinken. Die Flasche, die sie holte, war älter als Canidy. Und sie stellte Fragen über ihn selbst und was er während seines Aufenthalts in Summer Place tun würde. Glücklicherweise hielt sie sich mit Fragen über Jimmy zurück.

Dies war kein Anzeichen von mangelndem Interesse. Sie war eben eine große Lady, die spürte, daß bestimmte Fragen unerwünscht waren.

»Ich habe Jimmy getroffen, als er nach Washington flog«, sagte Canidy.

»Du sollst vermutlich nicht über ihn reden, nicht wahr, Dick?« sagte sie.

»Er ist offenbar im Dschungel von Bataan rumgelaufen«, fuhr Canidy fort. »Ich bin überzeugt, er hat Malaria, und er hat mir erzählt, er hätte einen Bandwurm namens Clarence.«

»Du meine Güte!« sagte Barbara. »Chesty hatte vor Jahren einen, und es war schrecklich, bis er ihn loswurde.«

»Er hat mindestens dreißig Pfund Untergewicht«,

fuhr Canidy fort, »und er muß unbedingt zum Zahnarzt.«

»Wie ist sein Verhalten?« fragte Barbara.

Sie meint: Ist er noch bei Verstand?

»Der Präsident hat ihn zum Abendessen eingeladen, nachdem er ihn vor den Kameras von drei Wochenschauen herumgezeigt hat«, sagte Canidy und erzählte ihr, was Jim Whittaker getan hatte, um zu demonstrieren, was eine Drei-Achtel-Ration war.

»Selbst unter diesen Umständen war das extrem ungehobelt gegenüber Franklin und Eleanor«, meinte Barbara Whittaker.

»Das stimmt, aber bitte entschuldige dich nicht für ihn«, sagte Canidy. »Wenn du das tust, wird man wissen, wer dir davon erzählt hat.«

Sie winkte ab, um anzuzeigen, daß sie verstand.

»Hat man ihn deshalb ins Krankenhaus eingewiesen?« fragte sie. »Darf ich ihn deshalb nicht sehen?«

»Ich nehme an, man hat ihn ins Krankenhaus eingewiesen, weil er ärztliche Behandlung braucht«, sagte Canidy und hoffte, daß sie es glaubte.

»In den Zeitungen stand, daß er einen Brief von Douglas MacArthur zum Präsidenten gebracht hat«, sagte Barbara. »Und General Marshall war bei dem Abendessen anwesend. Weißt du, wie sehr Marshall und MacArthur einander verabscheuen?«

»Das habe ich gehört«, gab Canidy zu.

»Hat das irgend etwas mit Jimmys Einweisung ins Krankenhaus zu tun?«

»Ich weiß es nicht«, sagte Canidy nach einigem Zögern. »Ich weiß es einfach nicht.«

Sie dachte darüber nach.

»Chesty und Franklin Roosevelt waren nicht die besten Freunde«, sagte sie. »Aber ich kann einfach nicht glauben, daß Franklin…«

»Colonel Donovan sagte, er versucht, herauszufinden, was er kann«, fiel Canidy ihr ins Wort. »Ich finde, wir sollten auf das Ergebnis warten.«

Sie neigte sich vor und tätschelte erst sein Knie und dann seine Wange.

»Danke«, sagte sie. »Ich bin überzeugt, du hättest mir nichts davon sagen sollen, aber ich bin froh, daß du es getan hast.«

»Sorg nur dafür, daß Colonel Donovan es nicht herausfindet«, sagte Canidy.

»Er wird nichts erfahren«, sagte Barbara.

Sie erhob sich.

»Als ich erfuhr, daß du herkommst, ließ ich Commander Nadine aus deinem alten Zimmer ausziehen. Das gefiel ihm nicht sehr, aber ich sagte ihm, daß du ein alter Freund der Familie bist. Jetzt tut mir leid, daß ich das gesagt habe.«

»Wie bitte?« fragte Canidy verwirrt.

»Ich hätte sagen sollen, du gehörst zur Familie, basta.« Ihre Blicke trafen sich. »Wir haben im allgemeinen einen Cocktail um achtzehn Uhr dreißig und Abendessen gegen neunzehn Uhr. Wenn du es bis dahin nicht schaffen kannst, weißt du, wo der Kühlschrank ist.«

»Danke.«

»Willkommen daheim, Dick«, sagte Barbara Whittaker, und dann verließ sie die Veranda.

2

Lakeshore Drive 2745
Chicago, Illinois

21. April 1942

Trotz Brandon Chambers' Versprechen an Chandler H. Bitter, binnen weniger Tage einen Bericht über Ed Bitters Verfassung von einem seiner Kriegskorrespondenten in Indien schicken zu lassen, erhielt Chandler die ersten Einzelheiten über die Ereignisse erst zwei Wochen nach dem Eintreffen des Funktelegramms von General Chennault.

Der Umschlag war aus billigem, bräunlichem Papier, und der Brief war anscheinend mit einer alten Reiseschreibmaschine auf Vervielfältigungspapier getippt.

```
HQ, 1st Pursuit Sqdn, AVG
APO 607 S/F Cal.


                                    25. März 42


Lieber Mr. Bitter,
     wenn Sie diesen Brief lesen, werden Sie
erfahren haben, daß Ed verwundet ist. Ich
nehme an, Sie möchten wissen, was gesche-
hen ist.
     Wir führten einen Angriff im Tiefflug mit
Bordwaffenbeschuß auf den japanischen Luft-
stützpunkt Chiengmai, Thailand, durch. Unser
Staffelkommandant führte einen Flug, ich den
```

anderen und Ed flog in der Formation, um unseren Platz einzunehmen, falls etwas passieren sollte.

Bei 20 000 Fuß flogen wir mit aufgesetzten Sauerstoffmasken hinab nahe an den Stützpunkt, um mit Bordwaffenbeschuß anzugreifen. Einige der japanischen Flugzeuge waren mit 50-Pfund-HE-Bomben bewaffnet. Auf unserem Weg nach unten bekamen wir es mit viel mehr Fliegerabwehrwaffen und unten mit viel mehr schweren MGs zu tun, als wir nach den Informationen des Nachrichtendienstes erwartet hatten.

Der Skipper wurde beim ersten Anflug getroffen und abgeschossen, und Ed erwischte es beim dritten Anflug unterhalb des rechten Knies. Ich nehme an, es war ein Querschläger, denn die zwar unangenehme Wunde ist nicht annähernd so schlimm, wie sie es bei einem direkten Treffer von einer .50er wäre, die von den Japanern benutzt werden, nachdem wir ihnen freundlicherweise gezeigt haben, wie sie gebaut werden.

Ed schaffte es, seine Maschine wieder in die Höhe zu bringen, aber auf dem Heimflug meldete er über Funk, daß er sich schlecht fühle und fast ohnmächtig werde. Er wollte landen (anstatt das Risiko einzugehen, noch in der Luft das Bewußtsein zu verlieren).

Er hatte Glück. Da war ein ausgetrocknetes Flußbett mitten im Niemandsland, das aussah, als wäre es hart genug für eine Landung, und er setzte ohne Probleme auf. Als er am Boden war und wir wußten, daß man dort sicher landen konnte, landeten wir mit einem anderen Flugzeug, luden ihn hinein, und der Pilot setzte sich auf Eds Schoß und zog den Kopf ein, um dem Propellerwind zu entgehen. Er schaffte es, zu starten und Ed zurück zum Stützpunkt zu bringen.

Das war der schlimmste Teil. Als Ed auf dem Boden war, gab man ihm etwas gegen die Schmerzen, tat für sein Knie, was man konnte, und arrangierte, daß er nach Indien geflogen wurde, wo es in Kalkutta ein nagelneues Lazarett der U.S. Army gibt.

Vermutlich ist der beste Hinweis auf seine Verfassung, daß er mir kurz vor dem Flug nach Kalkutta sagte, er werde in sechs Wochen zurück sein. Ich bezweifle das. Ich nehme an, man wird ihn nach Hause ausfliegen, sobald das arrangiert werden kann. Er ist nicht in Gefahr, also wird er schlimmstenfalls vielleicht ein steifes Knie behalten.

Ich muß nun Schluß machen, denn ich bin jetzt Staffelkommandant und stelle fest, daß dies eine Menge Arbeit mit sich bringt.

Ed und ich sind gute Freunde geworden, und ich finde, daß das, was geschehen ist, gar nicht mal so schlimm für ihn ist. Wir werden ihn wirklich vermissen, aber er kommt lebend hier heraus.
Mit freundlichen Grüßen
Peter Douglass, jr.
Peter Douglass junior

Chandler Bitter zeigte Helen den Brief und schlug vor, Brandon anzurufen und ihm den Brief vorzulesen. Danach fuhr er zur Arbeit.

Als er am Abend zurückkehrte, erwähnte seine Frau, daß sie Ann Chambers angerufen und ihr den Brief vorgelesen hatte. Ann war Brandons Tochter und ihre Nichte, und sie arbeitete bei Brandons Zeitung in Memphis. Helen hatte ebenfalls Mark und Sue-Ann Chambers in Mobile angerufen. Den Rest des Nachmittags hatte sie damit verbracht, Peter Douglass' Brief zu kopieren, damit sie Abzüge an andere interessierte Freunde schicken konnte.

Am nächsten Tag traf ein zweiter Brief von der chinesischen Botschaft ein. In acht blumigen Paragraphen wurde erklärt, daß ein zweiter goldener Miniatur-Flying Tiger mit der persönlichen Dankbarkeit des chinesischen Volkes und Generalissimo Tschiang Kai-schek geschickt wurde.

Mrs. Bitter ließ auch diesen Brief fotokopieren, damit er an allerlei ausgewählte Verwandte und Freunde geschickt werden konnte. Wenn sich die Dinge ein wenig beruhigten, würde sie die Briefe einrahmen lassen. Den zweiten goldenen Fliegenden Tiger würde sie auf einer Gedenktafel befestigen lassen und zur Plantage in Alabama bringen. Sie würde alles in der Bibliothek des Ferienhauses der Familie aufhängen, zu den anderen Kriegserinnerungen der Familie, von denen einige auf den Sezessionskrieg zurückreichten.

Helens Verhalten erstaunte Chandler. Er war lange mit ihr verheiratet und glaubte, sie zu kennen. Es kam ihm seltsam vor, daß die traditionellen Rollen umgekehrt waren. Er war fast krank vor Angst gewesen und jetzt erleichtert, weil ihr Kind lebte, und Helen ergötzte sich an seinem Heldentum.

3

Memphis, Tennessee

28. Mai 1942

Ein Fotoreporter-Team von TIME-LIFE besuchte Anfang Mai das Lazarett der U.S. Army in Kalkutta und suchte nach ›aufmunternden‹ Geschichten. Die Vereinigten Staaten von Amerika hatten in den ersten Monaten des Krieges Prügel bezogen, und mit Ausnahme von Lieutenant Colonel Jimmy Doolittles Angriff mit einer B-25 auf Tokio im vergangenen Monat gab es angesichts der Niederlagen ein Übermaß an deprimierenden Geschichten.

Die Reporter fanden bald heraus, daß einige Fliegende Tiger in dem Lazarett waren. Einer davon hatte eine Story erlebt, die man gut über New York hinaus verkaufen konnte.

Der erste Artikel über Ed Bitter erschien am 28. Mai 1942 in TIME. Ein großes Foto zeigte Edwin Howell Bitter in einem Krankenhaus-Bademantel. Er saß in einem Rollstuhl, und sein rechtes Bein war eingegipst. Die Bildunterschrift lautete: ›Zivilist‹ Ed Bitter.

Der Artikel schien die Forderung des Verlegers nach etwas Aufmunterndem zu erfüllen:

> Fünf Amerikaner, ›zivile‹ Patienten, liegen im neuen Lazarett der U.S. Army in Kalkutta. Ihr Aufenthalt wird von der chinesischen Regierung bezahlt. Sie sind Mitglieder der Amerikanischen Freiwilligen-Gruppe, die ›im

Dienst verwundet wurden. Der vierundzwanzigjährige Ex-Navy-Pilot Edwin H. Bitter aus Chicago wurde während eines Angriffs mit Bordwaffen auf den japanischen Luftstützpunkt Chiengmai, Thailand, verwundet. Er flog eine ausgemusterte Curtiss P-40B, ein Flugzeug, das die Chinesen nur für ihre Piloten der amerikanischen Freiwilligen-Gruppe bekommen konnten, weil sie von den Briten als unzulänglich für den Dienst gegen die Deutschen in Europa abgelehnt worden waren.

Bitter holte neun japanische Flugzeuge mit seiner ›veralteten‹ P-40 vom Himmel, bevor er selbst in Thailand abgeschossen wurde. Er wurde vor sicherer Gefangennahme und möglicher Hinrichtung als ›Bandit‹ gerettet, weil ein anderer ›ziviler‹ Flying-Tiger-Pilot es schaffte, seine Maschine in dem ausgetrockneten Flußbett zu landen, in dem Bitter notgelandet war. Der Pilot zwängte den verwundeten Kameraden in sein enges Cockpit und startete wieder. Die Namen der Piloten der Amerikanischen Freiwilligen-Gruppe, die noch gegen die Japaner kämpfen, wurden nicht freigegeben.

Der Annapolis-Absolvent ('38) Bitter sieht keine Zukunft für sich in der U.S. Navy, die ›keinen Bedarf an Leuten mit steifen Knien‹ hat, wie er sagt. Wenn er dazu in der Lage ist, wird er in seinen ›zivilen Job‹ als Flying Tiger zurückkehren.

Das LIFE-Magazin brachte zehn Tage später – es dauerte seine Zeit, bis das für eine Fotoreportage notwendige Bildmaterial in den Vereinigten Staaten eintraf – eine viel längere Geschichte über die Männer der Amerikanischen Freiwilligen-Gruppe in Kalkutta, aber inzwischen war TIME längst erschienen.

Es war nicht bekannt, ob der Befehl von Präsident Roosevelt persönlich oder von Marineminister Frank Knox kam, der als Sergeant bei der Erstürmung von San Juan Hill im Spanisch-Amerikanischen Krieg mit Teddy Roosevelt verwundet worden war, doch der Befehl kam von ziemlich weit oben.

»Holen Sie diesen Bitter zurück in die U.S. Navy, sobald er vereidigt werden kann, selbst wenn Sie ihn auf einer Trage transportieren müssen.«

Kurz danach landete ein Brief, der an Miss Sarah Child adressiert war und den Absender ›LtComdr E.H. Bitter, USN, Det of Patients, USA Gen Hospital, APO 652, San Francisco, Cal‹ trug, in Sarahs und Anns Brieffach im Peabody Hotel in Memphis. Bevor Sarah den Brief sah, nahm Ann Chambers ihn und behielt ihn in ihrer Handtasche, bis sie Zeit fand, das Kuvert mit Dampf zu öffnen und den Brief zu lesen. Ann hatte seit dem Besuch von Sarahs Mutter in Memphis alle Post für Sarah Child geöffnet.

Als Sarahs Mutter ihren Mann gebeten hatte, sie nach Memphis zu bringen, um ihre Tochter zu besuchen, hatte Joseph Schild – Sarah hatte den deutschjüdischen Namen Schild in Child amerikanisiert, bevor sie aufs College gegangen war – verzweifelt gehofft, daß Zeit und die Mutterliebe seiner Frau über ihre erste Reaktion auf die Neuigkeit hinweghelfen würden, daß ihre unverheiratete neunzehnjährige Tochter schwanger war.

Ihre erste Reaktion – Zorn und Furcht – hatte Sarahs

Mutter für sechs Wochen in das Institute of Living, eine private psychiatrische Klinik in Hartford, Connecticut, gebracht. Aber Joseph Schild hatte seine Frau entgegen dem Rat der Ärzte aus der Klinik geholt, als sie darum gebeten hatte, nach Memphis zu reisen.

Sarah teilte im Peabody Hotel in Memphis eine Suite mit ihrer besten Freundin von Bryn Mawr, Ann Chambers. Es war für Joseph Schild keine Frage, daß Ann, die Tochter des Zeitungsverlegers Brandon Chambers, nicht nur in Memphis war, um für die Zeitung ihres Vaters zu arbeiten, sondern auch, um Sarah Schutz vor ihrer Mutter aus New York zu gewähren.

Aber die Welt stand in Flammen, der europäische Kontinent war in der Hand der Deutschen, die meisten ihrer europäischen Verwandten waren entweder verschollen oder versteckten sich vor den Nazis, die Vereinigten Staaten kämpften zur Zeit praktisch ums Überleben, und so sagte sich Joseph Schild, seine Frau würde die Schwangerschaft ihrer Tochter als etwas Freudiges und eine Bestätigung des Lebens ansehen.

In Memphis, beim Anblick Sarahs, füllten sich Joseph Schilds Augen mit Tränen. Keine Tränen der Traurigkeit, erkannte er, sondern er weinte, weil Sarah wie eine lebende Madonna aussah. Ihre Haut glühte, ihre etwas ernst blickenden Augen glänzten.

»Schlampe!« hatte seine Frau die Tochter in der Suite im Peabody angeschrien. »Gottlose Hure! Warum stirbst du nicht mit deinem Bastard?«

Joseph Schild mußte seine Frau gewaltsam zurückhalten, bis die Hotelleitung einen Arzt auftreiben konnte, der in die Suite kam und ihr ein Beruhigungsmittel gab.

Als die Eltern fort waren, geriet Sarah in einen gefühlsmäßigen Sturzflug. Zwei Tage später, an dem Tag, an dem das Funktelegramm von General

Chennault in Chicago eintraf, hatte sie sich immer noch nicht erholt, als sie von einem gesunden, etwas über sieben Pfund schweren Jungen entbunden wurde. Der Vater wurde als ›unbekannt‹ verzeichnet, und die Geburt wurde in den Statistiken als ›unehelich‹ registriert.

Ann Chambers hielt den Zeitpunkt für falsch, Sarah zu erzählen, daß Eddie verwundet und fast getötet worden war. Die Depression nach der Geburt war früher als üblich und stärker eingetreten, als der Arzt erwartet hatte. Im Kreißsaal hatte er bewundernd gedacht, daß Sarah eine hartes kleines Püppchen war.

Sarah blieb zehn Tage lang im Krankenhaus, dann kehrte sie – immer noch mit Depressionen – in die Suite im Peabody Hotel zurück. Den ganzen Tag war eine Krankenschwester anwesend, aber Sarah war nach Feierabend der Schwester um 17 Uhr bis zum Eintreffen Anns vom *Advocate* allein. Was bedeutete, daß Ann oftmals nach Hause eilte, wenn sie lieber noch gearbeitet hätte.

In ihrer Suite öffnete Ann den Briefumschlag unter Dampf aus einem Teekessel auf heißer Platte, las den Brief, klebte das Kuvert wieder sorgfältig zu und ging dann zu Sarahs Tür. Sie riß die Tür auf, schwenkte den Brief und trat ein.

»Papa hat was von sich hören lassen!« rief sie.

Sarah drehte den Umschlag in ihren Händen und sah den Absender.

»O Gott!« sagte sie. »Er ist im Lazarett!«

Sie riß das Kuvert auf und las.

Kalkutta, Indien
7. April 1942

Liebe Sarah,

ich habe weiterhin Deine netten und regelmäßigen Briefe erhalten und bedaure, daß ich solch ein schrecklich fauler Briefschreiber bin. Ich hatte einen kleinen Unfall, habe mich leicht am Bein verletzt und verbringe, wie Du vielleicht an der Absenderadresse gemerkt hast, einige Zeit im Lazarett. Ich muß schnell hinzufügen, daß es mir wirklich ganz gut geht und kein Grund zur Sorge besteht. Und der Aufenthalt im Lazarett gibt mir Gelegenheit, Deine vielen Briefe zu beantworten.

Meine große Neuigkeit (wie Du vielleicht ebenfalls am Absender gesehen hast) ist, daß ich wieder in der Navy bin. Gestern hat mich ein Offizier vom Stab des Kommandeurs der Marine der U.S. Forces in Indien besucht. Er kam gleich zur Sache. Da ich jetzt nicht von viel Nutzen für die AVG (das ist die Abkürzung für American Volunteer Group – amerikanische Freiwilligen-Gruppe) bin, wollte er wissen, ob ich daran gedacht habe, ›heimzukommen‹.

Ich sagte ihm, daß ich verpflichtet bin, meinen Vertrag mit der AVG zu erfüllen, der bis 4. Juli läuft, aber er erklärte mir, daß die AVG bereit sei, mich aus dem Vertrag zu entlassen. Mein Bein wird noch einen Monat oder sechs Wochen in Gips und vielleicht danach ein wenig steif sein, und bis ich wieder fliegen kann, wäre mein Vertrag ohnehin fast abgelaufen.

Ich fand es wirklich anständig von der Navy, mich als vorübergehenden Krüppel zurückzunehmen, aber man ging noch weiter. Man hatte uns versprochen (ich nehme an, jetzt kann ich es Dir sagen), daß wir ohne Verlust an Dienstzeit wieder in die Navy aufgenommen werden und bei einer Beförderung in der AVG dieselbe Beförderung in der Navy erhalten würden. Anscheinend ist es Politik der Navy, Lieutenants (Junior Grade) mit einem halben Jahr Dienst im Kriegsgebiet für eine Beförderung in Betracht zu ziehen, und so hielten sie ihr Wort und beförderten mich, weil ich in der AVG befördert worden bin.

Das bedeutet, daß ich mit einem Dienstgrad (vorübergehend natürlich) in die Navy zurückkehre, der zwei Dienstgrade höher ist als der, den ich hatte, als wir uns das letzte Mal gesehen haben. Ehrlich gesagt, ich kann mich kaum daran gewöhnen, Lieutenant Commander Bitter zu sein (alle Lieutenant Commanders, die ich kenne, sind alte Männer), aber es muß so sein, denn das steht auf dem Schild an meinem Bett.

Die andere gute Nachricht: Ich werde in die Staaten zurückkehren. Ein Lazarettschiff ist auf dem Weg hierhin, und sobald man genug Passagiere hat, um es zu füllen (und es werden vermutlich mehr als genug zusammenkommen, bis es hier ist), werde ich in die USA zurückgebracht. Es ist durchaus möglich, daß ich fort bin, bevor ein Brief von Dir hier ein-

> treffen kann, also kannst Du Briefmarken sparen.
>
> Ich habe keine Ahnung, wo ich in den Staaten stationiert sein werde, aber vielleicht kann ich nach Memphis kommen, um Dich zu besuchen. Ich möchte Dir das köstlichste Abendessen spendieren, das es im Speiseraum des Peabody gibt.
>
> Bitte grüße Ann, und wenn Du das Papier und eine Briefmarke opfern möchtest, schreib Deinem Brieffreund
>
> *Ed*

»Er ist verwundet worden«, sagte Sarah zu Ann. »Nichts Ernstes. Er hatte eine Art Unfall.«

»Er ist ein Lügner«, sagte Ann.

Sarah blickte sie überrascht an. Ann verließ das Schlafzimmer und kehrte mit einem Kuvert zurück, in dem sie den Rest der Geschichte aufbewahrte, Kopien des Funktelegramms, die Briefe von der chinesischen Botschaft und von Peter Douglass junior und die Ausschnitte aus *Time* und *Life*.

»Er sieht schrecklich aus«, sagte Sarah, als sie die Fotos sah. »Richtig verhungert.«

»Er lebt«, sagte Ann. »Und er kommt heim.«

»Warum hast du mir das nicht eher gezeigt?« fragte Sarah.

Ann zuckte mit den Schultern.

»Ich litt an einer perfekt normalen Depression nach der Geburt«, sagte Sarah wütend. »Ich war nicht verrückt!«

Ann lächelte sie an.

Sarah dachte an etwas anderes. »Hast du von Canidy gehört?«

»Weder etwas von ihm noch über ihn«, sagte Ann.

»Nun, man wird ihn vermutlich auf Trab halten, und er hat keine Zeit zum Schreiben.«

»Klar«, sagte Ann. »Entweder das, oder es gibt ein chinesisches Mädchen oder Mädchen Mehrzahl. Oder eine amerikanische Krankenschwester oder eine englische Krankenschwester oder alles Genannte.«

»Das weißt du nicht«, sagte Sarah.

»Ich kenne Richard Canidy, verdammt«, sagte Ann.

4

Warm Springs, Georgia

8. Juni 1942

Der Präsident der Vereinigten Staaten und Colonel William J. Donovan aßen auf der Terrasse von Roosevelts Ferienhaus zu Mittag – Brathähnchen und Kartoffelsalat. Die beiden waren mit grünem Holzgitterwerk vor der Sicht von anderen Patienten und Besuchern des Behandlungszentrums für spinale Kinderlähmung abgeschirmt.

Roosevelt hatte einen Gast gehabt, der sofort bei Donovans Ankunft mit dem Wagen aus Atlanta verschwunden war. Donovan fragte sich, warum ihn das überraschte und schockierte. Roosevelt war ein Mann, auch wenn seine Beine gelähmt waren. Eleanor konnte einem gewaltig auf die Nerven gehen, wie Donovan wußte. Barbara Whittaker war weitaus charmanter und sah gewiß besser aus, und ihr Mann Chesty war im Bett einer Frau gestorben, die jung genug war, um seine

Tochter sein zu können. Warum sollte er also erwarten, daß Roosevelt ein Heiliger war?

Und es ging ihn nichts an. Er war nach Georgia gekommen, um über den Krieg zu diskutieren und über das, was der COI tat, um ihn zu gewinnen. Ob Franklin Roosevelt ein bißchen fremdging oder nicht, hatte nichts damit zu tun.

Das Wichtigste, was Roosevelt beim Essen beschäftigte, war weder die Niederlage der Nation im Pazifik noch der erste amerikanische Gegenschlag, Operation Fackel, die Invasion Nordafrikas, die für den Herbst geplant war. Er wollte über die Superbombe diskutieren.

Donovan hatte zuvor erfahren, daß die Experimente mit dem Reaktor an der University of Chicago keineswegs einem Abschluß nahe waren – man hatte noch immer keine Kettenreaktion zustandegebracht. Dr. Conant von Harvard hatte von der wachsenden Zuversicht der Wissenschaftler berichtet, daß die Dinge funktionierten. Nach diesen Berichten war Roosevelt so zuversichtlich – oder zum Äußersten entschlossen, wie Donovan dachte –, daß er praktisch einen Blankoscheck für seinen geheimen Kriegsfonds ausgeschrieben hatte, um die Anstrengungen fortzusetzen.

Am 1. Juni war unter dem Pionieroffizier Brigadier General Les R. Groves das Manhattan Project ins Leben gerufen worden. Es hatte den Auftrag, eine Bombe zu entwickeln, deren Explosivkraft durch Kernspaltung erreicht wurde. Manhattan war für den Namen des Projekts gewählt worden in der Hoffnung, daß die Öffentlichkeit die gewaltigen Kosten in Zusammenhang mit Manhattan Island brachte, anstatt mit den Einrichtungen, die in Oak Ridge, Tennessee, in Hanford, Washington, und in den Wüsten des Südwestens erbaut worden waren.

Das Büro des Coordinator of Information war an diesem Programm beteiligt durch die Operation, bei der Grunier, der französische Mineningenieur, der vor dem Krieg für die ›Union Minière‹ in Belgisch Kongo gearbeitet hatte, ausfindig gemacht und in die Vereinigten Staaten gebracht worden war.

Eine der sehr wenig bekannten Quellen für Uranpechblende, aus der theoretisch Uranium 235 gewonnen werden konnte, befand sich in der Provinz Katanga in Belgisch Kongo.

Von Grunier hatte man erfahren, daß tatsächlich viele Tonnen Uranpechblende als Abfallprodukte von anderen Minen- und Schmelzbetrieben der Union Minière in der Provinz Katanga herumlagen. Einiges davon war einfach abtransportiert und als Abfall von Kupfer- und Zinnminen weggeworfen worden.

Ein paar Leute bezweifelten, daß man Grunier trauen konnte, denn er war aus Marokko, wo er in einer Phosphatmine gearbeitet hatte, unfreiwillig in die Vereinigten Staaten gebracht worden. Seine Familie befand sich in Frankreich, und er war verständlicherweise besorgt um ihr Wohlergehen. Diese Sorge wurde prompt vom COI als Druckmittel benutzt.

So wurde er dazu gebracht, Landkarten zu zeichnen. Dann schickte Donovan einen Agenten aus Südafrika nach Belgisch Kongo, und er kehrte mit fünfzig Pfund Uranerz in zwanzig Beuteln zurück. Die Quelle jedes Beutelinhalts war beschriftet je nach dem Herkunftsort.

Zwölf der Beutel erwiesen sich als nutzlos. Sie enthielten nicht das, was Grunier gedacht hatte – das sagte er jedenfalls den COI-Mitgliedern, die ihn verhörten. Sieben andere Proben enthielten genug Uranerz, so daß ein Raffinieren möglich war. Eine der drei guten Proben enthielt einen ordentlichen Anteil an

Uranerz, und die letzten beiden erwiesen sich nach spektroskopischer und chemischer Analyse als sehr erfolgversprechend.

Die nächste Frage war: Waren die Proben wirklich repräsentativ für die Haufen, denen sie entnommen worden waren, oder handelte es sich um Zufallstreffer?

Dieses Problem wurde stark vergrößert durch die enorme Menge von Uranerz, die benötigt wurde, um auch nur winzige Mengen von reinem Uran 235 zu gewinnen. Es gab, soweit man bis jetzt wußte, weniger als 0,000001 Pfund des spaltbaren Stoffs auf der ganzen Welt.

Einige Wissenschaftler glaubten, daß nur eine Unze reines U-235 für eine Atombombe reichen würde. Aber andere, genauso kenntnisreiche, waren der Ansicht, daß mindestens hundert Pfund gebraucht wurden.

Um herauszufinden, wie viele tausend Tonnen nötig waren, um fünfzig Pfund Uran zu produzieren, war es nötig, raffinierbare Mengen zu haben. In Labor-Kategorien bedeutete das mindestens fünf Tonnen. Für den Moment. Und natürlich später mehr, wenn die Dinge liefen, wie jeder erhoffte.

Am 12. Dezember 1941 hatte die deutsche Regierung die belgische Regierung informiert, daß der Export von Kupfer und strategisch wichtigen Mineralien und Erzen aus belgischen Kolonien in die Vereinigen Staaten von Amerika nach dem Waffenstillstandsabkommen verboten war. Und die deutsche Regierung hatte erklärt, alle anderen Exporte würden fortan überprüft werden, um sicherzustellen, daß sie nicht dem Feind nützten.

Die Frage, wie man ein paar Tonnen Uranerz mitten aus dem dunkelsten Afrika schmuggeln sollte, mußte jedoch warten. Jetzt mußte entschieden werden, ob das Uranerz aus Katanga gebraucht wurde und wie man fünf Tonnen davon in die Vereinigten Staaten bringen konnte.

Und Donovan sagte sich, um das zu schaffen, mußte man nach Katanga fliegen und es holen.

»Sie arbeiten daran, den Stoff auszufliegen, ist das richtig, Bill?« fragte Roosevelt.

»Jawohl, Sir«, sagte Donovan.

»Wie wollen Sie das schaffen?«

Donovan war ein wenig ärgerlich über Roosevelts Interesse an Einzelheiten. Es war in gewisser Weise schmeichelhaft, aber es kostete Zeit. Er sagte oftmals seinen Untergebenen, daß bei allem Mangel, von dem die Kriegführung beeinträchtigt wurde, der größte der Mangel an Zeit war. Es blieb einfach nicht genügend Zeit, um zu tun, was getan werden mußte. Und die paar Minuten, die es dauerte, dem Präsidenten zu erzählen, wie er plante, das Uranerz aus Belgisch Kongo herauszubekommen, gingen von der Gesamtzeit ab, die Roosevelt ihm widmen konnte. Donovan hätte es vorgezogen, dieses Gespräch mit anderen Themen zu verbringen. Aber Franklin Delano Roosevelt war der Oberbefehlshaber, rief sich Donovan in Erinnerung, und konnte folglich nicht daran gehindert werden, Zeit mit unwichtigen Fragen zu verplempern.

»Erinnern Sie sich an den jungen Mann, der mit Jim Whittaker zum Abendessen bei Ihnen war?« fragte Donovan.

»Canidy oder so?«

»Richard Canidy«, sagte Donovan. »Ex-Flying-Tiger, und jetzt noch wichtiger, Lufttechniker, ausgebildet am Massachusetts Institute of Technology.«

»Ich bin ein bißchen verwirrt. Ist das der junge Mann, den Sie nach Nordafrika geschickt haben, um den Mineningenieur und diesen Admiral Sowieso herauszuholen?«

»Das auch«, sagte Donovan, beeindruckt, aber nicht wirklich überrascht, weil Roosevelt sich an diese Einzelheit erinnerte. »Im Augenblick ist er in Chestys Haus am Jersey-Strand und versucht, den Admiral bei Laune und von den Reportern fernzuhalten. Aber er arbeitet ebenfalls an dieser Operation.«

»Wie arbeitet er daran?«

»Man hat ihm die Einzelheiten mitgeteilt – Gewicht und Distanz, meine ich. Er weiß nicht, was geholt werden muß und wo es sich befindet. Und er hat den Befehl, eine Möglichkeit zu empfehlen – absolut geheim –, wie ein solches Gewicht so weit transportiert werden kann. Er erhält viel Hilfe von Pan American Airways.«

»Warum nicht vom Air Corps?«

Donovan war sich darüber im klaren, daß er sich soeben auf dünnes Eis begeben hatte. Pan American hatte zweifellos größere Erfahrung in transozeanischen Fernflügen als sonst jemand – einschließlich des Army Air Corps. Aber der größte Experte auf diesem Gebiet war Colonel Charles A. Lindbergh, ›Lucky Lindy‹, der Mann, der als erster den Atlantik im Alleinflug überquert hatte, der große amerikanische Held, der vor kurzem Roosevelt und eine große Zahl von anderen wichtigen Leuten wütend gemacht hatte, indem er bekanntgegeben hatte, daß nach seiner beruflichen Einschätzung die Deutsche Luftwaffe unbesiegbar war. Lindbergh hatte dann Salz in die Wunde gestreut, indem er seine Berühmtheit für die Ansicht eingesetzt hatte, daß sich Amerika aus Europas Kriegen heraushalten sollte.

Sofort nach dem japanischen Angriff auf Pearl Harbor hatte sich Lindbergh, Colonel der Air Corps Reserve, freiwillig zu aktivem Dienst gemeldet. Roosevelt hatte nicht vor, dies zuzulassen. Franklin Roosevelt würde Lindbergh nur über seine Leiche erlauben, in Uniform zu dienen.

Donovan und Lindbergh waren jedoch befreundet. Und Lindbergh hatte sich hilfreich gezeigt, als Donovan ihn um Rat für die Planung von Flügen gebeten hatte. Als Donovan Roosevelt sagte, daß Canidy viel Hilfe von Pan American erhielt, meinte er in Wirklichkeit Hilfe von Charles A. Lindbergh persönlich.

»Weil Pan American mehr über diese Dinge weiß als das Air Corps«, sagte Donovan.

Roosevelt stieß einen Grunzlaut aus, nahm das jedoch hin. Wenn er gefragt hätte, ob Lindbergh beteiligt war, hätte Donovan ihn nicht angelogen. Aber Roosevelt hatte nicht gefragt, und das war Donovan nur recht.

»Und Sie meinen, es kann geschafft werden?« fragte Roosevelt.

»Canidy sagte mir, daß es möglich ist«, erwiderte Donovan.

»Sie haben offenbar großes Vertrauen in ihn, Bill«, sagte der Präsident. »Er hat anscheinend Kenntnis von einer Reihe interessanter Geheimnisse.«

»Es gibt zwei Theorien über mehrfache Geheimnisse, Mr. President«, sagte Donovan. »Wenn einige Leute nur auf die Kenntnis eines Geheimnisses beschränkt sind, muß man schließlich viele Leute im Auge behalten, die davon erfahren könnten. Wenn hingegen ein einzelner eine Reihe von Geheimnissen kennt, brauchen wir uns nur um seine Sicherheit Sorgen zu machen. Und wenigstens im Augenblick habe ich nicht vor, Canidy selbst in den Kongo zu schicken. Er stellt die Operation nur auf die Beine. Am Ende wird sich wohl herausstellen, daß wir eine Crew des Air Corps einsetzen.«

Roosevelt dachte darüber nach.

»Das würde dem Air Corps vermutlich gefallen«, sagte er grinsend. »Es hat die Verantwortung, mit Flugzeugen umzugehen, wissen Sie.«

»Ja, ich weiß«, sagte Donovan genauso sarkastisch, »und wie ich das sehe, soll ich mich um Nachrichten kümmern. Es wird Sie zweifellos überraschen, zu hören, daß ich und das Air Corps manchmal in Konflikt geraten, trotz unserer besten Bemühungen.«

»Ist das nur eine allgemeine philosophische Bemerkung, Bill? Oder haben Sie etwas Besonderes im Sinn?«

»Deutsche Düsenjäger«, sagte Donovan nach einer Weile.

Der Präsident lächelte sehr breit, und seine Zigarettenspitze wippte zwischen den Zähnen. Er genoß den Wortwechsel.

»Es wird Sie zweifellos überraschen, Bill«, sagte er, »wenn ich Ihnen sage, daß ich diese Flugzeuge bei George Marshall erwähnt habe, und er mir gesagt hat, daß sich das Air Corps deswegen keine großen Sorgen macht. Leute des Air Corps haben gesagt – natürlich mit großem Takt –, daß solche Flugzeuge keine taktische Sorge für sie sind, sondern eher ein strategisches Problem für Sie.«

»Dann haben sie sich darüber ebenfalls geirrt, Franklin«, sagte Donovan kategorisch.

»Tatsächlich?«

»Hören Sie mich an?«

»Selbstverständlich«, sagte Roosevelt. »Wie kann ich mich weigern?«

»Man hat mir erklärt, die Taktik des Air Corps für Europa sei die massive Bombardierung von deutschen militärischen Zielen aus großer Höhe mit schweren Bombern, B-17- und B-24-Maschinen. Das Air Corps glaubt, daß die massierte schwere Bewaffnung einer großen Zahl sorgfältig formierter Bomber einen relativ undurchdringlichen Feuerwall gegen deutsche Jagdflieger bilden kann.«

»Und Sie bezweifeln das?«

»Ja. Diese Taktik ist falsch gegen deutsche Jagdflugzeuge, die mit Kanonen bewaffnet sind und dreimal so schnell wie die Bomber fliegen«, sagte Donovan.

»Das Air Corps ist natürlich anderer Meinung«, sagte Roosevelt. »Und es glaubt, die Deutschen sind weit davon entfernt, Düsenjäger über das Zeichenbrett hinaus entwickelt zu haben.«

»Der erste Flug eines deutschen Düsenjägers fand am 27. August 1939 von einem Flugplatz in der Nähe Berlins aus statt.«

Roosevelt blickte ihn scharf an.

»Die deutsche Luftwaffe wird die zwölf Jagdflugzeuge vom Typ Messerschmitt ME-262, die gegenwärtig in bombensicheren Bunkern in Augsburg gebaut werden, binnen eines Monats im Flugtest erproben. Die ME-262 wird von einer Junkers 004-Zentrifugal-Maschine angetrieben, entwickelt von einem Mann namens von Ohain, was eine große Verbesserung gegenüber dem Sternmotor sein soll, den sie bis jetzt benutzt haben.«

Es dauerte eine Weile, bis Roosevelt wieder sprach.

»Ich war nahe daran, Bill, Sie mit der Frage zu beleidigen, ob Sie sich Ihrer Information sicher sind«, sagte er. »Ich werde diese Frage natürlich nicht stellen. Ist Ihnen klar, in welche Klemme Sie mich mit dem Air Corps bringen?«

»Wenn die Deutschen diese Jagdflugzeuge einsatzfähig bekommen, werden wir nicht die Verluste verkraften können, die sie bei unseren Bombern anrichten werden – weder im taktischen Sinne noch im Sinne der Öffentlichkeitsarbeit. Ich gebe respektvoll zu bedenken, daß dies in der Tat eine strategische Erwägung ist.«

»Und wie schlagen Sie vor, die Deutschen zu stoppen?« fragte Roosevelt.

»Das wäre Sache des Air Corps«, erwiderte Donovan. »Ich bin überzeugt, daß es wissen wird, wie es mit dem Problem fertig wird, wenn es erst erkannt ist. Meine Leute sagen mir, daß die Herstellung von Strahltriebwerken beträchtlich schwieriger ist als die von Kolbenmotoren. Sie sind nicht nur komplexer, sondern sie erfordern auch besondere Metalle und eine spezielle Metallurgie. Wenn wir die Schmelzhütten, die besonderen Stahlwerke oder die Fabriken ausschalten können, würde das vielleicht die Entwicklung der Düsenjäger verlangsamen. Ich bezweifle, daß wir die Produktion stoppen können, aber ich nehme an, wir sollten in der Lage sein, sie zu verlangsamen.«

»Verdammt!« sagte Roosevelt.

»Ich bezweifle, daß wir das Problem ignorieren können. Es wird sich nicht von selbst lösen«, sagte Donovan.

Roosevelt dreht sich ihm zu und schaute ihn finster an. Seine Augen blickten kalt, und seine Brauen waren ärgerlich erhoben. »Was genau wünschen Sie von mir, Colonel Donovan?« fragte er eisig.

»Mr. President, ich schlage respektvoll vor, daß Sie dem Air Corps sagen, Sie hätten dem Nachrichtendienst des COI die Verantwortung bezüglich des Themas deutscher Düsenflugzeuge übertragen, und dem Air Corps die Anweisung geben, mir alles Nachrichtenmaterial zu übergeben, das es in den Akten hat.«

Roosevelt schnaubte. »Das ist alles, was Sie wollen? Ihre Akten?«

»Ich wünsche die Befugnis, mich um das Thema deutsche Düsenflugzeuge zu kümmern«, sagte Donovan. »Und ich will dabei keinen Konkurrenzkampf mit dem Air Corps.«

»Diese Leute sind nicht der Feind, Bill«, sagte Roosevelt, jetzt beherrscht.

»Ihr Nachrichtenmaterial, Franklin, wird von Offizieren des Air Corps ausgewertet, die einfach nicht ignorieren können, daß ihre Vorgesetzten, *jeder* davon, ein Anhänger der Theorie ist, nach der sich schwere Bomber selbst verteidigen können. Keiner dieser Vorgesetzten will etwas hören, das ihren Glauben in Frage stellt.«

Sie sprachen sich wieder mit dem Vornamen an. Die Krise war vorüber.

»Sehr gut, Bill«, sagte Roosevelt. »George Marshall wird heute nachmittag um siebzehn Uhr anrufen. Dann werde ich ihm das sagen.«

»Danke, Franklin«, sagte Donovan.

»Sonst noch etwas?«

Donovan zögerte kaum wahrnehmbar mit der Antwort. »Nein, Sir.«

Roosevelt bemerkte das Zögern. »Doch, da ist noch etwas. Heraus damit.«

Donovan zuckte mit den Schultern. »Ich möchte wissen, was mit Jim Whittaker geschehen ist«, sagte er.

»So, das möchten Sie«, sagte der Präsident kalt.

»Chesty und ich waren befreundet, solange ich mich erinnern kann«, sagte Donovan. »Wie Sie und er und eine gewisse Lady alte Freunde waren beziehungsweise sind.«

Roosevelts Kopf ruckte zu ihm herum. In seinen Augen loderte es auf.

O Gott! dachte Donovan. *Er meint, ich rede von Miss Sowieso, seiner Freundin! Die hatte ich einfach vergessen.*

»Und welche Lady wäre das, Bill?« fragte Roosevelt.

»Barbara Whittaker«, sagte Donovan hastig.

»Ah, ja«, sagte Roosevelt. »Wie geht es Barbara?«

Jetzt meint er, sein berühmter finsterer Blick hat mich eingeschüchtert!

»Sie ist vermutlich ziemlich aufgeregt«, sagte Donovan. »Seit Jimmys Anruf aus San Francisco hat sie nichts mehr von ihm gehört.«

»Wenn Sie das für nötig halten, werde ich Barbara anrufen und ihr versichern, daß wir alles Menschenmögliche für Jimmy tun.«

»Das habe ich ihr bereits gesagt. Sie möchte wissen, wo er ist, damit sie ihn besuchen kann.«

»Das wird unmöglich sein, befürchte ich.«

»Wegen seiner Verfassung?«

Roosevelt nickte.

»In welcher Verfassung ist er?« fragte Donovan.

»Ich nehme an, Bill, das wissen Sie«, sagte der Präsident.

»Ich weiß, daß er auf George Marshalls persönlichen Befehl hin praktisch als Gefangener im Army-Lazarett in Fort Knox, Kentucky, festgehalten wird. Und ich möchte wissen, warum.«

»Wie kommen Sie darauf, daß er ein Gefangener ist?«

»Als Barbara mir erzählte, daß sie keinerlei Information aus dem Lazarett dort bekommen konnte, sagte ich ihr, es liegt vermutlich einfach am militärischen System, und ich versprach, dort anzurufen und dafür zu sorgen, daß Jimmy mit ihr telefoniert. Aber ich wurde nicht zu ihm durchgestellt. Man leugnete, etwas über ihn zu wissen. So rief ich Georgie Patton an, den dortigen Kommandeur, der ein alter Freund von mir ist, und zuerst wollte er mir ebenfalls nichts sagen. Ich setzte ihm hart zu, und schließlich bekannte er, daß er besondere Befehle von ›sehr nahe dem Himmel‹ habe und mir einfach nicht mehr sagen könne.«

»Die Befehle kamen von mir«, sagte Roosevelt, »nicht von George Marshall.«

Donovans Gesicht spiegelte seine Überraschung wider.

»Jimmy Whittaker erhält jeden Komfort und die beste ärztliche Behandlung. Er war ein sehr kranker Mann am Rande eines körperlichen Zusammenbruchs. Er hatte fünfundvierzig Pfund Untergewicht. Die Zähne fielen ihm fast aus, und er hatte drei Arten von Darmparasiten, wie man mich informierte.«

»Warum kann er nicht mit Barbara telefonieren – oder mit mir, was das anbetrifft?«

»Sie wissen, was beim Essen bei mir geschehen ist, Bill«, sagte der Präsident.

»Canidy hat es mir erzählt«, sagte Donovan. »Ich nehme an, Douglas MacArthur hätte das gleiche getan. Es heißt nicht, daß Jim Whittaker verrückt ist.«

»Ich bin der Präsident«, sagte Roosevelt.

»Und Sie spielen die Rolle von Onkel Franklin«, sagte Donovan. »Bei Jimmys Zustand ist es verständlich, daß er die beiden Rollen vielleicht nicht auseinanderhalten kann.«

»Das ist Eleanors Argument«, sagte Roosevelt. »George Marshall argumentiert – nachdem er in Betracht gezogen hat, daß Jimmy vielleicht weiß, was MacArthur geschrieben hat –, daß es vernünftig ist, ihn in Knox zu lassen.«

»Was hat MacArthur geschrieben?« fragte Donovan.

»Das wissen Sie nicht?« sagte Roosevelt. »Das überrascht mich ein bißchen.«

»Ich fange nur *feindliche* Post ab, Mr. President«, bemerkte Donovan.

»*Touché*, Bill«, sagte Roosevelt. »General Marshall dachte, Sie wären vielleicht – wie soll ich es sagen? – tüchtiger.«

»Laut Canidy hat Whittaker behauptet, keine Ahnung zu haben, was in dem Brief steht.«

»Dann liegt es mir fern, Douglas MacArthurs Vertrauen zu mißbrauchen«, sagte der Präsident. »Es genügt, zu sagen, daß George MacArthur eine Chance geben wollte, seinen Abschied zu nehmen, als ich ihm den Brief zeigte. Und George wünschte, daß ich MacArthur vors Kriegsgericht stelle, wenn er sein Rücktrittsgesuch nicht einreicht.«

»War es so schlimm?« fragte Donovan.

»Zu den freundlicheren Dingen, die Douglas schrieb, zählt folgendes: Er hat keinen Grund, seine Meinung zu revidieren, daß George Marshall nur bedingt als Kommandeur eines Regiments tauge und daß die Befugnis, die ich ihm gegeben habe, an eine Beleidigung grenzt. Oh, wie die *Chicago Tribune* diesen Brief lieben würde.«

»Und weil George Marshall meint, Jimmy Whittaker kennt vielleicht diesen Brief, wollen Sie ihn auf unbestimmte Zeit vom Verkehr mit der Außenwelt abschneiden?« fragte Donovan.

»Sie halten dies offenbar für unnötig?«

»Zum einen setzt das voraus – falls er den Inhalt des Briefes kennt, und das bezweifle ich –, daß er bei der erstbesten Gelegenheit damit zu Colonel McCormick laufen würde. Aber ehrlich gesagt, Franklin, ich bezweifle, daß er Ihnen das antun würde – nicht als Offizier und gewiß nicht als Freund.«

»Marshall glaubt, daß MacArthur in seiner üblichen machiavellistischen Art hofft, Jimmy würde genau das tun.«

»Blödsinn!« sagte Donovan.

»Genau das meint Eleanor auch«, sagte der Präsident. »Also gut, Bill, sagen Sie mir, was Sie tun würden.«

»Ihn mir zuteilen«, sagte Donovan.

»Und was würden Sie mit ihm machen?«

»Er hat ein Anrecht auf einen dreißigtägigen Heimaturlaub«, sagte Donovan. »Ich würde ihm den genehmigen – in Summer Place in Deal. Canidy wird dort sein, und er ist ohnehin in diese Sache eingeweiht. Ich kann ihm genug darüber erzählen, um sicherzustellen, daß Jimmy nichts tut, um George Marshall in Verlegenheit zu bringen.«

»George würde argumentieren, Jimmy braucht psychiatrische Behandlung«, meinte Roosevelt.

»George behauptet, Jimmy ist verrückt? Ich bezweifle, daß er den Verstand verloren hat. Ich finde, er war unter schrecklichem Streß. Und außerdem ist er bestimmt nicht der einzige Offizier, der so mit George Marshall umgehen möchte, wie er es getan hat.«

»Sie bezweifeln, daß sein Handeln nicht die Frage nach seiner geistigen Gesundheit aufwirft?« fragte Roosevelt.

»Er ist geistig so gesund wie Sie oder ich«, sagte Donovan. »Mein Gott, Franklin, Sie haben Putzi von Hanfstaengel[4], einen Nazi, im Hotel Washington einquartiert und hatten ihn zum Essen hier. Wie können Sie da diesen Jungen in Arrest halten?«

»Putzi ist ein *Ex*-Nazi«, entgegnete der Präsident kalt. »Und Sie wissen, wie wertvoll er für uns gewesen ist.«

Obwohl Roosevelt seinen Unmut zeigte, gab Donovan nicht klein bei.

»Ich würde sagen, daß Jim Whittaker ziemlich wertvoll für uns war. Wenn er – wie soll ich es formulieren? – schon aus dem Verkehr gezogen werden muß, dann könnte das zumindest genausogut in Summer Place geschehen wie in Fort Knox.«

»Da haben Sie nicht unrecht«, sagte der Präsident.

»Und da ist noch etwas«, fuhr Donovan fort. »Jim Whittakers Name ist in Zusammenhang mit der Invasion Nordafrikas gefallen, in Verbindung mit einem Mann namens Eric Fulmar.«

»Wer ist das?«

»Ein anderer Deutscher, der wertvoll für unsere Sache ist, Franklin«, sagte Donovan. Als Roosevelt ihn wütend anstarrte, sprach Donovan weiter. »Wir haben ihn benutzt, um den Mineningenieur aus Marokko herauszuholen. Er ist mit dem Pascha von Ksar es Souk befreundet, der laut Holdsworth Martins Vorschlag bei unserer Invasion eine Rebellion arrangieren könnte.«

»Was ist seine Verbindung mit Jimmy?«

»Er, Jimmy und Canidy waren zusammen im Internat. St. Mark's«, sagte Donovan. »Wir benutzten Canidy, damit Eric Fulmar bei der Operation Grunier mitspielte, doch Canidy ist für Fulmar verbrannt, weil wir entschieden, Fulmar in Marokko zu lassen, obwohl wir versprochen hatten, ihn herauszuholen. Wenn wir den Plan, die Berber für uns einzuspannen, weiterverfolgen, werden wir einen anderen Kontakt brauchen. Unter den Namen, den die Experten völlig unabhängig voneinander nannten, war James M. B. Whittaker.«

Roosevelt schwieg einen Augenblick lang nachdenklich. Schließlich fragte er: »Noch einmal, Bill, was genau wünschen Sie von mir?«

»Teilen Sie mir Jimmy zu«, sagte Donovan. »Ich garantiere für sein Schweigen.«

»Ich werde das mit George besprechen«, sagte Roosevelt.

»Wir wissen beide, was er sagen wird«, wandte Donovan ein.

»Wie ich Ihnen schon gesagt habe, George bekommt nicht immer, was er will«, sagte der Präsident. »Aber unter den gegebenen Umständen sollte ich ihn fragen, wie er darüber denkt.«

Donovan schaute Roosevelt nur an.

»Und unter den gegebenen Umständen sollten Sie Barbara meine Dankbarkeit für ihre Gastfreundschaft gegenüber dem Admiral übermitteln. Sie sollten ihr erzählen, daß ich hoffe, sie kann Jimmy bald sehen.«

IV

1

San Francisco, California

15. Juni 1942

Lieutenant Commander Edwin H. Bitter kehrte an Bord des schwedischen Passagierschiffes *Kungsholm* in die Vereinigten Staaten zurück. Die *Kungsholm* brachte diplomatisches und ziviles Personal der verschiedenen kriegführenden Staaten in ihre Heimatländer zurück. Die letzte Fahrt in dieser Eigenschaft hatte nach Japan geführt, wo die *Kungsholm* unter anderem Hunderte von Japanern mit amerikanischer Staatsbürgerschaft transportiert hatte, die ihre Heimat der Haft in den Lagern in Arizona und sonstwo vorgezogen hatten.

Der schwedische Botschafter in Japan erhielt die japanische Erlaubnis, das Schiff als Lazarettschiff für die Vereinigten Staaten zu chartern. Auf Anweisungen von Berlin unterstützte der deutsche Botschafter das schwedische Ersuchen. Der deutsche Außenminister glaubte, daß Deutschland ähnliche Dienste irgendwann in der Zukunft brauchen könnte. Der deutsche Wunsch überwand Widerstand in einigen Kreisen des japanischen Außenministeriums.

Die *Kungsholm*-Scheinwerfer strahlten die riesigen roten Kreuze an, die auf den weißen Rumpf gemalt waren – dampfte unter der Golden Gate Bridge vorbei und legte im Marinestützpunkt Treasure Island in der San-Francisco-Bucht an. Der Großteil des Personals von Navy und Marine Corps an Bord wurde sofort in einen Lazarettzug verfrachtet und zum Marinelazarett in San Diego transportiert. Da Lieutenant Commander Bitter ein ambulanter Fall war – er brauchte nur einen Stock –, wurde er mit einem Kombi der Navy zur Alameda Naval Air Station gefahren.

Nach einer kompletten ärztlichen Untersuchung erhielt er eine vorläufige Klassifikation als ›Rekonvaleszent‹, eine Abschlagszahlung und den Befehl, sich bei der Great Lakes Naval Station zu melden. Man sagte ihm, er erhalte am nächsten Tag einen vierzehntägigen Genesungsurlaub zu seinem Heimatort und eine Reisepriorität für einen reservierten Platz in einem Zug nach Chicago.

Bitter traf in der Khakiuniform und mit dem goldenen Eichenblatt eines Majors der Army auf jeder Kragenspitze in den Vereinigten Staaten ein. Es war kein (kleineres) Rangabzeichen in der Größe der Navy in Kalkutta erhältlich gewesen.

Sobald er konnte, ging er in den Verkaufsladen für Offiziere und stattete sich mit Uniformen von der Stange aus. Dies würde bis auf weiteres reichen. Als er vor einem Jahr nach Asien aufgebrochen war, hatte er die meisten seiner Navy-Uniformen von der Pensacola Naval Air Station, wo er mit Dick Canidy stationiert gewesen war, zu seinem Elternhaus in Chicago geschickt.

Er kaufte zwei Paar Khakiuniformen und -hemden; zwei Paar Schulterstücke (zwei weiße, zwei blaue) und die entsprechenden metallenen Rangabzeichen. Dazu erstand er das goldene Abzeichen des Marinefliegers, um die Schwingen zu ersetzen, mit denen er nach China aufgebrochen war. Er hatte sie entweder verlegt, oder sie waren ihm gestohlen worden.

Der Angestellte in dem Geschäft hatte nie etwas vom

Orden des Wolkenbanners gehört, und so konnte Bitter kein Ordensband als Symbol für diese Auszeichnung kaufen. Und er war außerdem enttäuscht darüber, daß er keine Berechtigung für das Tragen des Verwundetenabzeichens hatte, weil er bei seiner Verwundung in chinesischem Dienst gewesen war. Der Angestellte erklärte ihm, daß jeder mit neunzig Tagen Dienst im Pazifikraum berechtigt war, ein Ordensband für den Kriegsschauplatz Pazifik zu tragen, aber Bitter sagte sich, daß er auch darauf kein Anrecht hatte, weil er keine neunzig Tage Dienst im Fernen Osten bei der U.S. Navy geleistet hatte. Er entschied sich auch dagegen, die einzige Ordensspange zu tragen, zu der jedermann berechtigt war, die ›American Defense Service Medal‹. Schließlich heftete er sein Abzeichen der Amerikanischen Freiwilligen-Gruppe (AVG) über die rechte Brusttasche und seine Navy-Schwingen über die linke, wie es den Vorschriften entsprach.

Als er sich im Spiegel musterte, freute ihn, was er sah. Es war gut, wieder die Navy-Uniform anzuhaben, und er fand, daß das Abzeichen der Freiwilligen-Gruppe für jeden, der wußte, worum es sich handelte – und jemand, der es nicht wußte, war ihm ohnehin schnurzegal –, den Mangel an Ordensbändern für Dienst im Kampf mehr als wettmachte.

An diesem Abend begegnete er auf der Herrentoilette im Offiziersklub einem nichtfliegenden Rear Admiral, der nicht wußte, was die AVG-Schwingen zu bedeuten hatten, und der betrunken genug war, um zu fragen.

»Commander«, sagte der Admiral, »was, zum Teufel, tragen Sie da auf dem Rock?«

»Das sind AVG-Schwingen, Sir«, antwortete Ed bescheiden.

»Was?«

»AVG-Schwingen«, wiederholte Ed, und als ihn der Admiral verständnislos anblickte, erklärte er: »Die Amerikanische Freiwilligen-Gruppe, Sir. In China.«

»Ein Abzeichen der Chinesen?«

»Ein amerikanisches Abzeichen für China, Sir.«

»Ich würde vorschlagen, daß Sie das Ding sofort von der Uniform der U.S. Navy entfernen. Ein Abzeichen der Schlitzaugen! Guter Gott! Bei einem Marineoffizier!«

Der Admiral stürmte aus der Toilette.

Zum Teufel mit dem alten Furzer! dachte Bitter ärgerlich. *Dieser blöde Landmatrose weiß nicht mal, was die AVG ist! Ich habe mir diese Schwingen verdient, und ich werde sie verdammt tragen!*

In anderthalb Minuten hatte er sich genügend beruhigt, um zu erkennen, daß er reagierte wie Dick Canidy, der jeden Befehl in Frage stellte, und nicht wie ein Annapolis-Absolvent und Lieutenant Commander der Berufs-Navy. Er fragte sich wieder, was aus Canidy geworden war. Er hatte oft mit dem Gedanken gespielt, Canidy zu schreiben, nachdem er in Unehre nach Hause geschickt worden war, aber er hatte es nie getan. Er hatte wirklich nicht gewußt, was er schreiben sollte. Es war peinlich, überhaupt Kontakt mit einem Mann zu halten, der Feigheit vor dem Feind gezeigt hatte, obwohl Ed Bitter jetzt nach seinen eigenen Kampferfahrungen verstand, wie leicht man zum Feigling werden konnte.

Als er jedoch vor den Spiegel in der Toilette trat, um den Befehl des Admirals zu befolgen, wurde ihm klar, daß seine Gefühle in Wirklichkeit nichts mit Canidy zu tun hatten. Er hatte die Schwingen als Fliegender Tiger verdient, und für ihn waren sie auf der Navy-Uniform eine Ehre, keine Schande. So ließ er das Abzeichen auf der Uniform, und er trug es am nächsten Morgen, als er in das Transportbüro ging und seine Fahrkarten für die Reise nach Chicago abholte.

Die ersten paar Tage daheim waren ein gefühlsmäßig euphorisches Bad. Obwohl er Verlegenheit heuchelte, freute es ihn, die Briefe von der chinesischen Botschaft, die ihm Heldentum bescheinigten, teuer gerahmt an der Wand im Eßzimmer hängen zu sehen.

Als er mit seinem Vater zum Mittagessen in den Commercial Club ging, kamen viele Freunde seines Vaters an den Tisch, schüttelten ihm herzlich die Hand und sagten ihm, wie stolz sein Vater – und jeder sonst, der ihn kannte – auf ihn war.

Das gleiche passierte, als er mit seinen Eltern zum Abendessen in den Lake Shore Club ging. Wenn seine Mutter nicht auf ihn aufgepaßt hätte, dann hätte er sich seiner Überzeugung nach bestimmt mit mindestens einer – vermutlich sogar mit zweien – der jungen Frauen verabreden können, die ihren Eltern an den Tisch der Bitters gefolgt waren.

Am dritten Tag erhielt er einen Anruf. Eines der Hausmädchen kam auf die Terrasse. Es trug ein Telefon mit langer Schnur und überreichte ihm wortlos den Hörer.

»Hallo«, meldete er sich.

»Commander Bitter, bitte«, verlangte eine militärisch schneidige Stimme.

»Commander Bitter ist am Apparat«, sagte Ed. Er hatte sich immer noch nicht an seinen neuen Rang gewöhnt, und er liebte es, ihn zu hören.

»Bleiben Sie bitte für Admiral Hawley dran, Commander«, sagte die schneidige Stimme.

Leise hörte er: »Ich habe Commander Bitter für Sie in der Leitung, Admiral.«

Dann meldete sich eine andere, tiefere, ältere Stimme.

»Commander Bitter?«

»Jawohl, Sir.«

»Admiral Hawley, Commander«, sagte der Admiral. »Ich bin der Leiter der Flugreservierung bei BUAIR (U.S. Navy Bureau of Aeronautics).«

»Ja, Sir?«

»Als erstes möchte ich Sie willkommen heißen, sowohl in den Staaten als auch in der Navy.«

»Vielen Dank, Sir.«

Wer, zum Teufel, ist das? Ich kenne den Namen irgendwoher. Was will er von mir?

»Commander, ich brauche einen Adjutanten, vorzugsweise jemanden wie Sie, Annapolis-Absolvent, der verwundet wurde und im Moment keinen Fliegerstatus hat. Anstatt Horsd'œuvres herumzureichen, wird er mir helfen, unsere Gelder zu verteilen, wo sie das Beste bewirken. Das BUPERS (U.S. Navy Bureau of Personnel) sagt, ich kann Sie haben, wenn Sie keine Einwände gegen die Verwendung haben. Interessiert?«

»Jawohl, Sir.«

»Nun, ich will nicht, daß Sie hier nach Washington eilen, Sohn. Genießen Sie Ihren Urlaub. Nach dem, was ich hörte, haben Sie ihn verdammt gut verdient. Ich habe jetzt nur angerufen, damit wir den Papierkram schon erledigen können.«

»Ich habe vierzehn Tage Urlaub, Sir.«

»Nun, dann nehmen Sie die vollen vierzehn Tage und soviel mehr, wie Sie brauchen. Ich möchte, daß Sie erst in den Dienst zurückkehren, wenn Sie sich danach fühlen.«

»Vierzehn Tage werden reichen, Sir.«

»Willkommen an Bord, Commander«, sagte Admiral Hawley und legte auf.

Ed Bitter war erfreut über diese Entwicklung. Es würde einige Zeit dauern, bis er wieder Fliegerstatus hatte, wenn er ihn überhaupt zurückbekam. Bei seiner Meldung zum Dienst hatte er befürchtet, man würde ihn zum Leiter eines Erholungszentrums für Mannschaften machen oder ihm eine andere ›wichtige‹ Verwendung geben, die ein nicht fliegender Pilot schaffen konnte.

Dies war etwas anderes. Er würde nicht nur im Stab eines BUAIR-Flaggoffiziers sein, sondern dieser Flaggoffizier wünschte ihn, weil er Annapolis-Absolvent und verwundet worden war, nicht nur, weil er gerade verfügbar war. Der Dienst als Adjutant wurde als wesentlicher Schritt für eine Offizierskarriere betrachtet, und jetzt erhielt er diese Chance. Er war nicht mehr der kleine, rangniedrige Offizier, der nach China geflogen war. Er war ein As, fast ein Doppel-As, und er war überzeugt, daß Admiral Hawley nichts dagegen hatte, wenn er seine AVG-Schwingen trug. Admiral Hawley wußte bestimmt, was sie symbolisierten.

Am Ende der Woche war die Euphorie jedoch verflogen, und seine Mutter und die Prozession von Freundinnen und Freunden, die sie bei ihrem Sohn, dem verwundeten Helden, aufmarschieren ließ, bereitete ihm Unbehagen. Am Wochenende wußte er, daß er es nicht mehr ertragen konnte und weg mußte.

»Es tut mir leid, Mutter«, sagte er, als sie ihm erzählte, daß sie für den Sonntag eine Cocktailparty ihm zu Ehren plante. »Ich hätte es etwas eher sagen sollen, aber ich werde am Wochenende nicht hier sein.«

»Aber die Einladungen sind bereits verschickt...«

»Ich fliege morgen nach Memphis«, sagte er entschieden. »Für ein paar Tage. Muß was für die Navy erledigen. Ich habe den Flugplatz angerufen. Sie fliegen die Memphis NAS an, und ich kann in einer der Maschinen mitfliegen.«

»Weshalb willst du nach Memphis?« fragte seine Mutter.

Er wollte nach Memphis, um zu sehen, ob das kleine Mädchen, das im Bett im Ferienhaus der Chambers in Alabama so leidenschaftlich gewesen war, ihn so willkommen heißen würde wie vor seinem Abflug nach China, aber das konnte er kaum seiner Mutter sagen.

»Ein Auftrag der Navy«, behauptete er von neuem. »Die Navy hat dort einen großen Luftstützpunkt. Ich dachte, das weißt du.«

»Nein«, sagte sie unglücklich. »Und ich verstehe nicht, warum die Navy dich mit einem verletzten Knie den weiten Weg nach Memphis schickt.«

Und schon kannst du nicht mehr mit mir als Helden herumprotzen, dachte er etwas unfreundlich.

»Mutter«, sagte er. »Ich bin Navy-Offizier. Wir haben Krieg.«

Das schluckte sie.

»Ja, natürlich«, sagte se. »Deine Pflicht kommt zuerst. Ich dachte nur an dein Wohlergehen.«

In der Glenview Naval Air Station erhielt Ed Bitter einen Platz an Bord einer R4D der Navy, die zur Memphis NAS flog.

Als er in Memphis im Abfertigungsgebäude fragte, wo er ein Taxi finden konnte, blickte der Flughafenoffizier auf den Stock und das AVG-Abzeichen und sagte: »Wir haben Wagen für Leute wie Sie, Commander. Willkommen daheim, Sir.«

Es ist vermutlich unverschämt und kindisch von mir, dachte Ed Bitter, *aber unter solchen Umständen genieße ich es regelrecht, für einen aus dem Krieg zurückgekehrten Helden gehalten zu werden.*

Er ließ sich zum Peabody Hotel anstatt zur Zeitung

fahren, bei der Ann Chambers arbeitete. Zu Ann wollte er nicht. Er wollte Sarah Child sehen und sie irgendwohin ausführen, bevor Ann seine Absichten erriet und Hindernisse aufrichtete. Mit etwas Glück traf er Sarah Child allein im Peabody an.

Er zog eine Niete, als er die Telefonistin des Hotels nach Miss Child fragte, aber als er bat, mit Miss Chambers verbunden zu werden, sagte die Telefonistin: »Oh, Sie meinten Mrs. Schild. Ich werde bei ihr anrufen.«

Wer, zum Teufel, ist Mrs. Schild?

»Hallo?«

Er erkannte Sarahs Stimme, und sein Herz schlug schneller.

»Hallo selbst, Brieffreundin«, sagte er. Es folgte lange Zeit Stille. »Sarah? Du bist es, nicht wahr?«

»Wo bist du, Ed?« fragte Sarah ruhig und distanziert.

»In der Hotelhalle.«

Meine Rückkehr hat die Lady nicht gerade in geile Ekstase versetzt, dachte Ed.

»Gib mir eine Viertelstunde Zeit, Ed«, sagte Sarah. »Sagen wir zwanzig Minuten.«

»Und dann?«

»Und dann kannst du raufkommen.«

»Habe ich dich beim Duschen gestört?«

Vielleicht habe ich Glück!

»Zwanzig Minuten«, erwiderte Sarah und legte auf.

Ed ging in die Hotelbar und trank einen Scotch, und dann noch einen. Es gab eine Reihe von Möglichkeiten. Sarah konnte unter der Dusche gewesen sein, oder sie hatte ihr Gesicht mit einer Schlammpackung oder irgendeinem anderen Zeug bedeckt, mit dem Frauen schön werden wollen. Oder sie hatte irgendeinen Mann dort oben in ihrem Bett. Wenn das der Fall war, würde sie ihn angesichts ihrer heißen Höschen entweder loswerden oder eine Erklärung für seine Anwesenheit finden müssen.

Es war eine blöde Idee, überhaupt herzukommen. Ich hätte die Dinge lassen sollen, wie sie waren. Brieffreunde, nichts weiter.

Ed wartete genau zwanzig Minuten von der Zeit an, an der er mit Sarah über das Haustelefon gesprochen hatte. Dann ging er durch die Halle zu den Aufzügen.

Er hatte soeben dem Liftboy das Stockwerk genannt, als er eine vertraute weibliche Stimme hörte: »Halten Sie an!«

Es war Ann Chambers.

Deshalb brauchte Sarah zwanzig Minuten. Um Ann kommen zu lassen. Sarah hatte Angst, daß ich die Tür öffne, sie ins Schlafzimmer zerre, ihr die Kleidung vom Leib reiße und sie vergewaltige.

»Wenn du sagst ›Guten Tag, Ann‹«, sagte Ann, »dann werde ich antworten ›Hallo, Cousin Edwin. Wie geht's?‹«

»Sie hat dich angerufen, richtig?«

»Richtig.«

»Wozu?«

»Ich weiß es wirklich nicht«, sagte Ann. »Ist Dick Canidy schon heimgekehrt?«

Vor einem Jahr, als Ed Bitter und Dick Canidy Fluglehrer – und Zimmergenossen – auf dem Navy-Stützpunkt in Pensacola, Florida, gewesen waren, hatte Ed Dick zur Plantage in Alabama mitgebracht. Die Plantage war ein Herrenhaus aus der Zeit vor dem Bürgerkrieg und ein paar hunderttausend Morgen Kiefernwald, den Eds Onkel eines Tages in Zeitungspapier zu verwandeln hoffte.

Dick Canidy hatte in seiner weißen Navy-Uniform mit den goldenen Schwingen eines Marinefliegers auf seiner Männerbrust wie die Antwort auf das Gebet einer Jungfrau ausgesehen, und sie hätte ihm gleich dort auf dem Teppich der Bibliothek der Plantage ihr Allerheiligstes geöffnet, wenn er danach gefragt hätte. Oder auch nur leichtes Interesse dafür gezeigt hätte.

Das war jedoch nicht der Fall gewesen. Er hatte perfekt klargemacht, daß er sie als College-Mädchen betrachtete, unter seiner Würde und obendrein als Verwandte von Eddie. Aber eine Stunde nachdem Ann Chambers Dick Canidy zum erstenmal gesehen hatte, war ihr Entschluß klar gewesen: Sie würde ihn heiraten.

Sein Desinteresse hatte an dieser Entscheidung nichts geändert, sondern ihr nur klargemacht, daß sie diesen Mann nicht erobern konnte, indem sie ihn schmachtend ansah und mit dem Popo wackelte. Sie wäre perfekt bereit gewesen, auch das zu tun, aber es klappte nicht. Um sich diesen Mann zu schnappen, mußte sie sein Kumpel werden, seine Freundin, ein Kamerad mit Rock. Die weiblichen Verführungskünste würden später zum Zuge kommen. Sie hatte es kaum geschafft, die Kumpeltour zu beginnen, indem sie mit ihm über das Fliegen sprach – sie besaß einen Flugschein für einmotorige Verkehrsflugzeuge und für Instrumentenflüge, und sie hatte fünfhundertzwanzig Flugstunden mit der Beechcraft ihres Vaters zurückgelegt –, intelligente Fragen zu stellen und ein entspanntes Verhältnis zwischen ihnen aufzubauen, als Dick und Ed nach China fliegen mußten, um die Demokratie für die Welt zu retten.

Das hatte ihren Feldzug ›Wie angele ich mir diesen Mann?‹ aufs Briefeschreiben reduziert. Lustige Briefe, mit mehr Zeitungsausschnitten, die ihn ihrer Meinung nach interessieren würden, als Text. Aber sie erwähnte beiläufig, daß sie das College abgeschlossen hatte, für die Zeitung *Memphis Advocate* arbeitete und hoffte, als

Korrespondentin nach Übersee zu gehen. Er hatte als Kumpel geantwortet. Ohne auch nur zu erwähnen, was er in China tat, hatte er über China und über Navigationsprobleme geschrieben, weil es dort an Navigationshilfen mangelte, und er hatte sich beklagt, wie schwierig es war, mit chinesischen Arbeitskräften die Flugzeuge wieder zusammenzubauen, die in Teile zerlegt mit Kisten nach China transportiert worden waren.

Und dann hatte er keine Briefe mehr geschickt. Sie hatte keine Ahnung, warum er nicht mehr geschrieben hatte. Aber es war möglich, daß Ed Bitter etwas wußte, das ihr nicht bekannt war.

»Warum fragst du nach ihm?« erwiderte Ed Bitter, als sich die Aufzugtür schloß. Und dann fiel ihm ein, daß sich Ann wie ein Schulmädchen in Dick Canidy verknallt hatte.

»Ja oder nein?« sagte sie. »Einfache Frage, einfache Antwort.«

»Er ist seit einiger Zeit zu Hause«, sagte Ed.

Sein Tonfall alarmierte sie. Das hörte er an ihrer Stimme. »Ist er verwundet worden?«

»Nein«, antwortete er, »er ist nicht verwundet worden.«

»Was dann?«

»Er wurde vor Monaten heimgeschickt«, sagte Ed.

»Warum?«

»Ist das wichtig?«

»Das wäre es nicht, wenn du nicht so widerwillig Auskunft geben würdest.«

»Wenn du es unbedingt wissen willst«, sagte Ed, »er wurde abgelöst.«

»Was heißt das?« fragte Ann.

»Er wurde aus der Freiwilligen-Gruppe entlassen«, sagte Ed. »Unter nicht ganz ehrenhaften Umständen.«

»Was genau waren diese ›nicht ganz ehrenhaften Umstände‹?«

»Es wurde behauptet, daß er sich geweigert hätte, gegen den Feind zu kämpfen.«

Ann musterte ihn genau und gelangte zu dem Schluß, daß er die Wahrheit sagte.

»Er muß seine Gründe gehabt haben«, sagte sie loyal. »Wo ist er?«

»Keine Ahnung«, sagte Ed. »Unter diesen Umständen bezweifle ich, daß er mich sehen will. Oder dich, was das anbetrifft.«

»Ich möchte seine Version hören«, sagte Ann.

»Ich weiß wirklich nicht, wo er ist, Ann«, sagte Ed Bitter. »Ich rate dir, es dabei zu belassen.«

Der Aufzug hielt im achten Stock. Der Liftboy öffnete die Tür und trat in den Gang hinaus. Ed folgt Ann über den Flur. Sie blieb vor einer Tür stehen, zog einen Schlüssel aus der Tasche, schloß auf und trat ein.

Dann forderte sie ihn mit einer Geste auf, ihm zu folgen. Sie gelangten in ein Wohnzimmer, von dem zwei Türen abzweigten.

»Sarah!« rief Ann.

Eine Tür wurde geöffnet. Und Sarah tauchte auf der Schwelle auf – mit einem Säugling auf den Armen. Sie sah Ed Bitter an und schaute dann fort. Ann ging zu ihr und nahm ihr das Baby ab.

Was, zum Teufel, hat all dies zu bedeuten?

»Erzähl mir nicht, es ist dein Baby«, sagte Ed zu Ann.

»Okay. Ich erzähle dir nicht, daß es meins ist«, stimmte Ann zu. »Es ist nicht mein Baby. Es ist deins.«

Sie ging zu ihm und überreichte ihm den Säugling.

»Das kann ich nicht glauben«, sagte Ed Bitter.

»Pfadfinder-Ehrenwort, Cousin Edwin«, sagte Ann. »So wahr ich hier stehe!«

»Ich bin froh, daß du sicher daheim bist, Ed«, sagte Sarah.

»Verdammt, bleib beim Thema!« fuhr er sie an. »Warum hat man mir nichts gesagt?«

»Theoretisch, weil du fort warst, um die Demokratie für die Welt zu retten, und Sarah dir keine Probleme machen wollte. Und praktisch, weil sie Angst vor deiner Reaktion hatte, wenn du es erfährst.«

»Ann!« sagte Sarah.

»Mein Gott!« stieß Ed Bitter hervor.

»Jetzt weißt du es, Ed«, fuhr Ann fort, »und wie reagierst du?«

»Ann!« rief Sarah wieder.

Ed Bitter blickte auf das Baby auf seinen Armen. Er empfand keinerlei Gefühl.

Dieser Junge ist zweifellos mein Kind, schon weil sogar Ann keinen solch geschmacklosen Scherz machen würde. Und wenn es mein Kind ist, werde ich gewiß das Anständige tun müssen: es anerkennen, es ehelich machen, die Mutter heiraten und ihm und ihr meinen Namen geben.

Er blickte zu Sarah. Sie schaute aus einem Fenster.

Er sah wieder auf das Baby. Der Anblick löste keine Erinnerungen in ihm aus, kein Gefühl, daß dies die Frucht seiner Lenden war. Es war einfach ein Baby, nicht zu unterscheiden von unzähligen anderen, die er so widerstrebend auf den Armen gehalten hatte wie dieses.

»Wenn ich etwas benommen von alldem wirke«, sagte er, »dann bin ich das. Ich bin hergekommen, um Sarah zu überreden, sich mit mir zu verloben, bevor mein Urlaub vorbei ist.«

»Du hast dir allerhand Zeit gelassen, um nach Memphis zu kommen, Romeo«, sagte Ann.

»Und jetzt«, sagte er und ignorierte die Bemerkung, »muß ich anscheinend nicht fragen, ob sie sich mit mir verlobt oder ob sie mich heiratet, sondern wie bald.«

»Du brauchst mich nicht zu heiraten«, sagte Sarah, ohne es zu meinen.

»Ich liebe dich, Sarah«, sagte Ed, überrascht, wie leicht ihm die gelogenen Worte über die Lippen kamen. »Und wir schulden es diesem Sowieso hier, meinst du nicht auch?«

Ann lachte. »Gib mir den Sowieso, und ich gehe mit ihm spazieren.«

»Nein«, sagte Bitter. »Mach du einen Spaziergang, Ann. Aber laß ihn hier. Ich möchte ihn kennenlernen.«

Ann schaute ihn und Sarah an und ging, ohne etwas zu sagen.

Sarah wandte sich schließlich Ed zu.

Sie fand, daß er mager, aber noch besser aussah als bei der ersten Begegnung. Sie reagierte jetzt auf ihn wie damals. Doch jetzt verstand sie, was diese Reaktion war. Er war mehr als der schönste Mann, den sie jemals gesehen hatte – er war für sie der personifizierte Sex.

Sie sehnte sich danach, ihn zu umarmen, seinen Körper zu spüren. Aber ihr Gefühl sagte ihr, daß sie das im Augenblick nicht tun sollte. Sie hatte den Schock in seinen Augen gesehen, als er sie angeschaut hatte, vielleicht sogar Furcht. Gewiß keine Begierde.

»Wie geht es deinem Freund Canidy?« fragte Sarah. »Ann hat seit Monaten nichts mehr von ihm gehört.«

»Zur Hölle mit Canidy«, blaffte er. »Laß uns über das hier reden.« Er hob das Baby an.

»Er ist sehr gesund«, sagte Sarah. »Und meistens sehr glücklich.«

»Er kommt auf dich«, sagte Ed.

»Es ist noch zu früh, um das zu sagen. Gefällt er dir?«

»Sehr. Ich mag ihn.« Er schaute Sarah an und lächelte glücklich.

Ich will verdammt sein, wenn das nicht stimmt.
»Dann bin ich froh«, sagte Sarah. Sie lächelte zurück. Es war ihr erstes Lächeln seit seiner Ankunft.
»Ich auch«, sagte er. »Froh, meine ich. Glücklich. Benommen, aber glücklich und froh.«
»Du hattest etwas anderes erwartet, nicht wahr?«
»Ich kam mit sündigen Gedanken an deinen Körper her«, bekannte er.
Ihre Blicke trafen sich.
Das ist sein Ernst. Er kam mit der Hoffnung auf eine schnelle Nummer her, und statt dessen wurde ihm sein Kind präsentiert. Aber das ist nicht wichtig. Ich bin nicht beleidigt oder gekränkt. Er wußte nichts von dem Kind, und er kam her. Das ist genug.
»Er schläft für gewöhnlich um diese Zeit tief und fest«, sagte Sarah. »Und er schläft wie ein Bär, bis es Zeit für seine Fütterung ist.«
Ed war sonderbar erregt. Er erkannte das Gefühl als sexuelle Begierde.
Zum Teufel noch mal! Was ist daran falsch?
»Wir müssen Ann loswerden«, sagte er.
»Wenn sie das Baby nicht schreien hören kann, dann kann sie uns auch nicht hören«, sagte Sarah.
Sie sah ihm die Überraschung an und fügte hinzu: »Ich habe auch in dieser Art an dich gedacht. Schockiert dich das?«
»Ich bezweifle, daß mich jemals wieder etwas schockieren kann«, sagte Ed Bitter.

Lieutenant Commander Edwin H. Bitter, USN, und Miss Sarah Child heirateten zweiundsiebzig Stunden später, nachdem er erfahren hatte, daß er Vater war.

Es gab zwei Zeremonien, die erste im Amtszimmer von Richter Braxton Fogg vom Distrikt Tennessee.

Bevor er zum Richter ernannt worden war, hatte Fogg die Chandler H. Bitter Company in Memphis juristisch vertreten und war ein enger Freund von Chandler H. Bitter geworden.

Richter Fogg gefiel es, zu Diensten sein zu können, und es wurde von ihm und Miss Ann Chambers arrangiert, daß die Nachricht von der Eheschließung für den *Memphis Advocate* und jede andere Zeitung freigegeben – und, noch wichtiger, veröffentlicht – wurde.

Sowohl der Vater des Bräutigams als auch Joseph Schild, der Vater der Braut, hielten es für das Wichtigste, daß Ed lebend aus dem Krieg heimgekehrt war, um – ein wenig spät – seine Rolle als Ehemann und Vater zu übernehmen. Sie verbreiteten die Geschichte, daß Sarah und Ed heimlich geheiratet hatten, bevor Ed nach China zu den Flying Tigers gegangen war.

Es wäre besser gewesen, wenn Sarah bereit gewesen wäre, den Namen des Vaters eher preiszugeben, damit die Story früher in Umlauf hätte gebracht werden können, aber daran ließ sich nun nichts mehr ändern.

Mr. Schild teilte Mr. und Mrs. Bitter vertraulich die unglückliche Reaktion seiner Frau mit, als sie von der Schwangerschaft ihrer einzigen Tochter erfahren hatte, und berichtete, daß sie abermals in der psychiatrischen Klinik Institute of Living in Hartford weilte. Er wollte natürlich alles tun, was ihr vielleicht helfen konnte.

Waren Chandler Bitter und seine Frau möglicherweise bereit, an einer jüdischen Hochzeitszeremonie teilzunehmen, von der Fotos gemacht und Mrs. Schild gezeigt werden würden? Zusammen mit Fotos des verheirateten Paars und dem Kind?

Eine zweite Heiratszeremonie wurde von Rabbi Moshe Teitelbaum von der Kirchengemeinde Beth Sholom in Memphis durchgeführt. In hastig geliehener Festkleidung übergab Mr. Schild seine Braut zur Ehe mit Commander Bitter, dessen Vater als Trauzeuge fungierte. Miss Chambers diente sowohl als Brautjungfer als auch als Aufnahmeleiterin bei den Hochzeitsfotos.

Commander Bitter, seine Eltern und Miss Chambers besuchten zum erstenmal ein jüdisches Gotteshaus.

2

Hangar 17
Newark Airport
Newark, New Jersey

25. Juni 1942

Dick Canidy stand im Rumpf einer Curtiss Wright CW-20 (militärische Bezeichnung C-46 Commando) und trug den ölbefleckten Overall eines Flugzeugmechanikers. Er war mit einem Straßenanzug von Summer Place in Deal mit einem Pendelzug der New Jersey Central Railroad gekommen, war mit dem Bus zum Flughafen gefahren, zu Hangar 17 gegangen und hatte den Overall angezogen. Den gleichen Ausflug hatte er jeden Tag in den vergangenen vier Tagen gemacht.

Zwei Männer, ebenfalls in ölbefleckten Overalls, waren bei ihm im Hauptabteil der C-46 – in dem zusätzlich zur allgemeinen Fracht Platz für vierzig voll ausgerüstete Soldaten oder dreiunddreißig Tragen oder fünf Wrigh-R-3350-Motoren oder das entsprechende Gewicht für andere Dinge war. Einer der Männer war ein Mechaniker, der von Pan American

Airways ausgeliehen worden war, und der andere war der inaktive Colonel Charles Augustus ›Lucky Lindy‹ Lindbergh, U.S. Army Air Corps Reserve, der erste Mann, der im Alleinflug den Atlantik überquert hatte.

Lindbergh und der Mechaniker versuchten, eine einfache, zuverlässige Möglichkeit zu finden, die Kapazität der Teibstofftanks der C-46 mit Zusatztanks zu vergrößern, die in der Luft abgeworfen werden konnten. Die normale Reichweite der C-46 – 1170 Meilen bei hundertachtzig Knoten – reichte nicht aus für die geplante Mission.

Canidy hatte keinen gewaltigen Respekt mehr, wie er ihn zuerst allein durch die Anwesenheit von Lindbergh empfunden hatte. Zum einen verhielt sich Lindbergh nicht wie ein Colonel und schon gar nicht wie einer der berühmtesten und bewundertsten Männer der Welt. Der hochaufgeschossene Pilot Lindbergh hatte fast sofort klargemacht, daß Canidy ebenfaس Pilot und somit ein Bruder war.

Dann hatte er mit einer Reihe von Kleinigkeiten bewiesen, daß er dies ernst meinte. Canidy hatte ein Dutzend kalte Hot dogs mit dem großen, zurückhaltenden Helden geteilt. Zweimal war Lindbergh im Overall von Pan American die halbe Meile zum Terminal gegangen, um die Hot dogs zu kaufen. Er war nicht erkannt worden. Er sah wie ein weiterer Flugzeugmechaniker aus, der versuchte, einen defekten Vogel zu reparieren.

Das hieß nicht, daß sich Canidy in Lindberghs Anwesenheit völlig entspannt fühlte. Er war sich zum Beispiel nicht sicher, wie er ihn ansprechen sollte. Er konnte ihn gewiß nicht Slim nennen, und er wußte nicht, wie Lindbergh – angesichts der Weigerung Roosevelts, Colonel Lindbergh in aktiven Dienst zu nehmen – darauf reagieren würde, wenn er mit Colonel angesprochen wurde.

Schließlich, am Ende des zweiten gemeinsamen Tages, hatte Canidy Mut gesammelt und Lindbergh gefragt, wie er genannt werden wollte.

»Wie wäre es mit Slim?« fragte Lindbergh.

»Ich bezweifle, daß ich das könnte«, sagte Canidy.

»Nun, Major, dann nennen Sie mich Colonel, wenn Ihnen das lieber ist.«

»Colonel«, platzte Canidy heraus, »ich bin kein Major. Eigentlich bin ich gar nicht im Air Corps. Ich trage nur diese Uniform.«

Das hatte Lindbergh mißfallen.

»Es war Colonel Donovans Idee«, sagte Canidy.

»Ich verstehe«, sagte Lindbergh.

Nach dem ersten Tag hatte Canidy die Uniform des Majors nicht mehr getragen. Und zwei Tage später, als er auf dem Flugplatz Newark in den Hangar der Pan American gegangen war, hatte er an Lindberghs Miene gesehen, daß er ihn beleidigt hatte.

»Mr. Canidy«, begrüßte Lindbergh ihn, »als jemand, der vermutlich nie wieder eine Uniform tragen wird und niemals einen Schuß im Ernstfall gehört hat, fühle ich mich ein bißchen veralbert, wenn ich vom ersten As der Amerikanischen Freiwilligen-Gruppe Colonel genannt werde. Warum haben Sie mir nichts davon erzählt?«

Canidy zuckte unbehaglich mit den Schultern.

»Nun, von jetzt an heißt es Slim und Dick«, sagte Lindbergh. »In Ordnung?«

»Jawohl, Sir«, sagte Canidy.

Er konnte sich immer noch nicht überwinden, Lindbergh ›Slim‹ zu nennen.

Indem er sich aus beiläufig erwähnten Fakten ein Gesamtbild zusammenreimte, erfuhr er, daß Lindbergh persönlich die meisten Fernflug-Routen von Pan American in Südamerika und über den Atlantik und Pazifik geplant und selbst geflogen hatte und eindrucksvolle Erfahrung mit all den Sikorsky-Amphibienflugzeugen und -Wasserflugzeugen besaß, die von Pan Am eingesetzt wurden. Aber Lindbergh war bereits zu dem Schluß gelangt, daß Transporte mit großen Handels-Wasserflugzeugen ausgedient hatten.

»Ich finde«, sagte er Canidy bei einem Hot dog und einer Cola, »daß wir bereits den Punkt erreicht haben, an dem Wasserflugzeuge nicht mehr gefragt sind. Die Motoren müssen sehr hoch montiert werden, damit beim Start und der Landung kein Wasser eindringt. Um sie so hoch zu montieren, können wir keine aerodynamisch wirkungsvollen Tragflächen benutzen. Und wenn wir diese Flugzeuge noch größer bauen, müssen ihre Hüllen entsprechend stärker sein, und sie werden zu schwer. Ich bin überzeugt, daß der nächste Schritt im transozeanischen Flugwesen darin besteht, eine aerodynamisch wirkungsvolle Flugzeugzelle für Flüge in sehr großer Höhe zu entwickeln. Howard Hughes zeigte mir einige Entwurfzeichnungen für ein wirklich schönes Flugzeug, das siebzig Leute mit fast vierhundert Stundenmeilen über dreitausend Meilen in dreißigtausend Fuß Höhe transportieren kann. Der Durchbruch wird kommen, wenn einzuverlässiges Strahltriebwerk entwickelt wird. Mit Düsenflugzeugen wird sich das Transportflugwesen der Schallgeschwindigkeit nähern.«

Canidy bekannte, daß er bisher nur vage Erwähnungen von Düsenflugzeugen mitbekommen hatte, und er hörte erstaunt von Lindbergh, daß die Engländer und die Deutschen schon Testflüge mit Düsenflugzeugen gemacht hatten.

Lindbergh hatte bereits Donovans Idee abgelehnt,

ein Wasserflugzeug, eine der Sikorskys von Pan American, für den von ihm gewünschten Langstrecken-Frachtflug auszuleihen. Und Lindbergh hatte schnell das Ziel des Fluges gefolgert.

»Bill Donovan will mir nicht sagen, wohin dieser Flug geht«, sagte Lindbergh, »und Sie dürfen es mir vermutlich ebenfalls nicht erzählen, wenn Sie es wissen. Aber wenn Sie mir nicht sagen, daß es Zeitverschwendung ist, dann beschäftige ich mich mit der Vorstellung, daß das Ziel irgendwo an der Westküste Afrikas liegt.«

»Ich weiß es wirklich nicht«, sagte Canidy.

Lindbergh hob kurz die Schultern. »Und da es einige Fragen und Zweifel gibt, wo meine Sympathien in diesem Krieg liegen, werde ich vermutlich nicht gebeten werden, für diese Mission zu fliegen. Das bedeutet vermutlich, daß Sie fliegen werden.«

»Das weiß ich auch nicht«, sagte Canidy.

Lindbergh schaute ihn an und fuhr fort: »Nun, wir gehen weiterhin davon aus, daß Sie die Maschine fliegen werden.«

»Ich weiß es wirklich nicht, Colonel«, beteuerte Canidy. »Ich habe nie etwas anderes als Jagdflugzeuge geflogen – und eine Beech D18S.«

»Man schickt Jungs mit hundertzwanzig Flugstunden als B-17-Piloten nach Europa«, sagte Lindbergh. »Wie viele Flugstunden haben Sie, sagten Sie, As?«

Canidy gab keine Antwort. Er war über zweitausend Stunden in der Luft gewesen, über hundertzwanzig Stunden im Luftkampf, aber es widerstrebte ihm, das zu sagen.

Lindbergh lachte und fuhr fort. »Weit unten an der Westküste Afrikas. Vielleicht Südafrika. Um das zu schaffen, braucht man eine Curtiss.«

»Warum?« fragte Canidy.

»Weil sie schneller und höher fliegen kann als eine Sikorsky, und wenn wir das Problem mit den Zusatztanks lösen können, vielleicht tausend Meilen weiter.«

Lindbergh hatte arrangiert, daß ein Stratoliner der Pan American, die zivile Version der Commando, nach Newark geflogen wurde. Es wurde die Geschichte verbreitet, daß sie vom Air Corps requiriert worden war. Während eine Arbeitscrew die Sitze, den Teppichboden und das schalldämpfende Material aus der Kabine entfernte, überpinselten andere Arbeiter die weiße Farbe und das Firmenzeichen von Pan American auf der Bespannung. Hangar 17 war isoliert und wurde von Militärpolizisten des Air Corps bewacht. Canidy gelangte zu dem Schluß, daß das Isolieren von Flugzeugen und Fracht in diesen Tagen Routineprozeduren waren.

Immer wenn eine Crew von Pan American mit etwas beschäftigt war, das nicht seine Fachkenntnis erforderte, sprach Lindbergh ausführlich mit Canidy über Langstreckenflüge und Flüge in großer Höhe. Im Verlauf dieser Gespräche arbeiteten Lindbergh und Canidy über ein Dutzend Flugpläne aus, und alle basierten auf der Vorstellung, daß der Abflug entweder von den Azoren oder einem der amerikanischen Luftstützpunkte in England stattfinden würde. Obwohl sie nicht wußten, wohin der Flug gehen und von wo aus gestartet werden würde, war Lindbergh anscheinend entschlossen, einen Flugplan für jede Möglichkeit vorzubereiten.

Lindbergh verbrachte ebenfalls lange Stunden damit, Canidy das Cockpit der Curtiss zu zeigen und ihn mit den Instrumenten und den Besonderheiten des Flugzeugs vertraut zu machen, während er im Plauderton erklärte, wie man die meisten Meilen aus den beiden zweitausend PS starken Twin-Wasp-Motoren von Pratt & Whitney herausholte. Für ihn spielte es keine Rolle, daß Canidy niemals eine Curtiss geflogen hatte. Lindbergh glaubte anscheinend, daß dieses Problem in ein, zwei Stunden auf dem Pilotensitz bei einer Reihe von Aufsetz- und Durchstartlandungen gelöst werden konnte.

Canidy war zwar keineswegs bescheiden in der Beurteilung seiner fliegerischen Fähigkeiten – er war schließlich ein ziemlich guter Jagdflieger –, aber bei dem Gedanken, zu gegebener Zeit die Curtiss zu fliegen, fühlte er sich ziemlich mulmig.

Canidy bezweifelte nicht, daß Lindberghs vermutetes Ziel des Flugs stimmte, doch der ›Afrikaflug‹, wie er ihn in Gedanken bezeichnete, war nicht alles, womit er fertig werden mußte.

Seine Hauptpflicht bestand immer noch darin, Babysitter für Admiral de Verbey in Summer Place zu spielen, und das bereitete stets andere Probleme, hauptsächlich kleine, aber zeitraubende mit einem der Wächter. Sie wurden nachlässig. Einer von ihnen fiel auf dem Strand über ein Stück Treibholz, kugelte sich die Schulter aus und starb fast vor Entkräftung, bevor er gefunden wurde. Und Streitigkeiten zwischen den Wächtern über den Dienstplan mußten geschlichtet werden.

Canidy und der Admiral hatten schnell das höfliche Märchen aufgeben, nach dem Canidy sein Verbindungsoffizier war. Der Admiral wußte, daß er höflich gefangengehalten wurde. Etwas anderes vorzutäuschen, wäre beleidigend gewesen.

Und der Admiral stellte noch eine andere Anforderung an Canidys Zeit. Bei dem, was Canidy als seinen großen Summer-Place-Fehler bezeichnete, hatte er an seinem zweiten oder dritten Abend in Deal erstklassig Bridge gespielt und sich im Spielfieber hinreißen lassen, den Admiral, Mrs. Whittaker und den Ex-FBI-Agenten, der als vierter Spieler bestimmt worden war, in Grund und Boden zu spielen.

Danach sah der Admiral in Canidy einen Bridgespieler, der seines eigenen Talents würdig war. Und jedesmal, wenn sich Canidy bei einer ebenen Unterlage hinsetzte, zog der Admiral Stühle heran und mischte Karten. Canidy erkannte bald, daß er sich am Abend der ersten Partie unwissend hätte stellen sollen.

Und dann kündigte der Admiral – todernst – an, daß er vorhatte, das Kriegsschiff *Jean Bart*, das größte Schiff der französischen Marine, das gegenwärtig ›unter deutscher Kontrolle‹ im Hafen von Casablanca ankerte, zu stehlen. Er wollte es schlicht klauen, aber er formulierte es: ›wieder in Dienst gegen den Boche nehmen‹.

Als Canidy davon erfuhr, schwankte er zwischen Belustigung und Sorge um die geistige Gesundheit des Admirals. Er sagte sich, daß er den kleinen, alten Mann bei Laune halten mußte, und zeigte sich widerstrebend in Admiral de Verbeys ›Kriegsministerium‹ – ein verglaster Balkon im Obergeschoß – zur ›Einsatzbesprechung‹.

Karten vom Hafen Casablanca, der Mündung des Mittelmeers und des östlichen Atlantik waren mit Reißnägeln an die Wand geheftet. Die Hälften des Pingpong-Tisches ruhten auf Klappstühlen und waren mit großen Zeichnungen des Kriegsschiffes – gemalt aus dem Gedächtnis – bedeckt. Todernst zeigte der Admiral Canidy anhand der Karten und Zeichnungen, wie das Schiff mit einer kleinen Streitmacht und unter kluger Nutzung der wasserdichten Türen geentert und später auf See betankt werden konnte.

Als der Admiral seinen Plan, das sechst- oder siebtgrößte Schiff der Welt vor der Nase der deutschen Wehrmacht in Casablanca zu klauen, zu Ende dargelegt hatte, war Canidy nicht mehr überzeugt, daß der alte Mann irre war. Unmöglich war nicht ganz das gleiche wie verrückt.

Zuallererst macht der Admiral klar, daß sein einziger Grund für den Diebstahl der *Jean Bart* als Symbol gedacht war. Das Schiff aus der beschämenden Kontrolle der Deutschen zu entfernen würde sie nicht nur demütigen; es würde zutiefst den Glauben der meisten Franzosen erschüttern, daß nichts gegen die Boches ausgerichtet werden konnte und man sich mit ihnen arrangieren mußte.

Und Admiral de Verbeys Plan, das Kriegsschiff zu klauen, erfüllte die erste Bedingung jeder guten Marine-Taktik: Einfachheit.

Gemäß den Bestimmungen des französisch-deutschen Waffenstillstands blieb das Kriegsschiff mit der gesamten Besatzung und genug Munition für die Haupttürme und die Flugabwehrkanonen und MGs in französischer Hand. Im Fall eines Angriffs durch irgendeinen Feind – sprich Engländer oder Amerikaner – gegen die Souveränität des neutralen Frankreichs wurde von den Deutschen erwartet, daß die *Jean Bart* mit all ihrer Feuerkraft zurückschlug.

Aus verschiedenen Gründen waren die Deutschen nicht sonderlich besorgt, daß die Besatzung der *Jean Bart* die Waffen auf sie selbst richten oder sich plötzlich entscheiden könnte, die Leinen zu lösen und in See zu stechen. Zum einen stand die Ehre der französischen Marine auf dem Spiel. Frankreich hatte einen Waffenstillstand mit Deutschland unterzeichnet. Marschall Pétain hatte als französischer Staatschef auf dem Dienstweg dem Kapitän der *Jean Bart* befohlen, im Hafen zu bleiben und französischen Boden zu verteidigen.

Praktisch betrachtet, waren die Treibstofftanks der *Jean Bart* leer. Das Schiff wurde regelmäßig betankt, aber nur mit genug Sprit für eine der vier Maschinen, die für zwölf Stunden Dampf erzeugen konnte. Das war nicht annähernd genug Treibstoff für eine Fahrt auf die offene See. Bei einer solchen Fahrt mußten alle vier Maschinen mit voller Kraft laufen.

Es gab jedoch genügend Treibstoff, um für Elektrizität und Energie für ihre Geschütztürme und die separate Kanone und ihre Munitionsaufzüge zu sorgen. Jede der vier Maschinen war abwechselnd in Betrieb, was alle vier in gutem Zustand hielt.

Laut Admiral de Verbey mußten nur zwei größere Probleme bei der ›Befreiung‹ der *Jean Bart* gelöst werden. Erstens die Frage, ob der Kapitän bereit war, auszulaufen, auf seine Ehre zu pfeifen und seine Befehle zu mißachten.

Die Anwesenheit von Vice-Admiral de Verbey vor Ort würde dieses Problem lösen. Er war nicht nur der ehemalige Kapitän der *Jean Bart*, sondern auch der ranghöchste Admiral, der nicht unter der Knute der Deutschen stand. Wenn er das Auslaufen befahl, würden seine Befehle befolgt werden.

Das zweite Problem, Treibstoff, war keineswegs unlösbar, wie es vielleicht auf den ersten Blick wirkte. Die Haupttanks waren zwar offiziell leer, aber sie enthielten noch Rückstände an Treibstoff – viele Tonnen in jedem Tank –, die darin gelassen worden waren, weil sie sich außerhalb der Reichweite der Benzinpumpen zwischen den Tanks befanden.

Wenn man tragbare Pumpen einsetzte, konnten die ›leeren‹ Tanks leicht von ihren Treibstoffresten leergepumpt werden, und dieser Sprit konnte in den ›aktiven‹ Tank gepumpt werden. Die Berechnungen des Admirals hatten ergeben, daß es im ›aktiven‹ Tank der

Jean Bart genügend Treibstoff geben würde, um alle vier Maschinen für fast zwei Stunden mit voller Kraft betreiben zu können.

Das würde das Schiff aus dem Hafen und auf den Atlantik hinausbringen. Der Admiral plante, es dort von einem amerikanischen Tanker und einer Eskorte – vorzugsweise aus Zerstörern und einem Kreuzer – abholen zu lassen. Wenn sich die Eskorte – und die *Jean Bart* selbst – gegen die Flugzeuge verteidigen konnte, die ihr von den Deutschen nachgeschickt werden würden, dann konnte in einer Stunde genügend Treibstoff getankt werden, um ihr zu ermöglichen, außer Reichweite der deutschen Flugzeuge zu fahren. Dann konnte das Betanken mehr oder weniger gemächlich fortgesetzt werden.

Was der Admiral noch brauchte und was Canidy ihm besorgen wollte, waren ein paar technische Fakten: wieviel Treibstoff pro Minute konnte von einem Tankschiff in die Tanks der *Jean Bart* gepumpt werden? Wie viele Leitungen mußten benutzt werden? Wie war der Druck in den Leitungen? Und wie schnell konnte ein Tankschiff der U.S. Navy fahren, während es an die *Jean Bart* angedockt war? Bei welchem Seegang?

»Ich wußte nicht, daß Wahnsinn ansteckend ist«, sagte Captain Douglass, als Canidy ihn in Washington anrief.

»Was kann es schon schaden, dem alten Mann die Informationen zu geben, die er wünscht?«

»Nun, zum einen bin ich überzeugt, daß diese Informationen für geheim erklärt sind.«

»Wem kann er es denn weitererzählen?« fragte Canidy.

»Also gut, ich werde einige Zahlen ausarbeiten lassen«, sagte Douglass.

»Besorgen Sie ihm die richtigen«, sagte Canidy. »Er

ist kein Dummkopf.«

»Haben Sie jemals daran gedacht, in eine Brücke zu investieren, Canidy?« fragte Douglass. »Der Admiral hat bestimmt eine zur Verfügung und ist bereit, sie Ihnen billig zu verkaufen.«

Aber zwei Tage später hatte sich Douglass vermutlich gesagt, daß er den Admiral glücklich machen und ihn von der Presse fernhalten würde, wenn er das gewünschte Material erhielt, und ein Bote lieferte einen gewaltigen Stapel von technischen Handbüchern mit Einzelheiten für Betankungstechniken und -fähigkeiten von Tankschiffen der U.S. Navy.

3

Deal, New Jersey

25. Juni 1942

Dick Canidy, im Straßenanzug und mit einer Aktentasche, stieg nach einem vollen Arbeitstag mit Overall in Hangar 17 in Asbury Park aus dem Zug. Der Rolls-Royce wartete auf ihn.

Nach einem weiteren Riesengewinn in der Wall Street kommt der berühmte internationale Finanzjongleur Richard Canidy heim und wird vom treuen Faktotum der Familie im Rolls abgeholt.

Als der Fahrer des Rolls-Royce Canidy in Summer Place ablieferte, saßen der Admiral, Barbara Whittaker und der Stabschef des Admirals im Schatten eines Sonnenschirms an einem schmiedeeisernen Tisch auf dem

Rasen und tranken Wein. Der Rasen, der sich bis zum Strand erstreckte, war üppig grün und tadellos gepflegt. Ohne gebeten zu werden, brachte die Ordonnanz des Admirals, ein Mann in mittleren Jahren, Canidy ein Glas mit Chesty Whittakers Scotch, der älter als Canidy war.

Vom Meer her wehte eine Brise heran, und es war so angenehm am Tisch, daß Barbara Whittaker anordnete, das Essen dort zuservieren. Und sie verweilten am Tisch auf dem Rasen nach dem Essen bei Kaffee und Brandy, bis es dunkel wurde und Glühwürmchen zu sehen waren.

Der Admiral kündigte schließlich einen Spaziergang am Strand an, und Canidy fühlte sich geschmeichelt, als der alte Mann ihn fragte, ob er ihn begleiten möchte.

Sie gelangten zu einem der Navy-Posten, der am Strand entlang patrouillierte, ein Springfield-Gewehr über der Schulter trug und einen angeblich scharfen deutschen Schäferhund an der Leine führte.

Der Schäferhund jagte Stücke von Treibholz für den Admiral und apportierte sie stolz und mit wedelndem Schwanz. Schließlich setzte der Posten seine Runden fort, und Canidy stellte ohne zu denken eine Frage, die er sofort bereute. Er fragte den Admiral nach seiner Familie.

»Meine Frau lebt wie ich von Almosen«, sagte der Admiral ruhig. »Als ich vom Kriegsgericht verurteilt wurde ...«

»Kriegsgericht?«

»In Abwesenheit, fast sofort nachdem ich Marokko verlassen hatte«, sagte der Admiral nüchtern. »Ich wurde wegen Hochverrats verurteilt. Das Gericht sprach mir meinen Rang und die Auszeichnungen ab. Das stoppte natürlich die Zahlung meines Solds, und mein Besitz wurde beschlagnahmt.«

»Mein Gott!« stieß Canidy hervor.

Der Admiral zuckte mit den Schultern. »Kurz nach meiner Verurteilung durch das Kriegsgericht wurde mein Sohn aus der Marine entlassen. Als mein Sohn war er offenbar nicht vertrauenswürdig. Er wurde von den Deutschen verhaftet. Ich weiß nicht, wo er jetzt ist.«

»Es tut mir leid.«

»Ich habe alte Freunde in New York«, sagte der Admiral. »Madame Martin und ihr Mann, die so freundlich waren, mir etwas Taschengeld zu geben, von dem ich ein wenig meinem Stab abgeben kann.«

»Sie bekommen kein Geld vom Freien Frankreich?«

»Ich habe einen Brief von Brigadier de Gaulle«, sagte der Admiral, und sein Tonfall machte klar, was er von de Gaulle hielt, »in dem er erklärt, daß er als Repräsentant des Freien Frankreich meine Verurteilung vom Kriegsgericht natürlich als ungültig betrachtet und ich für das Freie Frankreich in ehrenvollem Ruhestand bin. Er erklärte weiterhin sein tiefes Bedauern darüber, daß er wegen anderer, dringenderer Zahlungen aus dem begrenzten Fonds, der ihm zur Verfügung steht, leider gezwungen ist, die Zahlung meiner Pension bis nach dem Krieg zu verschieben.«

»Dieser Hurensohn«, sagte Canidy.

»Sie sprechen von der Führung meiner Regierung, *mon Commandant*«, sagte der Admiral trocken. »Aber unter den gegebenen Umständen verzichte ich darauf, Sie zum Duell herauszufordern oder eine Entschuldigung zu verlangen.«

Sie spazierten ein paar Minuten lang schweigend am Strand entlang, nickten dem Posten zu, als er mit dem Schäferhund zurückkehrte, und schlenderten zum Haus zurück.

Als sie dort eintrafen, wurden sie von Barbara Whittaker erwartet. Captain Douglass hatte angerufen, nächsten Morgen zur Anacostia Naval Air Station in Washington fliegen. Jemand würde ihn am Flughafen abholen.

4

Memphis, Tennessee

26. Juni 1942

Zwei Mitteilungen am Schwarzen Brett des *Memphis Advocate* wiesen das Personal darauf hin, daß private Ferngespräche der Mitarbeiter verboten waren. Eine war ein Plakat, das vom Büro des Coordinator of Information veröffentlicht worden war. Es zeigte einen Offizier des Air Corps am Schreibtisch mit einem Telefonhörer am Ohr.

Mit gequälter Miene antwortete er auf eine Sprechblase aus dem Hörer: ›Bedaure, Captain, alle Leitungen sind besetzt.‹ In schwarzen Lettern stand darunter: ›Telefone sind Kriegswerkzeuge! Wenn Sie unbedingt anrufen müssen, fassen Sie sich kurz!‹

Die zweite Mitteilung war handgeschrieben:

> FERNGESPRÄCHE WERDEN JETZT AUFGELISTET
> DAS FÜHREN UND ENTGEGENNEHMEN VON PRIVATEN FERNGESPRÄCHEN
> BEIM ADVOCATE IST EIN KÜNDIGUNGSGRUND.

Ann Chambers ignorierte beide Hinweise. Zum einen bezweifelte sie, daß durch einen zweiminütigen Anruf von Memphis, Tennessee, nach Cedar Rapids, Iowa, wirklich noch mehr Schlachten verlorengingen, als es bereits der Fall war. Zum anderen war der *Memphis Advocate* eine von neun Zeitungen der Chambers Publishing Corporation.

Der Vorstandsvorsitzende von Chambers Publishing war Brandon Chambers, und Brandon Chambers war Anns Vater.

Seit ihr Cousin Ed Bitter ihr im Aufzug des Peabody Hotel erzählt hatte, daß Dick Canidy in Unehren aus China heimgeschickt worden war, weil er sich ›geweigert hatte, gegen den Feind zu kämpfen‹, hatte sich Ann vorgenommen, in Iowa anzurufen.

Ed glaubte offenbar, daß stimmte, was er ihr erzählt hatte. Und es würde gewiß erklären, warum ihre Brieffreundin-Briefe an Canidy unbeantwortet geblieben waren. Er war vielleicht ein Feigling, doch sie hielt das für unwahrscheinlich.

Selbst wenn Dick tatsächlich vor den Japsen gekniffen hatte, war ihr das gleichgültig. Sie liebte ihn mehr, als sie je geglaubt hätte, einen Mann lieben zu können. Und sie wünschte in diesem Moment mehr als alles in der Welt, ihren Kopf auf Dicks Schulter zu legen. Oder an seine Brust.

»Reverend Canidy«, meldete sich die Stimme am Telefon neugierig.

»Reverend Canidy, hier spricht Ann Chambers«, sagte sie. »Ich bin Ed Bitters Cousine und, genauer gesagt, eine Freundin von Dick.«

»Oh, wie nett«, sagte er verwirrt.

»Ich rufe an, weil ich in den Osten gehe – ich wohne in Memphis – und anscheinend Dicks Adresse verlegt habe.«

»Er ist aus China heimgekehrt«, sagte Reverend Canidy. »Das wissen Sie vermutlich?«

»Ja«, sagte Ann.

»Und er hat Arbeit als Pilot bei den National Institutes of Health gefunden.«

National Institutes of Health?

»Davon habe ich gehört«, log Ann. »Können Sie mir bitte seine Adresse in Washington geben? Und seine Telefonnummer? Ich möchte ihm wirklich guten Tag sagen, wenn ich dort bin.«

»Moment bitte«, sagte Reverend Canidy. »Ich habe das irgendwo notiert.«

Als Ann später die Telefonnummer anrief, die sie von Canidys Vater erhalten hatte, meldete sich eine Frau und leugnete, jemanden namens Canidy zu kennen. Als Ann bei den National Institutes of Health anrief, hatte man dort ebenfalls noch nie etwas von ihm gehört. Sie rief die Auskunft in Washington an und erfuhr, daß die Adresse Q Street, NW, die ihr Reverend Canidy genannt hatte, nicht verzeichnet war.

Ann ging in den Fernschreiberraum und setzte sich vor den Fernschreiber von Chambers Nachrichtenagentur. Sie tippte schnell eine Botschaft an das Washingtoner Büro der Chambers Nachrichtenagentur. Sie bat um schnellstmögliche Information, Fakten und Besonderheiten, die das Washingtoner Büro über die Adresse Q Street, Nordwest, herausfinden konnte. Als Unterschrift schrieb sie *Chambers, Advocate*. Wenn man dachte, ihr Vater habe das Fernschreiben mit der Bitte um Information geschickt, um so besser. Sie hieß ebenfalls Chambers, und wenn das Büro in Washington dadurch beflügelt wurde, etwas Unwichtiges liegenzulassen und sich sofort mit dieser Anfrage zu beschäftigen, war das prima.

Die Antwort traf wie von ihr erhofft schnell ein, aber es war keine, die sie erwartet hatte. Zwei Stunden nach dem Verschicken der Anfrage erhielt sie einen Anruf.

»Was genau interessiert dich an dieser Adresse in der Q Street?« fragte ihr Vater ohne Einleitung.

»Hallo, Daddy«, sagte sie. »Mir geht es prima, und dir?«

»Worauf willst du hinaus?« fragte er. »Was hast du gehört?«

»Was hast du mit dieser Sache zu tun?« fragte Ann.

»Diese Adresse existiert für uns nicht«, sagte Brandon Chambers. »Hast du mich verstanden?«

»Nein, das habe ich nicht.«

»Es ist eine Regierungseinrichtung«, sagte er. »Wir wissen nicht, daß es sie gibt. Wir schreiben nicht darüber.«

»Oh«, murmelte Ann.

»Man rief mich an, weil du diese Anfrage mit meinem Namen unterschrieben hast.«

»Ich habe nicht mit deinem Namen unterschrieben, sondern mit meinem«, sagte Ann. »Bis auf weiteres heiße ich zufällig ebenfalls Chambers.«

Sie hörte ihren Vater seufzen, aber er verzichtete darauf, mit ihr zu streiten.

»Ich muß wissen, woran du arbeitest, Schatz«, sagte er.

»Ich habe nach Dick Canidy gesucht«, erklärte Ann. »Die Adresse hat mir sein Vater gegeben.«

Es folgte eine lange Pause.

»Eddie ist mit einem unangenehmen Bericht über Mr. Canidy aus China zurückgekehrt«, sagte Brandon Chambers schließlich.

»Daß er angeblich ein Feigling ist«, sagte Ann. »Eddie hat mir das erzählt.«

»Und Canidys Vater hat dir die Adresse Q Street

gegeben?«

»Und zwei Telefonnummern«, sagte Ann. »Ich habe beide angerufen. Man sagte mir, man hätte den Namen Canidy nie gehört.«

»Was steckt hinter deinem großen Interesse an Canidy?«

»Ich habe Mutter zum Schweigen verpflichtet, aber ich nehme an, sie wird es dir ohnehin erzählen. Ich werde ihn heiraten.«

»Um Himmels willen!« sagte er. »Mit so etwas scherzt man nicht, Ann.«

»Wer scherzt?«

»Hör mir mal zu. Stell deine Fragerei sofort ein. Auf der Stelle. Wenn du das nicht tust, kannst du großen Schaden für uns anrichten. Ich habe eine Vereinbarung mit gewissen Leuten ...«

»Es ist ein militärisches Geheimnis, richtig?« fiel Ann ihm ins Wort. »Und ich bin eine Agentin der Nazis.«

»Es ist tatsächlich ein militärisches Geheimnis, Ann«, sagte ihr Vater ernst.

»Findest du nicht auch komisch, daß ein Feigling in militärische Geheimnisse verwickelt ist?«

»Laß die Sache auf sich beruhen, Ann, okay? Ich will, daß du mir dein Wort gibst.«

»Oder?«

»Oder du bist gefeuert. Auf der Stelle.«

Er meint das todernst!

»Ist es so wichtig?«

»Ja, das ist es.«

»Also gut«, sagte Ann.

»Und ich will, daß du mit niemandem darüber redest – sogar nicht mit Eddie oder deiner Freundin ...«

»Mrs. Edwin Howell Bitter, meinst du?«

»Gottverdammt, es ist mir ernst!«

»Ich weiß«, sagte Ann. »Okay, Daddy, ich habe verstanden.«

»Das hoffe ich wirklich, Ann.«

Eine halbe Stunde später ging Ann ins Büro des Chefredakteurs des *Memphis Advocate* und erklärte ihm, ihr Vater wolle, daß sie für ein paar Tage nach Washington komme, und daß sie Samstagnachmittag abreisen werde, nachdem die Sonntagsausgabe ziemlich fertig sei. Sie frage ungern, aber wenn sie eine Bescheinigung für eine geschäftliche Reisepriorität bekäme, wäre sie viel schneller wieder zur Arbeit zurück.

»Ja, klar, Ann«, sagte der Chefredakteur. »Das können wir arrangieren.«

Die Liebe bewirkt Sonderbares, dachte Ann. *An diesem Morgen habe ich einen Priester der Episkopalkirche, meinen Vater und meinen Boß belogen. Und ich schäme mich kein bißchen.*

Dann rief sie Sarah Child-Bitter im Willard Hotel in Washington an und kündigte an, daß sie am Samstag in Washington sein und eine Bleibe brauchen würde.

Sarah und Ed Bitter wohnten in der Suite von Sarahs Vater im Willard. Ed würde sich vermutlich ziemlich ärgern, wenn sie aufkreuzte, weil er erst seit ein paar Tagen verheiratet war. Ihre Anwesenheit dort würde lästig sein, als hätte er seine Cousine in seine Flitterwochen mitgenommen.

Zum Teufel mit ihm! dachte Ann. *Er schuldet mir was, weil ich mich um Sarah gekümmert habe.*

V

I

Lakehurst Naval Air Station
Lakehurst, New Jersey

27. Juni 1942

Während Canidy die Kontrollen vor dem Flug bei der Beech D18S durchführte, fuhr Commander Reynolds' Stabswagen in den Hangar und stoppte neben der Maschine.

»Ich wußte nicht, wohin Sie fliegen, Major«, sagte Reynolds, als er aus dem Plymouth ausgestiegen war. »Aber ich dachte, Sie könnten eine Thermoskanne mit Kaffee und ein paar belegte Brötchen gebrauchen.«

»Ich fliege nach Washington«, sagte Canidy. »Vielen Dank.«

Commander Reynolds war beeindruckt.

Da ist etwas an Washington, das Berufsoffiziere der Navy ehrfürchtig werden läßt, als wäre die Stadt die Residenz von Gott, dachte Canidy.

»Gut, daß Sie hier sind«, fuhr Canidy fort. »Ich wußte nicht, wie das Starten der Motoren im Hangar abläuft.«

»Wir schieben den Vogel auf die mittlere Spur und sorgen dafür, daß beide Hangar-Tore offen sind. Dann könnten Sie genausogut draußen sein. Die Maschine ist bereits betankt worden.«

»Das habe ich bemerkt«, sagte Canidy. »Danke.«

»Matrose«, sagte Reynolds etwas herablassend zu seinem Fahrer, »würden Sie bitte einige Männer zusammentrommeln, um die Maschine des Majors zu schieben?«

»Aye, Aye, Sir«, sagte der Fahrer. Canidy zwinkerte ihm zu, und er lächelte zurück, wie um zu sagen: ›Schon gut, Reynolds ist zwar ein bißchen großkotzig, aber kein schlechter Kerl.‹

Canidy kletterte in die Beech, löste die Bremsen und schnallte die Thermosflasche und die Tragetasche mit belegten Brötchen auf dem Sitz des Kopiloten fest. Er würde die Brötchen zwischen Lakehurst und Washington nicht brauchen, aber es war eine nette Geste von Reynolds, sie ihm zu besorgen.

Canidy wollte das Cockpit verlassen, als das Flugzeug ruckte. Sechs Matrosen begannen die Maschine in die Mitte des Hangars zu schieben. Er ging nach hinten und schloß die Tür. Dann kehrte er ins Cockpit zurück und schnallte sich an. Er sah zwei weitere Matrosen mit weißen Mützen einen gewaltigen Feuerlöscher heranrollen.

Die Bewegung des Flugzeugs hörte auf.

Canidy blickte aus dem Fenster. »Clear!« rief er.

»Clear!« rief einer der Weißmützen.

Canidy stellte das Gemisch ein, spritzte Anlaßkraftstoff für den linken Motor ein und startete ihn. Der Anlasser jaulte, und dann stotterte der linke Motor, es gab eine Fehlzündung, und schließlich sprang er an. Canidy startete den anderen Motor und schaute aus dem Fenster.

Commander Reynolds stand dort mit zur Faust geballter Hand und emporgerecktem Daumen.

Canidy lächelte und erwiderte die Geste, woraufhin Commander Reynolds zackig grüßte. Canidy lächelte von neuem, grüßte ebenfalls und gab ein wenig Gas.

Als er aus dem Hangar hinaus war, fragte er über Funk nach Startanweisungen.

»Navy sechs-eins-eins«, erwiderte der Mann im Tower, »rollen Sie zur Startbahn neun. Warten Sie am Beginn. Wir haben eine Maschine im Landeanflug.«

Das Flugzeug im Landeanflug war eine Curtiss C-46. Canidy fand, daß sie viel zu hoch einschwebte, und er hatte recht.

»Sechs-eins-eins«, kündigte der Mann im Tower sofort an. »Behalten Sie Ihre Position. Die Sechsundvierzig startet durch.«

»Sechs-eins-eins, Roger«, sagte Canidy.

Er verfolgte die C-46 mit den Blicken, als sie wieder aufstieg und eine flache Kurve über den Kiefern des Flughafengeländes flog. Die Maschine glänzte im Sonnenschein. Eine neue, dachte Canidy. Als er die C-46 beim nächsten Landeanflug sah, befand sie sich nach seiner Meinung in viel zu geringer Höhe. Abermals hatte er recht. Selbst beim Dröhnen seiner Motoren im Leerlauf hörte er das Röhren der Motoren der C-46, als der Pilot Gas wegnahm, um es bis zum Ende der Landebahn zu schaffen.

Als die C-46 an Canidy vorbeisauste, fragte er sich, was sie hier machte. Es befanden sich keine Markierungen darauf, weder auf den Tragflächen noch auf dem Rumpf noch auf dem Heck. Flugzeuge hatten nur keine Identifikations-Nummer, wenn ihre Farbe entfernt worden war, wie es bei der Curtiss der Pan American auf dem Flughafen Newark der Fall gewesen war. War dies die Curtiss der Pan American? Wenn ja, was hatte sie hier zu suchen?

Die Beech schaukelte im Luftwirbel der C-46. Canidy wurde daran erinnert, wie groß die C-46 war und welch starke Motoren sie hatte.

»Sechs-eins-eins, Sie haben Starterlaubnis, sobald

die Sechsundvierzig die Start- und Landebahn verlassen hat.«

»Roger«, erwiderte Canidy, als die C-46 vorüber war. Als sie von der Rollbahn abbog, erfaßte ihr Propellerwind von neuem die Beech. Canidy wartete, bis das Schaukeln aufhörte. Dann sprach er ins Mikrofon.

»Sechs-eins-eins rollt.«

Ein paar Minuten nach zehn, über dem östlichen Maryland, bat Canidy den Tower Anacostia um Landeerlaubnis.

Als er ins Abfertigungsgebäude ging, um das Auftanken der Maschine in die Wege zu leiten, schaute ein Captain der Navy, der neugierig war, warum ein Pilot der Army ein Flugzeug der Navy flog, in die Papiere und wurde sogar noch neugieriger beim Lesen.

Er hatte von dieser sonderbaren Beech D18S gehört. Man hatte ihn offiziell informiert, daß mit Genehmigung des Chefs für Marineoperationen ›der Navy-Verbindungsoffizier des Coordinator of Information‹ von Zeit zu Zeit eine D18S auf Anacostia stationieren würde. Das Flugzeug sollte nicht als Teil der Anacostia-Flotte betrachtet und von niemandem ohne die ausdrückliche Genehmigung von Captain Peter Douglass, USN, benutzt werden, dem ranghöchsten Marineoffizier des COI.

»Sie auch hier, Major?« fragte der Navy-Captain, der Chester Wezevitz hieß. »Der Information Coordinator oder wie auch immer es heißt?«

»Jawohl, Sir.«

»Was, zum Teufel, ist das?« fragte der Captain. »Ich meine, was macht ein Navy-Captain – Captain Douglass – beim ›Coordinator of Information‹?«

Die Versuchung war zu groß für Canidy (der bei den

Einsatzbesprechungen immer wieder ermuntert wurde, auf Fragen ›Desinformation‹ zu geben), den Captain an der Nase herumzuführen.

»Kennen Sie diese Comicbücher, Captain? In denen die Weißmützen über die bleibenden Schäden von Geschlechtskrankheiten gewarnt werden?« fragte er. »Und in denen sie ermahnt werden, sich zu schützen?«

Der Captain nickte.

»Dafür ist der COI zuständig«, sagte Canidy ernst.

»Ich habe mich schon gefragt, woher die Comics kommen«, sagte der Captain.

In diesem Moment tauchte Chief Ellis auf, und das machte die Dinge sogar noch besser.

»Guten Morgen, Major«, sagte er und grüßte schneidig. »Ich habe den Wagen des Majors.«

»Allmächtiger«, sagte der Navy-Captain. »Ein Chief, der einen Stabswagen fährt!«

Als sie draußen waren, fragte Canidy: »Was ist los, Ellis?«

»Wir fahren zum Büro«, sagte Ellis. »Mr. Baker ist dort mit dem Captain.«

»Was hat dieser Hurensohn mit mir vor?«

»Keine Ahnung«, sagte Chief Ellis, »aber tun Sie nichts Dummes, Canidy.«

»Ich möchte ihm liebend gern seine Eier zum Fressen geben«, sagte Canidy.

»Das meinte ich mit Dummes«, bemerkte Ellis.

»Sie wissen, was los ist, nicht wahr, Sie Scheißer«, sagte Canidy. »Und Sie wollen es mir nicht sagen.«

»Sie überraschen mich.« Der alte Seemann lachte. »Hat Ihnen keiner gesagt, daß lockere Zungen Schiffe versenken?«

»Sie können mich mal, Ellis.« Canidy lachte, als er neben Ellis auf dem Beifahrersitz des Buicks Platz nahm.

Als sie beim Gebäude der National Institutes of

Health eintrafen, saß Eldon C. Baker, ein dicklicher, verbindlich wirkender Mann auf einer roten Ledercouch in Captain Douglass' Büro und neigte sich über die Flugpläne, die Lindbergh angefertigt hatte, wie Canidy sofort erkannte.

Das bewies anscheinend, daß die Curtiss, die er in Lakehurst hatte landen sehen, tatsächlich die Maschine von Pan American war.

»Wie geht es Ihnen, Canidy?« fragte Baker, neigte sich vor und hielt ihm die Hand hin.

Canidy ignorierte die dargebotene Hand. Er hatte Eldon C. Baker zum letzten Mal im Palast des Paschas von Ksar es Souk in den Ausläufern des Atlasgebirges in Marokko gesehen. Baker hatte zu diesem Zeitpunkt gewußt, daß Canidy auf dem Meer bei Safi nicht an Bord des U-Boots gelassen werden würde. Er hatte es Canidy verschwiegen.

Baker zuckte mit den Schultern. »Tut mir leid, daß Sie immer noch sauer sind.«

»Wissen Sie, was Sie sich da anschauen?« fragte Canidy.

»Ich habe eine allgemeine Vorstellung«, erwiderte Baker. »Sie können bestimmt alles erklären, was ich mir nicht selbst zusammenreimen kann.«

Captain Douglass betrat mit einem Armvoll militärischer Personalakten das Büro.

»Guten Morgen, Dick«, sagte er. »War der Flug gut? Wie geht es dem Admiral?«

»Er ist ein wenig unruhig, aber unter Kontrolle. Wußten Sie, daß de Gaulle ihm geschrieben hat, er kann ihn nicht bezahlen?«

»Nein, davon hatte ich keine Ahnung«, bekannte Douglass.

»Ich hätte gedacht, Sie lesen seine Post«, sagte Canidy.

»Seine Post wird gelesen, aber über seine finanzielle Lage ist mir noch nicht berichtet worden. Ich werde sehen, was ich in diesem Punkt tun kann. Offenbar halten Sie es für wichtig, sonst hätten Sie es nicht zur Sprache gebracht.«

»Höre ich da einen versteckten Tadel?«

»Überhaupt nicht«, sagte Douglass und lächelte. »Tatsächlich wollte ich Ihnen sagen, daß einige Leute Nettes über Sie gesagt haben. Und danach wollte ich Ihnen sagen, daß Sie Ihren Job gut machen, indem Sie den Admiral bei Laune halten.«

»Was hat das alles zu bedeuten?« fragte Canidy.

»Interessiert es Sie nicht, die netten Dinge zu hören, die man über Sie gesagt hat?«

»Doch«, sagte Canidy.

»Unser Freund von Pan American sagte dem Colonel, Sie seien ein ungewöhnlich kluger und äußerst fähiger junger Mann.«

Canidy war verlegen.

»Perfekt fähig, um die Planung des Flugs mit der Curtiss von jetzt an selbst zu leiten«, fügte Douglass hinzu.

»Ich habe gesehen, daß Sie das Flugzeug nach Lakehurst geschickt haben«, sagte Canidy. »Aber bevor wir weiterreden, sollten Sie an eine kleine Einzelheit denken, die Sie anscheinend übersehen haben: Ich habe niemals eine C-46 geflogen.«

»Kein Problem«, sagte Baker. »Sie werden sie ohnehin nicht fliegen.«

»Wer dann?« fragte Canidy.

»Ich bin noch nicht fertig mit den Nettigkeiten«, sagte Douglass. »Gestern abend hatte ich Gelegenheit, mit einem Offizier des Air Corps über Sie zu reden. Er meinte, Sie kombinieren die Charakterzüge eines Pfadfinders mit dem fliegerischen Geschick eines Barons von Richthofen.«

Canidy brauchte einen Moment, um dahinterzukommen, was das zu bedeuten hatte. Dann lächelte er breit. »Oh, haben Sie zufällig mit Ihrem Sohn und Namensvetter gesprochen? Ist Doug zurück?«

»Er ist seit einem Monat zurück. Er war daheim. Er machte auf dem Weg nach Alabama einen Abstecher nach hier. Man hat ihn zum Major befördert und ihn zum Kommandanten von einer Staffel P-38er ernannt.«

»Es freut mich, das zu hören«, sagte Canidy.

»Was er über Sie sagte, glaube ich natürlich nur mit Vorbehalt«, sagte Douglass. »Aber ich dachte mir, ich gebe es mal weiter.«

Canidy lachte. »Wer wird bei der afrikanischen Mission fliegen?«

»Afrikanische Mission?« fragte Baker ungläubig.

»Das hängt zum großen Teil von Ihnen ab«, sagte Captain Douglass, ignorierte Baker und bestätigte, daß Canidys Vermutung richtig war.

»Ich verstehe nicht«, sagte Canidy.

Douglass überreichte ihm eine Personalakte. »Dies sind die Daten über den Mann, den wir gern als Piloten hätten. Meinen Sie, er könnte das schaffen?«

Canidy nahm die Akte und stellte fest, daß es sich um die Flugakte eines Captains des Air Corps handelte. Der Offizier war mit ein paar hundert zivilen Flugstunden mit einmotorigen Maschinen in den Militärdienst eingetreten, hatte einen Schnellkursus in einem Übungsflugzeug absolviert und war dann gleich mit B-17-Maschinen geflogen. Er hatte nicht ganz zweihundert Stunden als Pilot in einer B-17 verbracht und befehligte gegenwärtig eine Bomberstaffel.

Canidys erster Gedanke war, daß der Captain nicht besonders qualifiziert war für einen Schnellkurs mit der C-46 oder für einen Atlantikflug nach Afrika. Und dann sah er den Namen des Piloten: Captain Stanley S. Fine.

Es gab vielleicht fünfzehn Stanley S. Fine im Washingtoner Telefonbuch und dreimal soviel in den Telefonbüchern von Los Angeles, New York und Chicago, aber irgendwie wußte Canidy, daß es sich um *seinen* Stanley S. Fine handelte.

Canidy hatte Fine in Cedar Rapids kennengelernt, als er und Eric Fulmar Jungen gewesen waren. Als er und Eric Blödsinn getrieben, Streichhölzer als Zündhütchen für Spielzeugpistolen abgefeuert und es geschafft hatten, ein Auto in Brand zu stecken, war Fine nach Cedar Rapids geeilt, hatte dem Geschädigten einen neuen Studebaker gekauft und sie aus den Klauen einer fetten Lady des Jugendgerichts gerettet. Und – noch wichtiger – er hatte die ganze Eskapade aus den Zeitungen herausgehalten.

Fulmar hatte Canidy erzählt, daß Stanley S. Fine ein Anwalt war, der für seinen Onkel arbeitete, der Mehrheitseigner der Continental Filmstudios war. Sein Aufgabenbereich bestand unter anderem darin, geheimzuhalten, daß »Amerikas Liebling«, Monica Carlisle, nicht nur verheiratet gewesen war, sondern auch einen dreizehnjährigen Sohn namens Eric Fulmar hatte.

Canidy hatte Fine zum letzten Mal hier in Washington gesehen, kurz bevor er und Eddie Bitter zu den Flying Tigers gegangen waren. Sie hatten mit Chesty Whittaker und Cynthia Chenowitch zu Abend gegessen. Fine hatte etwas Geschäftliches mit Donovans Anwaltskanzlei zu erledigen gehabt.

Je mehr er darüber nachdachte, desto unwahrscheinlicher hielt er es, daß dieser B-17-Pilot *nicht* dieser Stanley S. Fine war.

»Ich glaube, ich kenne den Mann«, sagte Canidy.

»Colonel Donovan dachte, Sie würden sich an Captain Fine erinnern«, sagte Douglass.

»Sie wurden gefragt, Canidy«, sagte Baker, »ob Sie meinen, daß er die Mission schaffen kann.«

»Laut dieser Akte ist er ein qualifizierter Pilot für mehrmotorige Maschinen und hat Langstrecken-Erfahrung«, sagte Canidy. »Aber gewiß sollten wir besser qualifizierte Leute für etwas wie den Afrika-Flug zur Verfügung haben.«

»Könnte er damit fertig werden?« hakte Douglass nach.

»Ja, ich glaube, das könnte er.«

»Wir werden arrangieren, daß ihn eine erfahrene Crew begleitet«, sagte Douglass. »Unter dieser Voraussetzung können Sie mit ihm reden, damit er sich freiwillig meldet.«

Canidy schaute Douglass eine Weile nachdenklich an.

»Sie wollen ihn doch nicht überreden, sich nur für diesen Flug freiwillig zu melden«, sagte er dann. »Sie wollen ihn für Donovans Dilettanten[5] rekrutieren.«

Douglas lachte. »Sie haben von dieser Sache gehört, nicht wahr?«

»Wir lesen Zeitungen in Deal«, sagte Canidy.

»Der Colonel war ziemlich amüsiert über diesen Artikel«, sagte Douglass. »Er sagte mir, er würde uns vermutlich mehr nützen als schaden.«

»Sie haben meine Frage nicht beantwortet, Captain«, erinnerte Canidy.

»Sie haben recht, wir wollen Captain Fine als ständiges Mitglied haben.«

»Warum?« fragte Canidy.

»Sie stellen zu viele Fragen, Canidy«, sagte Baker.

»Er ist ein anderer guter Freund von Eric Fulmar«, antwortete Douglass.

»Die Auskunft kam Ihnen zu leicht über die Lippen«, sagte Canidy. »Also ist es nicht der Grund, weshalb Sie ihn haben wollen.«

»Sie werden sehr scharfsichtig, Dick«, sagt Douglass. »Aber wir spielen hier nicht Quiz. Wenn Ihnen diese Antwort nicht gefällt, tut es mir leid, aber Sie werden im Augenblick keine andere von mir erhalten.«

»Warum bin ich ausgesucht worden, um ihn zu rekrutieren? Ich kenne ihn kaum.«

»Als ich sagte, mehr werden Sie im Augenblick nicht von mir erfahren, meinte ich das ernst.«

2
Chanute Field, Illinois

28. Juni 1942

Eine Formation von acht B-17E tauchte am Himmel im Norden auf. Canidy beobachtete von einem Pickup-Truck aus. Der Truck war mit einem Schachbrettmuster bemalt, und eine große schwarzweiß karierte Flagge flatterte auf der Ladefläche. Die B-17E am Ende der Formation senkte die Nase und flog steil hinab im Anflug auf die Landebahn.

»Das wird Captain Fine sein, Sir«, sagte der Adjutant des Stützpunktkommandanten und Fahrer des Pickup zu Canidy. »Er liebt es, von der Rollbahn aus zu beobachten, damit er nach ihren Landungen ›konstruktive Kritik‹ äußern kann.«

Canidy lächelte. Übersetzt hieß das ›er liebt es, ihnen den Arsch aufzureißen‹.

Der Stellvertretende Adjutant des Stützpunktkommandanten, ein Captain, war von Major Richard Canidy beeindruckt. Dies war seine erste Begegnung mit einem Offizier des Hauptquartiers des Army Air Corps, der mit Befehlen reiste, die als geheim erklärt waren. Daß er ein Flugzeug der Navy flog, machte die Sache noch mysteriöser.

»Dies ist Major Canidy, Captain«, hatte ihm der Stützpunktkommandant gesagt. »Ich möchte, daß Sie ihn hinbringen, wohin er will und ihm jedwede Unterstützung gewähren. Aber stellen Sie ihm keine Fragen.«

Die übrigen sieben B-17E-Maschinen kreisten in Formation über dem Flugplatz. Als sie ihn überflogen, röhrten ihre Motoren. Sie waren einfach gewaltig – und wirkten unbesiegbar. Canidy dachte einen Moment über die unglaublichen logistischen Probleme nach, die es mit sich brachte, sie nur in die Luft zu bringen. Wie viele Gallonen Treibstoff hatte man gebraucht, um ihre Tanks zu füllen? Wie viele Mechaniker waren nötig, um diese vielen Motoren zu warten? Und wie viele Leute waren benötigt worden, nur um all diese Fallschirme zu verpacken?

In Neunzigsekundenintervallen löste sich eine der B-17Es nach der anderen aus der Formation und landete. Als die ersten Räder auf dem Beton der breiten Landebahn aufsetzten, hatte Fine seine Maschine auf einem Drittel des Weges der parallelen Rollbahn angehalten und ihre Nase zur Landebahn gerichtet.

Der Captain fuhr mit dem Pickup nahe an die B-17E heran, und Canidy sah auf dem Pilotensitz einen asketischen Mann mit schmalem Gesicht und Brille mit Hornfassung. Das war überhaupt nicht der Mann, den er in Erinnerung hatte. Captain Stanley S. Fine trug eine Mütze mit Lederbesatz und einen Kopfhörer. Er blickte hinab auf den Pickup-Truck und widmete seine Aufmerksamkeit dann der ersten landenden Maschine.

Eine Minute später kam ein Sergeant mit Schaffell-Kleidung für große Höhen zum Pickup. Er sah Canidys goldenes Blatt und grüßte.

»Sir, Captain Fine möchte wissen, ob Sie auf ihn warten.«

»Ja, ich warte auf ihn, Sergeant«, sagte Canidy.

Als ihm das gemeldet wurde, blickte Fine wieder auf den Pickup-Truck herab, ohne Canidy wiederzuerkennen. Fine hob neugierig die Augenbrauen und lächelte. Dann schaute er fort und blickte erst wieder zu Canidy, als die letzte der B-17E-Maschinen gelandet war. Schließlich hielt er den Zeigefinger empor, um zu signalisieren »Ich komme in einer Minute zu Ihnen« und verschwand außer Sicht.

Kurz darauf tauchte er auf dem Boden auf. Er ging um das Heck der Maschine herum. Fine trug Hemd und Hose einer Tropenuniform und eine Pferdelederjacke.

Er grüßte. »Kann ich etwas für Sie tun, Major?«

»Wir kennen uns, Captain Fine«, sagte Canidy.

Fine hob fragend die Augenbrauen.

»Zum ersten Mal sind wir uns begegnet, als Eric Fulmar und ich versuchten, Cedar Rapids niederzubrennen. Unsere letzte Begegnung war im Frühjahr vor dem Krieg in Washington. Wir haben mit Colonel Wild Bill Donovan und Cynthia Chenowitch zu Abend gegessen.«

»Dick Canidy«, sagte Captain Fine und reichte ihm die Hand. »Ich weiß nicht, warum ich Sie nicht erkannt habe. Ich nehme an, ich habe erwartet, daß Sie auf der anderen Seite der Welt sind.«

»Ich sehe viel besser aus als früher«, sagte Canidy bescheiden.

Fine lachte. »Ich habe natürlich in den Zeitungen gelesen, daß Jim Whittaker von den Philippinen fortkam, und mich gefragt, was aus Ihnen geworden ist.«

»Ich kam aus China raus«, sagte Canidy.

»Aber Sie waren in der Navy, oder nicht?« Fine wies auf Canidys Uniform des Air Corps.

»Und Sie waren Anwalt«, sagte Canidy, als sie sich die Hände schüttelten. »Die Dinge ändern sich. Wie ich hörte, haben die Veränderungen etwas mit dem Krieg zu tun.«

Fine lachte von neuem. »Nun, es freut mich, daß Sie es geschafft haben. Und ich freue mich, Sie zu sehen. Aber ich habe den Verdacht, daß dies kein Zufall ist.«

»Kann Ihr Kopilot die Maschine parken?« fragte Canidy.

»Interessante Frage«, sagte Fine trocken. »Ich nehme an, er muß es irgendwann lernen, nicht wahr?«

Er wandte sich zum Flugzeug und machte dem Kopiloten mit Gesten klar, daß er mit dem Flugzeug zur Parkfläche rollen sollte.

»Die Neugier überwältigt mich«, sagte Fine dann zu Canidy.

Das Gespräch wurde durch das Röhren des linken Motors der B-17E unterbrochen. Canidy fand, daß der Kopilot viel zuviel Gas zum Rollen gab.

Der Kopilot erkannte das wohl selbst, denn er reduzierte das Gas auf ein vernünftiges Maß, und die B-17E setzte sich in Bewegung.

Fine und Canidy tauschten ein selbstgefälliges Lächeln erfahrener Piloten über die Schwächen anderer. Dann sagte Fine: »Er hat erst hundert Flugstunden. Er wird es lernen.«

»Können wir in Ihrem Quartier für ledige Offiziere

miteinander reden? Haben Sie einen Zimmergenossen?«

»Wir können dort ungestört reden«, sagte Fine.

Fines Quartier befand sich in einem Fachwerkgebäude. Es war so neu, daß es nach frisch gesägtem Holz roch.

Fine führte Canidy durch sein spartanisches Quartier – zwei kleine Zimmer und ein Badezimmer mit Duschkabine – und forderte ihn auf, es sich bequem zu machen.

»Schließen und verschließen Sie bitte die Tür, Stan«, sagte Canidy und zog eine winzige amerikanische Flagge aus seinem Uniformrock und schwenkte sie vor Fine.

»Falls Ihnen der Symbolismus entgeht«, sagte er. »Ich schwenke die US-Flagge.«

»Ich bezweifle, daß mir das gefallen wird«, sagte Fine. Er lachte. »Tragen Sie immer eine Miniaturflagge mit sich herum?«

»Nein«, sagte Canidy. »Ich habe diese vom Schreibtisch des Stützpunktkommandanten geklaut, als er mich allein ließ, um meine Befehle zu überprüfen.«

Fine lächelte. »Die sind also überprüft worden. Wie lauten sie?«

Canidy überreichte ihm die Befehle.

»Sie besagen nicht viel, oder?« Fine gab ihm die Befehle zurück, als er sie gelesen hatte. »Abgesehen davon, daß Sie mit Billigung des Air Corps handeln. Und daß Ihre Mission geheim ist. Ich war im Filmgeschäft, wie Sie sich erinnern werden, und dies alles hat die Merkmale eines Abenteuerthrillers der Kategorie B. Ein geheimnisvoller Offizier erscheint mit Geheimbefehlen. Werden Sie mich jetzt fragen, ob ich mich freiwillig für eine geheime, gefährliche Mission melde, bei der es praktisch keine Chance gibt, lebend zurückzukehren?«

»Ich würde sagen, die Chancen stehen sechzig zu vierzig, daß Sie unversehrt zurückkehren«, sagte Canidy.

Fine schaute ihn lange genug an, um zu erkennen, daß er es ernst meinte.

»Nicht zu glauben!«

»Es gibt eine Mission, einen Langstreckenflug, und wir möchten, daß Sie ihn durchführen«, sagte Canidy.

»Wir?« fragte Fine. »Wer ist ›wir‹?«

»Das kann ich Ihnen noch nicht sagen«, erwiderte Canidy.

»Na, na!«

Canidy zuckte mit den Schultern und grinste.

»Nun, Dick, lassen Sie mich mal raten. Dies hat nicht zufällig etwas mit Colonel Donovan zu tun, oder?«

»Colonel wer?« fragte Canidy unschuldig.

»Und Sie dürfen mir auch nicht sagen, wohin ich fliegen würde, für wie lange und warum. Richtig?«

»Wie lange werden Sie brauchen, um zu packen?« fragte Canidy.

»Das hängt davon ab, wohin ich fliegen und wie lange ich fort sein würde. Werde ich meine gefütterte Lederjacke oder kurze Ärmel brauchen?«

»Ich an Ihrer Stelle würde nichts zurücklassen.«

»Ich bin für gewöhnlich kein großer Trinker«, sagte Fine. »Und jetzt was Scharfes zu trinken ist vermutlich nicht sehr klug, aber ich brauche etwas für die Mandeln. Sind Sie mit Scotch einverstanden?«

»Ich muß fahren, trotzdem danke«, sagte Canidy.

Fine nahm eine Flasche Scotch aus seinem Schrank und schenkte großzügig in ein Wasserglas ein.

»Und wenn ich Ihnen sage ›Danke, nein‹?« fragte er.

»Man hätte mich nicht zu Ihnen geschickt, wenn man Sie nicht brauchte«, sagte Canidy.

Fine merkte Canidy an, daß ihm diese Worte peinlich waren, obwohl er es zu verbergen versuchte, indem er wieder die kleine amerikanische Flagge schwenkte.

Ich weiß nicht, warum mich dies überrascht, dachte Fine. *Ich hätte wissen sollen, daß der Militärdienst früher oder später von mir Dinge verlangt, die ich einfach tun muß – anstatt mir Wünsche nach meinen persönlichen Vorstellungen zu erfüllen.*

Am 9. Dezember 1941, als Stanley S. Fine, Stellvertretender Leiter der Rechtsabteilung der Continental Filmstudios Inc., geschäftlich in New York gewesen war und der Angriff der Japaner auf Pearl Harbor stattgefunden hatte, war er mit dem Zug nach Washington gefahren, um Greg Armstrong zu besuchen, einen Freund, mit dem zusammen er Jura studiert hatte und der nicht mehr Wirtschaftsrecht praktizierte, sondern seinem Land in Uniform diente.

Als er Greg sah, der in einem der provisorischen Gebäude – aus dem Ersten Weltkrieg – in der Nähe des Smithsonian Instituts arbeitete, gelangte er schnell zu dem Schluß, daß sein Freund den Verstand verloren haben mußte. Auch als Greg vorgab, zu verstehen, warum er, Fine, zum Militär gehen und sogar warum er fliegen wollte, war klar, daß Greg das Fliegen für das Letzte hielt, was er tun sollte. Dennoch ging er pro forma auf ihn ein.

»Es gibt zwei Möglichkeiten, wie du die Sache mit der Fliegerei anpacken kannst, Stanley«, sagte er. »Du kannst dich bei einem der Flugkadetten-Auswahlausschüsse bewerben. Wenn du einen Flugschein hast – was für einen hast du noch mal?«

»Ich habe einen Flugschein für Verkehrsflugzeuge, tausendfünfhundert Flugstunden und einen Flugschein für Instrumentenflüge über Land mit einmotorigen Maschinen.«

»Okay. Ich will nur sagen, daß du sicherlich in das Flugkadetten-Programm aufgenommen wirst. Und wenn du dein Pilotenabzeichen hast, wärst du entweder ein Flugoffizier oder ein Second Lieutenant. Oder du könntest als Jurist in den Militärdienst gehen, Stanley. Mit deiner jahrelangen Praxis kannst du als Captain anfangen.«

»Ich will kein Anwalt sein.«

»Hör mich zu Ende an. Du wärst ein Captain. Ich kann den Papierkram für dich in zwei Wochen erledigt haben. Du bekommst ein Offizierspatent, und man sagt dir, du sollst dich für aktiven Dienst bereithalten. Während du wartest, einberufen zu werden, ersuchst du um Flugdienst. Du schickst eine beglaubigte Kopie deiner Flugscheine ein und so weiter. Man wird sich vermutlich um dich reißen. Aber du hast einen Senator in der Tasche, der dir einen Gefallen tun kann, nicht wahr?«

»Muß das sein?«

»Du brauchst nicht mal in die Army zu gehen, Stan. Du bist ein verheirateter Mann mit drei Kindern. Und Filmgesellschaften werden als wesentliche Kriegsindustrie erklärt. Das habe ich in der vergangenen Woche gehört. Wenn du Errol Flynn auf Patrouille im Morgengrauen spielen willst, wirst du die Fürsprache eines Senators brauchen.«

Am 7. Februar 1942 gab es bei den Continental Studios eine Abschiedsfeier. Sie fand auf Tonbühne elf statt, und Max Liebermann ließ Speisen und Getränke von einem Partyservice liefern, damit das Personal der Continental-Küche und -Kantine an der Feier teilnehmen konnte. Ein langer Tisch auf einer Plattform war eigens für diesen Anlaß aufgestellt worden. Daran saßen 68 Personen, und er war mit Flaggen geschmückt. Hinter dem Tisch hing eine riesige amerikanische Flagge. Alle sonstigen Gäste saßen an runden Tischen für jeweils zehn Personen.

Mit Ausnahme von Max und Sophie Liebermann waren die Gäste an dem langen Tisch Angestellte von Continental, die in die bewaffneten Streitkräfte eintraten.

Die Ehrengäste wurden in alphabetischer Reihenfolge vorgestellt, und Max Liebermann schüttelte Laufburschen und Fahrern und Verwaltungsangestellten und Bühnenbildnern und sogar zwei Schauspielern die Hände, bis er zu Stanley Fine gelangte, der sein Neffe – der Junge von Sophies Schwester Sadie – und fast so etwas wie ein Sohn für ihn war. In diesem Augenblick bekam er vor Rührung etwas in die Kehle und dann ins Auge, und Stanley übernahm für ihn das Mikrofon und stellte die anderen vor, während sich Onkel Max die Nase schneuzte und seine Tränen wegwischte.

Captain Stanley S. Fine, Korps der Militärjustiz, trat am 1. Mai 1942 für die Dauer des Krieges plus sechs Monate in aktiven Dienst ein.

Seine erste Stationierung war die Empfangsstation des U.S. Army Air Corps in Boca Raton, Florida. Der Generaladjutant der Vereinigten Staaten erfuhr, daß eine Verwendung von Fine beim Army Air Corps dem Senator von California gefallen würde, und so gab er den entsprechenden Befehl.

Als Captain Fine in Boca Raton eintraf, stellte er fest, daß die Empfangsstation für Offiziere des Army Air Corps nur drei Wochen zuvor das Boca Raton Hotel und Club gewesen war, eine exklusive und sehr teure Erholungseinrichtung. Das Air Corps hatte die Anlage für die Dauer des Krieges übernommen, die Teppiche eingerollt, die Einrichtung ausgelagert, die Bar geschlossen, das Ganze mit GI-Möbeln ausgestattet und ein GI-Kasino und ein Grundausbildungslager für neue durch Patent bestallte Offiziere eingerichtet.

Fines Offizierskollegen waren entweder ebenfalls Anwälte gewesen oder Ärzte, Dentisten, Ingenieure, Großhändler, Manager von Autofirmen, Architekten oder andere Zivilisten, deren Beruf militärisch genutzt werden konnte und die direkt zum Offizier ernannt worden waren.

Stanley S. Fine war sechs Wochen in Boca Raton, als der Einfluß seines Senators wieder zu spüren war.

Captain Fine wurde zu einer Übung über die Militärjustiz befohlen. Er spielte die Rolle des Anklägers in einem nachgestellten Militärgerichtsprozeß, als ein Melder ihn aus dem Klassenzimmer holte und zum Büro des Stationskommandanten brachte.

»Ich verstehe das nicht, Captain«, sagte der Stationskommandant, »aber wir haben Befehle erhalten, Sie der Bombardment Group auf Chanute Field zuzuteilen. Es heißt, Sie üben dort mit B-17-Flugzeugen. Sie sind doch kein Pilot, oder?«

»Ich habe einen zivilen Flugschein, Sir.«

»So etwas habe ich noch nicht gehört«, sagte der Colonel. »Aber Befehle sind Befehle, Captain.«

Als sich Fine bei der 344. Bombardment Group auf Chanute Field meldete, war er überzeugt, man würde ihm niemals erlauben, Pilot zu werden.

»Ihre einzige Flugzeit haben Sie in Piper Cubs und einer Beechcraft verbracht?« fragte der Colonel.

»Leider ja, Sir«, sagte Fine.

»Ich hoffe, Sie können fliegen, Fine«, sagte der Colonel. »Und nicht nur, weil Sie wissen, daß irgendwelche bedeutenden Politiker und der General mich angewiesen haben, mich nach besten Kräften um Sie zu kümmern.«

»Ich wollte unbedingt fliegen«, sagte Fine. »Ich dachte, ich brauche etwas Hilfe, um das zu erreichen. Jetzt kommt es mir ziemlich kindisch vor, daß ich Protektion gesucht habe.«

»Wenn Sie fliegen können«, sagte der Colonel, »möchte ich Sie zum Staffelkommandanten ernennen. Ich habe viele sehr gesunde, sehr hitzige junge Männer, die stabilisierenden Einfluß brauchen. Zu meiner Zeit brauchte man zehn Jahre, um Captain zu werden. Jetzt machen wir die Leute in einem Jahr zu Captains, und dann werden sie mit hundertzehn Flugstunden B-17-Piloten. Es funktioniert besser, als ich dachte, aber ich hätte gern so viele Offiziere wie Sie, wie ich bekommen kann. Ich brauche wirklich Offiziere mit fünfhundert Flugstunden und einiger Erfahrung im Instrumentenflug. Piloten, die wirklich navigieren können.«

»Ich wollte gerade sagen, daß ich vielleicht von größerem Nutzen als Anwalt bin«, sagte Fine.

»Diese Entscheidung habe ich nicht zu treffen«, sagte der Colonel. »Ich habe einen anderen Offizier, Major Thomasson, und ich werde Sie vorstellen, ihm die Lage erklären und hören, was er sagt.«

»Jawohl, Sir«, sagte Fine.

»Auf Grund Ihrer umfassenden zivilen Flugerfahrung, Captain Fine, hat das Headquarters, Army Air Corps, Sie hiermit für tauglich als militärischer Pilot erklärt«, sagte der Colonel trocken. »Sie sind jetzt Pilot, Captain Fine. Meinen Glückwunsch.«

Er schob Fine ein Paar Pilotenschwingen zu, die noch auf ein Stück Karton geheftet waren.

»Wenn Sie mit der B-17 nicht zurechtkommen, und ich hoffe wirklich, daß Sie damit klarkommen, gibt es hier andere Verwendungen, bei denen Sie von gutem Nutzen sein können.«

Am nächsten Tag begann Fine seinen Lehrgang mit der B-17 und war überzeugt, daß er nicht länger als zwei Wochen dauern und man ihm dann sagen würde, daß er nicht tauglich für das Fliegen solcher Maschinen war. Major Thomasson erwies sich als intelligenter, dreiundzwanzigjähriger West Pointer, der Fine erzählte, daß er die letzte Ausbildung für Piloten vor dem Krieg bestanden hatte, die ein Jahr lang gedauert hatte.

Thomasson ging den größten Teil des Tages mit ihm das Handbuch für die B-17E durch und führte ihn dann zu der Reihe der Maschinen. Fine nahm an, daß ihm jetzt die Maschine in natura erklärt werden würde.

»Ich habe nie zuvor eine aus der Nähe gesehen«, bekannte Fine.

»Es ist ein ziemlich guter Vogel, Captain«, sagte Thomasson. »Das Modell E. Ich habe diese Maschine in der vorigen Woche in Seattle abgeholt.«

Fine wurde der Crew vorgestellt. Es gab einen Navigator und einen Bombenschützen, beides Offiziere, und einen Bordingenieur, einen Funker und Heck- und Kanzelschützen. Es gab keinen Kopiloten.

»Ich bezweifle, daß Sie irgendwelche Probleme damit haben werden, Captain«, sagte Thomasson. Dann hob er die Stimme. »An Bord, Jungs.«

Fine brauchte einen Augenblick, um das zu verdauen. Sie würden offenbar mit der B-17 fliegen – ohne Kopilot. Das Unfaßbare war anscheinend, daß *er*, Fine, beim ersten Mal in einer B-17E als Kopilot mitfliegen würde.

»Ich glaube, ich sollte Ihnen sagen, daß ich null Flugstunden mit mehrmotorigen Maschinen geflogen habe«, sagte Fine, als er sich auf den Kopilotensitz setzte und im Cockpit umschaute.

»Das sind genau so viele, wie ich bei meinem Eintreffen hier hatte«, sagte Major Thomasson. »Man schickte mich sofort nach der Ausbildung zum Fliegen der B-17.«

»Mein Gott!«

»Man bringt diesen Vogel in Gang«, sagte Thomasson, »indem der Kopilot laut die Checkliste vorliest.« Er überreichte Fine eine Karte. »Und der Pilot führt aus, was darauf steht. Kapiert?«

»Das werden wir herausfinden«, sagte Fine. Er las die ersten Checks vor, und Thomasson führte sie durch. Dann verstand er etwas nicht.

»Feststellen, ob Crew in Position und Luken geschlossen«, las er vor und schaute Thomasson fragend an.

»Das müssen Sie über die Bordverständigungsanlage erledigen«, erklärte Thomasson und zeigte ihm, wie sie eingeschaltet wurde.

»Meldung der Crew«, ertönte Thomassons Stimme über die Bordverständigungsanlage.

Ein Mann der Crew nach dem anderen meldete sich.

»Navigator, hier!«

»Bombenschütze hier, vordere Luke geschlossen und verriegelt.«

»Funker hier, Sir.«

»MG-Schütze eins hier, Sir.«

»MG-Schütze zwei hier, Sir.«

»Ingenieur hier, Hecktür geschlossen und verriegelt.«

Fine las von der Checkliste ab: »Feuerlöscher und Bodenpersonal einsatzbereit.«

Thomasson blickte aus dem Fenster und bestätigte es.

Und so ging es weiter, und als schließlich zwei der Motoren liefen, sagte Thomasson: »Sie rollen jetzt mit zwei Motoren zur Startbahn.«

»Verstanden«, sagte Fine.

»Und wenn Sie dort sind, Captain, schlage ich vor, Sie lassen vor dem Start die beiden anderen Motoren an.«

Fine starrte ihn ungläubig an.

»Nur zu«, sagte Thomasson lächelnd. »Es gibt immer ein erstes Mal.«

Und so flog Stanley S. Fine zum ersten Mal eine B-17.

Eine Woche später war er als B-17-Pilot qualifiziert, und zwei Wochen später unterzeichnete er ein Dokument der 319. Bomberstaffel: ›Hiermit übernimmt der Unterzeichner das Kommando. Stanley S. Fine, Captain, Air Corps, Commanding.‹

Dann nahm er in Angriff, die 139. Bomberstaffel zur besten dieses Geschwaders des Army Air Corps zu machen. Er war so glücklich wie noch nie.

Ich hätte wissen sollen, daß das Glück nicht ewig währt, dachte er und schaute Dick Canidy niedergeschlagen an.

»Gebt den Trommlern und Trompeten den Einsatz«, sagte Fine. »Euer Held wird sich freiwillig melden.«

»Dann möchte ich der erste sein, der Sie willkommen heißt, Captain«, sagte Canidy. »Willkommen bei Donovans Dilettanten.«

»Ich dachte mir schon, daß es sich um die dreht«, sagte Fine. »Und was würde passieren, wenn ich mich anders besinnen würde?«

»Dann hätte man Zweifel an Ihrer geistigen Gesundheit«, sagte Canidy. »Psychiatrische Behandlung würde befohlen. Und die würde lange dauern. Mindestens für die Dauer des Krieges.«

»Können die das tun?« fragte Fine, der Anwalt, überrascht.

»Und ob sie das können, Captain Fine, und ob«, erwiderte Canidy.

3

Anacostia Naval Air Station
Washington, D.C.

29. Juni 1942

Als Canidy und Fine in Anacostia landeten, wurden sie von Chief Ellis mit dem Buick erwartet.

»Gehen Sie bitte dem Captain mit dem Gepäck zur Hand, Chief«, sagt Canidy. »Ich muß mich darum kümmern, daß diese Kiste betankt wird, und ich will feststellen, wie die Wetterlage ist.«

Als Fines Gepäck im Buick verstaut war, führte Chief Ellis Captain Fine ins Abfertigungsgebäude, wo sie Canidy im Wetterraum fanden, wo er eine dreitägige Wettervorhersage von einem Meteorologen der Navy erhielt.

Als der Wetterfrosch seine Vorhersage beendete, kam Captain Chester Wezevitz – der Navy-Offizier, dem Canidy erzählt hatte, der Job des COI bestünde in der Bekämpfung von Geschlechtskrankheiten – in den Raum.

»Geschlechtskrankheiten müssen ein höllisches Problem bei der Flotte sein«, sagte er. »Ich habe mir Ihr Flugzeug angesehen, Major. Teppiche, gepolsterte Ledersitze und alles vom Feinsten.«

»Sie werden sicherlich bemerkt haben, daß die Sitze zu Liegen umgeklappt werden können«, sagte Canidy. »Wir betrachten es als unser fliegendes Testlabor zur Vorbeugung.«

Wezevitz lachte.

»Man hält es für so wichtig für den glorreichen Sieg

in diesem Krieg«, fuhr Canidy fort, »daß ich einen Kopiloten erhalten habe, der mit mir die Last der Verantwortung teilen soll. Darf ich Captain Fine vorstellen?«

Als Fine verwirrt Wezevitz die Hand schüttelte, betrat Lieutenant Commander Edwin H. Bitter mit der goldenen Schulterschnur des Adjutanten eines Admirals den Wetterraum.

Er und Canidy schauten sich einen Moment lang sprachlos an.

»Sieh an, du bist jetzt Adjutant«, brach Canidy schließlich das Schweigen.

Bitter reichte ihm die Hand.

»Schön, dich wiederzusehen, Dick«, sagte er ein wenig steif. »Bist du jetzt im Air Corps?«

»Das stimmt«, sagte Canidy. »Captain Fine, Commander Bitter. Erinnern Sie sich an ihn? Er war bei diesem Abendessen in Washington dabei.«

»Natürlich erinnere ich mich«, sagte Fine. »Er ging mit Ihnen zu den Flying Tigers.«

Der Navy-Captain hob überrascht die Augenbrauen.

»Du bist jetzt im Air Corps, wie?« fragte Bitter noch einmal.

»Ja, im Air Corps«, sagte Canidy.

Ellis, Fine und Wezevitz spürten die Spannung zwischen Bitter und Canidy. Einen Moment lang herrschte Schweigen, das etwas Peinliches hatte.

»Für den Flug des Admirals ist alles in die Wege geleitet, Commander«, sagte Wezevitz schließlich. »Ich nehme an, deshalb sind Sie hier, oder?«

»Jawohl, Sir«, sagte Bitter. »Der Admiral bat mich, das zu überprüfen.«

»Es ist alles in die Wege geleitet«, wiederholte Wezevitz.

»Bist du hier stationiert?« Bitter schaute Canidy an.

»Nein. Aber ich komme von Zeit zu Zeit her«, sagte

Canidy. »Ich bin beim Büro des Coordinator of Information.«

Canidy sah Bitter an, daß er damit nichts anzufangen wußte.

»Wie geht's mit dem Knie?« fragte Canidy, um das Thema zu wechseln.

»Ich habe einen Stock«, sagte Bitter. »Den habe ich im Stabswagen gelassen. Wegen der Knieverwundung kann ich nicht fliegen. Ich bin beim BUAIR.«

»Du bist Lieutenant Commander, also muß man gratulieren«, sagte Canidy und fügte ein wenig boshaft hinzu: »Wie gefällt dir der Job als Mädchen für alles eines Admirals?«

Bitter fand das gar nicht lustig.

»Ich kann nicht fliegen, und sie lassen mich nicht mal begrenzten Dienst auf See tun.«

»Und das betrübt dich?« sagte Canidy. »Sei dankbar dafür, Edwin.«

Das gefiel Bitter ebenfalls nicht, aber er erwiderte nichts darauf. Statt dessen fragte er: »Hast du eine Minute Zeit?«

Canidy nickte. Bitter ergriff ihn am Arm und führte ihn auf den Gang hinaus.

»Erinnerst du dich an Sarah Child?« fragte er.

»Klar«, sagte Canidy. »Deine Brieffreundin. Das kleine Mädchen mit den sexy Augen und den prächtigen Titten.«

»Wir sind verheiratet«, sagte Bitter mit ruhiger Stimme.

»Das ist ein Hammer!«

»Und wir haben ein Kind«, fuhr Bitter fort. »Einen kleinen Jungen. Er heißt Joseph nach Sarahs Vater, und er wurde im vergangenen März geboren. Sarah und ich wurden heimlich getraut, bevor du und ich nach China gingen.«

Canidys Augenbrauen ruckten hoch, und dann verstand er.

»Ich erinnere mich«, sagte er. »Ich war dein Trauzeuge. Wie konnte ich das nur vergessen!«

»Danke, Dick«, sagte Bitter.

Canidy war verlegen. Er verstand, daß ihm für das unausgesprochene Versprechen gedankt wurde, keinem zu erzählen, daß Lieutenant Commander und Mrs. Bitter noch nicht verheiratet gewesen waren, bevor Bitter zu den Flying Tigers gegangen war.

Hastig sagte Canidy: »Erzähl mir von deinem kleinen Sohn. Hast du ein Foto von ihm?«

Bitter entnahm seiner Brieftasche einige Fotos und gab sie ihm.

»Leider sieht er aus wie sein Alter«, sagte Canidy. »Ich freue mich für dich, Eddie.«

»Besuch uns mal, Dick«, sagte Bitter.

»Das wäre schwierig, Eddie«, erwiderte Canidy.

»Wir wohnen im Willard Hotel«, sagte Bitter hastig. »Wir konnten keine Wohnung finden, und so hat uns Sarahs Vater seine Suite im Willard überlassen.«

»Du kommst gut mit Sarahs Vater aus, wie?«

»Nur unsere Mütter machen uns Probleme«, sagte Bitter.

»So?«

»Sarahs Mutter ist – nun, verrückt. Sie geht in Klapsmühlen rein und raus. Und meine Mutter – sie ist gegen unsere Ehe.«

»Sie ist vielleicht sauer, weil du ihr nicht erzählt hast, daß ihr heimlich geheiratet habt«, sagte Canidy. »Sie wird darüber hinwegkommen.«

»Ich möchte wirklich mit dir reden, Dick«, sagte Bitter.

Er meint über meine ›Feigheit‹ in China. Er will eine Erklärung. Das ist rührend. Aber ich kann ihm nichts dar-

über erzählen. Das würde den Ehrenkodex von Donovans Dilettanten verletzen.

»Sag mir, Eddie, hat sich dein unterentwickelter Pimmel auf deinen Sohn vererbt?« fragte Canidy grinsend.

Bitter schüttelte resigniert den Kopf, und dann überraschte er sich selbst, indem er sagte: »Er kann auf dem Rücken liegend an die Decke pissen.«

»Mein lieber Schwan, das fällt ja sogar mir manchmal schwer«, sagte Canidy und fügte hinzu: »Wenn die Decke sehr hoch ist. Eddie, ich muß jetzt gehen.«

Sie schüttelten sich noch einmal die Hände, und Canidy ging zur Tür des Wetterraums, um Fine und Ellis mit einem Wink aufzufordern, ihm zu folgen. Als sie fort waren, fragte Wezevitz: »Ein alter Kumpel von Ihnen?«

»Wir waren vor dem Krieg Fluglehrer in Pensacola«, sagte Bitter.

»Und jetzt ist er im Air Corps?«

»Er ist 1941 aus dem Dienst ausgeschieden«, sagte Bitter.

»Und jetzt ist er Major des Air Corps, der ein VIP-Transportflugzeug für die Comicstrip-Leute fliegt, die Geschlechtskrankheiten bekämpfen.«

Bitter war sich nicht ganz sicher, ob er sich verhört hatte. »Sir?« Er blickte Wezevitz fragend an.

»Der Coordinator of Information, Commander, veröffentlicht diese ›Schütze dich vor Geschlechtskrankheiten‹-Comichefte, die an die Weißmützen verteilt werden. Warum man dafür ein Flugzeug braucht, ist mir schleierhaft.«

Bitter blickte ihn neugierig an, sagte jedoch nichts. Er hielt es für äußerst unwahrscheinlich, daß die Navy eine C-45 zum Transport von Comicheften zur Bekämpfung von Geschlechtskrankheiten zur Verfügung stellte. Es war noch unwahrscheinlicher, daß jemand mit Canidys Personalakte als Stabsoffizier beim Air Corps sein konnte. Gleichzeitig erinnerte er sich an eine rätselhafte Bemerkung von Doug Douglass, als Canidys Name gefallen war, daß man keine voreiligen Schlüsse ziehen sollte, bevor man alle Fakten kannte. Doug hatte nichts sonst sagen wollen, aber er hatte offenbar etwas gewußt und verschwiegen.

Wenn ich zurück im Büro bin, werde ich der Sache auf den Grund gehen, sagte sich Ed Bitter. Es ist sicherlich vieles daran auszusetzen, der Laufbursche eines Admirals zu sein, aber es hat auch gewisse Vorteile. Wenn man jemanden anruft und sich als der Adjutant des Admirals vorstellt, erhält man Antworten, die einem Lieutenant Commander versagt bleiben.

Zwei Stunden später, als er sein Büro betrat, berichtete ihm die Ordonnanz des Admirals, daß der Admiral ihn sofort zu sehen wünschte.

»Schließen Sie die Tür, Commander«, sagte Vice Admiral Enoch Hawley, als Bitter sein Büro betrat.

Bitter tat es, und der Admiral fuhr fort: »Ich habe soeben einen sonderbaren Anruf über Sie erhalten, Commander. Sie werden folgendes als Befehl betrachten: Von jetzt an werden Sie keinerlei Versuch mehr unternehmen, Kontakt mit Major Richard Canidy, U.S. Army Air Corps, aufzunehmen. Ebensowenig werden Sie weder mit jemandem über ihn sprechen noch Fragen bezüglich seiner Person oder des Büros des Coordinator of Information stellen. Ist das klar?«

»Jawohl, Sir«, sagte Bitter.

»Was auch immer das bedeuten mag, Ed, es scheint Sie nicht zu stören«, sagte der Admiral. »Sie lächeln.«

»In gewisser Hinsicht, Sir, ist es eine sehr gute Neuigkeit.«

4
Das Haus in der Q Street, NW Washington. D.C.

29. Juni 1942

»Ist dies die ›beschlagnahmte Villa‹, von der Drew Pearson geschrieben hat?« fragte Stanley Fine, als Ellis durch das Tor zum Haus in der Q Street fuhr.

»Die Villa, über die er schrieb, befindet sich angeblich in Virginia«, sagte Ellis.

»Dies ist Jim Whittakers Haus, nicht wahr?« fragte Fine Canidy, als sie aus dem Wagen stiegen. »Was ist mit ihm passiert?«

Canidy zuckte mit den Schultern, aber Fine sah den Ausdruck in seinen Augen.

»Noch etwas, das Sie wissen und nicht erzählen können?« fragte Fine.

»Die Leute hier werden sauer, wenn man Fragen stellt, Stanley«, sagte Canidy. »Nach einer Weile gewöhnt man sich daran.«

Cynthia Chenowitch kam in die Bibliothek, als sich Canidy einen Whisky einschenkte.

»Schön, Sie wiederzusehen, Captain Fine.«

»Und es ist schön, Sie zu sehen, Miss Chenowitch«, erwiderte Fine.

»Miss Chenowitch ist unsere Haushälterin«, sagte Canidy. »Wenn Sie zusätzliche Handtücher oder so was benötigen, brauchen Sie es ihr nur zu sagen.«

Cynthia starrte Canidy wütend an, erwiderte jedoch nichts auf seine Worte.

»Sie werden hier ein paar Tage wohnen, Captain

Fine«, sagte sie. »Wir haben Sie im zweiten Stock einquartiert. Gleich die erste Tür rechts hinter dem Treppenabsatz.«

»Danke«, sagte Fine. »Darf ich eine Frage stellen? Ich weiß nicht, wen ich sonst fragen könnte.«

»Das kommt auf die Frage an, Stan«, sagte Canidy.

»Was ist es?« wollte Cynthia wissen.

»Was sage ich meiner Frau?«

»Ich schlage vor«, sagte Cynthia, »Sie schreiben ihr kurz, daß Sie vorübergehenden Dienst in Washington haben und sich wieder melden, sobald Sie eine Adresse angeben können.«

»Normalerweise telefoniere ich alle paar Tage mit ihr«, sagte Fine. »Sie wird heute oder morgen einen Anruf von mir erwarten.«

»Ich halte es für keine sehr gute Idee, sie gleich jetzt anzurufen«, sagte Cynthia. »Aber wenn Sie ihr schreiben möchten, werde ich dafür sorgen, daß der Brief sofort aufgegeben wird.«

Fine gefiel das ganz und gar nicht. Er blickte zu Canidy, der mit den Schultern zuckte wie um anzuzeigen, daß es keinen Sinn hatte, mit Cynthia Chenowitch darüber zu streiten.

»Fragen Sie Donovan, ob Sie anrufen können, wenn Sie ihn sehen«, sagte er.

»In Ordnung«, sagte Fine und schaute Cynthia an, bevor er hinzufügte: »Das werde ich tun.«

Fine saß in der Bibliothek an einem Sekretär aus der Epoche von Louis XIV. und schrieb an seine Frau, als Colonel Donovan eintrat. Der Colonel trug ein verschwitztes Seersucker-Jackett. Es war bereits heiß und schwül in Washington.

»Schön, Sie zu sehen, Fine«, sagte er, wischte sich mit

einem Taschentuch den Schweiß von der Stirn und reichte ihm die Hand. »Willkommen an Bord.«

»Danke«, sagte Fine.

»Was hat Dick Ihnen über all dies erzählt?«

»Er hat mir gesagt, ich soll keine Fragen stellen«, sagte Fine. »Und ich soll Sie um Erlaubnis bitten, wenn ich meine Frau anrufen will. Miss Chenowitch hielt einen Anruf für keine gute Idee.«

»Cynthia neigt dazu, übervorsichtig zu sein«, sagte Donovan. »Es ist eine ziemlich gute Faustregel hier, daß man kaum vorsichtig genug sein kann. Und was Dick sagte – daß man keine Fragen stellen soll –, ist eine andere Regel, die man befolgen sollte, vielleicht die wichtigste. Sie stellen keine Fragen und geben freiwillig keine Information.«

»Jawohl, Sir«, sagte Fine.

»Nachdem ich das gesagt habe, können Sie, wenn wir hier fertig sind, Ihre Frau anrufen und sie informieren, daß Sie für ein paar Tage nicht zu erreichen sind.«

»Danke«, sagte Fine.

»Dick hat Sie anscheinend über meine Rolle hier informiert, oder?« fragte Donovan. »Und gegen die Regeln verstoßen?«

»Erst nachdem Mr. Fine den Dilettanten Treue und Ergebenheit geschworen hatte, Sir«, sagte Canidy unerschrocken.

Donovan dachte einen Moment lang darüber nach. Dann lachte er.

»Haben Sie Pearsons ›Dilettanten‹-Kolumne gelesen, Stanley?«

»Ja, Sir«, sagte Fine.

»Ihr beiden seid meiner Meinung nach die unwahrscheinlichsten Kandidaten für diese Beschreibung«, sagte Donovan.

Sie lachten pflichtschuldig.

»Stan, da sind wie immer einige Verwaltungsdinge zu erledigen«, fuhr Donovan fort. »Das wird ein, zwei Tage dauern. Dann bringt Dick Sie zu einem Haus, das wir in New Jersey haben. Wir wollen von Ihnen etwas, das einen ziemlich interessanten Langstrecken-Frachtflug betrifft.«

»Jawohl, Sir«, sagte Fine.

»Heute beim Abendessen werden Sie Eldon Baker kennenlernen, mit dem Sie zusammenarbeiten werden. Morgen fliegt Dick ihn nach Fort Knox. Bei Ihrer Rückkehr sollten Sie bereit sein, mit Dick nach Jersey zu reisen.«

»Warum fliegt Baker nach Knox?« fragte Canidy.

»Er wird Ihnen das erklären, wenn er bereit ist«, sagte Donovan. »Ach, Quatsch, man kann die Geheimniskrämerei auch übertreiben. Sie fliegen dorthin, um mit Jimmy Whittaker zu sprechen.«

»Tatsächlich?« fragt Canidy, aber Colonel Donovan entschied sich, nichts mehr zu sagen.

Beim Abendessen – Donovan war nicht anwesend – wurde über den Flug nach Afrika gesprochen.

»Sie werden als Flugingenieur und gleichzeitig als Leiter der Mission fungieren«, erklärte Baker Fine. »Und bevor Sie abfliegen, werden Sie in das Flugzeug – wie sagt man? – ›eingewiesen‹.«

Jetzt, da offiziell war, daß er nicht fliegen würde, fühlte sich Canidy nicht erleichtert. Er hatte das Gefühl, ausgeschlossen zu werden.

Sei kein verdammter Idiot, sagte er sich.

»Übrigens haben wir entschieden, Canidy, daß Sie ebenfalls in die C-46 eingewiesen werden«, sagte Baker.

»Ich bin nicht gekränkt, weil ich ausgeschlossen bin«, erwiderte Canidy.

»Ihre Gefühle spielen dabei keine Rolle«, entgegnete Baker. »Wichtig ist, daß Captain Fine etwas passieren könnte. In diesem Fall würden Sie, Canidy, den Flug durchführen.«

»Sie haben bestimmt die Möglichkeit erwogen, daß einer von uns beiden den Vogel verbiegen könnte, während wir lernen, ihn zu fliegen«, sagte Canidy trocken.

»Das haben wir in Betracht gezogen«, erwiderte Baker sachlich. »Laut Personalakten sind Sie und Captain Fine ziemlich gute Piloten. Es besteht also die Chance, daß das Flugzeug nicht beschädigt wird. Für den Fall, daß etwas passiert, haben wir ein anderes Flugzeug in Bereitschaft.«

Am nächsten Morgen flog Canidy mit der D18S südwestlich über Virginia – mit den Appalachen zu seiner Rechten – in Richtung Roanoke. Er korrigierte den Kurs mehr nach Westen, überflog die Appalachen, dann die Alleghenies und die südliche Spitze von West Virginia. Dann landete er auf einem kleinen Flugplatz in Wheelwright, Kentucky, um Kaffee zu trinken und um auf die Toilette zu gehen.

»Wo sind wir?« fragte Baker, als Canidy die Kabine durchquerte.

»Ost-Kentucky, in einem Ort namens Wheelwright«, sagte Canidy.

Baker folgte ihm aus der Maschine und ging in das Flughafengebäude, ein kleines Fachwerkgebäude mit einem Schild, auf dem Flugstunden für fünf Dollar angepriesen wurden. Canidy schaute zu, als die Tanks aufgefüllt wurden, überprüfte das Öl, quittierte die

Tankrechnung, die von der US-Regierung beglichen werden würde, und ging dann auf die ziemlich übel riechende Männertoilette.

Baker wartete außerhalb des Gebäudes auf ihn.

»Vertreten wir uns die Beine«, sagte er und wies auf die einzige Start- und Landebahn.

Sie hatten die Hälfte der Piste zurückgelegt, als Baker Canidy am Ärmel zupfte. »Das ist weit genug.«

Jetzt kann keiner mithören, was Baker mir erzählt, dachte Canidy.

»Wir fliegen nach Fort Knox, um Ihren Freund Whittaker zu besuchen«, sagte Baker.

Canidy nickte. »Das hat Donovan mir gesagt.«

»Und es ist noch jemand dort, den Sie kennen«, sagte Baker.

»Werden Sie mir verraten, wer das ist, oder wollen Sie mich nur mit Ihrem überlegenen Wissen verarschen?«

»Eric Fulmar«, sagte Baker und genoß Canidys Überraschung.

»Wenn Sie mich baff sehen wollten, dann ist Ihnen das gelungen«, bekannte Canidy. »Wie haben Sie ihn aus Marokko herausgeholt? Noch wichtiger, warum? Und was treibt er in Knox?«

»Ihn herauszuholen war kinderleicht«, sagte Baker. »Obwohl er nicht herkommen wollte. Wir hatten einen kleinen Plausch mit Sidi el Ferruch, und Fulmar, zusammengeschnürt wie ein Weihnachts-Truthahn, wurde nach Gibraltar geliefert. Dort wurde er auf einen Zerstörer geladen und nach Charleston und dann nach Fort Knox gebracht.«

»Weshalb?«

»Wir brauchen Freund Fulmar wieder«, sagte Baker.

»Warum?« fragte Canidy. »Und wie?«

»Ihn mit Whittaker in Knox zusammenzustecken

war meine Idee«, sagte Baker und ignorierte Canidys Fragen. »Er grollt Ihnen – uns beiden – genauso sehr wie Sie mir. Da wir seine Mitarbeit brauchen, hielt ich es für eine gute Idee, ihn durch Whittaker wissen zu lassen, daß wir die Dinge sehr unangenehm für ihn machen können, wenn er nicht mit uns zusammenarbeitet.«

»Sie sind in der Tat ein wahrer Schweinehund«, sagte Canidy mit mehr Resignation als Ärger. »Es gefällt Ihnen, Leute herumzuschieben wie Schachfiguren, nicht wahr?«

Baker gab keine Antwort.

»Welche Art Zusammenarbeit?« fragte Canidy.

»In Zusammenhang mit der Invasion Nordafrikas«, sagte Baker.

Canidy dachte darüber nach.

»Blödsinn«, sagte er dann. »Erstens haben Sie zu schnell auf meine Frage geantwortet, und zweitens brauchen wir Fulmar nicht dafür. Sie haben bereits Sidi el Ferruch kompromittiert. Es bleibt ihm nichts anderes übrig, als zu tun, was Sie von ihm verlangen.«

Baker lächelte Canidy gönnerhaft an. »Sehr gut, Canidy. Also dann erzählen wir jedem, der das Recht auf Information hat, wir wünschen Fulmar für die Operation Fackel.«

»Was wollen wir in Wirklichkeit von ihm?«

»Sie haben noch nicht das Recht auf Information«, sagte Baker.

»Lecken Sie mich am Arsch«, erwiderte Canidy.

»Sie sollten wirklich lernen, Ihre Zunge im Zaum zu halten«, fuhr Baker ihn an. »Eines Tages werden Sie Schwierigkeiten bekommen.«

Es folgte eine Pause, in der Baker auf eine Entschuldigung wartete. Als keine kam, fuhr er fort: »Es ist wichtig, Canidy. Sie müssen mich beim Wort nehmen.«

»Wenn *Sie* es sagen, Eldon«, bemerkte Canidy sarkastisch. Er versuchte, Baker auf die Palme zu bringen, und war damit recht erfolgreich.

»Sie glauben doch nicht im Ernst, daß wir Fine nur rekrutiert haben, damit er dieses Flugzeug fliegt, oder?« fragte Baker sarkastisch.

»Darüber habe ich mich gewundert«, sagte Canidy.

»Fine hat interessante Kontakte in Europa«, sagte Baker. »Und wir haben Grund zu der Annahme, daß sein Onkel wesentliche Beiträge zur Zionistenbewegung leistet.«

»Das verstehe ich nicht«, sagte Canidy.

»Die Zionisten haben einen sehr guten Nachrichtendienst«, sagte Baker wie ein geduldiger Lehrer zu einem geistig zurückgebliebenen Kind.

»Das wußte ich nicht«, bekannte Canidy.

»Vieles, was wir über die deutsche Entwicklung von Düsenflugzeugen wissen, haben wir von den Briten, und die haben es von den Zionisten«, erklärte Baker. »Und Sie werden in Summer Place bald Gesellschaft von Second Lieutenant C. Holdsworth Martin dem Dritten bekommen.«

»Der Jünger, der Junior?« fragte Canidy überrascht. »Warten Sie, bis Drew Pearson davon erfährt.«

Baker ignorierte ihn wieder. »Er war mit Fulmar in La Rosey in der Schweiz.«

»Wozu, zum Teufel, ist Fulmar so wichtig?« fragte Canidy.

»Wichtig genug, um mich vielleicht zu dem Befehl zu veranlassen, Captain Whittaker von Fort Knox aus zu Ihnen nach Summer Place überstellen zu lassen – wenn er Fulmar mitbringen kann.«

»Wie kann ich Whittaker dazu bringen, Fulmar zu etwas zu überreden, wenn keiner von uns eine Ahnung hat, was Sie von Fulmar wollen?«

»Wir sagen Whittaker, daß es im Zusammenhang mit der Invasion Nordafrikas steht. Das ist glaubwürdig. Aber wir können zu diesem Zeitpunkt einfach noch nicht einmal andeuten, was wir in Wirklichkeit von Fulmar wollen.«

»Ich will Popofix heißen, wenn ich das verstehe«, sagte Canidy.

»Gut. Sie sollen es auch nicht verstehen.«

»Wie kommen Sie auf den Gedanken, daß Fulmar irgend etwas glauben wird, das Sie ihm erzählen?« fragte Canidy. »Ich nehme an, Sie haben begriffen, daß Sie Ihre Glaubwürdigkeit bei Fulmar zerstört haben, als Sie ihn und mich im Atlantik bei Safi zurückgelassen haben.«

»Da kommen Sie ins Spiel«, sagte Baker. »Warum sind Sie Ihrer Meinung nach zurückgelassen worden? Haben Sie sich das jemals gefragt?«

»Ich war zu sauer, um mir darüber Gedanken zu machen«, sagte Canidy.

»Kriminalpolizisten haben eine Verhörtechnik, bei der einer einen herzlosen Hurensohn spielt und sein Kollege freundlich, sanft und verständnisvoll ist«, sagte Baker.

»Und ich soll der gute Knabe sein, richtig?«

»Jetzt blicken Sie durch«, sagte Baker. »Sie sind nicht der Hundesohn wie Baker; sie wurden ebenfalls im Atlantik zurückgelassen.«

»In Wahrheit sind Sie ein echter herzloser Hurensohn, und das gefällt Ihnen auch noch«, sagte Canidy.

»Tut mir leid, daß Sie das so sehen.«

»Okay«, sagte Canidy. »Ich habe kapiert. Ist diese Predigt jetzt vorüber?«

»Ich wollte gerade vorschlagen, daß wir Schluß machen«, sagte Baker und wies über die Start- und Landebahn zur D18S, die auf sie wartete.

VI

1

Willard Hotel
Washington, D.C.

29. Juni 1942

Sarah Child-Bitter kniete auf dem Boden der Suite, die einst von der Handelsbank Joseph Schild & Company in Washington gemietet gewesen war. Sie betrachtete die Suite jetzt als ihr erstes Heim im Eheleben. Sie versuchte, Joe mit Möhrenbrei zu füttern, ein aussichtsloser Kampf, der gnädig unterbrochen wurde, als das Telefon klingelte. Ein Ferngespräch für Commander Bitter.

»Es tut mir leid, er ist nicht hier«, sagte Sarah zum Telefonisten.

»Vermittlung, wenn dies Mrs. Bitter ist, möchte ich mit ihr sprechen«, ertönte die Stimme des Anrufers, der verbunden werden wollte.

»Hier ist Mrs. Bitter«, sagte Sarah.

»Sprechen Sie, Sir«, sagte der Telefonist.

»Hier spricht Doug Douglass, Mrs. Bitter«, sagte eine angenehme Stimme. »Ich bin ein alter Freund von Ed.«

»Ich weiß«, sagte sie.

Doug Douglass war mehr als ein alter Freund. Er war der Mann, der Ed das Leben gerettet hatte, als er verwundet gewesen war. Doug Douglass hatte seine P-40 in einem ausgetrockneten Flußbett gelandet, hatte

Ed aus dem Cockpit seiner Maschine geholt, in sein eigenes Cockpit gebracht und es irgendwie geschafft, wieder zu starten.

»Als ich bei seinen Verwandten anrief, um zu fragen, ob sie wissen, wo er zu erreichen ist, gab man mir Ihre Nummer.«

»Sie wissen nicht, wie froh ich bin, zu hören, daß Sie zurück sind«, sagte Sarah.

»Das bin ich ebenfalls«, erwiderte er trocken. »Ich hätte nie gedacht, daß ich entzückt sein könnte, in Selma, Alabama, stationiert zu sein, aber‹«

»Sind Sie dort?« fragte Sarah. »In Alabama?«

»Man hat mir hier unten eine Staffel gegeben, Mrs. Bitter«, sagte er.

Ich werde mich bei ihm bedanken, weil er meinem Mann und Joes Vater das Leben gerettet hat, aber dies ist nicht der richtige Zeitpunkt.

»Oh, nennen Sie mich bitte Sarah«, sagte sie.

»Ich hörte, da gibt es auch ein Baby. Davon wußte ich nichts.«

»Ja, wir haben ein Baby«, sagte Sarah.

»Ich möchte Ed besuchen«, sagte Douglass. »Und wenn er an diesem Wochenende erreichbar ist, komme ich rauf nach Washington.«

»Er wird da sein«, sagte Sarah. »Und Sie werden bei uns wohnen.«

In Washington mangelte es ständig an Hotelzimmern für Zivilisten. Und so viele Offiziere besuchten die Stadt, hatte Ed ihr erzählt, daß die Zimmer in den Quartieren für durchreisende ledige Offiziere fast dauernd belegt waren.

Sarah freute sich zuerst, eine Gelegenheit zu erhalten, Doug Douglass eine Übernachtungsmöglichkeit zu bieten. Dann fiel ihr ein, daß ihre alte Freundin Charity Hoche am Freitagnachmittag und Ann Chambers am

Samstag zu Besuch kommen wollten und kein Zimmer mehr frei sein würde. Nun, dann würden sie eben vom Hotel zusätzliche Liegen aufstellen oder etwas anderes arrangieren lassen. Sie stand in Anns und Douglass' Schuld. Und Charity war ein Schatz.

Zum Glück stellte sich heraus, daß es überhaupt kein Problem geben würde.

»Nun, das ist sehr freundlich von Ihnen, Sarah, aber ich habe bereits eine Unterkunft.«

»Eine gute?«

»Eine sehr gute.« Er lachte. »Ich wohne bei meinem Vater.«

»Nun, wir haben hier ein Zimmer frei, wenn Sie eins brauchen«, sagte Sarah. »Werden Sie geschäftlich hier sein?«

»Man hat mich ernsthaft informiert, daß sämtliche Bemühungen, den Krieg zu gewinnen, zusammenbrechen werden, wenn ich nicht sofort einige Flugstunden mit Überlandflügen absolviere. So habe ich mich entschlossen, zu unserer Hauptstadt zu fliegen, anstatt nach Hogwash, Wisconsin.«

Er hat eine angenehme Stimme, dachte Sarah. *Und er ist anscheinend ein netter Kerl.*

»Nun, wenn das Schicksal der Nation davon abhängt, wage ich kaum zu fragen«, sagte Sarah. »Wie lange können Sie bleiben?«

»Über Nacht auf jeden Fall«, sagte er. »Wenn Sie einen Babysitter finden können, möchte ich Sie zum Abendessen einladen.«

»Nein, das werden Sie nicht tun«, sagte Sarah. »Wir werden eine Party geben. Ich kenne sogar einige nette Mädchen, die wir dazu einladen werden.«

»Das ist nicht nötig«, sagte Douglass.

»Ich möchte es«, sagt Sarah. »Wann und wo treffen Sie ein?«

»Ich fliege hier um achtzehn Uhr, spätestens achtzehn Uhr dreißig ab. Dann sollte ich gegen einundzwanzig Uhr dreißig in Bolling sein.«

»Das ist doch von Alabama aus nicht so schnell zu schaffen«, meinte Sarah zweifelnd.

»Doch, mit einer P-38 kann man das schaffen.«

»Ich freue mich wirklich auf Ihren Besuch«, sagte Sarah.

»Ich auch, Sarah«, erwiderte er. »Ich muß jetzt Schluß machen. Bis Samstag.«

Dann war die Leitung tot.

Ich möchte liebend gern Ed anrufen und ihm das erzählen, dachte Sarah. *Aber er mag es nicht, wenn ich ihn bei der Arbeit anrufe.*

Sie hing einen Augenblick lang ihren Gedanken nach und entschloß sich dann, beim *Memphis Advocate* anzurufen. Als sich die Vermittlung meldete, nannte sie der Telefonistin Anns Nummer.

»Eds Freund Douglass wird am Samstag ebenfalls hier sein«, kündigte sie Ann an. »Wenn er Ed besucht, wird er vielleicht Dick Canidy ebenfalls besuchen.«

»Zumindest sollte ich ihm entlocken können, ob er eine Telefonnummer oder Adresse von ihm hat«, sagte Ann. »Versuchst du es noch mal nur so aus Spaß für mich bei den National Institutes of Health und ersparst mir die Kosten für ein Ferngespräch? Wenn er sich meldet, legst du einfach auf.«

Sarah kicherte. »Okay, das mache ich.«

Ann gab ihr die Nummer und sagte: »Bis Samstag.« Dann legte sie auf.

Wie zuvor bei Ann, informierte der Telefonist in der Zentrale der National Institutes of Health Sarah, daß niemand namens Canidy dort arbeite.

»Das muß ein Irrtum sein«, sagte Sarah. »Man hat

mir gesagt, ich soll ihn bei den National Institutes of Health anrufen.«

Stille in der Leitung, und Sarah sagte sich gerade, daß der Telefonist aufgelegt hatte, als sie im Hintergrund das Klingeln eines Telefons hörte.

Eine Frauenstimme meldete sich. »Hallo?«

Das eine Wort reichte Sarah, um zu schätzen, daß die Frau jung, gebildet und intelligent war.

»Major Richard Canidy, bitte«, sagte Sarah.

Es folgte eine Pause, und Sarah spürte, daß die Frau mit der Anwort zögerte, bevor sie sagte: »Darf ich fragen, wer anruft?«

»Mein Name ist Sarah Bitter«, sagte Sarah. Wieder eine Pause. Sarah argwöhnte, noch einmal abgewimmelt zu werden, und sie fügte hastig hinzu: »Mein Mann ist Commander Edwin Bitter. Er und Major Canidy waren zusammen in der Amerikanischen Freiwilligen-Gruppe.«

Abermals eine Pause, diesmal eine kürzere.

»Darf ich fragen, woher Sie diese Telefonnummer haben?« erkundigte sich die junge Frau am anderen Ende der Leitung.

»Von einem anderen Flying Tiger«, sagte Sarah. »Von Major Doug Douglass.«

»Ich verstehe«, sagte die junge Frau, und die Veränderung ihres Tonfalls war beredt. »Nun, ich bedaure, Miss, hier gibt es niemanden mit diesem Namen.«

»Ich verstehe«, sagte Sarah. »Trotzdem vielen Dank.«

Die junge Frau legte ohne ein weiteres Wort auf.

2

Godman Army Air Field
Fort Knox, Kentucky

29. Juni 1942

Auf den Parkflächen von Godman standen viele Maschinen, die wie nagelneue Lockheed P-38 aussahen. Mindestens zwei Staffeln, schätzte Canidy. Er fragte sich, warum so viele mitten in Kentucky standen und ob sie hier waren, um die Goldreserven der Vereinigten Staaten zu schützen.

Das ergab perfekten bürokratisch-militärischen Sinn: man stationierte zwei Staffeln von brandneuen Jagdflugzeugen hier, um etwas zu schützen, das nicht nur tief unter dem Boden, sondern auch außer Reichweite jedes feindlichen Bombers war.

»Man erwartet uns«, kündigte Baker an. »Ich muß eine Telefonnummer anrufen.«

»Rufen Sie an«, sagte Canidy und machte sich auf die Suche nach jemandem, der die Tanks der D18S auffüllte.

Ein paar Minuten später kehrte Baker zum Flugzeug zurück und kündigte an, daß sie mit einem Wagen abgeholt wurden, der in ein paar Minuten eintreffen würde.

Canidy musterte Baker lauernd. Nach reiflicher Überlegung hatte er sich entschlossen, etwas zu tun, das nicht unerheblich von seiner Abneigung gegen Eldon C. Baker beeinflußt war, wie er jetzt erkannte.

»Vertreten wir uns die Beine«, sagte er und ahmte Bakers Verhalten in Wheelwright nach. Als er mit ihm außer Hörweite des Bodenpersonals war, das sich um die Beech kümmerte, sagte er: »Ich habe mich entschlossen, Whittaker nicht Ihren Scheiß über irgendeine nicht näher erklärte gefährliche Mission unterzujubeln. Ich werde ihn nicht anlügen.«

»Ihr komischer Humor oder Ihre Loyalität oder was auch immer ist fehl am Platz«, sagte Baker. »Wenn auch lobenswert«, fügte er hinzu.

»Nun, ich werde es nicht tun. Erledigen Sie also, was Sie tun müssen, mit diesem Gedanken im Hinterkopf«, sagte Canidy.

»Müssen wir Captain Douglass anrufen, damit dies geklärt wird?«

»Rufen Sie an, wen Sie wollen«, sagte Canidy.

»Da gibt es ein Telefon mit Zerhacker in der Standortkommandantur«, sagte Baker. »Das werde ich benutzen.«

Canidy zuckte mit den Schultern.

»Meinen Sie, Canidy, er sollte die Wahrheit erfahren und sich aufregen?« fragte Baker, als sie in einem olivfarbenen Stabswagen der Army zur Standortkommandantur fuhren.

»Ich bezweifle, daß Sie verstehen, was Vertrauen ist«, sagte Canidy. »Und ich halte diesen komplizierten Scheiß bei diesem Jungen für unnötig. Er könnte verdammt gut das Gegenteil bewirken. Wenn Sie bei Douglass zu Ende über mich geklatscht haben, werde ich ihm dieses Argument nennen.«

Als sie vor der Standortkommandantur aus dem Wagen stiegen, wandte sich Baker an Canidy.

»Wir werden ihm so wenig von der Wahrheit sagen wie nötig, einverstanden?«

»Aber die Wahrheit«, sagte Canidy.

Baker nickte.

Entweder hat er die tiefe Weisheit meiner Entscheidung

erkannt, oder er schreckt davor zurück, mit Douglass über diese Sache zu sprechen. Was bedeutet, daß ich vielleicht mehr Einfluß bei Douglass habe, als ich dachte – oder als Baker mich wissen lassen will.

Canidy hatte gehofft, den Standortkommandanten anzutreffen, einen General namens Patton, den er als schillernde Persönlichkeit kannte. General Patton war vor dem Krieg nicht nur mit seiner eigenen Herde von Polo-Ponys herumgereist, sondern er hatte auch eine Uniform für Panzertruppen entwickelt, in denen sie aussahen wie Typen des Comics ›Buck Rogers im einundzwanzigsten Jahrhundert‹. Leider stellte sich heraus, daß sich Patton in Washington aufhielt.

Obwohl Pattons Stellvertreter, ein Brigadier General, sie erwartete, hatte er keine Ahnung, weshalb sie gekommen waren. Als Baker ihm den Ausweis eines Deputy U.S. Marshals zeigte, fühlte er sich sichtlich unbehaglich. Und er wurde noch nervöser, als Baker ihm einen Beschluß des obersten Berufungsgerichts vorlegte, in dem die Anweisung stand, Baker Zugang zu Captain James M.B. Whittaker und Eric Fulmar zu gewähren.

In dem Gerichtsbeschluß hieß es weiterhin, daß Baker befugt war – wenn er sich so entschied –, einen oder beide vorgenannten Patienten in seine persönliche Obhut zu nehmen.

»Sie werden verstehen, Sir, daß ich dies überprüfen muß«, sagte der Brigadier General.

Ein Anruf beim Stabschef bestätigte, daß Fort Knox nichts anderes übrigblieb, als den Gerichtsbeschluß zu befolgen. Dann rief der Brigadier General den Chef der Militärpolizei des Stützpunkts an, und Canidy und

Baker wurden in einer Chevrolet-Limousine mit einer verchromten Sirene auf dem Kotflügel zum Lazarett gefahren.

Das Lazarett erwies sich als ausgedehnter Komplex von eingeschossigen Fachwerkgebäuden. Es war nagelneu – roch noch nach frisch gesägtem Holz und nach Farbe – und auf sanft gewelltem Land errichtet, ungefähr eine halbe Meile von den Backsteingebäuden des Stützpunkts entfernt.

Als der Kommandant des Lazaretts, ein großer, schwergewichtiger Colonel mit weißem Schnurrbart, den Gerichtsbeschluß gelesen hatte, erklärte er ihnen, daß Whittaker und Fulmar in privaten Zimmern in einer privaten Station untergebracht waren und er sie persönlich dorthin begleiten werde.

»Whittaker zuerst«, sagte Canidy.

Die private Station war ein eingezäunter Teil der neuropsychiatrischen Abteilung des Lazaretts. Eine kleine Veranda war mit Maschendraht eingezäunt. Maschendraht war auch über die Fenster genagelt. Ein Militärpolizist stand im Gang auf Wache, und ein anderer saß am Zaun neben einem kleinen Baum auf einem Klappstuhl.

»Wie ist seine körperliche Verfassung, Colonel?« fragte Baker.

»Körperlich – und meiner Meinung nach auch geistig – ist alles in Ordnung mit Captain Whittaker«, sagte der Kommandant des Lazaretts. »Bei seinem Eintreffen war er in schlimmer Verfassung, doch als er seine Parasiten loswurde und gute Nahrung erhielt, erholte er sich prima.«

»Freut mich, das zu hören«, sagte Baker.

»Man hat mir gesagt, ich soll keine Fragen stellen, und als Soldat werde ich meine Befehle befolgen. Aber ich möchte schon sagen, daß mir gar nicht gefällt, wenn eine Station zur Behandlung kranker Patienten als Gefängnis benutzt wird«, sagte der Lazarett-Kommandant. »Ich finde, das ist weder ethisch noch gesetzlich vertretbar.«

Gut gesagt, Colonel! dachte Canidy.

»Meinen Sie nicht, Colonel, daß der Justizminister das am besten beurteilen kann?« fragte Baker kalt.

Der Colonel gab nicht klein bei.

»Das oberste Bundesgericht vielleicht«, sagte er. »Bei dem Justizminister bin ich mir nicht sicher.«

Canidy lachte, und Baker starrte ihn wütend an.

Der Militärpolizist schloß eine Tür auf und hielt sie für Canidy, Baker und den Lazarett-Kommandanten auf.

»Captain Whittaker«, sagte der Colonel. »Diese Gentlemen sind von Washington geschickt worden, um Sie zu besuchen.«

»Ach du dickes Ei«, sagte Whittaker. Er trug einen roten Morgenmantel des Lazaretts, einen Pyjama und Pantoffeln. Er hatte im *Life*-Magazin gelesen.

»Danke, Colonel«, sagte Baker. »Von jetzt an übernehme ich.«

Der Kommandant des Lazaretts verließ das Zimmer und schloß die Tür hinter sich. Canidy hörte, daß sofort abgeschlossen wurde.

Whittaker schaute Canidy mißtrauisch an, stand jedoch auf und reichte ihm die Hand.

»Hallo, Jimmy«, sagte Canidy. »Wie geht es dir?«

Du siehst viel besser aus als beim letzten Mal. Nicht nur körperlich. Du mußt an die vierzig Pfund zugenommen haben, und dieser irre Ausdruck ist aus deinen Augen verschwunden.

»Dies ist die Gefangenenstation«, sagte Whittaker. »Oder die Irrenstation. Oder die Gefangenen/Irrenstation. Und da fragst du, wie es mir geht?«

»Ich hörte, du bist Clarence losgeworden«, sagte Canidy.

»Ja«, sagte Whittaker. »Und er war ein hartnäckiger Bastard. Ich brauchte an die zehn Pfund Chinin, um ihn zu killen. Eine Zeitlang war ich so gelb wie eine Butterblume.«

»Es muß in der Familie liegen«, sagte Canidy. »Deine Tante Barbara erzählte mir, daß Chesty mal Malaria hatte – irgendwo im Fernen Osten.«

»Ich habe diese Geschichte gehört«, sagte Whittaker, und dann schaute er Eldon C. Baker kalt an. »Wer sind Sie?«

»Er heißt Baker«, sagte Canidy. »Nimm dich vor ihm in acht. Er ist ein Hurensohn. Aber sei nett zu ihm. Er hat die Macht, dich hier rauszuholen.«

»Onkel Franklin ist nicht mehr sauer?« fragte Whittaker. »Werde ich aus der Haft entlassen?«

»Das hängt von dir ab«, sagte Canidy. »Einige Leute halten dich für eine tickende Zeitbombe, die jeden Augenblick hochgehen kann. Andere meinen, du könntest nützlich für sie sein. Wenn du den Grund erfährst, wirst du dir vielleicht wünschen, in der Klapsmühle zu bleiben.«

Whittaker schaute Baker neugierig an.

»Hat Dick Ihnen von Marokko erzählt, Captain Whittaker?« fragte Baker.

»Nein«, antwortete Whittaker.

»Sie wissen doch, Baker, lockere Lippen versenken Schiffe, wie es so schön heißt.«

»Sie wissen, daß er und ich für das Büro des Coordinator of Information arbeiten?«

»Ja«, sagte Whittaker.

»Würden Sie mir sagen, was Sie über den COI wissen?«

Whittaker hob kurz die Schultern. »Ein Pst-pst-Verein, der von Bill Donovan geleitet wird und vermutlich sehr sonderbare Dinge wie zum Beispiel Spionage betreibt. Wer weiß was sonst noch alles.«

»Hat Dick Ihnen das erzählt?« fragte Baker.

»Wenn ja, dann würde ich es Ihnen nicht sagen, damit er keine Schwierigkeiten bekommt. Einiges habe ich von diesem Captain, Douglass, erfahren und einiges vom Präsidenten. Den Rest habe ich mir selbst zusammengereimt wie Sherlock Holmes.«

Baker lächelte. »Sehr gut.«

»Du darfst zwei Fleißkärtchen zu Mama nach Hause bringen«, sagte Canidy.

Whittaker lachte. Baker bedachte Canidy mit einem bösen Blick.

»Warum hören wir nicht mit diesem Scheiß auf?« sagte Canidy.

»Ja, warum nicht?« fragte Whittaker.

»Du zuerst«, meinte Canidy. »Weißt du, was in dem Brief von MacArthur an den Präsidenten steht?«

»Nein«, sagte Whittaker. »Ich weiß nur, daß es General Marshall wütend gemacht hat.«

»Das ist einer der Gründe, weshalb du hier bist«, sagte Canidy. »Man befürchtet, du könntest der Presse den Inhalt des Briefes mitteilen.«

»Ich habe keine Ahnung, was in dem Brief steht«, sagte Whittaker.

»Und Sie würden sich in diesem Punkt einem Test mit dem Lügendetektor unterziehen?« fragte Baker.

Volltreffer! dachte Canidy. *Ich wußte verdammt genau, daß sie ihn nicht in eine Klapsmühle eingesperrt haben, weil er den General sauer gemacht hat.*

»So peinlich war es, wie?« fragte Whittaker. »Ja, ich würde mich einem Test mit dem Lügendetektor unterziehen. Warum nicht? Ich würde alles tun, was mich hier rausbringt.«

»Die nächste Frage: Wärst du bereit, deinen Kopf für eine nicht näher erklärte Mission hinzuhalten?«

»Nein«, sagte Whittaker nach nur kurzem Zögern. »Ich bezweifle, daß ich das tun würde.«

»Sie sind dran, Baker«, sagte Canidy. »Er hat soeben bewiesen, daß er geistig gesund ist.«

»Hatten Sie Gelegenheit, mit Eric Fulmar zu sprechen?« fragte Baker.

»Natürlich hatte ich die«, sagte Whittaker.

»Hat er Ihnen erzählt, was in Marokko geschehen ist?«

»Warum habe ich das Gefühl, daß mir eine Antwort schaden wird, ganz gleich, wie sie ausfällt?«

»Beantworte die Frage, Jimmy«, sagte Canidy. »Es ist wichtig.«

Whittaker schaute ihn an, wie um sich zu entscheiden, ob er ihm vertrauen sollte oder nicht.

»Ja«, sagte er schließlich. »Er hat mir alles über Marokko erzählt.«

»Einschließlich der Tatsache, daß er und ich vor der Küste beschissen wurden?« fragte Canidy.

»Ja, auch das, und wie er schließlich aus Marokko rauskam. Verschnürt im Kielraum einer arabischen Dau oder wie diese kleinen Boote genannt werden, wurde er von Tanger nach Gibraltar gebracht. Das gefiel ihm ebenfalls nicht besonders.«

»Das habe ich auch nicht angenommen«, sagte Canidy.

»Ein Verrat, gefolgt von einer Entführung«, sagte Whittaker. »Ihr Typen treibt ein dreckiges Spiel.«

»Baker treibt ein dreckiges Spiel«, stellte Canidy richtig. »Ich wurde ebenfalls im Meer zurückgelassen. Ich bin einer der guten Jungs, Jimmy.«

»Sie machen das prima, Canidy«, sagte Baker ärgerlich. »Weiter so.«

»Warum nicht?« sagte Canidy. »So können Sie Douglass und Donovan erzählen, daß ich derjenige war, der ihm all die Geheimnisse auf die Nase gebunden hat, und Sie nichts damit zu tun haben.«

»Also erzähl mir ein Geheimnis«, sagte Whittaker. »Hier war es immer ein bißchen langweilig.«

»Eric Fulmar ist so was wie ein bedeutender Mann in Marokko«, sagte Canidy. »Wir wollen das wieder nutzen. Wir haben ihn schon einmal benutzt.«

»Das hat er mir erzählt«, sagte Whittaker. »Und wenn du ihn bittest, das gleiche noch einmal zu tun, wird er dir als vernünftiger Mann mit durchschnittlicher Intelligenz sagen, daß du ihn am Arsch lecken kannst.«

»Wenn er das sagt, bleibt ihr beide hier«, sagte Baker.

»Das können Sie nicht tun«, brauste Whittaker auf.

»Wir können es, Jimmy«, sagte Canidy. »Und wir werden es tun.«

Whittaker schaute ihn an.

»Mir fällt auf, daß du ›wir‹ gesagt hast, Dick.«

»Ja, ich habe ›wir‹ gesagt. Ich bin beteiligt.«

»Weil du sonst ebenfalls eingesperrt wirst?«

»Teilweise deswegen«, sagte Canidy. »Und teilweise, weil ich finde, wir machen etwas so Wichtiges, daß die üblichen Regeln nicht gelten.«

»Das hat mich so sauer gemacht«, sagte Whittaker. »Kaum war ich zu Hause, da hat man mich wie den Feind behandelt.«

»Du bist zwischen Marshall und MacArthur geraten«, sagte Canidy. »Du warst ein unschuldiger Zuschauer, der in die Schußlinie geriet. Niemand hält dich für den Feind.«

»Deshalb gibt es Maschendraht vor dem Fenster und einen MP draußen, richtig?«

»Wir haben die Befugnis, Sie hier rauszuholen, Captain Whittaker«, sagte Baker.

»Du hast es gehört«, fügte Canidy hinzu. »Du solltest dich freiwillig für die klassische gefährliche und geheime Mission melden wie Errol Flynn.«

»Ich kann nicht zurückkehren und einfach wieder Jagdflieger sein?« fragte Whittaker.

»Das kannst du ebensowenig wie ich«, sagte Canidy.

»Okay«, sagte Whittaker nach kurzem Überlegen. »Was soll's.« Er grüßte Canidy übertrieben zackig. »Ich erwarte Ihre Befehle, Sir, und bin bereit, mein Bestes für unsere edle Sache zu geben. Was immer das auch sein mag.«

»Dies ist wirklich nicht zum Scherzen, Whittaker«, sagte Baker.

»Das habe ich auch nicht gedacht«, erwiderte Whittaker kalt.

»Du bist hiermit mehr oder weniger einer von Donovans Dilettanten«, sagte Canidy.

»Was, zum Teufel, ist das?«

»Das erzähle ich dir später«, versprach Canidy.

»Und was heißt ›mehr oder weniger‹?«

»Jetzt müssen wir noch Fulmar zur Zusammenarbeit gewinnen«, sagte Canidy.

»Ich komme hier nur raus, wenn er einverstanden ist?« fragte Whittaker.

»Ich befürchte, so ist es«, sagte Baker.

»Nein«, sagte Canidy entschieden. »Deine Freilassung hängt nicht davon ab, Jimmy. Baker, ich werde mit dieser Sache persönlich zu Donovan gehen. Jimmy kommt mit uns, ganz gleich, was mit Eric Fulmar passiert.«

Baker schwieg.

»Nun, Mr. Baker?« fragte Whittaker nach einer Weile.

»Ich sehe keinen Sinn darin, Sie länger hierzubehalten, Captain Whittaker«, sagte Baker schließlich.

»Okay«, sagte Whittaker. »Ihr werdet ein Problem mit Fulmar haben. Er ist wirklich sauer. Er hat vier Fluchtversuche unternommen.«

»Das wußte ich nicht«, sagte Baker. »Wissen Sie das genau?«

»Ja, das weiß ich genau. Er ist nur nicht entkommen, weil ich ihn jedesmal verpfiffen habe, als er flüchten wollte.«

»Weiß er davon?« fragte Canidy.

Whittaker schüttelte den Kopf. »Es war noch nicht der richtige Zeitpunkt, um eine Flucht zu versuchen«, sagte Whittaker. »Es war nahe daran, aber noch nicht soweit. Ich dachte mir, daß mein Kumpel aus den Kindertagen nicht grundlos ›zufällig‹ in der Nachbarzelle gelandet ist.«

»Sie sind sehr scharfsichtig, Captain«, sagte Baker anerkennend.

»Ein Glück für Sie«, erwiderte Whittaker. »Ich hätte von hier entkommen können.«

»Wie hätten Sie das schaffen wollen?« fragte Baker mit spöttischem Lächeln.

»Möchten Sie zuschauen, wie ich diesem Jüngelchen den .45er abnehme?« fragte Whittaker und nickte zu dem Militärpolizisten hin, der auf dem Klappstuhl am Zaun saß. »Sie überraschen mich, Mr. Baker. Ich könnte mir denken, daß Major Canidy Sie mit Geschichten über meine Taten auf Bataan ergötzt hat.«

»Mir ist bekannt, daß Sie für Tapferkeit ausgezeichnet wurden, Captain Whittaker«, sagte Baker herablassend.

»Ich habe keine Medaillen für das bekommen, was ich getan habe«, sagt Whittaker. »Wenn Sie so wollen, können Sie meine Medaillen als politische bezeichnen. Es erfreute die Leute, die mir diese Medaillen verliehen haben. Es hatte nichts mit meinen Taten zu tun.«

»Was genau haben Sie getan?« fragte Baker.

»Ich habe allerhand Dinge in die Luft geblasen«, sagte Whittaker. »Manchmal, nachdem die Japse sie erobert hatten. Ich bin gut im Sprengen.«

»Wirklich?«

»Dazu mußten wir vorher Posten ausschalten«, erklärte Whittaker im Plauderton.

»Tatsächlich?« sagte Baker ungeduldig.

Im nächsten Augenblick lag Baker am Boden. Whittakers Knie auf seinem Rücken nagelte ihn fest, Whittakers linke Hand umfaßte sein Kinn und drehte es. Dann drückte Whittakers Zeigefinger der rechten Hand auf Bakers Adamsapfel.

»Ich bezweifle, daß ich diesem Jüngelchen die Kehle zerquetschen müßte, um ihm seine Kanone abzunehmen«, sagte Whittaker immer noch im Plauderton. »Ich glaube, es würde reichen, wenn ich ›Buh!‹ sage.«

»Laß ihn los, Jimmy«, sagte Canidy lachend. »Ich nehme an, er versteht, was du meinst.«

Baker rappelte sich unbeholfen auf und strich seine Kleidung glatt. Dann überraschte er Canidy, indem er sagte: »Sie sind sehr gut, Captain Whittaker. Ich habe selten jemanden so schnell reagieren gesehen.«

Das überraschte Whittaker ebenfalls, und er wirkte auf einmal verlegen.

»Hast du dir überlegt, wie du Fulmar anpackst, Dick?« fragte Whittaker. »Oder bist du offen für Vorschläge?«

»Laß hören«, sagte Canidy.

»Wenn du zu ihm gehst und davon laberst, er soll sich freiwillig melden, wird er dir sagen, daß du ihn am Arsch lecken kannst.«

»Was schlägst du vor?«

»Bring ihn irgendwohin, ohne Bedingungen. Vielleicht ins Haus in der Q Street, oder besser noch nach

Summer Place. Dann versuche ihn zu ködern. Mit Zuckerbrot statt Peitsche. Im Augenblick fühlt er sich in die Enge getrieben. Sogar Schoßhündchen kämpfen, wenn sie keinen Ausweg mehr sehen.«

»Ich weiß nicht, ob ich befugt bin, ihm die Freiheit ohne Bedingungen zu geben«, sagte Baker mit sichtlichem Unbehagen. Aber er lehnte Whittakers Vorschlag nicht kategorisch ab.

»Und Sie lassen sich nicht blicken«, sagte Whittaker. »Er haßt Sie wie die Pest. Lassen Sie Canidy zu ihm gehen und ihm sagen, daß er geschickt worden ist, um uns hier rauszuholen.«

»Würde er das glauben?« fragte Baker.

»Warum nicht? Er hat Canidy zum letzten Mal gesehen, als sie beide in Marokko zurückgelassen wurden. Und er wird sich vermutlich nach mir richten.«

»Und wenn er zu flüchten versucht?«

»Canidy und ich können mit ihm fertig werden, bis wir mit ihm am Zielort sind«, sagte Whittaker.

»Ich werde die Genehmigung einholen müssen«, meinte Baker.

»Nein«, widersprach Canidy. »Douglass wird Ihnen die Genehmigung verweigern. Sie werden Washington erst melden, daß wir unterwegs sind, wenn wir in der Luft sind. Whittaker hat recht, und das wissen Sie. Es war blöde von Ihnen, herzukommen.«

Baker dachte einen Augenblick lang darüber nach. Dann ging er zur Tür und klopfte an. Als der Militärpolizist öffnete, bat Baker ihn, den Kommandeur der Militärpolizei zu holen. Bei dessen Eintreffen erklärte er ihm, daß er dem Gerichtsbeschluß entsprechend Whittaker und Fulmar in Gewahrsam nehme.

Er überreichte eine Kopie des Gerichtsbeschlusses.

»Ich übernehme hiermit Whittaker und Fulmar in

Anwesenheit von zwei Zeugen, Sir«, sagte Baker förmlich.

Der Kommandeur der Militärpolizei las das Dokument und steckte es dann in die Tasche seines Uniformrocks.

»Würden Sie bitte Captain Whittakers Uniform herbringen lassen?« sagte Canidy.

»Ich werde sie nicht begleiten«, sagte Baker. »Können Sie meinen Transport zur Standortkommandantur veranlassen? Und Major Canidy und die beiden Gentlemen müssen nach Godman Field gebracht werden.«

»Jawohl, Sir«, sagte der Kommandeur der Militärpolizei. »Ich bestelle telefonisch einen weiteren Wagen.«

Baker wandte sich um und sprach mit Canidy.

»Wenn Sie unterwegs nichts Gegenteiliges hören, fliegen Sie nach Lakehurst. Ich werde Sie am Flugzeug abholen lassen.«

»Allmächtiger!« sagte Eric Fulmar, als Dick Canidy und Jim Whittaker sein Zimmer betraten. »Sehe ich richtig?«

»Mr. Fulmar, Major Canidy«, sagt Whittaker. »Auch bekannt als der Ritter mit dem güldenen Panzer, der auf seinem weißen Roß auftaucht, um Prinz Charmant – die Prinzen Charmant, Mehrzahl – aus dem Kerker des Königs zu retten.«

»Im Ernst?«

»Gehen wir, Eric«, sagte Canidy. »Wir verschwinden von hier.«

»Wohin verschwinden wir?«

»Juckt dich das wirklich?«

»Ich weiß nicht, wo meine Klamotten sind«, sagte Fulmar.

Bevor sie zu Fulmar gegangen waren, hatte Whittaker vorgeschlagen, ihn in Pyjama und Morgenrock zu lassen – Leute in diesem Outfit neigen selten dazu, etwas Dummes zu tun, wie zum Beispiel wegzulaufen.

»Dafür haben wir jetzt keine Zeit«, sagte Canidy.

»Jimmy hat seine Uniform bekommen«, nörgelte Fulmar. Dann wurde ihm klar, daß Canidy ebenfalls in Uniform war.

»Du bist ein Major des Air Corps, Dick?«

»Das ist er, komplett mit Flugzeug«, sagte Whittaker. »Mit dem er uns beide hier ausfliegen wird, vorausgesetzt, wir können verduften, bevor sich hier jemand anders besinnt und wir alle drei eingesperrt werden. Los, Abmarsch, Eric!«

»Was, zum Teufel, sind das für Kisten?« fragte Whittaker, als sie mit dem Stabswagen der Militärpolizei auf Godman Field eintrafen.

»P-38er«, sagte Canidy. »Neue Jagdflugzeuge. Höllisch schnell. Für große Höhe und Langstrecken. Sie haben acht MGs Kaliber .50.«

»So einen Vogel wünsche ich mir zu Weihnachten, Daddy«, sagte Whittaker.

»Ich auch«, sagte Canidy. »Aber ich bezweifle, daß unser Wunsch in Erfüllung gehen wird. Wir stehen beide auf der schwarzen Liste des Weihnachtsmanns.«

»Könnt ihr Jungs so eine Maschine fliegen?« fragte Fulmar.

»Wir sind Jagdflieger«, erwiderte Whittaker. »Selbstverständlich können wir die fliegen.«

»Und wenn man ein *sehr* guter Jagdflieger ist, wird man befördert und darf so etwas fliegen«, sagte Canidy und nickte zu der Beech, als der Stabswagen der Militärpolizei daneben stoppte.

»Ist das ein Navy-Flugzeug?« fragte Fulmar.

»Mein Gott, er kann sogar lesen«, sagte Canidy. »Als nächstes wird er sich selbst die Schuhe zuschnüren können.«

Eine Viertelstunde später startete Canidy mit Jimmy Whittaker auf dem Kopilotensitz von Godman Field.

3

Pope Army Air Field
Fort Bragg, North Carolina

29. Juni 1942, 20 Uhr 05

Die D18S war eine Stunde von Godman Field entfernt bei Fort Knox, als Canidy hörte – sehr schwach –, daß ihn Cincinnati über Funk rief.

»Navy sechs-eins-eins. Ich höre Sie, Cincinnati.«

»Navy sechs-eins-eins«, erwiderte Cincinnati so schwach, daß es viermal wiederholt werden mußte, bis Canidy verstand, »dies ist ein Befehl des Navy Departments zur Kursänderung während des Flugs. Sie sind angewiesen, Pope Field, North Carolina, anzufliegen. Bitte um Bestätigung.«

Canidy bestätigte den Empfang der Funkbotschaft. Aber er brauchte ein paar Minuten, um den Zielflughafen auf seiner Navigationskarte zu finden. Pope Field befand sich in der Fort Bragg Reservation, auf anderem Kurs, aber ungefähr so weit entfernt wie Washington. Er nahm Kurs in die allgemeine Richtung North Carolina, übergab den Steuerknüppel an Jim

Whittaker mit der Ermahnung, die Maschine trotz seiner begrenzten Fähigkeiten als Pilot gerade und ruhig zu halten, und ging in die Kabine, um den Kurs abzustecken.

Eric Fulmar, im Lazarett-Pyjama, mit Morgenrock und Pantoffeln, saß im gepolsterten Ledersitz, der für den Admiral gedacht war, dessen Flugzeug die Beech gewesen war.

Fulmar hat etwas, durch das der Lazarett-Morgenrock der U.S. Army wie ein seidenes Designer-Teil wirkt, dachte Canidy.

»Änderung der Pläne«, kündigte Canidy an. »Wir fliegen nach North Carolina.«

»Warum?« fragte Fulmar besorgt.

»Ich weiß es wirklich nicht, Eric«, sagte Canidy. »Aber ich würde mir an deiner Stelle keine Sorgen machen.«

Fulmar erhob sich aus dem Ledersitz und schaute Canidy fasziniert über die Schulter, als er den neuen Kurs absteckte.

»Soweit ich das beurteilen kann«, sagte Canidy, als er fertig war, »schaffen wir es entweder mit Sprit für anderthalb Stunden an Bord, oder der Saft geht uns aus und wir stürzen irgendwo in den Ausläufern der Great Smoky Mountains ab.«

Fulmar lachte pflichtschuldig. »Du weißt wirklich, was du tust, nicht wahr? Whittaker kann ebenfalls fliegen wie du?«

»Ja, das kann er.«

Als Canidy ins Cockpit zurückkehrte und Whittaker die markierte Karte überreichte, sah er, daß Fulmar ihm gefolgt war.

»Was dagegen, wenn ich hier stehe?« fragte er.

»Nein, nein«, sagte Canidy hastig.

»Faß nur nichts an«, blaffte Whittaker. Das überraschte Canidy, bis ihm klar wurde, warum Whittaker so unfreundlich war. Er wollte Fulmar daran erinnern, daß er ein Außenseiter war, kein Pilotenkollege, und er es vielleicht nicht wert war, sich dieser Bruderschaft anzuschließen.

Whittaker hat anscheinend ein Talent wie Baker, andere Leute zu manipulieren, dachte Canidy.

Zwischen dieser Position und Pope Field empfing Navy sechs-eins-eins über Funk drei weitere Befehle, Pope Field anzufliegen.

Was auch immer dort los ist, dachte Canidy, *es wird von jemandem für wichtig genug gehalten, um sich höllisch anzustrengen, daß wir dort eintreffen.*

Als sie sich Pope Field näherten, übernahm Canidy die Kontrollen und landete. Er fragte sich, ob er es tat, weil Whittaker nie zuvor eine C-45 gelandet hatte oder weil er seine höhere Position in der Hackordnung zeigen wollte.

Ein Follow-Me-Jeep holte sie an der Landebahn ab und fuhr vor ihnen her zur Transit-Parkfläche vor dem Abfertigungsgebäude.

Als Canidy die Tür öffnete, sah er einen Captain und einen Second Lieutenant des 508. Fallschirmjägerregiments der 82. Luftlandedivision. Sie trugen Overalls, glänzende Fallschirmspringerstiefel und Stahlhelme mit Tarnnetz. Über ihren Overalls waren Gurte und Riemen befestigt, an denen Feldflaschen und Verbandstaschen, Ersatzmagazine für ihre .45er Colt-Pistolen, Kompasse und Lederholster für die Pistolen hingen. Der Second Lieutenant trug eine Thompson-Maschinenpistole am Riemen über der Schulter, und zu seinen Füßen stand ein vollgestopfter Seesack.

»Major Canidy, Sir?« fragte der Captain der Fallschirmjäger, grüßte schneidig und stand still, bis Canidy eine vage Geste in Richtung Stirn machte, die man mit viel Phantasie für eine Erwiderung des Grußes halten konnte.

»Ich bin Canidy.«

»Ich habe eine als geheim erklärte Botschaft für Sie, Sir«, sagte der Captain. »Wenn Sie mir bitte Ihre AGO-Card[6] zeigen wollen.«

Canidy holte den Ausweis hervor und zeigte ihn. Der Captain überprüfte ihn, bedankte sich und überreichte ihm ein Kuvert. Canidy riß es auf und las.

```
SECRET
PRIORITY

WAR DEPT WASH DC
COMMGEN FT BRAGG NC

  UEBERMITTELN SIE FOLGENDE BOT-
SCHAFT AN MAJ R CANIDY UNTERWEGS
NACH POPE FIELD MIT USN C-45 FLUGZEUG
SECHS EINS EINS ZITAT ANFANG FLIEGEN
SIE WEITER NACH ANACOSTIA UNTERZEICH-
NET CHENOWITCH ZITAT ENDE DIESE BOT-
SCHAFT IST AUF SCHNELLSTMOEGLICHEM
WEG ZU UEBERMITTELN FOSTER BRIG GEN

SECRET
```

Canidy lachte. Das erklärte all die Kursänderungen auf dem Flug. Cynthia Chenowitch gefiel sich in ihrer Rolle als Meisterspionin.

»Ich habe den Befehl, diesen Offizier in Ihre Obhut zu übergeben, Major«, sagte der Captain.

»Wer sind Sie?« fragte Canidy den jungen Second Lieutenant.

»Martin, Sir. Second Lieutenant Holdsworth C. der Dritte.«

Der Sohn des Jüngers.

»Würden Sie bitte für Lieutenant Martin unterzeichnen, Sir?« sagte der Captain und hielt Canidy ein Klemmbrett mit einem Formular und einen Füllfederhalter hin. Canidy unterschrieb und gab Klemmbrett und Füller zurück.

»Wären Sie so nett, das Datum und die Uhrzeit in die Spalte einzutragen?« fragte der Captain und gab ihm abermals das Klemmbrett und den Füllfederhalter. Canidy tat es.

»Danke, Sir«, sagte der Captain schneidig. »Brauchen Sie noch irgend etwas vor Ihrer Abreise?«

»Ich muß den Vogel betanken, und ich möchte pinkeln«, sagte Canidy.

»Das Betanken ist arrangiert, Sir«, sagte der Captain. »Der Tankwagen sollte gleich hier sein. Es gibt eine Latrine im Abfertigungsgebäude, Sir. Lieutenant Martin hat sie aufgesucht. Wenn Sie möchten, Sir, kann er Ihre Maschine bewachen, während Sie fort sind, Sir.«

Whittaker sprang aus dem Flugzeug. Er war barhäuptig, seine Krawatte war gelockert, und sein Uniformrock stand offen. Der Captain der Fallschirmjäger schaute ihn mit einer Mischung aus Schock und Empörung an. Whittaker machte es prompt noch schlimmer.

»Und wer sind diese beiden wilden Krieger?« fragte er.

»Halt die Klappe, Jimmy«, sagte Canidy. »Ich gehe pinkeln. Wenn du mitkommen willst, knöpf deinen Rock zu, zieh den Schlips hoch und setz deine Mütze auf.«

»Jawohl, Sir, Major, Sir«, sagte Whittaker. »Tut mir leid, wenn ich Schande über Sie gebracht habe.«

»Lieutenant«, sagte Canidy zu Martin. »Unser Passagier darf unter keinen Umständen das Flugzeug verlassen.«

»Jawohl, Sir«, sagte Lieutenant Martin. Dann sah er Fulmar aus der Tür der Maschine blicken und fuhr mit einiger Verlegenheit fort: »Sir, ich glaube, ich sollte Ihnen sagen, daß ich diese ... Person kenne.«

»Na prima«, sagte Canidy. »Dann haben Sie Gelegenheit, ein wenig mit ihr zu plaudern, während Captain Whittaker und ich die Latrine besuchen.«

»Jawohl, Sir«, sagte Lieutenant Martin militärisch schneidig.

Der Captain der Fallschirmjäger war fort, als Canidy und Whittaker zum Flugzeug zurückkehrten, das inzwischen aufgetankt worden war. Canidy erledigte die Kontrollen vor dem Flug und winkte dann Second Lieutenant Martin III. an Bord.

»Sir, darf ich nach meinem Reiseziel fragen?«

Er sprach mit Akzent, jedoch nur mit leichtem, wenn man bedachte, daß Martin in Frankreich von einer französischen Mutter geboren worden und erst vor zwei Jahren in die Vereinigten Staaten gekommen war.

»Ich bin mir nicht sicher, ob ich diese streng geheime Information preisgeben darf«, sagte Canidy. »Aber wenn wir in der Luft sind und Sie eine Uniform Klasse A in Ihrem Seesack haben, sollten Sie sie anziehen und diese Tommy Gun irgendwo verstecken, denn sonst könnten Sie eine Horde von Bürokraten erschrecken.«

»Man hat mir befohlen, mich auf sofortigen Transport nach Übersee vorzubereiten«, sagte Martin.

»Davon weiß ich nichts, Lieutenant«, sagte Canidy.

»Aber vermutlich werden Sie die Nacht auf einem Strand in New Jersey verbringen.«

Second Lieutenant C. Holdsworth Martin III. wirkte mehr enttäuscht als überrascht.

4

Anacostia Naval Air Station Washington, D.C.

30. Juni 1942, 5 Uhr

»Anacostia erteilt Navy sechs-eins-eins Landegenehmigung auf Landebahn drei-eins«, sagte der Mann im Tower.

»Verstanden, drei-eins«, erwiderte Canidy.

»Übernimm«, sagte Jim Whittaker und nahm die Hände vom Steuer.

»Meinst du, du kannst nicht landen?« fragte Canidy.

»Was soll's, warum nicht?« Whittaker übernahm wieder das Steuer und ging in die Kurve, um die Maschine auf die Landebahn auszurichten.

»Sechs-eins-eins im Landeanflug«, sprach Canidy ins Mikrofon. »Räder ausfahren«, sagte er dann über die Bordverständigungsanlage. »Landeklappen ausfahren auf zwanzig Prozent. Jetzt geht's verdammt schnell, Jim. Nimm nicht zuviel Gas weg.«

»Verstanden.«

»Räder ausgefahren und verriegelt. Landeklappen auf zwanzig Prozent. Mein Gott, ich sagte, nimm nicht zuviel Gas weg!«

»Okay.« Whittaker gab mehr Gas beim Gleitflug.

»Jetzt ist es zuviel«, nörgelte Canidy.

»Mach's doch selbst, verdammt!« schnauzte Whittaker ihn an.

»Du bist der Pilot; wenn du unbedingt eine Bruchlandung bauen willst ...«

»O Scheiße«, sagte Whittaker, nahm wieder Gas weg und schwebte zu hoch über der Landebahn ein. Sie landeten hart, hüpften in die Luft, setzten wieder auf, hoben von neuem etwas ab und setzten hart auf; aber diesmal blieben sie am Boden.

»Als nächstes solltest du das Heck senken«, sagte Canidy trocken, als Whittaker heftig lenkte, um auf der Landebahn zu bleiben.

»Leck mich«, sagte Whittaker, als er das Heck senkte.

»Anacostia, sechs-eins-eins um null Uhr fünf am Boden – und um null Uhr fünf und eine halbe Minute und schließlich um null Uhr sechs.«

»Verdammter Klugscheißer!« rief Whittaker, als er zu bremsen begann.

Der Mann im Tower lachte, als er sich wieder meldete. »Sechs-eins-eins, wenn Sie sicher sind, daß Sie endlich unten sind, rollen Sie die Landebahn drei nach links zur Transit-Parkfläche. Ihr Bodentransport wartet auf Sie.«

»Wir haben offenbar dem Tod wieder einmal ein Schnippchen geschlagen, Anacostia. Ich bin über die Route Raleigh gekommen. Melden Sie mich bitte bei Washington Control ab?«

»Das tun wir, Sechs-eins-eins«, sagte der Mann im Tower, immer noch lachend.

»Und werden Sie veranlassen, daß mein Vogel betankt wird?«

»Ein Tankwagen wird gleich bei Ihnen sein, Sechs-eins-eins.«

»Was passiert hier?« fragte Whittaker.

Übersetzt heißt das: Werde ich Cynthia Chenowitch sehen? dachte Canidy.

»Abwarten und Tee trinken, Jimmy«, sagte Canidy.

Als sie am Abfertigungsgebäude vorbeirollten, sah Canidy Chief Ellis durch die Glastür.

»Diese Landung war ein bißchen rauh, nicht wahr, Dick?« fragte Fulmar, als Canidy durch die Kabine ging, um die Tür zu öffnen.

Canidy schaute ihn an. Fulmar betupfte seinen Morgenmantel mit einem Papierhandtuch. Er hatte offenbar eine Tasse Kaffee getrunken, als Whittaker gelandet war.

»Ich finde, die Landung war gar nicht so schlecht, Eric«, sagte Canidy. »Soweit ich weiß, war es Whittakers erste Landung mit einem zweimotorigen Flugzeug.«

Er sah, daß Second Lieutenant Holdsworth C. Martin III. ihn mit großen Augen anstarrte und sein Mund aufklaffte.

Canidy ging über den Mittelgang weiter durch die Kabine, öffnete die Tür und sprang heraus auf den Boden.

Ellis war dort. Ebenfalls waren ein Tankwagen und eine Bodencrew Weißmützen eingetroffen. Ellis grüßte zackig, was er nicht getan hätte, wenn keine Fremden anwesend gewesen wären.

»Captain Douglass läßt grüßen, Major«, sagte Ellis. »Und würde der Major mich bitte zum Abfertigungsgebäude begleiten?«

Canidy schaute auf seine Armbanduhr. Zwölf Minuten nach Mitternacht.

»Ich habe Passagiere an Bord, Chief«, sagte Canidy so förmlich wie Ellis. »Was wird aus denen?«

»Sie sollen an Bord der Maschine bleiben, Sir«, sagte Ellis. »Ich soll dafür sorgen.«

»Seien Sie vorsichtig, Ellis«, sagte Canidy leise. »Einer von ihnen hat eine Thompson-MPi und ist jederzeit bereit, damit auf jemanden zu ballern.«

»Ach du dickes Ei!« Ellis lachte. »Was treibt ein Paar alter Seelords wie wir in einem so beschissenen Verein?«

Als Canidy ins Abfertigungsgebäude ging, wurde er an ein Büro im ersten Stock verwiesen. Captain Douglass und Stanley Fine saßen darin und tranken Kaffee aus Bechern.

»Alles gut verlaufen?« fragte Douglass.

»Der junge Martin hat eine Maschinenpistole«, sagte Canidy. »Das macht mich ein bißchen kribbelig.«

»Nehmen Sie ihm das Ding ab, wenn Sie in Deal sind«, schlug Douglass vor.

»Waren all diese Umleitungen und Kursänderungen nötig?« fragte Canidy. »Und die geheime Botschaft, mit der ich hierherbefohlen wurde? Hat Miss Spionin des Jahres da nicht ein bißchen übertrieben?«

»Ihnen kann sie nichts recht machen, wie?« erwiderte Captain Douglass kalt. »Aber nur für die Akten, sie tat, was sie tun mußte, weil ich ihr das befohlen habe. Ich habe Ihnen wirklich einen Gefallen getan oder dachte das jedenfalls. Wenn wir es nicht geschafft hätten, Sie umzuleiten, hätten Sie noch heute nacht von Deal hierhin zurückfliegen müssen, um Captain Fine abzuholen, und morgen hätten Sie nach North Carolina fliegen müssen, um den jungen Martin abzuholen.«

»Warum?« fragte Canidy. »Gibt es keine Züge oder anderen Flugzeuge? Oder bekommen wir keine Reisepriorität?«

»Menschenskind, Sie geben wohl nie auf, wie? Der

Colonel sagte, Sie sollen Martin in Bragg abholen. Er hat mir den Grund nicht genannt. Wenn Sie ihn das nächste Mal treffen, können Sie ihn danach fragen. Und ich habe Sie herbefohlen. Können Sie all das auf die Reihe bekommen?«

Canidy tippte in einer Art lässigem Gruß an die Stirn.

»Wie geht es Whittaker?« erkundigte sich Douglass.

»Er hat vorhin den Vogel gelandet«, sagte Canidy. »Er ist wieder fit.«

»Baker ist sehr beeindruckt von ihm«, sagte Douglass.

Canidy lachte.

»Warum ist das lustig?«

»Hat Baker Ihnen erzählt, daß Whittaker ihm zeigte, wie leicht er ihm die Kehle hätte durchschneiden können?«

»Ja, das hat er«, sagt Douglass, was Canidy überraschte. »Er spielt mit dem Gedanken, ihn als Leiter zur Ausbildung in diesen Dingen auf der Schule zu machen.«

»Auf welcher Schule?«

»Wir richten eine Schule für Agenten ein, für neue Leute im COI«, sagte Douglass. »Wenn wir die Zeit finden, werden Sie ebenfalls dort ausgebildet.«

»Ich bin mir nicht sicher, ob mir das gefällt«, sagte Canidy.

»Niemand hat Sie gefragt«, sagte Douglass. »Baker hat mir ebenfalls erzählt, daß Whittaker einige gute Ideen hat, wie man mit Fulmar umgehen sollte.«

»Ja, die hat er.«

»Nun, bis auf weiteres behalten Sie ihn im Auge, lassen jedoch Whittaker seine Methode versuchen.«

»Das hatte ich vor«, sagte Canidy.

»Gut. Nun zu etwas anderem. Jetzt werden wir über

den Flug nach Afrika sprechen. Er ist als streng geheim erklärt.«

»Jawohl, Sir.«

»Captain Fine ist über gewisse Aspekte der Mission informiert und mit bestimmten Dokumenten ausgestattet worden. Sie werden feststellen, daß er ebenfalls einen Revolver und Handschellen erhalten hat, mit denen er die Aktentasche mit den Dokumenten an sein Handgelenk kettet.«

Canidy schaute Fine an und blickte dann auf die Aktentasche, die er hielt. Sie war mit einer Handschelle an sein Handgelenk geschlossen.

»Die Dokumente, die Fine übergeben wurden, sind an einem von fünf Orten«, sagte Douglass. »In seinem Besitz, in Ihrem, in Commander Reynolds' Safe in Lakehurst, in Eldon Bakers Besitz und in meinem.«

»Jawohl, Sir.«

»Das Schloß hat einen Ablaufzähler«, erklärte Douglass. »Er zählt jedesmal, wenn die Aktentasche geöffnet wird. Sie werden sich diese Zahlen notieren. Wenn Sie jemals die Aktentasche öffnen und die Zahl stimmt nicht mit Ihrer notierten überein, benachrichtigen Sie sofort Cynthia oder Baker oder mich. In dieser Reihenfolge.«

Canidy nickte.

»Und jedes Dokument, das aus der Aktentasche genommen wird, muß wieder hineingelegt werden, bevor sie geschlossen wird. Die Dokumente dürfen nicht voneinander getrennt werden. Verstanden?«

»Jawohl, Sir.«

»Die Einzelheiten dieser Operation sind nur Baker, mir und Chief Ellis vollständig bekannt. Und, wenn wir euch zu Ende eingeweiht haben, euch beiden. Verstanden?«

»Jawohl, Sir.«

»Ich habe Captain Fine Ihre anderen Aufgaben in Summer Place erklärt«, fuhr Douglass fort. »Und daß Sie in den nächsten paar Tagen alle Hände voll zu tun haben, bis sich jeder eingewöhnt hat. Ich schlage vor, Dick, daß Sie all dieses Material für heute nacht in Reynolds' Safe schließen, wenn Sie dort sind, und es bis zum Vierten vergessen.«

»Wenn wir heute morgen dort eintreffen, meinen Sie«, sagte Canidy, und dann fragte er verwirrt: »Bis zum Vierten?«

»Bis zum vierten Juli«, sagte Douglass. »Unabhängigkeitstag, erinnern Sie sich? Paraden! Feuerwerk! Patriotische Reden!«

»Mein Gott, wir werden ihn mitten im Krieg feiern?«

»Noch begeisterter als vor dem Krieg«, sagte Douglass. »Das hält man jetzt für die Moral noch wichtiger.«

»Ich weiß«, sagte Canidy mit unbewegtem Gesicht. »Mal sehen, ob ich die Zutaten auftreiben kann – Hummer, Bier, Mais am Kolben und so weiter, und dann schmeißen wir 'ne große Party am Strand.«

»Das ist eine Idee«, meinte Douglass. »Warum nicht?«

»Ist das alles, Captain? Und vorausgesetzt, Sie sind fertig, Stanley?«

»Ich bin bereit.« Fine lächelte. Er hatte Canidys Sarkasmus erkannt, der Captain Douglass offenbar entgangen war.

»Ich wünsche guten Flug«, sagte Captain Douglass. »Sagen Sie Chief Ellis, ich werde im Wagen sein.«

VII

1

Willard Hotel
Washington, D.C.

2. Juli 1942

Charity Hoche, Sarahs Freundin von Bryn Mawr, war am Vortag um 17 Uhr 30 eingetroffen. Sie war eine große Blondine. Und sie war so sehr auf einen Typ festgelegt, daß Sarah und Ann Chambers hinter ihrem Rücken gescherzt hatten, daß man nicht sagen könne, ob sich Katharine Hepburn im Gebüsch in Bryn Mawr versteckt hatte, um Charity zu studieren, bevor sie ihre Filme drehte, oder ob sich Charity immer wieder die Filme angeschaut hatte, um das Gehabe und die nasale Sprache der Schauspielerin nachzuahmen.

Charity war trotz der Hitze mit einem langen Nerzmantel über den Schultern in die Suite gerauscht. Darunter trug sie Pullover und Faltenrock, die Uniform der College-Mädchen. Sie hatte große Brüste, die Sarah und Ann hinter ihrem Rücken als die ›Hoche-Molkerei‹ bezeichneten und die vom Pullover kaum gebändigt werden konnten.

»Daahling!« rief sie. »Ich kann es kaum erwarten, es zu sehen!«

»Was?« fragte Sarah, obwohl sie genau wußte, daß Charity das Baby meinte.

»Dein Kind, kleine Mutter! Was sonst?«

Charity ließ ihren Blick durch die Suite schweifen, bis sie das Kinderbettchen entdeckte, und dann nahm sie Joe mit einer für Sarah überraschenden Geschicklichkeit auf die Arme.

Ich muß mir stets in Erinnerung rufen, daß Charity weitaus weniger unfähig – und viel intelligenter – ist, als sie sich aus irgendeinem Grund gern aufführt, dachte Sarah.

»Er ist allerliebst«, sagte Charity.

»Danke«, sagte Sarah.

»Ich hätte nie im Traum gedacht, daß du ein Kind bekommst«, sagte Charity. »Aber damit hat ja niemand gerechnet, nicht wahr? Stille Wasser sind tief, Daahling, und so.«

Diese Bemerkungen können unschuldig sein, aber ich weiß, daß sie es nicht sind, dachte Sarah. *Ich sollte beleidigt und ärgerlich sein, aber das bin ich natürlich nicht. Charity ist nun mal so.*

»Wenn dieses kleine Bündel der Sünde Sold ist, Daahling, dann mußt du einfach einen Matrosen für mich finden.«

Sarah lachte, obwohl ihr klar war, daß sie das nicht tun sollte. »Die Matrosen sind anscheinend schon versprochen. Würdest du dich mit einem Jagdflieger des Air Corps zufriedengeben?«

»Hast du einen?« fragte Charity interessiert.

»Am Morgen kommt einer«, sagte Sarah. »Das ist der Mann, der Eddie das Leben gerettet hat.«

»Ein echter Held? Wunderbar! Ich wollte natürlich dich und das Bündel der Freude hier sehen, aber ich habe mich eigentlich nicht auf ein Wochenende gefreut, an dem ich zuschaue, wie du seine Windeln wechselst. Was übrigens jetzt nötig ist.«

Sie überreichte Sarah das Baby und wies dann auf die Möbel. Die Suite war entsprechend dem Ruf der Handelsbankiers Schild & Company möbliert worden.

Die meisten der Louis XIV.-Möbel waren ebenso echt wie der Matisse und Gainsborough und die anderen Gemälde an den Brokatwänden.

»Es sieht wie ein Museum aus«, sagte Charity. »Es fehlen nur Samtkordeln als Absperrung und Schilder ›Bitte nicht berühren‹.«

»Die Suite gehört der Bank«, sagte Sarah. »Mein Vater hat sie uns überlassen. Man findet einfach keine Wohnung in Washington.«

»Es ist schön, reich zu sein, nicht wahr?« sagte Charity. »Und was ist mit dem Admiral? Was hat er getan, um herauszufinden, daß es kein Problem ist, dich zu ernähren?«

»Ed ist Lieutenant Commander«, sagte Sarah. »Er kann uns ernähren.«

»Nicht so nobel«, sagte Charity entschieden.

Sie folgte Sarah ins Schlafzimmer und schnüffelte laut, als Sarah Joes Windeln wechselte.

»Mein Gott, stinken Babys alle so, oder hast du diesem unschuldigen Kind etwas Falsches zu essen gegeben?«

»Du gewöhnst dich daran«, sagte Sarah. Dann: »Eds Vater ist Handelsmakler in Chicago. Seine Mutter ist die Schwester von Anns Vater.«

»Mit anderen Worten, die Chambers Publishing Company«, stellte Charity fest.

»Hmhm«, erwiderte Sarah.

»So wirst du nicht als Putzfrau arbeiten müssen. Was haben sie dir zur Hochzeit geschenkt?«

Sarah wollte Charity nicht erzählen, daß es zwei hohe Schecks von ihrem und Eds Vater als ›Starthilfe‹ gegeben hatte. So tat sie, als hätte sie die Frage nicht gehört.

»Die offizielle Geschichte lautet, daß Ed und ich heimlich geheiratet haben, bevor er zu den Flying

Tigers ging«, sagte sie. »Ich hoffe, du kannst dich darauf einstellen.«

Charity setzte nach.

»Da sind sie billig davongekommen, nicht wahr?« Es war keine Frage, sondern eine Feststellung.

Wenn ich das unbeantwortet lasse, wird sich Charity sagen, daß unsere Eltern schäbig und/oder gegen die Ehe sind.

»Die Bitters wollten uns einen Wagen schenken, aber mein Vater hatte uns bereits einen geschenkt.«

»Halte dir eine Zeitung für eine Veröffentlichung der Story warm«, sagte Charity. »Das Honorar wäre ein schönes Taschengeld für den Fall, daß sich der Admiral danebenbenimmt, wenn der Reiz des Neuen nachläßt.«

»Bevor er herkommt, Charity«, sagte Sarah scharf, »möchte ich dich bitten, dich nicht darüber lustig zu machen, daß er in der Navy ist. Er ist Annapolis-Absolvent, Berufsoffizier, und er versteht deinen Humor vielleicht nicht.«

Zu Sarahs Überraschung kamen Charity und Ed gut miteinander aus. Sie stellten schnell fest, daß sie ein halbes Dutzend gemeinsame Bekannte hatten. Dann, wiederum überraschend für Sarah, bestand Charity darauf, daß Ed seine Frau zum Abendessen ausführte, während sie auf Joe aufpaßte.

Ed lachte sogar herzlich, als Charity erklärte: »Ich muß Übung bekommen, wenn ich nur die Hälfte dessen glauben soll, was Sarah über deinen Freund Douglass sagt.«

Am Morgen, nachdem Ed zur Arbeit gefahren war, zogen sie Joe an, holten Sarahs 1941er Cadillac Fleetwood aus der Garage des Willard Hotels und fuhren zum Flughafen.

»Ich hätte Ann raten sollen, ein Taxi zu nehmen«, sagte Sarah. »Der Tank ist fast leer, und ich habe keine Rationierungs-Coupons mehr.«

»Dann kauf welche auf dem Schwarzen Markt«, meinte Charity.

»Oh, das kann ich nicht tun«, sagte Sarah. »Mein Gott, Charity, mein Mann ist Marineoffizier.«

»Was spielt das für eine Rolle, wenn dir der Sprit ausgeht?«

»Wenn du dir das nicht selbst denken kannst, dann kann ich es dir gewiß nicht erklären«, erwiderte Sarah kühl.

Auf dem Flughafen ging Charity Hoche in den Terminal, um Ann abzuholen, während Sarah und das Baby im Wagen warteten. Als Charity mit Ann zurückkehrte, wurde sie von einem Marineoffizier begleitet, den Ann im Flugzeug aufgegabelt hatte, um sich das Gepäck tragen zu lassen.

»Ich habe dem Lieutenant versprochen, daß wir ihn in die Stadt fahren«, sagte Ann.

Sie fuhren zurück über den Potomac nach Washington und setzten Anns Kofferträger bei den provisorischen Gebäuden der Navy gegenüber vom Smithsonian Institut ab.

»Und jetzt?« fragte Ann.

»Jetzt fahren wir nach Bolling Field, um Doug Douglass abzuholen«, sagte Sarah. »Und wir beten, daß wir genügend Benzin haben.«

»Hast du keine Coupons mehr?« fragte Ann.

»Schlag nur ja nicht vor, Sprit auf dem Schwarzen Markt zu kaufen«, sagte Charity. »Sarah wird dich als Nazi-Agentin verpfeifen.«

»Nun, wenn wir den Wagen schieben müssen, wird

sie ihren Patriotismus vergessen müssen«, sagte Ann. »Ich habe Coupons für zwanzig Gallonen.«

»Woher hast du die?«

»Journalismus ist eine lebenswichtige Beschäftigung«, sagte Ann. »Ich habe sie meinem Chefredakteur der Lokalredaktion stibitzt.«

»Ihr beide mögt euch für clever halten«, sagte Sarah, »aber ich sehe das anders.«

»Erstaunlich, was eine Ehe bei einem Mädchen anrichtet, nicht wahr?« sagte Ann. »Erst amüsiert es sich mit Matrosen auf dem Autorücksitz, und im nächsten Moment hält es Predigten über patriotische Pflicht.«

Beinahe hätte ich etwas gesagt, das ich später bereuen würde, dachte Sarah. *Aber dies sind meine besten Freundinnen. Und besonders Ann hat soviel für mich getan.*

»Matrose«, sagte Sarah. »Einzahl. *Ein* Matrose.«

Aber ich werde kein Benzin vom Schwarzen Markt tanken, und wenn ich zu Fuß zum Hotel zurückgehen muß.

Es war nicht so leicht, nach Bolling Field zu gelangen, wie sie gedacht hatten. Der Captain, an den sie sich wandten, hatte Befehle, nur Journalisten auf das Flughafengelände zu lassen, die auf seiner Liste standen. Sie hatten gehofft, man würde sie durchwinken, wenn Ann ihren Presseausweis zeigte, doch das war nicht der Fall. Schließlich brachte Ann den Captain jedoch mit ihrem Charme dazu, sie als Besucherin passieren zu lassen, nicht als Journalistin.

Neben dem Abfertigungsgebäude des Stützpunkts befand sich ein Maschendrahtzaun, und Sarah parkte mit der Schnauze des Wagens davor. Dann ging Sarah, die einen Ausweis als Familienangehörige eines Marineoffiziers hatte, ins Abfertigungsgebäude, um sich nach der Ankunft eines Flugzeugs des Air Corps aus Selma, Alabama, zu erkundigen.

Sehr höflich erklärte man ihr, daß man ihr diese Information nicht geben konnte, Angehörige eines Marineoffiziers oder nicht.

»Was wollen wir denn wissen?« fragte Charity, als Sarah zum Wagen zurückkehrte und berichtete, daß sie nichts erreicht hatte.

»Die voraussichtliche Ankunft einer P-38 aus Selma, Alabama«, erklärte Ann.

»Die voraussichtliche Ankunft einer P-38 aus Selma, Alabama«, plapperte Charity nach, offenbar um sich das einzuprägen.

Dann stieg sie aus dem Cadillac und ging zum Abfertigungsgebäude. Fünf Minuten später kehrte sie zurück.

»Eine P-38 des Air Corps, vermutlich unsere, hat vor einiger Zeit angekündigt, daß sich die voraussichtliche Ankunft um vierzig bis fünfundvierzig Minuten verzögert«, sagte Charity. »Sie sollte jetzt in ein paar Minuten hier sein.«

»Wie hast du es geschafft, diese Auskunft zu bekommen?«

»Sie hat Fusseln von ihrem Pullover entfernt und die Titten rausgestreckt«, sagte Ann. »Richtig?«

»Das auch«, sagte Charity. »Aber richtig geil gemacht hat ihn die Art, wie ich mir über die Lippen geleckt habe.«

»Ihr seid abscheulich!« sagte Sarah.

Fünf Minuten später herrschte ungewöhnliche Aktivität auf dem Flugplatz. Zwei Feuerwehrwagen, ein Fahrzeug, das wie ein Wasser-Tankwagen aussah, ein Sanitätswagen und mehrere Pickup-Trucks, alle mit rotierendem Rotlicht, rasten über den Platz und stoppten zu beiden Seiten der Hauptstart- und Landebahn.

»Das gefällt mir nicht«, sagte Ann ernst.

»Wie sieht das Flugzeug aus, auf das wir warten?« fragte Charity.

»Eine P-38«, sagte Ann. »Hat zwei Motoren und ein geteiltes Heck.«

»Wie diese da?« fragte Charity und wies hin.

»Wie diese«, bestätigte Ann.

Eine P-38, deren Aluminiumbespannung im hellen Sonnenschein glänzte, schwebte in einer steilen Kurve ein und flog auf die Landebahn zu.

»Eines der Dinger arbeitet nicht«, sagte Charity.

»Die heißen Motoren, du Idiot«, fuhr Ann sie an. »Er landet mit nur einem funktionierenden Motor.«

Die Feuerwehrwagen und die Rettungswagen wurden nicht gebraucht. Die P-38 landete perfekt glatt und bog dann rollend von der Landebahn ab. Sie verschwand für zwei Minuten. Doch dann tauchte sie, gefolgt von einem der Feuerwehrwagen und einigen der anderen Fahrzeuge, wieder auf der Rollbahn direkt vor ihnen auf. Ein Mann vom Bodenpersonal wies den Piloten zum Parken ein.

Die Kanzel war geöffnet, und sie konnten deutlich den Piloten sehen, als er in Position rollte. Er war barhäuptig und trug eine Sonnenbrille. Zehn rotweiße japanische Hoheitszeichen, die auf Charity wie Frikadellen wirkten, und die Aufschrift ›Major Doug Douglass‹, waren vorne auf den Rumpf gemalt.

»Bei diesem tollen Anblick«, murmelte Charity Hoche andächtig, »würde sich die Jungfrau Maria und erst recht jede amerikanische Patriotin – sagen wir mal, diese hier – auf den Rücken werfen und die Beine breit machen.«

»Charity!« tadelte Sarah.

Ann Chambers grinste. »Ich glaube, das ist deiner, Charity«, sagte sie. »Bedanke dich bei Sarah.«

»Danke, Sarah«, sagte Charity.

»Ich kenne euch beide nicht«, sagte Sarah und hatte Mühe, ein Lächeln zu unterdrücken.

»Ich bin froh, daß er das nicht gehört hat«, sagte Ann. »Aber sie hat recht, Sarah. Die Natur sorgt dafür, daß die Krieger ungemein attraktiv werden, bevor sie in den Tod gehen. Die Natur will, daß sie die Mädchen schwängern, solange sie das noch können.«

Sarah schaute sie an. »Willst du damit sagen, daß es bei mir so war?«

»Wenn der Schuh paßt, Cinderella ...« Ann lachte.

Als Douglass den Motor ausschaltete und zum Boden herabkletterte, drückte sie auf die Hupe des Cadillac.

Douglass wurde aufmerksam, und nach kurzer Verwirrung lächelte er und winkte. Er ignorierte die Leute, die sich jetzt um den streikenden Motor scharten, und kam zum Zaun. Ann stieg aus dem Wagen, dann Charity und schließlich Sarah mit Joe auf dem Arm.

»Sie sind Sarah«, sagte Doug Douglass. »Ich habe Ihr Foto gesehen.«

Er hatte jetzt eine verbeulte Mütze aufgesetzt und trug eine abgenutzte Pferdelederjacke, auf die das Emblem der Flying Tigers gemalt war. Auf seinem Rücken prangten eine chinesische Flagge und ein Text in chinesischen Schriftzeichen.

»Was ist passiert?« fragte Sarah.

»An meinem rechten Flügel fiel eine Feder aus«, sagte er. »Deshalb die Verspätung.«

»Was heißt das?« fragte Charity atemlos.

»Ein Zylinder seines rechten Motors fiel aus«, erklärte Ann.

»Dann weiß ich auch, wer Sie sind«, wandte sich Douglass an Ann. »Sie sind die Lady mit der Beech. Canidy hat mir von Ihnen erzählt.«

»Schuldig«, sagte Ann.

Ich muß verliebt sein, dachte sie. *Ich brauche nur zu hören, daß dieser Hurensohn über mich geredet hat, und schon beginnt mein Puls zu rasen.*

»Und ich bin Charity«, sagte Charity, strich – nicht vorhandene – Fusseln von ihrem Pullover und schaute ihm tief in die Augen.

»Freut mich, Sie kennenzulernen«, erwiderte Douglass mit einem langen Blick auf den Pullover. »Nun, Ladys, bei Ihrem freundlichen Empfang fühle ich mich wie ein siegreicher Held.«

»Das war die Absicht«, sagte Sarah.

Douglass schaute sich das Baby genauer an. »Ich sage es nur ungern, aber es sieht aus wie sein Vater.«

»Joe ist hübsch, meinen Sie«, sagte Sarah.

Douglass lachte. »Es wird ein paar Minuten dauern, bis ich den Papierkram erledigt habe«, sagte er. »Ich muß wegen der Panne noch mehr Formulare ausfüllen als sonst. Aber ich werde mich beeilen.«

Er brauchte in Wirklichkeit fast eine Stunde.

»Tut mir leid, daß es so lange gedauert hat«, entschuldigte er sich, als er endlich auftauchte. »Aber es gibt einen Silberstreif am Horizont. Der Wartungsoffizier hat mir soeben zerknirscht gesagt, daß er unmöglich den Schaden für mich vor dem vierten Juli beheben kann. Was bedeutet, daß ich länger hier sein werde als geplant.«

»Prima«, sagte Sarah. »Würde es Ihnen etwas ausmachen, zu fahren? Ich nehme an, Sie finden den Weg vom Stützpunkt leichter als ich.«

»Klar«, sagte er und setzte sich hinters Steuer. »Wo ist Eddie?«

»Er mußte zur Arbeit«, sagte Sarah, »aber er wird um dreizehn Uhr nach Hause kommen.«

»Wo ist Ihr Freund Canidy?« fragte Ann.

»Das weiß nur Gott«, erwiderte Douglass. »Er arbeitet für meinen Vater. Was immer diese Leute tun, sie dürfen nicht darüber reden. Und sie halten sich daran. Wenn wir irgendwo ein Telefon finden, versuche ich, ihn aufzuspüren.«

Wunderbar! dachte Ann.

Sie waren noch lange nicht am Ziel, als Douglass zufällig auf die Benzinanzeige blickte. »Funktioniert die Benzinuhr?« fragte er.

Ann kicherte.

»Wenn sie nicht kaputt ist, fahren wir mit den Dämpfen«, fuhr Douglass fort.

»Sarah hat keine Rations-Coupons mehr«, sagte Ann.

»Nun, dann müssen wir uns eben Sprit auf dem Schwarzen Markt besorgen«, sagte Douglass.

»Wie paßt das zu Ihrem Patriotismus?« fragte Ann unschuldig.

»Was hat Spritmangel mit Patriotismus zu tun?« entgegnete Douglass.

Ann und Charity kicherten jetzt beide.

Und dann lenkte Douglass den Wagen plötzlich an den Straßenrand.

»Sagen Sie nur, wir haben kein Benzin mehr«, bemerkte Ann.

»Noch haben wir ein paar Tropfen. Da ist ein Cop. Ich werde ihn fragen.«

»Was fragen?«

»Wo ich etwas Sprit bekommen kann«, sagte Douglass. Er stieg aus und ging zu dem Polizisten.

Binnen einer Minute kehrte Douglass zurück und setzte sich wieder ans Steuer.

»Da gibt es eine Shell-Tankstelle«, sagte er. »Die zweite Straße rechts und dann nach zwei Blocks links. Er war sich nicht sicher, ob sie auch Coupons haben, aber er hält es für möglich.«

Eine Viertelstunde später zeigte die Benzinuhr des Cadillacs an, daß der Tank fast voll war, und ein Dutzend schwarz gekaufte Rations-Coupons lagen im Handschuhfach.

Sarah war nicht erfreut, aber sie sagte nichts.

Als sie im Willard Hotel eintrafen, war Ed bereits da, und in seiner Gesellschaft befand sich Admiral Hawley.

»Ich wollte nicht bei diesem Wiedersehen stören«, sagte der Admiral, »aber ich wollte Sie kennenlernen und Ihnen die Hand schütteln, Major Douglass. Das war unglaublich gutes fliegerisches Können, als Sie Ed aus dem Flußbett rausholten.«

Mit echter Bescheidenheit spielte Douglass herunter, was er getan hatte, aber es war für alle keine Frage, am wenigsten für Sarah, daß Douglass ein Held wie aus dem Bilderbuch war.

Es gab Bier, Whisky und Likör. Dann rief Sarah ohne zu fragen den Zimmerservice an und bestellte Shrimps-Salate – es war zu heiß, um etwas Schwereres zu essen –, und die Frauen schauten zu, wie Douglass und Ed dem Admiral gestenreich die Feinheiten eines Angriffs im Sturzflug auf eine japanische Bomber-Formation erklärten.

Es war fast vierzehn Uhr dreißig, als der Admiral ging. Ann sagte sich, daß es an der Zeit war, Dick Canidy wieder zur Sprache zu bringen – bevor Douglass und Ed Bitter noch mehr Alkoholisches tranken.

Douglass machte es sich auf einer Couch beim Kamin bequem. Charity servierte ihm noch einen Whisky, und Ann brachte ihm das Telefon. Douglass zog ein kleines Notizbuch zu Rate und wählte eine Nummer.

Ann neigte sich näher zu ihm, so daß sie beide Seiten des Gesprächs hören konnte.

»Liberty sechs-vier-eins-drei-drei«, sagte eine Männerstimme.

»Captain Peter Douglass, bitte«, sagte Douglass.

»Darf ich fragen, wer anruft?«

»Hier spricht Major Peter Douglass junior«, sagte Doug.

»Ah, selbstverständlich, nur einen Moment, Major, ich werde Sie verbinden.«

»Captain Douglass' Büro«, sagte kurz darauf eine Frauenstimme.

»Hier ist Major Douglass. Darf ich bitte mit meinem Vater sprechen?«

»Oh, bedaure, Major, er ist in einer Konferenz. Ich könnte stören, aber es wäre besser, wenn Sie in einer Stunde noch einmal anrufen.«

Verdammt! dachte Ann. *In einer Stunde ist Douglass entweder betrunken oder mit Charity in einem Schrank verschwunden oder beides.*

»Ist Miss Chenowitch bei ihm?«

»Nein, das ist sie nicht.«

»Könnten Sie mich mit ihr verbinden?«

Es klickte ein paarmal, und dann meldete sich eine andere Frauenstimme.

»Achtundzwanzig«, sagte sie.

»Cynthia, hier ist Doug Douglass.«

»Nun, wir haben Sie erwartet, Major. Wie war der Flug? Ich nehme an, Sie brauchen einen Wagen. Wo sind Sie?«

»Der Flug war prima, danke«, sagte Doug Douglass. »Aber ich brauche Dick Canidys Telefonnummer. Mein Vater ist in einer Konferenz und wird erst in einer Stunde zu sprechen sein.«

»Canidy ist nicht hier«, sagte Cynthia Chenowitch.

»Wo ist er?«

Sie zögerte, bevor sie antwortete.

»Eigentlich ist er in New Jersey.«

»Geben Sie mir bitte die Telefonnummer?«

Sie zögerte noch länger, bevor sie ihm schließlich die Nummer nannte. »Wenn sich die Zentrale meldet, Major«, fügte sie hinzu, »fragen Sie, ob dort die Foster-Wohnung ist. Haben Sie das? Foster. Sonst stellt man Sie nicht durch.«

»Foster-Wohnung«, wiederholte Douglass. »Kapiert. Sagen Sie meinem Vater, ich melde mich später bei ihm.«

»Das werde ich ausrichten.«

Douglass unterbrach die Verbindung und nannte dann der Vermittlung die Nummer, die er von Cynthia erfahren hatte.

»Asbury vier-neun-drei-null-eins«, meldete sich eine Männerstimme.

»Ist dort die Foster-Wohnung?«

»Ja, das ist sie«, erwiderte die Männerstimme.

»Kann ich Dick Canidy sprechen?«

»Ich rufe den Major für Sie an«, sagte der Mann.

Kurz darauf war Canidy in der Leitung und meldete sich mit seinem Namen.

»Early Bird Führer, hier ist Early Bird eins«, sagte Douglass.

›Early Bird‹ war in China ihr Funkname von Flugzeug zu Flugzeug gewesen.

Canidy lachte erfreut.

»Du Bastard, wo bist du?«

»Ich sitze hier mit Commander Bitter, nicht weniger als drei toll aussehenden Ladys, Gallonen von Schnaps und einem Baby zusammen. Die wichtige Frage ist, wo, zum Teufel, bist du?«

»Ich sitze hier bis zum Hals in Benzinverbrauchs-Berechnungen«, antwortete Canidy.

Anns Herz schlug schneller. Und sie spürte, wie ihr das Blut in die Wangen schoß.

»Wo ist ›hier‹?« fragte Douglass.

Canidy zögerte, bevor er antwortete.

»Am Strand in der Nähe der Lakehurst NAS.«

»Nun, laß alles liegen und stehen, setz dich in einen Zug und komm her, bevor Bitter all den Schnaps säuft.«

»Ich wünschte, ich könnte das, Doug«, sagte Canidy. »Aber es ist unmöglich.«

»Warum ist es unmöglich?«

»Weil ich Dienst habe.«

»Am ganzen verdammten Wochenende des vierten Juli?«

»Am ganzen verdammten Wochenende des vierten Juli«, bestätigte Canidy. »Tut mir wirklich leid, Doug. Ich kann einfach nicht weg.«

»Scheiße«, sagte Douglass. Er war enttäuscht, aber er hatte Verständnis. »Es wäre lustig gewesen. Nun, dann sag wenigstens dem Commander und den Mädchen guten Tag.«

Er überreichte den Telefonhörer Ed Bitter.

»Was hatte dieses ›Early Bird‹ zu bedeuten?« fragte Charity.

»Das war unser Funkname in China«, erklärte Douglass.

»Was war das für eine Geschichte, nach der Canidy wegen Feigheit heimgeschickt wurde?« fragte Ann.

»Das war Blödsinn«, sagte Douglass. »Sie benutzten dieses Märchen, um zu erklären, warum er plötzlich fortmußte, um für meinen Vater zu arbeiten. Menschenskind, beim ersten Mal draußen griff er – er allein – neun japanische Bomber an und schoß fünf davon ab. Er war das erste As in der Amerikanischen Freiwilligen-Gruppe.«

Ann schaute Ed Bitter triumphierend an. Dann nahm sie den Hörer von ihm entgegen.

»Hallo, Dick, wie geht's? Hier ist Ann Chambers. Erinnerst du dich an mich?«

»Was macht ein nettes Mädchen wie du mit diesen beiden Typen?« erwiderte Canidy.

»Es ist schon in Ordnung«, sagte Ann. »Wir haben Sarah als Anstandsdame.«

Sarah verstand das als Stichwort, um den Hörer zu übernehmen. Ann gab ihn bereitwillig an sie weiter.

Jetzt konnte ich endlich mit ihm reden, und ich wußte nicht, was ich sagen sollte.

Als jeder, einschließlich Charity, mit Canidy gesprochen hatte und der Hörer auf der Gabel lag, wußte Ann, was sie sagen sollte.

»Ich glaube, ich weiß, wo er ist. Am Strand, in der Nähe von Lakehurst.«

Douglass blickte sie neugierig an.

»Mein Vater und Chesty Whittaker waren Freunde«, sagte Ann. »Chesty Whittaker hatte ein großes Haus am Strand bei Deal. Summer Place. Ich war mal mit meinem Vater dort. Ich wette, da ist er.«

»Das ergibt Sinn«, meinte Douglass. »Donovan und mein Vater haben das Whittaker-Haus hier in D.C. übernommen. Na, und?«

»Ganz gleich, was er tut, ich bezweifle, daß er es am vierten Juli tun wird. Wenn ihr zwei ihn besuchen wollt, meine ich.«

»Und ob ich ihn besuchen will!« sagte Ed Bitter mit etwas schwerer Zunge. Der Alkohol zeigte seine Wirkung. »Ich muß mich bei ihm entschuldigen.«

»Ja, das finde ich auch«, bestärkte ihn Ann.

»›Strand‹ klingt prima für mich«, sagte Charity. »Alles ist besser als dieses Dampfbad hier.«

»Aber wie kommen wir hin?« fragte Bitter sachlich.

»Ich will das Baby nicht im Zug mitnehmen. Und die Fahrt würde ewig dauern. Und wir wissen nicht, ob er wirklich dort ist, wo du meinst.«

»Wir könnten mit dem Wagen fahren«, schlug Douglass vor.

»Dazu braucht man Benzin«, sagte Bitter.

»Der Tank deines Wagens ist voll«, sagte Douglass. »Und Coupons im Wert von fast hundert Gallonen liegen im Handschuhfach.«

Ed Bitter überraschte seine Frau, indem er kommentarlos die Coupons für das Benzin vom Schwarzen Markt akzeptierte. Aber als er spürte, daß sie ihren Plan wirklich nicht durchführen sollten, erhob er einen letzten Einwand.

»Wer würde fahren?« fragte er und heftete den Blick auf Douglass. »Ich bin ein bißchen benebelt, und du bist offensichtlich auch nicht fahrtüchtig.«

»Ich werde fahren«, sagte Ann.

2

Summer Place
Deal, New Jersey

3. Juli 1942, 22 Uhr 30

Auch mit Reisepriorität fand Eldon Baker keinen freien Platz in einem Flugzeug von Louisville. Und er entschied sich, seine Priorität nicht zu nutzen, um den Offizieren den Platz wegzunehmen, die von Fort Knox aus mit dem Zug nordwärts fuhren, um bei ihren Familien zu schlafen. Er schlief im Sitzen in einem Personenzug nach Washington, und es war fast achtzehn Uhr, als er schließlich in Summer Place eintraf.

Er war nicht besonders erfreut über das, was ihn bei seiner Ankunft erwartete. Canidy hatte Second Lieutenant C. Holdsworth Martin III. erlaubt, seine Eltern anzurufen. Dann hatte sich Mrs. Whittaker die Freiheit herausgenommen, Mr. und Mrs. Martin junior einzuladen, damit sie der Hitze Manhattans entkommen und den vierten Juli mit ihrem Sohn in Summer Place verbringen konnten.

»Sie sagten, sie können kommen«, erzählte ein reueloser Canidy dem entsetzten Baker, nachdem der Schaden angerichtet war. »Martin *père* kam ans Telefon und fragte mich, ob das in Ordnung ginge.«

»Sie hätten höflich ablehnen sollen«, sagte Baker.

»Das kam mir gar nicht in den Sinn. Erstens ist einer von Donovans Jüngern ranghöher als ein popeliger Dilettant wie ich, und zweitens dachte ich, es würde den Admiral erfreuen.«

»Und Sie haben nicht daran gedacht, daß Sie ihn von Fulmar fernhalten sollen?« fragte Baker. In diesem Augenblick saß Fulmar in Badehose und mit einem Bademantel bei den Martins und dem Admiral unter einem Sonnenschirm an einer der Tische auf dem Rasen.

»Noch einmal, Eldon, als Martin *père* mich bat, mit ihm zu sprechen, sagte ich mir, es steht mir nicht zu, ihm das zu verweigern.«

Der Schaden ist angerichtet, sagte sich Baker. *Als erstes am Morgen werde ich Captain Douglass melden, was passiert ist. Unterdessen werde ich erledigen, was der Grund meiner Reise war.*

»Captain Douglass hielt es für eine gute Idee, wenn ich die erste Sitzung mit Ihnen und Fine abhalte. Für den Fall, daß ihr beide nicht alles habt, was ihr braucht.«

»Er befahl mir, die Aktentasche in Reynolds' Safe in Lakehurst zu schließen und mit der Arbeit nach dem Vierten anzufangen.«

»Da Commander Reynolds mich nicht kennt, halte ich es für das beste, wir beide fliegen hin«, sagte Baker.

»Wie wäre es, wenn wir damit bis nach dem Vierten warten?«

»Ich habe vor, morgen nachmittag um siebzehn Uhr abzureisen«, sagte Baker. »Bleibt also nur noch heute abend und morgen früh, um das in Lakehurst zu erledigen.«

»Dann heute abend«, sagte Canidy. »Morgen steigt eine große Fete am Strand. Ich möchte nicht, daß sie durch irgend etwas gestört wird.«

»Dann los«, sagte Baker.

»Ist Ihnen klar, daß wir den Ausflug zweimal machen müssen? Einmal, um das Material zu holen, und dann, um es zurückzubringen?«

»Es sei denn, Sie ziehen es vor, es an Ihrem Handgelenk angekettet zu lassen und damit zu schlafen«, sagte Baker.

Als sie von Lakehurst zurückkehrten, bat Canidy höflich Admiralde Verbey, sein ›Stabsquartier‹ benutzen zu dürfen.

Dann holte er Fine, der mit Mrs. Whittaker auf der Veranda saß.

»Bei den etwas veränderten Umständen halte ich es für das beste, Sie kurz über die gesamte Mission zu informieren«, sagte Baker. »Wenn Sie Fragen haben, unterbrechen Sie mich. Es ist vielleicht unnötig, Sie daran zu erinnern, aber ich tue es hiermit: diese Operation ist als Top Secret erklärt. Nur wer das Recht auf Information hat, darf darüber etwas erfahren. Zu Ihrer allgemeinen Information: Selbst der Vizepräsident hat bei dieser Operation kein Recht auf Information.«

»Wir sind beeindruckt, Eldon«, sagte Canidy. »Können wir jetzt zur Sache kommen?«

Baker öffnete die Aktentasche, notierte die Nummer des Ablaufzählers und nahm eine Karte in großem Maßstab heraus. Er breitete die Karte vor Canidy auf dem Tisch aus.

»Sie sehen nahe der Grenze von Portugiesisch Angola, Rhodesien und Belgisch Kongo eine Stadt namens Kolwezi«, sagte Baker. »Sie liegt in der Mitumba-Bergkette in der Provinz Katanga.«

Canidy fand Kolwezi und zeigte darauf. Lindbergh hatte sich nur um zwei- oder dreihundert Meilen verschätzt, bei diesen gewaltigen Entfernungen und ohne Vorgaben eine Meisterleistung.

Baker überreichte Canidy und Fine Fotos: brandneue Luftaufnahmen, einige ebenfalls neue Drucke und ein paar Aufnahmen, die offensichtlich Abzüge von alten Schnappschüssen waren.

Sie zeigten einen kleinen Ort mit Fachwerkgebäuden und einigen großen Ausgrabungen ringsum. Die Ausgrabungen waren so riesig, daß Straßen zum Fuß der Schächte führten, die in die Berge getrieben worden waren. Es gab ebenfalls Schmelzhütten und Halden von Abraum und Erzabfällen. Canidy sah einen Flugplatz, der unbefestigt war, außer vielleicht mit Abfällen der Minen und Schmelzhütten, deren Material oft für diesen Zweck Verwendung fand. Der »Tower« war nur etwa zehn Fuß hoch, und keines der Flugzeuge auf der Parkfläche war mehrmotorig.

»Wir müssen – unter absoluter Geheimhaltung – fünf Tonnen einer sehr besonderen Fracht von Kolwezi holen und herbringen.«

»Welche Fracht?« fragte Canidy.

»Ein Erz«, sagte Baker. »Stellen Sie bitte keine weiteren Fragen über das Erz. Sie brauchen nur zu wissen, daß es eine trockene, nicht explosive Substanz ist. Einiges davon hat die Eigenschaften von normalem Dreck, und einiges davon ist mit Gestein versetzt. Der Rest ist Abfall von Schmelzhütten. Es wird alles in Segeltuchsäcken verpackt sein, die jeweils ungefähr neunzig Pfund wiegen.«

Canidy nickte. »Das ist allerhand Gewicht. Aber es liegt innerhalb der Gewicht/Entfernungsgrenzen der Flugpläne, die Colonel Lindbergh erstellt hat.«

»Was haben Sie gesagt, Dick?« fragte Stanley Fine verblüfft.

»Ich finde, Sie sollten nicht darüber reden«, sagte Baker.

»Menschenskind!« brauste Canidy auf. »Stan, der Transport-Experte, der dies hier alles ausgearbeitet hat, war Colonel Charles Lindbergh. Aber erzählen Sie es keinem. Der Präsident hält ihn für einen Sympathisanten der Nazis.«

Fine schüttelte ungläubig den Kopf.

»Der Ausgangspunkt wird der Flughafen Newark sein«, fuhr Baker fort. »Sie werden via Gander Field, Neufundland, nach Irland fliegen, und von Irland nach Portugal und dann an der Westküste von Afrika hinab, wobei Sie hier und hier und hier stoppen, bis Sie in Kolwezi sind.« Er zeigte es an. »Dort werden Sie von einem dreiköpfigen Team erwartet. Wir haben einen Piloten und Kopiloten vom Air Transport Command rekrutiert. Beide sind ehemalige Pan-American-Piloten, die früher nach Südafrika geflogen sind. Nicht mit Landflugzeugen, das muß ich betonen. Sie flogen Sikorsky-Wasserflugzeuge. Aber sie sind mit der C-46 ausgebildet worden und werden Sie beide in die C-46 einweisen, damit Sie das Flugzeug fliegen können, wenn es nötig ist. Wenn Sie aus Kolwezi ausfliegen, werden Sie einen Passagier haben.«

»Wen?« fragte Canidy.

»Grunier«, sagte Baker.

»Grunier?« wiederholte Canidy perplex. »O Gott! Schon wieder?«

»Wir hoffen, seine Familie binnen zwei Wochen in England zu haben«, sagte Baker und ignorierte ihn. »Dies hat er für seine Zusammenarbeit bei dieser Operation verlangt, und wir haben seine Forderung erfüllt.«

»Er ist in Belgisch Kongo?« fragte Canidy.

»Er wird es sein«, erwiderte Baker. »Dies ist eines der Dinge, die uns aufhalten. Wir müssen ihn hinbringen und sicherstellen, daß er an Ort und Stelle ist, bevor wir das Flugzeug hinschicken.«

»Was macht er dort?« fragte Canidy.

»Er stellt sicher, daß die Säcke das enthalten, was wir bezahlen«, erklärte Baker. »Wir werden eine beträchtliche Geldsumme mit ihm nach Belgisch Kongo schicken, um all dies zu bezahlen. Und eine noch größere Summe wird gezahlt werden, nachdem Sie das Material abgeholt haben.«

»Wieviel ist ›beträchtlich‹?« fragte Canidy.

Baker dachte darüber nach, bevor er antwortete.

»Die Anzahlung waren Goldmünzen im Gegenwert von hunderttausend Dollar. Bei der Ablieferung des Materials werden vierhunderttausend fällig.«

»Und warum vertrauen wir Grunier? Nicht nur mit den hunderttausend Dollar, sondern nach allem, was wir ihm bereits angetan haben?«

»Weil wir ihm gesagt haben, daß es leichter wäre, seine Familie zurück nach Frankreich zu schicken, als sie herauszuschmuggeln«, sagte Baker nüchtern. »Und weil man ihm versprochen hat, daß seine Familie hergebracht wird und er einen Job in Colorado erhält, wenn er tut, was wir verlangen.«

»Und er glaubt das?«

»Nun, erstens stimmt es«, sagte Baker, »und zweitens glauben die Leute, was sie glauben wollen.«

»Warum, zum Teufel, ist das Zeug, das hergeschafft werden soll, so wichtig?«

»Ich habe Ihnen untersagt, diese Art Fragen zu stellen, Canidy«, sagte Baker. »Jetzt zum Flugzeug. Bitte unterbrechen Sie mich, wenn ich mich bei irgend etwas irre.«

Er blätterte in den Papieren, die vor ihm lagen, als es an der Tür klopfte. Baker blickte ungeduldig auf.

»Ja?« rief Canidy.

»Ich glaube, Sie sollten nach unten kommen, Mr. Canidy«, ertönte eine Stimme. Canidy erkannte sie als die des Sicherheitsmannes vom Dienst.

»Kann es nicht warten?« rief Canidy. »Wir sind hier fast fertig.«

»Ich halte es für besser, wenn Sie sofort herunterkommen, Mr. Canidy«, erwiderte der Ex-FBI-Agent stur.

»Die Pflicht ruft, Eldon«, sagte Canidy. »Was soll ich machen?«

»Beenden wir diese Sitzung«, sagte Fine. »Wenn wir nur über das Flugzeug reden wollen, ziehe ich es wirklich vor, mir das selbst anzuschauen.«

Baker überlegte und nickte dann. Er faltete die Landkarte zusammen.

»Ich bin in einer Minute unten«, informierte Canidy den Sicherheitsmann.

Als Baker die Dokumente wieder in der Aktentasche verstaut hatte, schloß er sie ab und überreichte sie Fine.

»Sie sollten sie mit der Handschelle anketten, Captain«, sagte er.

»Tun Sie das um Gottes willen, Stanley«, sagte Canidy. »Bestimmt sind Joseph Goebbels und Hermann Göring unten und halten die Wachen auf Trab.«

»Ich hoffe, es ist etwas so Einfaches«, sagte Baker. »Nach dem Klang der Stimme des Sicherheitsmanns zu urteilen, befürchte ich ein wenig, er wird mir melden, daß der Admiral einen Herzanfall erlitten hat.«

Sie gingen schnell die breite Treppe zum Foyer hinunter. In der Halle standen, umgeben von COI-Sicherheitsmännern und Matrosen mit Gewehren, Lieutenant Commander Edwin Bitter, USN, Major Peter Douglass junior, USAAC, und drei Frauen, von denen eine ein Baby auf den Armen hielt.

»Dies ist mir wirklich peinlich, Major Canidy«, sagte der junge Lieutenant (Junior Grade), der das Kommando über die Wachabteilung der Navy hatte. »Mein Posten am Tor ließ sie passieren. Weil einer davon ein Marineoffizier ist, sagte er, und weil sie behauptet haben, sie seien mit Ihrer Erlaubnis hier.«

»Allmächtiger!« stieß Canidy hervor. Und dann lachte er.

Er hatte Douglass näher betrachtet. Auf seinem Gesicht waren Spuren von Lippenstift zu sehen, und sein Hosenschlitz war nicht richtig geschlossen.

»Auf euch beide muß man aufpassen«, sagte er zu Douglass und Bitter.

»Wer sind diese Leute?« blaffte Baker.

»Der mit dem Lippenstift auf dem Gesicht ist Peter Douglass junior«, sagt Canidy. »Doug, wünsch Eldon Baker guten Tag. Er arbeitet für deinen Vater.«

»Was treiben die hier?« fragte Baker eisig.

»Ich nehme an, Sie sind wegen der großen Strandparty hergekommen.« Canidy wandte sich an den jungen Navy-Offizier der Wache. »Ich kann nicht sagen, daß kein Schaden entstanden ist. Aber sie sind nicht gefährlich. Sie können Ihre Männer abmarschieren lassen.«

»Keiner dieser Leute verläßt das Gelände ohne meineausdrückliche Genehmigung!« sagte Baker scharf.

»Bis ich abgelöst werde, Eldon – und Sie haben nicht die Befugnis, das zu tun –, habe ich das Kommando«, sagte Canidy. »Was bedeutet, daß Sie Befehle von mir erhalten.« Dann schaute er die anderen an. »Aber er hat recht. Es tut mir leid; jetzt, da ihr hier seid, werdet ihr bleiben müssen, bis man entscheidet, was man mit euch anfangen soll.«

»Das klingt gut für mich, Dick«, sagte Douglass. »Hast du etwas von einer Strandparty erwähnt?«

»Baker, Sie sollten Captain Douglass telefonisch mitteilen, daß wir Gäste haben.« Canidy lachte. »Ich weiß, Sie können kaum erwarten, das zu melden.«

Baker ging schnell in die Bibliothek, um zu telefonieren.

Canidy schaute die anderen an.

Sarah Child-Bitter wirkte den Tränen nahe.

Commander Bitter sieht aus, als hätte er soeben in der Kirche gefurzt, dachte Canidy.

»Als erstes müssen wir jeden für die Nacht unterbringen«, sagte Canidy. »Also gut, weibliche Gefangene, folgt mir. Hier gibt es irgendwo einen Butler, und ich werde ihn bitten, euch unterzubringen. Die männliche Gefangenen werden die Bar rechts finden.«

3

Summer Place
Deal, New Jersey

4. Juli 1942, 10 Uhr 05

Als er im Packard an dem Matrosen vorbeirollte, der die Privatstraße zum Whittaker-Grundstück bewachte, wollte Colonel William J. Donovan glauben, daß die Affäre in Summer Place etwas Lustiges wie ›Die Marx-Brothers am Strand‹ war und nicht etwas so Reales mit so gewaltigen Auswirkungen auf die Sicherheitsmaßnahmen, daß er es noch gar nicht richtig abschätzen konnte.

Es war nahezu unmöglich, an einem strahlenden vierten Juli, im eigenen Wagen und mit der Ehefrau neben sich auf der Fahrt zum Haus eines Freundes und Freunden, eine echte Gefährdung nicht nur der bevorstehenden amphibischen Landung an der Nordküste Afrikas, sondern auch der Pläne des Army Air Corps, Deutschland zu bombardieren, zu sehen – und sogar eine Gefährdung für die Entwicklung der Waffe, die höchstwahrscheinlich den Ausgang des Krieges entscheiden würde. Als sie sich dem Haus näherten, wies Donovan den Chauffeur an, zur Frontseite zu fahren. Der Chauffeur war ein früherer FBI-Agent, der eine .38er in einem Schulterholster trug. Eine .45 ACP Thompson-MPi lag auf dem Wagenboden. Donovan selbst war mit einem .38er Colt Banker's Special bewaffnet. Er hatte sein Seersucker-Jackett angelassen, weil er wußte, daß der Anblick der Waffe, die im Hosenbund steckte, seine Frau Ruth beunruhigte.

Als der Wagen vor der breiten Eingangstreppe hielt, sah Donovan drei Gruppen von Leuten. An Tischen mit Sonnenschirmen auf dem Rasen saßen außergewöhnlich gutaussehende junge Leute. Er erkannte Canidy, Jimmy Whittaker und den jungen Douglass. Die anderen Männer, ein Lieutenant Commander der Navy und zwei gutaussehende, muskulöse junge Männer in Badehose und Bademantel waren offenbar Bitter, der junge Martin und der sehr interessante Eric Fulmar. Drei junge Frauen saßen bei ihnen. Eine davon hielt ein Baby auf dem Schoß. Auf jedem der Tische standen Krüge mit Eistee, und ein Kübel auf dem Rasen enthielt Eis und Bierflaschen.

Donovan hielt es für bezeichnend, daß sich Canidy bei den Störenfrieden auf dem Rasen aufhielt und nicht bei einer der Gruppen auf der Veranda.

Die Gruppe zur Rechten bestand aus Vice-Admiral d'Escadre de Verbey, seinem Stab, ihrer Gastgeberin Mrs. Barbara Whittaker und Mr. und Mrs. C. Holdsworth Martin junior. In zwei silbernen Weinkühlern standen sechs oder sieben mit Servietten umwickelte Flaschen.

Vermutlich Champagner, dachte Donovan.

Zur Linken, bei einem Krug mit Eistee – saß einigermaßen beschämt ›die Streitmacht der Rechtschaffenheit‹: Captain Peter Douglass senior, USN, ein Commander der Navy und ein junger Lieutenant (offenbar waren diese beiden Offiziere von der Lakehurst-Wachabteilung). Dazu Mr. Eldon C. Baker, Miss Cynthia Chenowitch und Captain Stanley S. Fine, USAAC. Donovan fand es besonders interessant, daß Fine bei Douglass, Baker und den anderen saß.

Captain Peter Douglass hatte am Abend zuvor die volle Verantwortung für das skandalöse Geschehen übernommen und seinen Rücktritt angeboten. Donovan hatte nicht vor, das Rücktrittsgesuch anzunehmen, aber als er Douglass' niedergeschlagenes Gesicht sah, wurde ihm klar, daß sich Douglass das schlimmstmögliche Szenario für die Lage vorgestellt hatte. Bakers Miene verriet einfach nur Ärger. Cynthia Chenowitch wirkte verlegen und beschämt. Den Gesichtsausdruck der beiden Navy-Offiziere kannte Donovan aus seiner eigenen Dienstzeit beim Militär: Die hohen Tiere waren soeben eingetroffen, und man wußte nicht, was als nächstes geschehen würde. Fine war wie stets ein Anwalt, vertraut mit dem Schlamassel vor der Richterbank, jedoch nicht persönlich darin verwickelt.

Donovan unterdrückte ein Lächeln, als sich der junge Lieutenant dazu hinreißen ließ, aufzuspringen, stillzustehen und das hohe Tier schneidig zu grüßen, das die Treppe heraufkam. Das löste einen Reflex bei den anderen Offizieren auf der Veranda aus. Alle grüßten, sogar der Admiral.

»Guten Morgen«, sagte Donovan, als er den oberen Treppenabsatz erreicht hatte. Er reichte Douglass und Baker die Hand, stellte sich den anderen Marineoffizieren vor, lächelte Cynthia an, bot Ruth den Arm und ging über die Veranda zu Barbara Whittaker und ihrer Gruppe.

Die Frauen umarmten sich, während Martin Donovan den Admiral und seinen Stab vorstellte.

»Wir haben ein kleines Problem, über das wir sprechen müssen, Barbara«, sagte Donovan. »Können wir uns irgendwo ungestört unterhalten?«

»Captain Douglass hat vorgeschlagen, den Frühstücksraum für dich sauberzumachen, Bill«, sagte Barbara.

»Prima«, sagte Donovan. »Holdsworth, wenn es Ihnen nichts ausmacht, hätte ich Sie gern dabei. Ich werde Ihren Rat brauchen.«

Wenn es nötig wird, deinen Sohn auf Eis zu legen, wirst du mit einem bißchen Glück genug hören, um zuzustimmen, daß es nicht anders geht, dachte Donovan.

»Ich bin ein interessierter Beobachter, Bill«, sagte Holdsworth Martin.

»Das sind wir alle«, bemerkte Donovan trocken. »Entschuldigen Sie uns bitte?«

Er ging zur Haustür.

»Peter«, sagte er, »kommen Sie bitte mit?«

»Jawohl, Sir«, sagte Captain Douglass und folgte ihm in den Frühstücksraum.

Auf einem Tisch mit Glasplatte lagen Notizblöcke und angespitzte Bleistifte bereit. Die Sicherheitsleute hatten zwei Telefone angeschlossen. Eines davon, ein roter Apparat, war eine gesicherte Leitung.

»Ich möchte damit beginnen, Peter, Ihnen zu sagen, daß Ihr Rücktrittsgesuch abgelehnt ist und daß ich zwar interessiert bin, Ihr schlimmstmögliches Szenario zu erfahren, aber bezweifle, daß der Krieg schon verloren ist.«

»Ich finde, es ist viel Lärm um nichts gemacht worden«, sagte Martin.

»Da muß ich Mr. Martin respektvoll widersprechen, Colonel«, sagte Captain Douglass, und dann schilderte er seine Theorie, daß jede jetzt stattfindende geplante oder diskutierte Operation durch den gegenwärtigen Verstoß gegen die Sicherheitsvorschriften gefährdet war. Donovan war beeindruckt von Douglass' Vortrag, und er nahm an, daß er seit Bakers Anruf am vergangenen Abend daran gearbeitet hatte.

»In Ordnung, Peter«, sagte Donovan, als Douglass zu Ende gesprochen hatte. »Genau das wollte ich hören: Ihre ehrliche Meinung. Schicken Sie bitte Baker herein, damit wir alle schlechten Nachrichten auf einmal hören?«

Baker war tatsächlich ärgerlich, mehr als das: empört. Er war Berufsoffizier des Nachrichtendienstes und wütend, weil eine Reihe von guten Plänen offenbar den Bach runtergingen, nicht nur wegen der unentschuldbaren Nachlässigkeit von Amateuren, sondern auch – noch schlimmer – weil gewisse Personen, von denen man mehr hätte erwarten können, lasch und fahrlässig gehandelt hatten.

Er hat Captain Douglass namentlich nicht erwähnt, dachte Donovan, *aber er hat keinen Zweifel daran gelassen, wen er meint.* Und dann kam Donovan ein anderer Gedanke: *Nein, er hat von ›gewissen Personen‹ – Mehrzahl – gesprochen, und das schließt mich ein.*

Baker hatte sich offenbar ebenso sorgfältig wie Douglass auf seine Erklärung vorbereitet. Und er hatte ebenfalls konkrete Empfehlungen.

Canidy sollte von seinem Verantwortungsbereich abgelöst und auf Eis gelegt werden, wenigstens bis nach dem Flug nach Afrika und der Operation Fackel. Danach sollte sein Fall überprüft und eine Entscheidung gefällt werden, was als nächstes mit ihm geschehen sollte.

Whittaker und Fulmar sollten ebenfalls auf Eis gelegt werden, wenigstens bis nach der Operation Fackel. Danach würden ihre Fälle überprüft werden. Fulmar würde angesichts seiner geplanten Benutzung besondere Aufmerksamkeit erfordern.

Obwohl davon ausgegangen werden mußte, daß sie mehr wußten, als ihnen ein Recht auf Information zubilligte, konnte Commander Bitter, Major Douglass und Lieutenant Martin vielleicht klargemacht werden, welche Auswirkungen eine Preisgabe ihres Wissens auf die Sicherheit der Vereinigten Staaten haben würde, und sie konnten zu ihren Einheiten zurückkehren, wenn sie sich verpflichteten, den Mund zu halten. Bitters Frau konnte man zweifellos ebenfalls vertrauen.

Ein unberechenbares Sicherheitsrisiko waren Ann Chambers und Charity Hoche. Charity, sagte Baker, hatte das Gehirn einer Mücke und ein lockeres Mundwerk. Zweifellos würde sie überall ausplaudern, welche faszinierenden Leute sie in Deal kennengelernt hatte, ganz gleich wie sorgfältig man ihr alles erklären und sie zu Stillschweigen vergattern würde.

»Und Ann Chambers ist Journalistin«, schloß Baker. »Sie wittert förmlich Storys, und sie ist erfahren darin, Leuten Fakten zu entlocken. Zweifellos sammelt sie in diesem Moment geschickt Fakten, um abzurunden, was gestern abend nicht herauskam, als Canidy und Co. zu tief ins Glas geschaut hatten.«

Miss Chambers und Miss Hoche sollten folglich streng überwacht werden, ohne Rücksicht auf die Konsequenzen, bis der Flug nach Afrika und die Operation Fackel durchgeführt waren, verlangte Baker kategorisch.

Das ist eine Wunschliste, die er mir anbietet, sagte sich Donovan. *Er möchte all dies haben, aber er weiß, daß er es nicht bekommen kann. Doch er hat praktisch zu Protokoll gegeben, daß man ihm keine Schuld geben kann, wenn etwas schiefläuft.*

Aber in einem Punkt hat er recht. Ann Chambers ist wie ein losgerissenes Geschütz, das in einem Sturm an Deck eines Schiffes herumrollt.

»Was Captain Fine anbetrifft«, schloß Baker, »so ist er der Silberstreif am Horizont. Wir können ihm den Afrikaflug anvertrauen. Vorausgesetzt, er kehrt sicher davon zurück, kann er mit anderen Projekten beauftragt werden.«

»Wenn wir Canidy ablösen, was machen wir dann mit einem Ersatzflugzeug?« fragte Donovan. »Das würde bedeuten, jemand anders zu beteiligen, und wer würde das sein?«

»Ich könnte natürlich einspringen«, sagte Baker.

»Nein, Sie wissen zuviel über Uranerz«, widersprach Donovan. »Mir bereitet sogar Unbehagen, daß Grunier von unserem Interesse daran weiß.«

»Aber wenn das Ersatzflugzeug benötigt wird«, argumentierte Baker, »würden wir davon ausgehen müssen, daß die Geheimhaltung ohnehin gefährdet ist. Aus diesem Grund würde ich es riskieren, nur ein Flugzeug einzusetzen.«

»Aber wir müssen das Uranerz unbedingt haben«, sagte C. Holdsworth Martin junior. »Selbst zu dem Preis, die Deutschen wissen zu lassen, daß wir an einer Atombombe arbeiten. Langfristig gesehen ist es wichtiger, das Uranerz zu bekommen, als die Operation Fackel durchzuführen.«

Donovan nickte zustimmend. Dann wurde ihm klar, daß von Baker nur eine Wiederholung der Argumente zu erwarten war, die er bereits angebracht hatte, und er ließ ihn nicht mehr zu Wort kommen.

»Ich möchte mit Ann Chambers reden«, sagte Donovan. »Würden Sie sie bitte hereinschicken, Eldon?«

Als Baker zur Tür hinaus war, sagte C. Holdsworth Martin junior sofort: »Bill, um Gottes willen, Sie denken doch nicht wirklich daran, das Chambers-Mädchen einzusperren, oder?«

»Baker meint, das sei vielleicht nötig«, erwiderte Donovan.

»Brandon Chambers war bis jetzt bereit, mit uns zusammenzuarbeiten«, sagte C. Holdsworth Martin junior. »Wenn Sie seine Tochter einsperren, wird sich das ändern. Sie können Brandon Chambers nicht sagen, daß seine Tochter ein Sicherheitsrisiko ist. Ich bin überzeugt, Sie wissen weiterhin, daß Richard

Hoche, Charitys Vater, ein sehr guter Anwalt für Verfassungsrecht ist. Wenn Sie diese Mädchen einsperren, müssen Sie damit rechnen, daß Roosevelts fragwürdige Auslegung der Habeas-Corpus-Akte vor das Oberste Bundesgericht kommt. Und Chambers würde die Story auf Seite eins all seiner Zeitungen bringen, bis jeder im Land davon gehört hat.«

»Da haben wir ein Problem, nicht wahr, Holdsworth?« sagte Donovan.

»Ich wiederhole, daß ich das Ganze für viel Lärm um nichts halte«, sagte Martin.

»Und ich wiederhole, wir haben ein Problem, Holdsworth.«

Es klopfte an der Tür, und eine Frauenstimme rief: »Colonel Donovan?«

»Kommen Sie herein, Ann.«

Sie trug eine blaßgelbe Bluse und einen hellblauen Faltenrock. Sie sah so süß und unschuldig wie ein College-Mädchen aus – bis man in ihre Augen schaute. Sie war beträchtlich härter, als sie auf den ersten Blick wirkte, und sie war sichtlich vorsichtig, nicht ängstlich.

»Wie geht es Ihrer Familie, Ann?« fragte Donovan.

»Cousin Edwin ist ein bißchen grün um die Nase herum, Colonel«, sagte Ann. »Aber dem Rest von uns geht es prima.«

Donovan lächelte. »Commander Bitter mag ein bißchen grün um die Nase herum sein, weil er vielleicht besser versteht als Sie, was im Augenblick los ist.«

»Das kann sein«, sagte Ann.

»Was ist Ihrer Meinung nach los?«

»Dazu verweigere ich die Aussage, Colonel Donovan«, sagte Ann.

»Gewiß sind Sie neugierig?«

»Klar«, gab sie zu.

»Mit anderen Worten, Sie wittern eine sensationelle Story?«

»Machen Sie sich deshalb Sorgen?«

»Es könnte großer Schaden angerichtet werden, wenn es Getuschel darüber gibt, hier könnte etwas los sein«, sagte Donovan. »Wir können uns nicht erlauben, daß Vermutungen in der Presse erscheinen, Ann.«

»Nun, was mich anbetrifft, können Sie unbesorgt sein. Ich habe nicht vor, auch nur ein Wort darüber zu schreiben.«

»Nun, das höre ich mit Erleichterung«, sagte Donovan. »Aber ich muß dieses Thema weiterführen. Ich hoffe, Sie nehmen mir das nicht übel.«

»Stellen Sie mich auf die Probe«, sagte Ann.

»Wie kann ich sicher sein, daß Ihr Patriotismus nicht abnimmt, nachdem Sie Gelegenheit hatten, über diese Sache nachzudenken?«

»Dies hat nichts mit meinem Patriotismus zu tun.«

»Womit dann?« fragte Donovan überrascht.

»Dick Canidy hat offenbar unseretwegen große Probleme«, sagte Ann. »Ich würde nichts tun, was ihn in noch größere Schwierigkeiten bringt, und ich halte es für an der Zeit, Ihnen zu sagen, daß er überhaupt nichts mit unserem Herkommen zu tun hatte. Ich war es, die herausfand, wo er war, und die anderen überredete, zu ihm zu fahren.«

»Ihre Loyalität zu Ihrem Freund ist lobenswert«, sagte C. Holdsworth Martin junior.

»Dies hat nichts mit Loyalität zu einem Freund zu tun«, erwiderte Ann. »Ich liebe Dick Canidy. Ich kann Ihnen nicht sagen, wie schlimm ich mich fühle, weil ich ihn in Schwierigkeiten gebracht habe.«

»Ich wußte nicht, daß Sie ein enges Verhältnis mit Canidy haben«, sagte Donovan.

»Er weiß ebenfalls nichts davon«, sagte Ann. »Aber ich hoffe, daß sich das früher oder später ändern wird.«

»*Mon Dieu!*« sagte C. Holdsworth Martin junior.

»Es fiel mir nicht leicht, das zuzugeben«, bekannte Ann. »Aber unter den gegebenen Umständen hielt ich es für nötig.«

»Ich bin froh, daß Sie es uns gesagt haben, Ann«, sagte Donovan. »Und es wird niemand davon erfahren.«

»Danke«, sagte Ann. »Was geschieht jetzt?«

»Das werden Mr. Martin und ich entscheiden, sobald Sie uns verlassen haben«, sagte Donovan.

»Wenn Sie Dick Saures geben«, sagte Ann, »dann werde ich ihm auf jede nur mögliche Weise helfen. Ich habe Gerüchte gehört, daß Leute eingesperrt werden, damit sie angeblich psychiatrisch untersucht werden können. Wenn Sie so etwas mit Canidy machen, können Sie sich darauf verlassen, daß es in den Zeitungen erscheint. Vielleicht wird es in den Zeitungen meines Vaters nicht veröffentlicht werden, aber andere werden es bringen.«

Sie verließ den Raum.

Was, zum Teufel, ist mit Canidy los? dachte Donovan. *Diese junge Frau ist wirklich blitzgescheit. Sie hat das sprichwörtliche Holz vor der Hütte und ist obendrein was ganz Besonderes.*

»War das ein Beispiel dafür, daß die Hölle nichts im Vergleich zum Zorn eines liebenden Weibes ist?« fragte C. Holdworth Martin junior.

»Nun, Sie hat es angedroht, nicht wahr?« erwiderte Donovan. »Und was geschieht jetzt?«

»Ich finde, wir sollten mit Canidy reden, bevor wir uns entscheiden«, sagte Martin.

»Ja«, stimmte Donovan zu. Er ging zur Tür und öffnete sie. Dann rief er mit erhobener Stimme: »Schickt jemand Canidy her, bitte?«

Canidy trat mit Khakihose und T-Shirt ein.

»Wir haben anscheinend ein Problem, Dick, nicht wahr?« begann Donovan.

»Kein so großes, wie Baker anscheinend denkt«, sagte Canidy. »Aber ein Problem.«

»Sie wirken nicht sonderlich besorgt deswegen«, sagte Donovan scharf.

»Der angerichtete Schaden läßt sich nicht rückgängig machen«, sagte Canidy. »Und ich bezweifle, daß Sie mich herbefohlen haben, um mich zu fragen, wie ich ihn in Ordnung bringen kann.«

»Canidy«, sagte Donovan, »im Moment befinden Sie sich auf einem glatten Abhang, an dessen Fuß ein langer Aufenthalt im St. Elizabeth's Hospital wartet.«

»Ich dachte mir schon, daß dies vermutlich passieren wird«, sagte Canidy. »Danke, Colonel, daß Sie es mir selbst gesagt haben. Daß Baker die Befriedigung versagt bleibt, meine ich.«

Er erhob sich. »Das war alles, nicht wahr?« fragte er.

»Setzen Sie sich, Canidy!« befahl Donovan.

Canidy zuckte mit den Schultern und ließ sich wieder auf den Stuhl sinken.

»Haben Sie sich gefragt, warum Baker so aufgeregt war?« fragte Donovan.

»Baker ist ein Profi«, antwortete Canidy. »Er verachtet mich und alle Amateure. Ich bin ihm nicht ernst genug.«

»Es überrascht mich, daß Sie nicht in Erwägung gezogen haben, er könnte etwas wissen, von dem Sie keine Kenntnis haben.«

»Oh, das habe ich in Erwägung gezogen, Colonel.«

»Da die Aussichten, daß Sie im St. Elizabeth's Hospital landen, neunzig zu zehn stehen, werde ich Ihnen ein wenig mehr erzählen, als Sie bis jetzt wissen«, sagte Donovan. »Ich bin an Ihrer Reaktion interessiert.«

»Und wenn meine Reaktion nicht Ihren Erwartungen entspricht, lande ich mit Sicherheit in der St. Elizabeth's-Klapsmühle?«

»Ja«, sagte Donovan.

Canidy sah Martin an den Augen an, daß ihn die Entwicklung dieses Gesprächs überraschte.

»Die Deutschen haben mit Testflügen eines Düsenjägers namens Messerschmitt ME-262 begonnen«, sagte Donovan. »Wenn die Tests erfolgreich sind und wenn sie das Flugzeug in ausreichender Zahl produzieren können, wird die ME-262 gewaltige Verluste bei den Bombern der Eighth Air Force anrichten. Dies bedeutet, daß die gegenwärtige Strategie, die eine Zerstörung der deutschen Industrie durch Bombardierungen aus der Luft vorsieht, aufgegeben werden muß. Im Augenblick ist kein zufriedenstellender Ersatz verfügbar.«

»Mein Gott!« sagte Canidy.

»Die einzige Lösung des Problems, die anscheinend Sinn hat«, fuhr Donovan fort, »ist die Störung der Produktion der deutschen Düsenjäger oder der Erhalt der technischen Beschreibungen. Das wird unseren Technikern erlauben, zu entscheiden, wie die Produktion verzögert werden kann. Besondere Metalle, besondere Schmelztechniken, besondere Maschinen zur Herstellung dieser Flugzeuge... all das müßte sabotiert werden. Können Sie mir folgen?«

»Jawohl, Sir«, sagte Canidy.

»Die Fokker Company beschäftigt als Subunternehmer für die Entwicklung und Produktion dieser Maschinen die FEG – die Fulmar Elektrische Gesellschaft.«

»Sie meinen, Eric kann helfen?«

»Wir hoffen es.«

»Und wie?«

»Er kann helfen, einen Mann zu rekrutieren, der in dieser Hinsicht nützlich sein kann, wie wir hoffen. Unser Mann in Marokko, Murphy... Sie haben ihn kennengelernt, nicht wahr?«

»Auf dem Weg hinaus«, bestätigte Canidy.

»Murphy hat einen ziemlich interessanten Kontakt mit einem Mann namens Max von Huerten-Mitnitz hergestellt.«

»Er hat den Vorsitz der französisch-deutschen Waffenstillstandskommission«, sagte Canidy. »Er hat verdammt alles darangesetzt – er und ein SS-Offizier namens Müller –, um Fulmar nach Deutschland zurückzuholen.«

»Nun, aus mehreren Gründen glaubt Murphy, daß Huerten-Mitnitz sehr wertvoll für uns sein kann. Fulmar ist der Schlüssel zu dieser Zusammenarbeit. Deshalb haben wir Fulmar aus Marokko herausgeholt. Es hat wenig oder nichts mit der Operation Fackel zu tun.«

»Welchen Zusammenhang gibt es mit dem Flug nach Afrika?«

»Keinen«, sagte Donovan nach kurzem Zögern.

Es war offensichtlich, daß Canidy ihm nicht glaubte.

»Und dieser Verstoß gegen die Sicherheitsvorschriften hat das vermasselt?«

»Wenn bekannt wird, was hier los ist, wird das der Fall sein«, sagte Donovan.

»Dann, und zum ersten Mal, tut es mir wirklich leid«, sagte Canidy. »Verdammt! Warum hat mir das keiner eher gesagt?«

»Zuvor hat es Ihnen nicht leid getan?«

»Wollen Sie eine ehrliche Antwort?« fragte Canidy.

»Bitte«, sagte C. Holdsworth Martin junior.

»Es kam mir vor wie viel Lärm um nichts«, sagte Canidy.

Donovan hustete, als hätte er etwas in die Kehle bekommen.

Canidy wartete, bis sich der Colonel beruhigt hatte, und sagte dann: »Sie brauchen nur Bitter und Douglass zu sagen, daß sie den Mund halten sollen. Sie als Sicherheitsrisiko zu betrachten, ist völlig absurd. Whittaker und Martin wissen nur, wer hier in Deal ist. Auch sie kann man zum Schweigen verpflichten. Dann gibt es ein Problem mit einer der Frauen, Ann Chambers. Sie mag wie eine Neunzehnjährige aussehen, aber sie ist viel klüger, als man auf den ersten Blick denkt. Gestern abend hat sie alle ausgehorcht.«

»Meinen Sie, sie hat etwas erfahren?«

»Nein«, sagte Canidy sachlich. »Dessen bin ich mir sicher. Aber sie ist äußerst intelligent, und wir können uns nicht erlauben, daß sie Spekulationen in den Zeitungen anstellt.«

»Wollen Sie damit sagen, daß Sie mit Ausnahme von Ann Chambers kein Sicherheitsproblem sehen?«

»Ich nehme an, meine Meinung ist kaum gefragt«, erwiderte Canidy, »aber wenn Sie eine Möglichkeit finden, sie dazu zu bringen, den Mund zu halten, sehe ich kein Sicherheitsproblem. Ich habe nie eins gesehen.«

»Das ist sehr interessant, Canidy«, sagte Donovan. »Es ist fast genau das Gegenteil von Bakers Meinung. Und er ist ein Profi.«

»Ich bin eigentlich auch kein Amateur mehr, Colonel. Ich bin keiner mehr, seit das U-Boot ohne mich abgefahren ist.«

»Nicht genau ein Amateur, aber auch kein Profi«, sagte Donovan. »Okay, Canidy, das war's. Danke.«

»Darf ich fragen, welchen Status ich habe?«

»Mr. Martin und ich werden das jetzt besprechen. Bis eine Entscheidung gefallen ist, warten Sie am besten in Ihrem Zimmer.«

»Jawohl, Sir«, sagte Canidy.

Als er fort war, sagte Martin: »Es wird Ihnen nicht gefallen, Bill, aber ich stimme für Canidy.«

»Ich auch«, sagte Donovan. »Wir beide müssen jetzt eine Möglichkeit finden, wie wir Bakers gesträubte Federn glattstreichen. Er ist gut, und wir können uns nicht erlauben, ihm das Gefühl zu geben, daß wir auf ihn pfeifen.«

»Wir können ein wenig auf ihn pfeifen, Bill«, sagte Martin. »Das wird sogar gut für ihn sein. Er hält sich für den Meisterspion, und das ist Ihre Rolle.«

Donovan dachte einen Moment darüber nach.

»Wissen Sie was?« sagte er dann. »Ich werde ihn reinschicken, und Sie ärgern ihn ein bißchen. Sagen Sie ihm, Sie stellen seine Urteilskraft in Frage, weil er so laut ›Feuer!‹ geschrien hat.«

»Warum ich?«

»Es war Ihre Idee, Holdsworth«, sagte Donovan und stand auf. »Ich gehe zu Canidy und lese ihm noch einmal die Leviten, und dann finde ich heraus, ob er tatsächlich eine Strandparty vorbereitet hat. Ich habe seit Jahren an keiner mehr teilgenommen.«

VIII

1

Summer Place
Deal, New Jersey

4. Juli 1942

Canidys Reaktion überraschte Colonel William J. Donovan nicht sehr, als er zu ihm aufs Zimmer ging – eigentlich eine kleine Wohnung über dem Bootshaus – und ihm sagte, daß er es für falsch hielt, jeden auf Eis zu legen.

Aus dem Tonfall von Canidys »Jawohl, Sir«, schloß Donovan, daß sich Canidy bereits in seine, Donovans, Lage versetzt, die möglichen Konsequenzen überlegt hatte und zu dem Schluß gelangt war, wie seine Entscheidung wahrscheinlich ausfallen würde.

»Ist das alles, was Sie zu sagen haben? Keine Fragen?«

»Jede Menge Fragen«, sagte Canidy. »Wie werden Sie mit Baker umgehen? Und mit dem Chambers-Mädchen? Und mit ihrer Freundin mit dem Spatzengehirn, Charity Hoche?«

Canidy ist entweder gerissener und listiger, als ich glaube, oder er hat wirklich keine Ahnung, was Ann Chambers für ihn empfindet.

»Ich habe mit dem Chambers-Mädchen gesprochen«, sagte Donovan. »Sie kommt sehr auf ihren Vater. Weil sie versteht, wie wichtig es ist, unsere Arbeit geheimzuhalten, wird Ann sie niemals gefährden, indem sie darüber schreibt.«

»Die Zeitungen von Chambers haben ein paar von Drew Pearsons Kolumnen über ›Donovans Dilettanten‹ gebracht«, wandte Canidy ein.

»Brandon Chambers behält sich das Recht vor, Pearsons Kolumnen zu lesen, bevor sie in seinen Zeitungen veröffentlicht werden. Er hat Dutzende davon verboten, wie ich weiß. Ich kann nur davon ausgehen, daß Chambers zu dem Schluß gelangt ist, daß ich mit meiner Tätigkeit keinen Drückebergern eine gutdotierte Zuflucht biete und daß zweifellos die nationale Sicherheit von der Arbeit des COI abhängt.«

»Hm«, murmelte Canidy nachdenklich.

»Oder er glaubt Pearson«, sagte Donovan und lachte, »und er hält es für seine patriotische Pflicht, diese Story zu veröffentlichen. Es ist sogar möglich, daß er erkannt hat, daß ich mich über solch eine Story freuen würde, weil sie die Aufmerksamkeit von unserer wirklichen Tätigkeit ablenkt.«

Canidy lachte darüber. Er kannte Brandon Chambers gut genug, um zu wissen, daß Donovan mit seiner Annahme recht haben könnte.

»Auf jeden Fall werde ich ein Essen mit ihm arrangieren, um ihm meine Anerkennung für seine Diskretion auszudrücken. Ich bezweifle, daß wir uns wegen den Chambers Sorgen machen müssen, weder wegen dem Vater noch wegen der Tochter.«

Canidy nickte. »Und das Spatzengehirn?«

»Wir werden Miss Hoche, deren Vater zufällig ebenfalls ein Freund von mir ist, einen Ferienjob anbieten«, sagte Donovan.

»Einen Ferienjob?« fragte Canidy überrascht.

»Sie kann im Sommer als Aushilfe im Haus in der Q Street arbeiten und vieles von Cynthias Arbeit als

Haushälterin übernehmen. Cynthia wird derweil ein Auge auf sie halten.«

»Ich weiß nicht, wie ich dies taktvoll sagen soll, Colonel«, sagte Canidy, »aber wissen Sie, wie wütend und empört Baker ist?«

»Ich weiß, daß er Sie verabscheut, Dick«, sagte Donovan. »Vielleicht sogar mehr als mich in diesem Augenblick. Aber ich habe einen Plan, nach dem er mich hoffentlich für äußerst weise und urteilsfähig halten wird.«

»Wie wollen Sie das erreichen?«

»Indem ich ihn befördere«, sagte Donovan.

Canidy lachte. »Zu was?«

»Direktor für Rekrutierung und Ausbildung des OSS«, sagte Donovan.

»Ich weiß nicht, was das ist«, bekannte Canidy..

»Das, nach dem es klingt«, sagte Donovan. »Da Baker der festen Überzeugung ist, wir hätten die falschen Leute für das OSS rekrutiert, werde ich ihn das Rekrutieren erledigen lassen. Es kostet ohnehin zuviel von Pete Douglass' Zeit.«

»Ich meine, was hat das ›OSS‹ mit dem Titel und uns zu tun?«

»Das wissen Sie nicht?«

»Ich habe es bei der Schreibarbeit gesehen«, sagte Canidy. »Man zahlt jetzt für unsere Materialbeschaffungen an ein OSS, aber ich weiß nicht, wer oder was es ist.«

»Nun, kaum zu glauben, daß Ihnen niemand erklärt hat, wer und was das ist«, sagte Donovan lächelnd. »Vielleicht hat sich Baker gesagt, Sie haben kein Recht auf Information. Es geschah vor drei Wochen.«

Er öffnete seine Aktentasche und kramte darin. »Ich hatte es doch hier. Es ist für meine persönlichen Akten. Ah, da ist es.«

Er überreichte Canidy ein Blatt Papier.

MILITÄRISCHER BEFEHL Kopie 2 von 3
Office of Strategic Services

Kraft meiner Befugnis als Präsident der Vereinigten Staaten und als Oberbefehlshaber von Army und Navy der Vereinigten Staaten befehle ich folgendes:

1. Das Büro des Coordinator of Information, gegründet durch Befehl vom 11. Juli 1941, ausschließlich der ausländischen Aktivitäten des Nachrichtendienstes, die dem Büro von Kriegsinformation durch Befehl vom 13. Juni 1942 übertragen wurden, wird hiermit als Office of Strategic Services benannt und den Stabschefs der Streitkräfte unterstellt.

2. Das Office of Strategic Services soll folgende Aufgaben erfüllen:
a. Das Sammeln und Analysieren von strategischen Informationen, die vielleicht von den Stabschefs der Streitkräfte der Vereinigten Staaten benötigt werden.
b. Die Planung und Durchführung besonderer Dienste auf Anweisung der Stabschefs der Streitkräfte der Vereinigten Staaten.

3. Die Leitung des Office of Strategic Services wird einem Director of Strategic Services übertragen, der vom Präsidenten ernannt wird und seine Aufgaben auf Anweisung und

> unter Aufsicht der Stabschefs der Streitkräfte der Vereinigten Staaten erfüllen soll.
>
> 4. Hiermit ist William J. Donovan als Director of Strategic Services ernannt.
>
> 5. Der Befehl vom 11. Juli 1941 ist hiermit aufgehoben.
>
> *Franklin D. Roosevelt*
> Oberbefehlshaber

»Sie sind also jetzt den Stabschefs unterstellt«, sagte Canidy.

»Lesen Sie das sehr sorgfältig«, sagte Donovan. »Und fangen sie an, ›wir‹ zu denken.«

Nach einer Weile sagte Canidy: »Ich habe mich stets gefragt, wie Sie es geschafft haben, als freier Agent über die Runden zu kommen. Die Nachrichtendienste von Army und Navy müssen Sie als einen Eindringling in ihre heiligen Reviere betrachten.«

»Ich befürchte, so ist es«, sagte Donovan. »Sowohl ONI als auch G-2 unterstehen dem Chef für Marineoperationen und dem Stabschef der Army.«

»Die wiederum den Stabschefs der Streitkräfte unterstellt sind«, sagte Canidy.

»Die dem Vorsitzenden des Streitkräfteausschusses unterstehen«, sagte Donovan. »Wenn sich also jemand über uns beschweren will, muß er zwei Ebenen der militärischen Hierarchie passieren.«

»Und Sie machen sich keine Sorgen wegen des Vorsitzenden? Wird er nicht Partei für die hohen Tiere ergreifen?«

»Nein«, sagte Donovan. »Im Gegensatz zu dem, was Sie vielleicht gehört haben, sind Admiral Leahy und ich meistens einer Meinung. Und außerdem hat er bestimmt die richtige Schlußfolgerung aus der Tatsache gezogen, daß er den Direktor des OSS nicht auswählen darf und nicht mal um einen Vorschlag gebeten wurde.«

Canidy lachte. »Verstehe.«

»Das ist so gut wie eine Blankovollmacht, wie man keine bessere bei der gegenwärtigen Bürokratie bekommen kann«, sagte Donovan. »Ehrlich gesagt, es ist mehr, als ich erhofft hatte.«

»Fließen damit auch Gelder?«

»Wann immer möglich, werden wir unsere Gelder aus dem nicht rechenschaftspflichtigen Fonds der Stabschefs beziehen. Wenn sie nicht reichen, bekommen wir das Nötige aus dem Geheimfonds des Präsidenten. Ihr Flugzeug, zum Beispiel, wird den Stabschefs in Rechnung gestellt werden. Das Geld, das wir für die Operation Afrika ausgeben, stammt vom Präsidenten.«

»Interessant.«

»Kommen wir auf Baker zurück«, sagte Donovan. »Wir werden Leute in größerem Maße rekrutieren. Baker ist der Mann, der das erledigen kann. Ebenso kann er die Schule leiten. Haben Sie davon gehört?«

»Als Baker noch mit mir sprach, drohte er mir an, mich auf diese Schule zu schicken«, sagte Canidy. »Aber ich weiß nur, daß es eine geben wird.«

»Eine jetzt, weitere später. Wir werden den Congressional Country Club in Maryland übernehmen, und wir bereiten die Übernahme des Landsitzes eines Herzogs in England vor. Die Einrichtung, die wir im Augenblick haben, ist uns in Virginia zur Verfügung gestellt worden, nicht weit von Washington entfernt. Ich glaube, wir können Ihnen und Whittaker – besonders Whittaker – eine Ausbildung durch ein Praktikum bescheinigen und Ihnen die Schule ersparen. Aber von jetzt an wird jeder, den wir rekrutieren, die Grundausbildung auf dieser Schule absolvieren.«

»Spionage-ABC?« fragte Canidy.

»So ungefähr. Einige der Leute werden wir vom Militär rekrutieren, aber viele andere werden direkt aus dem Zivilleben kommen. Sie werden eine Grundausbildung brauchen – Waffenkunde, zum Beispiel – und ein bißchen Sport und Muskeltraining. Eine Art der militärischen Version von Grundausbildung.«

»Ich verstehe«, sagte Canidy.

»Baker wünscht Jimmy Whittaker als Ausbilder, und ich finde, da hat er ausnahmsweise mal das richtige Händchen. Und ebenfalls den jungen Martin.«

»Sie meinen, als Absolventen der Schule, oder? Nicht als Ausbilder?«

»Martin wurde nach der Grundausbildung zum Offizier ernannt«, sagte Donovan. »Seither war er entweder in Fort Bragg oder in Fort Benning und arbeitete mit den Leuten, die Operationen der Fallschirmtruppen planen. Er ist praktisch ein Fachmann auf diesem Gebiet. Er hat über siebzig Fallschirmabsprünge hinter sich, viele bei Nacht, und er hat lange gelernt, wie Fracht per Fallschirm abgeworfen wird.«

»Ich dachte, er wurde zu uns geholt, weil er Fulmar kennt – und wegen seines Vaters«, sagte Canidy.

»Das auch«, räumte Donovan ein. »Wenn Sie ihn brauchen, um mit Fulmar zurechtzukommen, wird er zur Verfügung stehen. Oder Sie holen ihn sich einfach. Es gibt einen Flugplatz auf dem Gelände.«

Er kramte wieder in seiner Aktentasche und zog eine Esso-Straßenkarte heraus. Darauf war ein überraschend großes Gebiet markiert, das ungefähr dreißig Meilen vom Distrikt Columbia entfernt war.

»Es ist ein privater Start- und Landestreifen«, erklärte Donovan. »Und er ist nicht auf den Luftkarten der Luftfahrtbehörde verzeichnet, wie ich hörte. Können Sie ihn anhand dieser Karte finden?«

»Ja, das kann ich, aber taugt er zum Landen und Starten mit der Beech?«

»Davon bin ich überzeugt«, sagte Donovan. »Ich bin mal dort mit einer DC-3 abgeholt worden.«

»Ich kann das finden«, bekräftigte Canidy und prägte sich die Lage in Bezug auf Washington ein.

»Passen Sie alle in die Beech rein?«

»Wer ist alle?«

»Baker, Cynthia, die beiden Douglass, Ihr Freund Bitter, Jimmy Whittaker und der jungen Martin.«

Canidy überlegte. »Ja«, sagte er schließlich. »Ich soll sie zu diesem Privatflugplatz fliegen, meinen Sie?«

»Nein. Nach Anacostia. Douglass kann arrangieren, daß sie am Morgen zu dem Landhaus gebracht werden.«

»Sprechen Sie von jetzt gleich?«

»Ich hörte etwas von einer Strandparty«, sagte Donovan.

»Dafür bin ich verantwortlich«, bekannte Canidy. »Hier Wache zu schieben ist mieser Dienst für die Weißmützen. Sie tun mir leid. Ich dachte mir, eine Fete zur Abwechslung würde ihnen gefallen. So zeigte ich ihnen, was arrangiert werden muß.«

»Ein Grill am Strand?« fragte Donovan. »Hummer? Muscheln? Maiskolben? Bier?«

»Dergleichen«, sagte Canidy.

»Wer bezahlt das Bier und den Hummer?«

»Ich.«

»Nun, dann reichen Sie den Rechnungsbeleg dafür beim OSS ein.«

Canidy war überrascht. »Danke«, sagte er.

»Sie werden nichts von dem Bier trinken, weil Sie

fliegen müssen, aber ich halte es für unsinnig, alle weg nach Washington zu schicken und das ganze Essen zu verschwenden. Und meine Frau und ich lieben Strandpartys.«

»Angesichts dessen, was ich befürchtet habe, kann ich gern auf das Bier verzichten«, sagte Canidy.

Donovan nickte.

»Wie nahe war ich am St. Elizabeth's Hospital dran?« fragte Canidy.

»Es war eng«, sagte Donovan. »Äußerst eng, Dick. Ich hoffe, es war eine gute Entscheidung.«

»Ja«, sagte Canidy nachdenklich, aber als denke er an jemand anders. »Ich auch.«

Als sich Donovan zur Tür wandte, fragte Canidy: »Was wird mit Bitters Frau und dem Spatzengehirn?«

»Ich werde sie am Morgen von Ann Chambers mit ihrem Wagen zurückfahren lassen«, sagte Donovan. »Wenn sie meint, das ist zuviel verlangt von ihr, können sie sich einen anderen Chauffeur suchen.«

»Oh, sie kann fahren«, sagte Canidy. »Sie kann sogar fliegen. Ich meine, richtig fliegen. Nicht nur eine Piper Cub. Sie hat einen Flugschein der Verkehrsluftfahrt, die Zulassung für Instrumentenflüge und über fünfhundert Flugstunden. Sie ist wirklich eine sehr tüchtige junge Frau.«

»Und sie sieht auch nicht schlecht aus«, bemerkte Donovan.

»Ja«, sagte Canidy zurückhaltend.

Vielleicht stimmt die Chemie nicht zwischen den beiden, dachte Donovan. *Vielleicht gibt es nicht nur eine Anziehungskraft zwischen jungen Leuten beiderlei Geschlechts, sondern auch eine durch die Chemie bedingte Abneigung. Ann Chambers läßt Dick Canidy offenbar kalt.*

2

Summer Place
Deal, New Jersey

5. Juli 1942, 0 Uhr 15

Ann Chambers hatte nicht geschlafen, obwohl sie sich schlafend gestellt hatte, als Charity schließlich gegen 23 Uhr auf ihr Zimmer zurückgekehrt war. Charity hatte während der Strandparty viel Zeit mit Doug Douglass in Canidys Zimmer über dem Bootshaus verbracht. Und Ann wollte sich in ihrer gegenwärtigen seelischen Verfassung nicht Charitys leidenschaftliche Schwärmereien darüber anhören.

Das Problem war, daß ihr Traummann – im Gegensatz zu Charitys schneidigem Helden – sie überhaupt nicht wahrzunehmen schien, anstatt begeistert in ihr Bett zu springen. Wie konnte sie ihm schmachtend in die Augen schauen, wenn sie ihn nicht dazu bringen konnte, sie anzusehen?

Als die Leuchtzeiger des Reisewekkers auf Mitternacht standen, war Ann entschlossen, in die Tat umzusetzen, was sie sich an diesem Nachmittag vorgenommen hatte.

Sie würde vergessen, daß sie ein nettes Mädchen, jungfräulich und ein Mitglied der Episkopalkirche war und daß nette, jungfräuliche Mitglieder der Episkopalkirche, die um Mitternacht wach im Bett liegen, sich auf die Seite drehen und schlafen.

Die Gelegenheit gibt es nur einmal, dachte sie, als sie die Beine aus dem Bett schwang und mit den Zehen nach den Schuhen unter ihrem Bett angelte. *Jetzt oder nie. Es besteht absolut keine Chance, daß ich jemals wieder hierher eingeladen werde, und wo sonst wird es jemals wieder die Gelegenheit geben?*

Es fiel genug Licht ins Zimmer, und sie konnte Charity deutlich sehen. Sie lag auf dem Bauch, und ihr Nachthemd war bis zur Hüfte hochgerutscht. Sie schlief tief und fest.

Ann zog einen hochgeschlossenen Morgenmantel über ihren Pyjama und knöpfte ihn zu. Dann preßte sie die Lippen aufeinander und zog entschlossen das plump wirkende Pyjamahöschen aus. Sie wollte nicht, daß Dick Canidy sie für ein College-Mädchen hielt, das Liebestöter trug.

Obwohl sie es ein bißchen liederlich fand, ihr Schlafzimmer halbnackt unter dem dünnen Morgenmantel zu verlassen, verlieh ihr das Entschlossenheit. Es gab jetzt kein Zurück mehr.

Ann ging die Treppe hinab in die Halle. Ein ziviler Sicherheitsmann saß in einem Sessel neben der Tür zu einer ehemaligen Vorratskammer, die jetzt als Telefonzentrale diente. In der Annahme, daß jeder zu Bett gegangen war, hatte er seine Krawatte gelockert, sein leichtes Jackett ausgezogen und sein Schulterholster über den Rücken des Sessels gehängt. Er blickte mit ausdruckslosem Gesicht von einem Exemplar der *Saturday Evening Post* auf.

»Ich kann nicht schlafen«, sagte Ann. »Vielleicht liegt das am Mais. Ich habe mindestens ein Dutzend Kolben gegessen.«

Er lächelte. Es war ein freundliches Lächeln.

»Es war eine schöne Party, nicht wahr? Ich habe vier Hummer vertilgt. Ich nehme an, es ist etwas Natron in der Küche.«

»Ich möchte es mit einem Spaziergang versuchen«, sagte Ann. »Erst dann nehme ich Natron.«

Er nahm eine der sieben oder acht Taschenlampen aus Militärbestand, die ordentlich aufgereiht am Boden an der Wand lagen.

»Hier«, sagte er und gab ihr die Taschenlampe.

»Die werde ich nicht brauchen.«

»Die Matrosen sind vielleicht ein wenig nervös«, meinte er. »Wenn die Jungs Sie mit der Lampe sehen, denken sie nicht, jemand schleicht herum, um sie zu überprüfen – zum Beispiel der Offizier vom Dienst.«

»Danke«, sagte Ann, nahm die Taschenlampe und machte sich auf den Weg zum Bootshaus.

Wenn er nicht schon dort ist, wird es nicht lange dauern.

Sie haben Summer Place um neunzehn Uhr dreißig verlassen. Eine Viertelstunde bis Lakehurst und vielleicht weitere zehn oder fünfzehn Minuten, um alles ins Flugzeug zu laden, einen Flugplan zu erstellen und zu starten. Es sind ungefähr 175 Flugmeilen nach Washington. Sagen wir mal, mit 115 Knoten dauert der Flug nach Anacostia anderthalb Stunden, sagen wir zwei Stunden, bis sie auf dem Boden sind. Dann zwei Stunden zurück nach Lakehurst. Er sollte ungefähr eine halbe Stunde nach Mitternacht zurück sein.

Auf halbem Weg zum Bootshaus tauchte plötzlich einer der Matrosen aus der Dunkelheit auf und erschreckte sie. Er hielt sein Gewehr quer vor der Brust.

»Kann ich Ihnen helfen, Miss?«

»Nein, danke«, sagte Ann. »Ich gehe nur zum Bootshaus.«

»Ja, Miss«, sagte er, und als sie weiterging, marschierte er hinter ihr her.

Ann dachte: *Man hat diesen Jungs die Leviten gelesen, nachdem Douglass bei unserer Ankunft zungenfertig die Wache an der Straße überredet hat, uns passieren zu lassen. Dieser gutaussehende Mann hat die Botschaft verstanden.*

Nachdem ich als mein Ziel das Bootshaus genannt habe, will er sicherstellen, daß ich nirgendwo anders hingehe.

Als Ann die Außentreppe zu Canidys Zimmer hochstieg, rechnete sie damit, daß die Tür abgeschlossen war. Aber sie war offen, und Ann trat ein. War er bereits zu Hause?

Ihr blieb nichts anderes übrig, als das Licht einzuschalten, denn sonst würde der junge Matrose mit dem Gewehr die Treppe heraufsteigen, um sich zu vergewissern, ob alles in Ordnung war.

Sie drückte auf den Lichtschalter. Als die Beleuchtung anging, sah Ann einen großen Raum. Dick Canidy war nicht da. Das Bett war verwühlt, und der Aschenbecher auf dem Nachttisch war voller Kippen, die Hälfte davon mit Lippenstift daran.

Diese verdammte Charity hat nicht mal soviel Anstand, anschließend aufzuräumen, dachte Ann ärgerlich.

Sie leerte den Aschenbecher in einen Abfallkorb unter dem Waschbecken und suchte dann in Kommoden und Schränken nach sauberen Laken und Kissenbezügen.

Ann hatte gerade das Bett gemacht, als sie Schritte auf der Holztreppe hörte. Plötzlich fühlte sie sich außerstande, Dick Canidy gegenüberzutreten. Sie zog sich zurück, erst gegen die Wand und dann in eine Abstellkammer.

Ich muß hinaus zu ihm gehen, aber nicht sofort! dachte sie, als sie durch einen Spalt der Gittertür spähte.

»Richard? Bist du da?« rief eine Männerstimme.

Im nächsten Augenblick erkannte sie, wer der Mann war. Es war Eric Fulmar, den anscheinend jeder hier kannte, über den jedoch niemand reden wollte.

»Scheiße«, murmelte Fulmar, »keiner da.«

Jetzt wird er gehen. Bitte, lieber Gott, laß ihn gehen!

Eric Fulmar schaute sich in dem Raum um, fand

Canidys Whisky, schenkte sich davon ein und machte es sich in dem einzigen Sessel bequem, um auf Canidy zu warten.

Er brauchte nicht lange zu warten. Ein Wagen stoppte auf dem Zufahrtsweg. Eine Autotür wurde geöffnet und geschlossen, und dann hörte Ann Canidys Stimme. »Danke. Tut mir leid, daß Sie meinetwegen aufbleiben mußten.«

Danach näherten sich seine Schritte auf der Treppe. Er nahm offenbar immer zwei Stufen auf einmal.

»Was machst du denn hier?« fragte Canidy, als er Fulmar sah. »Hast du alles gefunden, was du wolltest?« fügte er unwirsch hinzu.

Er trug seine Uniform des Air Corps. Als er den Uniformrock auszog, war Ann überzeugt, daß er ihn aufhängen wollte, die Gittertür der Abstellkammer aufziehen und sie dort sehen würde. Aber Canidy hängte den Uniformrock in einen Wandschrank.

»Ich habe den Whisky gefunden«, sagte Fulmar.

»Noch wichtiger, wie bist du hier reingekommen? Du sollst im Haus bleiben.«

»Wenn ich von hier verduften wollte, dann könnte ich das mit Leichtigkeit«, sagte Eric. »Ich sage es dir nur ungern, aber dein Sicherheitspersonal ist lachhaft.«

»Was willst du, Eric?« fragte Canidy.

»Ich will mit dir reden«, sagte Fulmar.

Dick Canidy zögerte, und Ann dachte, er würde Eric Fulmar fortschicken, aber das tat er nicht.

»Okay, reden wir«, sagte er. »Schenk mir einen ein, ja?«

Er verschwand. Kurz darauf war das Platschen von Wasser zu hören. Ann war verwirrt. Dann erkannte sie, daß Canidy seine Blase erleichterte.

Mein Gott, das klingt wie das Rauschen der Niagarafälle! Oder wie der Strahl eines Feuerwehrschlauchs!

Canidy betätigte die Toilettenspülung und kehrte zurück. Ann sah durch den Spalt in der Gittertür, wie er von Fulmar ein Glas mit Whisky entgegennahm und in einem einzigen Zug leertrank.

»O Mann«, sagte Fulmar. »Den hast du aber schnell gekippt, wie?«

»Ich habe jede Menge Kaffee getrunken, um auf dem Rückweg nicht einzuschlafen«, sagte Canidy. »Zwei oder drei Whiskys und eine warme Dusche werden hoffentlich die Wirkung des Koffeins killen. Gib mir noch einen, ja?«

Dann begann er sich zu entkleiden. Er hängte seine Uniformhose sehr ordentlich auf einen Bügel und warf dann Hemd, Unterhemd und Shorts auf den Haufen mit Schmutzwäsche, die unter anderem aus den Laken bestand, die Ann gewechselt hatte.

Es sieht nicht mal lustig aus, dachte Ann. *Er sieht prächtig aus, männlich und schön, aber dieses Ding zwischen seinen Beinen ist* häßlich.

»Es dauert nicht lange«, sagte Dick Canidy zu Fulmar. Er verschwand wieder, und dann war das Rauschen der Dusche zu hören. Schneller als Ann erwartet hatte, tauchte er wieder auf, immer noch nackt, und trocknete sich mit einem Frotteehandtuch den Kopf ab. Dann frottierte er schnell und flüchtig den Rest des Körpers und schlang das Handtuch um seine Hüften.

Mein Gott, häßlich oder nicht, ich bin enttäuscht, weil er sich bedeckt!

Canidy nahm den Whisky und ging zu seinem Bett. Er legte Kissen ans Kopfbrett, setzte sich aufs Bett und lehnte sich bequem an die Kissen.

»Okay, Eric«, sagte er. »Schieß los. Aber fasse dich kurz, ja? Dies war ein anstrengender Tag.«

»Wohin hast du Jimmy und Martin gebracht?« fragte Fulmar.

»Nach Washington«, erwiderte Canidy.

»Das weiß ich«, sagte Fulmar.

»Okay«, sagte Canidy nach kurzem Überlegen. »Warum soll ich es dir nicht sagen? Das OSS gründet eine Schule in Virginia. Jimmy und Martin werden dort Ausbilder sein.«

»Was ist das OSS?«

»Das steht für Office of Strategic Services«, sagte Canidy. »Wir sind alle darin. Donovan ist der Boß.«

»Was wird in dieser Schule gelehrt?«

»Martin ist Fallschirm-Experte. Jimmy lehrt die Leute, dem Feind die Kehle durchzuschneiden und Dinge in die Luft zu sprengen.«

»Das könnte ich lehren«, sagte Fulmar. »Ich könnte viele interessante Dinge à la Errol Flynn lehren. Du wärst überrascht, wie gut die Berber darin sind, jemandem die Kehle durchzuschneiden.«

»Ich nehme an, du könntest das«, erwiderte Canidy. »Aber du hast dir bestimmt schon selbst zusammengereimt, daß es für einige Leute fraglich ist, auf wessen Seite du in diesem Krieg stehst.«

»Du glaubst diesen Leuten nicht, oder?«

»Was ich glaube, zählt nicht«, sagte Canidy.

»Verdammt, zweifelst du auch an mir oder nicht?«

»Nein, ich zweifle nicht«, sagte Canidy. »Aber im Augenblick zählt hier meine Meinung nicht das geringste.«

»Was will man von mir, obwohl man mir mißtraut?«

Canidy wollte sich vor einer Antwort auf diese Frage drücken. »Du kannst ihnen nicht verdenken, Eric, daß sie sich Fragen stellen.«

»Welche Fragen?«

»Mensch, das kannst du dir doch selbst denken. Du wolltest nicht in dieses Land kommen.«

»Blödsinn!« brauste Fulmar auf. »Du warst mit mir in diesem verdammten Boot. Ich habe nicht darum gebeten, dort zurückgelassen zu werden. Ich wäre bereit gewesen, zu töten, um auf dieses gottverdammte U-Boot zu kommen, und das weißt du.«

»Ich meine die zweite Chance, die man dir geboten hat«, sagte Canidy.

»Welche zweite Chance?«

»Du weißt verdammt gut, was ich meine«, sagte Canidy. »Man mußte dich fesseln und nach Gibraltar schmuggeln, weil du nicht freiwillig kommen wolltest.«

»Wer hat dir das erzählt?«

»Baker«, sagte Canidy.

»Scheiße!« schnaubte Fulmar. »Es ist dir nicht in den Sinn gekommen, daß er ein verlogener Bastard ist?«

Canidy war in der Klemme, und er versuchte schnell, sich herauszuwinden. »Und Leute haben sich gefragt, warum du nicht versucht hast, Kontakt mit deiner Mutter aufzunehmen, seit du hier bist.«

»Was sollte ich ihr sagen? ›Hallo, Mama, ich bin in der Klapsmühle in Fort Knox‹ oder so ähnlich?« erwiderte Fulmar spöttisch.

»Hast du deshalb keinen Kontakt mit deiner Mutter aufgenommen?«

»Du kennst den Grund«, sagte Eric Fulmar. »Du und Jimmy. Meine Mutter kümmert sich einen Dreck um mich, und es war ihr immer scheißegal, wie es mir geht. Wenn diese Frage zur Sprache gekommen ist, hätte einer von euch etwas dazu sagen sollen.«

»Du hast ebensowenig versucht, Kontakt mit meinem Vater aufzunehmen«, sagte Canidy.

»Hallo, Dr. Canidy. Raten Sie mal, wo ich bin, Dr. Canidy?«

»Okay«, sagte Canidy.

»Aber du kannst mir nicht sagen, was läuft, richtig? Oder du willst es nicht sagen.«

»Ich kann es nicht«, sagte Canidy.

»Weißt du, ich habe mir jahrelang eingeredet, was soll's, daß meine Mutter meine Existenz leugnet, und was soll's, daß mir mein Vater ziemlich klar zu verstehen gegeben hat, daß es der größte Fehler seines Lebens gewesen war, keinen Gummi zu benutzen, als er meine Mutter fickte. Ich habe mir eine andere Art Familie gesucht. Ich habe mich an Sidi el Ferruch gehalten, und in den Staaten waren meine Freunde die Arschlöcher Dick und Jimmy und dein guter Vater. Und was geschieht? Bei der ersten Gelegenheit, die sich el Ferruch bietet, verkauft er mich an diesen verdammten Baker. Und als ich schließlich mit euch beiden zusammentreffe, benimmt sich Jimmy, als hätte ich ein Hakenkreuz auf meinen Pimmel tätowiert, und du bist verdammt kein bißchen besser; und ich kann nicht mal Reverend Canidy anrufen, denn dann müßte ich ihm sagen, daß ich ihn nicht besuchen kann, weil ihr mich eingesperrt habt. Er ist der einzige Mensch auf der Welt, der sich jemals um mich gekümmert hat, und ich will nicht, daß er sich Sorgen um mich macht oder erfährt, welch ein Scheißkerl sein Sohn ist.«

»Allmächtiger!« sagte Canidy.

»Leck mich am Arsch, Dick!« sagte Fulmar, und Ann sah, daß Tränen über seine Wangen rannen, während er Canidy wütend anstarrte.

»Du kennst einen deutschen Offizier namens von Huerten-Mitnitz, wie ich hörte«, sagte Canidy.

»Ja, ich kenne ihn. Er ist genau wie du. Ihr gleicht euch wie ein Ei dem anderen. Wenn Baker ihm nicht zuvorgekommen wäre, hätte er mich fesseln und nach Deutschland schicken lassen. Man vertraut mir dort ebensowenig wie ihr mir hier.«

»Nun reiß dich zusammen und hör mit der Gefühlsduselei auf. Denk sorgfältig nach, bevor du mir antwortest. Nach dem, was du über diesen Typen weißt, könnte er nützlich für uns sein?«

»Nein«, sagte Fulmar nach langem Überlegen. »Du fragst, ob er ein Verräter sein würde. Die Antwort lautet: Das könnte er ebensowenig sein wie du. Dreht sich alles um diese Sache? Du meinst, ich kann an von Huerten-Mitnitz herankommen? Dann träumst du. Auf gar keinen Fall!«

»Noch eine Frage«, sagt Canidy. »Wenn wir dich darum bitten, würdest du noch mal für uns den Kopf hinhalten?«

»Du meinst, ob ich nach Marokko zurückkehren würde?«

»Das habe ich nicht gefragt. Aber würdest du zurückkehren?«

»Ja«, sagte Fulmar. »Ich bin nicht sehr gescheit, Dick. Ich vertraue Leuten, vor denen ich mich hüten sollte. Aber wenn du mir sagst, es ist wichtig, daß ich nach Marokko zurückkehre, okay, dann tue ich das. Aber unter einer Bedingung.«

»Du bist in keiner Position, um Bedingungen zu stellen«, sagte Canidy.

»Ich will ein Offizierspatent«, sagte Fulmar. »Ein richtiges, wie Jimmy und Douglass und Bitter eines haben, kein falsches wie deines.«

»Douglass ist Major. Bitter ist das Gegenstück dazu in der Navy, und Jimmy ist Captain. So ein Offizierspatent wird man dir nicht geben.«

»Man hat Martin zum Second Lieutenant gemacht, weil er ein College absolviert hat, das hat er mir erzählt. Ich war auf dem College. Mit Second Lieutenant wäre ich zufrieden.«

»Warum ist das wichtig für dich?«

»Wenn ich nach Marokko zurückkehre und gekillt werde, dann will ich in einem Sarg mit einer Flagge darauf heimgebracht und als Soldat begraben werden, nicht dort in einem Graben zurückgelassen werden, weil ich nur ein blödes Arschloch war, das von Leuten benutzt wurde, die ich für meine Freunde hielt.«

»Ich bin dein Freund, du blödes Arschloch. Ich bin stets dein Freund gewesen.«

»Klar. Sing die Hymne von der guten alten Zeit. Aber such erst mal eine Möglichkeit, den guten Max von Huerten-Mitnitz zu einem Verräter zu machen, richtig?«

»Ja, und erzähl keinem, daß ich dir das gesagt habe. Ich habe dir bereits viel zuviel auf die Nase gebunden.«

»Weil du ein netter Kerl bist, richtig?«

»Nein«, sagte Canidy. »Weil wir dich brauchen und ich es für den richtigen Weg halte, dich zu überzeugen.«

»Das klingt ehrlich genug«, sagte Fulmar.

»Ich werde das Thema ›Offizierspatent‹ so bald wie möglich zur Sprache bringen«, sagte Canidy. »Aber ich kann dir nichts versprechen.«

»Gut genug«, sagte Fulmar.

»Mein Vater weiß, daß du sicher in diesem Land bist«, sagte Canidy.

»Woher weiß er das?«

»Ich habe es ihm gesagt. Er hat sich Sorgen um dich gemacht.«

»Mehr hast du ihm nicht gesagt?«

»Das reicht, um mich für die Dauer des Krieges einzusperren, wenn jemand davon erfährt, also behalte es für dich.« Canidy stieg aus dem Bett. »Ich rufe den Wachtposten, und er wird dich zum Haus zurück begleiten.«

»Wenn du das tust, wird der Matrose, der vor meiner

Tür sitzt und aufpassen soll, daß ich im Haus bleibe, allerhand Probleme bekommen.«

»Hast du deine Bettlaken zu einem Seil zusammengeknüpft und dich aus dem Fenster abgeseilt?«

»Ich habe kein Seil gebraucht«, sagte Fulmar.

»Du könntest ohne eins zurückkehren?«

»Na klar«, sagte Fulmar.

»Nein.« Canidy schüttelte den Kopf. »Du bist zu wertvoll. Wir können nicht das Risiko eingehen, daß dir ein nervöser Wachtposten die Eier wegbläst.«

»Ich möchte nicht, daß dieser Junge meinetwegen Schwierigkeiten bekommt«, sagte Fulmar.

»Ich werde ihn für den Rest der Nacht ein wenig schwitzen lassen, weil du ihm unbemerkt entkommen bist«, sagte Canidy. »Aber ich werde ihn nicht verpfeifen.«

Dann tat Dick Canidy etwas, das Ann überraschte und sie zu Tränen rührte. Er umarmte Eric Fulmar und drückte ihn an sich. »Außerdem, du Arschloch, würdest du mir fehlen, wenn dich der Posten fortblasen würde. Du bist fast wie ein kleiner Bruder für mich.«

Sie gingen aus Anns Gesichtsfeld, und Canidy rief nach dem Wachtposten und bat ihn, Mr. Fulmar zurück zum Haus zu eskortieren.

Als Canidy in den hinteren Teil des Schlafzimmers zurückkehrte, lehnte Ann an der Wand neben der Abstellkammer.

»O Gott!« stöhnte er.

»Hallo!«

»Was, zum Teufel, treibst du hier?«

»Eigentlich wollte ich es mit dir treiben«, hörte sich Ann sagen, »aber ich bin mir nicht sicher, ob mir dein Tonfall gefällt.«

»Wieviel hast du gehört?« fragte er.

»Ich traf ein paar Minuten vor Eric hier ein«, sagte Ann. »Ich habe mich in der Kammer versteckt und alles gehört.«

»Na wunderbar!« Canidy schlug sich mit der flachen Hand gegen die Stirn.

»Ich werde es keinem erzählen«, sagte Ann.

»Ich werde es Donovan sagen müssen. Weißt du, was das bedeutet? Du wirst zur psychiatrischen Untersuchung fortgebracht werden. Sie wird jahrelang dauern.«

»Nicht unbedingt.«

Er wandte sich von ihr ab und ging zur Spüle, in die Fulmar die Whiskyflasche gestellt hatte. Ann folgte ihm ein paar Schritte. Er fuhr abrupt herum und fragte ärgerlich: »Was meinst du mit ›nicht unbedingt‹?«

»Bill Donovan rief mich heute morgen zu sich und fragte, wie er sicher sein kann, daß ich nichts schreibe, was geheim bleiben soll. Ich gab ihm eine Antwort, die ihn zufriedenstellte. Und sie schließt diese Situation mit ein.«

Er setzte zu einer Erwiderung an, besann sich jedoch anders, als hätte ihn etwas schockiert. Dann schaute er ihr in die Augen. Sein Gesicht rötete sich.

Was hat er gesehen, das ihn so aufgewühlt hat? dachte Ann.

Und dann sah sie sich im Spiegel der Frisierkommode und begriff, was ihn so durcheinandergebracht hatte. Und worauf er jetzt wieder starrte. Ihr Bein lugte bis zum Schritt unter dem Morgenrock hervor, der aufgeklafft war.

Das muß passiert sein, als er mich durch sein ruckartiges Herumfahren erschreckt hat.

Sie bedeckte reflexartig ihre Blößen und sah ihn dann an. Sein Gesicht war jetzt hochrot, und er schluckte.

»Ich würde liebend gern hören, was du ihm gesagt hast.« Canidys Stimme klang belegt.

Wer A sagt, muß auch B sagen, dachte Ann.

Sie trat einen Schritt auf ihn zu. Dabei klaffte der Morgenmantel abermals auf und enthüllte mehr als das Bein.

Willst du das sehen? Schau gut hin!

Er schaute hin, und dann blickte er schnell fort.

»Ich habe ihm erklärt, daß ich dich liebe«, sagte Ann leise, »und folglich nichts tun würde, was dir schaden könnte.«

Jetzt trafen sich ihre Blicke.

»Was ist mit dir los?« brauste er auf. »Hast du den Verstand verloren? So etwas zu sagen! Und was du vorhin gesagt hast...«

»Es ist eindeutig möglich, daß ich den Verstand verloren habe«, sagte sie, »denn ich liebe dich anscheinend tatsächlich, und ich bin hergekommen...«

»Halt den Mund!« unterbrach Canidy sie heftig. »Halt nur den Mund!«

»... um zu versuchen, dich zu ...«, fuhr sie schonungslos fort.

»Sei still!« Jetzt schrie er. »Verdammt, sei still! Du weißt nicht, was du sagst!«

Sie schaute in seine Augen und sah, daß sie gescheitert war. Ihre Augen füllten sich mit Tränen, und sie spürte, wie ein Schluchzen in ihr aufstieg.

Schritte näherten sich auf der Treppe.

»Major Canidy? Ist dort alles in Ordnung, Major?« Der Wachtposten.

Canidy schob Ann gegen die Wand. »Pst!« mahnte er.

»Major Canidy?« rief der Wachtposten von neuem.

»Alles prima«, antwortete Canidy.

»Bestimmt, Sir? Ich glaube, da hat jemand geschrien.«

»Ich habe keinen Schrei gehört«, sagte Canidy unschuldig.

Ann begann zu kichern.

Canidy hielt ihr schnell eine Hand auf den Mund.

»Aber da hat jemand geschrien«, beharrte der Wachtposten. »Das habe ich genau gehört.«

»Ich nicht«, sagte Canidy. »Hier ist alles perfekt normal.«

Etwas drückte gegen Anns Unterleib, daß es ihr fast weh tat. Sie griff hinab, um es wegzuschieben, doch dann erkannte sie, was es war, umfaßte es und hielt es fest. Ihr Puls begann zu rasen. Einen Moment lang glaubte sie, ohnmächtig zu werden.

»Nun, dann gute Nacht, Sir«, sagte der Wachtposten. »Verzeihen Sie die Störung, Major.«

»Völlig in Ordnung«, sagte Canidy. »Machen Sie Ihre Arbeit weiterhin so gut.«

Als der Wachtposten die Treppe hinuntergegangen war und die Schritte verklungen waren, nahm Canidy die Hand von Anns Mund.

Sie nahm jedoch nicht die Hand von dem, was sie umfaßt hielt.

Sie hörte ihn tief ausatmen, fast als ob es ihn schmerzte, und dann hob er sie auf die Arme und trug sie zum Bett. Sie war froh, daß sie das Höschen ausgezogen hatte, denn so brauchte er nur den Morgenmantel aus dem Weg zu schieben.

Es hat nicht lange gedauert, eine Frau zu werden, dachte Ann, *und ich habe diese Horrorgeschichten über die Schmerzen beim ersten Mal ohnehin nicht geglaubt.*

Und als es vorüber war, als er sagte »Ich verdammter Idiot!«, hörte sie Zärtlichkeit in seiner Stimme und war überzeugt, das Richtige getan zu haben, noch bevor er sie umarmte, an sich zog, sie an sich preßte und all die ersehnten Dinge sagte, obwohl sie befürchtet hatte, sie niemals von ihm zu hören.

Das zweite Mal war länger und besser, und ebenso das dritte.

3

Summer Place
Deal, New Jersey

5. Juli 1942, 8 Uhr 30

Als Barbara Whittaker den Tisch im Frühstücksraum verließ, um in die Küche zu gehen und noch eine Kanne Kaffee zu holen, lächelte Charity Hoche Ann süß an und sagte: »Die Tischplatte ist aus Glas. Ich sollte dir also sagen, daß jeder sehen kann, wenn du die Knie an Major Canidy reibst, um ihn aufzugeilen.«

»Charity!« sagte Sarah Child-Bitter tadelnd.

Captain Stanley S. Fine verschluckte sich fast an seinem Kaffee, während Ann Chambers und Richard Canidy rot wurden und das Turteln mit den Knien einstellten.

Dann schaute Ann Canidy an.

»Mir macht es nichts aus, wenn es jeder sieht, und dir hoffentlich auch nicht.« Als Canidy sofort wieder sein Knie an ihres schmiegte, machte Ann Charity eine lange Nase, und Fine und Sarah lachten.

Dies war der Anblick, der sich einem Sicherheitsmann und zwei Offizieren des Air Corps bot – beide

Captains Mitte beziehungsweise Ende dreißig –, als sie den Frühstücksraum betraten: eine sehr attraktive junge Frau machte zwei anderen, ebenfalls gutaussehenden jungen Frauen und zwei Männern eine lange Nase. Einer der beiden Männer trug eine Tropenuniform ohne Rangabzeichen, und der andere, jüngere, war mit einer Badehose und einem verwaschenen grauen Sweatshirt bekleidet, dessen Ärmel abgeschnitten waren. Auf der Brust des Sweatshirts war noch schwach die Aufschrift »Massachusetts Institute of Technology« zu erkennen. Alle Personen lachten und hatten ziemlich erhitzte Gesichter.

Das war nicht das, was die beiden Offiziere erwartet hatten, die sich freiwillig für eine gefährliche Geheimmission gemeldet hatten, als sie sich mit Befehlen, die mit Top Secret gestempelt waren, zum Dienst meldeten.

»Diese Gentlemen haben den Befehl, sich bei Ihnen zu melden, Major«, sagte der Sicherheitsmann. »Ich habe ihre Identität überprüft.«

Canidy zog sein Knie von Anns Bein. Sie ahnte, daß es lange dauern würde, bis sie diese köstliche Berührung wieder spüren würde.

»Danke«, sagte Canidy und streckte die Hand nach dem Kuvert aus, das einer der beiden Captains hielt.

»Ich bin Canidy«, sagte er. »Und das ist Captain Fine.«

Die Frauen stellte er nicht vor. Er öffnete den Umschlag, entnahm ihm ein anderes Kuvert und brach dessen Siegel. Dann las er die Befehle, steckte sie wieder in den Umschlag und schob ihn über den Tisch zu Fine.

»Ist der Wagen bereit? Haben Sie getankt?« fragte Canidy den Sicherheitsmann.

»Jawohl, Sir. Er steht betankt vor dem Haus.«

»Das Wochenende ist vorüber, nehme ich an«, sagte Canidy zu Ann.

»Verabschiedest du uns?« fragte Ann und erhob sich.

Canidy nickte.

»Geben Sie mir eine Minute«, sagte Canidy zu den Captains und wartete, bis die Frauen den Frühstücksraum verlassen hatten. Dann fragte er: »Haben Sie gefrühstückt?«

»Nein, Sir«, sagte der etwas ältere der beiden Offiziere des Air Corps.

Das ›Sir‹ klang äußerst gezwungen, dachte Fine. Aber wenn ich so alt wäre wie sie, dann würde es mir ebenfalls schwerfallen, einen Typen mit Badehose und MIT-Sweatshirt mit ›Sir‹ anzusprechen, der so jung aussieht – so jung ist – wie Canidy.

»Nehmen Sie Platz«, befahl Canidy und winkte die beiden Offiziere zu Stühlen am Tisch.

Barbara Whittaker kam mit einer silbernen Kaffeekanne in den Frühstücksraum.

»Gentlemen«, sagte Canidy, »dies ist unsere Gastgeberin, Mrs. Barbara Whittaker.«

Die beiden Offiziere gaben Barbara Whittaker die Hand und murmelten ihre Namen.

»Würdest du bitte dafür sorgen, daß sie was zum Frühstück bekommen?« sagte Canidy. »Und dann jeden sonst zusammentrommeln, der frühstücken will?«

»Ich lasse einen Tisch auf die Veranda stellen«, sagte Barbara.

»Ich verabschiede die Mädchen«, kündigte Canidy an. »Stan, halten Sie die Stellung?«

Als sie allein waren, sagte der ältere der beiden Captains zu Fine mit einer Mischung aus Ärger und Neugier: »Er ist ein bißchen jung für einen Major, nicht wahr?«

»Er ist auch ein bißchen jung, um das Kommando zu haben«, erwiderte Fine. »Aber er ist ein ungewöhnlicher junger Mann. Er war das erste As bei der Amerikanischen Freiwilligen-Gruppe.«

»Dies hier hatte ich nicht erwartet«, sagte der Offizier des Air Corps.

»Ich auch nicht«, sagte Fine. »Vor einer Woche hatte ich eine B-17-Staffel in Canute.«

»Was, zum Teufel, hat dies alles zu bedeuten?«

»Ich warte besser und lasse Ihnen das von Major Canidy erklären.«

Canidy kehrte fünf Minuten später in den Frühstücksraum zurück. Er trug immer noch die Badehose und das verwaschene Sweatshirt, aber Fine fand, er sah nicht mehr aus wie der junge Romeo, der soeben seine Julia gefunden hatte, und klang auch nicht so.

»Ich beginne mit einer Feststellung von Tatsachen«, sagte Canidy, als er sich eine weitere Tasse Kaffee einschenkte. »Wenn einer von Ihnen gegen die Sicherheitsvorschriften verstößt, die ich Ihnen erklären werde, wird er die Dauer des Krieges in einer pyschiatrischen Anstalt verbringen. Dies ist keine Drohung, sondern einfach eine Tatsache. Ist Ihnen beiden das völlig klar?«

»Jawohl, Sir«, sagten die beiden Offiziere des Air Corps fast im Chor.

Diesmal gab es kein Zögern bei dem ›Sir‹, dachte Fine. *Weil ich ihnen erzählt habe, daß Canidy das erste As der AVG war, oder weil sie jetzt eine Unbarmherzigkeit in ihm spüren, von der nichts zu bemerken gewesen war, als sie in den Frühstücksraum kamen.*

IX

I

Le Relais de Pointe Noire
Bei Casablanca, Marokko

29. Juli 1942

Le Relais de Pointe Noire, ein zweigeschossiges Steingebäude, stand auf einer riesigen Granitspitze, die in den Atlantischen Ozean ragte. Wenn die Brandung gegen das Granit gischtete, wirkte es schwarz, daher der Name Pointe Noire, schwarze Spitze. Le Relais de Pointe Noire galt als das beste Restaurant an der Atlantikküste von Marokko, aber vielleicht war es bekannter wegen seiner *chambres séparées* – es gab zehn – in der Etage über dem Hauptrestaurant.

Fünf der diskreten, privaten Speisezimmer mit einen Tisch und einer Chaiselongue – letztere für den Fall, daß die Gäste nach dem Essen ein Nickerchen machen wollten – hatten große Fenster mit Ausblick auf die Brandung. Die anderen blickten nach innen auf die schmale Straße, die von der Küste zur Granitspitze führte.

Max von Huerten-Mitnitz hatte für sich und Madame Jeanine Lemoine ein *chambre séparée* reserviert, das einen Ausblick auf die Brandung bot.

Es war für niemanden ein Geheimnis, daß das Mitglied der französisch-deutschen Waffenstillstandskommission für Marokko Gast des Restaurants war. Zum einen war sein Mercedes-Benz bekannt. Und ebenso der Peugeot mit dem Kennzeichen von Rabat, den er benutzte, wenn er diskreter sein wollte. Zum anderen wurde er für gewöhnlich von einem zweiten Mercedes begleitet, einem kleineren mit drei Mitgliedern des SS-SD, der Geheimpolizei der SS, und einem Mitglied der Sûreté, der französischen Sicherheitspolizei, die für seinen Schutz verantwortlich waren.

Von Huerten-Mitnitz sagte sich, daß im Moment sein bester Schutz die Phantasie der Leute war, die annehmen würden, er hätte Jeanine Lemoine heute abend für ein Sexabenteuer hierhin gebracht. Es würde ihn freuen, wenn es dazu käme, denn Jeanine war eine äußerst attraktive Frau mit kecken Brüsten und langen, wohlgeformten Beinen.

Trotz der offiziellen Politik französisch-deutscher Freundschaft wurde Jeanine von den Franzosen in Marokko verachtet. Die gutbetuchte Frau eines Offiziers, der in einem deutschen Kriegsgefangenenlager inhaftiert war, sollte nicht »die kleine Freundin« eines von Huerten-Mitnitz sein, der mehr als jeder sonst in Marokko Deutschland repräsentierte, das Frankreich so gedemütigt hatte.

Die gesamte hintere Wand des *chambre séparée* bestand aus einem schwarzen Spiegel. Von Huerten-Mitnitz hatte sich flüchtig gefragt, ob er dazu diente, das Zimmer größer wirken zu lassen, oder ob er widerspiegeln sollte, was sich auf der Chaiselongue abspielte, um irgendeinen französischen Voyeur zu befriedigen.

Wir sind ein attraktives Paar, dachte von Huerten-Mitnitz, als er Jeanine und sich im Spiegel sah. *Es ist wirklich ein Jammer, daß sie nicht das ist, was die Leute glauben, und daß wir nicht zu einem geilen Rendezvous hier sind.*

Max von Huerten-Mitnitz war ein großer, scharfgesichtiger Pommer mit sehr aufrechter Haltung. Er war dreiundfünfzig und blond. Der Adelige war wie ein halbes Dutzend jüngerer Söhne des Grafen von Huerten-Mitnitz vor ihm in den diplomatischen Dienst eingetreten. Karl-Heinz von Huerten-Mitnitz, sein Onkel väterlicherseits, war Zeuge der deutschen Demütigung im Jahre 1918 bei Compiègne gewesen. Und der gegenwärtige Graf von Huerten-Mitnitz, sein älterer Bruder, war in seiner schwarzen Standartenführer-SS-Uniform 1940 in Compiègne ein Mitglied von Hitlers Gefolge gewesen, als die Demütigung in Rache verwandelt worden war.

Eine merkwürdige Kombination, dachte von Huerten-Mitnitz, *eine Hure, die keine ist, und ein Patriot, der zum Verräter werden wird.*

Von Huerten-Mitnitz und Jeanine Lemoine waren keine zwei Minuten lang im *chambre séparée,* als sich ein Mann zu ihnen gesellte. Die Anwesenheit von Robert Murphy, Generalkonsul der Vereinigten Staaten im Protektorat Marokko der Französischen Republik, im Relais de Pointe Noire konnte ebensowenig geheimgehalten werden wie die des Paars. Sein offizieller Buick wurde überallhin von einem Peugeot oder Citroën der Sûreté begleitet, die ihm angeblich den Schutz bot, der seinem Rang gebührte, in Wirklichkeit jedoch ein Auge auf ihn hielt.

Er mußte hoffen, daß jeder, dem der gleichzeitige Aufenthalt des höchsten Amerikaners und des höchsten Deutschen in Marokko im Relais de Pointe Noire auffiel, einfach an einen Zufall dachte. Das war tatsächlich plausibel. Wenn sie sich heimlich treffen wollten, war es unwahrscheinlich, daß sie dafür einen Ort wählten, an dem ihre Anwesenheit so auffiel.

Die beiden Männer schüttelten sich stumm die Hände.

Murphy nickte Mme. Jeanine Lemoine zu – nur mit viel Phantasie konnte man es als Verbeugung auslegen – und sagte: »*Madame.*«

»*Monsieur*«, erwiderte sie.

Max von Huerten-Mitnitz öffnete eine Flasche Wein, schenkte in drei Gläser ein und reichte Murphy und Madame Lemoine jeweils ein Glas.

»Ein Toast wäre ein wenig peinlich«, sagte von Huerten-Mitnitz. »Finden Sie nicht auch?«

»Auf bessere Zeiten«, sagte Murphy.

Madame Lemoine und von Huerten-Mitnitz lächelten und hoben ihre Gläser.

Dann entnahm Murphy der Innentasche seines Jacketts ein Kuvert und überreichte es von Huerten-Mitnitz. Der Deutsche setzte sich damit an den Tisch, öffnete es und nahm ein halbes Dutzend Blätter Briefpapier heraus.

»Das Weiße Haus«, sagte von Huerten-Mitnitz. »Ich wußte nicht, daß Roosevelt fließend Deutsch kann.«

»Das kann er nicht«, sagte Murphy. »Dies ist von Putzi von Hanfstaengel.«

»Tatsächlich?« sagte von Huerten-Mitnitz überrascht.

```
THE WHITE HOUSE
Washington
20. Juli 1942

Mein lieber Max,

    allein durch das Lesen dieses Briefes wer-
den Sie nach den Gesetzen des Dritten Reichs
Verrat begehen. Ich erwähne dies, weil ich
gezwungen war, über die wahre Bedeutung
```

dieses Wortes nachzudenken, als Franklin Roosevelt mich bat, Ihnen zu schreiben. Zuvor konnte ich meinen eigenen Status vernunftgemäß deuten: Heinrich Himmler hatte versucht, mich ermorden zu lassen, und nur durch die Gnade Gottes konnte ich aus Deutschland entkommen. Deshalb betrachtete ich mich als entwichenen Strafgefangenen, als Flüchtling, jedoch nicht als Verräter.

Jetzt ist mir klar, daß dies unehrlich ist. Gesetzlich bin ich ein Verräter. Ich verkehre mit den Feinden meines Landes und tue alles mir Mögliche, um ihnen zu helfen, den Krieg zu gewinnen.

Aber wenn ich mich frage, warum ich mein Land verrate, sage ich mir, daß ich in Wirklichkeit in Deutschlands Interesse handele.

Roosevelt hat unbestrittene Beweise – einige vom Vatikan – von entsetzlichen Barbareien, die von dem österreichischen Wahnsinnigen und seinen Anhängern begangen werden, nicht nur an Juden, sondern auch an Zigeunern, gewöhnlichen Polen und russischen Bauern und sogar an Deutschen.

Ich will nicht näher darauf eingehen, sondern Ihnen nur mein Wort darauf geben, daß ich Beweise für das habe, was der Überbringer dieser Zeilen Ihnen in Einzelheiten erzählen wird. Ganz gleich, von welchen Greueltaten er berichtet, ich befürchte, er kann das ganze Ausmaß der Widerlichkeiten gar nicht wiedergeben.

Das allein würde ausreichen, um zu versuchen, Hitler und seine Kumpane zu stürzen.

Aber ich möchte Ihnen – wenn Sie es brauchen – ein anderes Argument nennen, warum dies getan werden muß und warum Sie helfen müssen: Deutschland wird zwangsläufig diesen Krieg verlieren!

Die Genialität von Deutschlands Generälen und die Tapferkeit seiner Soldaten werden niemals gegen die Industriemacht Amerika siegen. Sie haben hier gelebt und wissen, wovon ich rede.

Roosevelt sagte mir, er glaubt, daß 40 Prozent des amerikanischen Bruttosozialprodukts nötig sein werden, um diesen Krieg zu finanzieren. Der ›Totale Krieg‹, wie Goebbels und Speer ihn sich für Deutschland vorstellen, wird von den Amerikanern nicht einmal in Erwägung gezogen.

Ich will nicht näher darauf eingehen.

Deutschland wird den Krieg verlieren. Das Ausmaß der Zerstörung unserer Städte, die Millionen unserer Landsleute, die getötet werden, stehen in direktem Zusammenhang damit, wie schnell Deutschland diesen Krieg verliert. Diesmal wird es keinen Waffenstillstand geben. Mächtige Leute an Roosevelts Seite fordern bereits Deutschlands bedingungslose Kapitulation.

Nur wenige kennen Hitler besser als ich. (Gott vergebe mir, als er nach München mußte, daß er ins Gefängnis Landshut kommen würde und Selbstmord begehen wollte, hinderte ich ihn daran!) Sie müssen mir glauben, mein lieber Max, wenn ich Ihnen sage, unser Führer wird Deutschland in Trümmern sehen, die Felder besät mit Salz, das Volk ausgelöscht vom Angesicht der Erde, bevor er seinen wahnsinnigen Traum aufgibt.

Deshalb, Max, ist mir völlig klar, daß es die Pflicht von Leuten wie Ihnen und mir ist, deren Familien seit Jahrhunderten zu Deutschlands Führung zählen, alles zu tun, koste es, was es wolle, um dafür zu sorgen, daß diese vorübergehend wahnsinnige Führung unseres Vaterlandes vernichtet wird. Wenn dies dazu führt, daß die siegreichen Alliierten uns nach dem Krieg in Führungspositionen einsetzen, wäre das vielleicht eine gute Sache, aber das ist nicht der entscheidende Punkt.

Das Entscheidende ist, daß wir unsere Pflicht tun müssen, wie wir sie sehen. Unser geliebtes Deutschland schreit förmlich um Hilfe und fleht Sie an, dies zu tun.

Möge Gott Ihnen Mut geben und bei Ihnen sein bis in bessere Zeiten.

Putzi v. Han

P.S. Ich werde von einem Sergeant der Army in meinem Hotel bewacht. Er ist mit Gewehr und Stahlhelm ausgerüstet und trägt im Dienst einen ausgebeulten Arbeitsanzug. Aber ich bin so stolz auf Sergeant von Hanfstaengel in seiner ausgebeulten Uniform der U.S. Army, wie mein Vater es war, als ich im Ersten Weltkrieg zur Front ging, und so überzeugt, daß Gott mit uns ist.

Max von Huerten-Mitnitz las den Brief sorgfältig zweimal, nahm dann ein goldenes Feuerzeug aus der Jackettasche und verbrannte den Brief über dem Aschenbecher. Erst als er damit fertig war, sagte er etwas.

»Sie wissen natürlich, was darin stand«, sagte er zu Murphy.

»Wie kommen Sie darauf?«

»Ich schließe das aus dem Trinkspruch ›Auf bessere Zeiten‹«, sagte von Huerten-Mitnitz.

»Der Brief wurde mir unversiegelt zugeschickt«, gab Murphy zu. »Es gibt keine Kopien. Ich habe ihn gelesen und dann versiegelt.«

»Das war nicht gerade die feine Art«, sagte von Huerten-Mitnitz.

»Stimmt«, gab Murphy zu.

»Putzi hat einen sehr bewegenden Brief geschrieben«, sagte von Huerten-Mitnitz. »Wenn Sie ihn sehen, kränken Sie ihn nicht, indem Sie ihn wissen lassen, daß ich bereits zu sehr ähnlichen Schlüssen gelangt bin wie er.«

»Es freut mich, das zu hören«, sagte Murphy. »Aber ich nehme an, man erwartet von mir immer noch einen Bericht über das, was wir über die Vernichtungslager und die besonderen SS-Kommandos erfahren haben.«

»Ich weiß vermutlich mehr darüber als Sie«, sagte von Huerten-Mitnitz. »Es war ein Faktor bei meiner Entscheidung.«

»Wir haben Grund zu der Annahme, daß es ein Geheimnis in Deutschland ist – abgesehen von dem Kreis der Beteiligten.«

»Müller hat einen Freund, der in Rußland verwundet wurde und hier auf Genesungsurlaub war. Er plauderte betrunken bei Müller – und er weiß von fast allem, nicht nur von den Vernichtungskommandos an der Front. Müller lud mich zum Abendessen ein, machte ihn wieder betrunken und ließ ihn alles noch einmal erzählen. Ich hatte Gerüchte gehört, und jetzt erhielt ich die Bestätigung. Müllers Freund ist ein Leica-Schnappschußfotograf.«

»Warum hat Müller das Ihrer Meinung nach getan?«

»Weil ich ihm Dinge sage, die er meiner Ansicht nach wissen sollte, und er es genauso hält.«

»War er moralisch empört?«

»Er ist Polizist«, sagte von Huerten-Mitnitz. »Nichts schockiert ihn.«

»Also müßte man ihn motivieren«, überlegte Murphy laut. »Womit könnte man ihn motivieren?«

»Mit Geld«, sagte von Huerten-Mitnitz. »Mit viel Geld.«

»Daran hat man gedacht«, sagte Murphy. Er zog zwei Umschläge aus seiner Jackettasche.

»In jedem Kuvert ist Geld in verschiedenen Währungen. Hauptsächlich Schweizer Franken, einige Reichsmark, einige Dollars und Pfund, insgesamt im Wert von fünfundzwanzigtausend Dollar.«

Von Huerten-Mitnitz schaute die Umschläge an, als wären sie Hundescheiße.

»Wir wollten sichergehen, daß Sie Bargeld zur Verfügung haben, falls Sie welches brauchen«, sagte Murphy hastig. »Deshalb das Kuvert für Sie.«

Von Huerten-Mitnitz musterte Murphy.

»Aber Sie hätten mit keiner Wimper gezuckt, Mr. Murphy, wenn ich gesagt hätte, dies ist nicht annähernd genug, um mich zu kaufen, nicht wahr?«

»Ich habe Sie nie für käuflich gehalten, Herr von Huerten-Mitnitz«, sagte Murphy.

»Mir bleibt nichts anderes übrig, als Sie beim Wort zu nehmen, nicht wahr?«

»Sie haben mein Wort«, sagte Murphy.

»Ich werde Müller einen Umschlag geben«, sagte von Huerten-Mitnitz. »Und den anderen behalten, sollte ich ihn brauchen. Danach werde ich Ihnen eine genaue Abrechnung vorlegen.«

»Das ist nicht nötig«, sagte Murphy.

»Doch, das ist es, Mr. Murphy«, widersprach von Huerten-Mitnitz. »Für mich ist das nötig.«

»Ich hätte fast gesagt, ich verstehe, wie Sie sich fühlen. Aber das würde nicht stimmen.«

»Beten Sie dafür, daß Sie sich nie in meiner Lage befinden, Mr. Murphy«, sagte von Huerten-Mitnitz.

Sie schauten sich einen Moment lang in die Augen, dann blickte von Huerten-Mitnitz fort.

»Da war etwas Symbolisches bei Ihren fünfundzwanzigtausend Dollar in verschiedenen Währungen«, sagte von Huerten-Mitnitz. »Ich nehme an, Sie werden mir jetzt sagen, was Sie von mir wollen.«

»Ich habe Ihnen das Geld nicht deswegen gegeben«, sagte Murphy.

»Vielleicht weil in der Heiligen Schrift steht, geben ist seliger als nehmen«, sagte der deutsche Adelige trocken. »Ich frage mich, wie Putzi bezahlt worden ist.«

»Er ist nicht bezahlt worden«, entgegnete Murphy. »Roosevelt hat von Hanfstaengels Kunstgalerie von der Beschlagnahme nach dem Enemy Property Act ausgenommen.«

»Es überrascht mich, daß Putzi ihm das erlaubt hat.«

Murphy schwieg.

»Ich bin wirklich neugierig, was genau Sie von mir wollen«, sagte von Huerten-Mitnitz. »Vermutlich hat es etwas mit der Invasion Nordafrikas zu tun.«

»Wie kommen Sie auf den Gedanken, wir könnten eine Invasion Nordafrikas erwägen?« fragte Murphy.

»Roosevelt hat das klargemacht, als er die Philippinen aufgab. Der Hauptstoß Amerikas wird gegen

Deutschland geführt werden. So stellt sich die Frage, wo. Ich bezweifle, daß Roosevelt trotz seiner gewaltigen Anstrengungen Joseph Stalin in einen freundlichen Onkel Joe verwandelt und das amerikanische Volk es hinnimmt, Soldaten nach Rußland zu schicken, um dort zu kämpfen. Und nach Churchills Debakel im Ersten Weltkrieg[7] gewiß nicht auf den Balkan. Und nicht auf den Kontinent selbst, jedenfalls noch nicht. Wohin also sonst?«

»Haben Sie etwas gehört?« fragte Murphy mit Pokerface.

»Vermutungen«, erwiderte von Huerten-Mitnitz. »Nichts Genaues. Die Franzosen bezweifeln, daß Sie mit den Streitkräften, die Sie gegenwärtig in England haben, fähig sind, französischen Boden anzugreifen, selbst wenn Sie den Versuch wagen würden. Man bezweifelt ebenso, daß Sie eine Invasions-Streitkraft direkt von den Vereinigten Staaten aus über den Atlantik schicken können. Ich bezweifle das ebenfalls.«

»Nun«, sagte Murphy, der seine günstige Gelegenheit erkannte, »da wir – soweit ich weiß – keine Invasion Nordafrikas planen, wollen wir auch nicht Ihre Hilfe in Zusammenhang mit einer solchen Invasion.«

»Was dann?« fragte von Huerten-Mitnitz.

»FEG entwickelt ein Düsentriebwerk für Flugzeuge«, sagte Murphy. »Wir müssen eine genaue technische Beschreibung haben und ein Triebwerk, wenn das möglich ist.«

»Ehrlich gesagt, das hatte ich nicht erwartet«, gab von Huerten-Mitnitz zu. Und dann fügte er trocken hinzu: »Fulmar Elektrische Gesellschaft, der allgegenwärtige junge Mr. Fulmar.«

»Nach dem, was er sagt, bezweifle ich, daß er bei dieser Sache eine große Hilfe sein kann. Er ist offenbar nicht der Liebling seines Vaters.«

»Kaum«, pflichtete ihm von Huerten-Mitnitz bei. »Ich nehme an, es ist praktisch unmöglich, an die Pläne heranzukommen. Ich kann mir nicht vorstellen, daß sie irgendwo zugänglich herumliegen, und ich wage zu behaupten, daß die Pläne für ein Düsentriebwerk nicht in einen Koffer passen.«

»Wir brauchen die metallurgische und technische Beschreibung«, sagte Murphy.

»Ich weiß nicht, wie man die besorgen könnte«, sagte von Huerten-Mitnitz. »Wie wäre es mit einem Düsentriebwerk selbst?«

»Könnten Sie an eines herankommen?«

»Ich erinnere mich, daß auf dem Grundstück der Familie Fulmar in der Nähe der Augsburger FEG eine Schmelzanlage für Experimentierzwecke steht. Ich weiß nicht, warum mir das einfällt, aber es ist so. Man hat mir erzählt, daß die Anlage einfach alles schmilzt, zum Beispiel alles von einem Automotor. Dann entzieht man den Kupfer und andere Schwermetalle. Wäre es nicht wahrscheinlich, daß man Flugzeugtriebwerke nach Experimenten dorthin schickt? Mangelhafte, abgenutzte?«

»Können Sie das herausfinden?«

»Ich werde Erkundigungen einziehen«, sagte von Huerten-Mitnitz. »Das wird einige Zeit dauern – vielleicht Monate. Ich werde warten müssen, bis ich jemanden finde, der darüber Bescheid weiß. Meine Telefone werden abgehört, und ich habe den Verdacht, daß meine Post geöffnet wird.«

»Das mit der Post überrascht mich«, sagte Murphy.

»Der österreichische Gefreite mißtraut Leuten wie mir«, bemerkte von Huerten-Mitnitz trocken. »Ich kann mir nicht vorstellen, warum.«

2

Das Haus in der Q Street, NW

3. August 1942, 17 Uhr 15

Als er hörte, daß die Schiebetür zur Bibliothek geöffnet wurde, blickte Lieutenant Colonel Edmund T. Stevens, ein großer, dünner, grauhaariger Mann Ende Vierzig, von einem Exemplar der Erstausgabe *Lee in Nord-Virginia* auf, das er in den Regalen entdeckt hatte.

Ein junger Mann trat ein, hob die Augenbrauen, als er Stevens sah, sagte »Guten Tag, Colonel« und ging zu einem Schrank, der ein Sortiment an alkoholischen Getränken, einen kleinen Kühlschrank und Gläser enthielt. *Ein Versteck,* dachte Stevens; *ich hatte keine Ahnung davon.*

Der junge Mann wählte eine Flasche Scotch. »Darf ich Ihnen etwas anbieten, Colonel?« fragte er.

Colonel Stevens, für gewöhnlich selbstsicher, war jetzt überraschend unschlüssig. Er befand sich auf fremdem Terrain. Er wußte nicht, wie er sich verhalten sollte. Es sollte ein ›Arbeitsessen‹ mit Captain Peter Douglass stattfinden, hatte man ihm gesagt, und er fragte sich, ob er sich eine Alkoholfahne erlauben konnte.

Wer auch immer dieser junge Mann war, er gehörte vermutlich zum festen Personal und bediente sich wie selbstverständlich mit dem versteckten Scotch, und das ließ darauf schließen, daß Alkohol hier nicht verboten war wie anscheinend alles sonst.

»Ja, wenn Sie so freundlich sind«, sagte Stevens.

»Etwas von diesem Scotch mit einem Spritzer Wasser wäre prima.«

Der junge Mann stellte sich nicht vor, und Stevens nannte seinen Namen ebenfalls nicht.

Cynthia Chenowitch kam in die Bibliothek.

»Man hat mir gesagt, daß du hier bist«, sagte sie.

»Das klingt, als hätte ich in dein Büro marschieren, strammstehen, grüßen und meine Ankunft förmlich melden sollen«, sagte der junge Mann.

»Colonel Stevens«, sagte Cynthia Chenowitch mühsam beherrscht, »dies ist Major Canidy.«

Sie schüttelten sich die Hände. Colonel Stevens hatte in den vergangenen paar Tagen viel über Major Canidy gehört. Er wußte, daß er ihn kennenlernen würde, aber er hätte nicht gedacht, ihn in Zivil anzutreffen.

»Das Essen findet um neunzehn Uhr statt«, sagte Cynthia. »Die anderen werden bald hier sein.«

»Ist Erscheinen befohlen?« fragte Canidy. »Oder ist die Teilnahme freiwillig?«

»Wenn du damit meinst, ob deine Anwesenheit erwartet wird, Dick, dann lautet die Antwort ja, das Erscheinen ist befohlen.«

»Jawohl, Ma'am«, sagte Canidy. »Ich freue mich darauf, Ma'am.«

Sie ging zur Tür und hatte sie fast erreicht, als Canidy leise, jedoch gut hörbar für Cynthia sagte: »Hübscher Hintern, finden Sie nicht auch, Colonel?«

Cynthia fuhr herum.

Canidy streichelte über die Schwanzfedern eines Bronzepfaus, der auf einem Bücherregal stand. Er lächelte Cynthia freundlich an.

»Sonst noch was, Cynthia?« fragte er unschuldig.

Sie wandte sich ruckartig um und marschierte aus der Bibliothek.

Canidy schaute Colonel Stevens an, und seine Augen funkelten vergnügt.

»Manchmal, wenn ich Glück habe, kann ich sie zum Fluchen bringen«, sagte er. »Sie wären überrascht über die Schweinereien, die diese kultivierte junge Frau in ihrem Vokabular hat.«

Obwohl er sich über den Grund nicht ganz klar war, hörte Stevens sich lachen. Er fragte sich, was hinter dem Wortwechsel der beiden steckte.

»Sie hat durchblicken lassen, daß Sie an dem Abendessen teilnehmen«, sagte Canidy.

»Ja, das stimmt«, sagte Stevens.

»Heißt das, Sie sind einer von uns?«

»Ja, das nehme ich an«, sagte Stevens. »Aber ein sehr neuer.«

»Ich würde fragen, was Sie machen sollen und was es mit dem Essen auf sich hat, aber wenn ich das tue, springen plötzlich wütende kleine Männer aus den Büschen, schreien ›Schande über dich, du hast gegen die Regeln verstoßen!‹ und konfiszieren den Schnaps.«

Stevens lachte abermals. Bill Donovan hatte ihm gesagt, er solle sich von Canidys respektlosem Verhalten nicht aus der Fassung bringen lassen; wo es zähle, sei er ein guter Mann. Stevens hatte ebenfalls von Donovan von Canidys Großtaten in der Luft gehört und daß er eine geheime Mission in Marokko erledigt hatte.

Dieser respektlose junge Mann ist ein Veteran, dachte Stevens.

Beim Ausbruch des Zweiten Weltkriegs war Stevens Zivilist gewesen. Und zu diesem Zeitpunkt hatte er sich etwas traurig gesagt, daß er überhaupt nicht dienen würde. Selbst wenn man ihn vom Boden des Fasses kratzte und wieder in Uniform steckte, würde man ihn höchstens zum Offizier für die Truppenmoral oder dergleichen in einem abgelegenen Ausbildungslager in Arkansas oder South Dakota machen. Er hatte 1940 Erkundigungen eingezogen, und sie hatten ihm ziemlich deutlich gesagt, daß er im Kriegsministerium Persona non grata war.

1937, nach sechzehn Jahren Dienst als Berufssoldat im Anschluß an den Besuch der Militärakademie West Point (Abschluß 1921) hatte Edmund T. Stevens seinen Abschied von der Army genommen. Er war in anderthalb Jahrzehnten nur bis zum Captain des Küstenartilleriekorps aufgestiegen.

Stevens' Frau hatte seinen Beruf nie gemocht, und es hatte ständigen Druck von ihr, ihrer Familie und seiner eigenen Familie gegeben, den Militärdienst aufzugeben. Offensichtlich war er nicht für einen hohen Rang oder eine wichtige Verwendung bestimmt. Die Bezahlung war mies, und das Umfeld war nicht das richtige für die Kinder. Subtil und grob machte man ihm klar, daß er erwachsen war und ›mit den Kindereien aufhören‹ sollte.

Als er im Frühjahr 1937 seinen Namen nicht auf der Beförderungsliste zum Major fand, war er bitter enttäuscht und reichte sein Abschiedsgesuch ein. Er zog mit seiner Familie von Fort Bliss, Texas, nach New York, wo schnell eine Arbeitsstelle für ihn im Geschäft seines Schwiegervaters gefunden wurde, einer Importfirma von europäischer Dosenware und Weinen.

Im Herbst 1938 wurde er durch harte Arbeit, wie er scherzte, weil seine Frau die Aktienmehrheit an der Firma geerbt hatte, zum Vizepräsident für das Europageschäft ernannt und nach London geschickt. Die Familie Stevens hatte ein herrliches Jahr, bevor der Krieg ausbrach. Die Jungs liebten ihre Schule trotz der komischen Mützen und Kostüme, und er erlebte mit seiner Frau Debbie in London fast so etwas wie zweite Flitterwochen. In ihren ersten hatten sie sich von seinem Sold als Second Lieutenant nicht viel erlauben können.

Als der Krieg nach England kam, gingen sie traurig an Bord der *Queen Mary* und fuhren nach New York.

Kurz vor dem japanischen Angriff auf Pearl Harbor begegnete Edmund T. Stevens in der Bar des Baltusrol Country Club in New Jersey William J. Donovan. Donovan fragte ihn, wie er plante, den Krieg zu verbringen, und Stevens erzählte ihm etwas steif, er könne sich wohl gerade für eine Verwendung im Quartiermeister-Korps qualifizieren.

»Sie gehen zurück in die Army?« fragte Donovan überrascht.

»Wenn sie mich haben will«, bekannte Stevens. »Man hat mir klipp und klar gesagt, daß man sich nicht um mich reißt. Ich bezweifle, daß ich wieder eine Verwendung in der Artillerie erhalte, aber vielleicht finde ich eine im Quartiermeister-Korps, wenn wir Krieg haben. Ich weiß jetzt allerhand darüber, wie man Dosenwaren lagert.«

»Seien Sie nicht überrascht, wenn ich Kontakt zu Ihnen aufnehme«, sagte Donovan, und dann wurde das Gespräch durch irgend etwas gestört, und sie setzten es nicht fort.

Bei Kriegsausbruch schaffte es Stevens, als Captain in der Reserve des Quartiermeister-Korps verwendet zu werden. Dies beruhte mehr auf seiner Erfahrung mit Dosenwaren als auf seinem West-Point-Diplom und seinem vorherigen Dienst, aber es gab kein Telegramm, mit dem Captain Stevens vom Quartiermeister-Korps (Reserve) befohlen wurde, zu aktivem Dienst einzurücken. Enttäuscht, aber nicht wirklich überrascht, verbannte er den Militärdienst aus seinen Gedanken, vergaß das Gespräch mit Colonel Wild Bill Donovan im Baltusrol Country Club und widmete wich wieder der Familienfirma.

Und dann steckte eines Tages seine Sekretärin völlig verwirrt den Kopf in sein Büro und erklärte, ein Army-Offizier wünsche Colonel Stevens am Telefon zu sprechen.

»Hier ist Edmund Stevens«, meldete er sich.

»Bleiben Sie bitte dran, Colonel, Colonel Donovan möchte mit Ihnen sprechen«, sagte eine Frauenstimme.

»Ed«, fragte Donovan ohne Einleitung, »wie schnell können Sie hier unten sein? Ich brauche Sie sofort.«

Trotz einer überraschend emotionalen Reaktion – ein Pawlowscher Reflex beim Klang einer militärischen Trompete, sagte er sich – konnte Stevens nicht den nächsten Zug nach Washington erwischen, wie es Donovan wünschte. Stevens konnte erst um halb zwölf am nächsten Tag in Washington sein.

Seine Frau war wütend. Er war einfach zu alt, um sofort anzutanzen, wenn Bill Donovan pfiff. Auf der Fahrt nach Washington dachte er über die Argumente seiner Frau nach. Sie wurden verstärkt durch das unangenehme Wissen, daß er eine Uniform trug, die nicht mehr paßte.

In Washington war es noch schlimmer. Als er auf der Union Station durch den Wartesaal ging, stoppte ihn ein Militärpolizist und informierte ihn, daß das Sam-Browne-Koppel, das er trug, seit über einem Jahr verboten war. Der MP berief sich bedauernd auf seine Befehle und erklärte, daß er Stevens melden müsse. Dann verlangte er Stevens' Truppenausweis, und er hatte natürlich keinen.

Stevens hatte sich bereits damit abgefunden, wegen betrügerischen Auftretens als Offizier festgenommen zu werden, als ein Mann hinzukam, fragte, ob er Edmund T. Stevens sei, und dem MP eine Art Ausweis zeigte. Der Militärpolizist gab sofort klein bei.

»Ich bin Chief Ellis, Colonel«, sagte der Mann. »Captain Douglass hat mich geschickt, um Sie abzuholen. Ich muß Sie auf dem Bahnsteig verpaßt haben.«

»Ich bin *Captain*, Ellis«, beharrte Stevens.

»Jawohl, Sir, wie Sie wünschen, Sir«, sagte Ellis.

Dann brachte er Stevens in den Speiseraum des Wardman Park Hotels, wo Colonel Donovan und Captain Peter Douglass auf das Mittagessen warteten.

An diesem Nachmittag hörte Stevens zum ersten Mal vom Office of Strategic Services. Bei Muschelsuppe und Kabeljau erzählte Donovan ihm, daß er für diese Organisation nach London reisen und als eine Art Sekretär/Kassenwart für das Büro dienen sollte, das er dort eingerichtet hatte. Dort wurde sofort jemand mit genug militärischer Erfahrung gebraucht, erklärte Donovan, der mit dem Militär zurechtkam, von dem das OSS neunzig Prozent seiner logistischen Unterstützung erhielt. Und es wurde jemand gebraucht, der mit den Eigenarten der ›Einheimischen‹ vertraut war. Da Stevens offenbar beide Kriterien erfüllte, war Donovan überzeugt, er würde den Job annehmen. Stevens stimmte natürlich zu.

»Kaufen Sie sich einige silberne Blätter, Colonel«, sagte Donovan und überreichte ihm ein Dokument des Kriegsministeriums, mit dem Captain Stevens, Quartiermeister-Korps, U.S. Army Reserve, zum Lieutenant Colonel befördert wurde; mit dem Lieutenant Colonel Stevens in aktiven Dienst für die Dauer des Krieges plus sechs Monate befohlen wurde; mit dem er dem Generalstabs-Korps für Dienst für die Stabschefs der Streitkräfte zugeteilt wurde; und mit dem er wiederum dem Office of Strategic Services zugeteilt wurde.

Stevens verbrachte die nächsten paar Tage mit Einsatzbesprechungen, bei denen er das meiste nicht verstand, und das sagte er Captain Douglass ehrlich.

»Wenn Sie erst dort drüben sind, werden Sie alles auf die Reihe bekommen«, sagte Douglass. »Und morgen abend gibt es ein Arbeitsessen, und danach sollten die Dinge viel klarer sein. Wenn Sie möchten, können Sie sich den Tag frei nehmen und heimreisen. Seien Sie nur morgen nachmittag gegen siebzehn Uhr dreißig wieder hier.«

»Werde ich etwas Urlaub haben, bevor ich nach London reise?«

»Ich bezweifle, daß dies im Moment möglich ist«, sagte Douglass. »Aber Sie kommen immer wieder mal zurück, und dann werden wir bestimmt etwas ausarbeiten.«

Seine Frau war wütend und tiefbetrübt, als er ankündigte, daß er praktisch sofort nach England aufbrechen mußte. Aber ihm selbst war es zum Jubeln zumute – was er sorgfältig verbarg –, und er fühlte sich, als wäre er soeben aus dem Gefängnis entlassen worden.

Als sich Canidy einen zweiten Scotch einschenkte – Stevens lehnte höflich ab –, traf ein muskulöser First Lieutenant in Uniform Class A ein – pinkfarbene Hose, grüner Uniformrock und glänzend polierte Fallschirmspringerstiefel –, und kurz darauf gesellte sich ein etwas besser aussehender junger Mann dazu, der ebenfalls Pink und Grün anhatte, aber nur das Fallschirmspringer-Abzeichen auf der Brust trug.

»Wofür ist der gekleidet, Martin?« fragte Canidy.

»Er ist zum Offizier ernannt worden, Sir«, sagte Martin.

»Wo sind seine Rangabzeichen?«

»Er ist noch nicht vereidigt, Sir«, sagte Martin. »Ich hielt es für das beste, zu warten, bevor er sich das Rangabzeichen anheftet.«

»Wenn ich es nicht besser wüßte, würde ich Sie fälschlicherweise für einen West Pointer halten.«

Martin ist sich nicht sicher, ob das ein Kompliment oder eine Beleidigung sein soll, dachte Colonel Stevens. *Und Major Canidy hätte diesen Scherz gewiß nicht gemacht, wenn er wüßte, daß ich, der runderneuerte Krieger in mittleren Jahren, West Pointer bin.*

»Symbolisieren die kleinen Silberschwingen, was ich denke?« fragte Canidy. »Daß du freiwillig aus Flugzeugen gesprungen bist?«

»Warum läßt du mich nicht in Ruhe, Dick?« fuhr ihn der gutaussehende junge Mann an.

»Eric, wenn du ein Offizier und Gentlemen wirst, mußt du lernen, deine vorgesetzten Offiziere mit viel größerem Respekt zu behandeln.«

Der Mann starrte ihn an, erwiderte jedoch nichts.

»Ist Captain Whittaker mit euch gekommen?« fragte Canidy.

»Jawohl, Sir«, sagte Martin. »Er ist zu Miss Chenowitch gegangen, um sie zu begrüßen.«

»Ich bezweifle, daß man als ›begrüßen‹ bezeichnen kann, was er wirklich im Sinn hat«, sagte Canidy. »Oh, verzeihen Sie, Colonel. Diese Gentlemen sind Lieutenant Martin und Fast-Lieutenant Fulmar. Sie springen aus Flugzeugen.«

Die Erklärung war nicht ganz nötig. Stevens hatte die Dossiers über beide Offiziere gelesen. Aber jetzt konnte er die Gesichter den Namen zuordnen.

»Mein Name ist Stevens«, sagte er. »Es freut mich sehr, Sie kennenzulernen.«

Captain Douglass, Captain Whittaker und Miss Cynthia Chenowitch kamen ein paar Minuten später zusammen in die Bibliothek, fast sofort gefolgt von Charity Hoche, die einen Servierwagen mit Horsd'œuvres schob.

Diejenigen, die Canapés servieren, dienen ebenfalls, dachte Canidy.

»Dies ist ein besonderer Anlaß, den wir feiern sollten«, sagte Douglass.

»Welcher Anlaß?« fragte Canidy.

»Eric Fulmar wird als Berufsoffizier vereidigt«, kündigte Douglass an. »Ich möchte Colonel Stevens als ranghöchsten anwesenden Offizier der Army bitten, die Zeremonie durchzuführen.«

»Es ist mir eine Ehre«, sagte Colonel Stevens.

Und Fulmar legte seine Hand auf die Bibel und leistete den Eid. Stevens und Douglass hefteten ihm den goldenen Balken eines Second Lieutenant auf die Schultern seines Uniformrocks.

Dann schüttelte jeder Eric feierlich die Hand und beglückwünschte ihn, wobei Canidy das Gefühl hatte, daß Fulmar wieder einmal hereingelegt wurde – auch wenn er sich nicht vorstellen konnte, wie.

Unterdessen gab Charity Hoche Fulmar einen ungewöhnlich intimen Kuß, und Canidy nahm an, wenn sie nur halb so freizügig mit ihren Gunstbeweisen war, wie Ann behauptete, war der Kuß nur ein Vorgeschmack auf das, was Eric später an diesem Abend als Geschenk erhalten würde. Das überraschte ihn nicht. Überrascht war er, als sie zum Essen gingen und am Tisch für Charity gedeckt war.

Douglass begann den geschäftlichen Teil des Essens, indem er schmeichelhaft Lieutenant Colonel Stevens' militärische und zivile Erfahrung schilderte. Es folgte eine Ankündigung: Bei ihrer Ankunft in London würde Stevens der stellvertretende Leiter des Londoner OSS-Büros werden.

»Wessen Ankunft in London?« fragte Canidy.

»Ihre«, sagte Douglass. Er nickte Charity Hoche leicht zu. Jetzt überraschte sie Canidy wirklich.

»Das Flugzeug traf um fünfzehn Uhr dreißig in Anacostia ein«, sagte Charity. »Die Crew wurde zum ONI rübergeschickt. Wenn die Männer vom Marinenachrichtendienst überprüft worden sind, kommen sie her. Das wird in ungefähr einer Stunde der Fall sein.«

»Welches Flugzeug?« fragte Canidy. »Ich nehme an, ich bin ein bißchen blöde, aber ich weiß nicht, wovon die Rede ist.«

»Wir haben uns eine C-46 von der Navy geborgt«, fuhr Charity Hoche fort, völlig Herrin der Lage. »Sie sollte als Art VIP-Transporter dienen, mit dem hohe Tiere der Navy zwischen der Westküste und Hawaii hin und her geflogen werden, aber wir hatten natürlich eine höhere Priorität. Die Navy ist ziemlich sauer, Dick. Sie müssen sie vielleicht ein bißchen besänftigen.«

»Warum haben wir eine C-46 geborgt?« fragte Canidy.

»Um Admiral de Verbey und seinen Stab nach England zu fliegen«, erklärte Captain Douglass. »Und zwar auf eine Art und Weise, wie sie einem sehr ranghohen französischen Marineoffizier gebührt. Und für andere Zwecke, die ich Ihnen ein wenig später erklären werde.«

Canidy wußte, was die ›anderen Zwecke‹ waren. Die Navy C-46 war offenbar das Ersatzflugzeug für den Afrikaflug. Aber er verstand nicht, weshalb Admiral de Verbey nach England gebracht werden sollte.

»Wenn es keine Einwände Ihrerseits gibt, Dick, fliegen Sie laut Plan morgen um acht Uhr fünfundvierzig in Anacostia ab«, fuhr Charity fort. »Der Admiral und sein Stab warten ab neun Uhr fünfzehn in Lakehurst auf Sie. So sollten Sie um zehn Uhr dreißig in Newark sein, und der Abflug nach England wird irgendwann morgen nachmittag stattfinden. Dies bedeutet, Sie müssen hier morgen spätestens um acht Uhr aufbrechen. Es werden zwei Wagen für Sie alle und Ihr Gepäck erforderlich sein. Ich werde den Kombi fahren und Chief Ellis den Buick. Ich habe vor ein paar Minuten die Wettervorhersagen überprüft, und es wird kein Problem mit dem Wetter geben, weder hier noch in New Jersey.«

»Alles soweit kapiert, Dick?« fragte Captain Douglass. »Irgendwelche Fragen?«

Als Canidy ihn anblickte, lächelte Douglass. Er genoß Charity Hoches Befehlsausgabe – und Canidys Reaktion darauf.

»Keine Fragen«, sagte Canidy.

»London ist über Ihre Ankunft informiert, und ich werde die Zeit natürlich noch einmal bestätigen, wenn wir Ihre Abflugzeit von Newark haben. Man wird Sie in Croydon abholen und zum Dorchester bringen, wo Sie mindestens zwei Tage bleiben werden, bevor es nach Whitbey House weitergeht.«

»Whitbey House?« fragte Canidy.

»Zum Dorchester?« fragte Stevens gleichzeitig, offensichtlich überrascht.

Canidy wies auf Colonel Stevens, um ihm den Vortritt zu lassen.

»Colonel Donovan dachte, das würde Ihnen gefallen, Colonel«, sagte Captain Douglass.

»Was ist Dorchester?«

»Das zweifellos beste Hotel in London«, sagte Stevens.

»Was steckt hinter diesem rührenden Interesse an unserem Wohlergehen?« fragte Canidy.

»Wir wollen sicherstellen, daß sich Admiral de Verbey wohl fühlt«, sagte Douglass. »Und seine Ankunft in England soll von gewissen Leuten zur Kenntnis genommen werden.«

»Und was ist Whitbey House?« Canidy sah Douglass fragend an.

»Wir halten es für nötig, eng mit der Organisation zusammenzuarbeiten, die von den Briten ›Special Operations Executive‹, kurz SOE, genannt wird. Die SOE ist dem OSS sehr ähnlich – abgesehen davon, daß *sie* weiß, was sie tut, wie Colonel Donovan betonte. Die SOE betreibt eine sogenannte Forschungs- und Entwicklungsstation IX auf einem requirierten Grundstück bei London. Es ist eine Art Kombination von Summer Place und Gut; dort befinden sich die Einrichtungen zur Ausbildung ihrer Agenten, und das Gut dient als Hotel oder Quartier. Wir wollen so bald wie möglich eine ähnliche Einrichtung schaffen. Ein anderes Landhaus wird uns zur Verfügung gestellt. Es heißt Whitbey House. Es ist der Stammsitz der Dukes of Stanfield.«

»Und Sie wollen den Admiral dort einquartieren?« fragte Canidy.

»*Sie* werden ihn dort einquartieren, Dick«, sagte Douglass. »Sie sind weiterhin für ihn verantwortlich. Sie werden Colonel Stevens Meldung machen. Sie wissen, was in puncto Sicherheit und Kommunikation nötig ist, und Colonel Stevens wird dafür sorgen, daß Sie erhalten, was Sie brauchen. Während Sie und Captain Whittaker sich damit beschäftigen, werden die Lieutenants Martin und Fulmar die SOE-Agentenschule der Station IX besuchen. Die SOE hat ebenfalls zugestimmt, einige Leute von ihrem Personal zur Verfügung zu stellen, die uns helfen, unser eigenes Ausbildungscamp aufzubauen und zu betreiben.«

»Charity«, sagte Douglass nach dem Essen, »meinen Sie, Sie könnten Captain Whittaker und die Lieutenants Fulmar und Martin unterhalten, während Cynthia und ich einige Einzelheiten mit Colonel Stevens und Major Canidy besprechen?«

Als sie fort waren, sagte Douglass: »Einige Dinge brauchen die anderen nicht zu wissen.«

»Im Ernst?« sagte Canidy sarkastisch.

Cynthia blickte ihn böse an. Douglass schüttelte resigniert über Canidy den Kopf, aber Stevens lächelte. Canidy sah es und zwinkerte ihm verschwörerisch zu.

»Lassen wir den Admiral versuchen, die *Jean Bart* zu klauen?« fragte Canidy.

»In diesem Punkt ist noch keine Entscheidung getroffen worden«, sagte Douglass und nahm Canidys scherzhafte Frage für bare Münze. »Wir haben eine kleine politische Erpressung vor. General de Gaulle bringt General Eisenhower auf die Palme. Eisenhower glaubt, de Gaulle kann während der Operation Fackel enormen Schaden anrichten. Wenn er damit durchkommt, wird er nach Ikes Meinung sogar noch mehr Probleme machen, wenn wir zu einer Invasion der europäischen Landmasse bereit sind. Und wenn wir uns entscheiden, in Frankreich zu landen... o Gott! Deshalb will Eisenhower de Gaulle unbedingt vom Hals haben. Er hat uns empfohlen, ihn überhaupt nicht mehr zu unterstützen. Die Briten protestieren ziemlich stark dagegen.«

»Darf ich fragen, warum? Was empfehlen sie? Ergreifen sie Partei für de Gaulle?« fragte Colonel Stevens. »Wenn das bei den Einsatzbesprechungen zur Sprache gekommen ist, habe ich es wohl nicht mitbekommen.«

»Die Briten stimmen völlig zu, daß de Gaulle mehr Probleme macht, als er wert ist«, erklärte Douglass. »Sie haben vorgeschlagen, daß es am bequemsten wäre, wenn de Gaulle einen tödlichen Unfall erleidet.«

»Mann o Mann«, sagte Canidy. »Würden sie das tun?«

»Sicherlich«, sagte Douglass. »Aber weder Eisenhower noch der Präsident sind bereit, so weit zu gehen. Jedenfalls noch nicht. Eisenhower hat einen anderen Kurs vorgeschlagen, und Roosevelt billigt ihn. Wenn General de Gaulle erfährt, daß wir den Admiral ›heimlich‹ nach England gebracht haben, wird er sich vielleicht ein bißchen kooperativer zeigen. Es wird ihm vielleicht klarwerden, daß er nur das selbsternannte Oberhaupt der französischen Regierung im Exil ist.«

»Warum soll der Admiral heimlich nach England gebracht werden?« fragte Canidy.

»Wenn wir ihn offiziell hinbringen, wäre das eine Konfrontation«, erklärte Douglass. »Eisenhower will diese Konfrontation nicht, wenn sie vermieden werden kann. Wenn wir ihn heimlich nach England bringen und dafür sorgen, daß de Gaulle davon erfährt, ist das etwas anderes. Und natürlich wird die Drohung, de Gaulle durch Admiral de Verbey zu ersetzen, kein völliger Bluff sein. Wenn Roosevelt entscheidet, daß de Gaulle gehen muß, haben wir de Verbey an Ort und Stelle.«

»So lassen wir den Admiral weiterhin in dem Glauben, bei seinem Spielchen ›so klaue ich ein Schlachtschiff‹ mitzumachen, damit er sich in England benimmt?«

»Die Sache wird noch erwogen«, sagte Douglass. »Sie ist von ›unmöglich‹ zu ›möglich, aber vermutlich nicht der Mühe wert‹ geworden.«

»Was ist mit dem Flugzeug? Wird es nur eingesetzt, damit de Gaulle von de Verbeys Ankunft erfährt? Oder hat es noch einen anderen Zweck?«

»Ich bin beeindruckt, Dick«, sagte Douglass. »Sie lernen, daß die Antworten auf einfache Fragen oftmals etwas verraten. In diesem Fall ist Ihre Sorge unnötig. Colonel Stevens weiß alles über den Afrikaflug. Um Ihre Frage zu beantworten: Ja, die Maschine der Navy ist das Ersatzflugzeug für die afrikanische Mission. Sobald Sie in England landen, wird es in einen bewachten Hangar gebracht, und die Sitze werden entfernt wie bei dem Flugzeug von Pan American. Wir hoffen, de Gaulle wird glauben, das Flugzeug ist für den Admiral reserviert und steht ihm zur Verfügung, wie es ihm beliebt. De Gaulle hat Eisenhower bedrängt, ihm eine persönliche C-47 zu besorgen, und Eisenhower hat ihm was gepfiffen. Wir nehmen an, de Gaulles gewaltiges Selbstbewußtsein erhält einen Knacks.«

»Sie sind ein hinterlistiger Bursche, Captain Douglass«, sagte Canidy lachend.

»Irgendwie klingt das nach einem Kompliment«, bemerkte Douglass trocken. »Ich nehme an, hier ist es wirklich eines.«

»In Zusammenhang mit List und Tücke, Betrug und Beschiß«, sagte Canidy.

»Da ist noch eines, das Sie nicht nur als weiteres Requisit in diesem Szenario betrachten sollten.«

»Was?«

»Wir lassen Whitbey House von einem Bataillon Infanterie bewachen«, sagte Douglass.

»Ein Bataillon hat tausendzweihundert Mann!«

»Ich hielt ein Bataillon für etwas übertrieben«, sagte Douglass. »Aber Eisenhower hat sich durchgesetzt. Er meint anscheinend, daß de Gaulle einfach beeindruckt von der Wichtigkeit des Admirals sein muß, wenn wir ihn mit einer so großen Truppe bewachen.«

»Ich könnte vielleicht eine Kompanie benutzen«, dachte Canidy laut. »Die anderen könnten einfach da sein und ihren normalen Dienst schieben.«

»Statt großes Theater zu machen, habe ich genau das entschieden«, sagte Douglass. »Aber ich möchte betonen, daß Sie den Admiral wirklich bewachen müssen, Dick.«

Canidy schaute ihn neugierig an. »Worauf wollen Sie hinaus?«

»Der Admiral war keine wirkliche Gefahr für de Gaulle, solange er sich in New Jersey befand«, sagte Douglass. »In Whitbey House wird er eine Gefahr sein. Das müssen Sie sich merken. Noch wichtiger, Sie müssen es dem Kommandeur des Infanteriebataillons einschärfen.«

»Dieser de Gaulle ist anscheinend ein charmanter Typ«, bemerkte Canidy.

»Ich nehme an, er glaubt tatsächlich, Gott hat ihn auserwählt, um Frankreich zu retten«, sagte Douglass. »Leute, die ihre Befehle direkt von Gott zu erhalten glauben, sind oft schwierig und gefährlich.«

»Wieviel davon kann ich Whittaker, Martin und Fulmar erzählen?« fragte Canidy.

»Wenn Sie meinen, Whittaker sollte es wissen, können Sie ihm sagen, daß Admiral de Verbeys Leben bedroht ist.«

»Darf ich die anderen ebenfalls einweihen?«

»Die Entscheidung überlasse ich Ihnen, aber ich sehe keinen Grund, weshalb sie es wissen müßten.«

»Warum schicken Sie die Jungs dann überhaupt mit?«

Douglass und Stevens tauschten Blicke.

»Morgen früh wird Chief Ellis Colonel Stevens einen kleinen Handkoffer aushändigen«, sagte Douglass. »Er wird etwas über eine Million Dollar in amerikanischer, englischer, französischer und schweizerischer Währung enthalten. Das meiste davon wird von der Londoner Filiale für andere Zwecke benutzt werden, aber zweihundertfünfzigtausend Dollar davon – Murphy feilscht noch mit Sidi el Ferruch – werden nach Marokko geschickt werden. Fulmar und Martin werden es hinbringen.«

Canidy schaute Douglass lange an und dachte darüber nach. Das Geld überraschte ihn nicht; Fine hatte einhunderttausend Dollar in bar bei sich gehabt. Etwas anderes störte ihn.

»Und Sie wollen mir nicht sagen, warum Sie es nicht einfach mit der Diplomatenpost schicken?« fragte er.

»Nicht genau«, erwiderte Douglass.

»Wie wäre es mit Andeutungen?« fragte Canidy.

»Bevor Sie von jemandem verlangen, etwas Wichtiges zu tun, ist es oftmals nötig, ihn zu bitten, etwas weniger Wichtiges zu erledigen, um zu testen, wie er damit fertig wird.«

»Sie meinen, um zu testen, ob man ihm vertrauen kann«, murmelte Canidy, und dann verstand er. »Sie reden nicht von Fulmar. Sie meinen von Huerten-Mitnitz. Sie präsentieren ihm Fulmar wie einem Hund einen Knochen, um zu sehen, ob er der Versuchung widerstehen kann.«

»Das ist *Ihr* Szenario«, sagte Douglass.

»Allmächtiger!« stieß Canidy hervor. Aber das war alles, was er sagte.

Donovan hatte recht, dachte Stevens. *Canidy ist ein sehr guter Mann bei den Dingen, die zählen.*

3

Das Haus in der Q Street, NW Washington, D.C.

5. August 1942, 17 Uhr 30

Charity Hoche öffnete die Tür, als der Sicherheitsmann klingelte. Sie warf einen Blick auf Ann und sagte: »Du solltest nicht hier sein, Ann, und das weißt du.«

»Sie besitzt einen Presseausweis, und sie sagte, sie hätte einen Termin bei Miss Chenowitch«, sagte der Sicherheitsmann.

»Hast du einen Termin?« fragte Charity zweifelnd.

»Ja«, sagte Ann. »Frag Cynthia.«

Charity wußte, daß Ann log, aber sie sagte: »Nur einen Moment, ich werde das überprüfen.« Dann schloß sie die Tür.

Cynthia Chenowitch öffnete sie zwei Minuten später.

»Ich erledige das«, sagte sie zu dem Sicherheitsmann. »Kommen Sie herein, Ann.«

Sie führte Ann nicht weiter als bis in die Halle.

»Was soll das?« fragte Cynthia.

»Ich dachte, es hieß, ich sei eine Art Dilettantin ehrenhalber«, sagte Ann.

»Es hieß, daß Sie nichts schreiben und keine Fragen stellen würden. Sie hätten nicht herkommen sollen.«

»Wo ist Dick?« fragte Ann.

»Sie suchen ihn hier?« fragte Cynthia. »Wie kommen Sie auf die Idee, er könnte hiersein?«

Ann gab keine Antwort. Sie wollte nicht preisgeben, daß Dick sie aus Deal angerufen und erzählt hatte, daß er mit genug Kleidung für zwei Wochen nach Washington befohlen worden war. Er hatte ihr kein Rendezvous in Washington versprechen können, aber gesagt, wenn sie sich frei nehmen könnte und das Risiko eingehen wollte...

Cynthia erkannte, was das Schweigen zu bedeuten hatte.

»Er ist nicht hier, Ann«, sagte sie. »Und er wird nicht herkommen.«

»Wo ist er?« fragte Ann.

»Ich weiß es wirklich nicht«, sagte Cynthia.

»Das heißt, Sie wollen es mir nicht sagen.«

»Er ist nicht hier«, wiederholte Cynthia, und dann empfand sie ein wenig Mitleid mit Ann. »Und er wird einige Zeit nicht hiersein.«

»Sie meinen, er ist in Europa?« fragte Ann herausfordernd.

Die Reporterin in ihr erkannte, daß sie ins Schwarze getroffen hatte.

»Ich habe nichts desgleichen gesagt«, entgegnete Cynthia.

»Nun, danke für nichts«, sagte Ann, machte kehrt und ging zur Tür.

»Moment«, rief Cynthia. »Ich werde Sie von Charity in die Stadt zurückbringen lassen.«

»Bemühen Sie sich nicht«, sagte Ann.

»Seien Sie nicht närrischer, als Sie schon sind«, sagte Cynthia. Dann rief sie Charity.

Trotz aller Bemühungen – einschließlich einiger Schluchzer, die glaubwürdig waren, wie sie hoffte – erfuhr Ann auf der Fahrt mit dem Kombi in die Innenstadt nichts von Charity.

Aber dann sagte sie sich, daß Dicks Aufenthaltsort kein unlösbares Geheimnis war, wie es auf den ersten Blick wirkte. Er war fast mit Sicherheit in Übersee. Und zwar hatte es etwas mit Europa und Afrika zu tun, nicht mit dem Fernen Osten. Da gab es irgendeinen Zusammenhang mit diesem französischen Admiral und ebenfalls mit diesem Typen namens Fulmar.

Das amerikanische Hauptquartier für Europa befand sich in London. Es würde schwierig werden, Dick in London zu finden, aber es war absolut unmöglich, ihn aufzuspüren, wenn sie in Memphis, Tennessee, blieb.

»Charity, setz mich bei Woodward/Lathrop's ab.«

Das Kaufhaus, ein Wahrzeichen der Stadt, war ein paar Blocks vom Washingtoner Büro der Chambers Publishing Company entfernt. Charity sollte nicht dieser verdammten Cynthia Chenowitch melden, daß sie von der Geheimadresse aus direkt zu einer Zeitung gefahren war.

»Es tut mir wirklich leid«, sagte Charity, als sie Ann absetzte.

»Ich weiß«, sagte Ann.

Bei Chambers Publishing gab es ein gutes Omen. Als Ann in die Redaktion ging und das Büro ihres Vaters in Atlanta anrief, erfuhr sie von seiner Sekretärin, daß er in Washington war.

Sie traf ihn in seinem Büro an. Er war hin und her gerissen zwischen Freude und Ärger, als er sie sah.

»Du bist ein bißchen weit fort aus deinem Revier, nicht wahr, Schatz?« sagte er.

»Nun, da du mir den Job gegeben hast, Daddy«, sagte Ann, »halte ich es nur für fair, bei dir persönlich zu kündigen.«

»Darf ich fragen, warum?«

»Da du mich nicht nach Europa schickst, suche ich mir einen Job, bei dem ich dort hingeschickt werde.«

»Das haben wir doch schon durchgekaut.«

»Ich erinnere mich.«

»Hat es etwas mit Dick Canidy zu tun?«

»Ja, das hat es.«

»Er ist in Europa, und du willst ihm dorthin folgen?«

»Das habe ich nicht gesagt.«

»Das war auch nicht nötig«, sagte er. »Aber ich kann dich einfach nicht nach Europa schicken. Das Kriegsministerium teilt die Plätze zu. Jeder Kriegskorrespondent muß untergebracht und beköstigt werden. Ich habe gute Männer, die ich liebend gern dort drüben hätte, und ich kann es einfach nicht verantworten, dich anstelle von einem dieser Männer zu schicken.«

»Ich dachte mir, daß du das sagst«, erwiderte Ann. »Und deshalb kündige ich.«

»Und du meinst, du kannst jemand finden, der dich nach Europa schickt?« fragte er. Seine Miene und sein Tonfall verrieten, daß er sie für eine Träumerin hielt.

»Ich schicke dir eine Postkarte aus London«, sagte Ann.

»Wer wird dich nach Europa schicken?«

»Da gibt es viele«, behauptete Ann.

»He, Vorsicht! Für jeden Typen, den du vielleicht mit deinem Charme überreden kannst, dir einen Job zu geben, kenne ich zwei Verleger, die mir gern einen Gefallen tun und dir keinen Job geben. Werde nicht zu hochnäsig, Mädchen!«

»Wie wäre es mit Gardiner Cowles?« sagte Ann sofort. »Meinst du, der würde dir diesen Gefallen tun?«

Sie sah ihm an, daß sie keine bessere Lüge hätte wählen können. Die Cowles Publishing Company veröffentlichte unter anderem eine Illustrierte namens *Look*, die *Life* nachempfunden war. Da sich ihr Vater und Gardiner Cowles seit Jahren befehdeten, schloß er anscheinend sofort, daß Cowles ihr einen Job angeboten hatte, um ihn zu ärgern.

Ich könnte mir vorstellen, daß der Bastard dazu fähig wäre.

»Mal angenommen, du könntest tatsächlich einen Job bei Gardiner Cowles bekommen – was würdest du dann für ihn tun?« fragte Brandon Chambers und bemühte sich vergebens, seine Neugier zu verbergen.

»Artikel schreiben, für die sich Frauen interessieren, die WACs, die WAVEs und wie die weiblichen Militärangehörigen genannt werden.«

»Du meinst die Frauen, die im ›Women's Army Corps‹ und im ›Women Accepted for Volunteer Emergency Service‹, also der Reserve der Marine, sind?«

»Genau«, sagte Ann.

»Und du würdest wirklich für Gardiner Cowles arbeiten?« fragte Brandon Chambers.

»Ich würde für jedes Käseblatt arbeiten, wenn man mich nach Europa schickt.«

»Das ist nicht dein Ernst«, sagte er.

»Ich werde versuchen, vor der Abreise heimzukommen«, sagte Ann.

Sie schauten sich einen Moment lang in die Augen, und dann sagte Brandon Chambers: »Greg Lohmer, der unsere Radiosender leitet, schickt einen Nachrichtensprecher namens Meachum Hope von WRKL in New Orleans nach London. Er wird eine nächtliche Rundfunksendung über Kurzwelle machen, die von allen unseren Sendern gebracht werden wird. Greg Lohmer sagt, der Knabe hat eine gute Stimme, aber Probleme mit dem Journalismus. Er wird jemanden brauchen, der ihm die Manuskripte schreibt. Wenn ich es irgendwie arrangieren könnte, dich rüberzuschicken, damit du ihm die Manuskripte schreibst – sagen wir, wir bezeichnen dich als Technikerin oder so was, vielleicht Verwaltungsassistentin –, wärst du interessiert?«

»Gardiner Cowles arrangiert gerade meine Akkreditierung als Korrespondentin«, sagte Ann. »Wie schafft er das, wenn du es nicht kannst?«

»Ruf ihn doch an und frag ihn«, sagte Brandon Chambers.

»Warum tust du es nicht?« fragte Ann.

»Eines muß klar zwischen uns sein, Ann«, sagte ihr Vater, um nicht ganz ohne Bedingungen zu kapitulieren, »du würdest dort rübergehen, um Meachum Hopes Manuskripte zu schreiben.«

»Bis etwas anderes arrangiert werden kann«, sagte Ann. »Danke, Daddy.«

»Ich weiß nicht, wie ich dies deiner Mutter erklären soll«, sagte er.

»Du bist ein sehr kluger Mann, Daddy. Dir wird schon etwas einfallen.«

X

I

Croydon Field
London

7. August 1942

Es regnete leicht, aber stetig, als die Curtiss Commando mit der Aufschrift ›Naval Air Transport Command‹ auf dem Rumpf auf Croydon Field landete. Als sie auf einer Rollbahn stoppten, ging Canidy zum Cockpit, um festzustellen, weshalb es nicht weiterging.

Der Pilot machte klar, daß ihm die Fragerei auf den Geist ginge. Er sagte, der Tower habe ihm befohlen – ohne Erklärung – zu halten, wo er war. Dies war nicht der erste Ärger, den ihnen der Pilot machte. Er war ein Commander der Berufs-Navy, und Canidy argwöhnte, daß er viele Flugstunden mit langen, langsamen Patrouillenflügen verbracht hatte, bevor er durch den Krieg zum Piloten eines transozeanischen NATC-Flugzeugs befördert worden war.

Die ermunternden Worte, die der Marinenachrichtendienst dem Mann in Washington mit auf den Weg gegeben hatte, waren offenbar wirkungslos geblieben. Noch bevor sie in Washington abgeflogen waren, hatte er klargemacht, daß der Transport von irgendeinem ausländischen Admiral, seinem kleinen Stab und einer Handvoll relativ rangniedriger amerikanischer Offiziere nach London eine typische Washingtoner

Schnapsidee war, die einen wichtigen Piloten und sein wichtiges Flugzeug daran hinderte, einen wichtigen Beitrag zu dem wichtigen Krieg zu leisten, der im Pazifikraum geführt wurde.

Zwischen Gander, Neufundland, und Prestwick, Schottland, war Canidy ins Cockpit gegangen und hatte angeboten, einen der beiden Piloten abzulösen.

»Wieviel Flugstunden haben Sie mit der C-46, Major?« hatte der Pilot gefragt.

»Ungefähr zwanzig«, hatte Canidy gesagt. »Ich habe den Zulassungsschein.«

»Nicht mit zwanzig Stunden, nicht nach dem Standard der Navy«, hatte der Commander schroff erwidert.

Zwischen Prestwick, wo sie auftankten, und London hatte Colonel Stevens den Commander höflich in die Kabine gebeten. Er hatte ihm erklärt, daß das Flugzeug in London in einen Hangar gebracht, die Sitze entfernt und Zusatztanks installiert werden würden. Während dieser Zeit würden er und seine Crew auf Croydon Field Quartiere erhalten, wo sie sich in Bereitschaft halten sollten. Die Abflugzeit würde ihnen zwölf Stunden vorher mitgeteilt werden.

»Ich befürchte, ich muß die Genehmigung von einer kompetenten Marine-Behörde einholen, bevor ich irgendwelche Veränderungen an dem Flugzeug erlauben kann«, sagte der Commander.

Stevens überreichte ihm einen Top-Secret-Befehl auf dem Briefpapier der Stabschefs der Streitkräfte. Darin wurde der Transport des Flugzeugs an ›jedwede Orte, die Lieutenant Colonel Edmund T. Stevens für die Durchführung seiner Mission für notwendig hält‹ befohlen und ›alle Militärstützpunkte und militärischen Einrichtungen der Vereinigten Staaten‹ angewiesen, ›Lieutenant Colonel Stevens jedwede Unterstützung zu gewähren, um die er ersucht‹.

»Ich bin mir nicht sicher, ob ich das verstehe«, sagte der Commander.

»Ich will es Ihnen einfach erklären«, fuhr Stevens ihn eisig an. »Bis ich Sie ablösen lasse, Commander, bin ich für Sie der Chef für Marineoperationen. Ist das klar?«

»Aye, aye, Sir«, sagte der Commander.

Canidy war amüsiert und erfreut über Colonel Stevens' Reaktion auf die Beschränktheit des Commanders. Und er war überzeugt, daß der Commander bei der erstbesten Gelegenheit Kontakt mit dem ranghöchsten Marineoffizier aufnehmen würde, den er finden konnte. Mit etwas Glück würde er vielleicht sogar an einen Admiral geraten und ihm seine Leidensgeschichte erzählen. Schließlich würde man ihm sagen, daß Stevens tatsächlich mit der Befugnis des Chefs für Marineoperationen sprach, und ihm eine Standpauke halten, weil er über eine Mission geplaudert hatte, über die nicht geredet werden durfte.

Andererseits war der Commander vermutlich genau der Mann, den sie brauchten, wenn die C-46 für den Flug nach Afrika benötigt wurde. Er war sehr erfahren im Langstreckenflug, auf dem es keine nennenswerten Navigationshilfen geben würde. Vermutlich war er aus genau diesem Grund ausgewählt worden. Douglass hatte von der Navy – in Wirklichkeit von Eddie Bitters Vice Admiral Hawley – die beste C-46 und die beste Crew dafür angefordert. Hawley hatte eine fast neue C-46 und den Commander zur Verfügung gestellt.

Aber als Canidy genauer darüber nachdachte, den Commander ins offene Messer laufen zu lassen – so erfreulich die Aussicht darauf auch war –, sagte er sich, daß es zu riskant war, die Mission durch den Bastard zu gefährden. Er entschloß sich, das Colonel Stevens zu sagen.

»Wir hatten die gleichen Gedanken«, sagte Stevens

mit einem Lächeln. »Ich dachte gerade daran, mit dem Commander zu reden und ihm die ›Lose Lippen versenken Schiffe‹-Predigt zu halten, die ich unter den gegebenen Umständen für nötig halte.«

Als sie auf Croydon Field landeten, warteten sie eine Viertelstunde auf der Rollbahn, bevor der Tower sie anwies, zu einem Hangar zu rollen, der ziemlich weit vom Terminal entfernt war. Eine kleine Wagenkolonne erwartete sie: eine englische Limousine, deren Kotflügel mit weißer, reflektierender Farbe konturiert waren, ein Dreivierteltonner-Truck der britischen Armee und vier amerikanische Ford-Stabswagen.

Als die Tür des Flugzeugs geöffnet wurde, erkannte Canidy, daß er wieder im Krieg war. Da war der vertraute durchdringende Geruch nach Verbranntem und offenem Abwasser. Der Brandgeruch erinnerte ihn an Burma und China. Es waren die Nachwirkungen von Bombardierungen. In Burma und China waren die Abwasserkanäle bereits offen gewesen. Hier kam der Gestank von Abwasserkanälen, die von Bomben getroffen worden waren.

Zwei Colonels mit dem Tuchabzeichen der SHAEF (Supreme Headquarters Allied Expeditionary Force) sprachen kurz mit Colonel Stevens, der dann zum Flugzeug zurückkehrte und erklärte, daß er Admiral de Verbey mit ihnen begleiten werde. Canidy sollte mit den anderen zum Dorchester Hotel kommen, wenn das Flugzeug entladen worden war.

Die Limousine, der einer der Ford-Stabswagen vorausfuhr und einer folgte, jeder mit drei Männern besetzt, die Uniformen der U.S. Army mit den Abzeichen ziviler Techniker trugen – ein gesticktes blaues Dreieck mit den Buchstaben ›US‹ auf den Rockaufschlägen –, fuhr in den Regen davon.

Als der Lastwagen beladen war, fuhren die übrigen

beiden Ford-Stabswagen mit Canidy und den anderen nach London. Fast sofort sahen sie die Anzeichen auf die Bombardierung. Schwarze Krater wirkten wie fehlende Zähne an Stellen, wo deutsche Bomben Reihenhäuser getroffen hatten. Sie passierten einen Bombenkrater, aus dem noch das Heck eines Busses ragte, und als sie zum Dorchester Hotel gelangten, sahen sie vor dem Eingang hohe Stapel von Sandsäcken.

Canidy sah die Überreste dessen, was vor dem Krieg Pracht gewesen sein mußte – da stand ein uniformierter Portier mit Zylinder, und uniformierte Pagen eilten aus dem Hotel, um den Truck zu entladen –, aber das Hotel zeigte die Spuren vom Krieg, und in der Halle wimmelte es von Hauptquartier-Typen.

Einer der zivilen Techniker von Croydon Field erwartete sie und führte sie zu den Aufzügen. Ein anderer Techniker saß an dem kleinen Schreibtisch auf dem Gang im fünften Stock und blockierte den Zugang zu dem Flügel, in dem Colonel Stevens allein auf sie wartete. Der zivile Techniker, der sie in der Halle abgeholt hatte, wurde als Mr. Zigler vom Spionageabwehrdienst vorgestellt.

Zigler erklärte, daß er verantwortlich für Admiral de Verbey sei, bis Canidy die Sicherheitsmaßnahmen in Whitbey House für ausreichend hielte und ihn übernahm. Zigler hatte Whitbey House überprüft und gab einige Empfehlungen zur Behebung von Sicherheitslücken. Die ersten Kompanien des Infanteriebataillons waren an diesem Morgen eingetroffen.

»Wenn Sie sich danach fühlen, Dick«, sagte Stevens, »dann sollten Sie als erstes am Morgen dort rausfahren. Sie können Martin und Fulmar unterwegs bei Station IX absetzen. Um acht Uhr wird ein Wagen für Sie hier sein.«

»Prima«, stimmte Canidy zu, obwohl er es vorgezogen hätte, vierundzwanzig Stunden zu schlafen.

Stevens, Canidy und Whittaker aßen mit Admiral de Verbey in der für ihn reservierten Suite aus drei Zimmern zu Abend. Die Bedienung durch den Zimmerservice war mies, und die Portionen waren sehr klein. Canidy hatte Roastbeef bestellt und an saftige, rosige Bratenscheiben gedacht. Ihm wurde ein zähes, dünnes Stück Fleisch serviert, das zu lange gebraten war.

Während des Essens sagte Colonel Stevens dem Admiral höflich, doch bestimmt, es wäre das beste, während seines Aufenthalts in London die Suite nicht zu verlassen und zu niemandem Kontakt aufzunehmen.

Der Admiral hatte sich anscheinend mit jeder Demütigung abgefunden, die ihm das OSS antun wollte. Canidy hatte Mitleid mit ihm.

Das Frühstück im Speiseraum des Hotels war ebenso unbefriedigend wie das Abendessen. Der Kaffee – nur eine Tasse pro Person – war dünn, die Marmelade für die einzige Scheibe kalten Toast schmeckte künstlich, und die Rühreier bestanden aus Pulverware. Pünktlich um acht Uhr kam ein Page in den Speiseraum und machte Canidy auf sich aufmerksam, indem er eine Tafel mit der Aufschrift ›Major Canidy‹ hochhielt.

»Wagen und Fahrer sind für Sie hier, Sir«, kündigte er an, als Canidy ihn zu sich winkte.

Der Wagen war eine Plymouth-Limousine, die von einem GI gefahren wurde. Auch nachdem sie einige Gepäckstücke auf den Beifahrersitz gelegt hatten, ließ sich der Kofferraum über dem übrigen Gepäck nicht schließen, und sie mußten ihn mit Schnur festbinden. So schafften sie es jedoch bis zur Station IX.

Canidy stellte fest, daß die Offiziere der Ausbildungsschule der britischen Special Operations Executive eine unerträglich blasierte Horde von Bastarden waren, die sich nicht bemühten, ihre ›Erhabenheit‹ über die amerikanischen Kollegen zu verbergen.

Der Kommandant, ein Lieutenant Colonel, erklärte Canidy und Whittaker in allen Einzelheiten, was für ›Ihre jungen Burschen‹ geplant war. Was man vorhatte, klang teils kindisch, teils sadistisch, und Canidy spielte ein paar Minuten lang mit dem Gedanken, Fulmar und Martin irgendwie vor dem Engländer zu retten, doch dann wurde ihm klar, daß das nicht in Frage kam. Ebensowenig konnte er dem Engländer erzählen, daß Fulmar lange genug bei den Berbern von Marokko – die zu den bösartigsten und härtesten Kämpfern der Welt zählen – gelebt hatte, um als einer der ihren akzeptiert zu werden.

Canidy war ebenfalls versucht, dem englischen Offizier – einen Fallschirmspringer, der klarmachte, daß Fallschirmspringen eine ausschließlich englische Spezialität sei – eine Geschichte zu erzählen, die Fulmar ihm berichtet hatte: Auf der OSS-Schule in Virginia hatte Martin seinen Rekruten einen gewaltigen Schrecken eingejagt, indem er aus seinem Gurtwerk ›gefallen‹ und mit einem markerschütternden Schrei in der Tiefe verschwunden war. Es stellte sich heraus, daß er kein Hamburger geworden war. Er hatte einen zweiten Fallschirm unter seiner Feldbluse versteckt und wartete mit breitem Grinsen und äußerst selbstzufrieden, als sie selbst landeten.

Martin hatte über sechzig Fallschirmabsprünge hinter sich, vermutlich mehr als jeder der Engländer, die ihm beibringen wollten, wie es gemacht wurde.

Die Versuchung, dem Colonel diese Geschichte zu erzählen, war groß, aber Canidy widerstand ihr, und er ging sogar noch weiter im Interesse der Leute auf der anderen Seite des Großen Teiches: Er sagte Fulmar und Martin todernst, sie sollten die Augen offen- und den Mund geschlossen halten und alles unterlassen, was ihre englischen Gastgeber ärgern könnte.

Als Canidy und Whittaker hinausgingen, um sich mit dem Plymouth nach Whitbey House fahren zu lassen, war der Wagen verschwunden. Der Fahrer hatte sich anscheinend gesagt, daß er Feierabend machen konnte.

Die Briten fanden das furchtbar lustig, aber schließlich stellten sie ein Auto zur Verfügung. Es war ein vergammelter Anglia, ein englischer Wagen, der offenbar nicht konstruiert worden war, um zwei großen Amerikanern, ihrem Gepäck und zugleich einem Fahrer Platz zu bieten.

Aber er war besser als gar nichts, sagte sich Canidy, als der Anglia mit ungefähr dreißig Stundenmeilen dahinzuckelte und klang wie ein überlasteter Rasenmäher. Er rumpelte und rüttelte im Regen über eine scheinbar endlose Landstraße.

Ein amerikanischer Soldat mit Gewehr, Stahlhelm und Regenmantel bewachte die Zufahrt zum Whitbey House, aber die Freude, ihn zu sehen – »Gott sei Dank, ein GI! Wo GIs sind, gibt es eine Messe!« hatte Whittaker frohlockt. »Das Sterben für mein Vaterland ist die eine Sache; bei dem englischen Fraß qualvoll verhungern ist was anderes!« – ging schnell in Ärger über.

Der Wachtposten hatte den Befehl, niemand passieren zu lassen, und das schloß für ihn zwei Offiziere des Army Air Corps ein. Es dauerte zehn Minuten, bis der Wachhabende auf die Meldung des Postens reagierte. Weitere fünf Minuten vergingen, bis er die Genehmigung vom ›Colonel‹ erhielt, den Anglia passieren zu lassen.

Whitbey House war eine riesige Anlage, und wie alles, was Canidy bisher in England gesehen hatte, sah sie vergammelt aus. Aber selbst heruntergekommen wirkte sie komfortabel, wie Canidy fand – wie eine Art der typischen alten englischen Gebäude, von denen er als Junge in der Grundschule Bilder gesehen hatte. Keines dieser Gebäude hatte jedoch Gänge gehabt, die mit echten Rüstungen gesäumt waren wie hier. Die Rüstungen hingen an den Wänden wie zum Trocknen aufgehängt.

Der Offizier des Londoner Büros der SOE, ein gutaussehender junger Lieutenant namens Jamison, erwartete sie mit einer Kurznachricht von Colonel Stevens. Darin hieß es, ein englischer Offizier werde in Kürze auftauchen und den neuen Bewohnern von Whitbey House hilfreich zur Hand gehen, und die Herzogin von Stanfield habe ihren Besuch angekündigt.

»Colonel Stevens sagte, ich soll Ihnen ausrichten, er hat absolutes Vertrauen in Ihre Fähigkeit, mit der Herzogin umzugehen«, sagte Lieutenant Jamison.

»Captain Whittaker, Lieutenant, ist hiermit ernannt als der Offizier für den Umgang mit Herzoginnen«, sagte Canidy.

»Und Colonel Innes, der Kommandeur des Bataillons, erwartet Sie, Major«, sagte Jamison. »Ich glaube, ich sollte Sie warnen, Major, er ist äußerst verärgert.«

»Warum?«

»Ich sagte ihm, er könne seine Offiziere nicht ins Haus einziehen lassen, Major«, sagte der Mann vom Londoner SOE-Büro. »Und er meinte, das müsse er von Ihnen selbst hören.«

»Warum kann er seine Offiziere nicht einziehen lassen?« fragte Canidy. »Menschenskind, nach dem, was ich bisher von diesem Haus gesehen habe, könnte er sein ganzes Bataillon hier unterbringen.«

»Die letzte Entscheidung liegt bei Ihnen, Major, aber das wurde von ihnen empfohlen.«

»Heißt ›von ihnen‹ von Mr. Zigler vom CIC?« fragte Canidy.

»Jawohl, Sir«, sagte Jamison. »Er hat eine Karte für Sie dagelassen.«

Die Karte zeigte, daß das Haus von einem doppelten Stacheldrahtzaun umgeben werden mußte. Das Bataillon sollte zwischen beiden Zäunen stationiert werden. Auf der Karte stand eine Notiz: ›Aus Sicherheitsgründen sollte den Wachsoldaten verboten werden, den inneren Kreis zu betreten.‹

»Haben Sie das Colonel Innes gezeigt?« fragte Canidy.

»Es ist als geheim erklärt, Sir«, sagte Lieutenant Jamison. »Ich dachte, ich sollte es ihm nicht zeigen.«

»Wo ist er?«

»Da ist ein sehr großer Raum – ich weiß nicht, wie ich ihn bezeichnen soll, Sir – am Ende des Flurs.«

»Gehen wir hin. Ich nehme an, man hat Ihnen gesagt, daß Sie eine Weile hierbleiben werden?«

»So lange, wie Sie mich brauchen, Sir«, sagte Lieutenant Jamison.

Canidy reichte ihm die Hand.

»Wir beide werden vielleicht alt in diesem Haus, Lieutenant Jamison«, sagte Canidy. »Deshalb sollten Sie aufhören, mich ›Sir‹ zu nennen. Es könnte mir zu Kopfe steigen. Dies hingegen ist Captain Whittaker. Er würde es vorziehen, wenn Sie sich oft vor ihm verbeugen.«

»Jim Whittaker, Jamison.« Whittaker reichte ihm die Hand.

Sie folgten Jamison über einen Flur, dann durch eine große, zweiflügelige Tür in etwas, das für Canidy wie eine möblierte Rollschuhbahn aussah – ein riesiger Saal mit Parkettboden und kleinen Flaggen aus den Rosenkriegen an den Wänden.

Ein pummeliger, kahlköpfiger Lieutenant Colonel der Infanterie, dessen Hemd am Kragen offenstand, erhob sich, als er Canidy sah.

Das ist kein Respekt, dachte Canidy belustigt. *Er will militärisch aussehen, wenn er meinen Gruß erwidert.*

»Guten Tag, Colonel«, sagte er. »Mein Name ist Canidy, und ich habe das Kommando hier. Würden Sie sich bitte ausweisen?«

Das war nicht die Begrüßung, die der Colonel erwartet hatte. Er gab Canidy eine AGO-Karte, und als der sie genau betrachtete, zog er ein Papier aus seiner Hemdtasche und entfaltete es. Canidy gab ihm den AGO-Ausweis zurück, und der Colonel überreichte ihm das Blatt Papier.

»Dies sind meine Befehle«, sagte er.

»Warum haben Sie die nicht Lieutenant Jamison gegeben?« fragte Canidy.

»Man hat mich angewiesen, mich beim befehlshabenden Offizier zu melden«, sagte der Colonel.

»Für die Zukunft, Colonel, Lieutenant Jamison ist mein Adjutant«, sagte Canidy. »Und Captain Whittaker ist mein Stellvertreter.«

»Ich verstehe«, sagte der Colonel.

»Jamison, geben Sie Colonel Innes die Karte«, sagte Canidy.

»Jawohl, Sir«, antwortete Jamison schneidig.

»Ich genehmige hiermit, Colonel«, sagte Canidy, »daß Sie den Inhalt dieser Karte denjenigen Offizieren mit Dienstgrad Captain oder darüber bekanntmachen, die Sie für notwendig erachten. Ich möchte Ihre Meinung über die Zäune, zusammen mit einer Schätzung des benötigten Materials und der Zeit für die Errichtung um acht Uhr morgen früh haben. Können Sie das schaffen?«

»Jawohl, Sir«, sagte der Colonel.

Das habe ich erwartet. Jetzt wirst du mir wohl keine Schwierigkeiten mehr machen.

»Wenn die Dinge unter Kontrolle sind, Colonel, dann essen Sie vielleicht mit mir zu Abend. Aber im Augenblick ist allerhand zu tun, und die Zeit ist knapp. Deshalb werden Sie mich entschuldigen müssen.«

»Ich verstehe, Sir«, sagte Colonel Innes.

Canidy marschierte zielstrebig über den langen Flur, öffnete eine Tür und ging hindurch, gefolgt von Jamison.

»Wohin wollen Sie?« fragte Jamison, als Canidy stehenblieb.

»Ich habe keinen blassen Dunst«, bekannte Canidy. »Aber ich hielt einen zackigen Abmarsch für angebracht.«

2

Hauptquartier Streitkräfte des Freien Frankreichs London

12. August 1942, 13 Uhr 05

Der stellvertretende Chef des Deuxième Bureau der Streitkräfte des Freien Frankreich war verantwortlich für die heikelste Nachrichtenfunktion: das Sammeln von Informationen der Alliierten. Weil die Konsequenzen einer Entdeckung bei der Durchführung solcher

Operationen keine angenehme Vorstellung waren, mußte er ständig an diese Konsequenzen denken.

Seine Freunde zu bespitzeln, besonders wenn man die gesamte finanzielle und logistische Unterstützung von ihnen erhielt, hatte einen völlig anderen Beigeschmack als das Bespitzeln der Boches. Man kann den Verlust aufgeflogener Agenten an ein deutsches Erschießungskommando akzeptieren. Aber es ist etwas ganz anderes – ganz Unmögliches –, die Strafen zu akzeptieren, die wahrscheinlich verhängt wurden, wenn man bei einer Mission gegen die Verbündeten auffiel.

Auf seinem Weg zum Büro von *le Général* dachte der stellvertretende Chef des Deuxième Bureau der Streitkräfte des Freien Frankreich über diese Dinge nach. Unter den gegebenen Umständen wäre es angezeigt, *le Général* an die Beschränkungen beim Einsatz seiner Agenten zu erinnern, unter denen sie arbeiten mußten. Sie durften sich in einem ›befreundeten‹ Land nicht erwischen lassen. Dieses Gebot beherrschte jede Suche nach Nachrichtenmaterial.

Der stellvertretende Chef sah an der Miene des Adjutanten von *le Général*, daß dieser bereits ärgerlich war.

Er marschierte ins Büro von *le Général* und grüßte zackig.

»*Mon Général*...«, begann er.

»Geben Sie mir die Information, die ich verlangt habe«, blaffte *le Général*.

Der stellvertretende Chef des Deuxième Bureau überreichte *le Général* den Bericht. *Le Général* zog eine Schublade seines Schreibtischs auf, nahm seine Brille heraus und setzte sie auf. Normalerweise trug er sie nur privat, weil er der Meinung war, daß eine Brille korrektes militärisches Aussehen beeinträchtigte. Normalerweise wäre der stellvertretende Chef des Deuxième Bureau jetzt entlassen worden und hätte draußen warten müssen, bis *le Général* den Bericht gelesen hatte.

Doch jetzt begann *le Général* durch die Brille mit den runden Gläsern auf der vorstehenden Nase zu lesen:

> Am 7. August 1942 um 16 Uhr 05 landete ein Langstreckentransportflugzeug vom Typ C-46 des Naval Air Transport Command der U.S. Navy auf Croydon Field. Die Maschine kam aus den Vereinigten Staaten zu diesem ungewöhnlichen Flugziel.
>
> Anstatt zum Abfertigungsgebäude zu rollen, hielt das Flugzeug in einiger Entfernung von den Gebäuden. Zwei ranghohe Offiziere, der Londoner Chef des Büros des amerikanischen OSS und Oscar Zigler vom SHAEF-Spionageabwehrdienst, erwarteten das Flugzeug. Zwei Passagiere gingen von Bord, ein Marineoffizier und ein amerikanischer Lieutenant Colonel, vermutlich Edmund T. Stevens, die neue Nummer zwei für das OSS-Büro in London. Sie stiegen in eine Austin-Princess-Limousine des OSS und wurden zum Dorchester Hotel gefahren, begleitet von zwei neutralen amerikanischen CIC-Wagen.
>
> Der Fahrer eines Dreivierteltonner-LKW der U.S. Army und ein Mann mit der Uniform eines Matrosen der französischen Marine begannen Gepäck und verschiedene Holzkisten aus dem Navy-Flugzeug auszuladen. Dann gingen vier amerikanische Offiziere von Bord des Flugzeugs, stiegen in zwei weitere

Ford-CIC-Wagen und wurden zum Dorchester Hotel gefahren; der LKW folgte ihnen.

Sofort wurde das Flugzeug in einen bewachten Hangar gefahren.

Es war unmöglich, die Zimmer zu überwachen, die das OSS im Dorchester Hotel reserviert hat, denn dieser ganze Flügel wird sowohl von den Briten (ein Mann bedient den Aufzug und ein weiterer ist bei den Feuertreppen postiert) als auch vom CIC der amerikanischen Army bewacht.

Es konnte jedoch in Erfahrung gebracht werden, daß die größte der drei OSS-Suiten für eine nicht identifizierte ›ranghohe Person‹ reserviert wurde.

Am nächsten Morgen konnte der amerikanische Major des Air Corps als Richard Canidy identifiziert werden, der das Kommando in dem Sicherheitshaus hatte, in dem Vice-Amiral de Verbey in den Vereinigen Staaten interniert war.

Aufgrund vorheriger Informationen, die wir von unserem Privatdetektiv über das Sicherheitshaus in Deal, New Jersey, erhielten, handelt es sich wahrscheinlich bei den drei anderen Offizieren um folgende Personen: Captain James M. B. Whittaker, befreundet mit Präsident Roosevelt; Lieutenant C. Holdsworth Martin III., ehemals französischer Staatsbürger und 1939 Absolvent der École Polytechnique in Paris; und Eric Fulmar, ein Deutsch-Amerikaner, der vor kurzem in Marokko war. (Es gibt ein ziemlich umfassendes Dossier über Fulmar. In Marokko hatte er engen Umgang mit Sidi Hassan el Ferruch, dem Pascha von Ksar es Souk. Obwohl kein bisheriges Nachrichtenmaterial ihn mit Vice-Amiral de Verbey in Zusammenhang bringt, ist es logisch, zu folgern, daß er ein amerikanischer Agent ist).

Das Dossier über C. Holdsworth Martin junior zeigt, daß seine Frau französischer Abstammung ist und er vor dem Krieg Generaldirektor der Ingenieurfirma LeFreque S.A. war. Er und seine Frau haben eine langjährige persönliche Beziehung zu Vice-Admiral de Verbey. Martin wohnt jetzt in New York City, und es ist bekannt, daß er Umgang mit Colonel William Donovan vom OSS hat.

Am 8. August 1942 um 8 Uhr 10 verließen Canidy, Whittaker, Martin und Fulmar das Dorchester Hotel und wurden mit einem Wagen des OSS zur britischen SOE-Station IX gefahren. Um 14 Uhr 20 fuhren Canidy und Whittaker mit einem Fahrzeug des SOE zum Whitbey House, Kent, dem Sitz des Herzogtums Stanfield, wo sie bis 19 Uhr 15 blieben. Dann kehrten sie zum Dorchester Hotel zurück.

Whitbey House ist zu einer OSS-Einrichtung umgewandelt worden. Ein doppelter Stacheldrahtzaun ist von amerikanischen Soldaten errichtet worden, und ein Bataillon davon (Infanterie, Kommandeur Lieutenant Colonel Innes) lagert seit dem 3. August dort.

Am 12. August um 6 Uhr 15 verließ die hohe Persönlichkeit der Marine samt Stab das Dorchester Hotel und wurde in der Austin-

> Princess-Limousine des OSS nach Whitbey
> House gefahren. Gegenwärtig wird versucht,
> in Whitbey House einzudringen oder auf
> andere Art die Identität der hohen Persön-
> lichkeit der Marine zu bestätigen.

»*Merde!*« sagte der Oberbefehlshaber der Streitkräfte des Freien Frankreich und das französische Staatsoberhaupt. »›Die Identität bestätigen‹? Wer sonst könnte es Ihrer Meinung nach sein?«

»Es besteht die Möglichkeit, *mon Général*, daß man uns weismachen will, es handele sich um Vice-Admiral de Verbey. Der Mann könnte ein Doppelgänger sein.«

»Natürlich ist es de Verbey, Sie Idiot!« blaffte *le Général*.

»In diesem Fall, *mon Général*, hat es den Anschein, als hätte Bedell Smith Sie belogen.«

De Gaulle starrte ihn eisig an.

»Finden Sie für mich heraus, warum dieses Flugzeug der Navy bereitgehalten wird. Stellen Sie fest, wohin es fliegt.«

3

Newark Airport

13. August 1942, 11 Uhr 30

Drei der vier Männer in dem 1941er Ford-Kombi trugen die Uniformen der Flugzeugbesatzung der Pan American World Airways. Die beiden Captains des Air Transport Command waren tatsächlich Piloten von Pan Am gewesen, bevor sie sich freiwillig für das Air Corps gemeldet hatten. Sie hatten für den Afrikaflug die Uniformen von Pan Am – einschließlich einer für Stanley S. Fine – aus der Mottenkiste geholt.

Auf den Rumpf der C-46 war jetzt das Logo CAT der chinesischen Luftverkehrsgesellschaft gemalt, und die Maschine trug chinesische Zulassungsnummern. Pan Americans erfahrene Piloten wurden routinemäßig von Flugzeugfabriken angeheuert, um Flugzeuge an ausländische Fluggesellschaften auszuliefern. Alle transatlantischen Abflüge, militärische und zivile, wurden vom Air Corps kontrolliert. Die große Mehrzahl dieser Flüge fand von Newark aus statt. Die C-46 war folglich vor drei Tagen von Lakehurst nach Newark geflogen worden; je mehr ihr Flug nach Routine wirkte, desto besser. Allem äußeren Anschein nach war ihr Flug nur die weitere Auslieferung eines Flugzeugs an den Kunden.

Als sich der Kombi dem Flugplatz näherte und die Wolkenkratzer von New York jenseits der Eisenkonstruktion des Pulaski Skyway zu sehen waren, flog eine B-17E über sie hinweg, die Landeklappen und das Fahrwerk ausgefahren, und landete.

»Hübscher Vogel, nicht wahr?« bemerkte Fine trocken. »Hat auch vier Motoren. Da könnte man glatt neidisch werden.«

»Mit unseren zweien schaffen wir es auch.« Homer Wilson, der ältere der beiden Ex-PAA-Piloten lachte. »Runter kommen sie alle.«

Als sie dem Wachmann ihre Papiere gezeigt hatten und auf das eingezäunte Gelände fahren durften, passierten sie lange Reihen von B-17E-Maschinen, die auf Parkflächen standen. Manchmal verließen hundert B-17E-Maschinen pro Tag Newark und flogen nach England. Die Einzelheiten dieser Überführungsflüge waren ihnen während einer der Einsatzbesprechungen erklärt worden – eine Prozedur, die bemerkenswert zwanglos war, wie Fine fand. Sie formierten sich einfach zu Flügen von zwanzig oder fünfundzwanzig Flugzeugen. Zwei der Flugzeuge bei jedem Flug hatten Piloten und Navigatoren, die mit der Route vertraut waren – Spezialisten, deren Tätigkeit nur darin bestand, über den Atlantik hin und her zu fliegen. Der Rest der Flugzeuge folgte einfach den Führern. Die Strecke wurde in zwei Etappen zurückgelegt, zuerst nach Gander Field, Neufundland, und dann über den Atlantik nach Prestwick Field, Schottland.

Sie fuhren zu einer Nissenhütte. ›Crews von Transitflügen hier melden‹ stand auf einem Schild, das über der Tür angenagelt war.

Die Hütte war gerammelt voll von Flugpersonal des Air Corps. Offiziere und Unteroffiziere und Mannschaften drängten sich darin, und alle hatten Gepäck dabei. Fine fand, daß sich einige benahmen wie Mitglieder der Footballmannschaft einer High School auf dem Weg zu einem Spiel. Ein paar andere, die Klügeren – oder vielleicht diejenigen, für die diese Flüge nichts Neues waren – saßen still und nachdenklich da, als ob sie wüßten, was auf sie zukam, und ihre Chancen ausrechneten, wie sie es lebend überstehen konnten.

Hinter einem kleinen Schalter saßen ein genervter Captain und einige Sergeants. Der Offizier entdeckte die Zivilisten.

»Ihr seid die CAT-Jungs?« fragte er.

»Richtig«, bestätigte Fine.

Der Captain blätterte in Papieren auf einem Klemmbrett, zog ein Blatt heraus und gab es Fine.

»Die Maschine ist aus dem Hangar herausgeholt worden«, sagte er. »Sie steht auf der Parkfläche ganz hinten. Habt ihr ein Fahrzeug?«

Fine nickte.

»Wenn Sie mit dem Check fertig sind, kommen Sie hierher zurück, und wir werden für Ihren Abflug sorgen«, sagte der Captain.

Die C-46 sah überraschenderweise größer aus als die B-17E, die daneben parkte. Es war tatsächlich ein größeres Flugzeug, auch wenn es nur zwei Motoren hatte und die B-17E vier.

Als sie um die Maschine herumgingen und mit den Kontrollen vor dem Flug begannen, flog eine B-17E mit ohrenbetäubendem Röhren im Landeanflug über sie hinweg.

Sie fanden eine Arbeitsbühne, schoben sie in Position und entfernten die Inspektions-Platten am linken Motor, während die gelandete B-17E auf die Parkfläche rollte, drehte und neben ihnen parkte.

»Ich werde irre«, sagte Homer Wilson. »Wenn der Junge auf dem Pilotensitz auch nur einen Tag älter als sechzehn ist, bin ich der Kaiser von China.«

Fine blickte hinauf, konnte jedoch nichts sehen.

Als die Inspektion des Motors beendet war, und sie die Arbeitsbühne um die Nase der C-46 zum anderen

Motor geschoben hatten, hatte die Crew der B-17E die Motoren abgestellt, den Papierkram erledigt und war ausgestiegen. Sie blieben bei der Nase der B-17E stehen und warteten auf Bodentransport.

»Sie haben recht«, sagte Fine ungläubig. »Das ist ein Junge, fast noch ein Kind. Es sind beides Halbwüchsige!«

»Nein, das bin ich nicht«, sagte einer der B-17E-Piloten und schüttelte den Kopf. Es war eine Sie. Ihr Haar, das sie festgesteckt hatte, löste sich und fiel auf ihre Schultern. »Wir sind WASPs.«

»Ich wage nicht zu fragen, was das ist«, sagte Homer Wilson.

»Women Auxiliary Service Pilots«, erklärte sie. »Frauen, die für den weiblichen Hilfsdienst fliegen. Wir überführen diese Maschinen von der Fabrik.« Sie nickte zu der C-46 hin. »Ich dachte, die C-46 werden von der Westküste aus rübergeflogen.«

»Diese nicht«, sagte Wilson.

»Wenn eine Frau über tausendfünfhundert Flugstunden mit mehrmotorigen Vögeln hat und einen Job bei der CAT haben möchte, wen kann sie dann fragen?«

»Da gibt es ein Büro im Rockefeller Center«, sagte Wilson. »Aber ich bezweifle, daß Sie nach China wollen.«

»Doch, das möchte ich«, sagte sie. »Drei Hüpfer pro Woche von Seattle nach hier werden ein wenig langweilig.«

Sie nahmen die WASP-Crew, zwei Pilotinnen und eine Bordingenieurin, mit dem Wagen zur Nissenhütte mit. Beide Ex-Pan-American-Piloten wirkten wie betäubt, wie Fine sah.

Sie wurden zum Abfertigungsgebäude zum Piloten-Briefing geschickt. Ein Major, ein älterer Pilot, erklärte ihnen auf einer Karte und mit einem Zeigestock, daß ein Verband von dreiundzwanzig B-17E-Maschinen bald starten würde. In Reisehöhe – neuntausend Fuß – würden sie sich über Morristown, New Jersey, formieren. Dann würden sie in V-Formation zu vier und fünf Flugzeugen über Connecticut, Massachusetts und Maine nach Neufundland fliegen.

»Wenn Sie jetzt starten können – innerhalb der nächsten halben Stunde –, werden Sie irgendwo über Maine von dem Verband eingeholt«, erklärte der Major. »Wenn der Schluß des Verbandes Sie passiert hat, sollten Sie ziemlich nahe bei Gander sein. Mit anderen Worten, Sie werden etwas Gesellschaft auf dem unheimlichen ersten Teil der Etappe haben.«

»Dann los«, sagte Homer Wilson, und sie fuhren sofort zum Flugzeug zurück, luden ihr Gepäck ein und stiegen die Leiter hinauf in die Kabine. Es standen mehrere Feuerlöscher auf Rädern längs der Parkfläche, und Fine beauftragte einen Sicherheitsmann, einen der Löscher in Position zu rollen.

Als die Motoren liefen, schenkte Homer Wilson Fine überhaupt keine Aufmerksamkeit mehr. Fine hörte die Hydraulik zischen, als die Bremsen gelöst wurden; dann setzte sich die C-46 in Bewegung und bog von der Parkfläche auf die Rollbahn.

4

Whitbey House
Kent, England

14. August 1942

Lieutenant Jamison machte sich am späten Nachmittag mit einem dicken Stapel Formularen auf die Suche nach Dick Canidy. Er fand ihn in Colonel Innes' Befehlsstand, der ehemaligen Hütte des Wildhüters, wo er sich nicht gerade entzückt vor Begeisterung den jüngsten Einfall dessen anhörte, was der Colonel als ›die Sicherung der Randstellung‹ bezeichnete. Jamison wußte, daß Colonel Innes mindestens zweimal pro Tag neue Ideen zum Thema Sicherheit hatte. Er sagte sich offenbar, daß es Canidy gefallen würde, sicher beschützt zu werden.

»Verzeihen Sie die Störung, Sir«, sagte er in schneidigem Tonfall. »Aber einige Angelegenheiten erfordern die sofortige Aufmerksamkeit des Majors.«

»Ich befürchte, wir werden das Gespräch auf später verschieben müssen, Colonel«, sagte Canidy.

»Das verstehe ich natürlich«, erwiderte Colonel Innes.

Als sie zum Haus gingen, fragte Canidy: »Was ist los?«

Jamison hob den Stapel mit Anforderungsformularen an.

»Nun, ich weiß es zu schätzen, daß Sie mich gerettet haben, Jamey«, sagte Canidy. »Wenn ich mir weitere fünf Minuten sein Gelaber hätte anhören müssen, wäre ich eingepennt und hätte ihn wirklich gekränkt.«

»Er gibt sich große Mühe, nicht wahr?« sagte Jamison. Er überreichte Canidy den Stapel Formulare.

»Als Beweis meines grenzenlosen Vertrauens in Ihre Fähigkeiten und weil ich ohnehin nicht weiß, was ich unterschreibe, sollten Sie einfach meinen Namen auf den Anforderungsformularen fälschen, wann immer Sie es für nötig halten.«

»Das bringt mich in Verlegenheit«, bekannte Jamison, nachdem Canidy den Stapel Formulare durchgeblättert hatte.

»Wieso?«

»Eine dieser Anforderungen, die Sie unterzeichnen sollen, ist ein Wagen«, sagte Jamison. »Ein richtiger, kein Jeep. Ich bin darauf vorbereitet, die Anforderung zu verteidigen, aber es ist besser, Sie wissen davon. Und Sie wüßten nichts davon, wenn Sie das Formular gar nicht gesehen hätten.«

Canidy schaute ihn neugierig an.

»Ein Wagen?« fragte er. »Sie meinen einen amerikanischen PKW?«

»Morgen sollen mit der Versorgungstruppe drei Jeeps und ein paar Dreivierteltonner-Trucks eintreffen«, sagte Jamison. »Ich fand, es wäre schön, einen Wagen zu haben. Sie haben soeben unterzeichnet, was ich für eine hervorragende Rechtfertigung für eine Limousine halte.«

»Okay.« Canidy lächelte. »Wenn Sie meinen, Sie können sie ›überreden‹, uns ein vernünftiges Auto zu geben, ist das prima.«

»Es sind soeben sechs Fords eingetroffen«, sagte Jamison und fügte hinzu: »Ich habe einen Spion in das feindliche Hauptquartier eingeschleust. Ich kann es nicht versprechen, aber es besteht die Möglichkeit, daß ich einen aus der Fahrbereitschaft entwenden kann. Wir können uns über die Rückgabe dann später Sorgen machen.«

»Lieutenant«, sagte Canidy, »Sie schlagen tatsächlich vor, ein Auto aus der Fahrbereitschaft des OSS zu klauen? Sie glauben doch nicht im Ernst, Sie könnten damit durchkommen? Allmächtiger, es dreht sich um das OSS. Man kettet vermutlich jedes Fahrzeug ans Pflaster. Und haben Sie an die Probleme gedacht, die ich bekommen könnte, wenn Sie erwischt werden?«

»Ich nehme an, es war keine so brillante Idee«, sagte Jamison verlegen.

»Nun mal langsam«, fuhr Canidy fort. »Captain Whittaker könnte vielleicht damit durchkommen. Und er kann vermutlich herausfinden, wie wir den Wagen behalten können, wenn wir ihn geklaut haben. Wo ist er?«

Jamison lächelte. »Er spielt Billard.«

»Wie wollen Sie nach London kommen?«

»Mit dem Wagen des Kuriers«, sagte Jamison.

»Ich werde Sie zur Verantwortung ziehen, wenn Captain Whittaker mit Tripper oder Syphilis von London zurückkehrt«, sagte Canidy. »Mit dieser Warnung erteile ich Ihnen die Erlaubnis, Ihren schändlichen Plan in die Tat umzusetzen. Aber Sie sollten daran denken, daß ich mich an die heilige Tradition des OSS halte. Wenn Sie erwischt werden, habe ich Sie nie im Leben gesehen.«

Er gab Jamison die Anforderungsformulare zurück, und dann machten sie sich auf die Suche nach Whittaker.

Canidy aß mit Admiral de Verbey zu Abend, und dann spielten sie eine Stunde lang Schach. Anschließend ging Canidy auf sein Zimmer.

Die herzoglichen Gemächer, die Canidy für sich beansprucht hatte, waren groß, wunderschön eingerichtet und hatten einen Alkoven mit einem Schreibtisch und Telefon, den er als Büro nutzte. Aus Gründen des Protokolls und weil er den alten Mann mochte, hatte Candy ursprünglich geplant, den Admiral in den herzoglichen Räumen einzuquartieren, doch Lieutenant Jamison hatte ihm das ausgeredet. Die Wohnung hatte so viele Eingänge, daß eine Bewachung des Admirals viel schwieriger sein würde als bei einer kleineren Wohnung mit nur einer Tür.

Whittaker wohnte in der angrenzenden Wohnung, in der die Herzogin von Stanfield geschlafen hatte. Trotz der Vorwarnung, die Candy von Colonel Stevens erhalten hatte, war Ihre Hoheit nicht in Whitbey House erschienen. Ebensowenig hatte sich der Offizier der britischen Armee blicken lassen, der sein ›Verbindungsoffizier‹ sein sollte. Candy war sich nicht ganz sicher, was das bedeutete, und er hoffte, daß er niemals auftauchte.

Er schrieb Ann Chambers einen Brief – genau den gleichen Text, den er jeden Tag nach seiner ersten Nacht in Whitbey House geschrieben hatte: ›Erlebe eine tolle Zeit. Wünsche, Du wärst hier. In Liebe, Dick.‹

Die Briefe, allesamt mit der Absenderangabe ›Box 142, Washington, D.C.‹, wurden nach London geschickt, dort in einen Postsack gesteckt und in die Staaten geflogen. Sie wurden mit einer Washingtoner Briefmarke gestempelt und zugestellt. Vielleicht würden irgendwann Briefe von Ann eintreffen.

Er freute sich diebisch, Ann einen Text zu schicken, der auf einer täglichen Postkarte hätte stehen können und an dem Zensoren und Schnüffler nichts aussetzen konnten. Anns eintreffende Post würde natürlich nicht abgefangen werden – eigentlich war er sich dessen nicht ganz sicher –, und sie würde bestimmt verstehen, warum er nur so wenig Text schrieb. Sie verstand sicherlich die Botschaft, daß er täglich an sie dachte.

Tatsächlich dachte er dauernd wie ein liebeskranker Schuljunge an sie. Und das einfache Schreiben dieser wenigen Worte an Ann war enorm wichtig für ihn geworden.

Als er den täglichen Brief für Ann beendet hatte, entschloß er sich, ein Glas von Chesty Whittakers vierundzwanzigjährigem Scotch zu trinken, den er aus der Bibliothek im Haus in der Q Street ›entliehen‹ hatte, bevor er nach England geflogen war.

Er saß in einem mit Brokat überzogenen Lehnsessel, hielt das Glas mit Scotch in der Hand und stellte sich die weiblichen Reize von Ann Chambers vor, als es an der Tür klopfte.

»Herein!«

Es war der Wachhabende, ein Südstaatler und Second Lieutenant mit Doppelkinn.

»Da ist ein Offizier, der sich bei Lieutenant Jamison melden soll«, sagte er und sprach Lieutenant wie Lootenant aus. »Ein englischer Offizier. Ich meine ein englischer *weiblicher* Offizier.«

»Lieutenant Jamison ist nicht da. Was will sie?« Dann dämmerte es Canidy.

Verdammt! Jamison ist fort, und jetzt taucht natürlich der britische ›Offizier‹ auf, mit dem ich oder der mit mir ›Verbindung‹ halten soll.

»Ich weiß nicht, was ich tun soll, Sir. Sie hat einen Ausweis, der ihr erlaubt, die innere Sicherheitszone zu betreten, Major.« Letzteres klang wie Majuh.

»Würden Sie die Lady bitte hereinbitten?«

Der weibliche Captain marschierte herein, schlug die Hacken zusammen, stand still und grüßte schneidig.

»Sir!« bellte sie und stampfte mit dem Absatz auf.

Lady Captain ist ungefähr einssiebzig, wiegt vielleicht fünfundsechzig Kilo und wird so Anfang dreißig sein, schätzte Canidy. *Und unter der wirklich häßlichen Uniform des Women's Royal Army Corps hat sie offenbar prächtige Titten.*

»Ich bin Major Canidy«, sagte er.

»Tut mir leid, Sie zu stören, Major. Ich hatte gehofft, mich bei Lieutenant Jamison melden zu können.«

»Der Lieutenant ist leider in London, um einen Wagen zu klauen«, sagte Canidy.

Lady Captain war offenbar nicht bereit, zu glauben, was sie gehört hatte. »Ich melde mich zum Dienst, Sir. Ich soll Verbindung zu Ihnen halten.«

Bei dieser Formulierung könnte man glatt auf geile Gedanken kommen, dachte Canidy und lächelte. Er war sehr versucht, diesen Gedanken weiterzuspinnen und sich damit anzufreunden.

»Sie wurden vor ein paar Tagen erwartet, Captain«, sagte er statt dessen. »Ich muß Ihnen sagen, Captain, wenn Leute mit mir Verbindung halten sollen, erwarte ich, daß sie pünktlich sind. Ich hasse es, selbst an einer Verbindung zu arbeiten und nichts zu haben, mit dem ich mich verbinden kann.«

Lady Captain fand das überhaupt nicht lustig.

»Der Major wird bestimmt feststellen, daß meine Befehle korrekt ausgeführt worden sind.« Sie überreichte sie ihm, und er warf sie auf den Schreibtisch.

Sie hat bemerkenswert schöne Augen. Ein sehr helles Blau. Ihr Blick stört mich, als ob sie meine Gedanken erriet und weiß, was ich über ihren Körper denke. Was ich, wenn ich's recht überlege, nicht mehr tun sollte.

Und was soll's, das war ein lausiger Scherz, und sie hat vermutlich Todesangst vor den amerikanischen Barbaren.

»Man hat mir erklärt, Captain, daß Sie hier eine Doppelfunktion haben«, sagte Canidy. »Sie werden für uns mit den Engländern umgehen, und für die Engländer werden Sie Ihr Bestes tun, um diesen antiken Prachtbau vor den Verwüstungen zu retten, die man von den Barbaren erwartet, die über den Großen Teich gekommen sind.«

»Oh, ich halte Sie nicht alle für Barbaren«, sagte sie mit einem kleinen Lachen, »aber das ist ungefähr meine Aufgabe, ja.«

»Ihre erste Aufgabe, Captain, handelt sich um Dienst A«, sagte Canidy.

»Ich verstehe nicht ganz«, erwiderte sie.

»Wir sollten vor ein paar Tagen mit dem Besuch der Herzogin persönlich geehrt werden, als wir Sie erwartet haben. Ich nehme an, Sie haben keine Ahnung, wo die alte Schachtel zur Zeit ist, oder?«

»Ich weiß genau, wo die Herzogin ist, Major«, sagte Lady Captain.

»Na prima!« sagte Canidy. »Selbst in Hochform wäre ich nicht sehr gut im Umgang mit älteren englischen adeligen Zicken. Ich bin ein einfacher amerikanischer Junge aus Cedar Rapids, Iowa, und dort haben wir sehr wenig adelige Weiber. Und diese ist offenbar eine Nervensäge.«

»Warum sagen Sie das?«

»Mein Colonel ermahnte mich, sie mit Samthandschuhen anzufassen«, sagte Canidy. »Ich delegiere hiermit diese Verantwortung an Sie. Sie nehmen sich der Dame an, wenn sie auftaucht. Sagen Sie ihr, daß wir ihr Mobiliar wie unser eigenes behandeln, danken Sie ihr, weil wir diese Pracht benutzen dürfen, und wimmeln Sie die Tucke so höflich wie möglich ab.«

»Ich habe völlig verstanden, Sir«, sagte Lady Captain.

»Jamison teilt die Quartiere zu«, sagte Canidy. »Da sind ein paar Zimmer im Erdgeschoß, die mehr oder weniger als Durchgangsunterkunft genutzt werden können. Ich schlage vor, Sie quartieren sich für die Nacht in einem davon ein, und dann kann Jamison Ihnen am Morgen sagen, wo er Sie weiterhin unterbringen will.«

»Ich glaube, ich habe die Zimmer gesehen, als ich eintraf«, sagte Lady Captain.

»Der Lieutenant, der Sie hergeführt hat, kann Ihnen ein Zimmer zeigen«, sagte Canidy. »Wenn Sie irgend etwas brauchen, wenden Sie sich an ihn.«

»Vielen Dank, Sir«, sagte sie. »Erlauben Sie, daß ich mich zurückziehe?«

»Gute Nacht, Captain«, sagte Canidy.

Lady Captain stampfte mit dem Fuß auf, machte eine perfekte Kehrtwendung und marschierte aus den herzoglichen Gemächern.

Sie trug einen Ehering. Canidy fragte sich, wo ihr Mann war – und ob der Ehering abschreckende Wirkung auf Whittaker hatte. Alles in allem betrachtet, wäre es ihm lieber, wenn der Captain ein Mann wäre.

Er trank seinen Scotch, zog sich aus und ging zu Bett.

5

Shannon Airfield
Republik Irland

14. August 1942

Eine der B-17E hatte auf dem Flug über New Brunswick einen Motor verloren, die Formation verlassen, war zurückgeflogen und sicher auf Presque Isle, Maine, gelandet. Es hatte einen zweiten Maschinenschaden über Cape Breton Island gegeben, aber wegen der Wetterlage auf Ausweichflughäfen hatten sie beschlossen, wie geplant erst auf Gander Field, Neufundland, zu stoppen. Homer Wilson, überzeugt, daß der B-17E-Pilot vermutlich verlorenging, wenn er allein flog, meldete sich über Funk und teilte ihm mit, daß er über und hinter ihm war.

»Ich schlage vor, Sie setzen die Sauerstoffmaske auf, steigen auf fünfzehntausend Fuß und folgen mir«, sagte er. »Ich nehme Gas weg, damit Sie mich einholen.«

Die Stimme des B-17E-Piloten, obwohl verzerrt durch den Funk, klang bewegt vor Dankbarkeit.

Durch den langsameren Flug trafen sie zwei Stunden nach den anderen B-17E-Maschinen in Gander ein. Und sie blieben nur zum Auftanken auf dem Boden, obwohl einige der B-17E-Maschinen ›Wartung‹ brauchten. Einer der führenden Piloten erklärte ihnen, daß dies die Standardprozedur sei. Die Mechaniker würden sehr wenig Schäden an Motoren oder sonstwas finden, wenn sie erst die gemeldeten roten X[8] überprüft hatten. Aber angesichts einer dreitausendvierhundertmeilenetappe über den Nordatlantik waren Piloten mit nur ein paar hundert Flugstunden verständlicherweise ein wenig nervös.

»Ich kann es ihnen nicht verdenken«, sagt Homer Wilson. »Als ich so viele Flugstunden wie die meisten dieser Kids hatte, hielt ich die Strecke New York–Boston für einen gefährlich langen Flug.«

Sie starteten und flogen östlich des Kurses der B-17E-Maschinen, der sie zu ihrem Zielort in Schottland bringen würde. Wilson führte den Start durch, aber noch bevor sie auf Reiseflughöhe waren, übergab er an Fine. Er brauchte Ruhe, und es hatte keinen Sinn, auf dem Pilotensitz herumzusitzen und die Bewegung der Treibstoffanzeige zu beobachten.

Nach zwölf Stunden Flug, nach seiner zweiten Schicht an den Kontrollen, ging Fine nach hinten, setzte sich auf den runden Stuhl des Funkers und stellte den Peilempfänger an, dessen Antenne oben auf dem Rumpf angebracht war.

Eine halbe Stunde später erwachten die Nadeln des Funkpeilers zum Leben. Obwohl er wegen der atmosphärischen Störungen den Morse-Code noch nicht ganz verstehen konnte, ging Fine nach vorne und schlug Wilson vor, den Kurs zu ändern und zu versuchen, den Code mit seinem eigenen Funkpeilsystem zu empfangen. Als er es versuchte, schlug die Nadel aus, aber das kleine X-Symbol auf der Anzeige, das darauf hinweist, daß ein Signal zu schwach ist, um verläßlich zu sein, blieb an.

Fine kehrte zur Station des Funkers zurück und ließ die Funkpeilantenne abermals rotieren. Bald schlug die Nadel aus, und er hörte die Kennung von Shannon. Das Flugzeug ging sofort in diese Richtung in die Kurve.

Fine beobachtete vom Stuhl des Navigators aus, bis

die letzte der B-17E-Maschinen auf Kurs nach Prestwick nicht mehr zu sehen waren.

Zwanzig Minuten später tauchte die Küstenlinie Irlands auf, ein dunkler, verschwommener Strich am Horizont, der allmählich schärfer wurde. Eine Stunde später hatten sie Funkkontakt mit dem Tower von Shannon. Sie landeten auf dem Flughafen Shannon und hatten noch Treibstoff für eine Dreiviertelstunde.

»Ich habe soeben einen tiefschürfenden Gedanken gehabt«, sagte Fine, als er hinter dem Pilotensitz stand, während Wilson mit der C-46 zu den Abfertigungsgebäuden rollte. »Mrs. Fines kleiner Junge Stanley hat soeben den Ozean überflogen.«

Wilson lachte.

»Für Sie mag es Routine sein«, sagte Fine. »Aber es ist ein erhebendes Gefühl. Wenn ich kein glücklich verheirateter Mann wäre, würde ich mich besaufen und mich an Lotterweiber heranmachen.«

Die irischen Zollbeamten, die das Flugzeug abfertigten, waren nicht die lächelnden, freundlichen Iren aus den Sagen. Sie waren zu viert, und mit verkniffenen, finsteren Gesichtern überprüften sie mißtrauisch die Papiere der C-46 und die Pässe der Besatzung. Dann durchsuchten sie die Maschine gründlich, als hätten sie einen Tip erhalten, daß sie Schmuggelgut enthielte.

Zum Glück unterzogen sie die Crew keiner Leibesvisitation, denn in diesem Fall hätten sie festgestellt, daß Fine einen Geldgurt mit verschiedenen Währungen im Wert von hunderttausend Dollar trug und ein Dutzend Hamilton Piloten-Chronometer bei sich hatte. Der Besitz des Geldes oder der Uhren war nicht illegal, aber ungewöhnlich. Man hätte Fragen gestellt.

Zwei der Zollbeamten blieben bei ihnen, als sie die

Formalitäten im Terminal erledigten und dann in das schäbige, ungastlich wirkende Restaurant gingen, um trockene Brötchen, künstlich schmeckende Erdbeermarmelade und Tee zu bestellen; es gab keinen Kaffee. Die Zollbeamten folgten ihnen sogar auf die Toilette. Sie lehnten sich geduldig gegen schmutzige Waschbecken, bis die Amerikaner aus den Kabinen herauskamen.

Nach einer Stunde und fünfzehn Minuten auf dem Boden starteten sie wieder. Zuerst flogen sie westwärts, doch dann gingen sie auf südöstlichen Kurs, der sie über die Südspitze Irlands und dann über den Atlantik in geradem Kurs nach Lissabon führen würde.

XI

1

Whitbey House
Kent, England

15. August 1942, 4 Uhr

Captain Herzogin Stanfield, WRAC, war überhaupt nicht überrascht, als sie vom Schrillen einer Pfeife geweckt wurde und eine fröhliche Stimme brüllte: »Los, los, laßt eure Schwänze los und nehmt eure Socken. Es ist an der Zeit, den Arsch aus der Falle zu heben!«

Eine im wesentlichen gleiche Aufforderung hatte es am vergangenen Abend um 22 Uhr gegeben, kurz nachdem sie sich auf ein zusammenklappbares amerikanisches Feldbett aus Segeltuch gelegt hatte, um in einem winzigen Raum zu schlafen, der ihrer Haushälterin als Besenkammer gedient hatte, wie sie sich erinnerte.

Ähnliches Pfeifen und schweinische Ermahnungen an die Wache hörte sie um Mitternacht und um zwei Uhr. Der Radau dauerte ungefähr fünf Minuten. Das Pfeifen und die Obszönitäten – einige recht geistreich, einige einfach vulgär – weckten die über dreißig Mann der Wache zur Ablösung und ließen sie von ihren Feldbetten in Zelten aufspringen, die gleich hinter ihrem Fenster errichtet worden waren.

Nach dem Wecken traten die Wachen an und stiegen dann auf zwei große Lastwagen. Die LKWs fuhren mit lautem Krachen des Getriebes beim Schalten und winselnden Keilriemen davon. Ungefähr zehn Minuten später – gerade als sie wieder am Eindösen war – kehrten die Lastwagen mit den soeben abgelösten Wachsoldaten zurück, der Sergeant scheuchte die Männer mit weiteren gebrüllten Obszönitäten in die Zelte, und es wurde erst ruhig, als sie auf ihren Feldbetten lagen und schliefen.

Der Unterschied zwischen der britischen Armee und der amerikanischen Army, schloß sie danach, bestand darin, daß der Tommy die obszönen Ermahnungen seines Sergeants schweigend ertrug, während der GI, zum Entzücken seines Vorgesetzten, schnell Obszönität um Obszönität zurückgab, und zwar ungestraft. Sie konnte sich kaum vorstellen, daß ein britischer Sergeant den Vorschlag aus den Mannschaften akzeptierte: »Halt die verdammte Schnauze, du Wichser!«

Captain Herzogin Stanfield, WRAC, die mit Vornamen Elizabeth Alexandra Mary hieß, war sich im klaren darüber, daß sie jetzt wahrscheinlich keinen Schlaf mehr finden würde. Für gewöhnlich schlief sie tief und fest. Aber wenn sie erst geweckt worden war, fiel es ihr schwer, wieder einzuschlafen. Und nun war sie zum dritten Mal geweckt worden.

Sie lag nackt zwischen den Laken der amerikanischen Army. Sie hatte mit dem Gedanken gespielt, in ihrer Unterwäsche zu schlafen. Aber sie mochte nicht mit Büstenhalter schlafen, und ihr Schlüpfer war der Standard, der von der Armee ausgegeben wurde, also schlecht passend und kratzig. Einer der zusätzlichen Vorteile ihrer neuen Verwendung würde der Zugang zu ihrer eigenen Wäsche sein, vorausgesetzt, sie konnte sie finden.

Als Whitbey House requiriert worden war, hatte das Personal natürlich all ihre persönliche Habe sorgfältig weggepackt. Aber das Personal war jetzt fort, und sie hatte keine Ahnung, wo im Haus ihre Koffer gelagert wurden.

Und weil ich gestern abend nicht danach suchen konnte, dachte sie, *war ich gezwungen, nackt in der Besenkammer zu schlafen, während ein junger und ausgesprochen unfreundlicher amerikanischer Major im Bett meines Mannes schlafen konnte.*

Aber dann wurde ihr klar, daß sie ihr Wachsein zu ihrem Vorteil nutzen konnte. Sie würde jetzt gleich nach ihren Sachen suchen. Binnen Sekunden stand sie barfuß auf dem kalten, schmutzigen Steinboden und griff nach ihrer abgelegten Unterwäsche.

Dann entschied sie sich, die getragene Unterwäsche zu ignorieren. In fünf oder zehn Minuten würde sie ihre eigene frische, saubere, duftende, weiche Unterwäsche tragen können. Unterdessen mußte sie nur an dem Wachhabenden in der angrenzenden Kammer vorbeigelangen und über den Flur zu den Hintertreppen schleichen. Wahrscheinlich kam er nicht mal aus seinem kleinen Büro.

Sie schlüpfte mit nackten Füßen in ihre Arbeitsschuhe und stopfte ihr Hemd in den Bund ihres Khakirocks. Sie dachte an das, was sie als ›himmelschreiende Diskriminierung weiblicher Offiziere bei den Uniformen‹ bezeichnete.

Trotz der Knappheit war für die Schneider von männlichen Uniformen irgendwie Stoff der Qualität vor dem Krieg verfügbar. Männliche Offiziere hatten mindestens ein paar Uniformen von Vorkriegs-Qualität, während Offiziere des Women's Royal Army Corps Uniformen tragen mußten, die aus den gleichen Schneidereien stammten, die Uniformen für Unteroffiziere und Mannschaften lieferten. Diese Uniformen waren von minderer Qualität und Paßform.

Sie hatte ihren Uniformrock von einer Näherin ändern lassen, damit er am Po nicht zu weit war, aber die Frau hatte nicht genug Stoff zur Verfügung gehabt, um ihre Hemden und Uniformröcke zu vergrößern, um Platz für ihren Busen zu schaffen. Wenn sie keinen eng anliegenden BH trug, sprengte sie fast die Knöpfe von Hemd und Uniformrock ab.

Sie schaute jetzt auf ihr Hemd. Die Knöpfe sprangen fast ab.

Noch etwas, das ich bei meiner Verwendung in Whitbey House tun kann, dachte sie. *Ich kann in den Ort gehen und mir eine Näherin suchen, die sich um meine Uniformen kümmert. Irgendwo im Haus befinden sich fünf oder sechs von Edwards Uniformen – ich werde sie finden, und wenn ich zwei Wochen lang suchen muß. Ich lasse die Knöpfe abschneiden und auf meine Uniformen nähen, selbst wenn dann neue Knopflöcher geschnitten werden mußten.*

Nachdem sie ihre Blößen mehr oder weniger bedeckt hatte, öffnete sie vorsichtig die Tür, stellte fest, daß niemand in der Halle war, schlüpfte hinaus und ging schnell und auf leisen Sohlen über den Flur zur Küche. Von dort führten Treppen nach oben.

Die verlassene Küche wirkte riesig. Die sechs großen Herde – jetzt kalt – waren größer als in ihrer Erinnerung. Die Amerikaner machten sich anscheinend nicht die Mühe, sie mit Kohle zu beheizen. Wo das Hackbrett gewesen war, gab es jetzt zwei Feldherde aus rostfreiem Stahl. Und noch verpackt in der Ecke, adressiert an den Quartiermeister ETO – European Theatre of Operations; europäischer Kriegsschauplatz – stand ein riesiger Kühlschrank wie in der Küche eines Restaurants. Im Vergleich dazu wirkte der Kühlschrank von Whitbey House winzig.

Sie erlag der Versuchung, den alten Kühlschrank zu öffnen und nachzusehen, ob er etwas Eßbares enthielt.

Sie hatte gestern das Abendessen verpaßt, und es widerstrebte ihr, Major Canidy um eine Mahlzeit zu bitten.

Im Kühlschrank fand sie eine fast unglaubliche Fülle von Nahrungsmitteln. Da waren zum Beispiel mindestens sechs Dutzend Eier. Die britische Ration war ein frisches Ei pro Woche – wenn verfügbar. Da standen Zweigallonenbehälter Milch mit der Aufschrift: ›Besitz des U.S. Army Quartermaster Corps‹.

Nur Kinder unter vier Jahren, Schwangere und stillende Frauen erhielten Milchrationen.

Da gab es Steaks, Hähnchen, zwei große Dosen Schinken, Pfundpackungen von frischer Butter und – am unglaublichsten von allem – eine Holzkiste mit der Aufschrift: ›Sunkist Florida Oranges‹.

Mein Gott, das müssen, acht, zehn, zwölf Dutzend Orangen sein!

Captain Herzogin Stanfield konnte sich nicht erinnern, wann sie das letzte Mal eine Orange gegessen hatte. Apfelsinen waren noch strikter rationiert als Eier und Milch.

Kein Wunder, daß unser Kühlschrank ihren Ansprüchen nicht genügt, dachte sie, als sie ärgerlich die Tür schloß.

Als sie im Treppenhaus war, überlegte sie, wo das Personal ihre Kleidung aufbewahrt haben könnte. Die Antwort drängte sich förmlich auf. Es gab zwei kleine Zimmer genau über ihren Privaträumen, in denen ihr persönliches Dienstmädchen – jetzt Fliegerin der Royal Air Force – gewohnt hatte.

Genau wie sie gehofft hatte, war ein ordentlich geschriebenes Schild mit einem Reißnagel an die Tür der Ex-Wohnung des einstigen persönlichen Dienstmädchens geheftet.

> DIESE ZIMMER ENTHALTEN DEN PERSÖNLICHEN BESITZ VON IHREN HOHEITEN, DEM HERZOG UND DER HERZOGIN VON STANFIELD. WIR BITTEN, DIES ZU RESPEKTIEREN

Und die Tür war nicht abgeschlossen!

Das kleine Zimmer war vollgestellt mit Seesäcken, Koffern und Kartons, und alle Gepäckstücke waren sorgfältig beschriftet.

Sie hob ein Schild mit der Aufschrift: ›HG Persönliche Sommerwäsche‹ an, als sie eine Autohupe hörte. Ein fröhlicher Dreiklang. Sie fragte sich, welche Besonderheit amerikanischer Kultur das war. Als die Hupe wieder erklang, wurde sie noch neugieriger. Beim dritten Hupen ging sie zum Fenster, öffnete es leise und blickte hinab.

Ein Wagen der amerikanischen Armee, ein Ford, stand vor dem Haus. Ein junger Captain des amerikanischen Air Corps stieg aus.

Er sieht ziemlich gut aus, dachte Captain Herzogin Stanfield.

Seine Mütze mit eingedrückter Krone thronte fast auf dem Hinterkopf. Aus irgendeinem Grund fanden amerikanische Piloten das schick. Sein Uniformrock stand offen, seine Krawatte war gelockert, und er wirkte, als hätte er zu tief ins Glas geschaut. Er ging zum Kofferraum und öffnete ihn. Dann kehrte er zur Fahrertür zurück und hupte wieder, diesmal ein langgezogener, fast ärgerlich klingender Ton.

In dem Moment, in dem die Herzogin bemerkte, daß der linke vordere Kotflügel des Fords eingebeult war, wurde ein Fenster unter ihr geöffnet, eines von Edwards Räumen, und Major Canidy blickte heraus.

»Ich dachte, du sitzt im Knast«, rief er hinab.

Die Herzogin erinnerte sich an Canidys Bemerkung, Lieutenant Jamison sei in London, ›um einen Wagen zu klauen‹.

»Wir kamen von der Straße ab und rammten einen Meilenstein«, rief der Captain nach oben. »Und es war verdammt schwierig, im Dunkeln aus dem Graben herauszukommen. Aber sonst war der Coup eines John Dillinger würdig.«

»Weiß jemand, daß du ihn geklaut hast?« fragte Canidy. »Hast du eine halbe Meile Vorsprung vor den MPs?«

»Ich habe dir doch gesagt, Dick, es lief wie am Schnürchen.«

»Bis du von der Straße abgekommen bist.« Canidy lachte. »Wo ist Jamison?«

»Der hat auch etwas Whisky geklaut«, berichtete der Captain. »Und einiges davon gesoffen.«

In diesem Moment stieg torkelnd ein Lieutenant, der betrunkener als der Captain war, auf der anderen Seite des Wagens aus. Die Herzogin nahm an, daß es sich um Lieutenant Jamison handelte, bei dem sie sich melden sollte.

»Du kannst den Wagen nicht hier lassen«, sagte Canidy. »Nicht im Freien, wo ihn jeder sieht.«

Mein Gott, sie haben ihn gestohlen!

»Ich habe eine Plane dafür gefilzt«, verkündete der Captain. Er ging zum Kofferraum und zog eine große Segeltuchplane hervor. Lieutenant Jamison lud Kisten mit Whisky und Bier vom Rücksitz aus.

»Habt ihr das auch vom OSS geklaut?« fragte Canidy.

»Nein«, antwortete der Captain. »Das haben wir mitten auf der Straße gefunden.«

»Jimmy, benimm dich und komm rein«, rief Canidy. »Dieser englische Captain, auf den wir gewartet haben, ist aufgetaucht. Es ist eine Frau, ein wirklich strammes Weib. Bestimmt ist sie geschickt worden, um uns zu bespitzeln. Laßt also die Finger von und aus ihr und haltet die Klappe. Das gilt auch für Sie, Jamison.«

Der Herzogin von Stanfield stieg das Blut in die Wangen. Beleidigt zog sie sich vom Fenster zurück und schloß es sehr vorsichtig.

Sie kramte in ihrer Sommerwäsche nach geeigneter Unterwäsche und stöberte in den Koffern, bis sie Nachthemden fand. Sie wickelte alles mit einem der Nachthemden ein und stieg die Treppe zur Küche hinab.

Als sie leise die Tür aufschob, erschreckte sie Major Canidy, den Captain und Lieutenant Jamison, die mit den Vorbereitungen für ein Frühstück beschäftigt waren. Auf einem der unbenutzten Herde häuften sich die Dinge, die sie offenbar vertilgen wollten; ungefähr eine Wochenration für eine sechsköpfige britische Familie, die Orangen gar nicht mitgezählt.

»Sie sind früh auf, Captain, nicht wahr?« fragte Canidy sarkastisch.

»Wirklich stramm«, bemerkte der gutaussehende Captain, »aber nicht *zu* stramm.«

Er meint meinen Po!

»Ich habe dir gesagt, du sollst die Klappe halten«, fuhr Canidy ihn an.

»Ich habe einigen persönlichen Besitz geholt«, entfuhr es der Herzogin. Sie zeigte ihr Nachthemd-Bündel.

»Sie waren also schon vorher hier?« fragte Canidy scharf.

»Ja«, sagte sie, »das war ich.«

Offenbar hat er sich meine Befehle nie angeschaut, denn dann wüßte er, wer ich bin.

»Frau Captain ist vom Kriegsministerium hergeschickt worden, um ›Verbindung‹ mit uns zu halten. Anscheinend bedeutet das, durch die Räume zu streifen, bevor jemand auf ist.«

»Ich bin Jim Whittaker«, sagte der gutaussehende Captain und trat mit ausgestreckter Hand auf sie zu. »Ich glaube, ich sollte Sie warnen: Ich bin pervers und finde Frauen in Uniform ungemein sexy.«

Er schaute sie fasziniert an, und sie errötete.

»Ich sage dir nicht noch einmal, daß du die Klappe halten sollst, Jimmy!« fuhr Major Canidy ihn an.

»Ich habe Ihren Namen überhört, Captain«, sagte Whittaker. Er hielt jetzt ihre Hand und wollte sie anscheinend nicht loslassen.

»Ich heiße Stanfield«, sagte die Herzogin.

»Wie der Herzog?« fragte Canidy.

»Ich bin die Herzogin.«

Das führte nicht zu der Reaktion, die sie erwartet hatte. Major Canidy war mehr verärgert als beeindruckt.

»Das hätten Sie mir gestern abend sagen sollen«, sagte Canidy.

»Sie haben mir keine Gelegenheit dazu gegeben, Sir«, erwiderte sie.

Jim Whittaker verneigte sich tief mit einer schwungvollen Bewegung seines Arms.

»Wie war das, Herzogin?« fragte er. »War das ein richtiger Diener?«

Sie mußte sich ein Lächeln verkneifen. Der ziemlich gutaussehende junge Captain war betrunken. Von einem glücklichen jungen Mann, der betrunken ist, kann man fast erwarten, daß er auf den Busen einer Frau starrt, wie er es tat. Major Canidy war der unfreundliche Kerl.

Eine Frage des Protokolls kam Lieutenant Jamison in den Sinn.

»Wenn Sie die Herzogin sind«, sagte er mit schwerer Zunge, »wie sollen wir Sie dann anreden? Captain oder Herzogin?«

»Ich hatte mal eine Hündin namens Herzogin«, erklärte Captain Whittaker. »Erinnerst du dich, Dick? Die große, dicke Labrador-Hündin?«

»Normalerweise spricht man mich mit ›Eure Hoheit‹ an«, sagte sie. »Aber ich finde, das wäre ein bißchen peinlich, nicht wahr? Mein Vorname ist Elizabeth.«

»Ist das nicht ein anderes Extrem?« fragte Canidy.

»Bitte«, sagte sie leise. »Sie und ich haben uns anscheinend auf dem falschen Fuß erwischt.«

Das gibt ihm zu denken, diesem unerträglichen Bastard!

»Okay«, sagte Canidy. »Fangen wir ganz von vorne an. Legen Sie Ihr Bündel ab und frühstücken Sie. Die Köche tauchen erst um halb sieben auf, und ich befürchte, Sie werden sich mit einem Omelett zufriedengeben müssen.«

Plötzlich stieg Zorn in ihr auf, und sie konnte sich nicht zurückhalten. »Mein Gott, ihr Amerikaner seid Typen! ›Da wir mit nichts Anständigem dienen können, werden wir Ihnen ein Omelett machen müssen!‹«

Er schaute sie neugierig an.

»Haben Sie an einem Omelett etwas auszusetzen?« fragte er.

»Wissen Sie, wie viele Eier den Briten per Lebensmittelkarte zugeteilt werden?«

»Nein, und es juckt mich wirklich nicht«, sagte Canidy.

Sie starrten sich einen Moment lang in die Augen, und dann gab sie nach.

»Verzeihung«, sagte sie.

»Nein«, sagte Canidy. »Das zieht nicht bei mir. Legen wir die Karten auf den Tisch.«

»Wie bitte?«

»Ihr Getue gefällt mir nicht, Herzogin«, sagte Canidy. »Bei diesen arroganten Armleuchtern vom SOE muß ich es vielleicht noch über mich ergehen lassen, aber ich werde es verdammt nicht von Ihnen hinnehmen. Mich ärgert, wie Sie gestern herkamen und Frau Captain spielten, ohne mich wissen zu lassen, daß dies Ihr Haus ist. Und ich habe nicht vor, mir von Ihnen eine Predigt anzuhören ›Was ist mit euch Amerikanern los?‹, ob Sie nun Herzogin sind oder nicht. Whittaker hat auf den Philippinen Pferdefleisch gegessen, bis es keine Kavalleriepferde mehr gab…«

»He, Dick…«, wollte Whittaker unterbrechen, aber Canidy ließ sich nicht stoppen.

»…und keiner von uns braucht sich von Ihresgleichen eine Predigt über knappe Rationen halten zu lassen. Wenn es Ihnen peinlich ist, unsere Omeletts aus frischen Eiern zu essen, Eure Hoheit, dann sollten Sie um Ihre Versetzung bitten. Solange ich hier das Kommando habe, nehme ich mir soviel von dem verdammten Luxus hier, wie ich kann – von frischen Eiern bis zu Edelnutten –, und gebe ihn an all die Leute hier weiter. Ich will nicht, daß Sie mit einem Maiskolben im Arsch hier rumstehen und Ihre aristokratische Nase über uns rümpfen.«

»Mensch, Dick!« sagte Whittaker.

Die Herzogin von Stanfield brauchte einen Moment, um Worte zu finden. Dann sagte sie: »Vielleicht wäre es das beste, wenn jemand anders den Befehl erhält, Ihr Verbindungsoffizier zu sein, Major Canidy. Und jetzt entschuldigen Sie mich bitte.«

Sie marschierte aus der Küche und über den Flur in die einstige Besenkammer der Haushälterin, schloß die Tür hinter sich, warf sich auf das Feldbett und kämpfte gegen Tränen an.

Sie dachte daran, für wie dumm man sie halten

würde, wenn sie dem Kriegsministerium melden mußte, daß sie sich sofort mit dem Mann angelegt hatte, dessen Verbindungsoffizier sie sein sollte, und auch noch über etwas so verdammt Albernes wie die Frage, wie viele Eier der amerikanischen Bevölkerung zur Verfügung standen.

Sie konnte natürlich ebenso melden, daß die Amerikaner anscheinend meistens betrunken waren und es für einen großen Spaß hielten, sich gegenseitig Autos zu stehlen. Das Problem war, daß sich das Kriegsministerium nicht für solche Dinge interessierte. Man würde sich einfach sagen, daß sie versagt hatte.

Ich muß zu diesem verdammten Kerl gehen und mich entschuldigen. Und so, daß es echt klingt.

Sie erhob sich vom Bett.

Und richtig gekleidet, wenn ich es tue.

Sie hob das Bündel vom Boden auf und knüpfte es auf dem Bett auf. Sie nahm Unterwäsche heraus und begann ihr Hemd auszuziehen.

Es klopfte an der Tür.

»Ja? Wer ist da?«

»Zimmerservice«, rief jemand heiter, und sie erkannte die Stimme von Captain Whittaker.

Sie ging zur Tür und öffnete.

Der Captain hatte irgendwo einen Servierwagen gefunden. Er war voller Essen: Schinken, Eier, Toast und Erdbeermarmelade – sicherlich echte, weil sie aus amerikanischen Beständen stammte.

»Was auch immer los ist«, sagte er, »Sie müssen was essen.«

»Ich habe mich in der Küche blamiert, nicht wahr?« sagte sie.

Er rollte den Servierwagen zum Kopfende des Bettes und blieb wie ein Kellner daneben stehen.

»Ich weiß nicht, was gestern abend zwischen Ihnen

passiert ist«, sagte er. »Aber ich weiß, was ihm ganz allgemein zu schaffen macht.«

Sie sah ihn fragend an.

»Er ist zum ersten Mal in seinem Leben verliebt«, sagte Whittaker, »und fast genau vor dem Zeitpunkt, an dem er von Amors Pfeil getroffen wurde, hat man ihn hier rübergeschickt.«

»Weil er verliebt ist, hat er diese Schimpfkanonade losgelassen?« fragte sie.

»Das und das Wissen darum, daß eine Mission durchgeführt wird, die er vorbereitet hat«, sagte Whittaker. »Er behauptet zwar was anderes, aber in Wirklichkeit ist er der Meinung, daß er und kein anderer sie durchführen sollte.«

»Sie wissen anscheinend allerhand über den Major«, sagte sie.

»Wir sind Freunde, seit wir Kinder waren«, sagte Whittaker.

»Was meinte er, als er sagte, Sie haben auf den Philippinen Kavalleriepferde gegessen?«

»Essen Sie den Schinken und die Eier, Herzogin«, sagte Whittaker. »Danach wird Sie der freundliche Jim Whittaker zu dem fiesen Dick Canidy bringen, damit ihr euch küssen und vertragen könnt.«

»Aber Sie waren auf den Philippinen?« beharrte sie.

»Ja«, sagte er, »ich war auf den Philippinen.«

Sie blickte auf die dicke Scheibe Schinken und die vier Spiegeleier auf ihrem Teller. Als sie den Kopf senkte, sah sie, daß ihr Hemd fast bis zum Nabel aufgeknöpft war. Sie spürte, wie ihr das Blut in die Wangen stieg.

Er stand immer noch bei ihr, was bedeutete, daß er mit an Sicherheit grenzender Wahrscheinlichkeit in ihr Hemd spähte. Sie war nicht wütend auf ihn. Er war schließlich betrunken.

2

Lissabon

16. August 1942

Um Brest und St. Nazaire herum befanden sich ein Dutzend deutsche Luftstützpunkte für Jagdflugzeuge, deren Piloten liebend gern eine ›chinesische‹ C-46 abgeschossen hätten, aber sie näherten sich Brest nur bis auf zweihundert Meilen und hielten sich vierhundert Meilen von St. Nazaire entfernt. Auf dem Flug nach Lissabon hörten sie einigen Funkverkehr zwischen Piloten in Deutsch mit, und Fine sammelte aus zweiter Hand Erfahrungen, was Bomberpiloten durchmachten.

Viereinhalb Stunden nach dem Start von Shannon erteilte der Tower Lissabon in seltsam akzentuiertem Englisch China Air Transport zwei-null-sechs Landeerlaubnis auf Landebahn zwölf. Die portugiesischen Zollbeamten, die von einem Offizier der portugiesischen Luftwaffe begleitet wurden, waren beträchtlich freundlicher, als es die irischen gewesen waren. Der Offizier der portugiesischen Luftwaffe bat aus rein beruflicher Neugier um eine Besichtigung des Flugzeugs. Es war die erste C-46, die er jemals gesehen hatte.

Als sie ihn fragten, wo sie etwas essen und ein paar Stunden schlafen konnten, bestellte er ein Taxi, handelte für sie mit dem Fahrer den Preis aus und schickte sie zu einer Adresse in Lissabon, »die Ihnen bestimmt gefallen wird«.

Ihr Ziel entpuppte sich als elegantes Hotel aus der Jahrhundertwende. Sie wurden an der Rezeption von einem Angestellten im Morgenmantel empfangen, der ihnen erklärte, daß der Luftwaffenoffizier sie telefonisch angekündigt hatte.

Dann führte er sie zu einer luxuriös möblierten Suite in einer der oberen Etagen, von der aus sie einen Ausblick auf den Rossi-Platz und das Nationaltheater Doña Maria II. hatten. Die Wanne im Badezimmer war enorm groß, und die Bade- und Handtücher waren dick und flauschig. Als Fine aus dem Bad kam, saßen die anderen vor einer großen Auswahl von Horsd'œuvres.

»Kein Scotch«, bemerkte Homer trocken. »Es ist Krieg, wißt ihr. Aber man hat dies hier aufgetrieben.« Er hob eine 0,95-Liter-Flasche I.W. Harper an.

Im Speiseraum wurde ein reichhaltiges Menü zu unglaublich niedrigen Preisen angeboten, und sie langten zu. Wilson bestellte beim Maître d'Hôtel Brathähnchen und Schinkenbrötchen zum Mitnehmen, und der versprach, das Gewünschte vorbereiten zu lassen.

Um halb sieben am nächsten Morgen erbat China Air Transport zwei-null-sechs die Starterlaubnis für den Flug nach Porto Santo, Madeira.

Fast genau vier Stunden später erklärten sie einem anderen freundlich lächelnden Offizier der portugiesischen Luftwaffe, daß sie nur tanken und weiterfliegen wollten.

Die nächste Etappe war lang, zweitausendsechshundert Meilen, über zehn Stunden, nach Bissau in Portugiesisch Guinea. Sie stiegen langsam auf zwanzigtausend Fuß und gingen auf einen Kurs, der sie nicht näher als einhundert Meilen an die afrikanische Küste heranbringen würde. Sie planten ebenfalls, nur nach Westen zu fliegen und außer Sicht der spanischen Kanarischen Inseln zu bleiben. Wenn sie von spanischen Flugzeugen entdeckt wurden, würden die Spanier wahrscheinlich die Deutschen informieren.

Zwanzig Minuten nachdem Wilson den Pilotensitz mit Will Nembly, dem anderen Ex-PAA-Piloten, getauscht hatte und in die Kabine gegangen war, um zu schlafen, ertönte ein Summton, und das Warnlämpchen für den Öldruck des rechten Motors leuchtete auf. Gleich darauf ertönte ein anderer Warnton, lauter als das erste Summen, und das Lämpchen der Feuermeldeanlage zeigte an, daß der rechte Motor Feuer gefangen hatte.

»Sie sollten Wilson holen«, sagte Nembly ruhig, als er schnell die Benzinzufuhr für den rechten Motor abstellte und den Hebel zog, der den Kohlendioxyd-Feuerlöscher auslöste. Fine schaute aus dem Fenster, als er die Kabine betrat. Dichter schwarzer Rauch quoll aus dem Motorengehäuse. Er wurde grau und weiß, als sich Kohlendioxyd damit vermischte, und dann verschwand der graue Rauch.

Wilson, sofort hellwach, ging ins Cockpit, setzte sich und schnallte sich hastig an. Fine, der zwischen den beiden Pilotensitzen stand, konnte sehen, daß sich der Propeller des rechten Motors nicht mehr drehte und daß die Eigengeschwindigkeit bereits unter zweihundert Stundenmeilen betrug und abnahm.

Wilson übernahm nicht von Nembly die Steuerung. Er wirkte nicht einmal besonders aufgeregt.

»Wir haben ein Ölleck«, stellte er im Plauderton fest.

»Hätte ich nie gedacht«, bemerkte Nembly sarkastisch.

»Was, zum Teufel, tun wir jetzt?« fragte Homer Wilson rhetorisch. »Zurückfliegen? Wie lange können wir uns auf den anderen Motor verlassen? Und wo sind wir?« Er wollte die Karte zu Rate ziehen.

»Wir sind hundertfünfzig Meilen von Santa Cruz auf den Kanarischen Inseln entfernt«, sagte Nembly. »Den spanischen Kanarischen Inseln.«

»Scheiße, wenn wir dort runtergehen, werden wir ein halbes Jahr lang interniert«, sagte Wilson. »Und wenn man uns schließlich freiläßt, werden wir von einer Staffel deutscher Jäger erwartet.«

Fine sah an den Anzeigen, daß Nembly die Höhe nicht halten konnte.

»Wir müssen einfach etwas Sprit ablassen und versuchen, es zurück zu schaffen«, sagte Nembly.

»Nehmen Sie Kurs auf Lanzarote«, sagte Fine.

»Das klingt wie ein Befehl«, bemerkte Wilson mit einer Spur von Ärger.

»Ich nehme an, darauf läuft es hinaus«, sagte Fine.

Wilson dachte darüber nach und schaute dann auf die Karte.

»Lanzarote, haben Sie gesagt?« fragte er. »Da gibt es laut Karte nur einen Start- und Landestreifen für Jagdflugzeuge.«

»Es gibt einen Alternativplan für einen solchen Notfall«, sagte Fine.

»Warum höre ich jetzt zum ersten Mal davon?« fragte Wilson, und ohne auf eine Antwort zu warten, sagte er zu Nembly: »Steuern auf null-achtfünf.« Nembly flog eine langsame, weite Kurve nach Osten.

»Ich lasse Treibstoff ab«, kündigte Nembly an.

»Nein«, sagte Fine.

Wilson schaute ihn fragend an.

»Unsere einzige Hoffnung, die Mission fortzusetzen, besteht darin, daß wir den Schaden beheben können, wenn wir uns den Motor angesehen haben. Mit etwas Glück stellen wir fest, daß wir eine lockere – nicht gebrochene – Spritleitung finden. Wenn wir Treibstoff an Bord haben, können wir wieder starten.«

»Wie kommen Sie auf die Idee, daß man uns starten läßt? Oder daß keine Staffel Messerschmitts auf uns wartet? Lanzarote liegt nahe der marokkanischen Küste und gut in der Reichweite deutscher Jäger.«

»Wenn die Spanier auf Lanzarote den Deutschen unsere Landung nicht melden, werden sie nicht nach uns suchen«, sagte Fine.

»Und warum sollten die Spanier es nicht melden?« fragte Nembly.

»Ich kenne den Namen von einem der Verantwortlichen«, sagte Fine. »Und ich kann ihm Geld geben.«

»Dann haben wir nur ein kleines Problem«, meinte Wilson. »Wir müssen diesen großen Vogel mit fast vollen Tanks auf einem Landestreifen für Jäger aufsetzen.«

»Wir müssen es versuchen«, sagte Fine.

»Das setzt natürlich voraus, daß Nembly uns in der Luft halten kann, bis wir dort sind. Und daß die Spanier uns nicht abschießen, weil wir ihren Luftraum verletzen. Ihr Plan für den Notfall sieht wohl nicht vor, daß wir den Verantwortlichen schmieren können, bevor wir dort sind?«

»Wir müssen einfach versuchen, in Lanzarote zu landen«, sagte Fine. »Uns bleibt nichts anderes übrig.«

Die Insel war vierzig Minuten später zu ihrer Rechten zu sehen. Als sie sich ihr näherten, erkannten sie den einzigen Landestreifen, der diagonal auf dem einzigen ebenen Teil der Insel verlief, eine Art Plateau am nördlichen Strand.

»Sollen wir versuchen, den Tower zu rufen? Haben Sie die Frequenz?« fragte Wilson.

»Nein«, sagte Fine. »Wir landen einfach. Ohne uns anzumelden.«

»Wenn ich das mit all dem Sprit an Bord versaue, dann gute Nacht, Freunde.«

»Dann versauen Sie es eben nicht«, meinte Wilson.

Fine wunderte sich, warum Wilson, der dienstältere Pilot, nicht von Nembly übernahm, aber dies war nicht der Zeitpunkt, um Fragen zu stellen.

Homer Wilson blickte zu Fine. »Sie sollten sich anschnallen«, sagte er.

»Das werde ich«, sagte Fine. »Es ist noch Zeit.«

Er schaute weiterhin durch die Windschutzscheibe, bis er sah, daß sie über der Landebahn waren. Dann ließ er sich zu Boden sinken, stemmte die Füße gegen die Verkleidung der Funkanlage, umfaßte die Knie mit den Armen und neigte den Kopf darauf.

Nembly, der die Sinkgeschwindigkeit mit nur einem Motor nicht gewohnt war, verschätzte sich und setzte zu tief zur Landung an.

Sie landeten schwer, hoben etwas ab und setzten wieder auf. Nembly änderte die Blattsteigung des Propellers, und das Flugzeug wich von der Mitte der Landebahn ab. Der rechte Reifen quietschte, als Nembly die Bremse betätigte. Fine wurde in den Mittelgang geschleudert und hatte einen Moment lang das Gefühl, das Flugzeug würde umkippen. Doch dann stabilisierte sich die Lage, und das Quietschen wurde leiser, als beide Bremsen die Räder blockierten. Das Flugzeug rutschte einen Moment lang. Es rollte wieder, als die Bremsen gelöst wurden, und wieder quietschten die Reifen, als Nembly von neuem bremste. Schließlich schlingerte das Flugzeug nach links und blieb stehen.

Fine rappelte sich auf und ging nach vorne. Durch das Fenster auf Wilsons Seite sah er, daß sie kurz vor dem Ende der Landebahn zum Stehen gekommen waren. Jenseits und in ungefähr dreißig Yards Tiefe brandeten die Wellen des Atlantik gegen eine Felsengruppe.

»Da kommt jemand«, sagte Homer Wilson und nickte zum Fenster auf seiner Seite.

Eine Fahrzeugkolonne näherte sich über den Start- und Landestreifen. An der Spitze fuhr ein Auto, dessen Fabrikat keiner von ihnen identifizieren konnte. Als nächstes kam ein Feuerwehrwagen auf einem Ford-Chassis. Und es folgten zwei Mercedes-Lastwagen.

»Wir sollten den Motor ausschalten«, sagte Wilson, »und dann das Lächeln üben. Sie übernehmen das Reden, richtig, Stan?«

Fine ging nach hinten durch die Kabine und öffnete mit großer Mühe – starker Wind wehte von der See her – die Tür.

Die Spanier erwarteten sie.

Ein Dutzend Soldaten waren von jedem Lastwagen gesprungen. Jetzt formierten sie sich zu einem Halbkreis vor der Tür. Die Mündungen ihrer Gewehre wiesen auf den Boden. Sie trugen deutsche Stahlhelme, und die Waffen waren Mauser-Gewehre. Fine brauchte nicht daran erinnert zu werden, daß Generalissimo Francisco Franco mit den Achsenmächten Deutschland, Italien und Japan sympathisierte.

Hinter den Soldaten standen drei Offiziere. Einer davon, groß und stämmig und mit Schnurrbart, war offenbar ranghöher als die beiden anderen, was Fine aus der prächtigen Uniform und der arroganten Miene des Mannes schloß.

Er steht da mit all der Arroganz eines Second Lieutenant des Marine Corps, dachte Fine.

»Es ist verboten, hier zu landen«, sagte der spanische Offizier mit britischem Akzent. »Betrachten Sie sich als verhaftet.«

»Es war ein Notfall, Colonel«, sagte Fine. »Einer unserer Motoren ist ausgefallen.«

Wenn der Knabe kein Colonel ist, kann eine Schmeichelei nicht schaden.

Der Offizier schnippte mit den Fingern, und zwei der Soldaten legten eine Holzleiter am Rumpf des Flugzeugs an. Der Offizier stieg hinauf.

»Ich bezweifle, daß Sie Chinesen sind«, sagte er. »Engländer?«

»Amerikaner«, sagte Fine. »Ist Colonel de Fortina erreichbar?«

»Ich kenne diesen Flugzeugtyp nicht«, sagte der Offizier und ignorierte die Frage.

»Es ist eine Boeing«, sagte Fine. »Ein Stratosphären-Transportflugzeug. Wir überführen es von der Fabrik nach China.«

»Darf ich bitte Ihre Papiere sehen?« fragte der Offizier.

»Ich hole sie«, sagte Fine und ging zum Cockpit. Als er zurückkehrte, hielt er einen Stapel Hundertdollarscheine in der Hand. Er wurde von einer Banderole mit dem Aufdruck ›$ 10 000 in $ 100‹ zusammengehalten.

»Es ist für mich wirklich wichtig, Kontakt zu Colonel de Fortina aufzunehmen«, sagte Fine.

»Colonel de Fortina ist nicht hier«, erwiderte der Offizier. »Er befindet sich vielleicht auf Las Palmas. Ich werde Erkundigungen einziehen.«

Er nahm das Geld und steckte es in die Innentasche seines Uniformrocks.

Oder vielleicht sackst du das Geld nur ein und pfeifst auf die Erkundigungen, dachte Fine.

»Darf ich jetzt bitte Ihre Dokumente sehen?« sagte der Offizier.

3

Hotel Dorchester
London

17. August 1942, 17 Uhr 20

Zwei amerikanische Feldartillerie-Offiziere, ein Colonel und ein Lieutenant Colonel, standen unter der Markise des Dorchester, als die Austin-Princess-Limousine vorfuhr. Die Scheinwerfer des Wagens waren bis auf einen schmalen Schlitz geschwärzt, und die Kotflügel waren mit weißer Farbe konturiert, ein nicht immer erfolgreicher Versuch, um auf jetzt unbeleuchteten Straßen Blechschäden zu verhindern. Diese kleinen Veränderungen konnten jedoch die Eleganz der Limousine nur wenig beeinträchtigen.

Der Wagen hielt unter der Markise, und eine junge Fahrerin in der Uniform eines Sergeants des Royal Women's Army Service Corps stieg schnell aus, umrundete die Schnauze der Limousine und öffnete die hintere Tür.

Zu Füßen der amerikanischen Offiziere stand ihr Gepäck. Sie waren mit Zweiundsiebzigstundenpässen nach London gekommen und waren soeben höflich, aber entschieden an der Rezeption des Hotels abgewiesen worden. Beide schauten aus den Augenwinkeln auf den Wagen, teils aus reiner Neugier, teils weil mit der Limousine höchstwahrscheinlich ein Offizier im Generalsrang transportiert wurde, den sie grüßen mußten.

Der Offizier, der aus der Limousine stieg, war Amerikaner. Er trug eine am Schirm lederbesetzte Pelz-Feldmütze und eine hervorragend geschneiderte Uniform Class A (sie war nagelneu). Aber er war kein Offizier im Generalsrang, sondern ein popeliger Lieutenant Colonel. Und der Colonel und der Lieutenant Colonel kannten ihn.

»Das ist ein Ding«, sagte der Colonel. »Stevens!«

Stevens blickte zu ihm und grüßte. »Guten Abend, Sir«, sagte er.

Der Colonel erwiderte den Gruß, und sie begrüßten sich per Handschlag. Danach reichte Stevens dem Lieutenant Colonel die Hand.

»Hallo, Bill«, sagte er, »wie geht's dir?«

»Ich bin beeindruckt von deinem Wagen«, sagte der Lieutenant Colonel. »Und überrascht, dich zu sehen.«

Sie waren Klassenkameraden in West Point gewesen, und sie hatten zusammen in den Forts Bliss und Riley gedient. Als der Lieutenant Colonel Edmund T. Stevens zum letzten Mal gesehen hatte, waren sie beide Captains gewesen, und Stevens hatte zwar sein Abschiedsgesuch eingereicht, war jedoch noch nicht aus dem Dienst entlassen worden.

Stevens ignorierte die Worte des Lieutenant Colonels, die indirekt Fragen enthalten hatten. »Meldet ihr euch gerade im Hotel an?« fragte er.

»Wir sind gerade abgewiesen worden«, sagte der Colonel. »Das Hotel ist offenbar für VIPs reserviert.« Seine Frage war direkt: »Was machen Sie hier?«

»Ich kümmere mich um eine VIP«, sagte Stevens. »Da ist ein Hotel für Stabsoffiziere reserviert, das Cavendish beim St. James's Square, wenn ihr eine Unterkunft braucht.«

»So hat man uns informiert«, sagte der Colonel. »Wir fragen uns gerade, wie wir es finden können.«

»Kein Problem«, sagte Stevens. Er drehte sich um und winkte der Fahrerin, die soeben die Limousine rückwärts auf einen der reservierten Parkplätze gefahren hatte. Sie ließ den Motor an, fuhr zu ihnen, stieg aus und wartete auf Befehle.

»Sergeant«, sagte Stevens, »würden Sie diese Offiziere bitte rüber zum Cavendish fahren und zurückkommen?«

»Ich bin neugierig, Ed«, sagte der Lieutenant Colonel. »Was machst du jetzt?«

Stevens wies auf das SHAEF-Abzeichen auf seiner Schulter und auf das Abzeichen des Generalstabs-Korps an seinen Rockaufschlägen. »Ich bin jetzt ein Mitglied der Palastwache«, sagte er.

»Netter Job, wenn man ihn bekommen kann«, bemerkte der Voll-Colonel.

»Er hat seine Vorteile«, gab Stevens zu.

»Das sehen wir«, sagte der Colonel. »Nun, wir danken für den Transport, Stevens.«

»Gern geschehen, Sir«, erwiderte Stevens.

Der Lieutenant Colonel schüttelte Stevens die Hand. Dann folgte er dem Colonel auf den Rücksitz der Limousine.

Jetzt werden sie sich gleich wegen der verdammten Ungerechtigkeit bemitleiden. Ein Mann, der auf sein Captains-Patent verzichtet hat, wird Lieutenant Colonel im SHAEF-Stab und fährt mit einer Limousine und Fahrerin herum.

Die Geschichte würde sich schnell im Nachrichtensystem der West Pointer herumsprechen. Er kannte jetzt die Bezeichnung dafür: ›Desinformation‹. Es war weitaus besser, seine ehemaligen Kameraden hielten ihn für einen Sesselfurzer der Supreme Headquarters Allied Expeditionary Force, anstatt zu argwöhnen, daß er der stellvertretende Leiter des OSS-Büros in London war.

Lieutenant Colonel Edmund T. Stevens war bereits zu dem erfreulichen Schluß gelangt, daß er seine Sache als eine Art Hausmeister von Bill Donovans Spionen,

Saboteuren, Attentätern, Safeknackern und anderen ›Spezialisten‹ gut machte und dadurch einen größeren Beitrag zum Krieg leisten konnte als der Kommandeur eines Artillerie-Bataillons.

Er und der Chef des Büros waren gleich glänzend miteinander ausgekommen. Am Tag seiner Ankunft hatte ihm der Chef gesagt, je weniger er von Verwaltungsproblemen hören würde, desto besser würde ihm das gefallen. Er sagte weiterhin, da Stevens mit Donovans persönlicher Empfehlung zu ihm gekommen sei, gebe er ihm Vollmacht, in allen Angelegenheiten in seinem Namen zu handeln.

Am nächsten Tag hatte ihn der Chef des Büros zum Grosvenor Square geschickt, wo Ike sein SHAEF-Hauptquartier hatte. Dort löste General Walter Bedell Smith praktisch alle von Stevens' möglichen zukünftigen Problemen, indem er ihm einen Brief gab, mit dem er eine sofortige Meldung an ihn persönlich befahl, wenn SHAEF-Einheiten irgendeine Bitte des OSS nicht erfüllen konnten.

Stevens wollte so hilfreich wie möglich sein. So sah er seine Rolle. Er hatte nicht vor, jemals bei Einsätzen mitzumachen. Er würde einfach die Verwaltungsarbeiten für die Leute erledigen, die eine OSS-Mission durchführten. Er würde Quartiermeister und Offizier für Finanzen, Transport, Kommunikation und vermutlich – nachdem er einige der Agenten kennengelernt hatte – auch für die Kontrolle von Geschlechtskrankheiten sein.

Er hatte zum Beispiel soeben zwei Stunden mit einem Detective Inspector von Scotland Yard verbracht und mit ihm in langweiligen Einzelheiten die Ermittlungsergebnisse im Fall ›Diebstahl eines Stabswagens von der Fahrbereitschaft und zweieinhalb Kisten alkoholischer Getränke aus einem Lagerraum‹ besprochen.

Das war unwichtig. Wichtig war, daß er dem Chef des Büros die zwei Stunden mit Scotland Yard erspart hatte. Der Chef hatte Wichtigeres zu tun als zu helfen, ein paar Autodiebe vor den Kadi zu bringen.

Stevens betrat die Halle des Dorchester Hotels durch die Drehtür und ging zur Bar. Sie war überfüllt, hauptsächlich mit Offizieren der alliierten Armeen, unter denen sich sicherlich zumindest ein Offizier befand, der vom Nachrichtendienst der Streitkräfte des Freien Frankreich geschickt worden war, um festzustellen, ob der Verdacht bezüglich Vice-Admiral d'Escadre Jean-Philippe de Verbey begründet war.

Major Richard Canidy saß an einem der kleinen Tische an der Wand. Als sich Stevens einen Weg durch die Menge zum Tisch gebahnt hatte, stand Canidy auf.

»Guten Abend, Sir«, sagte er.

Es war kein Stuhl frei, und so zwängte sich Stevens neben Canidy auf die Polsterbank.

Sofort tauchte ein Kellner auf, was für Stevens bei dem Gewimmel eine Überraschung war.

Er schaute Canidy an, der ihm zunickte.

»Nur Eis und ein Glas, bitte«, sagte Stevens.

Manchmal gab es im Dorchester Whisky und manchmal nicht. Es gab nie viel. Stevens hatte unbegrenzten Zugang zu den SHAEF-Lagern, und er hatte geplant, ein paar Kisten Whisky zum Whitbey House zu schicken. Das war der Whisky, der gestohlen worden war, aber er konnte weiteren besorgen.

Canidys Nicken verriet ihm, daß Canidy Whisky hatte, vermutlich in einer Taschenflasche. Das Dorchester würde Korkengeld für das Privileg berechnen, ihren eigenen Whisky zu trinken, aber Stevens zog das vor, anstatt den Whisky aufzubrauchen, der für andere verfügbar war, die keinen unbegrenzten Zugang zum SHAEF-Lager hatten.

»Ich habe soeben zwei Stunden mit einem Inspector von Scotland Yard verbracht«, sagte Stevens. »Wir haben über Whisky gesprochen.«

»So?«

»Wir sind bestohlen worden. Nach zwei Tagen intensiver Ermittlung ist Scotland Yard zu dem Schluß gelangt, daß Insider am Werk waren. Der oder die Täter müssen mitten in der Nacht drei Kisten Whisky und einen Stabswagen entwendet haben.«

»Was Sie nicht sagen!«

»Scotland Yard nimmt das sehr ernst«, sagte Stevens. »Man betrachtet es als äußerst unpatriotisch von ihren Dieben, ihre amerikanischen Cousins zu bestehlen. Man hat mir gesagt, ›die Ermittlungen dauern an‹, es gebe gewisse Entwicklungen und wir würden vielleicht in Kürze von ihnen hören. Ich bezweifle, daß wir den Whisky zurückbekommen, aber vielleicht den Stabswagen. Wenn wir den Wagen zurückbekommen, schicke ich ihn zu Ihnen rüber.«

»Die Jungs sind in heller Aufregung, wie?« fragte Canidy.

»Wenn Scotland Yard die Diebe schnappt, wird man sie vermutlich im Tower enthaupten, um ein Exempel zu statuieren«, sagte Stevens. »Ein Chief Inspector widmet all seine Zeit diesem Fall.«

»Was würde Ihrer Meinung nach geschehen, wenn der Ford irgendwo auf einer Landstraße gefunden werden würde? Wäre Scotland Yard damit zufrieden?«

»Interessante Frage, Major Canidy«, sagte Colonel Stevens. »Besonders weil ich mich nicht erinnern kann, erwähnt zu haben, daß es sich um einen Ford handelt.«

»Nicht?« sagte Canidy unschuldig.

»Whittaker?« fragte Stevens. »Gottverdammt! Ich möchte das Thema wechseln, bevor ich in ein moralisches Dilemma gerate.«

»A propos nichts«, sagte Canidy. »Ich habe mir zu Herzen genommen, was Mr. Baker über unsere Ausbildung sagte. Folglich habe ich versucht, sie so realistisch wie möglich zu gestalten.«

»Indem Sie ›geübt‹ haben, Objekte und Fahrzeuge von einem angeblich scharf bewachten Nachrichtendienst zu entwenden?« fragte Stevens.

»Etwas in dieser Art.«

»Wie gesagt, wir sollten das Thema wechseln«, schlug Stevens vor. »Wie, zum Beispiel, sind Ihre Beziehungen zu Ihrer Hoheit?«

»Eine Art Waffenstillstand«, sagte Canidy. »Ich nehme an, Ihre Hoheit war nicht belustigt, als ich ihr riet, sich einen Maiskolben in den Arsch zu schieben. Sie wird vielleicht einige Zeit brauchen, um darüber hinwegzukommen.«

Stevens war alles in allem nicht beunruhigt gewesen, als Canidy von seiner Auseinandersetzung mit der Herzogin berichtet hatte. Canidy hatte sich verpflichtet gefühlt, den Vorfall zu melden, auch wenn er dadurch dumm aussah. Aber es freute Stevens, daß sich Canidy offenbar wieder mit ihr vertrug.

»Ich hätte lieber sie dort als irgendeinen der anderen Verbindungsoffiziere, die ich kennengelernt habe«, sagte Stevens. »Ich hoffe, Sie können den Waffenstillstand aufrechterhalten.«

Canidy nickte. »Mein Gott, welche Spielchen wir treiben.«

»Und leider zu so hohem Einsatz«, erwiderte Stevens.

Der Kellner brachte ein Glas und Eis. Canidy zog die Taschenflasche hervor und goß Scotch in Stevens' Glas.

»Sie haben Ihre eigene Schnapsquelle gefunden, nicht wahr?« fragte Stevens, und als Canidy verlegen lachte, hob er sein Glas. »Auf die realistische Ausbildung.«

Sie tranken.

»Wenn wir diesen und vielleicht noch einen gebechert haben, sollten wir nach oben gehen und uns Abendessen vom Zimmerservice bringen lassen.«

»Haben Sie etwas erfahren?« fragte Canidy.

»Ich möchte Ihnen einiges erzählen, was ich weiß«, sagte Stevens.

Als sie oben eintrafen, befand sich ein Lieutenant des Fernmeldekorps in Admiral de Verbeys Suite. Er meldete Colonel Stevens, daß die Suite durchsucht worden war und man keine Wanzen gefunden hatte. Fündig geworden war man hingegen in Whitbey House: die Telefonleitungen waren angezapft, und zwar wie von Colonel Stevens vermutet, vom Freien Frankreich. Die Abhörvorrichtung hatte man an Ort und Stelle gelassen, wie Colonel Stevens befohlen hatte. Man arbeitete noch an der Installation einer Sicherheitsleitung. Das war laut Lieutenant des Fernmeldekorps schwierig wegen der altmodischen britischen Telefonanlagen.

Als der Lieutenant fort war und ihr Abendessen serviert worden war, wurde klar, weshalb die Suite nach Wanzen durchsucht worden war. Stevens berichtete Canidy über den Afrikaflug, weil er wußte, daß sich Canidy damit befaßt hatte. Der Bericht war ermutigend: Die CAT C-46 befand sich jetzt vor der Westküste Afrikas und war nicht mehr in Gefahr, von deutschen Jagdfliegern abgefangen zu werden. In Kürze sollte die Meldung eintreffen, daß sie in Bissau, Portugiesisch Guinea, gelandet war. Dann brachte Stevens die Sprache auf das, was für ihn dringender war.

»Ich möchte mit Ihnen über zukünftige Operationen reden, Dick«, sagte er.

»Fackel?«

»Über die Operation Fackel hinaus«, sagte Stevens sachlich. »Wir beabsichtigen, eine OSS-Abteilung in der Schweiz einzurichten. Wenn Fine aus Afrika zurückkehrt, wird er dorthin geschickt werden. Er hat Kontakte in Europa, sowohl im Filmgeschäft als auch mit verschiedenen Zionisten-Organisationen. Wir werden versuchen müssen, Leute aus Deutschland und Osteuropa herauszuholen. Es gibt bereits ein paar geheime Verbindungen, aber Colonel Donovan will noch mehr aufbauen. Es tut mir leid, aber ich kann Ihnen keine Einzelheiten mitteilen. Ich kann nur sagen, es ist von höchster Priorität.«

»Es überrascht mich, daß Sie mir überhaupt soviel sagen«, bemerkte Canidy.

Stevens äußerte sich nicht dazu.

»Ebenso wichtig ist, daß wir einen deutschen Düsenjäger in die Hände bekommen. Je nach der Entwicklung der Dinge, wenn wir Eric Fulmar für die Operation Fackel nach Afrika zurückschicken, wird er vielleicht dafür eingesetzt werden. Es wird möglicherweise nötig sein, ihn nach Deutschland zu schicken. Aber auf jeden Fall ist geplant, ihn in die Schweiz zu schicken, wenn die Operation Fackel vorüber ist. Es gibt da einen Vorschlag – den ich für ziemlich weit hergeholt halte –, einen Düsenjäger zu stehlen.«

»Haben wir jemanden, der einen fliegen kann?«

»Nein«, sagte Stevens. »Und nach unseren Informationen haben die Jets nicht genügend Reichweite, um einen aus Deutschland herauszuschaffen. Aber daraus, daß Colonel Donovan die Idee nicht rundweg abgelehnt hat, ersehen Sie, für wie wichtig er es hält, konkrete Informationen über die Düsenjäger zu erhalten.«

»Soll ich etwa eines dieser Flugzeuge klauen?« fragte Canidy.

Allmächtiger, hoffentlich nicht!

»Da Sie keins davon fliegen können, ist das vermutlich nicht geplant«, sagte Stevens. »Andererseits sind wir in einem ziemlich unmöglichen Geschäft. Es gibt jedoch eine Flug-Operation, an der Sie beteiligt sein werden. Sie und Whittaker. Die Deutschen haben U-Boot-Bunker bei St. Nazaire gebaut, die offenbar bombensicher sind. Die Navy hat eine Idee. Man hat mir gesagt, daß die Idee eigentlich von einem jungen Lieutenant namens Kennedy stammt.« Stevens sah Canidy fragend an.

Canidy nahm an, er wurde gefragt, ob er ihn kannte. Er schüttelte den Kopf. »Den kenne ich nicht.«

»Ich dachte nur, Sie erinnern sich vielleicht an den Namen. Ich kenne ihn. Und er will abgenutzte B-17er in funkgelenkte fliegende Bomben verwandeln. Das Flugzeug würde mit Sprengstoff beladen und dann direkt in die U-Boot-Bunker geflogen werden.«

»Ist das möglich?« fragte Canidy ungläubig.

»Es ist so wichtig, die U-Boot-Bunker auszuschalten – wir können einfach nicht den Schaden hinnehmen, den die U-Boote auf der Atlantik-Versorgungslinie anrichten –, daß der Streitkräfteausschuß den Stabschefs die Genehmigung erteilt hat, es wenigstens zu versuchen. Wir sind angewiesen, sie zu unterstützen, soweit wir können. Sie sind Flugingenieur…«

»Der nie in einer B-17 gesessen hat«, warf Canidy ein.

»Und Jim Whittaker ist Sprengstoffexperte«, fuhr Stevens fort. »Ich habe mit den Briten vereinbart, unseren Experten einen ihrer Sprengstoffe, etwas namens Torpex, vorzuführen. Einer dieser Experten sollte Jim Whittaker sein. Und ich finde, Sie sollten der andere sein. Reden Sie wenigstens mit Kennedy.«

»Ein Lieutenant leitet dieses Projekt?« fragte Canidy.

»Lieutenant Kennedy ist nicht nur ein kluger junger Mann, sondern sein Vater ist auch der Besitzer des Handelshauses Mart in Chicago, das den Import von schottischem Whisky in die Vereinigten Staaten so gut wie beherrscht. Außerdem war er der Botschafter am britischen Königshof.«

»Mit anderen Worten, er hat so gute Beziehungen wie Jimmy«, sagte Canidy trocken.

»Ich nehme an, das hatte Colonel Donovan im Sinn, als er Captain Whittaker für das Projekt fliegende Bomben vorschlug«, bemerkte Stevens ebenso trocken.

Dann schaute er auf seine Armbanduhr. »Sollten Sie nicht besser nach Whitbey House zurückkehren?«

»Ich hatte gehofft, ich könnte hierbleiben, bis wir etwas mehr über Fine erfahren«, sagte Canidy.

»Klar«, sagte Stevens. »Bleiben Sie hier, wenn Sie möchten. Sobald ich etwas erfahre, informiere ich Sie.«

4

Whitbey House
Kent, England

17. August 1942, 21 Uhr

Als er die schwere Zeltplane aus dem Kofferraum des Ford zog und damit den Wagen abdeckte, fragte sich Captain James B. Whittaker, ob er von Major Richard Canidy bestraft wurde.

Es gab für Canidy keinen Grund, den Ford nicht selbst nach London zu fahren, aber er hatte darauf bestanden, daß Whittaker fuhr. Und es gab keinen Grund für Whittaker, nicht in London zu bleiben, aber Canidy hatte das Risiko, den gestohlenen Wagen (trotz neuer Nummern und gültiger Papiere) über Nacht in London zu lassen, als zu groß bezeichnet.

So hatte er in dem Wagen, den er zu seiner eigenen Bequemlichkeit gestohlen hatte, Chauffeur für Canidy spielen müssen und war wie ein Chauffeur nach Whitbey House zurückgeschickt worden.

Canidy kann manchmal hinterfotzig sein, und dies ist vermutlich seine raffinierte Strafe für mich.

In Whitbey House sagte ihm der Wachhabende, daß Lieutenant Jamison zu dem Film gegangen war, der vorgeführt wurde. Der Film begann um 20 Uhr, und so hatte es keinen Sinn, dorthin zu gehen und nur noch das Ende davon zu sehen. Wenn Jamison zur Filmvorführung gegangen war, dann hatte ihn die Herzogin vermutlich begleitet.

Canidy war nicht da, und er hätte zumindest versuchen können, sich an die Herzogin heranzumachen, auch wenn er wußte, daß Canidy es todernst gemeint hatte, als er die Herzogin als tabu bezeichnet hatte. Als Whittaker die breite Treppe zu seiner Suite hinaufstieg – die einst der Herzogin gehört hatte –, gelangte er zu dem Schluß, daß die Welt oftmals grausam zu netten, freundlichen und lieben Leuten wie James M. B. Whittaker war.

In der Suite fühlte er sich berechtigt, zum Trost einen oder zwei Scotch aus der Flasche zu trinken, die Canidy in weiser Voraussicht aus dem Schrank in der Bibliothek des Hauses in der Q Street hatte mitgehen lassen. Und wenn er sich nicht jetzt etwas davon genehmigte, würde die Flasche bald leer sein. Und genaugenommen gehörte ihm der Scotch ohnehin.

Er ging in die herzoglichen Gemächer, fand den Scotch und schenkte sich großzügig davon ein. Dann kehrte er mit dem Glas in die Suite zurück. Dort schüttete er sorgfältig die Hälfte des Scotch in ein zweites

Glas, fügte Wasser hinzu und setzte sich in einen Lehnsessel. Er nippte am Scotch, als er ein lautes und fast vulgäres Gurgeln hörte. Er schaute sich überrascht in der Suite um und sah erst jetzt einen Lichtstreifen unter der Tür des Badezimmers.

Frau Herzogin nutzt schamlos das heiße Wasser der Amerikaner, dachte er. *Und sie ist nicht mit Jamison zur Filmvorführung gegangen.*

Elizabeth, Herzogin Stanfield, kam ein paar Minuten später in das Zimmer. Sie trug einen dicken Bademantel aus Frottee, und ihr Haar war von einem Handtuch eingehüllt.

»Ich hatte gehofft, fertig zu sein, bevor Sie zurückkehren«, sagte sie.

»Sie brauchen sich nicht zu entschuldigen«, sagte er. »Meine Badewanne ist deine Badewanne, wie es in Mexiko heißt.«

Sie lächelte ihn an. »Das war aber ein schneller Ausflug«, sagte sie.

»Unser Führer hat es vorgezogen, in London zu bleiben«, sagte Whittaker.

»Und Sie wollten nicht bleiben?«

»Oh, er mußte arbeiten«, sagte Whittaker. »Und ich nehme an…«

»Was?«

»Da läuft eine Mission. Ich vermute, er wollte in London bleiben, um irgend etwas über die Mission zu erfahren. Ein paar unserer Freunde sind daran beteiligt.«

»Ich verstehe«, sagte sie. »Das Warten fällt schwer, nicht wahr?«

»Darf ich Ihnen einen kleinen Schluck davon anbieten?« fragte er. »Es heilt Sie garantiert von allen Plagen und entfernt die Haare von Ihrer Brust.«

O Mann, das war verdammt blöde von mir.

»Was ist es?« fragte die Herzogin.

»Echter schottischer Whisky.«

»Ja, davon möchte ich einen«, sagte sie. »Ich fühle mich selbst ein bißchen deprimiert.«

Sie hat mir verziehen. Hüte von jetzt an deine Zunge!

»Ich auch«, sagte er. »Es heißt, ein Unglück kommt selten allein.«

Er schenkte ihr Scotch ein. Sie überraschte ihn, indem sie ihn pur trinken wollte.

»Dies ist sehr nett«, sagte sie.

»Reimportiert aus den Vereinigten Staaten von unserem Führer«, sagte er.

»Wird er ärgerlich sein, wenn er feststellt, daß Scotch fehlt?«

»Vermutlich«, sagte Whittaker. »Warum fragen Sie? Ist er wieder über Sie hergefallen?«

»O nein«, sagte sie und lachte.

»Was ist so lustig?«

»Die Formulierung. Wenn ein Mann über eine Frau herfällt... man kann das auch anders deuten, wenn Sie verstehen.«

Er grinste. »Als Bumsen, meinen Sie?«

»Im Englischen heißt manches anders als im Amerikanischen.« Sie lächelte verlegen. »Wie sind wir nur auf dieses Thema gekommen?«

Ja, warum?

»Wie war die Fahrt nach London und zurück?« fragte sie und hoffte offenbar, das Thema auf etwas Unverfängliches zu lenken.

»Schön«, sagte er. »Warum sind Sie deprimiert? Kann ich etwas für Sie tun?«

»Sie haben es schon getan.« Sie hob das Whiskyglas.

»Das ist keine Antwort«, sagte er.

»Ich habe Ihre Abwesenheit genutzt, um durchs Haus zu wandern«, sagte sie. »Ich befürchte, das war ein Fehler. Dadurch vermisse ich meinen Mann.«

Ah, so läuft das Spielchen.

»Wo ist er stationiert?«

»Mein Mann ist vermißt«, sagte sie. »Er flog eine Wellington. Sie stürzte über Hannover ab. Einige sprangen mit dem Fallschirm ab, aber ihn hat man nicht gefunden...«

»Mein Gott«, sagte Whittaker. »Es tut mir leid. Ich wußte nichts davon.«

Ihr Blicke trafen sich, und dann schaute sie fort.

»Könnten Sie noch etwas davon entbehren?« fragte sie. Sie sagte sich, daß sie es nicht dabei belassen konnte. Es wäre unfair.

»Selbstverständlich«, sagte er und goß Scotch in ihr Glas. »Wenn der getrunken ist, klaue ich noch mehr.«

»Warum sind Sie deprimiert?« fragte sie.

»Der ständige Grund, nehme ich an: unerwiderte Liebe.«

»Das ist sonderbar«, meinte sie. »Ich dachte, Sie wären der Typ, dem es nichts ausmacht, eine Frau zu verlieren, weil er sich sagt, er kann jederzeit eine andere nehmen wie eine Straßenbahn.«

»Nach einer Weile, Eure Hoheit, wird es einem ziemlich langweilig mit Straßenbahnen«, erwiderte er mit nachgeahmtem britischem Akzent.

Sie lachte.

»Dann ist also eine ernste Beziehung in die Brüche gegangen?« fragte sie.

»Sie ist nicht in die Brüche gegangen, weil es mir nie gelungen ist, diese besondere Straßenbahn auf die Schienen zu bekommen.«

»Haben Sie ihr das gesagt?«

»Sie weiß es.«

»Oh.«

»Waren Sie jemals als Mädchen in einen Jungen verknallt? Ich meine, als Sie zehn oder zwölf waren? Und der Junge ein paar Jahre älter war?«

»Natürlich«, sagte sie. »Dieses Mädchen hält sich für zu jung für Sie?«

»Im Gegenteil. Ich war der Zehnjährige, der hoffnungslos verliebt in ein dreizehnjähriges Mädchen war.«

»Und sie dachte – denkt immer noch – sie sei zu alt für Sie?«

»Das ist ein Teil des Problems, nehme ich an. Sie sieht immer noch den kleinen Jungen mit knochigen Knien, Zahnspange und Akne in mir.«

Sie lachte.

»Sie haben jetzt keine Akne mehr«, sagte sie. *Du bist ein verdammt gutaussehender junger Mann,* dachte sie.

»Ich saß hier und entwickelte eine Theorie, daß sie von Liebe entflammt sei.«

»Alle Frauen sind dann und wann von Liebe entflammt«, sagte sie. »Das vergeht mit der Zeit.«

»Ich glaube, sie war wirklich verliebt in diesen Mann«, sagte Whittaker. »Was Sinn ergibt angesichts des Mannes. Und des Mädchens.«

»Sie kennen ihn?«

»Sehr gut«, sagte Whittaker. »Er starb.«

»Und sie trauert um ihn?«

»Einige Leute haben gesagt, dieser Mann und ich sind – waren – sich sehr ähnlich. Theorie zweitausendzwei sagt, daß sie mich ablehnt, weil ich so sehr wie der andere Mann bin. Daß es ein wirklich harter Schlag für sie war, als er den Löffel abgab, und jetzt Angst vor einer erneuten engen Bindung hat, weil sie nicht noch einmal so leiden will.«

»Das ist eine interessante Theorie«, sagte sie. »Wollen Sie meinen Rat hören?«

»Warum nicht?«

»Sie wird vielleicht zur Vernunft kommen«, sagte sie. »Früher oder später. Sind Sie bereit, zu warten?«
»O ja. Mir bleibt ja nichts anderes übrig.«
»Dann warten Sie«, sagte sie. »Vielleicht dauert es nicht so lange, wie Sie meinen.«
»Und unterdessen wissen Sie nicht zufällig, wann die nächste Straßenbahn kommt, oder? Um mir darüber hinwegzuhelfen?«
Whittaker sah, wie sich ihre Miene veränderte.
Da habe ich wieder ins Fettnäpfchen getreten, ich Idiot! Menschenskind, was ist mit mir los?
»Es tut mir leid«, sagte er. »Ich meinte es nicht so, wie es klang.«
»Ich habe es Ihnen nicht übelgenommen«, sagte sie. »Ich wußte, was Sie meinten.«
»Ich werde mir noch einen einschenken«, sagte Whittaker und hob sein Glas. »Wie ist es mit Ihnen?«
»Da kann ich nicht nein sagen.« Sie trank ihr Glas leer und hielt es ihm hin.
Er holte Nachschub.
»Haben Sie sich jemals gefragt, warum es hier zwei Wohnungen gibt?« fragte sie, als er ihr das gefüllte Glas überreichte. »Warum ich hier wohnte und mein Mann in einer separaten Suite?«
Die Frage verwirrte ihn, und als er sie anschaute, war ihm das anzusehen.
»Ich nehme an, das hat etwas mit der Vergangenheit zu tun«, sagte er.
»Der Zweck einer Ehe zwischen Adeligen besteht darin, die Linie des Geschlechts sicherzustellen, die Verwandtschaft zu stärken«, sagte sie. »Diese Art Dinge.«
»Ich glaube, ich fasse diese ganze Unterhaltung allmählich falsch auf«, sagte er.
»Nein«, erwiderte sie. »Sie haben diese ganze Unter-

haltung bereits falsch aufgefaßt, als sie mich so süß und hoffnungslos angeschaut haben, als ich erzählte, daß Edward als vermißt gilt.«

»Sie sagten, Sie vermissen ihn«, sagte Whittaker.

»So ist es«, sagt sie. »Er ist ein feiner, charmanter, anständiger Mensch, und ich bete, daß er wohlauf ist.«

»Aber?«

»Wir haben geheiratet, weil man das von uns erwartet hat«, sagte sie. »Man tut, was von einem erwartet wird. Und man vermeidet alles, was zu Gerede führen könnte. Mit anderen Worten, ich mußte Caesars Frau sein, während ich für das Kriegsministerium arbeitete.«

Er schaute sie überrascht an. Er sah am Ausdruck ihrer Augen, daß er sie richtig verstanden hatte.

»Dies ist nicht das Kriegsministerium«, sagte Whittaker.

»Und wir sind allein im Haus«, sagte sie. »Ich dachte, vielleicht haben wir beide auf dieselbe Straßenbahn gewartet.«

»Allmächtiger!« sagte Whittaker.

Sie leckte sich nervös über die Lippen. »Ich habe Sie schockiert, nicht wahr?« Sie erhob sich. »Möchten Sie lieber, daß ich gehe?«

»Nein«, sagte er mit belegter Stimme. »Um Himmels willen, bleib.«

Sie nickte.

Er ging zu ihr und prostete ihr zu. Sie nippte an ihrem Scotch und stellte das Glas auf den Tisch neben dem Sessel.

»Ich sollte es dir vermutlich nicht erzählen«, sagte sie. »Aber mir ist soeben klargeworden, daß ich mir von dem Moment an, als du auf meine Brüste geschaut hast, erhofft habe, daß so etwas geschehen wird.«

»In der Küche, meinst du?«

Sie nickte.

Sie streichelte über seine Wange.

»Du sahst so – ausgehungert aus«, sagte sie. »So voller Sehnsucht nach Liebe. Ich kenne das Gefühl.«

Sie nahm die Hand von seiner Wange, ergriff seine Hand und führte sie zum Gürtel des Bademantels.

Er zog daran, und der Bademantel klaffte auseinander. Er küßte eine ihrer Brustspitzen.

Sie genoß für eine Weile das erregende Spiel seiner Zunge. Dann streifte sie den Bademantel ab und ließ ihn zu Boden fallen.

Sie trat von ihm fort, schaute ihm in die Augen, zog das Handtuch von ihrem Kopf und schüttelte ihr Haar aus. Dann wandte sie sich um und ging nackt zum Himmelbett. Sie schlug die Decke zurück und schlüpfte unter die Laken.

»Wenn Canidy das herausfindet, werden wir beide Probleme bekommen«, sagte er.

»Dann sollten wir darauf achten, daß er es nicht herausfindet, nicht wahr?« erwiderte die Herzogin von Stanfield.

Jim Whittaker schloß sorgfältig die drei Türen der Suite ab. Dann zog er sich aus und ging zum Bett.

Später war er froh darüber, daß er die Türen abgeschlossen hatte, denn um zehn vor vier, ein paar Minuten nachdem die Herzogin erwacht war und ihn auf eine köstlich sündige Weise geweckt hatte, versuchte Lieutenant Jamison einzutreten, ohne anzuklopfen.

»Whittaker!« rief Jamison ungeduldig. »Machen Sie die verdammte Tür auf!«

Whittaker versuchte, die Tür nur einen Spalt zu öffnen, um zu sehen, was der Störenfried wollte, doch

Jamison drängte sich herein, starrte überrascht auf die Herzogin und tat danach, als wäre sie unsichtbar.

»Colonel Stevens hat soeben angerufen«, sagte Jamison. »Sie sollen so schnell wie möglich zum Hangar auf Croydon Field kommen.«

»Hat er gesagt warum?«

»Nein. Aber Sie sollen Kleidung zum Wechseln mitbringen und entweder mit dem Jeep hinfahren oder mit dem Ford jemanden mitbringen, der ihn zurückfährt.«

»Decken Sie die Zeltplane ab«, sagte die Herzogin von Stanfield. »Ich kann den Ford fahren.«

Dann stieg sie aus dem Bett und schritt nackt und hoheitsvoll durch das Zimmer, um ihren Bademantel aufzuheben, wo sie ihn auf den Boden hatte fallen lassen.

XII

1

Croydon Airfield
London

19. August 1942, 5 Uhr 15

Als sie am Flugplatz eintrafen, gab es Probleme. Die Soldaten der Militärpolizei, die das Gelände bewachten, hatten den Befehl erhalten, Ausschau nach einem gestohlenen amerikanischen Ford-Stabswagen zu halten, wie sie einen fuhren.

Der wachhabende Offizier gab jedoch angesichts der eisigen Empörung von Captain Herzogin Stanfield, WRAC, die den Wagen fuhr, schnell klein bei. Ihre Hoheit war empört, daß sich jemand auch nur vorstellen konnte, sie in Gesellschaft eines Autodiebs anzutreffen. Man ließ sie also passieren.

Die C-46 war aus dem Hangar herausgezogen worden, und ein englischer Tankwagen parkte daneben. Seine Schläuche führten zu den Zusatztanks im Rumpf. Canidy stand in der Tür des Flugzeugs und beobachtete das Betanken. Als er den Ford nahen sah, stieg er die Leiter herunter.

»Was ist los?« fragte Whittaker.

»Ich sage es ungern, aber die Herzogin hat kein Recht auf Information«, sagte Canidy.

»Das Kriegsministerium und das OSS haben vereinbart, daß jedwede Aktion in Zusammenhang mit

Admiral de Verbey gemeinsam entschieden wird«, protestierte die Herzogin.

»Reichen Sie also eine offizielle Beschwerde ein«, sagte Canidy, ergriff Whittaker am Arm und führte ihn in den Hangar.

»Madam Captain ist nicht befugt, den Hangar zu betreten«, sagte er laut genug zu dem Wachtposten, damit die Herzogin es hören konnte.

Im Hangar sah Whittaker Colonel Stevens erwartungsvoll neben einem Telefon stehen. Daneben, mit einer Zigarette zwischen den Lippen, stand der Leiter des Londoner OSS-Büros.

»Sind sie unten?« fragte Whittaker. Das konnte die einzige Erklärung sein, weshalb man ihn mitten in der Nacht nach Croydon Field befohlen hatte. Etwas war mit Fines Flugzeug passiert, und die Ersatzmaschine wurde gebraucht.

»Sie sind in Bissau überfällig«, sagte Canidy. »In ungefähr einer Viertelstunde haben sie keinen Sprit mehr.«

»Also findet der Ersatzflug statt?«

»Nun, das ist auf höchster Ebene entschieden worden«, sagte Canidy trocken und nickte zu Colonel Stevens und dem Chef des Londoner OSS-Büros hin. »Die Dinge sind total im Arsch, Jimmy.«

»Erzähl mir, was los ist«, bat Whittaker sachlich.

»Beginnen wir mit dem Anfang«, sagte Canidy. »Gestern um siebzehn Uhr rief Colonel Stevens rein vorbeugend hier an und wollte mit Commander Sowieso sprechen. Er wollte ihm sechsstündige Bereitschaft – im Gegensatz zu zwölfstündiger – befehlen. Der Flugingenieur sagte ihm, daß Commander Sowieso im Augenblick mit Captain Sowieso zusammen sei. So sagte Stevens als netter Kerl, okay, wenn er zurückkommt, richten Sie ihm aus, daß er jetzt sechs

Stunden Bereitschaft hat, und bitten Sie ihn, mich wegen Einzelheiten anzurufen. Das war die Scheiße Nummer eins.«

»Wieso?«

»Ertrage meine Weitschweifigkeit«, sagte Canidy. »Dann kam er zu mir rüber ins Dorchester und erzählte mir, daß Scotland Yard im Fall des gestohlenen Fords ermittelt und daß man erwartet, den Täter bald hinter Gittern zu haben.«

»Meinst du das ernst?«

»Todernst«, sagte Canidy.

»Mein Gott, und Elizabeth fährt den Wagen zurück nach Whitbey House.«

»Es fasziniert mich zu hören, daß du sie Elizabeth nennst«, bemerkte Canidy. »Aber ich dachte, du willst weiter zuhören.«

»Erzähl weiter.«

»Wir tranken etwas, und dann brachte er mich nach oben in die Suite und verklickerte mir das Gesamtbild. Das war Scheiße Nummer zwei.«

»Das verstehe ich nicht.«

»Ich weiß jetzt laut Leiter des Londoner Büros so heiße Geheimnisse, daß meine Gefangennahme nicht riskiert werden darf und ich deshalb nicht den Ersatzflug antreten kann.«

»Ich werde also fliegen«, sagte Whittaker.

»Ich bin noch nicht fertig«, sagte Canidy. »Nachdem ich in all den Geheimkram eingeweiht worden war und Stevens zurück zum OSS fuhr, sagte ihm der Offizier vom Dienst, daß Commander Sowieso...«

»Logan«, nannte Whittaker ungeduldig den Namen des NATC-Piloten.

»... *Logan* sich nicht gemeldet hat. So rief Stevens wieder hier an, und der Flugoffizier sagte ihm, er hätte von ihm gehört. Sie seien in Liverpool, und dort sei der

Flugverkehr durch starken Nebel eingestellt. Der Captain, den Commander Logan aufsuchte, befand sich in Liverpool. Das hörte Stevens zum ersten Mal.«

»Wann wird Logan hier erwartet?«

»Mit dem Zug wird er gegen Mittag hier sein, hörte ich«, sagte Canidy. »Die Wetterdaten sind auf den neuesten Stand gebracht worden – möchtest du einen Bericht? Seit ungefähr ein Uhr heute morgen, als der Bürochef hier eintraf, habe ich alle Viertelstunde mit dem Wetteramt telefoniert. In Liverpool ist dichter Bodennebel, die Sicht beträgt ungefähr zweieinhalb Fuß und soll sich noch verschlechtern. O ja, und ich habe ausgelassen, daß mich Colonel Stevens um Mitternacht weckte und mir sagte, er hält es für eine gute Idee, wenn ich hier rauskomme.«

»Wie steht es mit einer anderen Crew?« fragte Whittaker. »Es sollte hier viele Leute geben, die eine C-46 fliegen können.«

»Nicht so viele, wie jeder dachte«, sagte Canidy. »Und niemand mit einer Top-Secret-Unbedenklichkeitsbescheinigung, was der Bürochef zu bedenken gab. Die Air Force arbeitet daran. Wenn jemand gefunden wird, haben wir das Problem, ihn herzubekommen.«

»Du und ich können fliegen«, sagte Whittaker. »Du hast gesagt, der Ingenieur ist hier.«

»Du hast nicht richtig zugehört«, sagte Canidy. »Ich kann den Flug nicht übernehmen. Ich weiß zuviel.«

»Und was geschieht jetzt?«

Canidy nickte abermals zum Chef des Londoner OSS-Büros und Colonel Stevens, die sich am Telefon aufhielten.

»Wir warten auf das Klingeln des Telefons.«

»O Mann!« stöhnte Whittaker.

Das Telefon klingelte nicht. Aber zehn Minuten später, als Canidy wieder einmal nervös auf seine Armbanduhr geschaut hatte, traf ein Motorradbote beim Hangar ein.

»Das gefällt mir nicht«, sagte Canidy.

»Woher willst du wissen, daß er schlechte Nachrichten bringt?« fragte Whittaker.

»Wenn es gute wären, hätte man angerufen und etwas Geheimnisvolles gesagt, damit er Bescheid weiß. Verdammt, sie sind ausgefallen. Sie sind vielleicht schon seit Stunden unten.«

Der Bürochef nahm die Nachricht entgegen, las sie und reichte sie an Colonel Stevens weiter. Sie sprachen nur ein paar Worte miteinander, und dann winkte Stevens Canidy und Whittaker zu sich. Als sie sich näherten, nahm der Bürochef die Nachricht von Stevens zurück.

»Wir können nicht länger warten«, sagte Stevens. »Wir haben soeben die Genehmigung erhalten, jedes als notwendig erachtete Risiko einzugehen.«

»Zum Beispiel zwei Jagdflieger mit einer C-46 nach Afrika zu schicken?« fragte Canidy.

»Das Risiko, Major Canidy, besteht darin, daß Sie von den Deutschen verhört werden würden, wenn Sie in Gefangenschaft gerieten«, sagte der Chef des Londoner OSS-Büros kalt. »Es ist entschieden worden, daß die Mission dieses Risiko wert ist.«

»Wir fliegen also?« fragte Canidy.

»Ja, Dick, und zwar sofort«, sagte Stevens.

»Ich möchte Sie einen Moment unter vier Augen sprechen, Whittaker«, sagte der Bürochef.

»Ich werde den Ingenieur wecken«, sagte Canidy. »Colonel, wo ist der Flugplan?«

»Der Ingenieur hat ihn«, sagte Stevens.

Zehn Minuten später rief Canidy den Tower Croydon und bat um Starterlaubnis für NATC vier-null-zwei.

»NATC vier-null-zwo, bleiben Sie in Ihrer Position. Ich habe eine C-54, die gerade zu landen versucht.«

»Verstanden, Croydon«, sagte Canidy. »Vier-null-zwo bleibt in Position.«

Whittaker erhob sich von seinem Sitz. »Flieg nicht ohne mich«, sagte er.

Canidy fragte sich, wohin Whittaker gehen wollte, und dann wurde ihm klar, daß Whittaker vorhatte, seine Blase zu erleichtern.

Whittaker kehrte zurück, als Air Transport Command C-54 vorbeiröhrte und landete. Er hielt Canidy einen kleinen stupsnasigen Smith&Wesson-Revolver hin.

»Verstau den irgendwo, wo du dich nicht selbst erschießt«, sagte er.

»Woher hast du den?«

»Der Bürochef gab mir einen und dem Ingenieur einen. Diesen habe ich soeben dem Ingenieur abgenommen.«

»Warum?«

»Als der Bürochef mir meinen gab, sagte er, ich solle dich damit erschießen, bevor du in feindliche Hände fällst. Ich dachte mir, er hat dem Ingenieur das gleiche gesagt.«

Canidy blickte ihn ungläubig an.

Whittaker nickte bestätigend.

»Allmächtiger!« stieß Canidy hervor.

»Ja«, sagte Whittaker.

»NATC vier-null-zwo, Sie haben Starterlaubnis. Bleiben Sie auf Steuerkurs zwo-sieben-null, bis Sie siebentausend Fuß erreichen.«

Canidy blickte über die Schulter zum Ingenieur.

»Auf Start vorbereiten«, sagte er ins Mikrofon. Dann

löste er die Bremsen und gab gerade Gas genug, um auf die Startbahn zu rollen und sich an der weißen Mittellinie auszurichten.

»Verstanden zwo-sieben-null, siebentausend«, bestätigte er dann dem Tower. »Navy ATC vier-null-zwo rollt.«

Gerade als die C-46 abhob, sah Canidy, daß die soeben gelandete C-54 zum Abfertigungsgebäude rollte.

Die C-54 hielt drei Minuten später vor dem Abfertigungsgebäude. Bodenpersonal schob eine Leiter an die Tür. Ein Offizier mit dem Adler eines Colonels auf den Schultern seines Regenmantels lief durch den Regen aus dem Abfertigungsgebäude und eilte die Leiter hinauf. Der Offizier brauchte länger als erwartet, um die Tür zu öffnen, und sein Regenmantel war durchnäßt, als er endlich an Bord des Flugzeugs gehen konnte.

»Gentlemen«, sagte er, »willkommen am europäischen Kriegsschauplatz. Wir sind erfreut, so viele hervorragende Mitglieder der Presse bei uns zu haben. Busse warten auf Sie, die Sie zum Pressezentrum bringen werden, wo Ihnen Frühstück serviert wird. Nach dem Frühstück werden wir Ihr Gepäck aussortieren und auf Ihre Zimmer bringen lassen. Ich muß Sie daran erinnern, daß Sie von diesem Moment an der Zensur unterliegen und jeder Ihrer Artikel vom Militär genehmigt werden muß. Wenn Sie jetzt keine Fragen haben, die nicht warten können, Gentlemen, dann schlage ich vor, Sie gehen von Bord des Flugzeugs.«

Der letzte ›Gentleman‹ der Presse, der das Flugzeug verließ, trug einen pinkfarbenen Rock unter der nagelneuen grünen Uniform mit dem glänzenden Abzeichen KRIEGSKORRESPONDENT. Es gab eine offizielle

Mütze dazu, aber Ann Chambers fand, daß sie damit albern aussah, und sie hatte sie bereits ›verloren‹.

Sie trug einen Handkoffer, eine Schreibmaschine und eine Leica-Kamera, die sie kurz vor ihrer Abreise in Washington gekauft hatte.

Nun, hier bin ich, dachte Ann Chambers. *Jetzt stellt sich die Frage: Wo ist Dick Canidy?*

2
Über Exeter, England

19. August 1942, 7 Uhr 15

Die P-38 tauchte so plötzlich auf, daß Canidy erschrak.

Sie flogen über der Nebelsuppe, und die Sonne des frühen Morgens ließ die dicke Wolkenschicht unter ihnen wie eine endlose Watteschicht wirken.

»Guten Morgen, dicke fette Navy-Lady«, ertönte die heitere Stimme des Jagdfliegers, der sich mit der P-38 dem Tempo der C-46 angepaßt hatte.

»Guten Morgen«, erwiderte Canidy.

»Es gibt anscheinend einige Zweifel, ob diese dicke, fette Navy-Lady allein das Meer finden kann«, sagte der Pilot des Jagdflugzeugs. »Wir sind geschickt worden, um euch den Weg zu zeigen.«

Whittaker schnappte sich sein Mikrofon.

»Hier ist Admiral Wellington«, sagte er. »Ihr seid nicht nur eine Viertelstunde zu spät zum Rendezvous, ihr habt auch eine unerträgliche Funkdisziplin. Ich empfehle, daß ihr eine Position tausend Fuß oberhalb und vor diesem Flugzeug einnehmt und Funkstille pflegt, bis ihr andere Anweisungen erhaltet.«

Die P-38 beschleunigte, flog voraus, und der Pilot sprach in sein Mikrofon.

»Tangerine, hier ist Tangerine Leader. Zur V-Formation formieren«, sagte er gar nicht mehr so fröhlich.

Die Staffel Tangerine bestand aus sechs P-38-Maschinen, und sie formierten sich eintausend Fuß oberhalb und fünfhundert Yards vor der C-46 schnell zu einem V.

Whittaker sprach wieder über Funk.

»Tangerine Leader, fallen Sie zurück hinter die Formation«, befahl er.

Sehr langsam ließ der Staffelkommandant, der an der Spitze geflogen war, die anderen Maschinen passieren. Als er hinter der Formation flog, meldete sich Whittaker wieder über Funk.

»Tangerine Leader«, befahl er. »Wackeln Sie mit den Flügeln Ihres Vogels.«

Die Tragflächen der letzten P-38 der V-Formation ruckten nach links und dann nach rechts.

»Tangerine Leader«, fuhr Whittaker fort, »nähern Sie sich mit entsprechender Vorsicht Tangerine fünf, bis Sie Ihre Nase an seinem Arsch haben.«

Der Staffelkommandant näherte sich gehorsam Tangerine fünf.

»Sie können wieder die Führung übernehmen«, erlaubte Whittaker dann gönnerhaft.

Als der Kommandant wieder an der Spitze seiner Formation flog, sagte Whittaker: »Lassen Sie sich das eine Lehre sein, Tangerine Leader. Versuchen Sie nie, ein paar alte Jagdflieger zu verarschen.«

»Eins zu null für die Navy«, sagte Tangerine Leader und lachte. »Wir haben genug Saft, um euch vielleicht zwei Stunden zu begleiten. Wir waren bereits oben, als

man uns auf die Suche nach euch schickte. Ich hoffe,
das hilft.«

»Wir sind froh, daß Sie da sind«, sagte Canidy, und
das meinte er ernst. Deutsche Jagdflugzeuge von Flugplätzen in der Normandie patrouillierten vor der Westküste Englands.

»Wieso fliegen ein paar alte Jagdflieger diese dicke,
fette Lady?«

»Einer von uns hat ein Auto geklaut«, sagte Canidy,
»und so werden wir bestraft.«

Die P-38-Formation verließ sie über dem Atlantik,
als sie auf halbem Weg zwischen Brest und Kap Finisterre an der Westküste Spaniens waren. Zweieinhalb
Stunden später, nach einem Flug ohne Zwischenfall,
landete Canidy die C-46 in Lissabon.

3

Flugplatz Arrecife
Lanzarote, Kanarische Inseln

19. August 1942, 18 Uhr

Fine, Wilson und Nembly waren auf der Ladefläche
eines der Lastwagen zu einer alten Kaserne gefahren
und in ein spartanisch eingerichtetes Zimmer im Kellergeschoß eingesperrt worden. Wilson und Nembly
sagten sich, daß Fines Plan – welchen auch immer er
hatte – niemals klappen würde. Sie würden auf Lanzarote interniert bleiben.

Die Luft in dem Zimmer war stickig, heiß und

feucht. Sie hatten dreimal Essen erhalten. Die erste Mahlzeit hatte aus einem Würstchen, Chili, einem Stück Brot und Kaffee bestanden. Beim zweiten Mal hatte es Hackfleisch und Chili, ein Stück Brot und Kaffee gegeben. Die dritte Mahlzeit war identisch mit der ersten gewesen.

Als die Tür zum Zimmer im Kellergeschoß wieder geöffnet wurde, sagte Wilson: »O Mann, ich hoffe, sie servieren zur Abwechslung mal Chili.«

Doch diesmal gab es keine Mahlzeit. Ein großer, aristokratisch wirkender Offizier in tadellos passender Uniform trat ein und stellte sich als Colonel de Fortina vor. De Fortina begrüßte jeden von ihnen überschwenglich mit Handschlag und erklärte in leicht britisch akzentuiertem Englisch, er sei entzückt, sie kennenzulernen.

Dann fragte er höflich, ob er mit Stanley S. Fine unter vier Augen sprechen könne. Er führte ihn in eine Ecke des Zimmers und flüsterte ihm vertraulich zu, er wisse sicherlich von der Vereinbarung, die gewisse gemeinsame Freunde getroffen hatten.

Fine gab ihm vierzigtausend Dollar. Colonel de Fortina erklärte sehr höflich, daß fünfzigtausend Dollar abgemacht worden seien. Fine erklärte ihm, daß er die anderen zehntausend Dollar dem Offizier gegeben hatte, der sie bei der Landung empfangen hatte. Colonel de Fortina sagte, das sei eine Sache zwischen Fine und dem Offizier, er habe fünfzigtausend Dollar vereinbart, und darauf bestehe er.

Es war etwas Unrealistisches, fast Komisches an dem Gespräch.

Er braucht sich nur zu bedienen. Ich könnte nichts dagegen tun, dachte Fine, als er weitere zehntausend Dollar aus seinem Geldgürtel nahm und de Fortina überreichte.

Als Fine sein Hemd über die verbliebenen vierzigtausend Dollar in seinem Geldgürtel stopfte, verstaute de Fortina sorgfältig seine fünfzigtausend Dollar in verschiedenen Währungen in den Taschen seines Uniformrocks. Dann schüttelte er Fine die Hand und wies mit dramatischer Geste zur Tür. Fine erklärte ihm, daß am Motor des Flugzeugs gearbeitet werden mußte und er dankbar wäre, wenn der Colonel für eine Leiter sorgen könnte.

»Ihr Problem ist erkannt und von unseren besten Monteuren beseitigt worden«, sagte de Fortina. »Es war eine lockere Ölleitung.«

Fine wollte sich den Motor trotzdem ansehen, nur um sicherzugehen, daß alles sonst in Ordnung war, und das sagte er de Fortina.

»Das ist nicht nötig«, erwiderte de Fortina. »Sie haben mein Wort, daß der Schaden behoben ist.«

Fine bestand nicht auf seiner Forderung. Wenn das Leck nicht repariert worden war, würde sich das beim Anlassen des Motors herausstellen. Wenn er auf einer Überprüfung beharrte, würde das den spanischen Stolz verletzen, und sie waren nicht in der Position, um sich erlauben zu können, irgend etwas Spanisches zu beleidigen.

Es stieg ein wenig Rauch auf, als Wilson den Motor anließ, aber der war auf Rückstände des ausgelaufenen Öls zurückzuführen und verschwand, bevor sie zur Startbahn rollten.

Wilson flog die Maschine. Er sagte es nicht, aber er hielt die Startbahn für viel zu kurz. Trotz Vollgas brachte er die C-46 erst kurz vor dem Ende der Startbahn in die Luft.

Es gab keinen Grund zur Sorge, fand Fine, als sie auf achttausend Fuß und auf dem Weg zur Reisehöhe waren, aber zwei ›kleine‹ Probleme.

Erstens war möglich, daß der charmante Colonel de Fortina Kontakt zu seinen deutschen Freunden in Marokko aufgenommen hatte.

Zweitens trafen sie jetzt vor Tagesanbruch in Bissau ein. Es war vereinbart worden, daß sie dort des Nachts landeten und die Landebahn beleuchtet war. Jetzt hinkten sie weit hinter dem Plan her. Bissau würde sie natürlich im Meer abgesoffen wähnen, und keiner würde die Befeuerung einschalten.

Gott sei Dank ließen sich keine deutschen Flugzeuge blicken, aber es gab ein anderes Problem.

Als sie auf zehntausend Fuß waren, begann Nembly über Krämpfe zu klagen. Und als sie bis auf zwanzigtausend Fuß gestiegen waren, hatten sich die Krämpfe in Durchfall verwandelt. Mit einer tragbaren Sauerstoffmaske auf dem Gesicht eilte er auf die Behelfstoilette in der Kabine.

4

Aeroport de Bissau
Portugiesisch Guinea

20. August 1942, 2 Uhr 25

Es gab einen Richtfunksender in Bissau, doch er war schwach. Und im Landeanflug entdeckten sie ein rotierendes Landelicht. Aber abgesehen von ein paar schwachen Lichtpunkten – das konnten Straßenlampen oder sonstwas sein – war das Landelicht der einzige Orientierungspunkt für die Luftfahrt. Die Start- und Landebahnen waren unbeleuchtet. Und niemand meldete sich, als Fine über Funk den Tower rief.

Es war noch für anderthalb Stunden Treibstoff an Bord. Sonnenaufgang war um 4 Uhr 55, fünfundzwanzig Minuten nachdem ihnen der Sprit ausgehen würde. Es gab keinen Ausweichflughafen.

Sie flogen zweiminütige Kreise um das rotierende Landelicht, als plötzlich die Befeuerung der Start- und Landebahnen anging und sich der Tower meldete.

Die Landebahn war rauh, schmal und kurz. Wilson landete jedoch problemlos.

Als Fine und Wilson in die Kabine gingen, saß Nembly auf der Behelfstoilette, eingehüllt mit einer Wolldecke. Er war offensichtlich krank.

»Die verdammten Spanier mit ihrem verdammten Chili und Pfeffer«, sagte Nembly.

Der Mann vom Tower war zugleich der Manager des Flughafens. Er war korpulent, hatte olivfarbene Haut und trug ein Strickhemd, das locker über seinen Hosenbund fiel.

In gebrochenem Englisch erklärte er ihnen, daß er angenommen hatte, sie würden nicht kommen, weil sie nicht planmäßig aufgetaucht waren.

Fine schaffte es, ihm klarzumachen, daß sie eine Leiter brauchten, um die Motoren zu inspizieren.

Eine schwere Holzleiter wurde besorgt. Sie erwies sich als zu kurz, um an die Motoren heranzureichen. Der Manager ließ einen Lastwagen kommen. Auf die Ladefläche gestellt, reichte die Leiter hoch genug. Wilson stieg vorsichtig hinauf und schraubte die Motorabdeckung ab.

»Anscheinend alles in Ordnung«, sagte Wilson nach dreiminütiger Inspektion. »Vielleicht hat dieser Spanier tatsächlich gute Leute.«

Und dann knackte die Leitersprosse, auf der er stand und gab nach. Wilson fiel herunter und ruderte mit den Armen. Er streifte mit der Stirn einen der Propellerflügel und riß sich die Haut auf. Dann prallte er auf das Dach des Fahrerhauses. Es gab einen dumpfen Schlag, und Wilson rutschte vom Dach des Fahrerhauses auf die Haube und stürzte von dort aus zu Boden.

Er war bewußtlos, als Fine ihn erreichte, und Blut aus der Stirnverletzung bedeckte seine Augen und die untere Gesichtspartie. Fine sah sofort, daß Wilsons linker Arm gebrochen war.

Er stieg schnell ins Flugzeug und riß den Erste-Hilfe-Kasten aus der Halterung neben der Tür. Als er Nembly auf der Toilette sah, wurde ihm klar, daß zur Zeit kein fähiger Pilot für die C-46 zur Verfügung stand.

Er stieg vom Flugzeug hinab und drehte Wilson auf den Rücken. Zuerst legte er einen Druckverband an, um die Blutung von Wilsons Kopfverletzung zu stoppen. Dann fand er im Erste-Hilfe-Kasten eine Ampulle mit Salmiakgeist, drehte den Verschluß ab und hielt sie Wilson unter die Nase.

Wilson stöhnte, schüttelte den Kopf, versuchte sich aufzusetzen und schrie vor Schmerz auf, als die Bruchstellen der Knochen seines linken Arms gegeneinanderrieben.

»O Scheiße«, stöhnte Wilson. »Tut das weh!«

Fine fand im Erste-Hilfe-Kasten eine Morphiumspitze, zog eine Ampulle auf und injizierte den Inhalt in Wilsons Gesäß.

Der Manager erklärte Fine, daß es ein Krankenhaus gab, das von katholischen Nonnen geleitet wurde. Sie legten Wilson auf den Führersitz des Lastwagens und brachten ihn zu diesem Hospital. Es war eine zwanzigminütige Fahrt über eine sehr holprige Straße. Zweimal bat Wilson, anzuhalten, weil er sich übergeben mußte.

Mit unendlicher Sanftheit, jedoch ohne örtliche Betäubung reinigten zwei sehr zuvorkommende Nonnen die Platzwunde in Wilsons Stirn und nähten sie. Und dann schrie Wilson trotz des Morphiums, als die Nonnen seinen gebrochenen Arm richteten, schienten und eingipsten.

Wilsons Gesicht war grau und mit Schweißperlen bedeckt.

»Hier am Arsch der Welt möchte ich nicht ausgesetzt werden«, sagte er. »Aber es sieht aus, als ob sich diese blödsinnige Operation wieder verzögert, zumindest bis wir Nembly von seiner Scheißerei kurieren können.«

»Es gibt einen Zeitplan«, sagte Fine.

»Ist der so wichtig?« fragte Wilson.

»Ich glaube, ja«, sagte Fine.

»Nun, ich kann im Cockpit sitzen und die Landeklappen betätigen, nehme ich an«, sagte Wilson.

Vier Stunden nach der Landung in Bissau starteten sie wieder.

Als sie auf Reisehöhe waren, ging Fine in die Kabine, um nach Nembly zu sehen. Er saß nicht auf der tragbaren Toilette, sondern hatte sich nicht weit davon hingehockt und in Decken gehüllt. Als Fine zum Cockpit zurückging, tröstete er sich mit dem Gedanken, daß selbst der schlimmste Durchfall vermutlich nicht länger als zwölf Stunden dauern würde. Bis Luanda würde es Nembly wieder so gut gehen, daß er die Kontrollen übernehmen konnte.

Als er sich auf dem Pilotensitz angeschnallt hatte, fragte Wilson, ob noch Benzedrin da war. »Ich bin verdammt groggy«, sagte er.

»Sie sollten etwas schlafen und das Benzedrin nehmen, wenn Sie aufwachen«, sagte Fine. »Ich kann eine Zeitlang allein zurechtkommen.«

»Ich muß nur mal kurz die Augen schließen«, sagte Wilson entschuldigend.

Er schlief sofort ein.

Fine fand das Benzedrin. Er hatte gehört, daß es einen garantiert wachhielt. Aber der Preis dafür war, daß man wie ein Toter schlief, wenn die Wirkung vorüber war. Er entschied sich dagegen, schon jetzt etwas davon zu nehmen. Er würde warten, bis er wirklich eine Benzedrinpille brauchte.

Es war wenig zu tun im Cockpit. Die C-46 flog mit Autopilot auf südöstlichem Kurs, der sie über den Südatlantik führte. Von Bissau nach Luanda waren es zirka zweitausendvierhundert Meilen, ungefähr zehn Stunden. Fine wußte, daß er Luanda jetzt nur finden konnte, wenn er gegißtes Besteck benutzte. Es war wie ein Flug von Pensacola nach Boston und zurück ohne Orientierung durch irgend etwas auf dem Boden und ohne Navigationshilfe.

Sie hatten jetzt auch keinen Sauerstoff mehr. Sie konnten also nicht höher als zwölftausend Fuß fliegen, wodurch der Treibstoffverbrauch beträchtlich größer war als er bei zwanzigtausend Fuß gewesen wäre.

Fine trank bis auf schätzungsweise zwei Tassen den ganzen jetzt kalten Kaffee aus der Thermosflasche. Er mußte etwas Kaffee für Nembly aufheben, vorausgesetzt er erholte sich, oder für Wilson, wenn Nembly weiterhin ausfiel.

Er döste ein, fing sich, verlagerte sein Gewicht auf dem Sitz und spannte ein paarmal Arme und Beine an und lockerte sie wieder. Vielleicht hielt es ihn wach, wenn er den Autopiloten ausschaltete und selbst flog. Er wollte wirklich noch nicht das Benzedrin nehmen.

Fine erwachte und wußte nicht, wie lange er geschlafen hatte. Er schaute auf den Höhenmesser und erschrak. Der Höhenmesser zeigte siebentausend Fuß an.

Fine wußte, was geschehen war. Er war eingedöst, und anscheinend war die Nase der C-46 zu diesem Zeitpunkt sehr leicht gesenkt gewesen. Es war schlimm, soviel Höhe zu verlieren, aber es wäre katastrophal gewesen, wenn sie soviel gestiegen statt gesunken wären. In diesem Fall wären sie stetig fünftausend Fuß *gestiegen,* was sie auf siebzehntausend gebracht hätte. Von dreizehntausend Fuß an hätte es zunehmenden Sauerstoffmangel gegeben. Bei ungefähr vierzehntausend hätte er das Bewußtsein verloren, und bei siebzehntausend Fuß wären sie alle tot gewesen.

Er korrigierte die Trimmung, und als die Nase der C-46 leicht nach oben wies, gewann er an Höhe. Dann nahm er drei der Benzedrinpillen ein und spülte sie mit einem Schluck kaltem Kaffee hinunter. Er konnte nicht mehr damit warten; er brauchte das Benzedrin jetzt.

Als die C-46 auf zehntausend Fuß war, ging er wieder in die Kabine, um nach Nembly zu sehen. Sein Zustand hatte sich noch verschlechtert. Fine sagte sich, daß Nemblys Leiden nicht auf den spanischen Chili und Pfeffer zurückzuführen war.

Bei Fines Rückkehr ins Cockpit war Wilson wach.

»Ist noch Kaffee übrig?« fragte Wilson. »Ich kann die Anzeigen beobachten.«

»Ich habe soeben etwas Benzedrin genommen«, sagte Fine und schenkte für Wilson Kaffee ein.

»Sie hätten mich wecken sollen«, meinte Wilson.

Ich hätte was ganz anderes tun sollen, dachte Fine, plötzlich wütend. *Als Canidy die Miniflagge schwenkte, um mich zu rekrutieren, hätte ich sie ihm in den Arsch schieben sollen. Dann wäre mir diese Scheiße erspart geblieben.*

Die Stärke seines Zorns überraschte ihn. Nach einer Weile sagte er sich, daß es ein Symptom seiner Müdigkeit war. Und seiner Angst.

Als nächstes spürte er, daß er nach all dem Kaffee seine Blase erleichtern mußte.

Das verdammte Benzedrin wirkt nicht, dachte er ärgerlich.

Die Achtundvierzigstundenuhr auf dem Instrumentenbrett war stehengeblieben. Er blickte auf seine Armbanduhr. Er hatte zwei Stunden geschlafen. Die Uhr war lange zuvor stehengeblieben. Sie hatten vergessen, sie aufzuziehen.

Was haben wir sonst noch bei unserer Müdigkeit vergessen?

Er zog die Uhr auf und stellte sie, und dann ging er nach hinten, um sich zu erleichtern. Nembly zitterte unter seinen Decken, und als Fine den Deckel des Aluminiumbehälters anhob, den sie als Toilette benutzten, wurde ihm von dem Gestank fast schlecht.

5

Luanda, Portugiesisch Angola

20. August 1942, 10 Uhr

Aus irgendeinem Grund wurde der Flugingenieur im Laufe des Flugs immer nervöser und gereizter. *Vielleicht*, dachte Whittaker, *weil der Chef des Londoner OSS-Büros ihm eine Waffe gegeben hat, damit er im Notfall Canidy erschießen kann, und ich ihm den Smith&Wesson abgenommen habe.* Zehn Stunden und zwölf Minuten nach dem Start kam der Flugingenieur ins Cockpit und schaltete ärgerlich und ohne um Erlaubnis zu bitten den Peilempfänger ein. Canidy hatte ihn Stunden zuvor abgestellt. Sein Summen ärgerte ihn, und sie waren nicht in Reichweite irgendeines Senders, den er anpeilen konnte.

Dieser Hurensohn führt sich auf, als zeige er mir den Stinkefinger, dachte Whittaker ärgerlich. *Ich bin Pilot dieses verdammten Flugzeugs. Ich entscheide, was angeschaltet wird und wann.*

Nach einigem Nachdenken verzichtete er jedoch darauf, den Ingenieur zusammenzustauchen.

Der arme Bastard hat vermutlich genausoviel Angst wie ich.

Whittaker blickte zu Canidy. Er schlief tief und fest, und sein Kopf ruhte in einem Winkel, der ihm einen steifen Hals einbringen konnte. Whittaker neigte sich zu Canidy und drehte den Kopf sehr behutsam, bis er auf die Brust sank. Er entschied sich, Canidy erst ungefähr zwanzig Minuten vor Luanda zu wecken.

Sie fanden Luanda problemlos und zur geplanten Zeit, und Whittaker landete mühelos.

Als er vor dem Wellblechgebäude, das als Luandas Terminal diente, die Motoren abstellte, sah er zusätzlich zu den portugiesischen Zollbeamten in Khakiuniformen einen Zivilisten warten, offenbar ein Amerikaner. Der Mann trug einen Seersucker-Anzug. Außerdem Krawatte und Strohhut.

Canidy stieg die Leiter hinab und ging auf ihn zu.

»Ich bin Canidy«, stellte er sich vor. »Ich nehme an, Sie sind vom Konsulat?«

Der Mann reichte ihm die Hand. Der Handschlag war flüchtig.

»Mein Name ist Spiers«, sagte der Mann. »Ronald I. Spiers, und ich bin der Generalkonsul der Vereinigten Staaten in Angola.«

»Wissen Sie, was mit der anderen Maschine passiert ist?« fragte Canidy.

Ronald I. Spiers ignorierte die Frage. »Verzeihen Sie, aber Sie werden verstehen, daß ich mir Ihre Ausweise zeigen lassen muß.«

»Was meinen Sie, wer sonst diese Kiste fliegen würde?« fragte Jim Whittaker.

Dieser Spiers regt sich auf und redet wie Baker, dachte Canidy. *Es muß irgendwo eine Form geben, wo man sie zu Schokoriegeln preßt, damit sie alle gleich werden. Und was hast du versaut, Mr. US-Generalkonsul, um am Arsch der Welt klebenzubleiben?*

»Man kann nie wissen, nicht wahr?« erwiderte Spiers.

Canidy überreichte ihm seine AGO-Card. Spiers betrachtete sie genau und gab sie zurück.

»Es hat keine Nachricht über das andere Flugzeug gegeben«, sagte er.

»Scheiße!« murmelte Canidy.

Whittaker fluchte.

Spiers schaute sie peinlich berührt an. Dann öffnete er seine Aktentasche und entnahm ihr ein Kuvert mit dem Stempel ›Top Secret‹. Er öffnete den Umschlag, zog ein einziges Blatt Papier heraus und überreichte es Canidy.

> URGENT
> DEPSTATE WASHINGTON
> VIA MACKAY
> FOR USEMBASSY JOHANNESBURG SOUTH AFRICA
> EYESONLY AMBASSADOR
>
> AUF ANWEISUNG DES AUSSENMINISTERS IST FOLGENDES AN US GENERALKONSUL AUF SCHNELLSTMOEGLICHEM WEG EINSCHLIESSLICH KURIER ZU UEBERMITTELN STOP BERICHT UEBER FUNKMELDUNG STOP
>
> ZITAT ANFANG AUSSENMINISTER WEIST STANLEY S FINE AN BORD CHINA AIR TRANSPORT C-46 AN PLANMAESSIG AM 19 AUGUST IN LUANDA AUFZUTANKEN STOP WENN ANKUNFT BEI FRACHTLADEPUNKT AM 21 JULI VIER STUNDEN VOR TAGESANBRUCH NICHT MOEGLICH MISSION AUFGEBEN UND NACH KAPSTADT SUEDAFRIKA WEITERFLIEGEN STOP KANN DIE WICHTIGKEIT DER FRACHTABHOLUNG NICHT UEBERBETONEN ZITAT ENDE STOP UNTERZEICHNET CHENOWITCH STOP ENDE DER BOTSCHAFT

»Da wir davon ausgehen müssen, daß das andere Flugzeug verlorengegangen ist«, sagte Spiers emotionslos, »dachte ich mir, ich sollte Ihnen den Inhalt dieses Kabels bekanntmachen.«

Canidy gab es an Whittaker weiter.

»Sie sollten kein Problem haben«, sagte Spiers. »Ich habe veranlaßt, daß Ihr Flugzeug betankt wird. Das sollte nicht länger als eine Stunde dauern. Sie können zeitig genug in Kolwezi eintreffen, um Ihre Fracht zu laden und in diesem Zeitrahmen abzufliegen.«

»Wir werden gegen neunzehn Uhr dreißig heute abend starten«, sagte Canidy. »Das sollte uns um zwanzig Uhr dreißig über die Grenze bringen. Dann wird es dunkel sein.«

»Ich möchte wirklich, daß Sie diese Mission so schnell wie möglich fortsetzen«, sagte Spiers.

»Sie möchten?« fragte Canidy trocken.

»Ich dachte, das Flugzeug hat zivile Hoheitsabzeichen«, sagte Spiers. »Bei einem Militärflugzeug könnte es Probleme mit den portugiesischen Behörden geben.«

»Nun, dann müssen Sie einfach mit den Portugiesen fertig werden«, sagte Canidy.

»Ich befürchte, ich muß auf baldmöglichen Abflug bestehen«, sagte Spiers.

»Ich habe nicht vor, ein Flugzeug mit der Aufschrift U.S. NAVY in großen Lettern auf den Tragflächen bei Tageslicht über Belgisch Kongo zu fliegen«, sagte Canidy.

»Das hatte ich nicht bedacht«, bekannte Spiers. »Es wird die Dinge für mich komplizieren, aber ich nehme an, Sie haben recht.«

»Freut mich, daß Sie das so sehen«, erwiderte Canidy. Wenn Spiers den Sarkasmus bemerkte, ließ er sich das nicht anmerken.

»Können wir irgendwo etwas essen und vielleicht etwas schlafen?« fragte Canidy.

»Halten Sie das für klug?« fragte Spiers.

»Das Essen oder das Schlafen?« erkundigte sich Whittaker unschuldig.

Diesen Sarkasmus konnte Spiers nicht ignorieren.

»Ich kenne ein Hotel in der Stadt«, sagte er. »Ich bringe Sie dorthin.«

Die Hotelzimmer waren schmutzig, und keiner von ihnen konnte die Speisenkarte im Speiseraum lesen. Whittaker löste das Problem, indem er die Arme wie Flügel schwenkte und wie ein Hahn krähte. Man verstand, daß irgend etwas Geflügelartiges gewünscht wurde, servierte jedoch kein Huhn oder Hähnchen, sondern eine große Platte mit Rühreiern und dazu einen Laib frisch gebackenes, sehr gutes Brot.

Die Moskitonetze über den Betten hatten Löcher, durch die eine Vielzahl geflügelter Insekten mit Leichtigkeit fliegen konnte. Canidy erinnerte sich beim Erwachen, daß er nur ein- oder zweimal gestochen worden war, doch als er sich Wasser ins Gesicht klatschte und in den Spiegel schaute, sah er mindestens ein Dutzend Insektenstiche.

Er stellte fest, daß Whittaker gleichfalls heimgesucht worden war, als er ihn in der Halle traf. Als er jedoch den Ingenieur wecken wollte, war das Zimmer verlassen. Bei Canidys Rückkehr in die Halle hatte sich Spiers bereits zu Whittaker gesellt.

»Wo könnte er denn sein?« fragte Spiers, nachdem Canidy vom Verschwinden des Ingenieurs berichtet hatte.

»Er ist irgendwo in der Stadt«, sagte Canidy. »Er wird abwarten, bis wir starten, und dann wieder auftauchen und sich entschuldigen, weil er angeblich verschlafen hat.«

»Warum sollte er das tun?« fragte Spiers.

»Weil ihm vermutlich allmählich während des Flugs gedämmert ist, daß dies gefährlicher Dienst ist«, sagte Whittaker.

»Was soll ich mit ihm machen?« fragte Spiers. »Das könnte eine sehr peinliche Lage werden.«

»Wenn er auftaucht«, sagte Canidy ärgerlich, »können Sie ihm den Tag verschönern, indem Sie ihm sagen, daß ich ihn bei seiner Rückkehr in die Staaten melde. Und dann ist er fällig.«

Noch während er das sagte, wurde ihm klar, daß es eine leere Drohung war. Um jemanden anzuklagen, der sich vor gefährlichem Dienst gedrückt hatte, mußte man genaue Angaben über diesen gefährlichen Dienst machen. Offiziell fand dieser Flug – ob sie daran teilnahmen oder nicht – gar nicht statt.

Sie brauchten den Flugingenieur nicht unbedingt. Der Kerl verhielt sich natürlich wirklich feige, aber sie wußten, daß sie ohne ihn auskommen konnten. Canidy fragte sich, ob das auch dem Mann klargeworden war.

Spiers fuhr sie zurück zum Flughafen. Dort schüttelte er ihnen wieder flüchtig die Hände und schaute zu, während sie an Bord der Maschine gingen und die Motoren anließen. Er war offensichtlich erleichtert, sie loszuwerden.

Bevor sie zur Startbahn rollten, sahen sie ihn davonfahren.

Als sie Luanda verlassen hatten, war die Navigation überraschend einfach. Zwanzig Minuten von Luanda entfernt – noch auf langsamem Steigflug und in neuntausend Fuß Höhe – sah Canidy zu ihrer Rechten ein Licht und machte Whittaker darauf aufmerksam.

»Vermutlich Salazar«, meinte Whittaker, doch dann korrigierte er sich. »Es *muß* Salazar sein. Laut Karte gibt es absolut nichts dort unten außer Dschungel und dieser Stadt.«

Canidy fing das Flugzeug bei zehntausend Fuß Höhe ab und flog weit genug links an Salazar vorbei, so daß niemand die C-46 hören konnte. Er nahm Kurs auf Malange, den Ort, der einhundertzehn Meilen entfernt war. Fünf Minuten später konnten sie schwach, doch unverkennbar in der Dunkelheit andere Lichter sehen. Sie orientierten sich an den Lichtern von Cacolo und Nova Chaves und umflogen die Orte abermals weit genug, um nicht gehört zu werden. Zehn Minuten nach dem Passieren von Nova Chaves entdeckten sie ein gelbes Glühen, das die Lichter von Kasaji in Belgisch Kongo sein mußten, denn es gab auf dreihundert Meilen nichts sonst, was der Zivilisation ähnelte.

Sie befanden sich jetzt jenseits der Grenze – was den Flug absolut illegal machte. Sie waren ohne Genehmigung in den Luftraum eines neutralen, von Deutschland besetzten Landes geflogen. Jetzt konnten sie mindestens wegen Verletzung des Luftraums angeklagt werden. Wenn sie später das Erz geladen hatten, kam noch Schmuggel hinzu.

Es sei denn – und dies war nicht unwahrscheinlich –, die Deutschen, denen sie von den Belgiern übergeben werden würden, hielten es für das beste, sie auf der Stelle zu erschießen, um sich Schreibarbeit zu ersparen.

Der Chef des Londoner OSS-Büros will, daß mich Whittaker erschießt, bevor ich in Gefangenschaft gerate, dachte Canidy. *Das wird Jimmy nicht tun, und ich werde mich bestimmt nicht selbst erschießen.*

Warum sollten die Deutschen, bevor sie mich erschießen,

auf den Verdacht kommen, ich wisse mehr als meine Befehle und würde den Grund meiner Mission kennen? Sie müssen doch davon ausgehen, daß ich nur meine Befehle ausführe, ohne über Einzelheiten der Mission eingeweiht zu sein.

Dann tauchte voraus ein Lichtschimmer auf, der Kolwezi sein mußte, ein gelblicher Fleck, der sogar aus der Ferne größer als die anderen Orte wirkte. Als sie sich näherten, wurden die Lichter stärker und nahmen ein sonderbares Muster an – wie das Zentrum einer Zielscheibe, die schief hing.

»Was, zum Teufel, ist das?« fragte Whittaker.

»Die Kupferminen«, sagte Canidy. »Das größte von Menschenhand geschaffene Loch in der Welt.«

»Kolwezi«, sprach Whittaker ins Mikrofon, »hier ist Belgian African Airways zwo-null-sechs, fünf Meilen westlich. Erbitte Befeuerung der Landebahn.«

Einen Augenblick später gingen die Lichter an, nicht sehr hell, aber zwei parallele Linien, die am Ende einen Pfeil bildeten. Canidy hatte solche Lichter noch nie gesehen.

Er nahm Gas weg und senkte die Nase der C-46.

Obwohl es keine Kommunikation mit dem Tower gab, sah Whittaker nach der Landung und beim Bremsen die Scheinwerfer eines Wagens, der über eine unbeleuchtete Rollbahn raste, die parallel zur Start- und Landebahn verlief.

Er rollte bis zum Ende der Landebahn und sagte sich, daß das Abfliegen mit voller Ladung nicht so schwierig werden würde, wie er befürchtet hatte. Die Start- und Landebahn war breit und sehr, sehr lang. Sie war mit Schotter belegt, der wahrscheinlich aus Erzabfällen bestand.

Canidy stellte die Motoren ab, als Whittaker nach hinten ging, um die Tür zu öffnen.

Als er die Leiter hinabstieg, stand ein Mann mit einer

Schrotflinte in der Armbeuge wie ein Jäger neben einem anderen Europäer und erwartete ihn.

»*Bonsoir, Monsieur Grunier*«, sagte Canidy.

»Wir hatten Sie schon fast abgeschrieben«, erwiderte Grunier.

Es überraschte ihn anscheinend nicht, Canidy zu sehen, obwohl sie sich zum letzten Mal in einem kleinen Boot bei Safi, Marokko, gesehen hatten. Grunier war gefesselt und geknebelt gewesen, weil Canidy sein jämmerliches Flehen, ihn in Marokko zu lassen, nicht mehr hatte ertragen können.

Unbeholfen wegen seiner Schrotflinte kletterte Grunier in die C-46 und schaute sich um. Dann stieg er wieder hinab. Während er in der Maschine gewesen war, hatte jemand die Befeuerung der Landebahn ausgeschaltet.

Grunier schaute Whittaker an und sagte in sachlichem Tonfall: »Ich werde Sie töten, wenn Sie versuchen, ohne mich abzufliegen.«

»Wovon, zum Teufel, redet der?« fragte Whittaker.

»Als unsere Regierung ihm beim letzten Mal Transport anbot, hat man mich zurückgelassen. Ich nehme an, er will nicht, daß ihm das ebenfalls widerfährt«, erklärte Canidy. Dann wandte er sich an Grunier. »Ich habe den Befehl, Sie abzuholen. Wo ist die Fracht?«

Der Europäer zog eine kleine Taschenlampe hervor, richtete sie auf irgend etwas und gab ein dreifaches Blinkzeichen.

Ein paar hundert Yards entfernt in der Dunkelheit wurden Wagenmotoren angelassen, und dann näherte sich das Motorengeräusch. Als die Scheinwerfer eingeschaltet wurden, erkannte Canidy zwei Lastwagen, einen 1938er oder 1939er Chevrolet Lieferwagen und einen größeren Renault mit Plane. Beide Trucks trugen die Aufschrift ›Union Minière‹ auf den Türen.

Der größere Lastwagen näherte sich der C-46 und wendete, so daß die Scheinwerfer auf eine Abraumhalde leuchteten. Der Chevrolet stoppte so, daß die Scheinwerfer auf die Tür der C-46 gerichtet waren.

Eine erstaunliche Anzahl von Afrikanern, große, muskulöse, gutaussehende Männer mit weißen Baumwollhemden und Hosen, die wie die von amerikanischen Arbeitsanzügen aussahen, strömte von der Ladefläche des Renault Lastwagens.

Das müssen mindestens dreißig sein, dachte Canidy.

Die letzten der Männer, die vom Lastwagen gestiegen waren, nahmen Schaufeln von der Ladefläche und teilten sie aus. Einige andere gingen zu dem Chevrolet und holten Bündel von Jutesäcken.

»Es ist nicht abgepackt?« fragte Canidy ungläubig.

»Ich konnte es herbringen, ohne Verdacht zu erregen«, sagte der Europäer. »Aber es wäre den falschen Leuten aufgefallen, wenn ich es eingesackt hätte.«

»Mein Gott!« stieß Canidy hervor.

Das Motorengeräusch eines weiteren Trucks näherte sich, und Canidy blickte besorgt in diese Richtung.

»Der Tankwagen«, sagte der Europäer. »Kein Grund zur Sorge.«

»Wie lange wird das dauern?« fragte Canidy.

»Bis zweiunddreißig Schwarze hundertzwanzig Säcke gefüllt und in das Flugzeug geladen haben«, erwiderte Grunier.

Die Schwarzen arbeiteten methodisch und schnell. Ein Mann hielt einen der Säcke auf, während zwei Mann das Material hineinschaufelten. Noch während Canidy zuschaute, war ein Sack gefüllt. Der Mann, der ihn aufgehalten hatte, schüttelte ihn, damit sich der Inhalt setzte, hielt ihn wieder auf, damit noch ein paar Schaufelladungen nachgefüllt werden konnten, schüttelte ihn wieder und trat damit ein paar Schritte zurück.

Als er den Sack zuband, nahm ein anderer Afrikaner mit einem Jutesack seine Position ein, damit er vollgeschaufelt werden konnte.

Bei diesem Tempo werden sie längst fertig sein, bevor die Maschine betankt ist, dachte Canidy.

6

Luanda, Portugiesisch Angola

20. August 1942, 20 Uhr 30

Als das Signal des Peilempfängers schließlich stark genug war, um ihm trauen zu können, wußte Fine, daß sie ungefähr hundertfünfzig Meilen südlich des Punkts waren, an dem sie hätten sein sollen. Ein wenig weiter südlich, und sie hätten den Sender Luandas überhaupt nicht empfangen. Aber sie flogen nach der Anzeige, und zehn Stunden und fünfzig Minuten nach dem Start von Bissau erhielten sie Landeerlaubnis vom Tower Luanda.

Die Landung war wirklich perfekt, fand Fine, die beste, die jemals jemand in der C-46 gemacht hatte. Das mußte auf pures Glück zurückzuführen sein – und fast sofort hatte er Grund zu der Annahme, daß dies schon alles Glück war, das sie haben würden.

Drei portugiesische Zollbeamte traten aus dem kleinen Abfertigungsgebäude und kamen zur C-46, als Fine über die Leiter von Bord ging.

Sie grüßten militärisch, verneigten sich und schüttelten Hände – und dann sahen sie den schlafenden oder bewußtlosen Nembly und Wilson mit seinem Kopfverband und dem geschienten und eingegipsten Arm.

»Was ist passiert?« fragte einer der Zollbeamten.

»Er ist gestürzt«, sagte Fine. »Und der andere ist krank. Gibt es hier einen Arzt?«

Ihr Bedauern war anscheinend echt, als sie erklärten, daß es hier keinen Arzt gab.

»Ein Gentleman vom US-Konsulat soll hier auf uns warten«, sagte Fine.

Ihr Bedauern war anscheinend ebenso echt, als sie ihm sagten, daß der Gentleman vom US-Konsulat erst vor ein paar Stunden weggefahren war.

Fine ging mit wackligen Beinen ins Abfertigungsgebäude und versuchte vergebens, telefonisch zum US-Konsulat durchzukommen.

Wilson gesellte sich zu ihm, als Fine entnervt den Telefonhörer auflegte.

»Kein Typ vom Konsulat?« fragte er.

»So ist es«, sagte Fine.

»Und was machen wir jetzt?« fragte Wilson.

»Kolwezi ist neunhundert Meilen von hier entfernt. Und keiner von uns ist in der Verfassung, weiterzufliegen.«

»Soll das heißen, wir geben auf?« fragte Wilson.

»Hat jemand eine bessere Idee?« erwiderte Fine gereizt. »Wir haben alles getan, was man von uns erwarten konnte. Wir haben ohne richtige Pause neuntausend Meilen in sechsunddreißig Stunden zurückgelegt.«

»Nachdem wir so weit gekommen sind, gebe ich ungern auf.«

Wie um einen Scherz daraus zu machen, schüttete Wilson fast ein halbes Dutzend Benzedrinpillen auf seine Handfläche und tat, als ob er sie alle auf einmal schlucken wollte.

»Das würde uns mehr schaden als nützen«, sagte Fine. »Wir müssen uns ins Bett legen und schlafen.«

»Und dann?« fragte Wilson.

»Dann fliegen wir«, entschied Fine.

Als er Nembly unter seinen Decken zittern sah, bezweifelte er, daß er die richtige Entscheidung getroffen hatte.

Sich ins Bett zu legen und zu schlafen erwies sich als unmöglich. Als das Flugzeug betankt war, hatten sich die Zollbeamten verkrümelt; der Fahrer des Tankwagens – der mit dem Fahrrad zur Arbeit gefahren war – erklärte, daß es ihm verboten war, mit dem Tankwagen vom Flughafengelände zu fahren. Er erwies sich als immun gegen die große Geldsumme in amerikanischer Währung, mit der Fine ihn zu bestechen versuchte, damit er sie in die Stadt zu einem Hotel fuhr.

Fine und Wilson legten sich im Rumpf der C-46 auf ›Betten‹, die sie aus ein paar Wolldecken gebaut hatten. Sofort wurden sie von Insekten attackiert, die beim Öffnen der Tür eingedrungen waren. Sie gaben auf, gingen ins Cockpit und ließen die Motoren an.

7

Kolwezi

Provinz Katanga, Belgisch Kongo

21. August 1942, 6 Uhr 30

Als Canidy von der Tragfläche kletterte, unter das Flugzeug ging und zur Tür emporschaute, stand Grunier darin. Er war immer noch mit der Schrotflinte bewaffnet, und sein Gesicht spiegelte eine Mischung aus Furcht und Entschlossenheit wider.

»Wenn du etwas an Bord bringen mußt, dann tu es jetzt«, sagte Canidy. »Wir fliegen gleich ab.«

Er hatte in der Nacht entschieden, daß es keinen Sinn hatte, ein Risiko einzugehen, nachdem sie es so weit geschafft hatten. Zusätzlich zu seiner und Whittakers Müdigkeit beunruhigten ihn zwei Dinge. Da es keine Kabinenbeleuchtung gab, konnte das Anzurren der Erzladung nicht überprüft werden. Und er wollte bei der Inspektion vor dem Flug sehr sorgfältig sein. Folglich mußte sie erst bei Tagesanbruch durchgeführt werden, wenn es hell war, anstatt beim Licht einer Taschenlampe oder im Scheinwerferlicht eines Lastwagens.

»Ich bin bereit«, sagte Grunier emotionslos.

Whittaker näherte sich vom Heck her.

»Da hinten ist alles okay«, sagte er. »Seid ihr soweit?«

Canidy winkte ihn zur Leiter und stieg hinter ihm hinauf.

Der Europäer legte kurz eine Hand auf seinen Arm.

»*Bon voyage, bonne fortune*«, sagte er.

»Danke«, erwiderte Canidy.

Grunier wich in die Kabine zurück, als befürchtete er, Canidy würde ihn im letzten Augenblick zurücklassen.

Canidy zog die Leiter ins Flugzeug und versuchte, sie in die Halterung zu schieben. Sie war durch Säcke mit Erz blockiert.

Das machte nichts; er legte sie auf einige der Säcke. Whittaker hatte sie von den Afrikanern zu Dreiergruppen in den Rumpf legen lassen: jeweils zwei Säcke auf dem Boden und ein Sack obendrauf. Dann hatte er die Stapel festgezurrt, und er hatte gute Arbeit geleistet.

Als Canidy ins Cockpit ging, hatte Whittaker die Motoren angelassen. Canidy schnallte sich an, löste die Bremsen und rollte mit der C-46 auf die Startbahn. Die Maschine ließ sich schwer lenken.

»Man spürt, daß wir viel geladen haben«, bemerkte Canidy und hoffte, es würde weniger besorgt klingen, als er sich fühlte.

»Hundertzwanzig Säcke pro hundert Pfund«, sagte Whittaker. »Zwölftausend Pfund. Sechs Tonnen. Das ist schwer, aber im Rahmen des maximalen Bruttogewichts für den Start.«

»Sogar noch schwerer, wenn diese Säcke zum Beispiel hundertzwanzig Pfund wiegen«, sagte Canidy.

Whittakers Lächeln verschwand.

»Allmächtiger, du meinst das ernst.«

»Ich bezweifle, daß jemand die Säcke gewogen hat«, sagte Canidy. »Aber das wäre nicht das erste Flugzeug, das mit etwas mehr als dem zugelassenen Gewicht startet.«

»Die Startbahn ist ziemlich lang«, sagte Whittaker. »Wir werden es schaffen.«

»Ich habe mit dem Gedanken gespielt, ein paar der Säcke zu wiegen«, sagte Canidy. »Aber dann habe ich mich gefragt, wo wir zu dieser frühen Morgenstunde eine Waage herbekommen könnten.«

»Wir werden es schon schaffen«, wiederholte Whittaker.

Es hatte keinen Sinn, Kontakt mit dem Tower aufzunehmen, und so verzichtete Canidy darauf. Als er in Startposition war, erhöhte er die Drehzahl der Motoren, überprüfte die Anzeigen, löste die Bremsen und gab Gas.

Das Rumpeln beim Start klang stärker als sonst, und die Beschleunigung war merklich langsamer.

»Diese verdammte Kiste will nicht recht«, sagte Canidy.

»Ich möchte wirklich wissen, wieviel Gewicht wir tatsächlich an Bord haben«, murmelte Whittaker nachdenklich.

Canidy beobachtete die Eigengeschwindigkeits-Anzeige, die sich erschreckend langsam der Startgeschwindigkeit näherte, als er einen Knall hörte, der dem einer gewaltigen Schrotflinte ähnelte.

Eine schreckliche Vibration folgte. Instinktiv betätigte er das rechte Seitenruder und steuerte gegen. Die Vibration hörte auf, aber das Rumpeln blieb laut, schien sogar noch anzuschwellen.

»Der linke Reifen ist platt«, sagte Whittaker. Und dann fügte er sehr ruhig hinzu: »Und viel Startbahn haben wir nicht mehr.«

Es blieb anscheinend sonderbarerweise alle Zeit der Welt, um eine Entscheidung zu treffen.

»Was sollen wir tun?« fragte Canidy. Er hatte plötzlich einen bitteren Geschmack im Mund.

»Alles abschalten und die Räder einfahren«, sagte Whittaker. »Wenn du diese große Kiste in die Luft bringst und wir dann runterkommen, wird sie mit Sicherheit explodieren.«

Canidy blickte aufs Instrumentenbrett. Die Nadel der Eigengeschwindigkeits-Anzeige war weit entfernt von der Mindest-Startgeschwindigkeit.

»Räder einziehen«, befahl er mit ruhiger Stimme, während er den Hauptschalter ausschaltete.

Einen Sekundenbruchteil glaubte er, Leben in den Kontrollanzeigen zu spüren, und er war versucht, das Risiko einzugehen und zu versuchen, die Maschine in die Luft zu bringen. Er widerstand der Versuchung. Ihre einzige Chance bestand darin, auf dem Boden zu bleiben und zu beten, daß die Funkenbildung, die durch das Reiben von Metall auf der Startbahn entstand, nicht den Treibstoff entzündete, der wahrscheinlich aus zerborstenen Tanks auslaufen würde.

Dann hörte er ein lautes, furchtbares Kreischen von Metall, als die Räder eingezogen wurden und die Spitzen der Propellerflügel und dann der Rumpf Kontakt mit der Startbahn bekamen.

Canidy spürte, wie er gegen die Gurte geworfen wurde, und dann hörte er einen Moment lang ein infernalisches Kreischen von Metall, das zerfetzt wurde. Im nächsten Augenblick prallte er mit dem Kopf gegen das Schott bei seinem Seitenfenster, und alles wurde vor seinen Augen rot und dann schwarz.

Whittaker hatte Mühe mit dem Atmen, aber er blieb bei Bewußtsein, als das Flugzeug eine scheinbare Ewigkeit lang bis zum Ende der Startbahn und darüber hinaus rutschte. Mit einem letzten Krachen und Kreischen von berstendem Metall kam die C-46 an einem kleinen Hügel zum Stehen, der anscheinend aus Erzabfällen bestand.

Whittaker bekam einfach keine Luft, obwohl er verzweifelt um Atem rang. Er geriet in Panik. Er war überzeugt, daß es das Symptom einer schweren Verletzung war, vielleicht sogar einer Lähmung. Aber dann konnte er schmerzvoll und keuchend wieder atmen.

Das Entsetzen, gelähmt zu sein, wurde von der Angst ersetzt, bei lebendigem Leibe zu verbrennen.

Er öffnete mit zitternden Händen seinen Sicherheitsgurt, neigte sich über Canidy, löste seinen Gurt und riß Canidy aus seinem Sitz. Er schleppte ihn zur Tür der Kabine. Sie klemmte fest. Whittaker legte Canidy hin und trat die Tür mit beiden Füßen auf.

Whittaker schleppte Canidy zur Tür im Rumpf, packte ihn an den Handgelenken und wollte ihn hinablassen. Er würde ihn fallen lassen müssen, aber es blieb ihm keine Wahl.

Dann besann er sich anders. Er ließ Canidy wieder auf den Boden der Kabine sinken. Wenn er Canidy aus der Maschine fallen ließ und dann selbst hinaussprang, konnte er vom Boden aus nicht mehr in die Kabine zurück.

Whittaker erinnerte sich an die Leiter und suchte danach. Er fand sie weit vorne in der Kabine. Mit der Leiter bahnte er sich einen Weg durch die Kabine, stolperte über Säcke und warf die Leiter aus der Tür. Dann packte er Canidy von neuem an den Handgelenken.

Er hob Canidy ins Freie, und als er ihn losließ, stürzte der Bewußtlose wie ein Bündel zu Boden.

Whittaker verließ das Flugzeug rücklings und auf dem Bauch kriechend, und als er mit den Händen am Türrahmen hing, ließ er los. Er landete hart.

Er hob Canidy auf und wuchtete ihn auf seine Schulter. Atemlos stolperte er von der C-46 fort und glaubte, jeden Moment das Donnern der Explosion zu hören, weil sich ausgelaufener Treibstoff entzündete. Er fand eine leichte Mulde im Gelände neben der Startbahn und ließ Canidy hineingleiten.

Keine Explosion. Das Flugzeug lag einfach da.

Er dachte an Grunier.
Zum Teufel mit dem Kerl, ich schulde ihm nichts!

Nach einer Weile rannte er zum Flugzeug zurück, fand die Leiter, stellte sie an und stieg hinauf in den Rumpf der C-46.

Grunier lag zusammengesunken am vorderen Schott der Kabine. Sein Gesicht war blutüberströmt, und sein Genick war gebrochen.

Whittaker blieb lange genug im Rumpf, um das Unglaubliche bestätigt zu finden: die Zusatztanks waren nicht zerborsten. Sie waren verzogen und verbogen, aber die Nähte hatten gehalten.

Whittaker kehrte zu Canidy zurück. Canidy war bei Bewußtsein. Er hatte sich aufgesetzt und hielt ein Taschentuch auf die Schnittwunde an der Stirn.

»Wo, zur Hölle, warst du?« krächzte Canidy.

»Was meinst du, wer dich hergeschleppt hat? Eine gute Fee?«

Er kniete sich neben Canidy und untersuchte die Wunde.

»Du wirst es überleben«, sagte Whittaker. »Nur die Guten sterben jung.«

Das Dröhnen von Flugzeugmotoren näherte sich.

Whittaker stand auf, bückte sich und zog Canidy auf die Füße, damit er ebenfalls die Curtiss C-46 mit der Aufschrift ›China Air Transport‹ auf dem Rumpf sehen konnte, die sich im Anflug auf die Landebahn Kolwezis befand.

8

Das Haus in der Q Street, NW
Washington, D.C.

23. August 1942, 13 Uhr 40

Colonel William J. Donovan und Captain Peter Douglass saßen bei einem Geschäftsessen zusammen, zu dem Miss Cynthia Chenowitch zu ihrem sorgsam verborgenen Mißfallen nicht eingeladen worden war. Sie nahm – richtig – an, daß das Mittagessen sehr wenig mit der nationalen Sicherheit im allgemeinen, jedoch sehr viel mit einer besonderen Aktivität des OSS im besonderen zu tun hatte.

Fine und die CAT-Maschine wurden vermißt und waren vermutlich verloren. Als das Ergebnis einer Reihe von Pannen war es erforderlich gewesen, das Ersatzflugzeug, die Naval Air Transport Command C-46 auf die afrikanische Mission zu schicken. Mit Candy und Whittaker als Piloten und ohne die fähige Navy-Crew für den Ersatzflug. Und auch von ihnen war nichts zu hören.

Für Cynthia war es die eine Sache, gesichtslose Agenten auf eine Mission zu befehlen. Es war jedoch eine völlig andere Sache für Donovan und Douglass, wenn sie die Teilnehmer kannten – und mochten.

Das war der wahre Grund, weshalb Colonel Donovan und Captain Douglass allein sein wollten und sich zu einem ›privaten‹ Arbeitsessen getroffen hatten.

Aber es ist auch meine Mission! dachte Cynthia. *Ich war von Anfang an daran beteiligt.*

Es war jedoch nicht das Schlimmste, daß sie ausgeschlossen wurde und bei einer kalten Tasse Tee in der Küche saß, während der Colonel und der Captain in ihrer Macho-Abgeschiedenheit im Speiseraum warteten. In den letzten sechsunddreißig Stunden hatte Cynthia die Möglichkeit in Betracht gezogen, daß Canidy, dieser Hurensohn, und Jimmy Whittaker nicht zurückkehren würden.

Während die Zeit verging, konnte sie sich nicht länger einreden, daß sie sich hauptsächlich sorgte, weil die arme Mrs. Whittaker zusammenbrechen würde, wenn der arme Jimmy umkam. In Wahrheit würde sie selbst zusammenbrechen, und nicht nur weil Jimmy ein lieber alter Freund war.

Ihr wurde jetzt klar, daß sie mit Jimmy hätte tun sollen, was Ann Chambers in Summer Place mit Dick Canidy getan hatte. Es wäre natürlich sehr unprofessionell und wenig damenhaft gewesen, aber sie hätte ihm das geben sollen – und nicht nur, weil er auf eine lebensgefährliche Mission ging, sondern aus egoistischen Motiven.

Als Chief Ellis mit ernster Miene in die Küche des Hauses in der Q Street kam, wußte Cynthia, daß eine Nachricht eingetroffen und es keine gute war.

»Sie sagten, sie möchten nicht gestört werden, es sei denn, es ist wichtig«, sagte Cynthia. Ihre Stimme brach nicht, was sie mit bitterem Stolz registrierte.

»Dies ist an Sie adressiert«, sagte Ellis und überreichte ihr eines der dünnen grünen Blätter, auf die entschlüsselte Top-Secret-Botschaften getippt wurden.

»Danke, Chief«, sagte Cynthia, entfaltete das Blatt und las.

```
URGENT TOP SECRET

VON STEVENS LONDON
1600 GREENWICH 22 AUGUST 1942
FUER BUERO VON DIRECTOR WASHING-
TON
AN CHENOWITCH PERSOENLICH

Folgendes aus Bluebell Pretoria:
   Rettungsboot verunglückt bei Start in
Minenstadt – Stop – Überreste Napoleon ver-
brannt mit Wrack – Stop – Sandsäcke und
Hardy Boys evakuiert Keywest durch Chop-
suey, deren Ankunft durch Inhaftierung auf
Vogelland verzögert wurde – Stop – Sandsäcke
umgeladen auf Tomate, die am 22 Aug 0515
Greenwich nach Broadway fuhr – Stop –
Chopsuey am 22 Aug 0910 Greenwich mit
allem Personal aus Keywest abgeflogen – Stop
– Julia sehr neugierig – Stop – empfehle sie zu
stoppen Stevens
```

Es war eine verschlüsselte Botschaft in einer entschlüsselten Botschaft, aber Cynthia brauchte nicht ihr kleines schwarzes Kodebuch, um sie zu verstehen. *Rettungsboot* war die Ersatz-C-46, die von der Navy geborgt worden war. *Minenstadt* war Kolwezi. *Napoleon* war der französische Mineningenieur Grunier. *Sandsäcke* waren das Uranerz. *Hardy Boys* war Donovans spaßiger Beitrag zu der Liste der Kodenamen für Canidy und Whittaker. *Chopsuey* war die C-46 mit der Aufschrift China Air Transport. *Vogelland* war der Ausweichflughafen im Notfall auf den Kanarischen Inseln. *Keywest* war Kapstadt, Südafrika. *Tomate* war der Zerstörer ›USS Dwain Kenyon‹, DD-301, ein nagelneues, sehr schnelles Schiff, das in Kapstadt gewartet hatte, um das Uranerz nach *Broadway* zu bringen, womit die Marinewerft Brooklyn gemeint war.

Und *Julia* war natürlich Miss Ann Chambers, die sich in London befand und entschlossen war, Canidy zu finden. Colonel Stevens war sich völlig im klaren über die Schwierigkeiten, die sie machen konnte, wenn sie sich zu sehr aufregte. Die Standardlösung – ›psychiatrische Behandlung‹ – konnte bei der Tochter des Besitzers der Chambers Verlagsgesellschaft nicht angewendet werden.

Als Cynthia die Botschaft zu Ende gelesen hatte, blickte sie zu Chief Ellis auf. Sie nahm ihn nur verschwommen wahr. Cynthia erkannte, daß sie Tränen in den Augen hatte.

»Wenn ich es nicht besser wüßte«, sagte Chief Ellis, »dann würde ich annehmen, Sie haben sich wirklich um sie gesorgt.«

Cynthia wagte keine Erwiderung. Wenn sie den Mund aufmachte und die Sprache wiederfand, hätte sie ›Leck mich am Arsch!‹ oder etwas in dieser Art gesagt.

Sie ging zum Speiseraum, gefolgt von Ellis, schob die Tür auf und überreichte Colonel Donovan die entschlüsselte Botschaft. Er las sie und reichte sie wortlos an Captain Douglass weiter.

Alle lächelten.

Schließlich brach Douglass das Schweigen.

»Ich halte es unter den gegebenen Umständen für angebracht, Ellis, daß Sie Colonel Stevens per Telegramm die Genehmigung übermitteln, Miss Chambers zu informieren, daß Major Canidy kurz in London sein und es vielleicht eine Gelegenheit für sie geben wird, sich mit ihm zu treffen.«

»Wir können was Besseres machen, Pete«, sagte

Donovan. »Chief Ellis, schicken Sie ein separates Eiltelegramm mit meiner Unterschrift an Colonel Stevens. Die Botschaft lautet: ›Veranlassen Sie, daß Julia Romeo auf dem Flughafen trifft.‹«

9

Croydon Airfield
London

25. August 1942, 23 Uhr 45

Dick Canidy, der fast auf dem ganzen Weg von Portugal auf dem Boden in der Kabine geschlafen hatte – stieg als erster die Leiter hinab, nachdem die China Air Transport C-46 in eine entfernte Ecke des Flugplatzes geleitet worden war und parkte.

Er ging sofort zum Leiter des Londoner OSS-Büros, der mit Lieutenant Colonel Ed Stevens zusammenstand.

»Wir haben einen sehr kranken Mann – es ist vielleicht eine Lebensmittelvergiftung – an Bord und einen weiteren mit einer Schnittwunde am Kopf und einem gebrochenen Arm«, meldete er. »Wie steht es mit einem Sanitätswagen?«

Stevens wies wortlos auf einen schwarzen Anglia-Sanitätswagen.

Canidy winkte ungeduldig. Zwei Männer eilten herbei, und einer trug etwas, das wie eine Arzttasche aussah.

»Im Flugzeug«, sagte Canidy.

Als er hinschaute, wohin er wies, sah er Whittaker die Leiter herabsteigen.

»Ich brauche einen detaillierten Bericht über alles, Canidy«, sagte der Leiter des Londoner OSS-Büros. »Aber ich finde, das hat Zeit, bis Sie sich etwas erholt haben. Wie wäre es mit morgen früh?«

Mein Gott, was hat diese Sorge um mein Wohlergehen zu bedeuten? dachte Canidy. *Er ist doch sonst nicht so fürsorglich.*

»Wir sind nicht das ganze Empfangskomitee, das Sie daheim willkommen heißen will, Major Canidy«, sagte Colonel Stevens.

Er wies zu dem Sanitätswagen und winkte auffordernd.

Eine Frau in Uniform, die er für die eines Offiziers des Women's Army Corps hielt, rannte herbei.

Wer, zum Teufel, ist die WAC?

Und dann sah er das Abzeichen ›Kriegskorrespondent‹ auf der Uniform der Frau, und schließlich erkannte er Ann Chambers in der Uniform.

»Allmächtiger, was machst du denn hier?« fragte er überrascht.

»Rate mal«, erwiderte sie und warf sich in seine Arme.

»O Baby, ich freue mich so, dich zu sehen«, sagte Canidy.

»Ist Liebe nicht etwas Großartiges?«, sagte Captain Whittaker, und dann näherte sich eine andere Frau in Uniform.

Whittaker sprach mit seinem sehr guten britischen Akzent weiter.

»Ich freß 'nen Eimer Chili, wenn das nicht Ihre Hoheit ist«, sagte er. »Toll, Sie hier zu treffen, Eure Hoheit. Darf ich fragen, was Sie zu dieser unchristlichen Stunde hier treiben?«

»Ich wußte, daß Sie Transport brauchen, Captain Whittaker, und ich wollte sicherstellen, daß sie nicht die falsche Straßenbahn nehmen.«

»Werde ich hier gebraucht, Dick?« fragte Whittaker.

Der Leiter des Londoner OSS-Büros antwortete an Canidys Stelle.

»Ich nehme an, wir erfahren von Canidy und Captain Fine alles Nötige«, sagte er. »Wenn wir Sie brauchen, informieren wir Sie und lassen Sie abholen.«

»In diesem Fall werde ich mich von Ihrer Hoheit zum Whitbey House fahren lassen.«

»Ruhen Sie sich die Nacht über gut aus. Vielleicht brauchen wir Sie morgen«, sagte der Leiter des Londoner OSS-Büros.

»Jawohl, Sir.«

Whittaker folgte der Herzogin zu dem gestohlenen Ford und nahm auf dem Beifahrersitz neben ihr Platz.

»Den Teufel wirst du tun, Jimmy«, sagte Ihre Hoheit.

»Den Teufel was werde ich tun?«

»Dich diese Nacht ausruhen«, erwiderte Ihre Hoheit. »Nicht auf *dieser* Straßenbahn.«

EPILOG

Das Raffinieren ausreichender Mengen von Uranerz zur Herstellung von Nuklearwaffen – sollte diese theoretische Möglichkeit tatsächlich in die Tat umsetzbar sein – begann Anfang September 1942 in einer geheimen Anlage in Oak Ridge, Tennessee, mit Uranerz, das auf direkten Befehl des Präsidenten der Vereinigten Staaten aus Belgisch Kongo geschmuggelt worden war.

Am 2. Dezember 1942 gelang in einem Labor unter der University of Chicago die erste nukleare Kettenreaktion wie vorausgesagt und führte zur kontrollierten Produktion von Atomenergie.

Jetzt war die Entwicklung einer Atombombe möglich. Kein Feind würde ihr etwas entgegensetzen können.

Das Problem war jetzt, eine funktionierende atomare Waffe zu produzieren, bevor die Deutschen eine entwickeln konnten...

ENDE

1 Regel eins: Um eine attraktive, an Aufmerksamkeit gewöhnte Frau zu beeindrucken, ignoriert man sie am besten.

2 Leon Blum, erster sozialistischer Premierminister von Frankreich, 1936–1938.

3 Die psychiatrische Klinik der US-Bundesregierung im District of Columbia.

4 Ernst »Putzi« von Hanfstaengel, ein Klassenkamerad und enger Freund von Roosevelt auf Harvard, war einer der frühen adeligen Unterstützer von Hitler und der NSDAP. Später wurde seine Enttäuschung über die Nazis Heinrich Himmler bekannt, der von Hanfstaengels Ermordung befahl. Er erfuhr von der Verschwörung, und es gelang ihm, mit seiner Familie über Spanien zu fliehen. Roosevelt brachte ihn in einer Suite im Hotel Washington unter, wo von Hanfstaengel während des Krieges Roosevelt und den verschiedenen Nachrichtendiensten sein Wissen über den inneren Nazikreis preisgab.

5 Zeitungskolumnist Drew Pearson, der Franklin Roosevelt verabscheute und sich selten eine Gelegenheit entgehen ließ, ihn anzugreifen, hatte ein paar Fakten und viel Hörensagen vermischt und einen Artikel geschrieben, in dem er Roosevelt beschuldigte, durch Colonel William Donovan seinen reichen, berühmten und dilettantischen Freunden den Kriegsdienst zu ersparen, indem er sie für seine Propaganda-Organisation rekrutierte. Pearson hatte sogar vom Haus in der Q Street gehört, das er als »luxuriöse Villa, requiriert, um Roosevelts Günstlin-

gen als Kaserne zu dienen« bezeichnet, es jedoch fälschlicherweise nach Virginia verlegt hatte.

6 In Plastik eingeschweißter Ausweis für Offiziere, ausgestellt vom Adjutant General's Office.

7 Im April 1915 landeten nach einem von Winston Churchill, damals First Lord of the Admiralty, entwickelten Plan fünfzehn Divisionen des britischen Commonwealth bei Gallipoli mit dem Ziel, Konstantinopel zu erobern und den Zugang zu den Dardanellen zu erzwingen. Nachdem die Streitmacht zweihundertdreizehntausendneunhundertachtzig Verluste erlitten hatte, wurde sie von den Türken vernichtend geschlagen und zurückgezogen. Churchill war gezwungen, als First Lord zurückzutreten, und er ging nach Frankreich, um ein Infanteriebataillon in den Schützengräben zu befehligen.

8 Auf dem Untersuchungsformular für den Jungfernflug wurden mechanische Probleme, die den Weiterflug gefährden konnten, mit einem roten X markiert.

Band 13 937
W.E.B. Griffin
Die letzten Helden
Deutsche
Erstveröffentlichung

Juni 1941. In Europa tobt der Krieg. Auch wenn die Vereinigten Staaten noch ihre Neutralität wahren, so bereiten sie sich doch auf den Fall eines Kriegseintritts vor. Präsident Franklin Roosevelt und ›Wild Bill‹ Donovan gehen gemeinsam daran, die schlagkräftigste Spionage-Organisation ins Leben zu rufen, die es je gegeben hat: das OSS (Office of Stratetic Services).
Junge wagemutige und handverlesene Spezialisten wurden unter der Tarnung des Diplomatischen Corps über die ganze Welt verteilt, um Operationen zu leiten, die vielleicht Einfluß auf den Ausgang des Krieges haben können.
Von allen Aufträgen ist der des Piloten-Asses Richard Canidy und seines deutschstämmigen Freundes Eric Fulmar der heikelste: sie sollen ein äußerst seltenes Metall beschaffen, das für eine neue, unvorstellbare Geheimwaffe benötigt wird – die Atombombe.

W.E.B. Griffin beweist auch mit diesem Roman, daß er in der Reihe großer Erzähler ganz oben steht.